돌아온 토끼

세계문학전집
265

John Updike : Rabbit Redux

돌아온 토끼

존 업다이크 장편소설

정영목 옮김

문학동네

일러두기

1. 번역 대본으로는 *Rabbit Redux*(John Updike, Ballantine Books, 1996)를 사용했다.
2. 주석은 모두 옮긴이주다.
3. 본문 중 고딕체는 원서에서 이탤릭체로, 볼드체는 대문자로 강조한 부분이다.

차례 ■

I. 아빠 / 엄마 / 달   9

II. 질   153

III. 스키터   311

IV. 밈   503

해설 | 래빗의 눈으로 본 세상의 동요와 불안   601

존 업다이크 연보   609

블라디미르 A. 샤탈로프 중령:
결합부로 곧장 가고 있다.

소유스 5호 지휘관 보리스 V. 볼리노프 중령:
천천히, 너무 거칠지 않게.

샤탈로프 중령:
시간이 꽤 걸렸지만, 드디어 너를 찾았다.

I. 아빠/엄마/달

네시 정각에 남자들이 창백한 모습으로 자그마한 인쇄소를 나서며 눈을 끔벅인다. 순간적으로 유령처럼 보인다. 이윽고 바깥의 빛이 그들에게 늘 달라붙어 있는 듯한 실내의 빛을 씻어낸다. 겨울 이 시간의 파인 스트리트는 어두컴컴하다. 침체된 도시 브루어 위쪽에 걸린 산에서 일찍부터 어둠이 밀고 내려온다. 그러나 지금은 여름이라 운모가 별처럼 반짝이는 화강암 갓돌도, 집집마다 각양각색으로 얼룩덜룩한 모조 벽널을 댄 연립주택도, 판자를 잘라 만든 까치발이 달리고 회색 우유병 상자가 놓인 희망차 보이는 자그마한 현관도, 검댕이 앉은 은행나무도, 햇볕에 달구어진 갓길의 자동차들도 폭발의 순간에 멈춰버린 듯한 눈부신 빛을 받아 움찔하는 느낌이다. 시에서 죽어가는 도심을 소생시키려면 주차장을 만들어야 한다며 건물들을 몇 블록이나 부수었기 때문에, 한때 건물이 빽빽했던 거리 곳곳에 잡초가 우거지고 잡석이 깔린 황량하게 트인 공간들이 흘러넘친다. 그 바람에 멀리서는 보이지 않던 교회 앞모습이 드러나고, 건물의 뒤쪽 입구와 막힌 골목이 새로 눈에 들어오고, 빈 공간만 생기면 넓게 차지하고 들어앉는 빛의 잔인한 속성도 더욱 선명하게 부각된다. 펜실베이니아의 여름이 늘 그렇듯이 하늘에는 구름도 없지만 색깔도 없고 표백된 습기만 공기 중에 웅크리고 있다. 아무짝에도 쓸모없는 날씨지만 녹색 식물이 자라게 해주기는 한다. 남자들은 심지어 피부가 그을리지도 않는다. 땀을 막처럼 뒤집어쓴 채 노랗게 변해갈 뿐이다.

일터에서 풀려나온 인쇄공 중에는 한 남자와 그의 아들, 얼 앵스트롬과 해리도 있다. 퇴직할 나이가 다가온 아버지는 몸에 과한 곳이라고는 찾아볼 수 없이 바싹 여위었다. 얼굴은 불만이 표정을 쓸어낸 듯 텅 비었고, 잇몸과 잘 맞지 않아 툭 튀어나온 질 나쁜 의치 위쪽은 움푹 꺼졌다. 아들은 아버지보다 10센티미터 이상 크고 살집도 많다. 한창때지만 물러 보이며, 왠지 창백하고 맛이 간 느낌이다. 한때 '래빗'이라는 별명이 딱 어울렸던 작은 코와 살짝 말려올라간 윗입술이 지금은 굵은 허리와 십 년 동안 식자공 노릇을 하면서 몸에 밴 조심스럽게 구부린 자세와 더불어 그가 약하다는 것, 거의 아무런 개성 없는 희미한 존재가 되어버렸다는 것을 알려주는 실마리처럼 보인다. 머리를 움직일 때면 여전히 드러나는 민첩성과 키, 몸집 때문에 지금도 길에서 눈에 띄기는 하지만, 누가 그를 래빗이라고 부른 지는 꽤 오래되었다.

"해리, 얼른 한잔 어때?" 아버지가 묻는다. 이면도로가 와이저 스트리트와 만나는 모퉁이에 버스정류장과 '피닉스' 술집이 있다. 바깥의 네온 간판에는 벌거벗고 카우보이 부츠만 신은 아가씨가 서 있고, 실내의 침침한 벽에는 선인장이 그려져 있는 곳이다. 그들은 반대 방향으로 가는 버스를 타야 한다. 노인은 16A번을 타고 산을 돌아 평생 살아온 마운트저지로 가고, 해리는 반대 방향으로 가는 12번을 타고 펜빌라스로 가야 한다. 펜빌라스는 브루어시 서쪽의 신개발지구로, 불도저가 밀어놓은 땅에 조성해놓은 4분의 1에이커짜리 잔디밭이 붙은 랜치하우스에 날아가는 것을 막으려는 듯 땅에 매어놓은 단풍나무 묘목들이 서 있는 곳이다. 해리는 삼 년 전 재니스, 넬슨과 함께 그곳으로 이사했다. 해리의 아버지는 아들이 마운트저지를 떠난 것 때문에 여전히 버림받았다는 느낌을 갖고 있어서, 부자는 오후면 대개 헤어지는 아쉬움을 눅이려 함께 술을 마신다. 함께 십 년을 일하다보니 이제 서로 무척 정이 들었다. 사실 둘 사이에 어머니가 너무 크게 똬리를 틀고 있지 않았다면 일찌감치 해리의 유년에 그런 사이가 되었을 것이다.

"슐리츠로 하겠네." 얼이 바텐더에게 말한다.

"다이키리." 해리가 말한다. 에어컨 바람이 너무 강해서 해리는 추위를 느끼고 소매를 내려 단추를 채운다. 그는 낮의 잉크를 지워내는 한 방법으로 일하러 갈 때나 끝난 뒤에는 늘 하얀 셔츠를 입는다. 그는 의례적으로 아버지에게 어머니 안부를 묻는다.

그러나 아버지는 의례적인 대답을 거부한다. 보통은 "더 바랄 수 없이 잘 있지 뭐" 하고 대답한다. 그러나 오늘은 공모라도 하듯 바에서 몇 센티 다가앉으며 말한다. "더 바랄 수 없이 잘 있지는 못하구나, 해리."

어머니는 몇 년째 파킨슨병을 앓고 있다. 어머니를, 어머니의 현재 모습을, 천천히 퍼덕거리는 마디진 손을, 수줍은 듯 발을 질질 끄는 걸음걸이를, 의사가 전과 다름없이 정신이 맑다고 말하지만 왠지 명한 상태에 있다가 깜짝 놀라며 그를 살피는 듯한 느낌을 주는 눈을, 열린 채 배회하다가 침이 일깨워줄 때에야 닫히는 입을 떠올리기 싫어 해리의 마음은 슬며시 달아나버린다. "밤에 말인가요?" 어머니를 어둠 속에 감추어두려는 질문이다.

다시 한번 노인은 그냥 슬며시 피해가고 싶어하는 래빗의 욕망을 차단한다. "아니, 요샌 밤에는 그래도 나아. 병원에서 새로 약을 주는데, 그 덕분에 밤에 전보다 잠을 잘 잔다고 하더라고. 그런 것보단 네 어머니 마음이 문제야."

"뭐가 문제예요, 아빠?"

"우리는 그런 얘긴 안 해, 해리. 네 어머니 성격이 그렇잖아. 그건 네 어머니하고 내가 절대 하지 않는 얘기야. 우리는 어떤 일들은 그냥 말하지 않고 넘겨왔어. 자랄 때 그렇게 배우기도 했고. 이야기하고 사는 게 나았을까. 모르겠다. 그러니까 예를 들어 그 사람들이 네 어머니 머릿속에 집어넣은 그런 일들 말이다."

"그 사람들이라니 누구요?" 해리는 다이키리 거품을 향해 한숨을 내쉬며 생각한다. 아빠도 가는구나, 둘 다 가고 있어. 둘 다 말도 안 되는 소리를 해. 아버지는 설명을 하려고 그에게 더 다가붙으면서, 이 도시 안팎의 비썩 말라 징징거리는 영감탱이들, 이 도시의 벽돌 젖퉁이를 육십 년 동안 빨아대다 그 젖퉁이와 함께 말라붙어버린 사내들 수백 명 가운데 한 사람이 된다.

"그 왜, 네 어머니가 한나절을 침대에서 보내게 되면서 찾아오는 사람들 말이다. 예를 들어 마미 켈로그. 또 줄리아 안트. 정말이지 이런 일로 널 귀찮게 하고 싶지는 않지만, 네 어머니는 말이 점점 험해지고 믐은 서해안에 가 있으니, 내가 정신을 놓지 않으려면 네가 도와주는 수밖에 없어. 너를 귀찮게 하기는 정말 싫지만, 네 어머니 말이 점점 험해지면서 심지어 재니스한테 전화를 걸겠다는 이야기까지 하거든."

"재니스라뇨! 재니스한테 전화는 왜요?"

"그게." 노인은 슐리츠를 한참 들이켠다. 그러더니 노인들이 주먹을 쥘 때 흔히 그러듯 손가락을 반만 오므린 채 뼈만 남은 손등으로 젖은 윗입술을 훔친다. 바로 의치가 튀어나올 듯 찌푸린 얼굴로 바뀔 것 같다. "그게, 네 어머니 이야기의 주인공이 바로 재니스니까."

"우리 재니스요?"

"아, 해리, 열 내지 마. 나쁜 소식을 전하는 사람을 탓하지는 말거라. 나는 지금 사람들이 하는 말을 전해주는 것뿐이니까. 내가 그걸 믿는 다는 게 아니야."

"그냥 무슨 말이 나돈다는 게 놀라워서 그래요. 요새는 그 사람을 거의 못 보거든요. 이제 늘 스프링어 매장에 가 있어서."

"그래, 바로 그거야. 그게 네 실수인지도 모르겠구나, 해리. 너는 재니스를 그냥 당연하게 여겨왔어 ─ 그때 이후로." 그가 그녀를 떠났던 때. 아기가 죽었던 때. 그녀가 그를 다시 받아들였던 때. "십 년 전 말이다." 아버지가 필요도 없는 말을 덧붙인다. 해리는 이곳에서, 거울 밑에 달린 선반에는 플라스틱 화분에 심긴 선인장이 늘어서 있고 자그마한 슐리츠 지구본 광고판이 뱅뱅 돌아가며 화려한 포물선을 거듭 그려대는 이 냉랭한 술집에서, 세상이 빙빙 도는 것을 느끼기 시작한다. 그의 내부에서 기대감을 품은 냉기가 점점 커지더니 소매 안의 양 손목을 움켜쥔다. 아직 새로운 소식이 전부 다 나온 것이 아니다. 사실들이 새롭게 연결되면 찢겨나갈지도 모른다, 이 케케묵은 평화가.

"해리, 내 경험으로 볼 때 사람들의 악의는 인간의 이해를 뛰어넘는데, 그 가엾은 영혼은 그걸 막아낼 수단이 없어. 그냥 누워서 귀를 기울일 수밖에 없지. 십 년 전이었으면 네 어머니가 그 사람들을 가만 놔두었겠냐? 자기 혀로 다 때려눕히지 않았겠어? 그 사람들이 네 어머니한테 재니스가 바람을 피운다는 얘기를 하거든. 어떤 남자하고 말이다, 해리. 이 남자 저 남자하고 놀아난다고 하는 사람은 없다만."

냉기가 래빗의 팔에서 어깨로 퍼져나가, 나뭇가지 같은 핏줄을 타고 배를 향해 내려온다. "그 남자 이름은 얘기하던가요?"

"내가 아는 한은 안 했어, 해리. 사실 어떻게 그럴 수가 있겠냐. 그런 남자는 있지도 않을 텐데 말이다."

"어, 그런 이야기를 꾸며낼 수 있다면, 이름도 꾸며낼 수 있겠죠."

바의 텔레비전은 무음 상태로 켜져 있다. 이날만 벌써 스무번째로 로켓 발사 장면이 나오고 있다. 숫자가 순식간에, 눈으로 쫓아갈 수 없을 정도로 빠르게 역순으로 쏟아져나와 0에 이른다. 그러자 길쭉한 솥처럼 생긴 것 밑에서 하얀 게 부글부글 끓는다. 위로 올라가는 속도가 너무 느려 꼭 기울어질 것만 같다. 이윽고 빠르게 작아지면서 멀어져가 점으로, 흔들리는 별로 줄어든다. 바를 따라 시커멓게 웅크린 남자들이 자기들끼리 중얼거린다. 그들은 로켓과 함께 올라가지 않았다. 그냥 여기 남겨졌다. 해리의 아버지가 해리에게 웅얼거린다. 캐묻고 있다. "최근에 재니스가 평소와 달라 보이던, 해리? 애야, 나도 이게 흔히 말하듯이 개똥 같은 소문일 가능성이 높다는 건 알아. 그래도 재니스가, 있잖냐, 최근에 평소와 조금이라도 달라 보이진 않던?"

아버지가 점잖지 못한 말을 사용해서 래빗은 기분이 나쁘다. 그는 텔레비전을 보려는 것처럼 천천히 공들여 고개를 든다. 텔레비전은 조금 전에 하던 프로그램으로 돌아가 있다. 사람들이 커튼 뒤에 감춰진 상품을 맞히려 하고, 그것이 2미터가 훨씬 넘는 높이의 냉동고라는 것이 드러나면 펄쩍펄쩍 뛰고 소리를 지르며 서로 키스한다. 그가 잘못 본 것일지도 모르지만, 젊은 가정주부가 키스중에 입을 벌리고 순간적으로 사회자에게 자신의 혀 맛을 보여주었다고 맹세라도 할 수 있을 것 같다. 어쨌든 그 여자는 키스를 멈출 줄 모른다. 사회자가 자비를 구하듯 카메라를 향해 눈을 굴리자, 프로그램이 중단되고 광고가 나온다. 스파게티와 어떤 오페라 가수의 영상이 소리 없이 획획 지나간다. "모르겠어요." 래빗이 말한다. "가끔 술을 많이 마시지만, 그건 나도 마찬가지니까요."

"너는 아니야." 노인이 그에게 말한다. "너는 술꾼이 아니야, 해리. 나는 평생 술꾼을 봐왔어. 저기 조판부彫版部의 부니 같은 사람, 그게 술꾼이지. 술로 자신을 죽이잖아. 본인도 알아. 하지만 내일 죽는다고 말해줘도 못 끊을 거야. 네가 매일 저녁 위스키를 한두 잔 한다면 풋내기라고 할 수는 없겠지만, 그렇다고 술꾼이라고 할 수도 없어." 노인은 말이 많아지는 입을 맥주 속으로 감추고, 해리는 바를 두드려 다이키리를 한 잔 더 주문한다. 노인이 얼굴을 더 바싹 들이민다. "얘야, 해리, 말하고 싶지 않은데 묻는 거라면 정말 미안하구나. 그런데, 침대에서는 어떠냐? 그쪽은 문제없이 잘되고 있는 거지, 그렇지?"

"아뇨." 래빗은 그렇게 캐묻는 것을 경멸하는 투로 느릿느릿 대답한다. "잘되고 있다고 할 순 없을 것 같아요. 엄마 얘기 좀 해주세요. 최근엔 호흡 발작을 일으킨 적 없으세요?"

"내가 잠을 깰 정도의 발작은 없었어. 새로 받은 녹색 약을 먹으면 아기처럼 잘 자. 그 새 약은 정말이지 기적이야. 앞으로 십 년 뒤면 우리를 죽이는 방법은 가스실에 넣는 것밖에 안 남을 게다. 히틀러의 생각이 옳았던 거야. 봐라, 미친 사람들은 벌써 다 사라져버렸잖아. 그냥 아침저녁으로 약 한 알씩만 주면 아인슈타인처럼 정신이 말짱해지니까 말이야. 그러니까 그렇다고는 할 수 없다, 문제없이 잘되고 있다고는 할 수 없다, 네 말을 그렇게 이해하면 되는 거냐?"

"우린 그렇게 좋았던 적이 한 번도 없어요, 아빠, 솔직히 말해서. 넘어지지는 않으세요? 엄마 말예요."

"하루에 한두 번 넘어지는지도 모르지만 나한테는 얘기를 안 해. 내가 잔소리를 하지, 내가 잔소리를 해, 그냥 침대에 누워 텔레비전이나 보라고. 하지만 네 어머니 생각은 이래. 침대에서 나와 있는 시간이 길어질수록 뭘 할 수 있는 시간도 길어진다. 나는 네 어머니가 자기 몸을 좀 챙겨야 한다고, 꼼짝도 않고 가만히 있어야 한다고 생각해. 그렇게 일이 년 있으면 틀림없이 이 병도 보통 감기처럼 간단하게 치료해주는 약이 개발될 거야. 이미, 왜, 그 코르티손 같은 게 있잖아. 하지만 의사들은 자기들도 아직 모르지만 부작용이 더 심각할 수도 있다고 하더구나. 뭐, 암 얘기지. 하지만 내 생각은 이래. 모험을 해보자는 거야. 어차피 암도 이제 곧 고칠 거잖아. 곧 그 이식이란 걸로 몸안을 몽땅 바꿀 수도 있을 거 아니겠어." 노인은 자신이 말을 너무 많이 한다는 느낌이 들자 갑자기 기운이 빠져 텅 빈 맥주잔을 물끄러미 바라본다. 맥주 거품이 미끄러져내리고 있다. 하지만 한마디 덧붙여 그 모든 말에 마침표를 찍지 않을 수 없다. "끔찍한 일이야." 해리가 대꾸를 안 하자 또 덧붙인다. "맙소사, 네 어머니는 가만히 있는 걸 끔찍이 싫어하잖니."

럼 기운이 돌기 시작한다. 이제 래빗은 추위를 느끼지 않는다. 심장이 이륙하기 시작한다. 실내 공기가 아까보다 희박해진 것 같다. 눈이 어둠에 적응한다. 그가 묻는다. "정신은 어때요? 아빠 말이, 의사들이 엄마한테 정신병 약을 줘야 한다는 건 아니잖아요."

"솔직히 말해서, 나는 너한테 거짓말은 안 할 거야, 해리. 네 어머니 정신은 종처럼 맑아, 말이 제대로 입에 붙을 때는 말이지. 그런데 말했다시피 네 어머니는 최근에는 온통 재니스 생각뿐이야. 그래서 이러면 큰 도움이 될 것 같아. 정말이지 너를 귀찮게 하기는 싫지만, 뭐 사실은 사실이니까, 너하고 재니스가 오늘밤에 시간을 내서 좀 와주면 큰 도움이 될 것 같구나. 너를 자주 못 보니까 네 어머니가 멋대로 상상을 하고 있어. 아, 물론 네가 네 어머니 생일을 축하하러 일요일에 오겠다고 약속한 건 나도 알아. 하지만 이런 식으로 생각해보자. 바보상자하고 심술궂고 말 많은 노파들 무리 말고는 친구 하나 없이 침대에 처박혀 있다보면 일주일이 일 년 같을 수도 있는 거야. 그래서 네가 주말 전에 저녁에라도 올 수 있으면, 재니스를 데려와 메리를 만나게 해서ㅡ"

"저도 그러고 싶어요, 아빠. 아시잖아요."

"알지, 그럼, 알지. 네가 생각하는 것 이상으로 잘 알지. 너도 이제 네 애비가 네가 늘 생각하던 바보가 아니라는 걸 깨달을 나이가 되지 않았냐."

"문제는, 재니스가 늘 매장 사무실에서 열시, 열한시까지 일하는데, 저는 애를 집에 혼자 두고 싶지 않다는 거예요. 사실 지금도 혹시 모르니까 얼른 집에 가보는 게 좋을 것 같아요." 혹시 집에 불이 날지 모르니까. 혹시 미친 사람이 침입할지 모르니까. 신문에서는 늘 그런 일들이 일어난다. 아버지의 얼굴—입꼬리가 물고기처럼 쏙 들어가고, 지친 눈에는 베일이 팽팽하게 덮였다—을 보니 의심하던 것이 사실로 확인되었다고 생각하는 것 같다. 래빗은 격분한다. 간섭이나 하는 늙다리. 재니스, 그런 얼간이를 누가 데려가겠는가? 재니스는 자기 아버지를 사랑해서 거기 처박혀 있는 거다. 중고차 매장의 빈자리를 메워주기 시작한 뒤로 걸스카우트처럼 행복하다. 올여름에는 저녁식사 시간이 한참 지나도록 퇴근하지 않는 날이 반은 되었다. 그는 TV 디너*로 저녁을 먹었고, 혼자 넬슨을 재우고 나서 그녀가 씩씩하게 돌아와 활짝 피어난 얼굴로 수다를 떨기를 기다렸다. 그녀가 그렇게 당당한 모습은 본 적이 없었고, 그는 그것이 흐뭇하다. 그래서 아버지가 재니스를 빌미로 그를 공격하려 하는 것에 분개했고 가장 손쉬운 무기로, 엄마로 반격한다. "그 의사란 사람 말이에요, 그 사람이 요양원 얘기는 안 하던가요?"

노인의 생각이 자신의 아내 쪽으로 전환되는 데는 시간이 좀 걸린다. 기차 바퀴가 철로 전철기轉轍機를 넘어가면서 불꽃이 튀는 것처럼, 해리의 머릿속에 어떤 생각이 떠오른다. 엄마가 아빠한테 그런 적이 있었나? 아빠를 배반한 적이 있었나? 잠자리에 관해서 이렇게 캐묻는 것은 자신도 뭔가 겪은 일이 있음을 암시한다. 상상하기 힘든 일이기는 하다. 누구와, 뿐만이 아니라 언제, 도 문제가 되니까. 엄마는 그가

---

* 간단하게 데워먹는 즉석 조리 식품.

기억하는 한 늘 집에 있었고 청소부와 여호와의증인 외에는 찾아오는 사람이 없었다. 그래도 그 생각에 해리는 흥분한다―아빠가 전하는 소문을 들을 때는 냉기를 느꼈지만. 그 생각은 가능성들을 열어준다. 아빠가 말하고 있다. "······처음엔 그랬지. 네 어머니가 자리보전을 하지 않는 한 좀 미루고 싶어. 내가 퇴직해서 하루종일 봐줄 수 있기 전에 네 어머니가 자기 몸도 건사할 수 없는 지경에 이르면, 어쩔 수 없이 그런 선택을 해야 할지도 모르지. 하지만 그렇게 되는 꼴을 보고 싶진 않구나. 정말이지 그렇게 되는 꼴은 보고 싶지 않아."

"그런데 아빠―?"

"여기 내 40센트다. 그리고 팁으로 10센트." 돈을 내미는 노인의 오므린 손이 25센트짜리를 꼭 쥐고 있는 모습을 보니, 그가 그 돈을 바의 카운터에서 생기 없는 소리를 내는, 구리를 잘라 두 겹으로 붙인 동전이 아니라 진짜 은으로 여긴다는 것을 알 수 있다. 옛 가치들. 돈이 진짜 돈이던 공황기. 돈이 두 번 다시 그렇게 신성해질 수는 없을 것이다. 이제는 10센트짜리조차 은이 아니니까. 케네디의 얼굴이 50센트짜리를 죽여버린 후로 그 은화는 더이상 유통되지 않았고 두 번 다시 나오지 않았다.* 은은 달로 갔다. 쫀쫀하게 계산하느라 엄마에 관한 그의 질문은 술집을 나설 때까지 미뤄졌는데, 막상 나오니 물어볼 수가 없다. 그럴 만큼 아버지를 잘 알지는 못한다. 밖의 뜨거운 빛 속에서 아버지는 조금 전 옆으로 다가오던 친밀함을 모두 잃어버리고 그냥 늙어 보이기만 한다. 눈 밑은 적갈색으로 퀭하고, 코 양옆으로는 끊어진

---

* 케네디 추모 은화는 1970년까지 주조되었으며 그 이후로는 은으로 주조하지 않았다.

핏줄들이 늘어섰고, 머리카락은 판지처럼 생기 없는 색깔이다. "뭔가 물어보려던 거 아니니?"

"잊어버렸어요." 해리가 말하고 재채기를 한다. 에어컨이 있던 곳에서 더위 속으로 나오자 미간에서 폭발이 일어난 것이다. 블록을 반쯤 내려갈 때까지 사람들이 다 돌아보는데도 그의 코는 계속 울어댄다. "아, 기억났어요. 요양원이요. 그 비용은 어떻게 대죠—하루에 50달런가 한다던데. 우린 다 털려서 거지가 되고 말 거예요."

아버지는 껄껄 웃다가 의치가 미끄러져 빠져나가는 것을 막으려고 갑자기 입을 다문다. 그러더니 그 햇볕에 뜨겁게 달아오른 보도에서, 빨간 바탕에 흰색으로 쓴 글자를 사람들이 긁고 립스틱으로 덧칠하는 바람에 **버스정류장**BUS STOP이 **고름 방울**PUS DROP로 바뀌어버린 표지판 밑에서 발을 질질 끌며 댄스 스텝을 조금 밟는다. "해리, 당신의 뜻을 이루시는 하느님이 네 어머니와 나한테 그렇게 심하게 구신 것만은 아니란다. 믿거나 말거나 요즘 시대에는 오래 사는 것도 좀 득이 돼. 이번주 일요일에 네 어머니는 예순다섯이 되어서 메디케어*를 받게 돼. 내가 그걸 1966년부터 부어왔잖니. 가슴에서 엄청난 불안이 씻겨나간 느낌이야. 이제 병원비 때문에 망할 일은 없어. 사람들은 LBJ한테 온갖 욕을 퍼붓는다만, 내 분명히 말하는데 그 사람은 보통 사람을 위해 꽤 많은 일을 했어. 그 사람이 잘못한 건 다 마음씀씀이가 커서 그리된 거야. 지금 하늘에 떠 있는 그 예쁜 녀석들, 닉슨**이 다 자기 공이

---

* 65세 이상의 고령자나 특정 중증 질환 환자를 위한 미국의 의료보장제도. 미국의 36대 대통령 린든 B. 존슨(LBJ) 재임 기간에 제정되었다.
** 존슨 다음에 공화당 후보로 대통령(1969~1974)이 되었으며, 이 소설의 배경이 되는

라고 욕심을 부리지만, 사실 그애들을 거기로 올려보낸 건 민주당 사람들이야. 내 기억에는 옛날부터 늘 그랬어. 윌슨 이후로—공화당 놈들은 보통 사람들을 위해서 하는 일이 하나도 없어."

"맞아요." 해리가 멍한 표정으로 말한다. 그의 버스가 오고 있다. "엄마한테 일요일에 갈 거라고 말해주세요." 그는 버스 뒤쪽의 빈 공간으로 밀고 들어간다. 손잡이 봉에 매달려 밖을 내다보니 아버지가 '보통 사람들' 가운데 한 명으로 보인다. 아빠는 위대한 미국의 눈부신 빛에 몸이 깎여나간 듯한 모습으로 서서 눈을 가늘게 뜨고 정부가 내려주는 축복의 만나***를 보며 불안한 행복감에 젖어 발을 끌며 좌우로 스텝을 밟고 있다. 하루 일은 끝났고, 속에는 맥주가 들어갔고, 암스트롱이 저 위에 있고,**** 미합중국은 인간 역사의 절정에 올라 깜짝 놀라고 있다. 로켓 발사대의 잔모래 한 알처럼 아버지는 자기 역할을 해왔다. 그럼에도 건강을 유지한 사람은 아버지였다. 엄마가 먼저 쓰러질 것이라고 누가 생각이나 했을까? 버스에 기어들어가면서 앞으로 움직이고 차체가 떨리자 래빗의 마음은 비로소 두려운 유물처럼 간직하고 있는 엄마의 이미지로 다가간다. 잿빛으로 변한 검은 머리, 그녀의 삶에는 아깝다는 느낌이 들 정도로 영리한 말을 뱉어내던 남자 같은 입, 어린 시절에는 필시 안에 어떤 상처가 있을 것이라고 생각했던 마름모꼴 콧구멍, 쇠약해지면서 툭 불거진 뚜껑 안에 갇혀버린, 예전에는 감

시기의 현직 대통령이다.

*** 이스라엘 민족이 모세의 인도 아래 이집트를 탈출해 가나안 땅으로 가던 도중 굶주리자 여호와가 내려주었다는 기적의 양식.

**** 암스트롱은 달에 첫 발을 디딘 미국 우주인. 앞에 잠깐 나왔듯이 소설에서는 현재 그를 태운 아폴로 11호가 달을 향해 다가가고 있다.

히 그 빛깔조차 알려 하지 못했던 눈, 땀이 번진 듯 약간 번들거리며 마비된 채 베개 위에 놓여 있는 기름한 얼굴. 재니스 때문이 아니라, 이런 엄마를 차마 볼 수가 없다는 것이 그가 엄마를 자주 찾지 않는 은밀한 이유다. 그에게 인사로 건넬 말을 찾아 더듬거리며 황폐해진 모습으로 그를 물끄러미 바라보는 그의 생명의 근원. 그녀의 방에만 머물지 않고 아래층 현관의 우산 두는 곳까지 내려와 그들을 맞이하고, 가엾은 아빠가 먹을 것을 데우는 부엌까지 쫓아오는, 병자 특유의 그 부드러운 황갈색 냄새. 그와 밈이 어렸을 때 그녀가 무척이나 걱정하던, 가스가 샐 때 나는 냄새. 그는 고개를 숙이고 짧게 기도한다. 저를 용서해주소서, 저희를 용서해주소서, 엄마를 편하게 해주소서. 아멘. 그는 버스에서만 기도한다. 이제 버스에서도 그 냄새가 난다.

버스에는 니그로가 너무 많다. 래빗은 니그로를 점점 더 많이 보게 된다. 사실 그들은 쭉 이곳에 살았다. 아주 어렸을 때 브루어의 거리를 가다 그들을 만나면 숨을 죽이고 지나갔던 기억이 난다. 그들은 절대 그를 해치지 않고 그냥 보기만 했는데도. 그런데 이제는 시끄러워졌다. 대머리처럼 보이던 머리도 덥수룩해졌다. 그건 괜찮다. 그것이 더 '자연'에 가깝고, 우리한테는 '자연'이 점점 부족해지고 있으니까. 인쇄소에도 니그로가 있다. 판즈워스와 뷰캐넌, 그렇게 둘이다. 한참 같이 있다보면 니그로라는 것을 의식조차 못한다. 그래도 그들은 가끔 잊지 않고 웃음을 터뜨리기는 한다. 슬픈 일이다, 니그로 사내가 된다는 것은. 늘 저임금을 받고. 눈도 우리 눈과는 달라 보인다. 충혈되어 있고, 갈색이고, 안쪽에서 액체가 당장이라도 울컥 쏟아져나올 것 같다. 어딘가에서 어떤 인류학자가 니그로는 원시적인 존재가 아니라 오히려 진화의 최신판, 가장 새로운 인간이라고 주장하는 것을 본 적이 있다. 니그로가 어떤 면에서는 더 강인하고, 어떤 면에서는 더 섬세하다는 것이다. 물론 그래도 더 멍청하기는 하겠지만, 똑똑함이 이룬 것이 도대체 무엇인가. 원자탄과 원피스 알루미늄 맥주 캔*뿐이지 않은가. 게다가 빌 코스비**는 어리석다고 할 수도 없다.

그러나 이런 생각은 교양 있고 관용적이지만 어떤 공포와 등을 맞대고 있다. 그는 왜 그들이 꼭 그렇게 시끄럽게 떠들어야만 하는지 알지 못한다. 그의 바로 밑에 앉아 서로 쿡쿡 찔러대는 네 명에게서 소음이 커다란 은빛으로 둥글게 퍼져나가고 있다. 그들 때문에 쇼핑백을 끌고 귀가중인 뚱뚱한 독일계 부인들이 괴로워한다는 것을 그들도 염병할, 아주 잘 알고 있다. 그래, 피부색이 어떻든 애들이면 사실 다 저렇다. 하지만 이상하다. 니그로는 이상한 인종이다. 피부만이 아니라 몸이 조립된 방식도 이상하다. 사자처럼 관절이 느슨하게 풀려 있는 것 같다. 머리도 이상하다. 그들의 생각은 형태가 다르고, 아무런 악의가 없을 때도 배배 꼬여서 나오는 것 같다. 저 덤불 같은 아프로 머리***와 금귀걸이와 버스에서 둥글게 퍼져나가는 소음은 새들이 몰래 가져온

---

* 조각을 이어붙이지 않고 알루미늄 한 장으로 만드는 캔.
** 미국의 아프리카계 미국인 코미디언.
*** 흑인 특유의 곱슬머리를 빗어 세워서 크고 둥글게 다듬은 머리 모양. 1960년대 중반부터 미국 젊은이들 사이에서 크게 유행했다.

열대식물의 씨앗들 같다. 그 씨앗이 자라 정원을 독차지하고 있는 것이다. 그의 정원을. 래빗은 이곳이 자신의 정원임을 안다. 그래서 재니스가 구식이고 파시스트적이라고 비난해도 팰컨 자동차 뒷유리에 국기 스티커를 붙이고 다니는 것이다. 신문에는 코네티컷에서 어떤 애들이 부모가 바하마*에 가 있는 동안 집에서 파티를 하며 집을 다 부숴버렸다는 기사가 난다. 이 나라도 점점 그런 꼴이 되어가고 있다. 사람들이 목숨을 걸고 이 나라를 건설한 것이 아니라, 이 나라가 여기에서 저절로 자라났다고 생각하는 모양이다.

버스는 와이저 스트리트를 따라 내려가다 러닝호스강을 건넌 뒤로는 사람들을 태우는 대신 내려놓기 시작한다. 낡은 싸구려 잡화점들(한때는 동화 속 나라로, 카운터들이 그의 코에 닿을 정도로 높았고 빅리틀북스 서점에서는 크리스마스 냄새가 났다)과 크롤스백화점(한때 그가 가구 매장 뒤쪽에서 포장용 나무상자 쪼개는 일을 했던 곳)과 한때 전차 선로가 딸랑거리며 별 모양으로 교차하던 꽃밭 로터리, 그리고 교외의 쇼핑몰들 때문에 굶어죽은 상점들의 텅 비고 먼지 낀 진열장들, '고고'니 '부티크'니 하는 간판을 달고 나타났다 사라지는 칙칙하고 비좁은 점포들, 전면에 모조 화강암을 덮은 장례식장, 잉여물자 직판장, 뜨겁게 구운 땅콩을 팔거나 **음보야**** 암살이라고 크게 박힌 아프리카계 필라델피아 신문을 파는 구두닦이 노점, 불법 복권을 팔고 상인들에게 보호비를 챙기는 일도 하는 꽃가게, 잡화점, 그 옆의 파격 세일 기성복점, 그 옆의 **짐보스** 프렌들리 **라운지**라는 모퉁이

─────────────

* 북아메리카 동쪽의 대서양에 위치한 영연방 국가. 휴양지로 유명하다.
** 케냐의 정치 지도자 톰 음보야.

술집을 지나면, 다리가 나타나, 담배꽁초 같은 도시의 끄트머리를 비벼서 꺼버린다. 그의 어린 시절에는 석탄 찌끼로 막혀 있었으나*(한번은 어떤 사람이 자살을 하려고 다리에서 뛰어내렸는데 석탄 찌끼에 엉덩이까지 박혀 있다가 경찰에 구조된 적이 있다) 이제는 준설되어 유람 보트가 점점이 정박해 있을 만한 넓은 강물이 잠깐 보이고 나면, 브루어는 끝나고 그 도시를 듬성듬성 모방한 듯한 웨스트브루어로 넘어간다. 도미노처럼 얇은, 빨갛게 칠한 벽돌집들은 예전과 똑같지만, 자동차 판매장의 회전식 간판, 주유소의 주유기와 상표를 그려놓은 길게 내민 지붕, 깊은 호수 속에 반짝거리는 지느러미들이 빽빽하게 들어차 있는 듯한 슈퍼마켓 주차장 사이로 여기저기 띄엄띄엄 자리잡고 있다. 버스는 덜컹거리며 앞으로 나아가고 손님을 내려주면서 점점 가벼워진다. 니그로들은 사라진다. 버스는 꿈속인 듯한 널찍한 공간을 향해 나아가고 있다. 스프링클러로 물을 주는 잔디밭으로 사면이 둘러싸이고 이음매에 새로 시멘트를 바른 옹벽들 위로 손질한 수국이 핀 요새 같은 주거지들을 지나간다. 정원에 늘 꽃이 피어 있고 백조들이 초등학생들이 던져준 빵 부스러기를 받아먹는 미술관도 빠르게 지나간다. 카운티정신병원의 높은 신축 별관의 햇빛이 부서지는 창문들, 빛이 반사되어 호박색과 오렌지색으로 타오르는 창문들도 빠르게 지나간다. 웨스트브루어 세탁소, '호비 헤븐스' 장난감가게, 짧은 차양 간판에 '2001 스페이스 오디세이'라고 박아놓은 리알토영화관이 가까이 다가온다. 와이저 스트리트는 곡선을 그리며 간선

---

* 미국에서 생산되는 무연탄의 대부분이 작품의 배경인 펜실베이니아주에서 채굴된다.

도로가 되어 교외의 녹음 속으로 가라앉는다. 1920년대에 산업의 작은 기사騎士들이 반목조半木造로 지은 꿈의 주택들이 있는 곳이다. 자갈을 섞은 모르타르와 클링커 벽돌과 파이 껍질처럼 잘 벗겨지는 치장벽토로 지은 집이다. 사탕과 단단하게 굳은 쿠키 반죽으로 지은 이 마녀의 집들에는 차 두 대가 들어가는 차고와 곡선 모양의 진입로가 있다. 쇠울타리를 빙 둘러치고 몇 킬로미터에 이르는 잔디를 해자처럼 거느린 귀족 영지 같은 곳 몇 군데를 제외하면 브루어 카운티에서는 이 집들이 가장 높은 지대에 자리잡고 있다. 가장 큰 성공을 거둔 치과의사들이라면 이런 집을 한 채 살 수 있을 것이다. 가장 진취적인 영업사원이라면, 가장 능란한 안과의사라면. 이 구역은 심지어 웨스트브루어와 구분하기 위해 이름도 따로 갖고 있다. 펜파크. 펜빌라스도 희망을 품고 그 이름의 일부를 빌려왔지만, 펜파크와 같은 지구에 있는 것이 아니라 그 너머 퍼니스* 타운십 가장자리에서 펜파크를 들여다보고 있다. 독립전쟁 때 석탄을 때는 용광로에서 머스킷 총을 만들 쇠를 제련하던 퍼니스 타운십은 지금도 대부분 농지다. 그곳의 몇 대 안 되는 제설기와 한 명뿐인 보안관으로는 개발업자들이 갑자기 관리를 떠넘기고 사라진 마을, 진창인 잔디밭에, 여기저기 구멍이 뚫린 머캐덤 도로**에, 규정 미달의 하수도까지 널려 있는 이 랜치하우스 마을을 감당할 수가 없다.

래빗은 펜파크의 정류장에서 내려 튜더왕조시대의 거리를 흉내낸 엠벌리 애비뉴를 따라 걸어간다. 이윽고 타운십 경계선에서 노면이 바

---

* '용광로'라는 뜻.
** 잘게 부순 돌을 타르에 섞어 바른 도로.

꿰면서 펜빌라스의 엠벌리 드라이브가 시작된다. 그는 비스타* 크레센트의 끝에서 세번째 집에 산다. 아마 한때는 이 거리에서 보는 전망이 괜찮았을 것이다. 붉은 헛간들과 자연석으로 지은 농가들이 박힌 완만하게 경사진 골짜기가 보였을 테니까. 그러나 펜빌라스가 커지면서, 지금은 어느 집 창으로 내다보든 마치 거울 조각에 비친 것처럼 자기 집과 똑같은 집의 한 부분만 보인다. 전화선과 텔레비전 안테나는 거울의 금처럼 보인다. 그의 집은 앞에 황록색 알루미늄 비늘판을 댔으며 주소는 26번지다. 래빗은 자그마한 포치의 판석 위에 올라서서 아주 작은 유리창 세 개가 계단처럼 배치된 문을 연다. 그러자 문에서 세 단계의 음으로 이루어진 종소리가 울려퍼진다.

"오셨어요, 아빠." 아들이 거실에서 소리친다. 오른쪽에 있는 거실은 과거에는 응접실이라고 불렸을 크기로, 그들은 쓰지 않는 벽난로를 갖추고 있다. "지구 궤도를 떠났어요! 지금 6만 9천 킬로미터 떨어진 데 있어요."

"잘됐구나." 그가 말한다. "엄마는 있니?"

"아뇨. 학교에서 다 모아놓고 발사 장면을 보여줬어요."

"전화도 없어?"

"제가 온 뒤로는 없는데요. 저도 좀전에 들어왔거든요." 열두 살인 넬슨은 키가 평균 이하이며, 제 엄마의 거무스름한 피부를 물려받았다. 섬세한 얼굴선이나 방심하지 않는 표정은 앵스트롬 집안에서 물려받은 것 같기도 하다. 하지만 긴 속눈썹은 어느 쪽에서도 물려받지 않았

---

* '전망'이라는 뜻.

으며, 어깨까지 내려오는 긴 머리는 넬슨 자신이 결정한 것이다. 래빗은 아들이 키만 좀 크다면 머리를 그렇게 길게 기르는 것도 괜찮을 것이라고 생각한다. 그러나 지금은 너무 여자아이 같아 보여 겁이 난다.

"오늘은 하루종일 뭐했어?"

텔레비전에서는 사람들이 추측을 하고 상품을 타고 소리를 지르고 사회자에게 키스를 하는 프로그램이 지금도 나오고 있다.

"별로 한 거 없어요."

"운동장엔 안 갔어?"

"잠깐요."

"그러곤 어디 있었어?"

"아, 웨스트브루어에요. 그냥 빌리네 아파트에서 놀려고요. 근데 아빠?"

"응?"

"빌리네 아버지가 생일선물로 미니바이크를 샀대요. 진짜 멋지던데요. 앞쪽이 엄청 길어서 손잡이를 잡으려면 팔을 쭉 뻗어야 돼요."

"타봤어?"

"딱 한 번 타게 해주더라고요. 온통 반짝반짝했어요. 페인트칠은 하나도 안 돼 있어요. 그냥 금속이에요. 하얀 바나나 안장에다가."

"빌리가 너보다 나이가 많지, 그렇지?"

"네 달 많아요. 그것밖에 차이 안 나요. 딱 네 달요, 아빠. 저도 이제세 달 뒤면 열세 살이 된다고요."

"빌리는 그걸 어디서 타? 도로에서 타는 건 불법이잖아, 안 그래?"

"빌리네 아파트에 커다란 주차장이 있는데 거기서 마음대로 타요.

아무도 뭐라 안 해요. 180달러밖에 안 해요, 아빠."

"계속 얘기해. 난 가서 맥주 하나 가져올 테니."

집이 작아서 아버지는 부엌에 가도 아들의 말을 들을 수 있다. 아들의 목소리가 텔레비전에서 분출하는 탐욕스럽고 즐거운 목소리, 냉장고 문이 여닫히면서 나는 묵직하게 공기를 빨아들이는 소리와 섞인다.

"근데 아빠, 이해 안 되는 게 하나 있어요."

"말해봐."

"저는 포스나트 아저씨 아줌마가 이혼한 줄 알았거든요."

"별거중이지."

"근데 어떻게 그 아저씨는 아들한테 그런 멋진 걸 계속 갖다주는 거죠? 빌리의 하이파이 세트를 아빠도 한번 보셔야 하는데. 그게 빌리 거라고요, 자기 방에 두고 쓰는 거예요, 다른 사람하고 같이 쓰는 게 아니라. 스피커가 네 개예요, 아빠, 거기에 이어폰까지 있고. 그 이어폰이 환상적이에요. 꼭 타이니 팀* 속에 쑥 들어가 있는 것 같다니까요."

"한번 들어가볼 만하겠네." 래빗이 거실로 들어오며 말한다. "한 모금 할래?"

아이가 캔을 받아들고 한 모금 마신다. 입술 위의 솜털에 열쇠 구멍만한 거품이 남는다. 아이가 얼굴을 찌푸린다.

해리가 설명한다. "이혼을 했다고 해서 아버지가 자식을 좋아하는 것까지 그만두는 건 아니야. 그냥 같이 살지 못할 뿐이야. 포스나트가 빌리한테 그런 비싼 쓰레기를 계속 갖다주는 이유는 아마 아들을 떠난

---

* 미국 가수.

것에 죄책감을 느끼기 때문일 거야."

"두 분이 왜 별거를 한 거예요, 아빠? 혹시 아세요?"

"몰라. 사실 그보다 더 큰 수수께끼는 애초에 왜 두 사람이 결혼을 했느냐 하는 거지." 래빗은 페기 포스나트가 페기 그링이었을 때부터 알았다. 가운뎃줄에 앉아 자기가 답을 안다는 생각에 늘 손을 들고 흔들던, 엉덩이가 크고 사시인 여자애였다. 포스나트는 그녀만큼 잘 알지 못했다. 늘 어깨를 으쓱거리는 작고 마른 남자로, 전에는 댄스파티 밴드에서 색소폰을 불었다. 지금은 와이저 스트리트 위쪽 끝에 있는, 전에는 '코즈 앤 레코즈', 지금은 '피델리티 오디오' 간판을 단 악기점의 공동경영자로 있다. 거기에서 포스나트가 받을 수 있는 할인율을 생각하면 빌리의 하이파이 세트는 거저나 다름없었을 것이다. 텔레비전에서 소리를 질러대는 젊은이들에게 계속 떠안기는 저 상품들과 똑같다. 사회자에게 프렌치키스를 했던 여자는 이제 사라졌고, 유색인 커플이 알아맞히기를 하고 있다. 피부색이 어둡지는 않지만 분명히 유색인이다. 괜찮다, 알아맞히게 하고, 상품을 타게 하고, 다른 사람들과 함께 소리를 지르게 하라. 지붕 위에서 사람들을 저격하는 것보다는 그것이 낫다. 그럼에도 그는 저 검은 신부가 어떨지 궁금하다. 커다란 입술로 그 자리에서 빨아버린다. 흑인 남자들은 반응이 느리기 짝이 없지만, 채찍처럼 길다. 세우는 데는 엄청 오래 걸리지만 일단 서면 계속 간다. 그래서 백인 여자들이 그들을 원하는 거다. 백인 남자들은 너무 빠르다. 가서 일을 해야 하니까. 미국을 위대하게 만들어야 하니까. 래빗은 〈래프 인〉*에서 테레사가 고고를 추는 순간, 사람들이 그녀의 피부에 하얀색 물감으로 단어를 쓰는 장면을 무척 좋아한다. 함께 볼 때면 재니스와 넬슨은 늘 래빗에게 무슨 단어냐고 묻는다. 인쇄소에 다닌 후로 래빗의 읽는 속도가 번개처럼 빨라졌기 때문이다. 위아래가 뒤집힌 것도, 거울에 비친 것도 읽어내기 때문이다. 사실 그전에도 그는 눈이 좋고 빨랐다. 토세로는 칭찬으로 그가 귓구멍으로도 공을 볼 수 있다고 말하곤 했다. 은근하고 교활한 칭찬의 명수 토세로. 지금은 죽었다. 이제 시합도 달라졌다. 이제는 전부 점프숏이다. 몸이 호弧를 그리는 크고 굶주린 흑인이 몸을 들어올린 다음 허공에 일 초 동안 떠서 팔뚝만큼 긴 분홍색 손바닥으로 공을 던진다. 래빗이 넬슨한테 묻는다. "요새는 왜 운동장에 오래 안 있니? 내가 네 나이 때는 하루종일 호스나 트웬티원**을 하고 놀았는데."

"네, 하지만 아빠는 잘했잖아요. 키도 컸고요." 넬슨도 전에는 운동을 아주 좋아했다. 리틀리그***라든가, 교내 대회 같은 데도 나갔다. 하지만 최근에는 시큰둥하다. 래빗은 그것이 자신의 어머니가 보관하고 있는 스크랩북, 1940년대 말 카운티 기록을 세우던 그의 농구선수 시절의 스크랩북 때문이라고 생각한다. 지난겨울 마운트저지에 갈 때마다 넬슨은 그 스크랩북을 꺼내달라고 해서 바닥에 엎드려 그걸 보며 놀았다. 그 노랗게 말라버린 오래된 시합들. 풀이 말라 페이지를 넘길 때면 쩍쩍 소리가 났다. **마운트저지 오리올 완파, 앵스트롬 37득점.** 별에서 온 빛처럼, 이십 년 전 일이 아이에게는 지금 일어나고 있었던 것이다.

---

* 미국의 코미디 프로그램.
** 둘 다 농구공으로 하는 게임.
*** 미국의 유소년 야구 리그.

"키는 나중에 컸어." 래빗이 아들에게 말한다. "네 나이 때는 지금 너랑 크게 차이 안 났어." 거짓말이지만, 뭐 꼭 거짓말이라고 할 수도 없다. 몇 센티 차이이니까. 하지만 몇 센티가 중요한 세계다. 골프의 퍼트. 씹. 궤도. 조판組版. 그는 넬슨의 키 때문에 마음이 안 좋다. 그 자신의 키는 자신에게 별 도움이 된 적이 없기 때문에, 만일 자신에게서 10센티 정도를 떼어 넬슨에게 줄 수 있다면 그럴 것이다. 아프지만 않다면.

"어쨌든 아빠, 지금은 운동은 한물갔어요. 아무도 안 해요."

"그럼 지금 한물가지 않은 게 뭐냐? 마약을 하고 징병을 피하는 거 말고. 머리가 눈을 찌르도록 기르는 거 말고. 도대체 네 엄마는 어디 있는 거야? 전화를 해야겠어. 제발 한 번만이라도 그 빌어먹을 텔레비전 소리 좀 줄여라."

〈매치 게임〉이 끝나고 데이비드 프로스트가 나왔기 때문에 넬슨은 텔레비전을 그냥 꺼버린다. 아이의 얼굴에 겁먹은 기색이 비치자 해리는 안쓰러워진다. 그가 길에서 재채기를 했을 때 그의 아버지가 짓던 표정 같다. 젠장, 내가 재채기만 해도 겁을 먹으니. 아들도 아버지도 모두 그의 눈에는 약하고 애처로워 보인다. 이게 바로 누군가에게 관심을 가질 때 생기는 문제다. 지나치게 보호하려 들게 된다. 그러다 답답하고 숨이 막히기 시작한다.

전화기는 이론적으로 거실과, 그들이 아침 먹는 모퉁이라고 부르는 일종의 골방을 나누는, 건너편이 내다보이는 책꽂이 아래쪽 선반에 있다. 요리책 몇 권이 꽂혀 있지만, 그가 알기로 재니스가 그 책들을 들여다본 적은 없다. 그냥 프라이드치킨과 맛없는 스테이크와 콩과 프렌치프라이를 늘 똑같이 접시에 담아 내놓을 뿐이다. 해리가 익숙한 번호를 돌리자 익숙한 목소리가 대답한다. "스프링어 모터스의 스태브로스입니다."

"여보세요, 찰리? 저기, 재니스 있어?"

"물론이지, 해리. 일은 잘 풀려?" 스태브로스는 영업사원으로 늘 뭔가 할말이 있다.

"비비 꼬이지." 래빗이 대답한다.

"잠깐만, 친구. 마나님은 바로 옆에 계셔." 그가 수화기 너머를 향해 소리친다. "전화받아. 그 집 영감이야."

다른 수화기가 올라간다. 옹이구멍 같은 순간적인 정적 너머로 사무실이 보인다. 전시장에는 전시용 차들이 번쩍거리고, 스프링어 영감방의 우윳빛 유리문은 닫혀 있고, 녹색 카운터 뒤에는 철제 책상이 세개 있다. 한 책상은 스태브로스, 또 한 책상은 재니스, 그리고 중간 책상은 스프링어가 삼십 년 동안 데리고 있는 경리 밀드레드 크루스트의 것이다. 그녀는 나이가 들면서 생긴 어떤 부인병 때문에 보통 출근을 하지 않아. 그녀의 책상은 철망 바구니와 서류꽂이와 압지 외에는 아무것도 없이 휑하다. 래빗은 또 벽에 걸린 작년의 강아지 달력과, 크리스마스트리 뒤의 낡은 커피색 금고 위에 놓인 도요타 스테이션왜건 판지 광고 사진도 볼 수 있다. 그가 스프링어 매장에 간 것은 크리스마스 파티 때가 마지막이었다. 스프링어는 오랜 세월 중고차 거래만 해오다 도요타 판매권을 얻자 너무 기분이 좋아 해리에게 "일 년 내내 크리스마스인 아이 같다"고 말했다. 십 년 전 그는 래빗을 자동차 영업사원으로 바꾸려 했지만, 결국 해리는 자신의 아버지를 따라 정직하게 노동하는 쪽을 택했다. "어머, 해리." 재니스가 말한다. 해리는 그녀의 목소리에서 뭔가 새로운 것을 느낀다. 아주 약간 서두르는 듯한 경쾌한 가락이 가쁜 숨에 실려 있다. 마치 그녀가 노래를 부르고 있는 걸 그가 중단시킨 것 같다. "나 야단치려고 그러지, 그치?"

"아냐, 그냥 애하고 내가 여기에서 집에서 해주는 저녁을 얻어먹을 수 있는 건지, 있다면 젠장 도대체 언제 얻어먹을 수 있는 건지 궁금했을 뿐이야."

"아, 알겠어." 그녀가 노래한다. "나도 이러기 싫어. 하지만 밀드레드가 안 나오는 날이 너무 많아서 우리가 그 장부까지 봐야 하는데, 밀드레드가 정말 개판으로 체계를 잡아놓았거든." 개판. 그는 그녀에게서 다른 사람의 목소리를 듣는다. "솔직히 말해서," 그녀가 계속 노래한다. "밀드레드가 아버지한테서 수백만 달러를 사취했다 해도 아무도 놀라지 않을 거야."

"그래. 이봐, 재니스. 당신은 거기서 아주 재밌는 것 같은데—"

"재밌게 놀아? 난 일하고 있다고, 자기."

"어련하시려고. 씨발 거기서 진짜로 뭔 짓을 벌이고 있는 거야?"

"뭔 짓을 벌이다니, 무슨 뜻이야? 당신 마누라는 집에 돈푼 좀 챙겨가려고 애쓰는 것 말고는 아무 일도 벌이지 않아." 돈푼? "'뭔 짓을 벌이다'니—참 나. 당신은 어두컴컴한 데 앉아 그 기계 좀 만지작거리면서 한 시간에 7달런가 얼만가 받아오는 게 대단하다고 생각할지 모르지만, 해리, 사실 요즘은 100달러로도 아무것도 살 게 없어. 그냥 사라져버린다고."

"젠장, 왜 내가 당신한테 그딴 인플레이션 강의를 들어야 하는데? 내가 알고 싶은 건 왜 내 마누라가 집에 들어와 나하고 좆같은 아이한테 좆같은 저녁을 안 차려주느냐 하는 것뿐이야."

"해리, 누가 날 가지고 당신한테 뭐라고 그랬어?"

"뭐라고 그래? 누가 나한테 뭐라 그러겠어? 재니스. 그냥 하나만 말해줘. TV 디너 2인분을 오븐에 넣어 말아?"

정적. 그동안 그의 눈앞에 어떤 모습이 떠오른다. 그녀가 날개를 접고, 그녀의 노래가 일시 정지되는 게 보인다. 대신 그 자신이 높이, 뿌리 없이, 자유롭게 솟아오르는 상상을 한다. 오래된, 흐릿한 예감이다. 재니스가 신중하게 고른 말을 늘어놓는다. 어린 시절 어머니가 숟가락으로 설탕을 떠서 반죽 그릇으로 살살 가져가던 모습을 지켜보던 기분이다. "그래줄래, 여보? 오늘밤만? 여기 우리가 지금 좀 위기라서 그래, 솔직히. 설명하기에는 너무 복잡하지만, 숫자 몇 개를 확실하게 해놓지 않으면 내일 봉급이 나갈 수가 없어."

"그 우리라는 게 누구야? 거기 당신 아버지도 계셔?"

"아, 그럼."

"내가 잠깐 얘기 좀 할 수 있을까?"

"왜? 매장에 나가 계신데."

"블래스츠 경기 표를 구했는지 알고 싶어서. 애가 가고 싶어 죽으려하거든."

"아, 지금은 안 보이네. 저녁 드시러 집에 가셨나봐."

"그러니까 거기에는 당신하고 찰리만 있다 이거지."

"다른 사람들도 들락거려. 지금 밀드레드가 엉망으로 만들어놓은 걸 정리하려고 죽어라 애쓰고 있어. 오늘밤이 마지막이야, 해리, 약속할게. 여덟시에서 아홉시 사이엔 갈게. 그리고 내일 밤에는 같이 영화

보러 가자. 웨스트브루어에 그 스페이스 어쩌고 하는 게 아직 걸려 있던데. 오늘 아침에 출근하다 봤어."

래빗은 갑자기 지친다. 이 대화에, 모든 것에. 혼란스러운 기운이 그를 둘러싼다. 한 사람의 욕구는 줄지만 세계의 욕구는 절대 줄지 않는다. "알았어. 올 수 있을 때 와. 하지만 와서 우리 얘기 좀 해."

"나도 얘기하고 싶어, 해리." 그녀의 말투로 보아 그녀는 "얘기"가 섹스를 뜻한다고 생각하는 것 같다. 그는 진짜 얘기를 말한 건데. 그녀가 전화를 끊는다. 만족한 듯 급하게 끊는 소리가 난다.

그는 맥주를 한 캔 더 딴다. 캔 꼭지가 부러진다. 그래서 칼을 넣어 두는 서랍의 온갖 물건들 밑에서 오래된 녹슨 캔 따개를 찾는다. 그는 샐리스베리 스테이크 디너 두 개를 데운다. 오븐이 200도로 예열되기를 기다리며 포장지에 적힌 재료를 읽는다. 물, 쇠고기, 콩, 건조 감자 플레이크, 빵가루, 버섯, 밀가루, 버터, 마가린, 소금, 말토덱스트린, 토마토 페이스트, 옥수수 전분, 우스터소스, 식물성 가수분해 단백질, 글루탐산나트륨, 탈지분유, 건양파, 향료, 설탕, 캐러멜 색소, 향신료, 시스테인과 티아민염산염, 아라비아고무. 은박지 위의 사진에는 이 모든 것이 어디에 들어가 있는지 알아낼 실마리가 없다. 그는 늘 아라비아고무가 뭘 지우는 데 쓰는 거라고 생각했다. 서른여섯 살이 되었지만 처음 배우기 시작할 때보다 오히려 아는 게 적다. 나아진 게 있다면 이제는 자신이 알 수 있는 것이 얼마나 적을지 안다는 것뿐. 중국어를 어떻게 하는지, 아프리카 공주한테 박으면 기분이 어떨지는 절대 알지 못할 것이다. 여섯시 뉴스는 우주에 대한 것, 공허에 대한 것뿐이다. 어떤 대머리가 나와서 작은 장난감들을 들고 우주선의 결합과 분리 방법을 보여주고 나자, 패널이 앞으로 오백 년 동안 이 사건이 미칠 영향에 관해서 이야기한다. 그들은 계속 콜럼버스를 언급하지만 래빗이 보기에는 정반대다. 콜럼버스는 눈이 먼 채로 날아가다 뭔가에 부딪혔다. 반면 이 사람들은 목적지를 정확히 보고 있다. 그 목적지는 거대하고 둥근 무無다. 샐리스베리 스테이크에서는 방부제 냄새가 나고, 넬슨은 몇 입밖에 먹지 않는다. 래빗은 농담을 해서 아이를 좀더 먹이려 한다. "텔레비전 디너 없이는 텔레비전을 볼 수 없어." 그들은 뭔가 자신들을 붙들어둘 만한 것을 찾아 채널을 이리저리 돌리지만 아무것도 없다. 모두 그냥 스쳐지나가다가 아홉시가 넘어서야 마침내 캐럴 버넷이 나온다. 그녀와 고머 파일은 론 레인저*에 관해 정말 웃기는 촌극을 펼친다. 그것을 보며 래빗은 잭슨 로드에서 팔걸이의자에 앉아 라디오를 듣던 시절로 돌아간다. 라디오를 들을 때마다 땅콩버터 크래커 샌드위치를 쌓아두고 먹는 바람에 팔걸이는 기름때로 시커메지곤 했다. 어머니는 기겁을 했다. 매주 월요일, 수요일, 금요일 밤 일곱시 반에 〈론 레인저〉가 시작했기 때문에 여름이면 '깡통 차기'나 '세 번 멈출래 아니면 잡힐래' 놀이를 하다 말고 집으로 들어왔으며, 온 동네 뒷마당이 고요해졌다. 그러다 여덟시가 되면 쾅하고 소리가 나며 다시 놀이가 시작되었다. 어둠은 딱 잠자는 시간 동안만 깔리던 그 관대한 여름날들. 전쟁은 양쪽 바다 너머에서 벌어졌기 때문에 그는 그날들을 한껏 누리며 그런 행복을 맛보고, 그렇게 평온하게 성장할 수 있었다. 위티스 시리얼을 먹으며, 잭 암스트롱**과 함께, 그리고 젤-O 푸딩과 함께.

---

* 1930년대 라디오 서부극 주인공.
** 미국 라디오 연속극의 주인공 이름.

젤-O가 나오니 잭 베니*가 떠올랐다.

오늘밤 촌극에서 론 레인저에게는 부인이 있다. 그녀는 집안일을 하기 싫다면서, 외로운 생활이 싫다면서 쿵쾅거리며 오두막을 돌아다닌다. "당신은 집에 붙어 있지 않잖아." 그녀가 말한다. "'어어이, 실버' 하고 힘차게 소리치고 나서는 먼지구름을 일으키며 사라져버리잖아." 보이지 않는 관객이 웃음을 터뜨리고 래빗도 웃음을 터뜨린다. 넬슨은 뭐가 웃긴지 모른다. 래빗이 설명해준다. "항상 저 소리가 나오면서 프로그램이 시작되었거든."

아이가 약이 올라서 말한다. "나도 알아요, 아빠." 그 바람에 래빗은 촌극의 흐름을 약간 놓친다. 우스개 한 대목을 못 들었다. 그 대목에서 터져나온 웃음소리가 잦아들고 있다.

론 레인저의 부인이 불평한다. 대니얼 분이 자기 부인에게 아름다운 모피를 선물했다는 것이다. "내가 당신한테서 받는 게 뭐가 있어? 은 총알인가." 그녀가 어떤 문을 열자 30킬로그램은 될 것 같은 은 총알들이 와르르 쏟아지며 바닥을 덮는다. 이후 촌극이 끝날 때까지 캐럴 버넷과 고머 파일과 톤토 역을 맡은 남자(새미 데이비스 주니어는 아니고 다른 니그로 텔레비전 배우다)가 총알을 밟고 미끄러지는 사고가 계속 난다. 래빗은 텔레비전을 보고 있을 수백만 명, 광고회사가 낼 수백만 달러를 생각한다. 아무도 이런 일이, 바닥에 은 총알이 지저분하게 흩어지는 일이 벌어질 것이라고는 미처 생각하지 못했다.

톤토가 론 레인저한테 말한다. "다음에는 잘해요, 먼저 총알을 총에

---

* 미국의 코미디언. 그가 진행하는 라디오 코미디 프로그램 후원사가 젤-O 제작사였다.

넣으라고."

부인은 톤토를 두고도 불평을 늘어놓는다. "저 사람. 왜 저 사람이 늘 우리 식탁에 앉는 거야? 저 사람은 한 번도 우리를 불러주지 않는데."

톤토는 만일 그녀가 자기 천막으로 오면, 인디언 전사 일고여덟 명이 그녀를 납치할 것이라고 말한다. 그러나 그녀는 겁을 먹기는커녕 오히려 관심을 보인다. 버넷은 그녀만의 그 커다란 눈을 굴리며 말한다. "그럼 가야지, 케 마스 사베*?"

넬슨이 묻는다. "아빠, 케 마스 사베가 무슨 말이에요?"

래빗은 "모르겠는데. 아마 '좋은 친구'나 '왕초' 같은 뜻이겠지"라고 말할 수밖에 없다는 데 놀란다. 가만 생각해보니 톤토에 관해 아는 것이 전혀 없다. 론 레인저는 백인이고, 따라서 그의 관할구역의 법과 질서는 그에게 이익이 되는 쪽으로 움직일 것이다. 하지만 톤토는 어떨까? 그의 인종에게는 유다와 다름없을 테지만, 론 레인저보다 공평무사하고 외롭고 영웅적인 고결한 인물이다. 그는 언제 보답을 받았을까? 왜 그는 가면을 쓴 낯선 사람에게 충실했을까? 전시에는 아무도 그런 걸 묻지 않았다. 톤토는 그냥 '옳은 편'에 있었다. 당시에는 그것이 올바른 꿈으로 보였다. 붉은 피부의 인간이 백인과 어울리고, 성조기의 줄무늬처럼 자연스럽게 빨간색이 흰색을 사랑한다는 것이. 그 '옳은 편'은 어디로 갔을까? 그는 넬슨의 질문에 대답하느라 우스개 몇 개를 놓쳤다. 촌극은 클라이맥스에 다다르고 있다. 부인이 론 레인저에게 말한다. "저 사람하고 나 둘 중 하나를 택해." 그녀는 팔짱을 끼

---

* 스페인어로 '더 잘 아는 사람'이라는 뜻.

고 사나운 표정으로 서 있다.

론 레인저는 오래 생각하지 않고 결정을 내린다. "안장을 얹어, 톤토." 그는 축음기에 〈빌헬름 텔〉 서곡 레코드를 올려놓고 톤토와 함께 나간다. 부인은 뒤꿈치를 들고 걸어간다. 총알 하나가 발밑에서 으드득 소리를 낸다. 그녀는 레코드를 〈인디언 러브콜〉로 바꾼다. 톤토가 화면 반대편에서 들어온다. 두 남녀는 키스를 하고 끌어안는다. "나는 늘 궁금했어요." 캐럴 버넷이 관객에게 털어놓는다. 그녀의 얼굴이 거대하게 확대된다. "인디언의 일affair*이."

그 자리의 보이지 않는 관객이 폭소를 터뜨리고, 집의 안락의자에 앉아 있는 래빗도 웃음을 터뜨린다. 그렇게 웃기는 하지만 이 마지막 개그는 김이 빠진 느낌이다. 아직은 다들 톤토가 부패하지 않았다고, 예수나 암스트롱처럼 그런 것을 넘어선 존재라고 생각하기 때문인지도 모른다. "잘 시간이지, 응?" 래빗이 말한다. 그는 엔딩크레디트가 줄줄이 나오는 화면을 끈다. 갑자기 아주 작은 별이 반짝이더니 이윽고 사라진다.

넬슨이 말한다. "학교 애들 말이 포스나트 아저씨가 바람affair을 피웠대요. 그래서 이혼하는 거라는데요."

"아니면 그냥 자기 마누라가 어느 쪽 눈으로 자기를 보는지 모르고 사는 게 지겨워졌는지도 모르지."

"아빠, 바람을 피우는 게 뭐예요?"

"아, 결혼한 사람이 다른 사람하고 만나는 거야."

---

* 'affair'에는 '일'이라는 뜻 외에 '정사'라는 뜻도 있다.

"아빠하고 엄마도 그런 적이 있었어요?"

"그랬다고 할 수는 없을 것 같은데. 내가 한 번 휴가를 낸 적은 있지만, 별로 오래가지는 않았어. 너는 기억 못할 거야."

"아니, 기억해요. 엄마가 많이 울고, 아기 장례식에서 사람들이 전부 아빠를 쫓아가던 것도 기억나고, 윌버 스트리트의 집에서 아빠하고 둘이 방에 서서 창문 방충망 너머로 시내를 내려다보던 것도 기억나요. 엄마는 병원에 있었고요."

"그래. 슬픈 시절이었지. 스프링어 할아버지가 장담한 대로 표를 구하면 이번 토요일에 블래스츠 경기를 보러 가게 될 거야."

"알아요." 아이가 별 의욕을 보이지 않고 말하더니 어슬렁어슬렁 층계 쪽으로 간다. 그 모습을 보며 해리는 불안하다. 하루에 한두 번 집에서 다른 여자, 재니스가 아닌 여자가 시야 가장자리에 들어오는 것 같아서 쳐다보면 머리를 길게 기른 아들이다.

맥주 하나 더. 그는 넬슨이 먹다 남긴 것을 음식물 처리기에 긁어넣는다. 대충 만든 펜빌라스 하수구는 흐름이 원활하지 않기 때문에 처리기에서 가끔 달콤한 악취가 난다. 그는 아래층을 돌아다니며 컵들을 모아 식기세척기로 간다. 재니스는 재떨이로 쓰던 받침접시와 찌끼가 남은 컵과 베르무트가 막처럼 덮인 와인잔을 그 순간 눈에 띄는 모든 턱, 텔레비전 위나 창턱 같은 곳에 올려놓은 채 곡예를 하듯 잘도 돌아다닌다. 그러면서 어떻게 밀드레드가 엉망으로 만들어놓은 걸 정리할 수 있을까? 집밖에 나가면 능률의 회오리바람이라도 되는 모양이다. 그리고 어어이 실버. 인디언의 일. 가엾은 아빠와 아빠가 말해준 소문. 침대에 누운 채 독설毒舌과 악몽의 제물이 되어가는 가엾은 엄마. 그들

두 사람, 그들의 마음은 쥐들이 빤질거리며 헤집고 다니는 건초 더미처럼 메말라버렸다. 그의 마음은 그들을 피해간다. 그는 창밖을 내다본다. 어스름 속 텔레비전 안테나의 검은 선들, 나무 모양의 알루미늄 옷걸이, 저멀리 차고에 딸린 농구 바스켓의 둥근 테. 어떻게 하면 아이가 운동에 관심을 갖게 할 수 있을까? 농구를 하기엔 키가 너무 작다면 야구를 하면 되는데. 뭐든지, 그저 나중에 한동안 버티고 살 수 있게 해주는 것, 어떤 희열을 느낄 수 있는 것이면 되는데. 지금부터 텅 비어 있으면 절대 오래갈 수가 없을 것이다. 우리는 시간이 갈수록 점점 더 비어가니까. 래빗은 창에서 고개를 돌린다. 집안의 모든 곳에서 곧 사라질, 미끌미끌한 광택이 보인다. 거실 소파와 의자의 합성 직물에서, 재니스가 사다놓은, 묵직한 유목流木 조각을 받침으로 삼고 전선을 연결한 사이비 예술품 같은 공장생산 램프에서, 축제 기념품의 광채를 뿜어내는 재떨이 몇 개 말고는 텅 빈 선반의 부자연스러워 보이는 자연목에서 광택이 그를 마주보며 반짝인다. 철제 개수대, 소용돌이무늬가 정신 사납게 그려진 부엌 리놀륨에서도 반짝인다. 물위의 기름처럼 다들 섞이지 못한다. 개수대 위의 창은 검고, 정신병원 창에 칠해진 오렌지색처럼 불투명하다. 마치 거울처럼 그의 젖은 두 손이 창에 비친다. 물속. 자기도 모르는 새에 비워버린 알루미늄 맥주 캔을 구긴다. 뱃속으로 들어간 그 내용물에서도 금속의 느낌이 난다. 부식하는 동시에 살을 찌우는 느낌. 다들 섞이지 못한다. 그가 한 가지 생각을 붙들고 이어나가지 못하는 것은 피로 때문이 틀림없다. 래빗은 계단 위로 몸을 끌어올리고, 물속에서와 같은 움직임으로 간신히 옷을 벗고 이를 닦은 뒤, 귀찮아서 1층과 욕실의 불도 끄지 않고 침대 속으로 가라앉는다. 라디오 소리가 숨죽인 신음처럼 들리는 것을 보니 넬슨은 아직 자지 않고 있다. 일어나서 아이한테 잘 자라고 인사하고 축복해줘야 한다고 생각하지만, 어떤 무게가 그를 짓누른다. 빛은 침실 안으로 집요하게 파고든다. 그와 더불어 아이가 뭔가를 살살 두드리는 작은 소리들. 아이는 문을 열었다 닫고 뭔가 할일을 찾고 있다. 래빗은 아기 때부터 남들이 일어나 있을 때 가장 잘 잔다. 남들이 똑바로 서 있을 때, 세상을 누르는 못처럼, 가로등 기둥처럼, 도로 표지판처럼, 민들레 줄기처럼, 거미줄처럼……

뭔가 커다란 것이 침대 안으로 미끄러져들어온다. 옷장 위의 야광 숫자판이 열한시 오 분 전을 가리키고 있다. 두 바늘이 하나로 포개져 있다. 잠옷을 입은 그녀는 따뜻하다. 살갗이 면보다 따뜻하다. 그는 포물선 같은 곡선 꿈을 꾼다. 그 곡선 위에서 조종을 하려 했다. 하지만 그가 조종하고 있는 것이 생각대로 움직이지 않고 저항했다. 고장난 썰매처럼.

"다 정리했어?" 그가 그녀에게 묻는다.

"대충. 정말 미안해, 해리. 아빠가 돌아와서 우리를 안 보내주는 거 있지."

"검둥이 발가락을 잡아."* 그가 웅얼거린다.

"당신하고 넬슨은 저녁에 뭐했어?"

"이러다 저러다 결국 아무것도 안 한 저녁이었지."

"전화한 사람은?"

_____

* 아이들 노래의 한 구절로 다음 구절은 "소리를 지르면 놔줘"다.

"없어."

그는 늦은 시간임에도 그녀가 살아 있고 신나 있고 이야기를 하고 싶어한다고 느낀다. 사과하고 보상하고 싶어한다. 그녀가 침대에 들어오자 침대의 질이 바뀐다. 조금 전까지는 곡선 항로를 벗어나지 않게 애써야 하는 말 안 듣는 뗏목이었는데, 이제 둥지, 묵직한 것이 들어찬 우묵한 공간, 그 자체가 곡선을 그리는 공간으로 바뀌었다. 그녀의 손이 그를 찾아오지만, 그는 그 부위를 보호해온 운동선수의 오랜 본능으로 그 손을 털어버린다. 그러자 그녀는 그에게 등을 돌린다. 그는 이 거부를 받아들인다. 그녀에게 바짝 다가간다. 뼈가 전혀 느껴지지 않는 그녀의 허리가 급강하하는 새처럼 날래게 밀착해온다. 결혼할 때는 그녀가 그녀의 어머니처럼 뚱뚱해질까봐 두려웠다. 하지만 그녀는 나이가 들어갈수록, 왜소한 체구에 바싹 말라 힘줄이 불거진 수완가인 그녀의 아버지 모습이 드러난다. 그의 손이 파인 곳을 떠나 슬금슬금 앞쪽 배로 움직여간다. 아이를 둘 낳은 탓에 어여쁘게 살짝 늘어져 있다. 강아지 목처럼. 죽은 아이를 대신할 아이를 낳게 했어야 했을까? 어쩌면 그게 실수였는지도 모른다. 그때는 모든 게 함정처럼 보였다. 그녀의 자궁과 무덤, 섹스와 죽음. 그는 호랑이 아가리를 피하듯 그녀의 씹에서 달아났다. 그의 손가락들이 더 아래를 탐색한다. 덩굴손에 닿고, 더 아래로 내려가, 이미 그곳에 자리잡은 축축함을 발견한다. 그는 라이노타이프 식자기의 키를 깃털처럼 가볍게 조작하는 일을, 내일 일을 생각한다. 이미 거기에 가 있다.

베리티인쇄소는 주문서, 기금 모금 댄스파티 티켓, 가을철의 정치 포스터, 봄철의 고등학교 졸업앨범, 슈퍼마켓 전단지, 광고 우편물로 먹고산다. 윤전기로는 주간지 〈브루어 뱃〉을 찍는데, 일간지 두 곳에서 지역의 주요 뉴스와 신문연합에서 받는 전국 뉴스를 다루기 때문에 이 주간지는 도시의 스캔들을 전문적으로 다룬다. 한때는 1830년에 창간된 독일어 정기간행물 〈쇼켈슈툴〉을 찍기도 했다. 그러나 래빗이 이곳에서 일을 시작했을 때는 구독자가 이 카운티와 주변 여러 카운티의 외진 곳에 사는 농부 수천 명으로 줄었기 때문에 결국 폐간되고 말았다. 래빗이 그 일을 기억하는 것은 폐간을 계기로 쿠르트 슈락 영감이 인쇄소를 떠나게 되었기 때문이다. 슈락은 구레나룻을 기른 어둡고 험상궂은 부류의 독일계 사람이었다. 그의 구레나룻은 피부에서 자라나와 면도로 잘려나가는 털이 아니라 피부에 문신을 해넣은 것처럼 보였다. 전용석인 구석자리에 얼굴을 찌푸리고 앉아 있는 그의 머리카락은 철이고 턱은 납이었다. 그는 펜실베이니아 더치*들을 위한 원고의 교정을 보고 고딕체 활자로 식자하는 일 하나만 하고 돈을 받았다. 슈락 외에는 어느 누구도 이 고딕체 활자에 손댈 수 없었다. 테두리선, 그리고 지면에 사용되는 커다란 장식용 글자는 나무 활자였는데, 백 년 동안 묻은 잉크로 새까맸다. 슈락은 자기 일에 완전히 집중해 고개를 푹 파묻고 있다가 점심시간이 되어서야 고개를 들고 폴란드계 감독 파야세크, 또는 인쇄소의 두 니그로 가운데 한 명, 또는 앵스트롬 부자 가

---

* 17~18세기에 독일과 스위스에서 이주해 펜실베이니아에 정착한 사람들.

운데 한 명과 이야기를 나누었다. 슈락은 다른 사람은 절대 할 수 없는 일을 빈틈없이 해낸다는 점에서 호감이 가는 사람이었다. 그러다 어느 월요일에 그는 자리를 잃었고 그의 자리였던 구석은 곧 벽으로 둘러싸였으며 그 안에는 조판공들이 들어갔다.

〈쇼켈슈툴〉은 사라졌고, 〈뱃〉도 필라델피아의 커다란 오프셋 공장으로 물량을 옮기겠다고 계속 협박하고 있다. 오프셋은 대지 작업 후에 광고며 사진을 붙이고 글자를 찍어 보내버리면 끝이니까. 베리티는 새로운 공정이 지배하는 미래, 사진 오프셋, 나아가 사진 식자라는 미래 때문에 걱정이 많다. 금속과 전혀 접촉하지 않고, 컴퓨터로 조작하는 텔레비전으로 일 초에 글자 수천 개를 필름에 쏘는 미래. 심지어 하이픈이나 자간 조절까지도 프로그램되어 있는 컴퓨터로 빛을 쏜다는 것이다. 하지만 오프셋인쇄기만 해도 가격이 3만 달러 이상이며, 티켓이나 포스터를 만드는 데는 여전히 활판인쇄기가 가장 편하다. 게다가 〈뱃〉은 언제 문을 닫을지 모른다. 불필요한 신문인 건 분명하니까.

브루어 공장 공구 부품 달로 가다가 이번주 1면 기사다. 래빗은 2단으로 식자를 한다. 하얀 손가락들이 깃털처럼 가볍게 움직이고, 사용한 모형母型은 마치 양철판 위에 떨어지는 비처럼 그의 머리 위 홈으로 다시 떨어진다.

이번주 일요일 브루어 사람들이 바라보는 달은 평소와 조금 달라 보일지도 모른다.

왜?

브루어의 아주 작은 조각 하나가 그곳에 놓일 예정이기 때문이 안 돼. 한 자만 다음 행으로 넘어가. 그는 그 글자를 윗줄로 올리려 하지만 그러면 그 행의 자간이 너무 좁아져서 그냥 두기로 한다.

다.
시내 세븐스 스트리트와 로커스트 스트리트가 만나는 곳에 있는 지그재그일렉트로닉프로덕츠사

어이쿠.

지그재그일렉트로닉프로덕츠사는 이번주 본지 기자에게 우주선의 유 도 및 향밥 컴퓨터에 들어가는 핵심적인 전자 스위치
도 및 항법 컴퓨터에 들어가는 핵심적인 전자 스위치를 이곳에서, 한때 고서머호지어리 컴퍼니 사리에 서 있는 평범
한때 고서머호지어리 컴퍼니 자리에 서 있는 평범한 벽돌 건물, 브루 어 시민 수천 명이 매일 아무 생각 없이 지나다니는 그 건물에서 만 들었다고 밝혔다.

만일 그들이 만든 스위치의 인쇄회로—우표 반만한 크기이며 해바라기 씨보다 무게가 덜 나간다—가 기능하지 않는 다면 암스트롱, 올드린, 콜린 등 우주인들이 달을 지나 표류하 여 이른바 "먼 우주"라는 무한한 진공 속에서 죽어갈 것이다.

그러나 그럴 위험은 없다고 지그재그일렉트로닉스의 리로이 "스 핀" 렝겔 총지배인은 매우 현대적인 밝은 녹색 건물에서 본지 기자

이다음부터는 뒤로 보낸다. 1단으로 바꾸어라.

에게 자신 있게 말했다.

"그저 우리의 일 가운데 하나일 뿐"이
라고 그는 말했다. "우리는 그런 일을 일
주일에 백 번은 한다."

렝겔은 "당연히 지그재그사의 모든
사람이 무척 자랑스러워한다"고 말했
다. "우리는 서러운 척 자랑스러워한다.
우리는 새로운 바다를 항해하고 있다."

그의 위로 우뚝 선 기계가 어머니처럼 따뜻하게 웅얼웅얼 소리를 뱉
어내고 있다. 기계의 황금기 때부터 살아온, 수많은 부품으로 이루어
진 성깔 있는 생존자다. 활자 상자는 오른쪽에 있다. 스타 정렬기와 주
형반과 합금 활자 상자는 왼쪽에 있다. 녹색 갓을 씌운 전구는 눈높이
에 있다. 기계는 태양 같은 전구 위 소나기구름 같은 어둠 속으로 솟아
있으며, 모형 복귀 봉은 천천히 나선운동을 한다. 키가 복잡하게 달린,
이 몇 톤짜리 덩어리는 바스락거리고 한숨을 쉬며 그의 지능이 깃털처
럼 살짝 다가와주기를 기다린다. 주형반 뒤에서는 녹은 납이 기다린다.
가끔 작동하면 납이 뜨겁게 뿜어져나온다. 해리는 여러 번 납에 데었
다. 하지만 기계는 아기다. 비록 융통성은 없지만 요구하는 게 별로 없
으며, 그 얼마 안 되는 요구만 충족되면 자동으로 복종한다. 신의信義 문

제는 전혀 없다. 내가 기계를 위해 일하면, 기계도 나를 위해 일한다. 그리고 해리는 이곳의 빛을 사랑한다. 그의 눈에는 크림 같다. 어디에도 그림자를 드리우지 않는 이 푸르스름하고 균일한 빛이. 아주 차분하고 순도 높은 빛이어서 반짝이는 글자들도 한눈에 뒤에서 앞으로 읽을 수 있다. 집의 빛과는 완전히 다르다. 집에서는 부엌 개수대에 서 있으면 접시들 위로 그의 그림자가 먼지처럼 드리운다. 거실에 앉아 있으면 재니스가 잡지를 읽을 때 쓰는 탁자용 램프 때문에 눈을 가늘게 떠야 한다. 층계참에는 늘 전구들이 타오른다. 아이는 완전히 어둡지 않으면 텔레비전 화면에 빛이 반사된다고 불평한다. 천장에 형광등이 달린 베리티인쇄소의 큰 방에서는 사람들이 유령처럼 그림자 없이 돌아다닌다.

열시 삼십분. 커피를 마시는 휴식시간에 아빠가 다가와 묻는다. "오늘 저녁에는 올 수 있을 것 같으냐?"

"모르겠어요. 재니스가 어젯밤에 아이랑 영화 보러 가자고 하는 것 같던데. 엄마는 어떠세요?"

"더 바랄 수 없이 잘 있지."

"또 재니스 얘기를 하시던가요?"

"어젯밤엔 안 하더구나, 해리. 지나가는 얘기로야 했지만."

노인은 커피가 든 종이컵을 마치 안에 보석이라도 든 것처럼 꽉 쥐고 바싹 다가온다. "재니스하고 얘기 좀 해봤냐?" 그가 묻는다. "뭐 좀 알아냈어?"

"알아내다뇨? 재니스가 뭐 재판이라도 받는 건가요? 제대로 보지도 못했어요. 스프링어 모터스에 늦게까지 있었거든요." 래빗은 움찔한다. 완벽한 빛 속에서 아버지의 입술이 삐죽 튀어나오고 눈이 흐려지며 옆으로 미끄러지는 것이 보였기 때문이다. 해리는 다시 설명을 덧붙인다. "스프링어 영감이 장부를 정리하라고 열한시까지 잡아뒀어요. 일본 차를 팔기 시작한 뒤로 그 영감, 노예 감독관이 되었거든요."

아버지의 눈동자가 머리카락 두께만큼 넓어진다. 눈썹이 파이카*의 폭만큼 올라간다. "그 사람은 부인하고 포코노스에 가 있는 줄 알았는데."

"스프링어 영감 부부가요? 누가 그래요?"

"네 어머니가 그런 것 같은데. 누가 네 어머니한테 말해줬는지는 잊어버렸다. 줄리아 안트인 것 같은데. 아마 지난주일걸. 스프링어 부인의 다리가 더위를 못 견뎌서, 부어오른대. 늙는다는 게 뭔지 너한테 어떻게 이야기를 해야 좋을지 모르겠구나, 해리. 흔히들 떠벌리는 게 다가 아니야."

"포코노스라."

"지난주라고 하는 것 같았어. 오늘밤에 못 온다고 하면 네 어머니가 실망할 텐데, 뭐라고 하면 좋으냐?"

휴식의 끝을 알리는 벨이 울린다. 뷰캐넌이 구부정한 걸음걸이로 지나가다 아침 위스키 한 잔을 들이켠 입술을 훔치며 한쪽 눈을 찡긋한다. "아빠가 제일 잘 알지." 뷰캐넌이 장난스럽게 소리친다. 반질반질한 검은 물개 같다.

해리가 말한다. "저녁 먹고 가보려고 노력은 하겠지만, 아이한테 영화관에 간다고 약속했기 때문에 아마 힘들 거라고 하세요. 금요일에는

---

* 12포인트 크기의 활자.

갈 수 있을지 몰라요." 실망했지만 그래도 비난하지는 않는 아버지의 얼굴 때문에 그는 화가 나 버럭 소리를 지른다. "젠장, 아빠, 나도 한 가정의 가장이라고요! 모든 걸 다 할 수는 없어요." 그는 기계로 돌아간다. 기계는 그의 주위를 꼭 맞게 채우며 그가 마음에 걸리는 한 마디 ("포코노스")를 털어내는 동안 웅웅거린다. 그가 키를 만지자 후두둑 떨어지는 빗소리를 내며 돌아온 그를 반겨준다.

퇴근을 하니 재니스가 집에 있다. 팰컨은 차고에 있다. 그녀가 피운 담배 때문에 작은 집에 연기가 자욱하다. 텔레비전 위에 반쯤 비운 베르무트 잔이 하나 있고, 거실과 아침 먹는 구석 자리 사이의 선반 위에도 잔이 하나 더 있다. 래빗이 소리친다. "재니스!" 집이 작고 울림이 심하기 때문에 텔레비전 채널을 돌리는 소리도, 병마개를 따는 소리도, 넬슨의 침대 스프링이 삐걱거리는 소리도 어디서나 들린다. 그런데도 대답이 없다. 그는 물이 텀벙거리는 소리를 듣고 층계를 올라간다. 위층 욕실에는 수증기가 자욱하다. 여자들이 뜨거운 물을 얼마나 잘 견디는지 놀랍기만 하다.

"해리, 당신 때문에 찬 공기가 잔뜩 들어왔잖아."

재니스는 욕조에서 다리털을 깎고 있다. 살짝살짝 작게 베인 상처들에서 피가 반짝인다. 재니스는 얼굴에 왠지 찌무룩하고 지지러지고 옹색한 느낌이 있어 결코 매혹적인 미녀라고 할 수는 없었고, 할리우드가 사그라지기 전 커다란 풍선 같은 여자들을 밀던 시기에는 상당

히 작은 여자에 속했다. 그래도 다리만은 늘 멋졌고 그건 지금도 마찬
가지다. 래빗이 늘 좋아하던 뼈가 도드라진 무릎 아래위로 팽팽하고
의기양양한 다리. 그는 사람들의 뼈를 보는 것을 좋아한다. 아내는 마
치 과시하듯 비누를 칠한 다리 한쪽을 들어올리고 있다. 수증기 사이
로 잿빛 비눗물이 그녀의 보지와 배와 엉덩이 주위에서 찰랑찰랑 밀려
들고 나는 것이 보인다. 그녀는 발목의 털을 깎으려고 손을 뻗고 있고,
그는 십삼 년의 결혼생활 동안 그가 듣고 보았던 헤아릴 수 없이 많은
그녀의 목욕들로 이루어진 층계 꼭대기에 서 있다. 그가 결혼 햇수를
아는 건 그들의 결혼이 자식보다 일곱 달 나이가 많기 때문이다. 그가
묻는다. "넬슨은 어디 갔어?"

"빌리 포스나트하고 브루어에 갔어. 미니바이크를 보러."

"넬슨이 미니바이크를 보는 거 싫은데. 그러다 죽어." 다른 아이,
그의 딸은 죽었다. 세상은 유사流砂다. 곧은길을 찾고, 그 길을 떠나지
마라.

"아, 해리, 보는 게 무슨 해가 된다고 그래. 빌리는 미니바이크를 늘
타고 다니기도 하는데."

"그런 거 사줄 여유 없어."

"넬슨이 반은 자기가 모으겠다고 약속했어. 당신이 그렇게 빡빡하
게 군다면 우리가 낼 돈 반은 내 돈에서 낼게." 그녀의 돈. 그녀의 아버
지는 오래전 그녀에게 주식을 주었다. 그리고 그녀는 지금 돈을 번다.
이 여자에게 내가 필요하기는 할까? 그녀가 묻는다. "문 닫은 거 확실
해? 갑자기 끔찍한 외풍이 부는데. 이 집에는 프라이버시가 별로 없어,
안 그래?"

"허, 젠장, 내가 당신한테 프라이버시를 얼마나 줘야 하는데?"

"글쎄, 일단 거기 서서 그렇게 구경할 필요는 없는 거지. 내가 목욕하는 건 전에도 봤잖아."

"글쎄, 당신이 옷을 벗은 걸 본 지가 얼마나 되었는지 기억도 안 나. 괜찮은데 그래."

"나는 그저 하나의 씹일 뿐이야, 해리. 지금 이런 씹은 널리고 널렸잖아."

몇 년 전만 해도 그녀는 "씹"이라는 말을 절대 하지 않았다. 그 말이 그를 흥분시킨다. 그의 좆에 닿는 숨결처럼 그를 어루만진다. 털을 깎으려고 팔을 뻗는가 했는데 발목에서 갑자기, 충격적일 만큼 선명하게 피가 흐르기 시작한다. "어이쿠," 그가 그녀에게 말한다. "서툴군."

"당신이 거기 서서 보고 있으니까 신경이 예민해져서 그래."

"그런데 왜 지금 목욕을 하는 거야?"

"저녁 먹으러 나가기로 했잖아, 기억 안 나? 여덟시 영화를 보려면 여섯시에는 나가야 돼. 당신도 잉크를 씻어내야지. 이 물 쓸래?"

"피하고 잔털이 가득한데."

"해리, 정말이지. 당신, 나이가 들면서 너무 빡빡해졌어."

또다. "빡빡하다." 그녀의 목소리가 아닌 다른 목소리, 그녀의 목소리 안의 다른 목소리다.

재니스가 계속 말한다. "아직 시간이 얼마 안 지나서 새로 목욕물을 데울 만큼 열이 안 나올걸."

"알았어. 그 물을 쓰지."

아내가 욕조에서 나오자 욕실 매트 위로 물이 넘친다. 두 발과 엉덩이가 장밋빛으로 김을 뿜는다. 목덜미에서 머리채를 들어올리자 두 젖가슴이 동조하듯 함께 올라간다. "등 좀 닦아줄래?"

그녀가 마지막으로 그런 부탁을 한 게 언제인지 기억도 나지 않는다. 등을 닦아주는데 그녀의 자그마함이 벌거벗은 여자들이 드러내는 절대적 거대함과 섞인다. 허리에서 바깥쪽으로 흘러나가던 곡선이 옆구리의 지방 때문에 갑자기 부풀어오른다. 래빗은 쭈그리고 앉아 발그레하게 소름이 돋은 엉덩이를 닦는다. 허벅지 뒤쪽, 삐져나온 검은 털, 그 사이의 축축한 이끼. "됐어." 그녀가 말하며 물러선다. 그는 일어서서 그녀가 들어올린 풍성하게 펼쳐진 머리채 아래의 솜털을 톡톡 두드려 물기를 없앤다. 자연은 둥지로 가득하다. 그녀가 묻는다. "어디서 먹고 싶어?"

"아, 아무데나. 넬슨은 저기 웨스트와이저에 있는 버거블리스 좋아하잖아."

"생각해봤는데, 다리 건너자마자 있는 새 그리스 식당에 한번 가보고 싶었거든. 며칠 전에 찰리 스태브로스가 얘기하더라고."

"그래. 며칠 전 얘기가 나와서 말인데—"

"멋진 포도잎 요리랑 시시 케밥이 있다는데 넬슨이 좋아할 거야. 뭔가 새로운 걸 먹이지 않으면 넬슨은 앞으로 평생 버거블리스에서만 먹을걸."

"영화는 일곱시 반에 시작해, 알지?"

"알아." 그녀가 말한다. "그래서 지금 목욕을 한 거야." 새로운 재니스가 그에게 등을 돌리고 선 자세 그대로 엉덩이를 그의 바지 앞자락에 갖다대고 까치발로 몸을 들어올려 배를 내밀고 등을 활처럼 젖혔다. 그러자 아래와 위 두 군데가 동시에 닿으면서 옷에 축축한 물기가 서서히 퍼져나간다. 그의 마음이 말랑해지고 자지는 단단해진다. "게다가," 재니스는 〈밴베리 크로스〉*를 조용히 읊조리는 아이처럼 몸을 아래위로 조금씩 움직이며 말을 이어나간다. "영화는 넬슨만 보여주려는 게 아니야. 나를 위한 것이기도 해. 나, 일주일 내내 아주 열심히 일했거든."

물어보려던 것이 있었지만 그녀의 애무가 지워버렸다. 그녀가 자세를 바로하더니 말한다. "서둘러, 해리. 물이 식잖아." 그의 선탠** 앞자락 두 군데가 젖었다. 후텁지근한 욕실 때문에 약에 취한 느낌이다. 그녀가 그들의 침실로 통하는 문을 열자 욕실 안과 대비되는 찬 공기에 그의 몸이 굳는다. 재채기를 한다. 그래도 그녀가 옷 입는 것을 볼 수 있도록 문을 연 채로 옷을 벗는다. 그녀는 숙련된 동작으로 빠르게 입는다. 뱀이 모래 위에서 어깨를 으쓱하며 앞으로 나아가듯이 검은 스타킹을 다리 위로 끌어올린다. 재빨리 벽장으로 가서 치마를 꺼내고, 서랍장으로 가서 블라우스를 꺼낸다. 주름 장식이 달린 은빛 블라우스다. 파티 때 입으려고 아껴두던 블라우스 같다. 욕조에 발을 슬쩍 담가보는데(너무 뜨겁다) 기억이 난다.

"어이, 재니스. 오늘 누가 그러던데 당신 부모님이 포코노스에 가셨다면서? 어젯밤에 당신은 매장에 당신 아버지가 있다고 했잖아."

그녀는 침실 한가운데서 동작을 멈추고 욕실을 물끄러미 바라본다. 그녀의 거무스름한 눈이 더 검어진다. 그 눈에 그의 크고 흰 몸이 보인

---

* 영국의 전래동요.
** 여름용 담갈색 군복.

다. 퍼지고 늘어진 배, 금빛 털이 덮인 뿌리에서 나와 수탉의 볏처럼 뼈 없이 늘어진 포경수술을 받지 않은 물건. 하늘을 날던 운동선수가 땅으로 떨어지고 마누라를 빼앗긴 모습이 보인다. 돼지기름처럼 칼로 썰 수 있을 것 같은 크고 하얀 남자가 보인다. 그가 그녀를 떠났을 때 느껴지던 천사의 기운과도 같던 차가운 힘, 그러나 돌아와서 매달리는 실망스러운 반전. 그 두 가지 결합에 뭔가 그녀가 용서할 수 없는 것, 그녀 자신을 정당화할 수 있는 것이 있다. 그가 등을 돌리고 물로 들어가는 것을 보니 그녀의 눈길이 그에게 뜨겁게 닿은 것이 틀림없다. 남편의 엉덩이와 애인의 엉덩이가 합쳐진다. 그 부위만큼은 모든 남자가 꽤나 순진하고 약해 보인다는 생각이 든다. 아기 때로 돌아간 것 같다. 그녀는 단호하게 말한다. "포코노스에 계셨는데 일찍 돌아오셨어. 엄마는 늘 그런 휴양지에 가면 무시를 당한다고 생각해." 그녀는 자신의 거짓말에 대한 답을 기다리지 않고 1층으로 내려간다.

래빗은 그녀의 털과 피로 물든 물웅덩이에 잠겨 넬슨이 집으로 들어오는 소리를 듣는다. 목소리들이 천장을 지나 올라오며 흐릿해진다. "싸구려 미니바이크야." 아이가 말한다. "벌써 고장났어요."

재니스가 말한다. "그럼 그게 네 게 아니라서 다행이네?"

"그렇죠, 하지만 더 비싼 것도 있어요, 정말 끝내줘요. 조콘다 상표예요, 할아버지가 할인을 받을 수 있으니까 싸구려보다 돈이 더 들지도 않아요."

"아빠하고 나는 장난감에 200달러는 너무 많다는 데 합의를 봤어."

"장난감이 아니에요, 엄마. 엔진이 뭔지 진짜로 배울 수 있는 물건이라고요. 면허를 딸 수 있고, 아빠도 버스만 타고 다니는 게 아니라 가끔 그걸 타고 출근할 수도 있어요."

"아빠는 버스 타는 걸 좋아해."

"싫어해!" 래빗이 소리를 지른다. "니그로들 냄새가 나." 하지만 아 래층 부엌의 어느 목소리도 그 말을 들은 체하지 않는다.

저녁 내내 아무도 그의 이야기를 듣지 못한다는 느낌, 그의 정신이 걸쭉한 절연체 안에 갇혀 있다는 느낌을 받는다. 그는 더 크게, 더 힘을 주어 말한다. 다시 엠벌리 애비뉴를 내려가 와이저 스트리트로 들어간 다음, 영화관을 지나 다리를 건너 차를 몰면서(그가 성조기 스티커를 붙여놓기는 했지만 재니스가 훨씬 많이 타기 때문에 팰컨은 재니스 차라는 느낌이 든다) 그는 말한다. "염병할. 무슨 대단한 걸 먹겠다고 다시 브루어로 들어가는지 모르겠네. 빌어먹을 하루 온종일을 브루어에 있었는데."

"넬슨은 나랑 생각이 같아." 재니스가 말한다. "흥미로운 실험이 될 거야. 안 끈적거리는 게 많다고 내가 애한테 장담했거든. 중국 음식하고는 다르다고."

"영화 시간에 늦을 거야, 틀림없어."

"페기 포스나트 말이—" 재니스가 입을 연다.

"그 멍청이." 래빗이 말한다.

"페기 포스나트 말이 앞부분이 무척 지루하대. 별이 잔뜩 나오고, 교향곡도 좀 나온대. 어차피 앞에는 틀림없이 단편영화나 뭐 그런 걸 틀어

줄 테니까 당신은 차라리 로비에 나가 캔디나 더 사 오겠다고 할 거야."

넬슨이 말한다. "나는 시작할 때가 정말 끝내준다고 들었는데. 원시인들이 잔뜩 나와서 진짜 날고기를 먹는 바람에, 우리 학교 애는 거의 토할 뻔했대요. 그러다가 혈거인 하나가 정말로 뼈로 두드려맞는 장면이 나온대요. 그 뼈를 공중에 던지는데 그게 우주선으로 바뀌고요."

"고맙구나, 아예 줄거리를 다 말해주지 그래." 재니스가 말한다. "이미 다 본 것 같네. 두 사람은 영화 보러 가고 나는 집에 가서 잠이나 자는 게 좋을지도 모르겠다."

"젠장." 래빗이 말한다. "한 번이라도 그냥 우리하고 남아서 함께 견뎌봐."

재니스가 물러서는 목소리로 말한다. "여자들은 과학은 별로잖아."

해리는 그녀를 옥박지르는 느낌, 그들의 삶에 들어와 자리를 잡고 있는 듯한 이 얼굴 없는 미지의 존재, 마치 네번째 가족처럼 그들 사이에 있는 것에 정면으로 맞서는 느낌이 마음에 든다. 죽은 아기인가? 처음에는 재니스의 슬픔이 더 커서, 저러다 꺾이지 하는 느낌이 들 정도로 그 슬픔에 갈대처럼 깔려 구부러졌지만, 그후로 오랜 세월이 지나면서 이제 그만이 그 슬픔의 유일한 상속자가 되었다. 그녀가 다시 임신하는 것을 그가 막았기 때문에 살인과 죄는 모두 그의 몫이 되었다. 처음에는 그도 왜 그러는지 설명하려 했다. 그녀와 하는 섹스가 너무 어둡고, 너무 심각하고, 죽음과 너무 흡사한 일이 되어, 그 결과로 나올지도 모르는 것을 절대 신뢰할 수 없다고. 그러다가 그는 그런 노력을 중단했고 그녀도 잊은 것 같았다. 물에 빠져 죽은 새끼들을 찾아 하루나 이틀쯤 구석진 곳을 돌아다니며 야옹거리고 킁킁거리다가 다시 우

58

유를 핥고 빨래 바구니에서 낮잠을 자는 고양이처럼. 여자와 자연은 잊는다. 하지만 그는 아기를 생각만 해도, 약국에서 공중전화로 아기의 죽음 이야기를 들었던 때를 기억하기만 해도, 가슴속에 경련이 인다. 지금도 그는 이 경련을 막연하게 신과 연결짓는다.

재니스의 지시에 따라 그는 다리를 건너 **짐보스** 프렌들리 **라운지**에서 우회전해, 몇 블록을 가다가 퀸스 스트리트에서 차를 세운다. 그는 뒤에 남아 차문을 잠근다. "여긴 완전히 빈민굴인데." 그가 재니스에게 불평한다. "요즘 여기서 강간 사건이 많이 일어나."

"아." 그녀가 말한다, "〈뱃〉은 강간 기사만 싣잖아. 당신도 강간이 보통 어떤지 알잖아. 나중에 여자가 마음이 바뀐 거라고."

"애 앞에서 말 좀 조심해."

"얘는 지금 당신이 평생 가도 모를 만큼 알고 있어. 개인적인 얘기가 아니야, 해리. 그냥 사실이야. 요즘 애들은 당신이 어렸을 때보다 많이 닳았어."

"당신이 어렸을 때는 어땠는데?"

"나는 아주 멍청하고 순진했지, 인정해."

"그런데?"

"그런데 뭐?"

"지금은 아주 지혜로워졌다는 이야기를 하려는 줄 알았는데."

"나는 지혜롭지 않아. 하지만 적어도 마음은 열어두려고 노력했어."

그들보다 약간 앞서서 걸어가고 있기는 하지만 어차피 들을 건 다 듣고 있는 넬슨이 와이저광장의 커다란 선플라워 맥주 시계를 가리킨다. 슬레이트 지붕 너머, 또하나의 주차장으로 변신하기 직전인 한 블록 전체 규모의 잡석더미 너머로 시계가 보인다. "여섯시 이십분이에요." 넬슨이 말한다. 그는 자기 의사가 제대로 전달되었다는 확신이 없어 덧붙인다. "버거블리스에서는 바로 음식이 나와요. 끝내줘요. 번쩍번쩍하는 커다란 자주색 오븐에 늘 따뜻하게 보관하거든요."

"버거블리스는 안 돼." 해리가 말한다. "피자패러다이스에 가보자."

"모르는 소리 마." 재니스가 말한다. "피자는 순전히 이탈리아 음식인데 왜 거길 가." 그녀는 넬슨한테 말한다. "시간은 충분해, 식당에 이렇게 일찍 오는 사람은 없어."

"도대체 어디예요?" 넬슨이 묻는다.

"다 왔어." 그녀는 한 번의 실수도 없이 그들을 정확하게 이끌고 왔다. 벽돌로 지은 연립주택이다. 빨간 벽돌은 브루어 특유의 색깔인 황소 핏빛 같은 붉은색으로 칠해놓았다. 네온사인은 아니다. 그냥 작은 간판에 타베르나*라고 적혀 있다. 사암 계단을 올라가 문간으로 가자, 콧수염이 난 어머니 느낌의 여자가 그들을 맞이해, 한때는 응접실이었지만 지금은 맞은편 방과 터놓은 공간으로 안내한다. 그 너머 스프링이 달린 여닫이문 뒤가 주방이다. 가운데에 탁자가 몇 개 있다. 두 벽에는 칸막이 좌석을 만들어놓았다. 하얀 벽에는 계란형 얼굴의 노란 여자와 아기가 깜빡이는 초를 앞에 두고 찍은 사진 외에는 아무런 장식이 없다. 재니스가 칸막이 좌석의 한쪽으로 미끄러져들어가고 넬슨이 맞은편으로 들어간다. 어쩔 수 없이 선택을 하게 된 해리는 넬슨 옆으로 들어가 메뉴 보는 것을 도와준다. 햄버거와 가장 비슷한 음식을 찾으려

---

* '작은 음식점'이라는 뜻의 그리스어.

는 것이다. 식탁에는 빨간색 체크무늬 보가 덮여 있으며, 파란 유리 꽃병의 데이지는 생화다. 부드럽다, 해리는 꽃들을 만져보고 그렇게 느낀다. 재니스 말이 맞았다. 좋은 곳이다. 주방에서 틀어놓은 라디오가 유일한 음악이다. 다른 손님으로는 남녀 한 쌍뿐이다. 그들은 이야기에 몹시 열중해 이따금 서로 손을 만진다. 어떤 영역 안으로 완전히 들어가 있는 것이다. 남자는 숨이 막히는 것처럼 얼굴이 시뻘겋고 여자는 질린 듯 창백하다. 펜파크에 살 만한 부류다. 베이지색과 연필심 색깔 옷을 입은 모습이 시원해 보인다. 7월 중순에 이 후텁지근한 강바닥에서 입기에 적당한 옷이 있다면 바로 저 옷일 것이다. 얼굴은 돈깨나 있을 듯 날이 서 보인다. 앞이마에는 뒤뚱거리는 흐리멍텅한 빈민은 결코 흉내낼 수 없는 투명함이 있다. 이제 해리는 절대 그들 같은 사람이 될 수 없겠지만 그래도 그들이 여기에 있는 것이 좋다. 너무 조촐하여 오히려 세련된 느낌을 주는 이 식당에 그들이 있다는 것이. 어쩌면 브루어도 보기와는 다르게 제대로 서 있지도 못할 정도로 진이 빠진 것은 아닌지 모른다.

메뉴판은 손으로 써서 젤라틴판으로 복사한 것이다. 넬슨이 팽팽하게 긴장한 얼굴로 메뉴판을 살피고 있다. "샌드위치는 하나도 없네." 넬슨이 말한다.

"넬슨," 재니스가 말한다. "여기서 법석을 떨면 앞으로 다시는 아무데도 안 데리고 갈 거야. 큰 아이답게 굴어."

"다 뭔 말인지도 모르겠어."

그녀가 설명한다. "대부분 양고기야. 케밥은 꼬치에 꿴 거야. 무사카는 가지랑 섞은 거고."

"난 가지 싫어."

래빗이 그녀에게 묻는다. "어떻게 그런 걸 다 알아?"

"그 정도는 다들 알아. 해리, 당신은 너무 촌스러워. 넬슨하고 둘이 나란히 앉아 초라해지기로 작정이라도 한 것 같아. '못난 미국인들.'"

"당신도 뭐 그렇게 중국인처럼 보이지는 않는데." 해리가 말한다. "아무리 그런 소공자풍의 블라우스를 입고 있어도 말이야." 자신의 손가락 끝에 황토색 꽃가루가 묻어 있는 게 얼핏 보인다. 데이지를 만질 때 묻은 것이다.

넬슨이 묻는다. "칼라마리아는 뭐예요?"

"모르겠는데." 재니스가 말한다.

"그걸로 할래."

"알지도 못하면서 그걸로 해? 수블라키아로 해. 그게 제일 간단해. 아주 잘 익힌 고기 조각들을 꼬치에 꿴 거야. 사이에 페퍼랑 양파를 끼워서."

"난 페퍼 싫어."

래빗이 넬슨에게 말한다. "재채기가 나오는 그 페퍼가 아니라, 속이 빈 녹색 토마토처럼 생긴 거야."

"알아요," 넬슨이 말한다. "난 그거 싫어요. 나도 페퍼가 뭔지 안다고요, 아빠. 젠장."

"그런 말 쓰지 마. 도대체 어디서 먹어봤어?"

"페퍼버거에 들어 있어요."

"나 혼자 여기 놔두고 애는 버거블리스에 데려가는 게 좋을지도 모르겠네." 재니스가 말한다.

래빗이 묻는다. "그렇게 좆나 똑똑한 당신은 뭘 먹을 건데?"

"아빠 방금 욕했어요."

"쉬잇." 재니스가 말한다. "둘 다 조용히. 괜찮은 치킨 파이가 있는데, 이름을 잊어버렸어."

"전에도 여기 와봤군." 래빗이 그녀에게 말한다.

"나는 멜로페타 먹을래." 넬슨이 말한다.

래빗은 메뉴에서 아이의 뭉툭한 손가락(어머니가 늘 이야기하듯이 넬슨은 스프링어 집안의 작은 손을 물려받았다)이 멈춘 곳을 보고 아이에게 말한다. "멍청이, 그건 후식이야."

문간에서 크게 인사하는 소리가 들리더니 대가족이 들어온다. 모두 검은 머리에 웃는 얼굴이다. 웨이터가 아들처럼 그들을 맞이하더니 그들이 모두 앉을 수 있도록 탁자 하나를 칸막이 좌석에 갖다붙인다. 그들은 그들의 언어로 시끄럽게 수다를 떤다. 깔깔거린다. 정답게 말을 주고받는다. 모두 이곳에 왔다는 기쁨으로 들떠 있다. 그들의 의자가 긁히는 소리를 내고, 아이들은 우산처럼 펼쳐지는 어른들의 목소리 밑에서 새침을 떨며 큰 눈으로 물끄러미 바라본다. 래빗은 자신의 헐벗은 소가족 속에서 벌거벗은 기분이다. 펜파크 커플은 물속에 있는 것처럼 아주 천천히 고개를 돌려 소란스러운 곳을 보더니 다시 자신들의 이야기로 돌아간다. 이제는 그녀가 얼굴을 붉히고 있고 그가 창백하다. 접촉. 탁자보 위에서 손을 만지고, 와인잔 굽 사이로 서로를 더듬는다. 새떼 같은 그리스인들은 둥지를 틀었지만 한 남자가 뒤처져 있다. 그들과 함께 들어왔다가 문간에서 멈춘 모양이다. 래빗이 아는 남자다. 재니스는 고개를 돌리려 하지 않는다. 눈은 메뉴판을 계속 보고 있지만 그대로 얼어붙어 있어 읽는 것처럼 보이지 않는다. 래빗이 그녀에게 중얼거린다. "찰리 스태브로스네."

"아, 그래?" 그녀가 대꾸한다. 하지만 여전히 머뭇거릴 뿐 고개를 돌리지 못한다.

그런데 넬슨이 고개를 돌리고 큰 소리로 부른다. "안녕하세요, 찰리!" 여름이면 아이는 매장에서 많은 시간을 보낸다.

눈이 아주 나쁘고 예민하여 라일락 색조를 넣은 안경을 낀 스태브로스가 초점을 맞춘다. 얼굴이 부서지며 판매 계약을 체결할 때 지을 것이 틀림없는 미소가 만들어진다. 한쪽 입가가 교활하게 올라가며 보조개가 팬다. 스태브로스는 몸 곳곳이 각이 진 느낌을 주는 남자로, 해리보다는 몇 센티 작고 몇 살이 어리지만, 묵직한 위엄을 갖추고 태어난 듯 존재감이 강렬하고 몸가짐이 노숙해 보인다. 머리는 벗어지고 있다. 눈썹은 직선으로 얼굴을 가로지른다. 그는 몸속에 잘못하면 깨지는 것이 들어 있는 양 신중하게 움직인다. 마드라스체크 셔츠를 입고 굵은 사각 뿔테안경을 끼고 각진 짙은 구레나룻을 기르고 자신이 세상을 선택한 듯한 분위기로 돌아다닌다. 삼십대에 들어섰는데 결혼을 하지 않았다는 것 또한 신중한 분위기에 일조한다. 래빗은 그를 볼 때면 늘 마음먹은 것 이상으로 그를 좋아하게 된다. 그를 보면 몸집이 단단하고 천천히 움직이며 절대 재잘거리지 않는 사내들, 팀의 플레이메이커들이 떠오른다. 스태브로스가 머리를 굴리다, 마음을 정하지 못한 채 잠시 멈칫하던 순간을 뒤로하고 그들의 테이블로 왔을 때 "함께 먹지"라고 말한 사람은 해리다. 재니스는 이미 고개를 숙인 채 안쪽으로 들어가 자리를 비워놓았다.

찰리가 재니스에게 말한다. "온 가족 행차네. 멋져."

그녀가 말한다. "이 둘이 끔찍하게 굴고 있어."

래빗이 말한다. "메뉴를 읽을 수가 없어서."

넬슨이 말한다. "찰리 아저씨, 칼라마리아가 뭐예요? 그거 먹고 싶어요."

"아니, 먹고 싶지 않을걸. 낙지를 그 안에 든 먹물에 요리한 거 비슷하거든."

"웩." 넬슨이 말한다.

"넬슨." 재니스가 날카롭게 소리친다.

래빗이 말한다. "앉아, 찰리."

"방해하고 싶지 않은데."

"방해는커녕 도움이 될 거야. 제기랄."

"아빠가 심술을 부리고 있어요." 넬슨이 고자질한다.

재니스가 안달하며 자기 옆자리를 두드린다. 찰리는 앉아서 그녀에게 묻는다. "아이가 뭘 좋아해?"

"햄버거." 재니스가 극적으로 신음을 토한다. 갑자기 배우가 되었다. 마치 멀리 전달해야 하는 것처럼 모든 몸짓과 억양에 힘이 들어가 있다.

찰리가 열중한 모습으로 메뉴판 위로 각진 머리를 숙이고 있다.

"케프테데스를 시켜주자. 괜찮아, 넬슨? 미트볼인데."

"토마토처럼 찐득거리는 걸 발랐으면 안 돼요."

"찐득거리는 거 없어. 그냥 고기야. 민트 조금하고. 라이프 세이버*

---

* 박하사탕 상표명.

에 들어 있는 게 민트야. 괜찮지?"

"괜찮아요."

"아주 마음에 들 거야."

하지만 래빗은 아이가 고물 자동차를 속아 산 것만 같다. 또 스태브로스의 널찍한 어깨가 재니스의 어깨 옆에 놓이고 이 남자의 두 손이 굵직한 금반지를 하나씩 자랑하자, 그들의 식사 자리가 래빗이 선택하지 않은 길로 방향을 튼 느낌이 든다. 그와 넬슨은 뒷자리에 타고 있다.

재니스가 스태브로스에게 말한다. "찰리, 우리 걸 다 주문해주는 게 어때? 우린 지금 뭘 하는지도 모르거든."

래빗이 말한다. "나는 내가 뭘 하는지 알아. 내 건 내가 주문할 거야. 나는"―그는 메뉴에서 아무거나 고른다―"파이다키아로 하겠어."

"파이다키아." 스태브로스가 말한다. "그건 안 될 것 같은데. 마리네이드에 담근 양고기인데, 전날 주문해야 돼. 적어도 여섯 시간은 담가둬야 하거든."

넬슨이 말한다. "아빠, 사십 분 뒤에 영화가 시작해요."

재니스가 설명한다. "우린 그 시시껄렁한 우주 영화를 보러 가려고 하거든."

스태브로스가 알고 있다는 듯이 고개를 끄덕인다. 래빗의 귀에 묘한 메아리가 들린다. 재니스와 스태브로스 사이에 오가는 대화는 죽은 것처럼, 이미 한번 이루어졌던 것처럼 들린다. 물론 그들은 하루종일 함께 일한다. 스태브로스가 그들에게 말한다. "엉망인 영화지."

"왜 엉망이에요?" 넬슨이 불안한 표정으로 묻는다. 아이의 얼굴에 어떤 표정이 나타나기 시작한다. 입술이 부풀어오르고 눈이 쑥 들어간다. 아기 때부터 변하지 않는 표정이다. 젖병이 바닥났을 때 짓던 표정.

스태브로스가 수습에 나선다. "넬리, 너한테는 아주 좋을 거야. 다 장난감이거든. 하지만 나한테는 그냥 섹시하지가 않았어. 아마 나는 테크놀로지가 그렇게 섹시하게 느껴지지 않나봐."

"모든 게 꼭 섹시해야 해?" 재니스가 묻는다.

"꼭 그렇진 않지만 그렇게 되는 경향이 있지." 스태브로스가 그녀에게 대꾸하고 나서 래빗에게 말한다. "수블라키아를 먹어봐. 아주 마음에 들걸. 빨리 나오기도 하고." 그러더니 감탄스러울 만큼 힘있고 작은 몸짓으로, 팔꿈치를 탁자에서 떼지도 않고 손가락들이 뒤로 꺾인 듯 손바닥을 밖으로 내밀고 손을 움직인다. 그러자 어머니 느낌의 여자가 그들에게로 달려온다.

"야수."

"칼레 스페라."* 여자가 대답한다.

스태브로스가 그리스어로 주문을 하는 동안 해리는 재니스를, 그녀의 묘한 홍조를 살핀다. 시간은 그녀에게 친절했다. 마치 그녀에게 미안함을 느낀 것처럼. 입 주위의 그 옹색하고 인색한 느낌, 십대부터 자리잡고 있던 그 느낌은 얼굴에 다른 잔주름들이 나타나면서 희미해졌고, 그의 가난의 또다른 상징 같아 한때 짜증이 나던 성긴 머리는 이제 가운데 가르마에서부터 부드러운 두 날개처럼 양쪽 귀 위로 늘어져 있다. 립스틱은 바르지 않았다. 어떻게 빛을 받느냐에 따라 얼굴에서 가끔 집시 같은 모진 면이 드러나기도 하고, 신문의 여자 게릴라 투사 사

---

* 둘 다 그리스어 인사.

진에서 볼 수 있는 위엄이 드러나기도 한다. 집시 같은 표정은 그녀의 어머니에게서 물려받은 것이고, 위엄은 솜털이 채 가시지 않은 어린애처럼 보여야 한다는 강박에서 해방시켜준 1960년대의 유산이다. 평범해도 충분히 아름다울 수 있다. 이제 그녀는 행복하여 온통 둥글둥글하다. 둥근 엉덩이를 깔고 앉아 꿈틀거리고, 촛불 빛 속에서 과장스럽게 호를 그리는 두 손이 빠르게 춤을 춘다. 그녀가 스태브로스에게 말한다. "찰리가 나타나지 않았다면 우리는 굶어죽었을 거야."

"아니지." 그가 사실을 중시하는 든든한 남자로서 말한다. "이 식당 사람들이 챙겨줬을 거야. 좋은 사람들이거든."

"이 둘은 아주 미국적이야, 대책이 없어."

"그래." 스태브로스는 래빗한테 말한다. "팰컨에 붙여놓은 성조기 봤어."

"내가 찰리한테 말했어." 재니스가 래빗한테 말한다. "그걸 거기 붙여놓은 건 당연히 내가 아니라고 말이야."

"그게 뭐가 문젠데?" 그가 두 사람에게 묻는다. "그건 우리 국기잖아, 안 그래?"

"누군가의 깃발이지." 스태브로스가 말한다. 이런 흐름이 마음에 들지 않아 손가락 끝을 모아 안경의 보호를 받는 시원치 않은 눈 밑을 가볍게 두드린다.

"하지만 찰리 네 건 아니다, 그런 말인가?"

"해리는 이런 얘기만 나오면 광적이 돼." 재니스가 경고한다.

"광적이 되는 게 아니야. 그냥 좀 슬퍼지는 거야. 사람들이 여기로 건너와 큰돈을 만지면서—"

"나는 여기서 태어났어." 스태브로스가 얼른 끼어든다. "우리 아버지도 마찬가지고."

"—국기는 좆같은 휴지 조각처럼 내팽개치고 말이야."

"깃발은 깃발이지. 그냥 천조각일 뿐이라고."

"나한테는 단순한 천조각 이상이야."

"천조각 이상 뭔데?"

"그건—"

"위대한 미시시피강이겠네."

"항상 사람들은 내가 말을 끝맺을 기회를 안 줘."

"항상은 아니고 반 정도 그렇겠지."

"항상 그러는 중국보다는 낫네."

"봐. 미시시피강은 아주 넓지. 로키산맥은 정말 활기차게 뻗어나가고. 하지만 나는 정말이지 경찰이 히피의 머리를 때리고 펜타곤이 전 세계에서 카우보이와 인디언 놀이를 하는 것에는 도저히 기분이 좋을 수가 없어. 나한테는 저 작은 성조기 스티커가 의미하는 게 그런 거야. 흑인들을 엿 먹이고 CIA를 그리스에 보낸다는 의미지."

"우리가 누군가를 안 보내면 염병할 다른 편에서 틀림없이 보낼 거야. 그리스인은 혼자서는 쇼를 감당하지 못할 것 같은데."

"해리, 그럼 당신만 우스워 보여. 그리스인은 문명을 발명했어." 재니스가 말한다. 그녀는 스태브로스를 향해 말을 이어간다. "정치 생각을 하니까 저이 입이 얼마나 작아지고 팽팽해지는지 좀 봐."

"나는 정치 생각을 하지 않아." 래빗이 말한다. "내 빌어먹을 귀중한 미국인으로서의 권리 가운데 하나가 정치를 생각하지 않는 거라고. 나는 그저 왜 우리가 등뒤에 두 손이 묶인 채 거리를 걸어가다 자기가 혁명을 한다고 말하는 모든 악당한테 곤봉으로 두드려맞아야 하는지 그 이유를 모르겠다는 거야. 머리에서 바이탈리스*가 뚝뚝 떨어지는 능란한 똥차 영업사원이 포동포동 살찐 엉덩이를 깔고 앉아 태어날 때부터 입에 맛있는 걸 쑤셔넣어준 나라를 씹어대는 걸 듣고 있자니 정말로 열불이 나."

찰리가 일어나려 한다. "나는 가는 게 좋겠어. 점점 살벌해져."

"가지 마." 재니스가 간청한다. "저이는 자기가 무슨 말을 하는지도 몰라. 이런 이야기만 나오면 병적이 돼."

"그래. 가지 마, 찰리. 그냥 앉아서 미친 놈 비위 좀 맞춰줘."

찰리는 다시 앉으며 자로 잰 듯한 말투로 말한다. "나도 네 추론 방식을 따라가보고 싶어. 우리가 베트남 입에 쑤셔넣은 맛있는 거 이야기 좀 해주지 그래."

"젠장, 바로 그거야. 우리 마음대로 할 수 있게만 해주면 베트남을 또하나의 일본으로 바꿔놓을 거야. 그게 우리가 하고 싶어하는 거라고. 고속도로와 주유소가 넘쳐나는 행복한 부자 나라를 만드는 거. 불쌍한 LBJ, 세상에, 텔레비전에 나와선 눈물이 글썽글썽해가지고, 너도 LBJ가 얘기하는 건 틀림없이 들어봤겠지. 북베트남이 폭탄을 떨어뜨리는 것만 중단하면 빌어먹을 미합중국의 좆같은 쉰한번째 주로 만들어주겠다고 제안하다시피 했잖아. 우리는 그놈들한테 선거 좀 해달라고, 아무 선거라도 해달라고 간청하는데 그놈들은 오히려 폭탄을 떨어

---

* 헤어 오일 상표명.

뜨려. 우리가 뭘 더 할 수 있겠어? 우리는 다 내주려 해. 그게 우리 외교정책의 전부야. 조그만 황인종 놈들을 행복하게 해주려고 뭐든지 다 내주려 한다고. 그런데 너 같은 인간들은 레스토랑에 앉아 '맙소사, 우리는 썩었어' 하고 한탄이나 하고 있어."

"나는 폭탄을 떨어뜨리는 게 그들이 아니라 우리인 줄 알았는데."

"우리는 중단했어. 너 같은 자유주의자들이 시위하면서 원한 대로 중단했단 말이야. 그래서 뭘 얻었어?" 그는 그 답을 분명하게 발음하려고 몸을 앞으로 기울인다. "좆도 없어."

건너편에서 소곤거리던 남녀가 놀라서 건너다본다. 두 자리 떨어져 모여 있는 가족이 소리를 죽이고 귀를 기울인다. 넬슨은 절망에 빠져 얼굴을 붉히고 있다. 상처받은 뜨거운 두 눈이 안으로 더 깊이 들어간다. "좆도 없어." 해리는 약간 작아진 목소리로 되풀이한다. 그는 탁자보 위로 몸을 기울인다. 그 옆에서 데이지꽃들이 몸을 떨고 있다. "너는 아마 이제 '네이팜' 얘기를 꺼내겠지. 그 빌어먹을 마법의 단어를 꺼내겠지. 사실 그놈들은 이십 년 동안 마을 족장들을 산 채로 묻고 병원에 박격포를 쏴댔어. 그런데도 네이팜 때문에 알베르트 F. 슈바이처 평화상 후보가 되었단 말이야. 좆, 옷, 도." 그의 목소리가 다시 커졌다. 그는 미쳐버린다. 배반과 배은망덕이 국기를 더럽히고 그를 더럽힌다는 생각 때문에.

"해리, 당신 때문에 쫓겨나겠어." 재니스가 말한다. 하지만 그녀는 여전히 행복하다는 것이 눈에 보인다. 여전히 둥글둥글하다. 오븐 속의 쿠키 같다.

"이제 알아듣기 시작했어." 스태브로스가 그녀에게 말하더니 해리를 보며 말을 이어간다. "그러니까 네 말은 우리가 버릇없는 아이에게 몸에 좋은 약을 먹이려고 하는 엄마라는 거로군."

"맞아. 알아들었네. 그런 거지. 그리고 그 사람들 대부분은 그 약을 먹기를 원하고. 사실 먹고 싶어 죽으려고 해. 그런데 검은 파자마를 입은 베트남의 미치광이 몇 놈이 그 사람들을 산 채로 묻어버리려 하지. 네 이론은 뭐야? 우리가 쌀 때문에 거기 가 있다는 거야? 엉클 벤* 이론." 래빗이 웃음을 터뜨리며 덧붙인다. "엉클 벤, 이 나쁜 늙은이 같으니라고."

"아니." 스태브로스가 체크무늬 탁자보 위에 두 손을 펼치고 일자 눈썹 밑의 두 눈으로 해리의 목 하단을 노려본다. 조심스러운 태도라고 해리는 느낀다. 왜 이러지?—"내 이론은 잘못된 실력 행사라는 거야. 우리가 쌀을 원하는 게 아니야. 그 사람들이 쌀을 갖는 걸 원치 않는 거지. 마그네슘도. 해안선도. 우리는 러시아 사람들하고 체스를 하도 오래 두는 바람에 여기서는 우리가 체스판 밖에 있다는 걸 몰라. 이제 노란 나라에서 하얀 얼굴은 먹히지 않아. 학장실에서 세계를 다스릴 수 있다고 생각하던 케네디의 고문들이 단추를 눌렀지만 아무 일도 일어나지 않았어. 그런 뒤에 오즈월드**가 존슨을 들어앉혔는데, 이 사람은 워낙 돌머리라 더 큰 엄지로 단추를 누르면 된다고 생각했어. 그래서 기계가 과열되어, 한쪽에서는 인플레이션과 불황이 나타나고 다른 쪽에서는 대학 폭동이 일어난 거지. 그 중간에서 미국 어머니들의 아들 사만 명이 똥 묻은 대나무에 죽임을 당했고. 사람들은 이제 자기

---

* 미국의 대표적인 쌀 상표명.
** 케네디의 암살범.

아들이 정글에서 죽어나가는 걸 좋아하지 않아. 물론 전에도 좋아하지 않았을지 모르지만, 그때는 그래도 그게 필요하다고 생각했지."

"그런데 이제는 필요하지 않다?"

스태브로스가 눈을 껌뻑인다. "알겠어. 너는 전쟁이 있어야 한다는 거로군."

"그래. 여기보다는 거기에서 벌어지는 게 낫지. 큰 전쟁보다는 작은 전쟁이 낫고."

스태브로스가 칼질을 하려는 것처럼 두 손을 수직으로 세우고 말한다. "하지만 넌 전쟁을 좋아하잖아." 그의 두 손이 이제 칼질을 한다. "노란 놈들 아기를 불태워버리는 게 바로 네가 지금 하려는 짓이라고, 친구." "친구"라는 말은 약하게 나온다.

래빗이 그에게 묻는다. "너, 군대는 어떻게 했지?"

스태브로스는 어깨를 으쓱하더니 각이 지게 펼친다. "신체검사 불합격이었지. 조마조마했어. 너는 한국전쟁 때 끝날 때까지 텍사스에 주저앉아 있었다면서."

"나는 가라는 데로 간 것뿐이야. 지금도 가라는 데로 갈 거야."

"훌륭하네. 너 같은 사람들이 미국을 위대하게 만든 거지. 진짜 총잡이 말이야."

"저이는 침묵하는 다수야." 재니스가 말한다. "그런데도 계속 시끄럽게 떠들어." 그녀는 자신의 재치 있는 빈정거림에 뭐라고 한마디해주기를 기대하며 스태브로스를 쳐다본다. 맙소사, 저렇게 멍청하다니. 중년인데도 엉덩이 모양이 망가지지 않기는 했지만.

"정상적인 생산물이지." 스태브로스가 말한다. "전형적인 선량한 마음씨의 제국주의적 인종차별주의자야." 차를 팔았을 때처럼 잔주름을 잡아 미소를 띤 채 그 말을 발음하는 신중하고 차분한 태도에서 래빗은 그가 자신에게 꼬리를 친다는 것을, 자신에게—막연한 느낌이기는 하지만—동맹을 요청한다는 것을 알아챘다. 하지만 래빗은 미국의 행동을 "실력 행사"라고 묘사하는 건 핵심을 놓치는 것이라는 자신의 직관 안에 갇혀 있다. 미국은 실력 행사를 넘어선 존재이며 꿈에 나오는 신처럼 행동한다. 어디든 미국이 있는 곳에는 자유가 있고, 미국이 없는 곳에는 광기가 지배해 사슬과 어둠이 수백만의 목을 조른다. 미국의 인내심 있는 폭격기들 밑에서만 낙원을 세울 수 있다. 그는 맞서 싸운다. "나는 그 인종차별이라는 비난은 이해할 수가 없어. 지금이라도 텔레비전을 켜봐. 흑인 얼굴이 너한테 침을 뱉고 있을 테니까. 지금도 모든 흑인이 일을 하지 않고도 부자가 될 수 있는 방법을 궁리하느라 닉슨을 비롯한 모든 사람이 밤을 새우고 있잖아." 그의 혀는 무모하다. 하지만 그는 아주 연약한 것, 그가 태어날 때부터 마음속에 밝혀져 있던 충성심이라는 자그마한 불길을 방어하고 있다. "그놈들은 대량학살 이야기를 하지만 대량학살을 계획하고 있는 게 바로 그놈들이야. 이 나라를 다 쓰러뜨리길 원하는 게 바로 그놈들이라고. 니그로와 부잣집 아이들. 가난한 경찰관이 곁눈질로 흘끔거리기만 해도 변호사를 구하겠다고 소리를 지르며 뛰어다니잖아. 베트남전쟁은 내 의견으로는—누구 내 의견 듣고 싶은 사람?—"

"해리," 재니스가 말한다. "당신 때문에 넬슨이 힘들어하잖아."

"내 의견은, 기꺼이 싸울 준비가 되어 있다는 걸 보여주기 위해 이따금 전쟁을 해야 한다는 거야. 어디서 하느냐는 별로 중요하지 않아.

문제는 이 전쟁이 아니야, 이 나라야. 지금 같으면 한국에서도 싸우려 하지 않을 거야. 젠장, 지금 같으면 히틀러하고도 싸우려 하지 않을 거야. 이 나라는 약에 절어서, 지방과 수다와 게으름에 푹 빠져서, 디트로이트에서 애틀랜타까지 모든 도시에 수소폭탄이 떨어져야만 잠에서 깰 거고, 그때도 아마 누가 뽀뽀를 해줬나보다 하고 생각할 거야."

"해리," 재니스가 묻는다. "넬슨이 베트남에서 죽었으면 좋겠어? 어서, 넬슨한테 그러면 좋겠다고 말해."

해리는 아이를 돌아보며 말한다. "얘야, 나는 네가 어디서도 죽기를 바라지 않아. 하지만 네 어머니는 죽음을 잘 다루는 여자야."

그 자신도 이 말이 얼마나 잔인한지 안다. 그녀가 무너지지 않고 대신 발끈해줘서 고맙다. "오," 그녀가 말한다. "오. 얘한테 왜 남동생이나 여동생이 없는지 말해줘, 해리. 누가 둘째를 갖는 걸 거부하는지 말해주라고."

"이거 너무 살벌해지네." 스태브로스가 말한다.

"찰리가 이걸 보고 있어서 다행이라고 생각해." 재니스가 스태브로스에게 말한다. 눈이 쑥 들어가 있다. 넬슨의 눈은 그녀한테서 물려받은 것이다.

자비롭게도 음식이 나온다. 넬슨은 미트볼이 그레이비소스에 잠겨 있는 것을 보고 주춤한다. 단정하게 꼬치에 꿰어져 있는 래빗의 양고기를 보며 말한다. "내가 원한 건 저런 건데."

"그럼 나하고 바꿔. 이제 입 다물고 먹어." 래빗이 말한다. 건너다보자 재니스와 스태브로스가 같은 것을 먹고 있는 것이 눈에 들어온다. 하얀 파이 같은 것이다. 그의 인쇄공 감각에는 그들이 너무 붙어앉아 있는 것 같다. 양쪽에 지나치게 공간을 남겨두고 있다. 그들을 찔러 간격을 조절하기 위해 그가 말한다. "나는 여기가 멋진 나라라고 생각해."

스태브로스는 말없이 음식을 씹고, 재니스는 응수한다. "해리, 당신은 다른 나라라고는 가본 적이 없잖아."

그는 스태브로스를 향해 말한다. "그러고 싶었던 적도 없어. 텔레비전에서 다른 나라들을 보면 모두 우리처럼 되려고 미친듯이 뛰고 있어. 마음처럼 빨리 우리처럼 되지 못하니까 우리 대사관을 태우는 거야. 너는 어느 나라에 가봤어?"

스태브로스는 먹던 것을 멈추고 마지못해 말한다. "자메이카."

"우와." 래빗이 말한다. "대단한 탐험가네. 제트기를 타고 힐턴호텔 로비까지 세 시간이면 가는 데 말이지?"

"거기선 우릴 싫어해."

"너를 싫어한다는 뜻이겠지. 거기 사람들은 날 본 적도 없는데. 내가 간 적도 없고. 왜 우리를 미워해?"

"다른 모든 곳과 똑같지. 착취. 우리가 그쪽 보크사이트를 훔쳐오니까."

"그럼 러시아 놈들한테 가져가서 감자하고 바꿔먹으라 그래. 감자하고 미사일 기지하고."

"우리도 터키에 미사일 기지가 있어." 스태브로스가 말한다. 이제 그는 이런 이야기에 관심이 없다.

재니스가 도우려 한다. "우리는 원자탄을 두 개나 떨어뜨렸지만 러시아는 하나도 안 떨어뜨렸어."

"그땐 거기에 원자탄이 없었어. 있었으면 떨어뜨렸을 거야. 그때 일본인은 모두 할복하려던 참이었어. 그런데 우리가 구해준 거야. 지금 그 사람들을 봐. 대합조개처럼 행복하고, 대합조개보다 두 배는 활기 넘치잖아. 우리를 사방에서 엿 먹이면서 말이야. 우리는 그 사람들 대신 전쟁을 하고 있는데, 너 같은 평화운동가들은 그 사람들의 쬐그만 차나 팔고 있잖아."

스태브로스가 사각으로 접은 냅킨으로 입을 두드린다. 토론할 의욕을 되찾은 것 같다. "재니스 말은, 베트남이 백인 나라였으면 우리가 거기 가 있지도 않을 거라는 얘기야. 애초에 들어가지를 않았겠지. 사실 우리는 그냥 우우 하고 외치면서 화려한 살상 무기 몇 개를 슬쩍 보여주면 될 거라고 생각했지. 그저 체로키족의 폭동 같은 게 한번 더 일어난 거라고 생각한 거야. 문제는, 이번 체로키족은 우리보다 수가 많다는 거야."

"아 그 좆나 가엾은 인디언들." 해리가 말한다. "그래서 우리가 어쨌어야 한다는 거야. 그놈들이 이 대륙 전체를 모닥불 피울 자리로 쓰도록 해줬어야 한다는 거야?" 미안해, 톤토.*

"그렇게 했다면 지금보다는 나았을 거야."

"그렇게 했다면 우리는 갈 데도 없겠네. 그놈들이 우리 앞길을 막아섰던 거야."

"그렇다고 쳐." 스태브로스가 말한다. "하지만 지금은 네가 그 인간들 앞길을 막아서고 있잖아." 그가 덧붙인다. "이 창백한 낯짝아.**"

"올 테면 오라고 해." 래빗이 말한다. 그는 정말이지 지금 이 순간에

---

* 론 레인저의 인디언 친구.
** Paleface. 인디언이 백인을 부르는 말.

는 당당한 요새와 같다. 그의 눈의 연약한 파란 불길이 차가운 불이 되었다. 그는 사나운 눈으로 그들을 굽어본다. 재니스를 노려본다. 그녀의 어두운 얼굴이 긴장하고 있다. 인디언 여자다. 그는 그녀를 학살하고 싶다.

그때 아들이 말한다. 눈물을 삼키느라 좁아진 목구멍에서 목소리가 힘겹게 빠져나온다. "아빠, 우리 영화 시간에 늦는단 말이에요!"

래빗은 손목시계를 보고 사 분 안에 영화관에 가야 한다는 것을 깨닫는다. 아이 말이 옳다.

스태브로스가 도와주려 한다. 이런 남자들은 아버지도 아니면서 아버지처럼 군다. 본질적인 부분에서 아이들을 속일 수 있다고 생각하는 것이다. "그 영화는 도입부가 제일 지루해, 넬리. 우주가 나오는 부분은 안 봐도 하나도 아쉬울 거 없어. 여기에서 후식으로 나오는 바클라바를 꼭 먹어봐야 돼."

"원시인을 못 본단 말이에요." 넬슨이 말한다. 목이 거의 꽉 잠겼다. 눈물도 거의 올라와 있다.

"가야 할 것 같은데." 래빗이 다른 두 어른에게 말한다.

"찰리한테 실례잖아." 재니스가 말한다. "너무 실례야. 어차피 나는 커피를 안 마시면 그 끝도 없이 긴 영화를 보면서 깨어 있지도 못해." 그녀는 넬슨에게 말한다. "바클라바는 정말 맛있어. 꿀하고 얇은 반죽 조각을 섞은 건데, 끈적끈적하지 않아. 네가 정말 좋아하는 거야. 사람이 배려를 할 줄 알아야지, 넬슨. 엄마 아빠가 레스토랑에 외식을 하러 오는 건 정말 드문 일이잖아."

래빗은 갈등에 사로잡혀 제안한다. "아니면 네가 먹고 싶어했던 걸 먹어볼 수도 있고, 달콤한 파이인지 뭔지."

진짜로 눈물이 나온다. 아이의 긴장한 얼굴이 일그러진다. "약속했 잖아요." 아이는 흐느낀다. 뭐라고 대꾸를 할 수가 없다. 아이는 얼굴을 감추려고 장식 없는 하얀 벽에 갖다댄다.

"넬슨, 엄마는 너한테 실망했어." 재니스가 말한다.

스태브로스가 다시 귓등에 연필을 끼우는 듯한 표정으로 래빗에게 말한다. "지금 가야 하는 거면, 재니스는 남아서 커피를 마시게 해. 내가 십 분 뒤에 영화관으로 데려다줄게."

"그것도 한 방법이네." 재니스가 천천히 말한다. 그녀의 얼굴이 조심스럽게 벌어지며 칙칙한 꽃이 피어난다.

래빗이 스태브로스에게 말한다. "그래, 좋아. 고마워. 그렇게 해준다니 좋네. 우리를 견뎌주는 것만 봐도 네가 좋은 사람인 걸 알 수 있어. 내가 너무 세게 이야기했다면 미안해. 미국이 두들겨맞는 소리는 도무지 참을 수 없어서 말이야. 심리적인 게 얽힌 것 같아. 재니스, 돈 있어? 찰리, 재니스한테 우리가 얼마를 내야 하는지 말해줘."

스태브로스는 손바닥을 밖으로 내미는 그 능숙한 작은 동작을 되풀이한다. "낼 거 없어. 내가 낼게." 논란이 있을 수 없다. 그 자신도 원시인(날고기? 우주선으로 변하는 뼈?)을 보고 싶어 마음이 급해져 일어섰지만, 래빗은 이곳에 있는 사람들 사이에서, 펜파크의 남녀가 마치 아기를 재우려고 누이듯이 돈을 내는 이 레스토랑에서 강렬한 가족의 행복을 경험한다. 그런 행복감 때문에 넬슨의 기분을 더 북돋워주기 위해 재니스에게 말한다. "내일 당신 아버지한테 전화해서 야구 표 좀 구해달라고 해줘."

재니스가 끼어들기 전에 스태브로스가 입을 연다. 이제 모두가 서로 기쁘게 해주려고 안달이다. "사장님은 포코노스에 계신데."

재니스는 찰리가 해리를 "창백한 낯짝"이라고 불렀을 때 해리가 자신을 건너다보는 모습을 보고 끝이라고 생각했다. 그의 눈이 무시무시하게 차가운 파란색이었으니까. 그러다가 아버지가 여기 없다고 찰리가 실언을 했을 때 이번에는 끝이라는 것을 알았다. 그러나 어떻게 된 일인지 끝나지 않았다. 어쩌면 영화 때문에 무감각해진 건지도 모른다. 영화는 아주 길다. 남자가 행성에 착륙해 하얀 가발을 쓴 작은 노인으로 변하는 환각적인 대목 때문에 그녀는 머리가 아프다. 그러나 이야기를 꺼내기로, 고백을 하고 어디 한번 마음대로 해보라고 도전하기로 결심하고 차를 타고 집으로 간다. 그가 할 수 있는 일은 달아나는 것뿐이고, 그러면 그녀는 마음이 편해질지도 모른다. 그녀는 마음의 준비를 위해 부엌에서 베르무트를 마시지만, 넬슨은 위층에서 자기 방에 들어가 문을 닫고, 해리는 욕실에 있다. 그녀가 베르무트 맛 위에 치약 맛을 느끼며 욕실에서 나왔을 때 해리는 이불을 덮고 누워 있어 정수리만 보인다. 재니스는 그의 옆으로 들어가 귀를 기울인다. 그의 숨은 잠의 조수潮水에 쏠려들어가 있다. 그래서 그녀는 거기 누워 달처럼 눈을 뜨고 있다.

함께 커피를 마신 십 분, 결국 이십 분이 되기는 했지만, 어쨌든 그 시간 동안 그녀는 찰리에게 그녀가 가족을 데리고 올 걸 알면서도 레스토랑에 온 것은 무모한 일이라고 말했다. 찰리는 거들먹거리려고 할 때면 늘 그러듯이 알약을 문 것처럼 입술을 내밀고 약간 폭력배처럼 어깨를 으쓱한 뒤 말했다. 그게 그녀가 바라는 것이라고, 그래서 그녀가 가족을 이곳으로 데리고 오겠다는 이야기를 자신에게 한 것이라고 생각했다고. 그녀는 속으로 이 사람은 사랑에 빠진 여자를 이해 못해, 하고 생각했다. 그냥 그가 가는 레스토랑에 가고, 그 자신과 다름없다고 할 수 있는 음식을 먹는 것만으로도 그녀에게는 사랑의 행위로서 모자람이 없었다. 그가 직접 나타나 일을 위험하게 만들 필요는 없었다. 그 바람에 심지어 추잡해지기까지 했다. 일단 그의 몸이 그곳에 나타나자 그녀의 주의력이 완전히 흐트러져버렸기 때문이다. 만일 커피를 마시는 대신 자기 아파트로 가자고 했다면 그녀는 그렇게 했을 것이다. 심지어 머릿속으로는 갑자기 몸이 아파 영화관에 못 가게 되었다는 식으로 해리한테 할 말을 꾸며내고 있었다. 하지만 다행히도 그는 그런 말을 하지 않았다. 그는 커피를 다 마시고 돈을 다 내고, 약속대로 영화관의 뭉툭한 차양 밑에 그녀를 내려주었다. 남자들은 그런 식으로 엄격하다. 서로 약속을 지키고 싶어한다. 여자들은 거기에 끼지 못한다. 소유물일 뿐이다. 사랑을 나누는 동안 찰리가 그녀에게 그녀 자신을 팔려는 듯이 말하는 방식, 그녀의 신체 부위에 관해 중얼거리고, 해리가 화났을 때만 사용하는 그 명칭들로 부르는 방식에 그녀는 처음에 저항했다. 하지만 찰리의 입장에서는 그것이 사랑의 언어이고, 자신의 흥분을 유지하면서 동시에 그녀에게 그녀 자신의 쎕을 사게 하는 방식이라는 것을 알고는 긴장을 풀었다. 해리의 경우와는 달리 상대가 이제 곧 힘이 빠질 걸 알기 때문에 공황에 빠지는 일은 없다.

찰리는 끝도 없이 버틴다. 그녀가 뭐든지 할 수 있는 굵고 달콤한 장난
감, 그녀의 아기곰이다. 그의 어깨 뒤의 수북한 털을 처음 만졌을 때는
충격을 받았다. 기형 같았다. 그러나 아니었다. 아직도 많은 남자의 몸
이 그렇다. 원시인. 동굴의 곰. 재니스는 어둠 속에서 미소 짓는다.

와이저 스트리트를 따라 다리를 건너 달리는 차 안의 어둠 속에서
그는 해리가 눈치챈 것 같으냐고 그녀에게 물었다. 그녀는 그런 것 같
지 않다고 대답했다. 지난 이틀간 그녀가 회사에서 그렇게 늦게까지
일을 했다고 한 것 때문에 찜찜해하는 것 같기는 했지만.

"우리 좀 식히는 게 좋을지도 모르겠네."

"아, 그 인간은 끓게 놔둬. 그 인간, 오래전부터 내가 쓸모없다는 말
을 입에 달고 살았어. 그래서 내가 일을 하니까 처음에는 좋아하더라
고. 그런데 이제는 넬슨을 내팽개쳐둔다고 생각해. 그러면 나는 그래.
'아이한테 여유를 좀 줘. 그애도 이제 열세 살이야. 당신은 당신 어머
니보다 그애한테 더 심하게 기대.' 심지어 너무 위험하다면서 애한테
미니바이크도 안 사주려고 해."

찰리가 말했다. "나한테는 확실히 적대적이던데."

"아냐. 베트남 이야기만 나오면 누구한테나 그래. 정말로 그렇게 생
각한다니까."

"어떻게 그런 쓰레기 같은 생각을 할 수 있는 거지? 우리 편 대 저쪽
편, 미국이 제일. 이미 다 죽어버린 생각이야."

그녀는 해리가 어째서 그러는지 상상해보려 했다. 애인을 둬서 좋
은 점 하나는 모든 걸 새롭게 생각하게 된다는 것이다. 나머지 삶은 일
종의 영화가 된다. 단조롭고, 심지어 약간 웃기기까지 한 영화. 그녀는

마침내 대답했다. "그 문제의 어떤 면이 그 사람한테는 아주 절실해, 그게 뭔지는 모르겠지만." 그녀는 어렵게 말을 이어나갔다. 생각을 하려 할 때마다 혀가 멈칫거리고 머리가 흐려지기 때문이다. 찰리 스태브로스의 많은 아름다운 점 가운데 하나는 그녀가 그런 식으로라도 더 듬더듬 말을 이어가게 내버려둔다는 것이다. 그는 그녀에게 그녀의 몸만이 아니라 목소리도 주었다. "어쩌면 그 사람은 구식의 이유들 때문에 나한테, 넬슨과 나한테 돌아온 건지도 몰라. 그래서 지금도 구식으로 살고 싶어하는 건지도 몰라. 하지만 요즘은 아무도 그렇게 살지 않아. 그 사람도 그걸 느껴. 그 사람은 어떤 규칙들로 자기 삶을 얽어맸는데 이제 그 규칙들이 녹아 없어진다고 느끼는 거야. 그러니까, 그 사람은 뭔가가 사라지고 있다고 생각하는 게 틀림없어. 그래서인지 늘 신문을 읽고 뉴스를 봐."

찰리는 웃음을 터뜨렸다. 운전대 위에 평행으로 놓인 그의 두 손등 위에서 다리의 파란 불빛들이 깜빡거렸다. "무슨 말인지 알겠어. 그 친구는 너한테 해외 파병을 나온 걸로 생각하는군."

그녀도 웃음을 터뜨렸다. 하지만 결국 그녀가 일부를 이루고 있기도 한 결혼생활을 그렇게 말한 것, 그렇게 놀림감으로 삼은 것은 좀 심하다는 생각이 들었다. 때때로 찰리는 제대로 듣지 않았다. 그녀의 아버지도 그랬다. 그들의 피는 조급했으며 귓속에선 바람이 불었다. 하지만 자꾸 앞으로만 가다보면 느린 사람들이 보는 것을 놓치게 된다.

스태브로스는 그녀에게 작은 상처가 생긴 것을 느끼고 그것을 치유할 생각으로 영화관에 도착했을 때 그녀의 허벅지를 토닥였다. "스페이스 오디세이라." 그가 말했다. "내가 생각하는 스페이스 오디세이는 침대에 들어가 네 엉덩이와 함께 일주일 동안 뒹구는 건데." 그러더니 바로 그 자리에서, 영화관 차양 밑의 불빛이 차 안으로 비껴들고 늦게 온 관객 몇 사람이 흥분해서 표를 사는 것이 보이는데도, 그는 그녀의 양쪽 가슴을 쓰다듬고 엄지손가락을 그녀의 무릎 사이로 밀어넣었다. 그의 손길에 뜨거워지고 헝클어진 그녀는 지각을 한데다 죄책감까지 느끼며 영화관으로, 짙은 보라색 카펫, 부자연스러운 냉기, 사탕이 담긴 진열 상자가 있는 곳으로 뛰어들어가 앞쪽에서 넬슨과 해리를 발견했다. 그들은 그녀 때문에, 그녀가 애인의 음식을 먹느라 그들을 늦게까지 붙잡아두었기 때문에 앞에 앉을 수밖에 없었다. 그들의 머리 바로 위에 빛이 폭발하는 커다란 스크린이 자리잡고 있어, 머리카락에 불이 붙고 귀가 반투명의 붉은색으로 바뀐 것 같았다. 똑같이 순진무구해 보이는 그들의 뒤통수가 눈에 띄자 마치 절정에 이를 때처럼 그녀 안에서 사랑이 용솟음쳤다. 동정심이 밀고 올라왔다. 그래서 그녀는 허리를 굽히고 들쭉날쭉 튀어나온 낯선 사람들의 무릎을 가로질러 남편과 아들이 맡아둔 자리로 갔다.

차 한 대가 바깥의 굽은 도로를 지나간다. 천장을 가로질러 바닥깔개를 깔듯 빛을 내던진다. 아래층의 냉장고가 혼잣말을 하고, 자기 얼음을 자기 트레이에 떨어뜨린다. 그녀는 몸이 하프처럼 긴장한 느낌이다. 누가 만져줬으면 좋겠다. 그녀는 스스로 만진다. 결혼 전에도 거의 그런 적이 없고, 해리와 결혼한 뒤에는 당연히 잘못된 일로 여겼는데. 결혼하면 그것은 전혀 불필요한 일이 되니까. 그냥 상대를 향해 돌아누우면 그가 알아서 해줄 것이므로. 그러나 지금까지 해리와는 얼마나 슬펐던가. 그들은 서로에게 잠긴 방이 되어버렸다. 서로의 울음소리를 들을 수 있지만 들어갈 수는 없었다. 아기 때문만은 아니었다. 그것도 물론 끔찍한 일, 가장 끔찍한 일이기는 했지만 이제 그 일도 희미해지고 밋밋해져, 마침내 그 방에 있던 것이 그녀가 아니라 그녀의 이미지였던 것 같은 느낌마저 들었다. 그녀는 혼자가 아니었다. 그 방에는 어떤 남자가 그녀와 함께 있었다. 그뒤에도 그는 그녀와 함께 있었다. 찰리는 아니지만 찰리도 포함되어 있었다. 그녀가 하는 모든 일은 이 남자 앞에서 하는 것이다. 이 남자에게 육체를 줄 수 있다면 얼마나 좋을까. 그녀는 그 육체가 마치 자신이 삼킨 것처럼, 자신 안에 있다고 상상한다. 다만 크다. 클 뿐이다. 그리고 느리다. 설탕이 녹는 것처럼 느리다. 그래도 수없이 그와 함께했기에 이제는 금방 절정에 오를 수 있다. 가끔 그냥 계속 하기만 해달라고 부탁하다가도 깜짝 놀라며 절정에 오르곤 한다. 그녀 자신이 그녀의 장난감이다. 장난감을 가지고 노는 것을 배워야 하다니 얼마나 이상한가. 사람들은 그녀에게 말하곤 했다. 모두가. 체육 선생도, 감독교회 목사도, 심지어 한번은 끔찍하게 당혹스러운 순간에 어머니마저, 자기 몸을 장난감으로 삼지 말라고 말하곤 했다. 사실은 몸이 바로 장난감인데도. 그녀는 궁금하다. 넬슨이 혹시. 아이의 침대 스프링이 삐걱거린다. 아이의 조그만 고추에는 아직 털이 나지 않았다. 가엾은 아이. 그 아이는 무슨 생각을 할까. 무슨 생각을 해야 할까. 그렇게 외롭게 살고 있는데. 그녀가 집에 오면 늘 혼자 텔레비전 앞에 앉아 있다. 아이의 미니바이크. 그 순간 그녀는 식어버린다. 더 빠르게 손을 놀려보지만 이미 사라졌다. 뜨거움이 사라져버렸다. 얼마나 부질없는가. 그 모든 게 얼마나 부질없는가. 이 세상에 태어나고 사람들이 힘들게 우리를 먹이고 기저귀를 갈아주고 사랑해주고 우리는 가슴이 부풀어오르고 생리를 하고 남자애들한테 미치고 마침내 한두 아이가 나서서 우리의 몸을 건드리고 우리는 결혼하고 싶어 안달하고 아이를 몇 낳고는 더 낳기를 중단하고 이번에는 자기도 모르는 새에 남자에 미쳐 마침내 너무 깊이 빠져들고 나이가 들수록 몸은 점점 심각해지고 그러다 결국 그런 단계도 틀림없이 끝날 것이고 한동안은 꽃모자를 쓰고 차를 타고 돌아다니며 투손에 가거나 뉴햄프셔에 가서 단풍을 구경하고 손자들을 보러 가고 그러다 가엾은 앵스트롬 부인처럼 침대에 누워 있게 되겠지. 해리는 늘 앵스트롬 부인한테 가자고 하지만 그녀는 왜 그래야 하는지 알 수가 없다. 부인은 건강할 때 그녀를 위해 좋은 말을 해준 적이 없는데. 요즘 부인은 말을 찾아 헤매느라 입에서 침이 튀고 머리에서 눈이 튀어나올 지경이다, 자기 입에서 독설이 나오는 것을 듣고 싶어서. 그다음에는 양로원이나 병원일 것이다. 예전에 고모를 찾아가곤 했을 때 보았던 가엾은 노인들. 복도를 따라 가는 곳마다 텔레비전이 시끄러운 소리를 내고 크리스마스 장식에서 리놀륨 바닥으로 바늘이 떨어지고. 그러다 죽는 거야. 애초에 우리가 굳이 태어나지 않았다 해도 크게 달라질 것은 없었겠지. 사실 늘 전쟁과 폭동이 있고 역사가 이루어지고 있지만 그 안에 끼어들지 않는 한 신문에서 말하는 것만큼 중요해 보이지는 않는다. 그 점에 관해서는 해리가 옳은 것 같다. 베트남이니 한국이니 필리핀이니 아무도 관심이 없다. 그런데도 사람들은 그거 때문에 죽어야만 한다. 그냥 그런 식이다. 아직 솜털이 보송보송한 아이들이 나가서. 다른 편에도 넬슨 나이의 아이들이 있다. 찰리가 그렇게 관심을 갖는 것, 그렇게 화를 내는 것은 얼마나 이상한가. 꼭 자기가 소수자라도 되는 양. 물론 그 사람은 소수자다. 아버지는 학창 시절에 패싸움이 있었다고 말하곤 했다. 우리 대 그들. 스프링어는 영국 성이야. 아빠는 그걸 무척 자랑스러워했다. 그런데 왜, 그녀는 학교에 다닐 때 자신을 보며 혼자 묻곤 했다. 이렇게 검을까. 왜 피부가 올리브빛일까. 볕에 탄 것도 아닌데. 머리는 왜 늘 곱슬곱슬하게 말려올라가고 한 번도 앞머리를 가지런하게 할 수 없는 걸까. 최근에야 앞머리를 길게 길르고 뒤로 넘긴 다음 핀을 꽂는 것이 낫다는 것을 알게 되었다. 좆같은 마돈나, 찰리는 침실에 성상이 있는데 신성모독을 하듯이 그녀를 그렇게 부른다. 학창 시절 그녀는 몸매가 빈약했다. 하지만 이제 그 시절을 용서한다. 그 기간 내내 찰리를 위해 몸이 만들어지고 있었던 것으로 본다. 그를 위한 씹. 그를 위한 부자 씹. 사실 그녀의 집은 그렇게 부자가 아니었고 그저 품위를 유지할 정도였지만. 해리가 몹시 무책임하게 굴던 시절 아빠가 돈을 좀 모으라고 그녀에게 주식을 약간 주었다. 그래서 배당금 수표가 온다. 투명창 봉투에 담겨서 온다. 그녀는 해리가 그 봉투를 보는 게 싫다. 그 돈 때문에 그가 일하는 것이 하찮아 보인다. 재니스는 울고 싶어진다. 해리가 요 몇 년간 무척 열심히 일했다는 생각 때문이다. 해리의 어머니는 해리가 농구 연습을 얼마나 열심히 했는지, 드리블과 슛 연습을 얼마나 열심히 했는지 이야기해주곤 했다. 그러면서 넬슨은 아무런 소질이 없다고 모질게 내뱉었다. 다 부질없어. 이런 생각은 아무 쓸모 없어. 이제 또 내일을 마주해야 하는데. 해리한테 다 이야기해야 하는데. 어떻게 하면 좋겠냐고 물으면 찰리는 어깨를 으쓱한다. 점심시간에 아빠가 포코노스에서 돌아오지 않으면 그들은 찰리의 아파트로 갈 수 있다. 전에는 불빛도 창피했지만 이제는 낮에 하는 게 제일 좋다. 모든 걸 볼 수 있으니까. 남자의 엉덩이는 무척 순진무구하다. 꽉 조여맨 돈주머니 같은 작은 구멍까지도. 거무스름한 솜털도. 이제는 다들 늘 앉아만 있으니 엉덩이에게는 세상이 자연스럽지가 않다. 다 부질없다. 끝까지 가기로 결심한 재니스는 손을 다시 아래로 내리며 눈을 떠 잠든 해리를 본다. 그는 자기 안으로 들어가려는 듯 몸을 꽉 웅크린 채 자고 있다. 이렇게 긴 세월 그녀의 섹스를 가두어놓다니 이 사람은 바보다. 이 사람 잘못이다. 전부 이 사람 탓이다. 늘 여기에 있었는데. 그걸 밖으로 불러내는 게 이 사람이 할 일인데. 그녀는 찰리를 위해서는 뭐든지 다 한다. 그 사람이 요구하니까. 거룩하게 느껴진다. 아무 상관 없다. 살아야 하니까. 이 세상에 던져졌으니 살아야 하는 거야. 우리는 한 가지를 위해 만들어졌어. 요즘 여자들은 브래지어를 태우며 그걸 부정하려 하지만, 우리는 한 가지를 위해 만들어졌어. 떨어지는 느낌과 꼭 닮았다. 멀리 떨어져내리는 느낌. 깊은 눈을 뜨는 것. 자신의 깊은 곳으로 들어가는 것. 해리는 이런 건 모를 거다. 해리는 감히 그런 걸 생각해보려 한 적도 없다. 그냥 앞으로 달려가기만 한다. 해리는 너무 까다롭다. 정말 섹스를 싫어한다. 그녀가 쭉 여기 있었는데. 지금도 있는데, 아, 아직, 조금 더. 그녀는 그가 안다는 것을 안다. 눈을 뜬다. 그가 침대 가장자리에, 절벽 가장자리에 누워 있는 것이 보인다. 그들은 함께 절벽에 있다. 그들은 이제 곧 떨어질 것이다. 그녀는 눈을 감는다. 그녀는 이제 떨어질 참이다. 거기. 아. 아. 침대가 투덜거린다.

재니스는 다시 가라앉는다. 어딘가에서 읽었는데, 사람들이 그걸 할 때 의사들이 혈압을 재보고, 또 얼마나 집중을 할 수 있는지 머리에 뭘 붙이고 검사를 해본 결과, 스스로 할 때 최고 점수가 나왔다고 한다. 그녀 때문에 침대가 흔들리는 바람에 해리가 반쯤 깼다. 그는 무겁게 몸을 굴리더니 그녀의 허리에 팔을 감는다. 살이 찌고 있는 창백하고 키 큰 남자. 그녀는 방금 그걸 했던 손가락으로 그의 손목을 어루만진다. 그의 잘못이다. 그는 유령이야, 희고 부드러운 유령. 상자를 만들어 그녀를 거기 집어넣으려 했다. 레베카, 그 조그맣고 가엾은 아기가 죽었을 때 상자에 집어넣은 것처럼. 가슴을 축축하게 적셔오는 아기를 안고 있던 일. 이미 죽은 아기. 그녀는 그것을 느낄 수 있었다. 생명이 다시 돌아올 구멍을 뚫으려는 것처럼 그녀는 크고 붉은 비명을 질러댔다. 그 영화가 다시 생각난다. 장엄한 교향곡 박자에 맞춰 검은 벨벳을 배경으로 커다란 바퀴가 돌아갔다. 영화관에 들어갈 때 느끼던 혼란에도 불구하고 재니스는 그 교향곡을 들으며 몸이 떠오르는 느낌을 받았다. 지금 그녀는 발레리나처럼 둥둥 떠올라, 그녀의 삶에서 몇 안 되는 행성들, 아버지, 해리, 넬슨, 찰리 사이를 돌아다니며, 자신이 애인 없이 절정에 오른 것이 애인에 대한 배신이라고 생각한다. 그래서 손가락, 늪의 향기로운 냄새가 나는 손가락들을 슬쩍 입술로 들어올려 입을 맞추며 생각한다, 너.

다음날인 금요일, 신문과 텔레비전은 요크에서 일어난 흑인 폭동으로 도배되었다. 저격수들 때문에 무고한 소방관들, 거리의 행인들이 다쳤다. 세상이 어떻게 되어가고 있는 것인가? 우주비행사들은 달의 중력장에 다가가고 있다. 늦은 오후 브루어 상공에 천둥과 함께 일시적으로 비바람이 몰아쳐 장 보러 나온 사람들과 귀가하던 노동자들이 상점 입구로 뛰어든다. 하얀 셔츠가 비에 흠뻑 젖은 해리는 아버지와 함께 피닉스 바에 들어가 몸을 웅크린다. "어젯밤에 안 와서 섭섭했어." 얼 앵스트롬이 말한다.

"못 간다고 말씀드렸잖아요, 아빠. 애 데리고 외식하고 영화 보러 갔단 말이에요."

"알았다. 그러다 내 머리를 물어뜯겠구나. 나는 네가 확실하게 결정을 내리지 않은 줄 알았지. 어쨌든 됐다. 몇 마디 물어봤다고 죽일 듯이 달려들 것까지야 없잖냐."

"갈 수 있을지도 모른다고 말씀드렸죠. 그뿐이었어요. 엄마가 실망한 모습을 보이던가요?"

"드러내진 않았다. 네 어머니가 드러내는 성격이 아니잖니, 너도 알잖아. 네 어머니도 너한테는 너 나름의 문제가 있다는 걸 알아."

"무슨 문제요?"

"영화는 어땠냐, 해리?"

"아이가 좋아하던데요. 모르겠어요. 제가 보기엔 말도 안 되는 내용 같던데. 나중에 저는 저녁 먹은 것 때문에 속이 좀 안 좋았어요. 집에 오자마자 죽은 듯이 잠들었죠."

"재니스는 뭐라고 하던? 즐거워하는 것 같던?"

"젠장, 모르겠어요. 그 나이에 즐거워할 수가 있겠어요?"

"며칠 전에 내가 내 일도 아닌 것에 공연히 간섭한 것처럼 보이지나 않았는지 걱정이 되는구나."

"엄마가 아직도 그걸 갖고 헛소리를 하세요?"

"조금. 하지만 내가 이러지, 해리 엄마, 자, 해리 엄마, 해리는 다 컸어, 해리는 책임감 있는 시민이란 말이야."

"맞아요." 래빗이 인정한다. "바로 그게 제 문제인지도 모르겠네요." 그는 몸을 부르르 떤다. 셔츠가 젖은 탓에 실내가 살벌하게 춥다. 그는 다이키리를 한 잔 더 달라고 신호를 보낸다. 소리를 죽인 텔레비전은 요크에서 경찰관들이 서너 명씩 거리를 확보하는 영상을 보여주다가 베트남 정찰대로 넘어간다. 정찰대 아이들은 공포와 피로 때문에 지저분해 보인다. 해리는 그들과 함께 그곳에 있지 못해 마음이 안 좋다. 이어 텔레비전은 이름을 날리고 싶어 안달이 난 커다란 노르웨이인이 종이 보트를 타고 대서양을 건너려다 포기하는 이야기로 넘어간다. 텔레비전 소리를 키워도 그가 하는 말은 바의 소음에 삼켜질 것이다. 거센 비바람이 몰아치는데다 금요일 밤이니까.

"오늘 저녁에는 올 수 있을 것 같으냐?" 아버지가 묻는다. "오래 있을 필요는 없어. 그냥 십오 분 정도면 돼. 그거면 네 어머니한테는 온 세상을 얻은 것이나 다름없지. 밈은 죽은 거나 마찬가지니 말이다. 엽서 한 장 없어."

"이야기해볼게요." 재니스와 이야기를 하겠다는 뜻이다. 머릿속으로는 서해안에서 헤픈 짓을 하며 돌아다니는 밈을 생각하고 있지만. 잭슨 로드에서 썰매를 탈 때 데리고 나가곤 했던 밈, 그 아이의 후드 위의 눈송이. 그는 파티에 있는 밈의 모습을 그려본다. 밀랍을 바른 듯한 얼굴로 기다리는 밈. 오일을 바르고 수영장가에 누워 있는 밈. 그녀 옆의 파라솔 밑에서 얼굴 한가운데 제2의 자지 같은 시가를 물고 있던 기름기 흐르는 폭력배가 입에서 시가를 빼내며 으르렁거린다. "하지만 희망을 갖게 하진 마세요." 래빗이 덧붙인다. 어머니 이야기를 하는 것이다. "일요일에는 꼭 갈게요. 이제 가봐야 돼요."

비바람은 지나갔다. 찢겨 열린 하늘에서 해가 쏟아져 금방 보도를 말린다. 지도 같은 빗자국들. 걸쭉해진 클리넥스 둘레에는 여전히 섬처럼 물기가 자리잡고 있다. 폐점한 구둣가게 입구에서 비를 피하던, 봉투를 든 뚱뚱한 사내들과 비썩 마른 니그로 게으름뱅이들이 웃음을 지으며 보도로 나선다. 얼굴이 지워진 **버스정류장** 표지판, 비행접시 같은 뚜껑이 달린 **브루어를 깨끗이** 쓰레기통에 넘쳐나는 포장지들, 움푹 들어가고 골이 팬 아스팔트가 큰물이 지나간 뒤처럼 모두 찬란하게 반짝거린다. 손수건과 말총을 흩어놓은 듯한 잉크빛 폭풍 구름이 저지산 마루를 가로질러 동쪽으로 떠가자, 펜실베이니아의 습기를 머금은 하늘은 다시 특유의 뭔가가 일어날 듯한 흐릿하고 텅 빈 표정으로 바뀐다. 래빗은 다시 신경이 예민해진 느낌이다. 조만간 그 느낌이 응축되어 분노로 변할 것 같다.

집에 도착했을 때 재니스는 없다. 넬슨도 없다. 진입로를 올라가며 보니 비에 씻긴 잔디밭이 바랭이 때문에 번들거리고, 질경이로 삐죽삐죽하다. 아이는 1달러 50센트의 용돈을 받는 대신 잔디를 깎겠다고 했지만 6월 이후로는 일을 한 적이 없다. 스프링어의 집에서 타고 다니며 깎는 기계를 사면서 이쪽으로 가져온 자그마한 전동 잔디깎이는 차고에 기대 있고, 바퀴 옆에 음료 한 캔이 놓여 있다. 그는 오일을 넣고 가솔린을 주입한다. 가솔린은 캔에 들어 있을 때는 호박색이지만, 깔때기에 들어가니 색깔이 사라진다. 줄을 네 번 잡아당기자 시동이 걸린다. 베어낸 자리에서 젖은 풀 뭉치들이 껌처럼 튄다. 그는 앞마당을 이루는 네모난 잔디밭 두 곳을 왔다갔다한다. 집 뒤에는 이보다 큰 잔디밭이 있다. 나무 모양의 옷걸이가 서 있고, 넬슨과 그가 가끔 해져서 올이 다 드러난 소프트볼로 캐치볼을 하는 곳이다. 거기도 깎아줘야 한다. 하지만 재니스가 퇴근하다 앞마당에 있는 자신을 보기를 바란다. 그녀가 약간 죄책감을 갖고 시작하는 것이 그뒤의 상황 전개에 좋을 것 같다.

그녀는 퇴근해서 집으로 돌아와 타르가 덮이지 않은 길에서 왕모래를 튀기며 비스타를 빙 돌아 내려오더니 팰컨을 그녀 특유의 짜증나는 방식, 차고 문이 범퍼 뒤로 깔끔하게 닫힐 만큼 안으로 쑥 집어넣지 않는 방식으로 세워놓는다. 풀잎들의 긴 그림자와 잘려나간 끄트머리들이 뒤섞여 있고, 래빗은 그들의 하나뿐인 나무, 버팀줄로 땅에 고정한 허약한 단풍나무 옆에 서 있다. 진입로 가장자리의 풀을 전지가위로 정리한 터라 손바닥이 아프다.

"해리," 그녀가 말한다. "밖에 나와 있네! 정말 이상해 보여."

사실 펜빌라스는 4분의 1에이커의 부지와 집집마다 딸린 바비큐 굴뚝을 자랑하지만 주민들이 밖으로 나올 만큼 유혹적이지는 않다. 심지어 여름이 되어도 아이들조차 나오지 않는다. 반면 래빗이 어린 시절을 보낸 아담한 벽돌집 동네에서는 사람들이 늘 밖에 나와 있었다. 우묵한 덤불들 속에 숨기도 하고 자갈을 깐 골목길에서 드잡이를 하기도 했다. 창문들이 가까이 있고, 그 창문들 가운데 적어도 한 곳에서는 늘 어른이 지켜보고 있었기에 안전했다. 그러나 이곳에는 대초원의 서글픔이 있다. 늘씬한 안테나들이 황량한 하늘에 갈퀴질을 한다. 전파들이 하늘에 독을 뿌린다. 지하에서 하수 냄새가 난다.

"도대체 어디 있다 오는 거야?"

"당연히 일하다 왔지. 우리 아빠는 비 온 뒤에는 절대 풀을 깎지 말라고 늘 말씀하셨는데, 풀이 다 누워 있다고."

"'당연히 일하다 왔지'라고? 뭐가 당연하다는 거야?"

"해리, 당신 너무 이상해. 아빠가 포코노스에서 오늘 돌아오셨는데 여섯시가 지나도록 붙들어놓고 밀드레드가 어질러놓은 걸 정리하게 하셨어."

"당신 아버지는 며칠 전에 포코노스에서 돌아온 줄 알았는데. 그럼 거짓말한 거잖아. 왜지?"

재니스가 잘린 풀을 가로질러 다가오고 그들은 함께 선다. 그와 그녀와 나무가. 넓게 비쳐드는 날것 그대로인 빛에 당황한 듯 제대로 자라지 못하는 대충 심은 단풍나무가. 다른 집의 금요일 저녁 바비큐 등유 냄새가 그들에게까지 떠내려온다. 펜빌라스의 이웃은 낯선 사람들, 뜨내기들이다. 회계사, 영업사원, 감독관, 손해사정인. 그들에게 이웃의 삶은 지나가는 자동차들이고 보이지 않는 아이들의 외침이다. 재니스의 색깔이 짙어진다. 몸이 도전적으로 유연해진다. "깜빡했어, 멍청한 거짓말이었어, 당신이 전화로 하도 화를 내서 아무 말이나 할 수밖에 없었어. 그게 가장 쉽게 나오는 말이었어. 아빠가 거기 계시다고 하는 게. 당신도 알잖아. 내가 얼마나 잘 당황하는지 알잖아."

"나한테 그것 말고 다른 거짓말은 얼마나 많이 하고 있는 거야?"

"없어. 지금 기억나는 건 없어. 아마 사소한 거짓말은 하겠지. 물건 값이 얼마니 하는 거. 여자들이 잘하는 거짓말 있잖아. 여자들은 거짓

말을 좋아해, 해리. 그럼 더 재미있어지니까." 그러더니 그녀답지 않게 가볍게 유혹하듯 혀를 내밀어 윗입술을 때린다. 혀는 윗입술에 그대로 붙어 있다. 덫에 달린 용수철 같다.

그녀는 어린 나무 쪽으로 걸어가더니 버팀줄이 나무껍질을 파고들지 못하도록 테이프를 감은 곳을 어루만진다. 그가 그녀에게 묻는다. "넬슨은 어디 있어?"

"페기하고 이야기해서 밤에 빌리랑 놀게 했어. 내일 학교에 가지 않아도 되니까."

"또 그 멍청이들하고. 그 집은 아이한테 이상한 생각을 심어준단 말이야."

"그 나이에는 어차피 별별 생각을 하게 되어 있어."

"아빠한테 오늘밤에 가서 엄마를 뵙겠다고 반쯤 약속했다고."

"왜 우리가 당신 어머니를 만나러 가야 하는지 모르겠어. 당신 어머니는 나를 좋아한 적이 없어. 우리 결혼을 망치려고만 하셨잖아."

"또 물어볼 게 있어."

"뭔데?"

"스태브로스하고 박아?"

"여자는 박히는 줄로만 알았는데."

재니스는 몸을 돌려 일렁이는 파도처럼 집으로 달려간다. 계단 세 개를 올라가, 밝은 녹황색 알루미늄 비늘판이 덮인 집안으로 사라진다. 래빗은 잔디깎이를 다시 차고에 넣고 옆문을 통해 부엌으로 들어간다. 그녀는 거기 있다. 냄비들을 집었다 쾅쾅 놓으며 저녁 준비를 하고 있다. 그가 묻는다. "기분전환삼아 외식하러 갈까? 퀸스 스트리트에 멋지고 자그마한 그리스 레스토랑이 하나 있는데."

"그때 찰리가 나타난 건 그냥 우연의 일치였어. 거길 추천한 사람이 찰리인 건 인정해. 그게 뭐가 잘못됐어? 그리고 당신은 분명히 찰리한테 무례했어. 믿을 수 없을 정도였다고."

"무례하지 않았어. 우린 정치 토론을 한 거야. 나는 찰리를 좋아해. 좌익에 구변 좋은 라틴 놈치고는 괜찮은 녀석이야."

"당신 요즘 정말 이상해, 해리. 어머니가 아파서 영향을 받나봐."

"당신은 그 레스토랑 메뉴를 잘 아는 것 같던데. 설마 찰리가 점심시간에 당신을 거기 데려가는 건 아니겠지? 아니면 야근하는 밤에? 그런데 당신은 야근을 많이 하지만, 일을 많이 하는 것 같진 않단 말이야."

"내가 무슨 일을 하는지 당신은 전혀 모르잖아."

"당신 아버지하고 밀드레드 크루스트가 지금처럼 야근을 하지 않고도 둘이서 다 해냈다는 건 알고 있어."

"도요타 대리점을 하는 건 그거랑 차원이 완전히 달라. 선적 청구서, 수입세, 관세 양식 등등 끝도 없어." 재니스의 머리에 받아칠 수 있는 말들이 더 떠오른다. 어렸을 때 도랑에서 눈으로 댐을 만들 때와 비슷하다. "어쨌든, 찰리한테는 여자가 많아. 아무 때나 여자를 손에 넣을 수 있어. 나보다 어린 독신녀들 말이야. 요새 여자들은 다들 부탁하지 않아도 침대로 가. 다들 피임약을 먹어. 그냥 당연하게 생각해." 말이 말을 낳고 있다.

"당신이 어떻게 알아?"

"찰리가 말해주니까."

"그러니까 아주 친하다는 얘기네."

"그렇게 친하지는 않아. 그냥 가끔, 찰리가 우울해져서 내 쪽에서 엄마 노릇 같은 걸 해줄 필요가 있을 때나 그렇지."

"그래—어쩌면 그 친구가 그 화끈한 젊은 젖퉁이들은 무서워하고, 나이든 여자를 좋아하는 건지도 모르지. 맘마 미아*니 뭐 그런 거 말이야. 그 반질반질한 지중해 놈들은 엄마처럼 돌봐주기를 원하거든."

그녀는 매혹적이라고 느낀다, 먼데서부터 서서히 조여들어오는 걸 보는 것이. 그녀 안에서 그에게 협력하고 싶은 소망, 그녀 자신의 마음속에 아주 크게 자리잡고 있어 제대로 표현할 말을 고르기도 힘든 진실을 그가 발견하도록 도와주고 싶은 아내로서의 소망이 솟아오르는 것에 그녀는 저항하고 있다.

"어쨌든," 그가 계속 말한다. "그 여자들은 사장 딸이 아니잖아."

그래, 그렇게 생각할 줄 알았다. 처음에는 그녀도 그렇게 생각했다. 그녀가 이해할 수도 없는 숫자의 그물에 엉킨 채 꼼짝도 못하는 상황에서 그가 처음으로 격려해주었을 때, 아빠가 매장에 나가 있고 그들이 처음으로 샌드위치로 점심을 함께 먹었을 때, 매장에서 조금 떨어진 아틀라스 바에서 다섯시에 처음으로 위스키사워를 마셨을 때, 처음으로 차 안에서 키스했을 때. 늘 다른 차, 매장에서 빌린 차였다. 마치 보호막처럼 새 차 냄새가 났고 그들이 건드릴 때마다 그 막이 타서 뚫리는 것 같았다. 그때까지는 그녀도 그렇게 생각했으나 결국 그가 그녀에게 확신을 심어주었다. 우스꽝스럽고 나이들고 어설픈 그녀, 결혼 전 성이 스프링어인 재니스 앵스트롬 자신 때문이라고, 그가 아이스크

---

* '나의 어머니'라는 뜻의 이탈리아어.

림처럼 핥고 있는 그녀의 살 때문이라고. 다이아몬드처럼 응축된 순간 들이 그녀의 시간을 훔쳐가고 있었다. 그녀의 신경은 쾌락을 주고받는 데 사로잡혀 있었다. 이 쾌락은 빠르고 촘촘하게 원을 그리며 그들 사이를 오가다 마침내 어떤 격정적인 수면 상태 같은 것이 찾아왔다. 그 최면의 힘이 너무 강렬해 나중에 자신의 침대에서는 마치 오후에 낮잠을 잔 것처럼 전혀 잠을 이룰 수 없었다. 그들은 지금은 텅 빈 일련의 양철 지붕 창고로 바뀌어버린 옛 농산물 직판장을 거쳐 뒷길로 가면 사무실에서 그의 아파트까지 십이 분밖에 안 걸린다는 것을 알게 되었다.

"내가 사장 딸인 게 찰리한테 무슨 소용인데?"

"사다리를 올라가는 느낌을 줄 거 아냐. 그리스 놈들이나 폴란드 놈들, 그런 놈들은 다 돈을 노린단 말이야."

"당신이 그렇게 인종적 편견에 빠져 있는 줄은 미처 몰랐는걸, 해리."

"당신하고 스태브로스, 그런 거야 아니야."

"아니야." 그러나 그녀는 거짓말을 하면서도 어린 시절 눈으로 쌓은 댐이 녹는 것을 지켜봤을 때처럼 결국 진실이 머리를 내밀 수밖에 없다고 느꼈다. 진실은 너무 컸다. 너무 견고했다. 비록 겁에 질렸고 비명을 지를 것 같았지만 이 진실은 그녀가 내놓을 수밖에 없는 것이었다. 아기를 낳는 듯한 그녀의 고백. 무척 자랑스러웠다.

"멍청한 년." 그가 말한다. 그는 그녀의 얼굴이 아니라 어깨를 친다. 꼼짝 않는 문을 강제로 열려고 하는 사람처럼.

그녀도 마주 치지만, 서툴다. 손은 목에 가닿는다. 거기가 그녀가 닿을 수 있는 가장 높은 곳이다. 해리는 번쩍하는 쾌감을 느낀다. 굴 속의 햇빛. 그는 세 번, 네 번, 다섯 번 그녀를 때린다. 멈출 수가 없다. 그는 그 햇빛을 향해 뚫고 나간다. 있는 힘껏 때리지는 않지만 그녀가 훌쩍거릴 만큼은 세다. 그녀가 허리를 접는 바람에 그의 마지막 주먹들은 망치처럼 목과 등에 내리꽂힌다. 그 각도에서는 그녀를 잘 볼 수가 없다. 백묵처럼 하얀 가르마, 초처럼 하얀 목덜미, 블라우스의 직물 밑으로 보이는 브라 끈뿐. 그녀의 막힌 흐느낌이 올라온다. 그는 그녀가 굴욕을 당하면서도 아름다운 것에, 이렇게 겁쟁이의 얼굴 없는 자세로 줄어들면서도 계속 빛나는 어떤 얼굴에 깜짝 놀라 손을 멈춘다. 재니스는 그가 더 때리지 않을 것이라고 느낀다. 그녀는 움츠린 몸을 풀고 모로 털썩 쓰러지며 목놓아 운다. 높은 소리, 깜짝 놀란 소리로, 거센 바람처럼 터져나오는 헐떡거림에 포위되어 옹색하게 내몰린 소리로. 얼굴은 붉다. 갓난아기처럼 주름이 졌다. 그는 호기심 때문에 무릎을 꿇고 그녀를 살핀다. 그러자 검은 눈이 번쩍 빛나더니 그녀가 그의 얼굴에 침을 뱉는다. 그러나 그녀의 계산 착오다. 침은 그녀 자신의 얼굴로 다시 떨어진다. 그는 물기만 살짝 느꼈을 뿐이다. 자신의 침이 점점이 박힌 얼굴로 재니스가 소리친다. "그래, 맞아, 나 찰리하고 자!"

"아, 젠장." 래빗이 작은 소리로 말한다. "당연히 자겠지." 그러면서 그녀가 할퀴는 것을 피하려고 그녀의 가슴으로 머리를 파묻는다. 그러면서 그녀의 옆구리를 주먹으로 치는 동시에 끌어안아 일으키려 한다.

"난 그 사람을 사랑해. 해리, 이 나쁜 새끼야. 우리는 늘 사랑을 나눠."

"좋아." 그는 신음을 토하며 그 빛, 그녀를 때릴 때의 환희, 그녀를 때려 열 때의 환희가 물러가는 것을 애달파한다. 이제 그녀는 다시 그가 돌봐야 할 장애자가 될 것이다. "잘됐네."

"벌써 몇 달이나 된 일이야." 그녀가 힘주어 말한다. 그의 반응에 격분하여 몸을 풀어내 다시 침을 뱉으려고 바동거린다. 그는 자신을 할퀴려는 발톱 같은 두 팔을 그녀의 몸 양옆에 붙이고 그녀의 몸을 꽉 누른다. 그녀가 그의 얼굴을 노려본다. 그녀의 얼굴은 광기어린 그대로 얼어붙어 있다. 그에게 지독한 상처를 줄 말을 찾고 있다. 그녀가 입을 연다. "나는 그 사람에게는 너한테 절대 해주지 않는 걸 해줘."

"당연히 그러겠지." 그가 중얼거린다. 한 손을 떼어내 그녀의 이마를 쓰다듬고 싶다. 그녀를 다시 가두고 싶다. 그녀 이마의 광택과 부엌 리놀륨 바닥의 광택이 보인다. 그녀의 머리카락이 꿈틀꿈틀 뻗어나가, 리놀륨의 대리석 무늬 가운데 그녀가 개수대 앞에 자주 서는 바람에 많이 닳은 곳에 닿는다. 희미하게 썩은 냄새가 난다. 관 안의 흐름이 굼뜬 개수대 연결부에서 나는 것이다. 재니스가 울음과 축 늘어진 안도감에 몸을 맡기고 있어, 그는 어려움 없이 그녀의 몸을 들어올려 거실 소파로 안고 간다. 그러나 그의 힘은 좀비 수준이다. 종아리가 후들후들 떨리고 손바닥에서 전지가위 때문에 쓰라린 부분이 뻣뻣한 초승달처럼 느껴진다.

그녀는 넓은 소파 안에 가라앉아 사라져버린다.

그가 그녀를 부추긴다. "그 친구가 나보다 사랑을 나누는 솜씨가 낫겠지." 그녀의 입에서 고백이 술술 흘러나오게 하려는 것이다. 의사가 종기를 축축하게 적시듯이.

그녀는 혀를 깨물고 생각하려 한다. 구원을 기대하며 자신의 폐허를 살피고 있다. 불순한 욕망들—다치지 않고 넘어가고 싶고, 친절하고 싶고, 정확해지고 싶은 욕망들—이 그녀가 처음에 느낀 공포와 분노를 오염시킨다. "그 사람은 달라." 그녀가 말한다. "당신보다 그 사람이 나한테 더 흥분해. 결혼한 사이가 아니라서 그러는 게 틀림없어."

"어디서 해?"

여러 세상이 빙빙 돌며 지나가 그녀의 눈이 흐려진다. 자동차 좌석, 바닥깔개, 차의 앞유리 너머로 올려다본 나무들, 녹색 철제 책상 세 개와 금고와 커다란 도요타 사진 광고판 사이의 좁은 공간에 깔린 다갈색과 회색이 섞인 카펫, 판지를 바른 벽에 까끌까끌한 침대 커버가 덮인 모텔방, 묵직한 가구가 잔뜩 있고 은색 액자에 끼운 색 바랜 친척 사진이 놓인 그의 음침한 독신자 아파트. "여러 곳이야."

"그 친구하고 결혼하고 싶어?"

"아니. 아니야." 왜 이렇게 말하는 걸까? 결혼의 가능성이 심연의 뚜껑을 열어젖힌다. 그녀는 몰랐을 것이다. 그녀가 늘 당연하게 여기던 문으로 들어가니 정원이 나왔지만 정원을 통과하니 아무것도 없는 텅 빈 곳이 나왔다. 그녀는 해리를 가까이 끌어당기려 한다. 그녀는 한쪽 신이 벗겨진 채 소파에 누워 있다. 맞은 곳이 욱신거리기 시작한다. 그는 그녀를 이곳에 안고 와 지금은 카펫에 무릎을 꿇고 있다. 그녀가 끌어당겨도 그는 계속 뻣뻣하다. 그는 죽었다. 그녀가 죽었다.

그가 묻는다. "내가 당신한테 그렇게 형편없었어?"

"아, 여보. 아니야. 당신은 나한테 잘해줬어. 나한테 돌아왔어. 그리고 그 지저분한 곳에서 일하고 있어. 나도 내가 무슨 생각으로 그런 건지 모르겠어, 해리. 정말로 모르겠어."

"무슨 생각이었는진 몰라도," 그가 그녀에게 말한다. "그 생각은 지금도 그대로인 게 틀림없어." 이 말을 하는 그가 넬슨처럼 보인다. 상처받아 불만스럽고 생각에 잠긴 표정이다. 뭔가를 비집어 열려고, 뭔가를 꺼내려고 궁리하고 있다. 그녀는 그와 사랑을 나눠야 한다는 걸 안다. 그녀 안에서 서로 대립하는 물결들이 부딪친다―이 창백하고 털 없는 낯선 사람에 대한 욕망, 그런 욕망에 대한 혐오, 가능한 여러 수준의 배신에서 느껴지는 매력.

그는 수줍어한다. 그녀를 실망시킬까 두려워한다. 그는 소파에서 떨어져 바닥에 앉으며 이야기를 하자고 한다. 서로 빚진 것을 청산하자고 한다. "루스 기억나?"

"당신이 집 나가서 같이 산 창녀."

"창녀라고 할 수는 없어."

"뭐였든, 그 여자가 뭐?"

"이 년 전쯤에 다시 봤어."

"그 여자하고 잤어?"

"아, 이런, 아니야. 루스는 아주 모범적인 사람이 됐어. 그게 요점이야. 와이저 스트리트에서 만났어. 쇼핑을 하고 있더군. 살이 너무 쪄서 알아보지 못했어. 루스가 나를 먼저 알아봤던 것 같아. 어떤 여자가 날 쳐다보는데 느낌이 좀 이상하더라고. 그러다가 생각이 났지. 루스로구나. 여전히 머리카락을 부풀려서 머리가 커다래 보이더라고. 누군지 깨달았을 때에는 이미 자리를 뜨고 있었어. 그래서 한참 쫓아갔어. 그러니까 나를 피해 크롤스로 들어가더라고. 나는 가능성이 반반이라고 보고 입구 옆에서 기다렸어. 만일 그 문으로 나오면 인사를 하고, 다른 문으로 나가면 어쩔 수 없다 생각한 거지. 어쨌든 오 분만 기다려보자고 말이야. 사실 별 관심이 없었거든." 하지만 이 이야기를 하는 동안 그의 심장박동이 빨라진다. 그때 그랬던 것처럼. "막 가려는 데 루스가 무거운 쇼핑 백 두 개를 들고 나오다 나를 봤어. 첫 마디가 '나를 가만히 내버려둬'였어."

"그 여자는 당신을 사랑했어." 재니스가 설명했다.

"사랑하기도 했고 사랑하지 않기도 했지." 그가 말한다. 하지만 이 자족적인 태도 때문에 그녀의 공감을 잃어버린다. "내가 한잔 사겠다고 했는데, 루스가 나한테 허락한 건 낡은 애크미를 대놓은 주차장까지 함께 걸어가는 것뿐이었어. 저 외곽에 있는 갈릴리 근처에 산다고 하더라고. 남편은 양계장을 하면서 학교 버스를 여러 대 운영한대. 루스보다 나이가 꽤 많고, 전에 가족이 있었던 남자라는 인상을 받았어. 루스는 자식이 셋 있다고 하더라고. 딸 하나에 아들 둘. 지갑에서 아이들 사진을 꺼내 보여줬어. 시내에 얼마나 자주 나오느냐고 물었더니 이러더라고. '넌 한 번도 안 나온다고 알고 있으면 돼.'"

"가엾은 해리." 재니스가 말한다. "말 한번 무시무시하게 하네."

"어, 전에도 그랬지, 지금도 그렇더라고. 몸이 무거워졌어, 아까 말한 대로. 시내에서 흔히 보이는, 예전 모습은 사라졌을 정도로 다른 사람이 돼서, 무거운 쇼핑백을 들고 다니는 뚱뚱한 여자들하고 함께 있으면 쉽게 섞여버리겠더라고. 하지만 그래도 여전히 루스였어."

"알았어. 당신 아직도 그 여자를 사랑하는구나." 재니스가 말한다.

"아니, 사랑한 적 없어, 지금도 사랑하지 않고. 당신은 그때 루스가 했던 더 심한 짓을 모르잖아."

"나한테 돌아오고 나서 그 여자에게 한 번도 연락하려 한 적이 없다는 건 못 믿겠어. 적어도 그 여자가…… 임신한 걸 어떻게 했는지 알기 위해서라도."

"그래서는 안 된다고 느꼈어." 하지만 지금 아내의 심판하는 어두운 눈을 보니 규칙이 훨씬 복잡했다는 것, 어떤 규칙들을 지키자면 루스한테 연락을 했어야 했다는 것을 알게 된다. 표면적인 규칙들 밑에 그 못지않게 중요한 규칙들이 있었던 것이다. 그렇다면 그를 다시 받아주었을 때 그녀가 그것을 설명해줬어야지.

그녀가 묻는다. "더 심한 짓이 뭐였는데?"

"당신한테 할 얘기인지 아닌지 모르겠어."

"얘기해봐. 서로 전부 얘기해보자고. 그런 다음 우리 옷을 모두 벗는 거야." 피곤한 목소리다. 모든 것을 드러낸 충격을 서서히 실감하고 있는 것이 분명하다. 그는 포커 게임에서 돈을 잃은 사람에게 농담을 하듯이 그녀가 다른 데 정신을 팔게 해주려고 이야기를 한다.

"당신이 이미 말했지. 아기 얘기야. 나도 그 생각을 했기 때문에 루스한테 딸이 몇 살이냐고 물어봤어. 큰아이 말이야. 대답을 하지 않으려고 하더군. 그래서 지갑의 사진을 다시 보여달라고 했어. 혹시나, 있잖아, 닮은 데가 있는지 보려고. 하지만 그것도 보여주지 않으려고 했어. 나를 비웃더군. 정말 심하게 심술을 부렸어. 그러면서 아주 이상한 소리를 했어."

"뭐라고?"

"정확한 말은 잊어버렸어. 나를 건너다보더니, 내가 뚱뚱해졌다고 했어. 남 얘기한다 싶더라고. 그러더니 이랬어. '어서 달려가, 래빗. 양배추밭에서는 볼일 다 봤잖아.' 뭐 그런 얘기였어. 지금은 아무도 나를 래빗이라고 부르지 않잖아. 그래서 내가 좀 당황했던 것 같아. 이 년 전 일이야. 가을이었던 것 같아. 그 이후로는 못 봤어."

"솔직히 이야기해줘. 그후 십 년간 다른 여자 없었어?"

그는 기억을 되짚어보다 어두운 장소 몇 군데와 마주친다. 베리티인 쇄소가 연례 파티를 열었던 폴란드계 미국인 클럽의 어느 방. 바싹 마르고 가슴이 납작한데다 감기에 걸려 있던 젊은 여자. 여자는 브래지어와 스웨터는 그대로 입고 있었다. 그리고 저지해안에서 있었던 이상한 사건. 재니스와 넬슨은 놀이공원에 가고 그는 수영복을 입은 채 해변에서 돌아온 참이었다. 오두막 문을 두드리는 소리. 땅딸막한 유색인 소녀. 비쩍 마른 소년 둘이 함께 찾아왔는데, 뭘 원하느냐에 따라 5달러 또는 7달러에 그녀를 제공하겠다고 했다. 그가 소녀의 억양을 알아듣지 못하는 바람에 소녀는 계속 같은 말을 반복해야 했다. 소녀는 눈을 내리깔고 "박기" "빨기"를 반복했고, 함께 온 소년들은 낄낄거렸다. 그는 겁에 질려 얼른 얇은 문을 닫고, 그 아이들이 그를 해치겠다고 협박이라도 한 것처럼 문을 잠그고, 벽을 마주보고 딸딸이를 쳤다. 벽에서 눅눅하고 짠 냄새가 났다. 그는 재니스에게 말한다. "알잖아, 베키가 그렇게 된 뒤로 내가 섹스에는 별 생각이 없다는 거. 생각이 나서 하고 싶다가도 어째선지 곧 식어버려."

"나 좀 일으켜줘."

재니스가 텔레비전 앞에 선다. 화면은 녹색 재다. 죽은 불이다. 그녀는 효율적으로 옷을 벗는다. 거무스름한 꼭지가 달린 젖가슴들은 대롱처럼 처져 있다가 팬티스타킹을 벗자 좌우로 흔들린다. 그을린 자국은 목 아래쪽에서 멈춘다. 예전에는 여름이면 일요일에 가끔 웨스트브루어 수영장에 가곤 했지만 아이가 커서 부모와 함께 가지 않으려고 하면서 이제 아무도 가지 않는다. 스프링어 부부가 포코노스를 찾게 된

후로는 해변에도 간 적이 없다. 포코노스는 벌레가 들끓는 갈색 호수들이 짙은 녹색 나무들 사이에 갇혀 있는 곳이다. 래빗은 그곳을 싫어해서 절대 가지 않는다. 어디에도 가지 않는다. 집 근처에서 휴가를 보낸다. 한때는 목화밭이나 악어를 보러 남부에, 플로리다나 앨라배마 같은 데 가는 백일몽을 꾸곤 했지만, 그저 어린 시절 꿈이었을 뿐이고 아기와 함께 죽었다. 텍사스는 한 번 구경했는데 그것으로 족했다. 벌거벗은 재니스가 두 입술 사이에 혀를 끼우고 더듬더듬 그의 셔츠 단추를 푼다. 그는 멍하니 그 일을 이어받아 마무리한다. 바지, 마지막으로 구두. 양말. 공기가 그를 알아나간다. 낮의 공기가 아직도 미적거리고 있다. 한 번도 빛을 본 적 없는 피부를 여름 공기가 간질인다. 그와 재니스는 빛 속에서 사랑을 나눈 지 몇 년은 되었다. 그녀가 빛 한가운데서 그에게 묻는다. "당신 보는 거 좋아하지 않아? 나는 전에는 무척 창피했는데."

어스름 속에서 그들은 먹는다. 벌거벗은 채로 그녀가 만든 살라미 샌드위치를 먹고 위스키를 마신다. 집안은 여전히 어둡다. 그들의 집을 거울에 비춘 듯한 주위의 다른 집들은 불을 밝히고 있다. 이 이웃집의 빛들, 그리고 비스타 크레센트를 지나가는 차들의 전조등이 그들의 방에 던져넣은 목격자들이 부드럽게 방을 가로질러 미끄러져간다. 문이 달리지 않은 선반들이 나란히 놓인 검劍처럼 찔러대고, 유목 램프는 코뿔소 형상의 그림자를 던지고, 벽난로의 판지 액자에 든 넬슨의 학교 사진은 난로에 칠한 페인트의 미라 같은 색조에 물든 채 미소 짓고 있다. 어둠이 찾아와도 앞이 보이도록 재니스는 텔레비전을 켜고 소리를 죽여놓는다. 팬터마임을 하듯 날아가는 우주선 모형, 박살난 슈퍼마켓 앞에 서 있는 폭동 진압군, 대서양을 건넌 뒤 플로리다에 상륙한 노 젓는 보트, 시트콤과 신파조의 서부극, 잠시 비치는 수은처럼 불안정한 커다란 회색 얼굴들. 그 푸르스름하게 깜빡거리는 빛을 받으며 그들은 다시 사랑을 나눈다. 그녀의 몸은 쭉 펼쳐놓은 고운 모래알들, 그녀의 입은 헐렁한 검은 구멍, 그녀의 눈은 불꽃이 담긴 구멍, 그 자신의 몸은 폭격으로 번쩍거리는 황량한 풍경. 그 소리 없이 폭발하는 이미지들은 재니스의 장난스럽고 전문가적 손길만큼이나 부드러워 그를 통과하면서도 아무런 해를 입히지 않는다. 그녀는 몸을 뒤집어 그의 위에서 몇 달간 얻은 새로운 지식을 쏟아낸다. 그는 그녀의 욕구에 겁을 먹는다. 결코 채워줄 수 없다는 걸 알기 때문이다. 죽음에 대한 대지의 욕구를 채울 수 없는 것과 마찬가지다. 그녀의 죄책감은 사랑이 되었고 그녀의 사랑은 격정이 된다. 첫번째는 너무 빨랐지만 두번째는 달콤하다. 노력과 땀이 배어 있다. 세번째는 힘이 들면서도 달콤하다. 거의 순수하게 정신의 결과물이다. 네번째는, 네번째는 없기 때문에, 슬프다. 텔레비전의 깜빡거리는 빛이 닿자 그의 두 허벅지를 타고 앉은 그녀의 씹이 비뚜름하게 입을 벌린 모습으로 드러난다. 그녀가 고개를 숙인다. 머리카락이 그의 배를 간질인다. 그녀는 그녀를 실망시킨 늘어진 살 위에 차가운 눈물, 별의 바늘 같은 눈물을 떨어뜨린다.

"젠장," 그가 말한다. "깜빡했네. 우리 오늘밤에 엄마를 뵈러 갔어야 했는데!"

그는 작은 진홍색 도요타를 타고 찰리 스태브로스와 함께 북쪽으로 달리는 꿈을 꾼다. 기어 봉이 아주 가늘다. 연필 같다. 기어를 바꾸다 부러질까 겁난다. 게다가 골프화를 신고 있어 페달을 밟는 것이 어색하다. 스태브로스가 대신 운전석에 앉아 그 특유의 둔감한 태도로 중얼거린다. 반지를 낀 각진 손으로 능숙하게 손짓을 하며 자신의 문제를 논의한다. 린든 존슨이 부통령 자리를 맡아달라고 부탁했다는 것이다. 그들에게는 그리스 사람이 필요하다. 그는 제안을 받아들이고 싶지만 브루어를 떠나고 싶지 않다. 그래서 적어도 여름 동안만이라도 백악관을 브루어로 옮기는 문제를 협의하고 있다. 백악관을 지을 공터는 많잖아, 찰리가 설명한다. 래빗은 어쩌면 이것이 인쇄소를 나가 사무직 일자리를 얻을 수 있는 기회일지도 모른다는 생각을 한다. 미래는 서비스와 소프트웨어에 있다. 그는 기대 섞인 목소리로 스태브로스에게 말한다. "나는 우표에 침을 바를 수 있는데." 그러면서 혀를 보여준다. 그들은 북쪽으로 향하는 간선 고속도로를 타고 있다. 폐광촌으로 들어가는 길이다. 그 너머에는 펜실베이니아 북부의 광야가 펼쳐져 있다. 그런데 여기에, 숲과 호수뿐인 이 지역에, 고속도로 옆에 갑자기 낯선 백색 도시가 나타난다. 언덕마다 시트처럼 새하얗고 높은 연립주택이 지평선까지 빽빽하게 늘어서 있다. 거대한 도시다. 그런데도 이름이 없다니 이상하다. 그들은 교외에 있는 어떤 약국 옆에서 헤어진다. 스태브로스가 지도를 하나 건네준다. 래빗은 그 지도에서 어렵게 그들의 위치를 찾아낸다. 과녁 모양이 표시된 대도시에는 그냥 '더 라이즈*'라는 이름이 붙어 있다.

더 라이즈, 더 라이즈…… 꿈이 너무 불쾌해서 그는 잠을 깬다. 머리가 아프고 발기 상태다. 자지가 유리처럼 얇아진 느낌이다. 재니스와 그렇게 해대서 그런지 쓰라리다. 침대 옆이 비어 있다. 둘이 두시가 넘어서 잠자리에 든 기억이 난다. 텔레비전 화면이 윙윙거리며 조정 화면으로 바뀌었으니까. 아래층에서 진공청소기 소리가 들린다. 일어났구나.

그는 토요일 옷, 천을 덧댄 치노 바지와 살구색 폴로셔츠를 입고 아래층으로 내려간다. 재니스는 거실에서 은색 통을 앞뒤로 밀면서 청소중이다. 흘끗 그를 쳐다본다. 늙어 보인다. 우리는 섹스 때문에 늙는다. 사제들은 소년 같고, 독신녀들은 쉰이 넘어도 머리가 검다. 그렇지 않은 우리들, 우리들은 악마가 부패시킨다. 그녀가 말한다. "탁자에 오렌지주스 있어. 팬에 달걀도 있고. 나는 거실 좀 마저 할게."

그는 아침 식탁에서 자신의 집을 살핀다. 한쪽에 부엌, 그 반대편에 거실이 눈에 들어온다. 그의 생활의 틀을 이루는 가구가 아침햇살 속에서 화성인처럼 보인다. 은실로 생기를 준 인조 직물을 씌운 팔걸이 의자, 기포 고무로 만든 소파, 골동품 구두 수선공 의자를 모방해 거칠게 잘라낸 낮은 탁자, 램프의 일부인 유목 한 조각. 어떤 것도 그 목적에 딱 맞는 모양을 갖춘 것은 없다. 부속품들은 수리를 거부하도록 설계되어 있다. 인간의 손으로 직접 만든 것은 하나도 없다. 래빗은 이제까지 그 가구들 속에서 살아왔지만 그 가구들을 알지는 못했다. 가구 재료의 이름도 알지 못한다. 백화점 진열장 같은 데서 나이를 먹은 채 들어와, 한 번도 그의 몸에 순응하지 않고 낡아가고 있다. 오렌지주

---

* The Rise. '언덕'이라는 뜻.

스는 시큼하다. 심지어 냉동 오렌지도 아니고 화학물질을 혼합해 만든 식용색소 오렌지주스다.

그는 자기 몫의 달걀을 팬에 깨 넣고 불을 약하게 줄인 다음 어머니를 생각하며 죄책감을 느낀다. 재니스가 진공청소기를 끄고 다가와 커피를 따라서 식사중인 그의 맞은편에 앉는다. 잠이 부족해 눈 밑이 자줏빛으로 푹 꺼졌다. 그가 그녀에게 묻는다. "그 친구한테 말할 거야?"

"해야 할 것 같아."

"왜? 그 친구하고 계속 만나고 싶지 않아?"

"무슨 소리를 하는 거야, 해리?"

"계속 만나. 그 친구가 당신을 행복하게 해준다면. 나는 못해주는 것 같으니까, 그냥 쭉 만나, 적어도 양껏 했다 싶을 만큼."

"절대 내 양이 차지 않는다면?"

"그럼 그 친구하고 결혼해야겠지."

"찰리는 절대 누구하고도 결혼 못해."

"누가 그래?"

"찰리가 전에 한 번 그랬어. 내가 왜 못하는지 물었지만 대답해주지 않았어. 어쩌면 심잡음과 관련이 있는지도 모르겠어. 하지만 그런 이야길 한 건 그때 딱 한 번뿐이었어."

"당신하고 그 친구는 도대체 무슨 이야길 해? 다음번에는 어떤 식으로 할 건가 하는 건 빼고 말이야."

이런 조롱에 발끈할 수도 있을 텐데 재니스는 그러지 않는다. 그녀는 기운이 없다. 오늘 아침에는 아주 정직하고 꾸밈이 없다. 그는 그것이 기분좋다. 그가 알던 것보다 근엄한 여자가 드러나고 있다. 우리에게는 타인이 튕겨주어야만 하는 현이 내재해 있는 것이다. "별 얘기 안 해. 그냥 사소하고 재미있는 얘기. 그 사람 창에서 보이는 거나 어렸을 때 일들. 그 사람은 내 얘기를 듣는 걸 좋아해. 그 사람, 어렸을 때 브루어의 가장 못사는 동네에서 살았대. 그래서 마운트저지 같은 곳이 휘황찬란해 보였대. 나를 부자 년이라고 불러."

"사장 딸이잖아."

"그러지 마, 해리. 어젯밤에 얘기했잖아. 당신은 이해 못해. 시시하다고 생각할 거야. 우리가 하는 얘기 말이야. 그 사람은 재주가 있어. 찰리는 정말 그래. 뭐든지 흥미진진하게 만드는 재주 말이야. 음식 맛이든, 하늘의 모양이든, 들어오는 손님들이든. 일단 그 방어적인 태도, 그 강인한 사나이 행세를 뚫고 들어가면 다른 모습이 나와. 뭘 보든 아주 빨리 이해하고, 사랑하는 태도를 보여. 찰리는 어젯밤에 기분이 아주 안 좋았어. 당신이 가고 나서. 당신이 자기 때문에 마음에도 없는 이야기를 하게 되었다고 말이야. 그 사람은 말다툼을 싫어해. 인생을 사랑해. 정말 그래, 해리. 찰리는 인생을 사랑해."

"누구나 그래."

"그렇지 않아. 우리 세대는 교육을 그렇게 받아서 인생을 사랑하기가 어려울 것 같아. 하지만 찰리는 사랑해. 꼭―낮의 환한 빛 같아. 한 가지 알려줄까?"

그는 대답한다. "그래." 하지만 상처받게 될 걸 안다.

"환한 낮에 하는 사랑―그게 최고야."

"알았어. 그만하라고. 그 새끼하고 계속 만나라고 그랬잖아."

"그 말 안 믿겨."

"딱 한 가지만. 아이가 모르게 노력해줘. 우리 어머니는 이미 알아. 어머니를 찾아가는 사람들이 말해줘서. 시내에 소문이 쫙 퍼졌어. 이제 환한 낮 얘기나 계속해봐."

"소문이 나든 말든." 재니스가 말한다. 그녀는 몸을 일으킨다. "당신 어머니는 재수없는 여자야, 해리. 그 여자가 우리한테 해준거라곤 우리 결혼생활에 독을 뿌린 것밖에 없어. 이제는 자기 인생의 독 속에서 익사하고 있어. 그 여자는 죽어가고 있고, 그래서 난 기뻐."

"맙소사, 그런 말 하지 마."

"왜 못해? 지금 죽어가는 게 나라면 당신 어머니도 기뻐할 거야. 그 여자는 당신이 누구하고 결혼하기를 바랐던 거야? 말해봐, 그 여자 눈에 당신한테 어울릴 만큼 훌륭한 여자가 어디 있었겠어? 어디에?"

"내 여동생이 있잖아." 그가 말한다.

"다른 것도 얘기해주지. 찰리하고 처음에는 매번 죄책감을 느끼는 바람에 긴장을 풀 수가 없었어. 하지만 그때마다 당신 어머니 생각만 하면 됐어. 그 여자가 나만이 아니라 넬슨까지, 자기 손자까지 어떻게 대했는지 말이야. 그런 다음에 속으로 말하곤 했어. 좋아, 이 친구야, 어디 제대로 좀 해봐, 그러고 나면 바로 가버릴 수 있었어."

"됐어, 됐다고, 자세한 이야기는. 좀 봐줘."

"지겨워, 정말 지겨워, 당신을 봐주는 게. 정말 수도 없이,"—그러나 너무 서러워 고백을 이어갈 수가 없다. 억제가 그물처럼 그녀의 얼굴을 덮는다. 그 팽팽한 힘 때문에 그녀의 얼굴이 추해진다—"당신이 그때 돌아온 게 안타까웠어. 당신은 아무 생각 없는 아름다운 남자였는데, 나는 그 남자가 매일 조금씩 죽어가는 모습을 지켜봐야만 했거든."

"어젯밤에는 그렇게 나쁘지 않았잖아, 안 그래?"

"나쁘지 않았지. 너무 좋아서 화가 나. 나는 완전히 혼란에 빠졌어."

"당신은 날 때부터 혼란에 빠져 있었잖아, 이 어린것아." 그가 덧붙인다. "그리고 내가 이 집에서 어떤 식으로든 죽어가고 있었다면, 당신도 쭉 그걸 거들고 있었던 거야." 그러면서 그는 다시 그녀와 박기를 바란다. 그녀가 다시 속을 다 내보일 수 있는지 보고 싶기 때문이다. 어젯밤 몇 분 동안 그녀는 온몸이 혀가 된 듯했으며 아직 첫 세포분열도 일어나지 않은 배胚의 상태인 것처럼 그의 입이 그녀의 입에 달라붙어 있었다.

전화벨이 울린다. 재니스가 부엌 벽에 걸린 전화기에서 수화기를 뽑아들고 말한다. "잘 지내셨어요, 아빠. 포코노스는 어땠어요? 잘됐네요. 엄마가 그럴 줄 알았어요. 엄마는 그저 누가 자기한테 고마워해주는 게 필요했던 거라고요. 물론 그이는 여기 있죠. 옆에 있어요." 그녀가 래빗에게 수화기를 내민다. "바꿔달라셔."

스프링어 영감의 목소리는 높고 날카롭지만 살살 달래는 듯하고 정중하다. "해리, 어떻게 지내나?"

"나쁘지 않습니다."

"아직도 야구 도박 하나? 재니스가 그러는데 오늘 블래스츠 표를 구할 수 있는지 물어봤다면서. 그게 지금 내 손에 있네. 1루 쪽 바로 세번째 줄이야. 감독이 이십 년 동안 내 단골이었거든."

"네, 잘됐네요. 아이가 포스나트네 가서 잤는데, 데려오겠습니다. 경기장에서 만날까요?"

"내가 태우러 가지, 해리. 내 기꺼이 두 사람을 태우러 가겠네. 그럼 재니스가 자네 차를 쓸 수 있을 테니까." 그의 목소리에 전에 없던 어조가 있다. 부드럽고, 감언이설의 냄새마저 희미하게 난다. 환자를 돌보는 듯한 느낌. 영감도 아는 것이다. 세상이 다 아는 것이다. 이러다 다음주에는 〈뱃〉에 실리겠군. **식자공의 아내, 같은 동네 영업사원과 바람나다. 그리스인, 강한 반전 입장을 드러내다.**

"참, 해리." 스프링어가 계속 감언이설의 냄새가 풍기는 말을 늘어놓는다. "자네 어머니 건강은 어떤가? 당연한 말이지만 레베카도 나도 몹시 걱정하고 있어. 몹시 걱정하고 있네."

"아버지 말이 별 차도가 없다고 하네요. 아시다시피 느리게 진행되는 거라서요. 요즘은 훨씬 더 느리게 만드는 약이 나왔답니다. 이번주에 어머니를 보러 마운트저지에 가려고 했는데, 잘 안 됐습니다."

"가게 되면, 해리, 우리 안부를 전해주게. 꼭 좀 전해줘."

뭐든지 두 번 말하는군. 도요타 대리점을 잘 운영하는 것도 일본 놈들이 두번째 들을 때는 영감 말을 알아들어서일 거야.

"아무렴요, 그러고말고요. 재니스 다시 바꿀까요?"

"아니야, 해리, 그 아이는 그냥 자네가 갖고 있게." 농담까지. "열두시 이십분이나 열두시 삼십분까지 가겠네."

영감이 전화를 끊는다. 재니스는 부엌에서 나가고 없다. 거실에서 울고 있는 것이 보인다. 그는 다가가 소파 옆에 무릎을 꿇고 두 팔로 그녀를 안지만, 무대에서 감독의 지시를 따라 움직이는 양 뻣뻣하다. 그녀의 블라우스 단추가 하나 풀려 있어 브라 안으로 빨려드는, 가슴의 핏기 없는 곡선이 그의 귀에 닿는 그녀의 뜨거운 숨과 섞인다. 그녀가 말한다. "당신은 이해 못해, 그 사람이 얼마나 좋은지. 섹시하다거나 재미있다거나 그런 게 아니야, 그냥 좋다는 거야."

"당연히 이해하지. 나도 좋은 사람을 몇 명 알거든. 사람을 기분좋게 해주지."

"같이 있으면 내가 하는 모든 일, 나라는 사람의 모든 것이 다 좋다는 느낌이 들게 해줘. 그 사람은 한 번도 내가 멍청하기 짝이 없다는 말을 한 적이 없어. 당신은 매시간 그러지만 말이야. 그 사람은 당신이 도저히 상상할 수 없을 정도로 똑똑한데도 말이야. 그리스인만 아니었다면 대학에도 갈 수 있었을 거야."

"아. 지금은 그리스인을 받아주지 않나? 검둥이 할당 인원이 너무 많아서 안 되나?"

"당신은 그런 역겨운 소리만 해, 해리."

"내가 얼마나 좋은 사람인지는 아무도 말해주지 않거든." 그가 말하며 일어선다. 밑에 있는 그녀의 목덜미가 약해 보인다. 가라테 손날치기 한 번만 제대로 들어가면 끝일 것 같다.

바깥 진입로에서 저거덕저거덕 소리가 난다. 스프링어가 오기에는 너무 이른 시간이다. 그는 창으로 간다. 상오리 빛깔의 퓨리 한 대가 서 있다. 조수석 문이 활짝 열리더니 넬슨이 내린다. 반대편에서 페기 그링이 나타난다. 선글라스를 끼고 카드 딜러의 엄지손가락 같은 커다란 허벅지를 드러내는 미니스커트를 입고 있다. 불행―버림받은 처지―때문에 그녀는 활달해지고 직업여성 같은 면을 보이게 되었다. 그녀는 래빗에게는 인사를 하는 둥 마는 둥 한다. 그녀의 선글라스는 각각 북동쪽과 북서쪽을 보는 두 눈을 감추고 있다. 초등학교 때부터 알고 있던 것이다. 두 여자는 부엌으로 들어간다. 재니스가 코를 훌쩍이는 소리를 내는 것으로 보아 고백이 진행중이라는 걸 짐작할 수 있다. 그는 어젯밤에 시작한 마당 일을 끝내러 밖으로 나간다. 온 사방에, 비스타 크레센트의 뒷마당들에 남자들이 나와 있다. 바비큐 굴뚝과 알루미늄 빨래 건조대가 있는 펜빌라스의 경계에 이르기까지 다들 자기 마당에 나와 있는 것이다. 그의 잔디깎이 소리에 호응하듯 집마다 같은 소리가 들리고, 허리를 굽히고 미는 그의 동작들이 마치 뜨겁고 텅 빈 하늘에 걸린 거울 조각들에 반사되는 것처럼 퍼져나간다. 이들이 그의 이웃이다. 가구를 싣고 밴을 타고 와서 밴을 타고 떠난다. 그들은 하수도를 고쳐달라거나 소방수들이 더 빨리 달려오게 해달라는 무익한 청원에 서명을 하기 위해 모이지만 다른 식으로는 연결되지 않는다. 넬슨이 밖으로 나와 그에게 묻는다. "엄마한테 무슨 일 있어요?"

그는 잔디깎이를 끈다. "네 엄마가 뭐하고 있는데?"

"포스나트 아줌마하고 식탁에 앉아 눈이 빠지도록 울고 있어요."

"아직도? 모르겠구나, 얘야. 속이 상했나봐. 네가 여자에 관해 꼭 알아야 할 게 한 가지 있는데, 그건 여자들의 화학적 성질이 우리하고는 다르다는 거다."

"엄마는 잘 울지 않는데."

"그럼 우는 게 엄마한테 좋을 수도 있지. 어젯밤에는 푹 잤어?"

"조금요. 어뢰정이 나오는 옛날 영화를 봤어요."

"블래스츠 경기 보고 싶니?"

"그럼요."

"하지만 많이 보고 싶지는 않지, 응?"

116

"난 아빠만큼 운동을 좋아하지 않아요, 아빠. 너무 경쟁적이에요."

"그게 인생이야. 개가 개를 잡아먹는 거지."

"그렇게 생각하세요? 왜 그냥 좋게 지내면 안 돼요? 모두가 나눠 가질 만큼 충분하잖아요."

"그렇게 생각해? 그럼 우선 이 잔디 깎는 일부터 좀 나누면 어떨까? 이거 좀 밀어라."

"저 주실 용돈 밀렸잖아요." 래빗이 1달러짜리 지폐와 25센트짜리 동전 두 개를 주자 아이가 말한다. "요즘 미니바이크를 사려고 저금하고 있어요."

"행운을 빈다."

"그리고, 아빠―?"

"응?"

"이제 한 시간 일하는 데 1달러 25센트를 받아야 할 것 같아요. 그래도 연방 최저임금에는 미달이에요."

"거봐라." 래빗이 그에게 말한다. "개가 개를 잡아먹지 않니."

집안에 들어가서 씻고 소매에서 풀 조각을 떼어내고 엄지의 볼록하게 튀어나온 살(약한 곳인데, 고등학교 때는 여자아이의 이곳이 얼마나 통통한지 보면 그애가 얼마나 섹시한지 알 수 있다고들 했다)에 반창고를 붙이는데 재니스가 욕실로 들어와 문을 닫고 말한다. "말하기로 했어. 당신이 시합을 보러 간 동안 말할게." 그녀의 얼굴은 여전히 팽팽하게 당겨져 있지만 눈물은 꽤 말랐다. 코 옆 군데군데 남은 물기가 반짝거린다. 타일 벽이 그녀의 콧소리를 증폭한다. 바깥에서 페기 그링의 차가 포효하며 떠난다.

"누구한테 무슨 말을 해?"

"찰리한테. 다 끝났다고. 당신이 안다고."

"말했잖아, 그 친구하고 계속 만나라니까. 어쨌든 오늘은 아무 짓도 하지 마. 진정해. 술을 마셔. 영화를 봐. 그 우주 영화를 다시 봐, 당신은 가장 좋은 대목에서 잤잖아."

"그건 겁쟁이 짓이야. 싫어. 그 사람하고 나는 늘 서로에게 정직했어. 그 사람한테 진실을 말해야 돼."

"내가 보기엔 그냥 내가 경기장에 처박혀 있는 동안 그 자식을 만날 평계를 찾고 있는 것 같은데."

"당신은 그렇게 생각하겠지."

"만일 그 자식이 자자고 하면?"

"그 사람은 안 그럴 거야."

"그러자고 하면? 졸업 선물로."

그녀는 대담하게 그를 노려본다. 배반의 용광로에서 담금질된 어두운 눈길이다. 그에게 생각이 하나 떠오른다―성장은 배반이다. 다른 길은 없다. 어딘가를 떠나지 않고는 어디에도 도달할 수 없다. "잘 거야." 그녀가 말한다.

"그 친구를 어디서 찾을 건데?"

"매장에서. 여름에는 토요일에도 여섯시까지 있어."

"무슨 이유를 댈 건데? 헤어지는 이유 말이야."

"글쎄, 당신이 안다고 하지."

"왜 이야기를 했는지 물으면?"

"내가 말한 이유야 뻔하잖아. 당신 아내니까 말한 거지."

그녀의 아래위 눈까풀 사이에서 눈물이 부풀어오르고 얼굴의 긴장이 부서진다. 감추고 있던 걱정, D학점이나 절도나 두통을 고백하는 넬슨의 얼굴 같다. 해리는 그녀를 팔로 감싸고 싶은 충동을 물리친다. 또다시 나무처럼 뻣뻣해지는 느낌을 받고 싶지 않다. 그녀는 흐느끼면서 몸의 균형을 유지하려고 비틀거리다 욕조 가장자리에 앉는다. 비닐 샤워 커튼이 그녀의 어깨에 닿아 바스락거린다.

"나를 막지 않을 거야?" 그녀가 마침내 말을 꺼내놓는다.

"뭘?"

"그 사람을 만나는 걸!"

그녀의 슬픔이라는 이 풍성한 선물을 받자 그는 잔인해질 여유가 생긴다. 그는 차갑게 말한다. "아니, 만나고 싶으면 만나. 다만 내가 그 새끼를 만날 일만 없게 해줘." 그러고 나서 그는 그녀의 얼굴을 보는 것을 피하려다 수납장 거울에 비친 자신의 모습을 본다. 분홍빛을 띤 크고 창백한 남자의 턱은 군살이 붙어 형태가 무너지고, 웃음을 짓고 싶어하는 작은 입술은 뒤틀려 있다.

진입로의 자갈이 다시 저거덕저거덕 소리를 낸다. 욕실 창으로 스프링어의 멋진 새 도요타 왜건의 상자형 암갈색 지붕이 보인다. 그가 넬슨한테 소리친다. "할아버지 오셨다. 가자아." 그는 재니스에게 중얼거린다. "꼼짝 말고 앉아 있어, 어린것아. 아무 짓도 하지 말고." 스파게티 같은 나일론 안전벨트들을 지나 장인 옆으로 미끄러져들어가며 래빗은 그를 향해 노래한다. "땅콩과 크래-커-잭 좀 사주세요……"*

---

* 미국 야구장에서 7회 초 종료 후 관중이 다 같이 합창하는 노래 〈Take Me Out to the Ball Game〉의 한 소절.

경기장은 브루어 북쪽 끝에 있다. 클로버형 인터체인지를 통과하고, 벽돌로 쌓은 거인 같은 오래된 양말 공장 두 개를 지나고, 삼차선 간선도로를 따라간다. 지난 몇 년간 간선도로변에는 펜실베이니아 더치가 운영한다고 자랑하는 레스토랑 몇 곳이 문을 열어, 석고로 만든 거대한 아미시교도 조각상을 세우고 육각별[*] 네온 간판을 내걸었다. **원조 "더치" 요리**. 펜실베이니아 더치 스모가스보드[**]. 과거에는 어쩔 수 없이 먹었던 걸 이제 팔려고 한다. 기름으로 튀긴 음식과 돼지가 먹어도 뾰루지가 날 반죽으로 만든 음식을 관광 상품으로 꾸며냈다. 조금 더 가자 매년 9월이면 협잡꾼들이 늘 똑같은 낡아빠진 무대를 설치하는 시골 장터가 나온다. 농부들은 악취를 풍기는 가축을 끌고 오고, '이집트의 요부 세라피나'는 1달러만 추가로 내면 그 촌놈들 앞에서 옷을 다 벗는다. 그가 처음 나신을 본 여자는 세라피나 아니면 그녀의 어머니였다. 그녀는 하이힐과 검은 가면은 벗지 않은 채 뒤로 한껏 몸을 젖혔다. 그리고 두 다리를 벌리고 시미 춤[***] 같은 것을 흉내내며, 목을 길게 늘인 모두(다행히도 그는 그때도 키가 컸다)가 그녀의 갈라진 틈의 윤곽을 볼 수 있도록 반원을 그리며 움직였다. 자극적이면서도 구역질나는 주름은 털 한 줌으로 추레하게 가려져 있었는데, 그의 눈에는 털이 풀로 붙여놓은 것처럼 보였다. 아니면 하도 비벼대서 너덜너덜해진건가? 알 수 없었다. 상상도 할 수 없었다.

스프링어는 요크 폭동 이야기에 고개를 설레설레 흔든다. "저격수

---

[*] 펜실베이니아 더치의 민속 예술에서 나온 문양.

[**] 스칸디나비아식 뷔페.

[***] 벨리댄스 동작 중 하나로, 몸을 격렬하게 흔든다.

가 나흘 밤 연달아 총을 쏘고 있네, 해리. 세상이 어떻게 되어가는 거지? 우리는 너무 무방비 상태다. 이게 내 머릿속에 떠오르는 생각이야. 우리는 폭력적인 소수 앞에서 너무 무방비 상태로구나. 우리의 제도는 전부 신뢰에 기초를 두고 있었는데."

넬슨이 갑자기 큰 소리를 낸다. "그게 그 사람들이 정의를 얻을 수 있는 유일한 방법이에요, 할아버지. 우리 법은 사람 대신 재산을 보호하고 있단 말이에요."

"그 사람들은 자신의 목적을 스스로 무너뜨리는 거야, 넬리. 나처럼 호의를 가진 많은 백인이 흑인에게 등을 돌리고 있잖니. 그런 백인들이 느리지만 분명하게 흑인에게 등을 돌리고 있어. 험프리*가 진 건 베트남 때문이 아니야. 거리의 법과 질서가 문제였어. 그게 보통 사람이 투표하는 데 기준이 되는 쟁점이야. 내 말이 맞아, 틀려, 해리? 나는 너무 구식이 되어서 이제 스스로도 내 의견을 믿을 수가 없거든."

해리는 어느 늙은 괴짜, 작은 무대 옆에 있던 노인이 뒤에서 손을 뻗어 여자의 보지에 손을 얹으며 "아싸" 하고 소리치던 일을 기억해낸다. 여자는 춤을 멈추고 검은 가면 뒤에서 노인을 노려보았다. 천막 안이 조용해졌다. 놀랍게도 그 노인은 어디에 그런 피를 감춰두고 있었는지 얼굴을 붉혔다. 아싸. 그 승리의 외침, 귀하고 자그마한 짐승을 덫으로 잡았을 때 나올 법한 그 외침을 해리는 절대 잊을 수가 없었다. 아싸. 그는 몸을 축 늘어뜨리며 스프링어의 말에 대꾸한다. "상황이 나빠지고 있어요. 음식도 나빠지고, 사람들도 나빠지고, 어쩌면 나라 전체

---

* 1968년 미국 대통령 선거에서 닉슨에게 패한 민주당 후보.

가 나빠지고 있는 건지도 몰라요. 흑인은 지금 그 어느 때보다 많이 가지고 있는데 오히려 전보다 적다고 느끼는 건지도 모르죠, 어쩌면 말입니다. 우리는 모두 욕구를 가지는 것이 좋다고 배우며 성장했는데, 어쩌면 세상이 그 모든 욕구를 받아줄 만큼 큰 건 아닌지도 모르죠. 모르겠습니다. 아무것도 모르겠어요."

스프링어 영감이 웃음을 터뜨린다. 코를 쿵쿵거리며 으르렁거리듯 웃는 바람에 작은 회색 쥐 같은 콧수염이 코털에 달라붙는다. "오늘 아침에 테디 케네디* 얘기 들었나?"

"그 사람이 뭐요? 못 들었는데요."

"귀 막고 있어라, 넬리. 네가 있다는 걸 깜빡했구나. 알았으면 얘기를 꺼내지 않았을 텐데."

"뭔데요, 할아버지? 그 사람이 어쨌는데요? 누가 테디 케네디를 쐈어요?"

"들리는 얘기에 따르면 말이야, 해리."—스프링어는 넬슨을 보호하려는 듯 입꼬리 쪽으로 말을 내뱉지만 아주 분명한 목소리라 아이도 다 들을 수 있다—"펜실베이니아 출신 어떤 여자를 매사추세츠의 강에 버린 모양이야. 내 얼굴이 여기 있다는 것만큼이나 확실한 살인이지 뭔가." 옆에서 보니 스프링어의 얼굴은 분홍색 뼈를 깎아놓은 것 같다. 광대뼈 때문에 가장 강한 압력을 받는 부분에는 장밋빛 얼룩이 있고, 코가 솟아오른 지점은 붉게 융기되어 있다. 불안하고 날카로운 얼굴은 영업인으로서 늘 짓고 있는 미소 때문에 온통 주름투성이다. 식

---

* 케네디 대통령의 동생.

자공 일의 한 가지 좋은 점은 적어도 아부할 일이 그렇게 많지 않다는 것이다.

"그래서 케네디를 체포했나요? 지금 감옥에 있어요, 할아버지?"

"아, 넬리, 케네디 집안 사람은 절대 감옥에 가두지 못해. 뇌물을 줄 거야. 증거를 없애겠지. 나는 이게 심히 수치스러운 일이라고 봐."

래빗이 묻는다. "무슨 말씀이세요, 여자를 버렸다니?"

"이름은 잊어버렸는데, 어떤 다리 옆의 물속에 케네디의 차가 뒤집혀 있었고 그 안에서 여자가 발견됐어. 그쪽에 있는 무슨 섬 근처라고 하던데. 어젯밤에 일어난 일이야. 케네디는 경찰에서 체포하려는 조짐이 보이고 나서야 경찰서에 출두했다고 하더라고. 그런데도 이걸 민주주의라고 부르다니. 해리, 이거야말로 아이러니 아닌가."

"그럼 뭐라고 부르시게요?"

"케네디 집안이 다스리는 경찰국가라고 부르겠네. 나는 그렇게 부르겠어. 보스턴의 그 브라민*들이 올드 조**를 냉대한 이후로 그 집안이 이 나라를 사들이기 시작한 거야. 그러다 FDR***가 런던에 파견해주니까 올드 조는 히틀러와 동맹을 맺었어. 그리고 이제는 미국 돈이 다 떨어질 경우를 대비해 젊은 과부를 그리스인 부자와 결혼시켰어.**** 그 여자가 신문에서 말하듯이 끝내주는 것은 아니지만 그래도 둘이 잘 어

---

* 미국 동부 명문가의 지식인 계급을 경멸적으로 지칭하는 말. 인도의 브라만 계급을 차용한 표현이다.

** 케네디 대통령의 아버지인 조지프 케네디.

*** 프랭클린 D. 루스벨트 대통령.

**** 재클린 케네디와 그리스 부호 오나시스의 결혼을 가리킨다.

울려. 자네 생각은 어떤가, 해리? 내가 선을 넘은 이야기를 하고 있는 건가? 나는 이제 완전 구식이라 지금 내가 하는 말이 내 말인지 아닌지도 자신할 수가 없네." 아씨.

"제가 보기에는요." 해리가 말한다. "장인어른 말씀이 맞는 것 같습니다. 애들하고 합세해서, 폭탄을 하나 사서 던지셔야겠는데요."

스프링어는 길(맥도널드의 노란 포물선들이 휙 지나가고, 모빌주유소의 번쩍번쩍하는 회전 광고판이 정오의 태양을 싸구려 장신구 같은 빛조각들로 부숴버린다)에서 눈을 떼고 해리를 쳐다보며 자신이 강매를 한 건 아닌지 확인한다. 사실 사람들에게 의지해 사는 사람들은 소심해질 수밖에 없다. 얼 앵스트롬의 말이 적어도 그 점에서는 옳았다—물건을 다루는 게 나아. 스프링어가 잿빛으로 번진 콧수염 밑의 도자기 같은 이를 드러내며 변명하듯이 웃음을 짓는다. "하지만 케네디 집안에 관해 적어도 이 얘기는 할 수 있어. 그 사람들이 FDR만큼 나를 화나게 하지는 않는다는 거야. 해리, FDR 때는 너무 화가 나서 뇌에 구더기가 생겨 죽은 사람도 있었어. 케네디 집안을 좋게 볼 수 있는 한 가지는, 그 사람들은 가난한 사람들을 위해 경제를 뒤집으려 하지는 않았다는 거야. 그 사람들은 전해져내려온 '체제'와 함께 가려 했어."

넬슨이 말한다. "빌리 포스나트가 그러는데 우리는 자라서 '체제'를 무너뜨릴 거래요."

스프링어는 행정부의 광기와 부패에 관한 자신의 생각에 몰두해 넬슨의 말을 듣지 못한다. "FDR는 흑인과 백인 쓰레기를 위해 경제를 뒤집으려 했어. 팔 년 동안 그게 제대로 안 먹히자 야바위를 쳐서 조막만

한 일본 놈들이 진주만을 공격하게 했어. 전쟁이 벌어지면 대공황에서 빠져나올 수 있으니까 말이야. 그래서 이런 전쟁들이 생긴 거라고. 믿거나 말거나 말이야. 민주당이 자기들의 경제학으로 망쳐놓은 것에서 벗어나기 위해서. LBJ는 사 년 임기를 보장받자마자 아무도 우리를 원치 않는데도 베트남으로 달려갔어. 단지 유색인들의 경제적인 지위를 높이려고. LBJ, 그 인간은 FDR 사람이었어. 트루먼도 한국에서 똑같은 짓을 했지. 역사가 내 말을 증명해, 매번. 나를 늙고 구식이라고 해도 좋아. 너는 어떻게 생각하냐, 넬슨?"

"어젯밤에 텔레비전에서 일본 놈들하고 태평양에서 싸우는 영화를 봤어요." 아이가 말한다. "작은 배가 가라앉았는데, 선장인가 뭔가 하는 사람은 허리를 다쳤는데도 다른 사람을 끌고 몇 킬로미터나 헤엄을 치더라고요."

"그게 바로 케네디식이야." 스프링어가 말한다. "오로지 선전이지. 그 집안이 그 영화를 만든 건 올드 조가 영화사를 여러 개 소유했기 때문이야. 올드 조는 이 나라를 번듯하게 세워놓은 정직한 사업가들이 모두 큰 손해를 볼 때 돈을 영화에 퍼부었어. 이건 들은 얘긴데, 그 작자는 그 판에 있는 그 유대인 공산주의자들하고 아주 *끈끈한* 동맹을 맺고 있었다더라고."

래빗이 넬슨에게 말한다. "지금 밈 고모가 거기 있어. 거기 가서 그 공산주의자들하고 있어."

"고모는 예뻐요." 넬슨이 할아버지한테 말한다. "우리 밈 고모 본 적 있어요?"

"보고 싶었지만 자주 보지는 못했지, 넬리. 하지만 네 고모는 멋있는 사람이지. 그건 네 말이 맞는다는 걸 나도 알아. 네 말이 맞으니까 자랑해도 돼. 해리, 자네가 입을 다물고 있으니 불안하네. 자네가 입을 다물고 있으니 불안해. 어쩌면 내가 잘못 생각하는 건지도 모르지— 완전히 잘못 생각하는 건지도 모르지. 자네는 이 나라의 상황을 어떻게 생각하고 있는지 이야기해보게. 사방에서 이렇게 폭동이 일어나고, 그 가엾은 폴란드 여자애, 윌리엄스포트 근처 출신인 여자애는 미래의 대통령의 쾌락을 위해 학대당하고 물에 빠져 죽었네. 임신중이었다고 해도 놀라지 않을 것 같아. 넬리, 너는 이런 얘긴 못 들은 걸로 해라."

해리는 차 안이 비좁고 잠도 부족해 기지개를 켠다. 이제 경기장 근처에 왔다. 작은 유색인 소년이 손짓으로 신호를 보내 주차장으로 안내한다. "미국에 관해 제가 생각하는 건," 그가 말한다. "미국이 여전히 유일무이하다는 겁니다."

하지만 뭔가 잘못되었다. 야구 경기는 지루하다. 하얀 옷을 입은 남자들의 우스꽝스러운 춤도 매혹적이지 않고, 멀리서 스타카토로 분출하는 동작 밑에 숨은 암호도 그 의미를 드러내려 하지 않는다. 비록 그의 주종목은 농구였지만 래빗은 그 넓은 풀밭의 웅장함, 높이 뜬 공이 이쪽으로 날아올 때의 그 흥분되고 위험천만한 느낌, 점점 커지는 점을 향한 홈인, 공을 잡을 때 글러브의 가죽을 찰싹 때리는 느낌, 벤치를 향해 고개를 숙이고 달려들어갈 때의 그 꾸며낸 무관심한 표정, 타자석에 서서 의식을 거행하듯 배트를 움직여보고 어깨를 으쓱하고 또 초조하면서도 예의를 지키던 태도를 기억한다. 여기에는 농구의 돌진하는 아름다움보다 큰 아름다움이 있었다. 시골의 초원에서 비롯되어 다듬어진 아름다움이었다. 외로움, 기다림의 시합. 투수가 1루를 향한 눈길을 거두고 번개를 내리꽂기를 기다리는 시합. 바로 그 맛, 침과 먼지와 풀과 땀과 가죽과 태양의 맛 자체가 미국이었던 시합. 래빗은 1루 뒤에서 아들과 장인 사이에 앉아 둘둘 만 시합 안내문을 손에 쥐고 허벅지에 햇빛을 받으며, 응원과 매회의 박자를 통해 그 아름다움이 자신에게 다가오기를 기다린다. 전통적인 국민적 마법이 일어나고 그의 젊음을 맛볼 수 있을 때를 기다린다. 그러나 뭔가 잘못되었다. 관중은 드문드문 앉아 있다. 내야 뒤쪽에는 그나마 좀 모여 있지만 점점 줄다가 외야에서 경사를 그리며 올라가는 녹색 의자들에는 남자아이들 몇 명만 널브러져 있을 뿐이다. 사람들은 드문드문 흩어져 있고 시끄럽고 억세다. 토요일 오후에는 오직 술꾼, 도박꾼, 장애인, 노인네, 비행청소년만 경기장에 온다. 그들의 야유는 상스럽고 무례하다. "그놈 목에 쑤셔박아, 스피디!" "그 흑인 새끼를 죽여버려!" 래빗은 군중으로부터 시합을 보호하고 싶은 갈망을 느낀다. 공간과 무위無爲로 쓰인 시詩는 그들에게는 너무 섬세하고, 너무 느리게 전개된다. 선수들은 노련해 보이지만 의욕이 없다. 각각 개인적인 성공의 꿈에 몰두해 있다. 빅리그에 들어가 큰돈을 버는 꿈. 자신의 볼링장을 차릴 수 있는 돈. 그들은 다른 분야의 전문가와 다름없어 보인다. 시합을 하는 어른들처럼 보이지 않는 것이다. 다들 시간에 속아 착각하고 있을 뿐 실은 애들이기 때문이다. 의연한 척하는 태도는 이미 버렸다. 운동복의 블래스츠라는 글자 밑에서 느껴지는 주황색만이 지역 주민이 자신들의 문장紋章에 충성하던 옛 세계를 떠올리게 할 뿐이다. 브루어 대 헤이즐턴. 누가 관심이나 갖겠는가? 스프링어는 갖지 않는다. 구경을 하는 내내 마치 오래된 장부라도 정리하는 것처럼 입술이 자기 멋대로 움직이고 있기 때문이다. 넬슨도 갖지 않는다. 아이에게는 현실이라는 화면이 너무 크기 때문에 텔레비전에서 쉼없이 흘러나오는 해설이나 안하무인의 광고를 그리워한다. 아이가 예의상 입 밖에 내지 않는 실망감에 마음이 쓰이는 바람에, 시합에 열중해 재니스의 고백이 래빗에게 남긴 무서운 공허를 잊는 일은 생기지 않는다. 그의 소년 시절에 있었던 여덟 개팀 리그는 별 마흔여덟 개짜리 성조기와 함께 사라졌다. 이제 유격수는 절대 담배를 씹지 않는다. 시합은 지지부진하다. 지루하게 작전이 쏟아져나와 대타가 등장하고 고의 사구가 나오면서 결말을 계속 뒤로 미룬다. 헤이즐턴이 7-3으로 이긴다. 스프링어 영감은 한숨을 쉬고 불편한 자세로 낮잠을 자다 깨어나는 사람처럼 몸을 일으킨다. 콧수염에 반점처럼 묻은 맥주를 닦아낸다. "안타깝게도 우리 편이 네게 승리를 안겨주지 못했구나, 넬리." 그가 말한다.

"괜찮아요, 할아버지. 멋졌어요."

그는 어떤 물건에서든 뭔가 팔릴 만한 장점을 찾는 사람이기 때문에 해리에게 말한다. "하지만 트렉슬러라는 저 어린 친구는 유망주야."

래빗은 뙤약볕에서 맥주를 두 캔 마신 뒤라 기분이 찌무룩하고 몸이 나른하다. 그는 스프링어를 집으로 초대하지 않고 그냥 모든 것에 아주 감사한다고만 말한다. 집은 우주 공간처럼 적막하다. 부엌 식탁에는 "해리"라고 적힌 밀봉된 봉투가 있다. 안에 든 것은 재니스의 설익은 글씨로 적힌 편지다. 글자들은 불안하게 기울고 야박하게 서로 가로막는다.

해리에게—

며칠 생각 좀 하고 와야겠어. 제발 나를 찾거나 따라오려 하지 말아줘, 제발. 이제 우리가 인간으로서 서로를 존경하고 또 신뢰하는 게 무척 중요해. 계속 애인을 만나라는 당신 제안에 충격을 받았어. 난 그게 정직하지 않다고 생각해. 내가 과연 당신한테 어떤 의미가 있기는 한 건지 의아했어. 넬슨한테는 내가 할머니하고 포코노스에 갔다고 말해줘. 놀이터에서 점심 사 먹을 돈 주는 거 잊지 마.

사랑으로,

잰

"잰." 그녀가 크롤스에서 일할 때 사용하던 이름. 그녀는 호주머니 위에 필기체로 잰이라고 수놓은 작업복을 입고 짭짤한 견과를 팔았다. 그 시절 그들은 오후에 가끔 에이스 스트리트에 있는 린다 해머처의 아파트에 가곤 했다. 커다란 회색 가스탱크 뒤로 해가 넘어갈 때 수평으로 비쳐들던 장밋빛 햇살. 그가 옷을 벗기도록 그녀가 허락해주었을 때의 그 경이로움. 당시에는 속옷이 지금보다 묵직했다. 스타킹 고정 클립을 풀어야 했고 그녀의 피부에는 고무줄자국이 남아 있었다. 잰. 지금까지 십오 년 동안 그녀 안에 걸려 있던 이름. 그동안 그녀는 집에 메모를 남길 때 그냥 "J"라고 적었다.

"엄마는 어디 있어요?" 넬슨이 묻는다.

"포코노스에 갔어." 래빗이 말하며 혹시라도 아이가 읽으려 할까봐 편지를 가슴 쪽으로 끌어당긴다. "엄마엄마하고 같이 갔어. 날이 더워서 엄마엄마 다리가 더 아프대. 미친 거 아니냐고 생각할지 모르겠지만 살다보면 이런 일도 있는 거야. 너하고 나는 오늘밤에는 버거블리스에 가서 저녁을 먹으면 되겠구나."

아이의 얼굴—주근깨가 박혀 있고, 귀를 덮은 머리가 액자처럼 둘러싸고 있으며, 통통한 입술은 단추를 채운 듯 다물려 있고, 눈은 실수라도 할까 두려워 쑥 들어가 있다—은 어딘가에 몰입한 표정이다. 귀를 기울이는 것 같다. 두 살 때처럼, 가출과 죽음이 아이의 머리 위에서 바스락거렸을 때처럼. 어쩌면 그때의 경험이 아이가 지금 하는 말을 끌어내고 있는지도 모른다. "엄마는 돌아올 거예요." 아이가 아버지에게 단호하게 말한다.

일요일은 동이 틀 때부터 후텁지근하다. 여덟시 뉴스에선 어젯밤 요크와 펜실베이니아주 서부에서 또다시 산발적인 총격이 있었다고 전한다. 에드거타운 경찰서장 도미닉 J. 어리너는 오늘 사고 현장을 떠난 혐의로 케네디 상원의원을 공식 입건할 것으로 예상된다. 아폴로 11호는 달 궤도에 진입했고 이글호*는 역사적 하강을 준비중이다. 래빗은 잠을 설쳤다. 그는 라디오를 끄고, 충격을 줘서 머리에서 두통을 쫓아내려고 맨발로 잔디밭을 돌아다닌다. 펜빌라스의 집들은 고요하다. 이따금 미사를 드리러 가는 가톨릭교도의 차가 나타나 시끄러운 소리를 내며 지나갈 뿐이다. 넬슨이 아홉시쯤 내려온다. 해리는 아이에게 아침을 차려주고 나서 커피와 일요일자 〈브루어 스탠더드〉를 들고 침대

---

* 아폴로 11호의 달착륙선.

로 돌아간다. 만화란 1면의 스누피는 개집에 누워 꿈을 꾸고 있고, 래 빗도 곧 잠이 든다. 아까 아이는 겁에 질린 표정이었다. 아이의 얼굴이 소리치자 소리 없는 말풍선이 나온다. 잠을 깨자 전기 시계가 열한시 오 분 전을 가리키고 있다. 초침은 쉬지 않고 뱅글뱅글 돈다. 기어가 닳아 없어지지 않는 것이 신기하다. 래빗은 옷을 입고―일요일을 존 중해 깨끗한 흰색 셔츠를 입는다―그날 두번째로 아래층으로 내려간 다. 여전히 맨발이다. 발바닥에 카펫의 보풀이 느껴진다. 독신자가 된 느낌이다. 집이 거대하게 느껴진다. 모두 그의 것이다. 그는 전화번호 부를 집어들고

스태브로스 찰스 아이젠하워 애비뉴 1204

를 찾는다. 다이얼을 돌리지는 않고 마치 글자들 사이를 기어다니는, 연필로 찍은 점보다 작은 아내를 보듯이 그 이름과 주소를 물끄러미 본다. 이윽고 그는 외우고 있는 번호를 돌린다.

아버지가 받는다. "네." 미치광이나 외판원이면 얼른 끊으려는 듯 경계하는 목소리다.

"아빠, 잘 주무셨어요. 있죠, 며칠 전에 혹시 기다리거나 하시지 않 았어요? 갈 수가 없었는데 전화도 못 드렸네요."

짧은 침묵이 흐른다. 길지는 않지만 정말로 실망했다는 걸 알려줄 만큼은 시간이 지난다. "아니, 무슨 일이 있겠거니 하고 평소와 같은 시간에 갔다. 너도 알다시피 네 어머니는 불평으로 시간을 낭비하는 사람이 아니잖니."

"그렇죠. 어, 그래서 오늘 말인데요."

아버지는 작고 쉰 목소리로 말한다. "해리, 오늘은 꼭 와야 돼. 안 오

면 네 어머니가 정말 상심할 거다."

"가요, 갈 거예요. 그런데—"

노인은 수화기에 갖다댄 입을 손으로 감싸고 쉰 목소리로 다그친다. "이번이 마지막일 수도 있어, 알잖냐. 생일 말이다."

"간다고요, 아버지. 그러니까, 다는 못 가지만요. 재니스는 갈 데가 있어 나갔어요."

"갈 데가 있다니?"

"좀 복잡해요, 장모님 다리하고 포코노스 얘긴데, 어젯밤에 가야겠다고 결정을 했어요, 모르겠어요. 걱정할 일은 아니에요. 다 괜찮아요, 그냥 재니스가 여기 없을 뿐이에요. 애는 있어요." 그는 증거를 보여주겠다는 듯 아이를 부른다. "넬슨!"

대답이 없다.

"자전거를 타러 나갔나봐요, 아버지. 아침 내내 여기 있었는데. 언제 가면 좋겠어요?"

"너 편할 때 와라, 해리. 오후 늦게쯤. 될 수 있는 대로 빨리 와. 로스트비프를 먹을 거다. 네 어머니는 케이크를 굽고 싶어했지만 의사가 무리일 거라고 해서 말이다. 그래서 하프-어-로프에서 좋은 걸로 하나 사났다. 버터스카치를 입힌 건데, 네가 제일 좋아하던 거 맞지?"

"엄마 생일이지 제 생일이 아니잖아요. 선물로 뭘 가져갈까요?"

"그냥 네가 있어주는 게, 네 어머니가 바라는 가장 큰 선물이야, 해리."

"네, 알겠어요. 제가 생각을 좀 해볼게요. 엄마한테 재니스는 못 간다고 이야기해주세요."

"네 할아버지가, 그분 영혼에 안식을 주소서, 자주 말씀하셨듯이 아쉽기는 하지만 어쩔 수 없는 일 아니냐."

아버지는 한번 그런 식으로 격식을 갖춘 태도를 취하면 계속 그러는 경향이 있다. 래빗은 전화를 끊는다. 아이의 자전거―녹슨 슈빈으로 양쪽의 바퀴 덮개가 다 닳아 새것을 하나 사줄 생각이었다―가 차고에 없다. 팰컨도 없다. 오일 캔, 휘발유 캔, 잔디깎이, 뒤엉킨 정원 호스(마지막으로 쓴 사람이 재니스인 것이 틀림없다), 이가 빠진 잔디 갈퀴, 팰컨의 스노타이어뿐이다. 래빗은 한 시간 정도 멍하니 집 주위를 유영한다. 누구한테 전화를 해야 할지도 모르겠고, 차도 없고, 텔레비전이 있는 집안으로 들어가고 싶지도 않다. 그는 그들 소유의 집을 갖고 처음 맞이한 흥분된 여름에 재니스가 구근을 묻고 식물과 관목을 심었던 마당 가장자리 꽃밭에서 잡초를 뽑는다. 그 여름 이후 그들은 꽃밭에 손을 대지 않았다. 그후로 여름이 여러 번 지나가는 동안 철쭉이 죽는 것을 그냥 지켜보고, 수선화와 붓꽃이 피는 것을 받아들이고, 풀협죽도와 잡초가 싸우게 내버려두었다. 자연은 '자연' 속으로 사라졌다. 잡초를 뽑다보니 자신이 잡초로 보이고, 손톱에 크고 추한 반달이 있는 손이 선택하고 죽이는 신의 손으로 보이기 시작한다. 그는 집안으로 들어가 냉장고 안을 뒤져 당근을 날로 먹는다. 전화번호부를 뒤져 포스나트를 찾는다. 여럿이다. 올리버 포스나트가 둘이다. 한참 걸려서야 M이 그가 찾는 사람이라고 추리해낸다. 마거릿*의 M으로, 외설적인 장난 전화가 오는 것을 막으려고 머리글자만 올려놓은 것이다.

＊ 마거릿의 애칭이 페기다.

하지만 만일 그가 그런 전화를 걸 정도로 뜨거워진 상태라면 머리글자를 쓰는 사람이 독신 여자라는 것을 금방 파악할 것 같다. "페기, 잘 있었지. 해리 앵스트롬이야." 그는 살짝 우쭐해하며 자신의 이름을 힘줘서 발음한다. 그들은 같은 학교를 다녔으므로 그녀는 잘나갈 때의 그를 기억하고 있다. "그냥 궁금해서 그러는데, 넬슨이 빌리하고 거기서 놀고 있어? 자전거를 타고 아까 나갔거든. 어디 갔나 궁금해서."

페기가 말한다. "넬슨은 여기 없어, 해리. 미안." 그녀의 목소리는 그녀가 아는 모든 것 때문에 서리가 내린 듯하다. 하긴, 재니스가 어제 그녀의 귀에 대고 정신없이 지껄여댔으니까. 이윽고 그녀가 약간 따뜻해진 목소리로 묻는다. "어때?" 그는 방정식을 읽어낸다. 올리가 나를 떠났어. 재니스는 너를 떠났지. 자, 어때?

그는 서둘러 대답한다. "좋아. 저기, 혹시 넬슨이 오면 내가 찾는다고 말해줘. 애 할머니한테 가야 하거든."

그녀의 목소리가 차갑게 식으며 잘 지내라고 인사를 한다. 사태를 알고 있는 모든 사람의 얼굴, 그를 노려보는 거대한 얼음 같은 얼굴에서 나오는 목소리. 이 카운티에서 상황을 모르는 사람은 넬슨 하나만 남은 것 같다. 그래서 넬슨이 더 소중해진다. 그런데 아이는 심하게 페달을 밟아대느라 얼굴이 벌게지고 머리카락이 축축하게 젖은 모습으로 돌아와 말한다. "포스나트네 있었어요."

래빗은 눈을 껌뻑이며 말한다. "좋아. 앞으로는 연락을 더 잘하도록 하자. 당분간 나는 네 엄마고 네 아빠니까." 그들은 점심을 먹는다. 오래된 호밀빵에 레바논 볼로냐소시지다. 그들은 동쪽으로 브루어까지 가는 12번 버스를 타러 엠벌리 애비뉴를 거쳐 와이저 스트리트까지 걸어간다. 일요일이기 때문에 구름도 없고 색깔도 없는 하늘 밑에서 이십 분을 기다려야 한다. 병원 정류장에서 의무적인 병문안을 마친 사람 한 무리가 죽은 꽃과 다 읽은 책들을 들고 나와 멍한 표정으로 버스에 올라탄다. 다리 아래에서 하얀 화살촉 같은 보트들이 윙윙거리는 소리와 함께 검은 강을 가로지르며 물에 주름을 남긴다. 래빗이 버스에서 내리려는데 유색인 아이가 통로에 내놓은 발을 거두지 않는다. 래빗은 그 발을 넘어간다. "큰 발." 유색인 아이가 옆에 있는 아이에게 말한다.

"부은 입술."* 넬슨이 뒤따라오며 유색인 아이한테 말한다.

그들은 문을 연 가게가 있는지 찾아본다. 그의 어머니는 늘 선물 사주기가 까다로운 여자였다. 다른 아이들은 마음 내키는 대로 자기 어머니한테 싸구려 장신구, 화장수, 과자 상자, 스카프 같은 잡동사니 선물을 사주었다. 하지만 그의 엄마에게 그런 것들은 지나치거나, 아니면 부족했다. 밈은 뜨개질로 만든 냄비 받침이라든가, 그림을 그린 달력처럼 늘 직접 만든 것을 선물했다. 래빗은 물건을 만드는 데 아주 서툴렀기 때문에 자기 자신, 트로피, 자신에 관한 신문기사를 선물했다. 엄마는 만족하는 것 같았다. 물건보다는 삶에 관심이 많았으니까. 하지만 지금도 그럴까? 죽어가는 사람은 뭘 바랄까? 일요일이라 가라앉은 브루어의 눈부신 시내를 넬슨과 함께 걸어가는데 래빗의 머리에 괴상한 인공 기관들—팔, 다리, 배터리로 움직이는 심장—이 스쳐간다. 나인스 스트리트와 와이저 스트리트가 만나는 모퉁이에 거의 다다랐

---

* '큰 발'이라는 뜻의 '빅 풋(Big Foot)'은 북미대륙에 산다고 하는 원인(猿人)의 별명이기도 하며, '부은 입술'은 흑인의 입술이 맞아서 부은 입술 같다고 조롱하는 말.

을 때 문을 연 드러그스토어가 하나 보인다. 서모스* 보온병, 선글라스, 면도 로션, 코닥 필름, 유아용 비닐 바지. 어머니에게 줄 만한 것은 없다. 그는 뭔가 크고, 뭔가 밝고, 뭔가 마음이 전달될 만한 것을 바란다. 리얼걸 리퀴드 메이크업, 슈퍼 플레나민, 논-스미어 매니큐어 리무버, 다리를 위한 누드잇. 샴푸형 염색약이 늘어선 선반에는 포장지마다 각기 다른 년들이 미소 짓고 있다. 스노 퀸 블론드, 대니시 휘트, 킬라니 러싯, 파리지언 스파이스, 스패니시 블랙 와인. 넬슨이 그의 흰색 셔츠의 소매를 끌어 광택지로 포장된 선빔 이발기와 로토-샤인 마그네틱 전동 구두 광택기가 나란히 놓인 곳으로 간다. "할머니는 이제 구두 안 신어, 슬리퍼만 신어." 그가 말한다. "네 할머니는 내가 기억하는 한 절대 머리를 안 잘라. 그래서 머리가 허리까지 내려오곤 했어." 그의 눈길은 12달러 95센트짜리 가습기에 끌린다. 상자의 사진으로는 뚱뚱한 비행접시처럼 생겼다. 엄마가 거동이 불편해진다 해도 가습기는 그 자리에 함께 있을 것이다. 물론 브루어는 여름에는 습도가 아주 높다. 하지만 겨울이면 라디에이터가 집을 말려버려 벽지가 들뜨고 피부가 갈라진다. 그러면 가습기가 도움이 될 것이다. 그는 없어도 가습기는 밤이고 낮이고 거기 있을 것이다. 그는 캔트리크 물병과 6.2센티 돋보기로 옮겨가지만 둘 다 병과 관련된 느낌이 들어 제쳐놓는다. 속에서 구역질이 치밀기 시작한다. 세상의 고통은 모든 물약과 알약을 천 배 퍼부어도 채울 수 없는 분화구다. 그는 두피용 빗이 달린 퀴즈 전동 마사지기로 다가간다. 상자에는 벌거벗은 여자 둘의 실루엣이 전선

---

* 미국의 보온병 상품명.

이 달린 머리빗처럼 보이는 것으로 어깨를 어루만지고―레즈비언들 같으니라고―목덜미를 애무한다. 달리 또 어떤 곳을 애무할지 상자는 상상력에 맡겨두고 있다. 11달러 95센트. 욕창. 이게 도움이 될지도 모른다. 이것이 윙윙거리며 간질여 웃음이 터져나오게 할지도 모른다. 그게 삶이다. 삶은 마사지다. 게다가 가습기보다 1달러 싸다. 시간이 가고 있다. 넬슨이 그의 소매를 잡아당기며 메이플 월넛 아이스크림소다를 먹고 싶다고 한다. 아이가 그걸 먹는 동안 래빗은 마사지기와 함께 줄 생일카드를 산다. 수탉이 울고 주홍빛 해가 떠오르는 사진이 있다. 겉면에는 녹색 글씨로 오전에 일어나니 좋군이라고 적혀 있고…… 안에는…… 생일 축하합니다, 엄마!라고 적혀 있다. 엄마MA, 오전AM. 젠장, 세상에는 기발한 헛소리가 얼마나 많은지. 어쨌든 그것을 산다. 수탉이 밝은 주황색인데다 환희에 차 보여 엄마에게도 잘 보일 것 같기 때문이다. 그렇다고 엄마의 눈이 꼭 침침하다는 건 아니지만 말을 더듬는 걸 보면 실제로 그럴지도 모른다. 안전한 게 좋지.

바깥 세계는 밝고 황량하다. 그들 둘, 아버지와 아들은 둘뿐임을 절감한다. 래빗은 불룩한 짐을 움켜쥐고 있다. 다들 어디 있지? 지구상에 생명체는 있는 건가? 연질 아스팔트가 깔린 버려진 거리를 따라 세 블록을 내려가면 나오는 선플라워 맥주 간판 중앙에는 거대한 꽃이 박혀 있고 그 얼굴인 시계는 네시가 거의 다 되었음을 보여준다. 그들은 해리의 아버지가 늘 버스를 기다리는 모퉁이, 피닉스 바 맞은편 모퉁이에서 버스를 기다려 마운트저지행 16A번 버스를 탄다. 승객은 그들 뿐이다. 기사가 수수께끼 같은 말을 한다. "거의 다 내렸군요." 그들은 위로 올라가 시립공원을 관통하고, 제2차세계대전 탱크와 야외 음악당과 테니스코트를 지나, 산등성이를 빙 둘러간다. 그들의 한쪽 옆에는 주유소와 그 위로 녹색 담처럼 솟은 절벽이 있다. 다른 쪽 옆에는 끝이 안 보이는 낭떠러지, 그리고 멀리 구름다리가 있다. 아이는 창문 너머로 다음 산 쪽을 본다. 래빗이 아이에게 묻는다. "아침에 어디 갔다 왔어? 솔직히 말해봐."

아이가 마침내 대답한다. "아이젠하워 애비뉴에요."

"엄마 차가 거기 있나 보러?"

"아마도."

"있더냐?"

"넵."

"안에 들어갔어?"

"아뇨. 그냥 창문만 한참 보다 왔어요."

"몇 번지를 봐야 하는지는 알고 있었어?"

"일이공사."

"제대로 아는구나."

그들은 센트럴 스트리트에서 내린다. 화강암으로 지은 침례교회 옆이다. 그들은 잭슨 로드를 따라 부모님의 집으로 향한다. 평생 변한 것이 없는 거리들이다. 너무 다닥다닥 붙어 있어 공터 한 뼘 찾아볼 수 없고, 너무 튼튼하게 지어놓아 부술 수가 없다. 어린 시절 래빗은 자줏빛 멍자국들이 박힌 듯한 불그스름한 벽돌의 질감이 마치 겨울에 튼 입술 같다고 생각했다. 매자나무와 회양목을 심고 자그마한 철망 방책을 둘러놓은, 그루터기가 많은 앞마당 잔디밭들은 단풍나무와 마로니에나무 때문에 어둑어둑하다. 집들은 두 가구씩 붙어 있으며 묵직해 보인다. 지붕은 슬레이트를 얹었고 현관에는 벽돌담이 있으며 떡갈나무로 만든 문에는 테두리를 경사지게 마무리한 유리가 달려 있고 그 위에서 교회처럼 음침한 빛깔을 띤 부채꼴 채광창이 윙크를 한다. 어린 시절 래빗은 그 채광창이 루터교회 제단 위에 있는 창문들의 자식이라고, 따라서 신의 자식이라고, 자신과 아빠와 엄마와 밈이 하루에도 여남은 번씩 오가는 길목 위에 자리잡고 지켜보는 연자주색과 황금색이 섞인 옷을 입은 보초라고 상상했다. 그는 이제 아들과 함께, 그 자신도 여전히 아들의 자리에서 크게 벗어나지 않아 문도 두드리지 않고 들어가면서, 부모의 집이 답답하다고 느낀다. 거실 찬장의 시계는 겨우 4 : 20을 가리키는데 집안에는 이미 어둠이 찾아왔다. 거무스름한 카펫, 두텁게 쳐놓은 커튼, 색이 죽은 벽지, 벽의 유리창 앞에 밀집한 화분들. 엄마는 그의 가족이 모퉁이 집의 안쪽 절반에서 산다고 불평하곤 했다. 하지만 오랜 이웃인 볼저 부부가 죽어 그 집이 차지하고 있던 반이 막상 매물로 나왔을 때는 가격조차 물어보려 하지 않았다. 결국 스크랜턴 출신의 젊은 부부가 그 반쪽을 샀다. 임신한 부인은 맨발로 돌아다녔고 남편은 422번 도로를 타고 나가면 나오는 외곽의 새로운 전자제품 공장들 가운데 한 곳에서 중요한 일을 했다. 그리고 앵스트롬 부부는 지금도 그 어두운 반쪽에서 산다. 사실 그들은 이쪽을 더 좋아한다. 햇빛이 희미해지는 곳. 그들은 그를, 해리를 세상으로 내보내 빛나게 했지만 자신들은 이곳에서 그들 자신의 어둠을 끌어안았다. 옆에 붙은 이웃집, 기다란 잔디밭을 사이에 둔 두 시멘트 길 건너에 있는 집, 그 잔디밭을 누가 깎을 것인가 하는 문제를 두고 어머니와 싸웠던 늙은 감리교도가 살던 집 앞에는 일 년째 **매물**이라고 적힌 알림판이 꽂혀 있다. 이제 사람들은 이 산비탈의 비좁은 동네가 줄 수 있는 것보다 많은 공기와 땅을 원한다. 래빗은 집에서 방부제 냄새를 맡는다. 다른 냄새들을 막처럼 덮고 있는 냄새, 여러 겹의 시간의 냄새, 왁스와 에어로졸과 죽음의 냄새, 안전의 냄새.

어떤 형체, 어두운 형체 하나가 부엌에서 앞으로 나온다. 그는 아버지일 것이라고 예상하지만 어머니다. 목욕 가운을 입고 발을 질질 끌면서도 허리만은 꼿꼿이 세우고 걷는다. 그녀는 웃음기 없는 얼굴로 몸을 앞으로 기울여 그의 입맞춤을 받는다. 주름진 뺨이 따뜻하다. 그의 손목 위에 단단히 놓인 그녀의 마디진 손이 차갑다.

"생신 축하드려요, 엄마." 그는 마사지기를 끌어안는다. 내놓기에는 너무 이르다. 어머니는 그가 그들 사이에 방패라도 갖다댄 것처럼 꾸러미를 물끄러미 바라본다.

"난 예순다섯이야." 어머니가 말하다 말고 표현을 찾아 더듬는다. 그래서 그녀의 문장은 중간에 끊기곤 한다. "스무 살 때. 남자친구한테 총에 맞고 싶다고 말했어. 서른 살 때." 그녀의 입술이 하나의 생각을 마무리하려고 기이하게 떨린다. 그러나 그것보다는 거기에 따르는 눈길, 깜빡이지도 않고 집중하지도 않으면서 허공을 응시하는 눈길 때문에 래빗은 소스라치게 놀란다. 그 눈은 그 어떤 흐름으로부터도 벗어나 있는 듯하다. 궁극적인 맹목의 상태 같다. 그들 모두가 그 칠판에서 깨끗하게 지워질 것 같다.

"아빠한테 그런 얘기를 했어요?"

"네 아빠가 아니야. 다른 남자지. 네 아빠를 만난 건 나중이야. 그 다른 남자, 다행이야. 지금 그 사람이 여기서 나를 볼 수 없어서."

"아주 좋아 보이시네요." 래빗이 그녀에게 말한다. "일어나 계실 줄 몰랐어요."

"넬슨. 내가 어때 보이니. 너한테는?" 그런 식으로 어머니는 아이에게 알은체를 한다. 어머니는 늘 아이를 시험하고 늘 수세에 몰아넣는다. 아이가 또 한 사람의 해리가 아닌 것, 아이 안에 재니스의 모습이 너무 많은 것을 한 번도 용서한 적이 없다. 저 조그만 스프링어 집안의 손. 지금 어머니 자신의 두 손은 목욕 가운 허리띠 앞에 방치된 채 쉬지 않고 중풍 특유의 흔들림을 이어가고 있다.

"좋아 보여요." 넬슨이 말한다. 아이는 방심하지 않는다. 간결하고 신속하게 대답하는 것이 최상의 방어임을 배운 것이다.

래빗은 아이에게서 관심을 떼어내기 위해 어머니에게 묻는다. "일어나 계셔도 돼요?"

어머니는 웃음을 터뜨리지만 놀랍게도 소리 없는 웃음이다. 머리가 뒤로 젖혀지며 커다란 코의 뾰족한 부분과 거기서 콧구멍 쪽으로 내려오는 면이 반짝거리고 손의 떨림이 멈춘다. "알아, 얼이 그렇게 말하고 다니지. 내가 침대에 있기를 바란다고 말하는 걸 들으면 얼은 내가 이미 염을 했다고 생각할지도 모르겠구나. 의사는. 일어나 있기를 바라. 케이크를 구워야 했거든. 얼이 원해서. 하프-어-로프에서 사온 그 맛없는 빵죽 같은 거지만. 재니스는 어디 있니?"

"아, 그게 말이죠. 정말 죄송하대요, 오지 못해서요. 아이 외할머니하고 같이 포코노스에 가야 했거든요. 갑자기 생긴 일이라 우리도 놀랐어요."

"갑자기. 일이 생길 수도 있지."

위층에서 얼 앵스트롬의 가느다란 목소리가 불안하게 소리친다. 감언이설을 늘어놓는 사람 특유의 빌린 의기양양함이 묻어 있는 목소리다. "내려갔어! 이글호가 착륙했어! 우리가 달에 착륙했어요, 소년 소녀 여러분! 엉클 샘*이 달에 발을 디뎠어요!"

"저기가 바로. 저 사람 자리야." 엄마는 그렇게 말하며 서툰 동작으로 뒤틀린 손을 어색하게 귀 쪽으로 들어올려, 평소와 다름없이 꼬아서 올린 빵 모양 머리에서 제멋대로 흘러나온 머리카락 한 올을 정돈하려 한다. 웃긴다. 머리카락은 하얗게 셀수록 더 고집스러워진다. 사람들 말로는 심지어 무덤 안에서도 자란다고 한다. 여자 관을 열어봐라, 꼭 매트리스 속처럼 관 전체가 머리카락으로 꽉 차 있다. 음모도? 음모는 전혀 깎을 필요가 없다는 것도 재미있다. 세라피나의 음모는 너덜너덜하고 불결해 보였다. 달을 보러 계단을 올라가는 것을 돕느라 어머니의 팔을 만졌다가 그는 어머니의 팔꿈치 살에 당황한다. 마치 푹 삶은 닭고기처럼 뼈 위에서 흐물거린다.

텔레비전은 집 앞쪽 어머니 침실에 있다. 방에서는 예전에 고양이 두 마리를 키울 때 지하실에서 나던 냄새가 난다. 그는 고양이들 이름을 기억해내려 애쓴다. 팬지. 그리고 윌리. 수고양이 윌리는 싸움을 하도 자주 해서 액체가 찬 것처럼 배가 출렁거리기 시작해 그가 동물보호센터로 데려가야 했다. 텔레비전에는 달 사진은 나오지 않는다. 치직거리는 목소리들과 현재 벌어지는 일을 보여주는 판지 모형, 그리고 딱딱거리는 목소리들 가운데 지금 말하고 있는 사람이 누구인지 보여

---

* 미국이나 미국 정부를 의인화한 별칭.

주는 전자 글자뿐이다.

"……이 지역에는 30에서 50센티미터에 이르는 작은 크레이터*들이 말 그대로 수천 개 있습니다." 톰 믹스**의 방송들 사이에 등장해 슈레디드 랠스턴 시리얼을 광고하던 목소리와 똑같다. "지금 우리 앞쪽으로 수십 미터 떨어진 곳에 각석角石 몇 개가 보입니다. 크기는 아마 50센티미터 정도일 것이고 가장자리는 모가 났습니다. 우리 앞의 지적선*** 거의 바로 위에는 언덕이 있습니다. 가늠하기는 힘들지만, 0.5킬로미터가 조금 넘거나 1.5킬로미터 정도 될 겁니다."

휴스턴이라고 화면에 뜬 목소리가 말한다. "로저, 트랭퀼리티. 알아들었다. 오버." 텍사스 사람 특유의 권위가 실린 목소리다. 그쪽 사람들은 마치 말을 처음 발명하기라도 한 것처럼 아주 다정하게 말한다. 1953년도에 포트 라슨에 주둔할 때는 텍사스가 달처럼 보였다. 그의 무릎에서부터 칼처럼 평평하게 뻗어나가는 갈색 땅, 주름진 자주색 지평선, 믿을 수 없을 정도로 크고 헐벗은 하늘. 태어나서 처음으로 습기 찬 녹색 펜실베이니아를 떠났을 때였고, 또 마지막으로 떠나본 때이기도 했다. 그곳 사람들은 모두 목소리가 멋지고 깔깔하고 다정했다. 심지어 매음굴의 여자들까지. 자기야, 두 번 할 돈은 안 냈잖아.

컬럼비아라고 불리는 목소리가 말한다. "어제보다 많이 좋아진 것 같군. 태양의 각도가 아주 낮아, 그때는 옥수수 속대처럼 거칠어 보였는데." 뭐처럼? 자막들이 자세히 전한다. 달 궤도를 도는 사령선에서 말

---

* 행성이나 위성의 표면에 보이는 구덩이 모양의 지형.
** 미국의 서부영화 배우.
*** 우주선 등의 비행경로를 지표면에 그린 투영선.

하는 마이크 콜린스.

트랭퀼리티가 말한다. "목표 착륙 지역은 정말 거칠었지, 마이크. 심하게 거칠었어. 크레이터들이 파여 있고 큰 바위도 많았어. 몇 개는 크기가 2미터나 3미터가 훨씬 넘었어." 엄마 방에는 오래되어 노르스름해진 레이스 커튼이 있다. 커튼은 아기 눈에는 마법처럼 보이던 양철 데이지꽃 모양의 핀으로 고정해두었다. 장미와 가시 무늬 벽지는 라디에이터 안전밸브에서 김이 나오는 곳 위쪽이 들떠서 둥글게 말려 있다. 벨벳 비슷한 것으로 덮인 팔걸이의자는 먼지를 흠뻑 머금었다. 그가 어렸을 때 이 의자는 1층에 있었고 그가 주먹으로 치면 먼지가 날아올라 오후의 햇살 속에서 격류처럼 소용돌이치곤 했다. 그 소용돌이치는 먼지 한 알 한 알이 그에게는 하나의 세계로 보였다. 각각이 지구이고, 그는 그 가운데 한 곳에 있었다. 생각할 수 없을 정도로 작은 지구. 견딜 수 없을 정도로. 그때는 늦은 오후면 단풍나무들 사이로 빛이 집안에 비쳐들곤 했다. 이제 그 단풍나무들이 빛 속에 빽빽하게 들어차 방이 지하실처럼 침침하다. 침대맡 탁자에는 알약 병들이 작게 밀집해 있고 성경이 놓여 있다. 벽에는 그와 밈이 고등학교 때 찍은 착색사진이 걸려 있다. 그의 기억에 의하면 뻔뻔스럽고 땅딸막하고 자그마하고 턱이 파르스름했던 사기꾼이 찍은 것이다. 자칭 '스튜디오'였던 이 사람은 매년 봄 학교 건물로 슬그머니 들어와 아이들이 강당에 줄을 서서 젖은 빗으로 머리를 빗게 했다. 결국 부모들은 두 주 후 어쩔 수 없이 아이들에게 조례시간에 낼 돈을 쥐여주었다. 8×10 크기의 착색사진과 지갑 크기의 섬뜩한 사진 한 장 값이었다. 지금 이 사기꾼은 시간의 곡예에 의해 그가 아니라면 영원히 사라졌을 과거의 기증자가 되었다. 살랑거리는 듯한 투명한 금발로 덮인 래빗의 앙상한 얼굴은 분홍색이고, 귀는 머리에서 2센티미터쯤 튀어나왔고, 눈은 유리구슬처럼 비현실적일 정도로 파랗다. 심지어 눈 아래쪽도 어린 나이를 보여주듯 살이 도톰하다. 미리엄의 샴푸 후 반짝이는 머리채는 리타 헤이워스 풍으로 아래를 말아 어깨까지 늘어져 있다. 진홍색 립스틱 때문에 입술이 풀을 먹인 듯 하얀 얼굴에 붙여놓은 배지 같다. 두 아이는 허공을 쳐다보며 미소를 짓고 있다. 깔깔거리는 웃음소리가 가득한, 땀냄새나는 체육관에서 그 사기꾼의 더러운 렌즈를 통해 미래의 몸져누운 어머니를 바라보고 있다.

컬럼비아가 농담을 한다. "의심스러우면 천천히 착륙해라."

트랭퀼리티가 대답한다. "어, 이미 했다."

그러자 휴스턴이 끼어든다. "트랭퀼리티, 휴스턴이다. 준비가 되었으면 P 스물둘 업데이트를 하겠다. 오버."

컬럼비아가 다시 농담을 한다. "분부만 하시지요."

잠도 자지 않고 일하는 컴퓨터들의 도시 휴스턴은 웃음기 없이 말한다. "좋다. 마이크. P 하나 하나 공 넷 서른 둘 열여덟. P 둘 하나 공 넷 서른일곱 스물여덟. 남방 6.4킬로미터다. 목표 착륙 지점에 기초한 것이다. 오버."

컬럼비아는 숫자를 반복한다.

트랭퀼리티가 말한다. "미션 타이머는 현재 아홉 공 넷 서른넷 마흔일곱을 가리킨다. 정지 상태다."

"로저, 알았다. 그쪽 미션 타이머는 지금―시간을 다시 불러라."

"아홉 공 넷 서른넷 마흔일곱."

"로저, 알았다. 트랭퀼리티. 중력 일치는 잘된 것 같다. 지금 재설정하고 있는 것이 보인다."

"어, 아니다. 원래 시간 열여섯 예순다섯에 하려고 했는데, 어쩌다보니 내가 BRP 서른둘을 입력하기도 전에 이게 여섯 스물둘로 가버렸다. 여기서 시간을 기록하고 싶다. 그리고 우주선 방향 조정을 계속하기를 바라는지, 아니면 진행 전에 돌아가서 다시 입력하기를 바라는지 알고 싶다. 오버."

"로저, 버즈. 대기하라."

넬슨과 아이 할아버지는 홀린 듯이 이 진행 과정에 귀를 기울이고 있다. 메리 앵스트롬은 초조하게 몸을 돌려—아니면 움직이는 것이 어려운 탓에 모든 동작이 초조해 보이는 것일까?—발을 질질 끌며 층계참으로 나가더니 다시 층계를 내려간다. 래빗은 심장이 그 우묵한 자리에서 떨리는 것을 느끼며 그 뒤를 따른다. 그녀는 층계를 내려가는 데 아무런 도움이 필요하지 않다. 번쩍거릴 정도로 밝은 부엌에서 그녀가 묻는다. "어디 있다고 그랬지. 재니스가?"

"아이 외할머니하고 포코노스에요."

"내가 왜 그 말을 믿어야 하지?"

"믿지 않아야 할 이유는 뭔데요?"

그녀는 흔들거리며 허리를 굽혀 오븐을 열고 안을 본다. 엉킨 철사 같은 머리카락이 빛으로 짠 그물이 된다. 그녀는 툴툴거리며 몸을 일으키고 나서 말한다. "재니스는. 나를 피하고 있어. 요즘."

래빗은 겁에 질리고 최면에 걸린 듯한 상태라 질문밖에 할 수 없다. "재니스가 왜 그러겠어요?"

146

그의 어머니는 물끄러미 보고 또 본다. 오직 벌어진 두 입술로 움직이는 혀만이 그녀가 말을 하려고 애쓰고 있다는 것을 보여준다. "나는 너무 많이 알아." 마침내 그녀가 말을 건진다. "걔에 관해."

래빗이 말한다. "엄마는 한심한 늙은 수다꾼들이 엄마한테 하는 얘기만 알고 있을 뿐이에요. 그리고 그 문제로 아빠 좀 그만 괴롭히세요. 아빠가 회사에서 저를 괴롭힌단 말이에요." 어머니가 맞서 싸우지 않기 때문에 그는 약이 올라 계속 말한다. "밈이 라스베이거스에 가서 하루에도 열 번씩 몸을 마구 굴리는 판이니, 불쌍한 재니스의 사생활 말고도 어머니가 걱정할 일은 많을 것 같은데요."

"그 아이는 늘." 어머니가 말을 건진다. "응석받이였어."

"그래요. 그리고 넬슨도 응석받이인 것 같아요. 저는 뭐라고 하실래요? 바로 어제도 블래스츠 경기를 보러 갔다가 내가 야구를 얼마나 못했는지 떠올랐어요. 똑바로 보자고요. 한 인간으로서 저는 C⁻쯤 돼요. 남편으로서는 거의 빵점이죠. 베리티가 사업을 접으면 전 베리티와 함께 끝장나서 생활보호대상자로 살 수밖에 없을 거예요. 참 대단한 인생이네요. 고마워요, 엄마."

"쉬잇." 그녀가 무표정하게 말한다. "너 때문에. 케이크가 떨어지겠다." 그러더니 녹슨 잭나이프처럼 간신히 허리를 굽혀 가스오븐 안을 살핀다.

"죄송해요, 엄마. 하지만 젠장, 요즘 피곤해요."

"좋아질 거야, 내. 나이가 되면."

파티는 성공적이다. 그들은 기나긴 세월 동안 에나멜 네 군데가 닳아버린 부엌 식탁에 앉는다. 예전 같은 느낌이다. 다만 엄마가 목욕 가운을 입고 있고 밈이 넬슨이 되었다는 점이 다를 뿐이다. 아빠가 로스트비프를 썬다. 엄마 것은 잘게 잘라준다. 엄마의 오른손은 포크를 쥘 수 있지만 나이프를 사용하지는 못한다. 의치가 약간 빠진 아빠는 뉴욕주의 와인으로 "좋을 때나 나쁠 때나 늘 천사였던 나의 메리"에게 건배를 제안한다. 래빗은 궁금하다, 좋았던 때가 언제였는지. 어쩌면 지금인지도 모른다. 엄마는 몇 개 되지도 않는 선물을 풀다가 마사지기에 웃음을 터뜨린다. "이게, 내가 계속 깡충깡충 뛰게 하는 거니?" 그녀가 묻더니, 남편에게 플러그를 꽂게 한 다음 진동하는 기계를 넬슨의 머리에 갖다댄다. 넬슨에게는 이런 응원의 손길이 필요하다. 해리는 재니스의 부재가 아이를 괴롭히고 있다는 걸 느낀다. 케이크를 잘랐는데 아이가 반밖에 먹지 않아 래빗은 어머니의 기분이 상하지 않도록 어쩔 수 없이 두 개를 먹는다. 땅거미가 짙어간다. 웨스트브루어 쪽으로는 요양소 창문들이 오렌지빛으로 타오르고, 산의 이쪽으로는 어둠이 도둑처럼 슬그머니 다가와 이 집과 팔리지 않는 옆집 사이의 콘크리트 공간을 파고든다. 록그룹의 둔중한 저음 타악기 소리가 맨발의 젊은 부부가 사는 집으로부터 종이를 바른 벽을 뚫고 스며들어 어머니의 선반 위에 짝지어 놓은 양철통들(쿠키, 설탕, 밀가루, 커피)이 텅 비었음을 드러내며 달그락거리게 만든다. 거실에서는 마호가니 찬장의 유리면이 몸을 떤다. 넬슨의 눈이 쑥 들어가기 시작한다. 아이는 사과하듯 입을 꼭 다문 채 큐피드의 활 모양 곡선을 그리며 미소 짓더니, 앞으로 몸을 기울여 식탁의 차가운 에나멜에 머리를 기댄다. 아이의 조부모는 동네의 옛 시절에 관해, 1930년대와 1940년대 사람들에 관해 이야기한다. 한때는 워낙 생기가 넘쳐 매일 보면서도 심지어 사진을 찍을 생각조차 하지 않았던 사람들. 기다란 잔디밭 반쪽을 깎는 것을 거부했던 늙은 감리교도. 그가 살기 전에는 아침저녁마다 부인이 예쁜 딸한테 악을 쓰던 짐 부부. 밤에 프레첼 공장에서 일을 하다 어느 날 새벽 우유 마차의 말들 외에 모두 잠들었을 때 총으로 자살한 거리 아래쪽에 살던 남자. 그때는 우유 마차가 다녔다. 어떤 거리에는 그때까지도 부드러운 흙이 그대로 남아 있었다. 넬슨이 잠과 싸운다. 래빗이 아이에게 묻는다. "집에 가고 싶어?"

"부정합니다, 아빠." 아이가 재치 있게 대꾸했다고 생각하는지 졸린 얼굴로 싱글거린다.

래빗이 아이의 농담을 받는다. "지금 시간이 이십일시다. 우리는 우주선과 랑데부를 하는 게 좋겠구나."

하지만 우주선은 비어 있다. 펜빌라스라는 흑암 속에 텅 빈 채 놓인 긴 상자는 공허 속에서 천천히 자전중이다. 마당 가장자리의 꽃밭은 잡초가 반쯤 뽑혀 있다. 아이는 집에 가는 걸 무서워한다. 래빗도 마찬가지다. 그들은 엄마의 침대에 앉아 어둠 속에서 텔레비전을 본다. 달에 착륙한 커다란 철제 거미 안에 있는 사람들이 잠을 이루지 못하는 바람에 달 답사가 몇 시간 당겨졌다는 이야기가 나온다. 스튜디오에 있는 사람들은 시간을 죽이느라 피곤하고 과민한 상태지만, 이제 곧 벌어질 일을 실물 크기 모형을 이용해 시범을 보인다. 어떤 채널에서는 우주복을 입은 사람들이 돌아다니며 야외에서 파티라도 하듯이 은박 접시들을 늘어놓는다. 마침내 일이 벌어진다. 실제 사건이. 아니, 정말로 실제 사건일까? 달착륙선의 다리에 달린 텔레비전 카메라가 켜진다. 화면에 추상화가 나타난다. 아나운서는 화면 상단의 검은 부분이 달의 밤이고, 하단 왼쪽 구석의 검은 부분은 사다리가 달린 우주선의 그림자고, 하얀 부분은 달 표면이라고 설명한다. 넬슨은 아빠의 허벅지를 베고 잠들었다. 재미있게도 아이들은 잠이 들면 두개골이 축축해진다. 땅속의 구근처럼. 엄마의 두 다리는 담요로 덮여 있다. 그의 뒤쪽에 있는 엄마는 베개에 기대앉아 있다. 아빠는 의자에 앉은 채로 잠이 들었다. 머나먼 슬픈 바다 같은 그의 호흡은 해안에 닿았다가 물러나고, 또 해안에 닿았다가 물러난다. 쉼없이 움직이는 낡은 펌프. 창문의 블라인드 틈으로 가로등 불빛이 몰래 스며들어 아빠의 정수리를 어루만진다. 성긴 머리카락이 뒤죽박죽으로 엉켜 길고 부드러운 깃털들이 되었다. 밝은 상자에서 무슨 일이 벌어지고 있다. 왼쪽 상단 구석에서 뱀 같은 형체가 내려온다. 사람 다리다. 다리가 하나 더 자라나 달 표면인 밝은 부분을 검게 덮는다. 추상적인 어둠과 빛 사이에 어색해 보이는 실루엣으로 한 남자가 끼어든다. 암스트롱이라는 성을 가진 사람이지만 이름이 잭은 아니다.* 그가 "계단" 어쩌고하지만 치직거리는 소리 때문에 래빗은 알아듣지 못한다. 옆으로 움직이는 자막이 **인간 달에 서다**라고 말한다. 치직거리는 목소리가 휴스턴에게 표면은 고운 가루이며, 발가락으로 퍼올릴 수 있고, 꼭 잿가루처럼 장화에 달라붙는다고 말한다. 하지만 발이 아주 조금밖에 빠지지 않아 지구에서 모의실험을 할 때보다 움직이기 쉽다고 말한다. 뒤에서 래빗의 어머니의 손이 힘겹게 뻗어나와 그의 두개골 뒤꼭지를 만지더니 거기서 뭉그적거리며 서툴게 마사지를 해주려 한다. 아들이 괴로운 생각에 빠져 있다

---

* 잭 암스트롱은 방송인.

는 걸 알고 고민을 위로해주려는 것이다. "모르겠어요, 엄마." 그가 불쑥 인정한다. "일이 벌어졌다는 건 알지만 아직 아무 느낌이 없어요."

II. 질

"여기는 다르지만 아주 예쁘다."
—닐 암스트롱, 1969년 7월 20일

두 밤 사이에 긴 창백하고 얇은 조각 같은 낮들, 낮들이 섞인다. 서로 똑같지는 않다. 또 아주 얇은 색조로 물이 들었을 뿐 투명해 보이기 때문에 모두 함께 쌓아놓아야만 컴컴해지면서 치명적인 어둠을 드러낸다. 팔월의 어느 토요일 휴식시간에 뷰캐넌이 래빗에게 다가온다. 그들은 이날 반일 근무를 하는 반수의 직원들 가운데 두 사람이며, 어쩌면 그래서 이렇게 친하게 느껴지는 것인지도 모른다. 니그로는 바깥의 하역 구역에서 햇빛을 받으며 즐긴 아침 위스키가 남긴 자국을 입술에서 닦아내며 묻는다. "자네를 어떻게 대해, 해리?"

"누가?" 해리는 오랫동안 뷰캐넌의 얼굴과 이름을 알았지만 아직도 흑인과 이야기를 하는 것이 그렇게 편치는 않다. 그들의 말에는 늘 자신은 완전하게 이해하지 못하는 어떤 농담이 포함되어 있는 것 같다.

"세상이 말이야, 인마."

"나쁘지 않지."

뷰캐넌은 그대로 서서 눈을 껌뻑이며 살핀다. 매력적으로 몸을 아래위로 흔든다. 니그로들은 나이가 몇인지 알기가 힘들다. 서른다섯일 수도 있을 것 같고 예순일 수도 있을 것 같다. 입술 위에는 가능한 가장 작은 검은 콧수염을 길렀다. 활자를 터는 솔보다도 작다. 그의 피부색은 잿빛으로 전혀 빛이 나지 않는다. 반면 인쇄소에 있는 두 니그로 가운데 다른 한 명인 판즈워스는 인쇄기 사이에서 무영無影 조명의 안정된 빛을 받아 구두약을 발라 광택을 낸 것처럼 반짝거린다. "하지만 좋지도 않지, 응?"

"잠을 잘 못 자." 래빗이 고백한다. 그는 요즘 고백을 하고 싶은, 쏟아내고 싶은 갈망을 느끼고 있다. 너무 외롭다.

"자네 마누라가 저 건너에서 다른 놈하고 살림 차렸다며?"

모두가 안다. 검둥이들, 노가다들, 부랑자들, 얼간이들도. 회계원들, 버스 차장들, 미용실 직원들도. 브루어의 벽돌 도시 전체가. **베리티 직원 이번주의 마누라를 빼앗긴 남자로 지명되다.** 앵스트롬 시장이 공식 수여하는 뿔*을 받다. "나는 혼자 살아." 해리가 인정하고는 덧붙인다. "아이랑."

"그 생활은 어때?" 뷰캐넌이 가볍게 몸을 흔들며 말한다. "그 생활은 어떤데?"

래빗이 힘없이 말한다. "일이 정리될 때까지야."

---

* 부인을 빼앗긴 남자에게 뿔이 난다는 속설이 있다.

"빠구리는 하고 있어?"

해리가 놀란 표정을 지은 모양인지 뷰캐넌이 얼른 설명한다. "남자는 빠구리를 해야 돼. 요즘 아빠는 어디 계셔?" 주장 뒤에 곧장 질문이 흘러나온다. 논리적으로 연결된 것 같지는 않지만.

래빗은 불쾌하고 어리둥절하다. 하지만 뷰캐넌이 니그로이기에 어떻게 피해야 할지 몰라 그냥 대답한다. "이 주 휴가를 내셨어. 어머니를 데리고 검사를 받으러 병원을 왔다갔다해야 하거든."

"그으래." 뷰캐넌이 곰곰이 생각한다. 쿠션 두 개가 툭 튀어나온 듯한 입이 허밍으로 대화를 나누더니, 이윽고 그 사이로 새로운 생각이 쏜살같이 튀어나오며 콧수염이 지그 춤을 춘다. "네 아빠는 너한테 진짜 친구야. 그건 아주 좋은 일이지. 정말로 좋은 일이야. 나한테는 그런 아빠가 없었어. 나도 내 아빠가 누구인지 알고, 또 그 사람은 여기 살기도 했지만, 네 아빠 같은 아빠였던 적은 없어. 그런 식으로 내 친구였던 적은 없어."

해리는 동정을 해야 할지 웃어야 할지 몰라 우물거린다. "글쎄." 해리는 고백하는 쪽을 택한다. "아빠는 친구이기도 하고 목의 가시이기도 하지."

뷰캐넌은 화가 난 듯이 그 말을 거부하는 몸짓을 하지만 사실 그 말이 마음에 든다. "아, 절대 그런 말 하지 마. 그냥 돌봐주는 아빠가 있다는 데 감사해야 해. 그런 아빠가 있어서 얼마나 다행인지 너는 몰라, 인마. 네 마누라가 다른 데서 엉덩이를 보살펴달란다고 해서 온 세상이 나쁘게 끝나는 건 아니야. 너도 너 나름으로 빠구리를 해야 돼, 그럼 돼. 너도 다 큰 놈이잖아."

해리의 속에서 혐오와 흥분이 싸운다. 뷰캐넌 옆에 있으면 자신이 키가 크고 창백하다는 느낌이 든다. 그리고 여성적이라는 느낌도. 재미와 애정과 탐욕이 섞인 뭔가를 느끼게 해주는 자극적인 목표물이 되는 것 같다. 그는 니그로와 이야기하다보면 간지러움을 느낀다. 눈알 뒤쪽 저 위가. 그들의 눈알이 반은 액체 같고 흰자위가 노랗고 슬퍼 보이기 때문인지도 모른다. 사실 그들의 존재 전체가 고통이라는 기름을 발라놓은 것 같다. "그럭저럭 버틸 수 있어." 그가 폐기 포스나트를 생각하며 내키지 않는 목소리로 말한다.

휴식이 끝났음을 알리는 벨이 울린다. 뷰캐넌은 평결을 내리듯이 얼른 어깨를 움츠렸다가 편다. "어때, 해리, 오늘밤에 남자애들 몇 명하고 놀아보는 게." 그가 말한다. "아홉시, 열시쯤 짐보스 라운지로 와서 재미있는 일이 없나 한번 살펴봐. 아무 일 없을지도 몰라. 무슨 일이 있을지도 모르고. 너, 그냥 늙어버려, 지금처럼 가면 말이야. 늙고 뚱뚱하고 까다로워지는 거지. 그건 멋진 어른이 갈 길이 아니야." 그는 래빗의 본능이 거부할 것을 알고 얼른 은빛 광택이 나는 손바닥을 들어올리더니 말한다. "생각해봐. 나는 네가 마음에 들어, 인마. 안 나오면 안 나오는 거고. 별거 아니잖아."

토요일 내내 그 초대가 귀에서 윙윙거린다. 뷰캐넌이 한 말 가운데 뭔가가. 그는 죽으려고 누워 있었다. 긴 세월 동안 누워 있었다. 그의 몸이 그렇게 하라고 명령했다. 오후에는 눈이 흐려져 활자를 제대로 못 보고, 집에 가는 길의 유혹적으로 구부러진 보도를 걸으면서도 뛰고 싶은 충동조차 못 느끼고, 저녁식사 전에 졸음과 싸우다가도 밤이면 쉽게 잠들지 못하고, 심지어 긴장을 풀기 위해 딸딸이를 치고 싶어도 세우지를 못한다. 매일 아침 무조건 첫 햇빛에 잠을 깨면 또 하루가 그의 눈을 문질러댄다. 평생 어디를 많이 나다닌 적이 없는데도 어찌된 일인지 그는 모든 것을 너무 자주 보았다. 나무, 날씨, 마르면서 갈라진 틈이 점점 더 벌어지는 앞문 쇠시리 장식이 매일 출근길에 눈에 들어온다. 녹색 나무로 만든 집. 내세에 대한 믿음도 없고 기대도 없다. 똑같은 일이 너무나 자주 되풀이되고 있다. 이미 두 번 산 느낌이다. 재니스에게로 돌아왔을 때부터 두번째가 시작되었다. 그러나 그 가엾은 아이는 이제 첫번째를 살고 있다. 그 멍청이에게 축복이 있기를. 그래도 재니스에게는 밖으로 나가고자 하는 충동이 있었다. 가랑이에 불이 타오르는 여자들은 절대 완전히 다 타버리지 않는다. 처음에는 자지를 물리치려 싸우다가 나중에는 여전히 기능하는 자지를 미친듯이 찾아다닌다.

지난주에는 중고차 매장으로 전화를 걸었다. 그녀와 스태브로스가 출근은 하는지, 아니면 하루종일 그냥 떡만 박아대고 있는지 알아보려는 것이었다. 밀드레드 크루스트가 전화를 받더니 재니스를 바꿔주었고 재니스는 작은 소리로 말했다. "해리, 아빠는 우리 일을 모르셔, 절대 여기로 전화하지 마, 내가 전화할게." 그녀는 그날 오후 늦게 집으로 그에게 전화를 했다. 넬슨은 다른 방에서 〈길리건의 섬〉을 보고 있었다. 그녀의 말투가 아주 침착해서 그는 그것이 그녀의 목소리인지 긴가민가했다. "해리, 이 일로 당신이 받은 고통은 미안해, 정말 미안해. 하지만 우리 인생의 이 시점에서는 죄책감이 우리 행동의 동기가 되지 않는 것이 무척 중요해. 나는 정직하게 나 자신을 들여다보고 내가 누구인지, 내가 어디로 가야 하는지 보려 하고 있어. 해리, 나는 우리 둘 다 감당하며 살 수 있는 결론에 이르기를 바라. 지금은 1969년이고, 따라서 성숙한 두 사람이 단지 타성 때문에 서로 숨막혀 죽을 때까지 괴롭히며 살 이유가 없어. 나는 타당한 정체성을 찾고 있고 당신도 같은 일을 하기를 바라." 그녀는 이런 식으로 몇 마디 더 한 뒤에 전화를 끊었다. 어휘가 많이 늘었다. 아마 정신분석 토크쇼를 많이 보는 모양이었다. 죄인들이 그런 식으로 다 정당화되는 거야. 우라질 년. 맙소사, 우라질 년. 그는 버스에서 그런 생각을 하고 있다.

그는 생각한다, 우라질 년. 그리고 집에서 맥주를 마시고 목욕을 한 뒤 좋은 여름 정장을 입는다. 옅은 회색 샤크스킨*이다. 건조기에서 넬슨의 파자마를 꺼내고 욕실에서 칫솔을 챙긴다. 아이와 빌리는 함께 밤을 보내기로 계획을 세웠다. 해리는 페기한테 전화를 걸어 확인한다. "아, 아무렴." 그녀가 말한다. "나는 아무데도 안 가. 해리도 여기서 저녁 먹고 가지 그래?"

"못 먹어. 안 될 것 같아."

"왜? 할일 있어?"

"그런 셈이야." 그와 아이는 여섯시쯤 텅 빈 버스를 타고 간다. 와이저는 벌써 주말 특유의 빠른 템포를 보인다. 차들이 집에 들렀다 나오려고 더 서둘러 달려간다. 주황색 머리의 아주 뚱뚱한 남자가 차일 밑

---

* 모직물의 일종으로 질감이 상어 가죽 같다.

에 서서 마치 천사들이 곧 내려올 것처럼 시가를 음미하고 있다. 닫힌 점포의 정면이 기대감으로 가물거린다. 헤어 롤러로 말고 천으로 감싸 머리가 장미 덤불만해진 여자들이 또각또각 걸어간다. 토요일 밤이다. 페기는 문간에서 그를 맞으며 술 한 잔 하자고 제안한다. 그녀와 빌리 는 웨스트브루어에 새로 지은 8층 건물에 산다. 강을 굽어보는 이 건물 에는 예전에 하니스 레이스트랙*이 있었다. 그녀는 거실에서 브루어를 파노라마처럼 내다본다. 주정부 청사 마천루 위의 콘크리트 독수리가 아울 프레첼 간판 뒤편 위쪽에서 날개를 활짝 펼치고 있다. 화분처럼 붉은 도시 너머로 저지산이 뿌연 녹색으로 걸려 있다. 자갈 채취장 때 문에 한쪽 옆이 베어져나갔다. 썩기 시작한 구운 고기 같다.

"그럼 꼭 한 잔만 할까. 어디 가야 해서."

"그 얘긴 이미 했잖아. 무슨 술로 할까?" 그녀는 몸에 붙는 옅은 자주색 페이즐리 미니를 입고 있어 무거운 다리가 꽤 드러나 있다. 그래도 재니스가 변함없이 자랑할 수 있었던 것은 멋들어진 다리였는데. 페기의 오금 쪽은 흰 고깃덩어리가 풀처럼 맥없이 붙어 있는 것처럼 보인다.

"다이키리 믹스 있어?"

"모르겠는데. 그런 건 주로 올리가 간수했는데, 이리로 이사올 때 다 올리한테 두고 온 것 같아." 그녀와 올리 포스나트는 이곳에서 몇 블록 떨어진, 석면 지붕널을 인 두 가구 연립에서 살았다. 카운티정신병원 에서 멀리 떨어지지 않은 곳이었다. 올리는 지금 도시에 있는 그의 악

---

* 마차용 마구를 달고 1인승 2륜 마차를 끄는 경마를 하는 곳.

기점 근처에 산다. 이 아파트에는 그녀와 아이가 사는데, 정확하게 어디 있는지 집어낼 수가 없어서 그렇지 올리를 자신들의 시야에 두고 있는 거나 마찬가지다. 그녀는 텅 빈 책장 밑의 낮은 유리장을 뒤진다.

"안 보이는데. 봉투에 들어 있을 텐데. 진하고 뭘 섞은 건 어때?"

"비터레몬*은 있어?"

페기는 계속 뒤진다. "아니, 토닉밖에 없는데."

"그거면 됐어. 내가 만들까?"

"원한다면." 그녀는 묵직한 다리로 일어선다. 땀을 약간 흘린다. 안도한 표정이다. 페기는 그가 온다는 것을 알면서도 선글라스를 안 쓰는 쪽을 택했다. 그것은 신뢰의 표시다. 그의 앞에서 사시를 그대로 내놓고 있으니 그녀의 얼굴에서 특유의 무력한 표정이 드러난다. 그를 정면으로 보고 있는데도 두 눈은 천장 구석에 있는 뭔가에 매혹된 것처럼 보인다. 한 눈만 나쁘다는 것은 아는데 어느 쪽인지 도무지 파악할 수가 없다. 두 눈 주위에는 보통의 경우에는 선글라스가 가려주는 하얀 주름이 그물처럼 펼쳐져 있다.

그가 그녀에게 묻는다. "너는 뭐로 할래?"

"아, 아무거나. 같은 걸로. 난 다 마셔."

그가 아주 작은 부엌에서 얼음 트레이를 비트는 동안 아이들이 빌리의 방에서 슬그머니 나와 있다. 래빗은 아이들이 혹시 지저분한 사진을 보고 있었는지 궁금하다. 예전에는 아이들이 플럼 스트리트의 늙은 장애인한테 한 장에 1달러씩 주고 사던 사진이 가득 담긴 잡지를 이제

* 약간 쓴맛이 나는 탄산 레몬주스.

는 바로 시내에서 75센트만 주면 살 수 있기 때문이다. 대법원, 지붕이 무너져내려도 나 몰라라 하는 노인네들. 빌리는 넬슨보다 머리 하나는 더 크다. 넬슨은 자기 어머니한테서 황갈색 피부를 물려받은 반면 빌리는 살갗도 햇볕에 그을렸다. 둘 다 머리가 귀를 덮었다. 다만 포스나트네 아이가 더 금발이고 더 곱슬곱슬하다. "어머니, 내려가서 주차장에서 미니바이크 타고 싶어요."

"한 시간 뒤에 올라와." 페기가 아이들에게 말한다. "저녁 차려줄 테니까."

"넬슨은 오기 전에 땅콩버터 샌드위치를 먹었어." 래빗이 말한다.

"전형적인 남자 요리네." 페기가 말한다. "그런데 오늘 저녁에는 어디 가는 거야? 그렇게 양복을 차려입고."

"별거 아냐. 어떤 친구한테 만나러 갈지도 모른다고 했어." 그는 만날 사람이 니그로라는 말은 하지 않는다. 이 여자에게 데이트를 청해야 한다, 는 무시무시한 생각이 갑자기 들이닥친다. 그녀는 외출복 차림이다. 하지만 오늘밤에는 절대 집에 있을 계획이 아닌 것으로 보일 만큼 아주 잘 차려입은 것은 아니다. 그는 그녀에게 진토닉을 건넨다. 최고의 수비는 공격이다. "민트나 라임 같은 건 없네."

그녀의 뽑아서 정리한 눈썹이 위로 올라간다. "없어, 냉장고에 레몬은 있어. 그게 다야. 해리가 원하면 식료품점에 다녀올 수도 있는데." 단지 반어법으로만 하는 이야기는 아니다. 그의 불평을 이용해 아늑한 분위기를 조성해가고 있다.

래빗은 발을 빼기 위해 웃음을 터뜨린다. "됐어, 그냥 바에 익숙해서 그런 것뿐이야. 거기 가면 다 있으니까. 집에서는 늘 맥주만 마셔."

그녀는 웃음으로 대답한다. 첫 수업을 앞둔 학교 선생처럼 긴장했다. 둘 다 긴장을 풀 수 있도록 그는 푹 꺼진 가죽 팔걸이의자에 앉는다. 의자에서 푸슈 하고 소리가 난다. "이야, 이거 멋진데." 그가 말한다. 전망 이야기를 하는 것이다. 하지만 너무 일찍 말했다. 낮은 의자에 앉으니 전망이 홀렁 날아가버리고 하늘만 남았기 때문이다. 밝은 색으로 엷게 칠해놓은 곳에 베이컨의 지방 같은 띠들이 있다.

"올리가 집세 불평을 얼마나 하는지 들어봐야 하는데." 페기는 다른 의자가 아니라 평평한 철망 위에 앉는다. 창문 밑의 라디에이터가 숨을 쉬는 곳이다. 맞은편에서 그를 굽어보고 있는 셈이라 그의 눈에 그녀의 다리가 많이 들어온다. 빛나는 피부가 모양이 흐트러질 만큼 속이 꽉 차 있다. 그럼에도 그녀는 그에게 팬티의 삼각형에 이르기까지 자신이 가진 것을 다 보여준다. 이 또한 1969년에 살아 있어서 얻는 혜택이다. 미니스커트와 그 잡지들. 뭐 어때, 젠장, 여자한테 가랑이가 있다는 건 늘 알고 있던 거잖아. 그걸 합법화시키는 게 뭐가 어때서? 인쇄소의 어떤 사람이 잡지를 한 권 가져왔는데 정말이지 온통 씹이었다. 조악하고 흐릿한 4도 인쇄였지만 어쨌든 다 씹이었다. 거꾸로 놓인 씹, 뒤에서 본 씹. 씹에 달린 여자들은 입안에서 혀를 굴리고 배 위에 손을 부채처럼 펼치거나 아니면 다른 식으로 자신이 바보가 된 듯한 느낌에 사로잡혀 있다는 걸 감추려 하고 있었다. 정말 못생겼어, 씹은. 대법원이 없었다면 그 사실은 결코 분명해지지 않았을지도 모른다.

"이봐, 올리는 어떻게 지내?"

페기는 어깨를 으쓱한다. "전화를 해. 보통 빌리하고 일요일을 보내기로 한 약속을 취소하려고 하는 거지만. 올리가 해리처럼 가정적이지 않다는 걸 알잖아."

래빗은 자신을 그렇게 묘사하는 것에 놀란다. 그는 너무 유순해지고 있다. 그가 묻는다. "시간은 어떻게 보낸대?"

"아." 페기가 말하며 몸을 어색하게 돌리는 바람에, 창문으로 들어오는 빛에 그녀가 마시던 토닉 거품들이 가시처럼 돋은 것이 눈에 들어온다. 놀랍게도 술을 거의 다 마셨다. "재수없는 녀석들 한 무리하고 브루어를 시끄럽게 돌아다녀. 주로 음악 하는 사람들이야. 필라델피아에 자주 가. 뉴욕에도 가고. 지난겨울에는 아스펜에 가서 스키를 탔다면서 나한테 그 이야기를 다 해줬어. 여자들 얘기까지. 얼굴이 완전히 갈색이 되어서 왔더라고. 나는 며칠 동안 울었어. 내가 그렇게 밖에 나가자고 해도 한 번도 안 가더니. 우리가 프랭클린 스트리트에 살 때 말이야. 해리는 시간을 어떻게 보내?"

"일하지. 아이와 함께 울적하게 집 주변을 어슬렁거리기도 하고. 텔레비전도 보고, 뒷마당에서 캐치볼도 하고."

"해리가 재니스 때문에 울적해한다고?" 그녀는 엉덩이를 어색하게 비틀어 라디에이터 철망에서 몸을 떼어낸다. 그녀의 외사시가 그의 양옆을 보고 있어서 그는 자신이 그녀의 목표물인 것만 같아 움찔한다. 그러나 그녀는 둥둥 떠가는 듯한 걸음으로 그를 지나치더니 달가닥거리며 잔을 다시 채운다. "한 잔 더 할래?"

"사양하겠어, 아직 이것도 다 안 마셨는데. 곧 가야 돼."

"이렇게 빨리." 그녀가 보이지 않는 곳에서 노랫가락처럼 읊조린다. 마치 작은 부엌에서 어떤 노래의 도입부를 떠올리는 것 같다. 창문 저 아래서 미니바이크를 탄 아이들이 조롱하고 기침하는 소리가 들린다.

소리가 와락 달려들며 소용돌이친다. 무례한 독수리처럼. 그 너머 강 건너편에는 브루어의 차량들이 웅성거리는 소리가 자리잡고 있다. 바다처럼 변함없는 소리다. 이따금 차 한 대가 나팔을 분다. 인광燐光의 깜빡거림. 부엌에서 오븐 속에 생각을 굽고 있던 것처럼 페기가 소리친다. "재니스는 그럴 가치가 없어." 이어 그녀의 몸이 그의 뒤에 나타나고, 그의 머리 위에서 목소리가 울린다. "나는 몰랐어." 그녀가 말한다. "해리가 그애를 그렇게 사랑하는지. 아마 재니스도 몰랐을 거야."

"뭐, 누군가에게 익숙해지는 거니까. 어쨌든 그건 수치야. 그런 라틴계 놈하고 그러다니. 그놈이 미국 정부를 깔아뭉개는 소리를 들어봐야 하는데."

"해리, 내 생각이 뭔지 알잖아. 내 생각이 뭔지 틀림없이 알 거야."

그는 알지 못한다. 전혀 알지 못한다. 그녀는 그가 그녀의 속옷에 인쇄된 생각을 읽고 있었다고 생각하는 것 같다.

"나는 재니스가 해리를 형편없이 대했다고 생각해. 지난번에 함께 점심 먹을 때 재니스한테 그렇게 말했어. 내가 이랬어. '재니스, 너 자신을 정당화하려는 시도는 감동적이지 않아. 너는 네가 필요하다고 할 때 돌아와준 남자를 떠났어. 그리고 한창 클 때라 안정적인 가정환경이 엄청나게 중요한 아들을 떠났어.' 그애 얼굴에 대고 그렇게 말했어."

"사실 아이는 재니스를 만나러 매장에 자주 가. 재니스와 스태브로스가 애를 데리고 나가 식사도 하고. 어떤 면에서는 아이한테 삼촌이 생긴 것과 같아."

"정말 쉽게 용서하는구나, 해리! 올리라면 내 목을 졸라 죽였을 텐데. 올리는 아직도 엄청나게 질투심이 강하다고. 늘 나한테 남자친구들이 누구냐고 물어."

그는 그녀에게 남자친구가 없을 거라 생각하며 술을 홀짝인다. 사실 이 카운티에서 엉덩이가 큰 여자들은 대개 남자를 구걸하며 다닐 필요가 없는데. 네덜란드 사람들은 몸집이 큰 여자를 사랑하니까. 그가 말한다. "글쎄, 내가 재니스한테 그렇게 잘했는지 모르겠어. 재니스도 살아야지."

"그래, 해리, 그 생각대로라면 우리 모두가 살아야지." 그녀가 그의 앞에 서 있는 자세로 보건대 그가 허리를 펴고 똑바로 앉으면 그녀의 보지가 정확히 그의 코에 닿을 것 같다. 털 때문에 간질간질하다. 재채기를 할지도 모른다. 그는 다시 술을 홀짝이고 맛없는 액체가 그의 내부 공간에 퍼지는 것을 느낀다. 그녀가 조심하지 않으면 당장이라도 허리를 펼 수 있다. 그녀의 머리카락을 보건대 밑도 아마 탄력 좋은 무성한 덤불일 것이다. 물론 늘 자신 있게 말할 수는 없는 거지만. 잡지에 나오는 어떤 썹들은 배 하단에 한 줌뿐이라 겨드랑이 털만도 못하다는 느낌이 들기도 하니까. 인형들. 그녀는 그에게서 멀어지며 말한다. "모두가 살아야 한다면 누가 가족을 유지하겠어? 사는 건 타협이야. 내가 원하는 걸 하는 것과 남들이 원하는 걸 하는 것 사이의 타협이라고."

"불쌍한 늙은 하느님이 원하는 건 어쩌고?"

불필요한 명사가 그녀를 흔들어, 지금까지 취해온 유혹적인 자세에서 풀어낸다. 그녀는 그에게 등을 돌리고 창밖을 본다. 개 체위. 의자 위로 몸을 기울이게 하고 뒤에서 하면서, 그녀가 손가락으로 스스로 법석을 떨다 가버리게 한다. 재니스는 그쪽을 더 좋아하게 되었다. 더 동물적인 쪽을. 그렇게 하면 그의 표정을 신경쓸 필요가 없었으니까. 그녀는 축축한 키스를 좋아하지 않았으니까. 처음 데이트를 할 때는 숨을 쉴 수 없다고 불평했다. 그래서 그는 혹시 편도선 수술이 필요한 게 아니냐고 물었다. 진지하게. 세상에 있는 십억 개의 씹 가운데 어느 두 개도 똑같지 않다, 눈송이들. 만지면 녹아버린다. 우리가 가장 보호하는 곳이 공격받고 싶은 곳이다. 페기가 창턱에 올려둔 술잔은 키 큰 보석 같다. 그녀가 볼품없는 얼굴을 활짝 열며 그를 돌아본다. 그 말이 이미 그녀에게 뿌려진 뒤이기 때문에 그녀는 묻는다. "하느님이 사람들이라고 생각하지 않아?"

"아니, 나는 하느님이 사람들이 아닌 모든 것이라고 생각해. 그렇게 생각하는 것 같아. 내가 무슨 생각을 하는지 알 만큼 충분히 생각하지는 않지만." 그는 짜증이 나 일어선다.

뜨거운 그림자가 창에 커다랗게 번진다. 창백한 자주색 가장자리가 붉은 도시와 어둑어둑한 산에서 썰물처럼 물러나는 빛을 붙들고 있다. 페기가 소리친다. "아, 해리는,"—그녀는 자신의 어줍은 생각을 지원하기 위해 두 손, 바로 이 동작을 위해 빼놓은 두 손으로 허공에 그의 형체를 그린다—"온몸으로 생각해."

그녀가 너무 무력하고 막연해 보여 해리는 그녀가 그려놓은 자신의 윤곽 안으로 걸어들어가 그녀에게 키스를 할 수밖에 없을 것 같다. 그림자에 가려진 그녀의 얼굴이 크고 서늘하게 느껴진다. 그녀의 입술이 그의 입술 위에서 더듬거린다. 젤리의 푹신푹신한 왁스 같은 느낌. 그러나 중독성이 있고 맛이 전혀 없는 것도 아니다. 어린 시절 래빗은 그 중에서도 도츠 같은 순한 젤리를 좋아했다. 영화관에 앉아 젤리가 든

니켈 상자 세 통을 한 통 한 통 해치우곤 했다. 그는 혀와 이로 그 젤리들을 가지고 놀았다. 놀다가, 놀다가, 마지막에 가서야 깨무는 환희를 맛보았다. 그녀가 그의 긴 몸 위아래와 부딪치며, 그의 키에 맞게 몸을 늘리고 갖다댄다. 그녀의 몸에서 아무것도 없는 이상한 곳, 또 그 위쪽으로 뭔가가 있는 이상한 곳. 발가락 끝으로 서 있으려고 애쓰자 그녀의 허리 근처가 팽팽해진다. 그녀는 밀고 또 민다. 그가 씹고, 이 애꾸눈 여자는 그 안으로 차갑게 밀고 올라온다. 그는 그녀의 정신이 가물가물 꺼지는 것을 느낀다. 그녀가 두 사람을 크고 꼴사나운 어둠의 공으로 싸놓았다.

뭔가가 그 공을 긁는다. 자물쇠에 들어간 열쇠다. 이어 문을 두드리는 소리가 들린다. 해리와 페기는 서로를 밀어내며 떨어진다. 그녀는 펼친 두 다리 같은 눈 주위로 흘러내린 머리카락을 걷어내고, 무겁게 문으로 달려가 아이들을 들인다. 아이들은 얼굴이 벌겋고 성이 나 있다. "엄마, 이 좆같은 게 또 고장났어요." 빌리가 자기 어머니한테 말한다. 넬슨은 해리를 건너다본다. 아이는 울음을 터뜨리기 직전이다. 재니스가 떠난 뒤로 아이는 말이 없고 쉽게 부서진다. 눈물로 가득찬 달걀 껍데기.

"내 잘못이 아니에요." 아이가 쉰 목소리로 소리친다. 부당하다는 느낌이 아이의 목을 체처럼 막고 있다. "아빠, 빌리는 그게 내 잘못이래요."

"아기같이 굴기는. 내가 그렇게 말하지는 않았어."

"했잖아. 그랬어요, 아빠. 하지만 제 잘못이 아니었어요."

"나는 그냥 넬슨이 너무 빨리 돈다고 했을 뿐이에요. 늘 너무 빨리 돌거든요. 그러다 돌에 걸려 넘어졌어요. 그래서 전조등이 밑으로 휘고 시동이 안 걸려요."

"그렇게 싸구려가 아니면 만날 고장나는 일도 없을 거야."

"싸구려 아냐. 여기서 파는 것 중에 거의 가장 좋은 거야. 게다가 어차피 너는 그런 것도—"

"줘도 안 가져—"

"네까짓 게 뭔데 그따위로 얘기해?"

"아, 그만, 그만." 해리가 말한다. "우리가 고쳐줄게. 내가 수리비를 낼게."

"수리비 내지 마요, 아빠. 누구 잘못도 아니었어요. 그냥 빌리가 너무 응석받이라서 그런 것뿐이에요."

"이 쪼그만 게." 빌리는 넬슨을 때린다. 삼 주 전 해리가 세게, 하지만 다치지 않을 만한 곳을 골라 재니스를 때렸던 것과 거의 비슷하다. 해리는 둘을 갈라놓고 빌리가 입을 다물도록 팔을 꽉 잡는다. 이 아이는 언젠가 강해질 것이다. 벌써 그의 팔에서 힘줄이 느껴진다.

페기는 눈앞에 벌어지는 일에 집중하려고 애쓰는 중이다. 그녀의 마음은 그 키스로부터 멀어지고 있다. "빌리, 계속 그렇게 위험하게 놀면 이런 일들이 일어나기 마련이야." 그녀는 해리에게 말한다. "빌어먹을 올리가 그걸 아이한테 사준 게 문제야. 나한테 심술을 부리려고 그런 것 같아. 내가 기계를 싫어한다는 걸 잘 알거든."

해리는 빌리와 이야기해야 한다고 판단한다. "야, 빌리. 넬슨을 집에 데려갈까? 아니면 여기서 함께 밤을 보낼래?"

그러자 두 아이 모두 함께 밤을 보내게 해달라고 울부짖는다. "아빠,

데리러 오거나 하지 않아도 돼요. 아침에 일어나자마자 자전거를 타고 갈게요. 어제 여기에 가져다뒀거든요."

그러자 래빗은 빌리의 팔을 놓아주고 넬슨의 귀 근처에 입을 맞춘 다음 페기의 성한 눈을 찾아 눈을 맞추려 한다. "그럼 좋았어. 나는 갈게."

그녀가 말한다. "꼭 가야 돼? 그냥 있어. 내가 저녁 차려주면 안 될까? 아니면 한 잔 더 하든가. 아직 이른데."

"아, 친구가 기다려서." 래빗은 거짓말을 하고 가구를 빙 돌아 문으로 간다.

그녀의 몸이 그를 쫓는다. 티슈 같은 피부에 둘러싸인 그녀의 모호한 눈들이 반짝거리고, 입술은 키스를 받은 입술답게 벌어져 있다. 그는 도츠 젤리를 한 상자 더 사고 싶은 탐욕스러운 충동에 저항한다. "해리." 그녀가 입을 연다. 그녀가 발을 헛딛는 바람에 그에게 쓰러질 뻔하지만 둘의 몸이 닿지는 않는다.

"응?"

"나는 보통 집에 있어. 혹시 ― 알잖아."

"알아. 진토닉 고마워. 전망 좋더라." 그러면서 그는 손을 뻗어 정확히 엉덩이가 아니라 그 옆의 옆구리를 두드린다. 두드리고 보니 너무 넓고, 너무 단단하지만 그래도 그의 손바닥 아래서 충분히 살아난다. 그래서 문이 닫히는 순간 그는 왜 내가 엘리베이터를 타고 내려가 떠나는 걸까, 하고 의아해한다.

뷰캐넌을 만나기에는 너무 이르다. 그는 웨스트브루어의 이면도로들을 통해 와이저로 돌아간다. 둔해지는 여름빛과 여러 소리를 통과해 간다. 먼 곳의 시합 소리, 부엌 개수대에서 접시들이 달가닥거리는 소리, 기계적으로 섞어놓은 웃음과 환호가 숨죽인 듯 웅웅거리는 텔레비전 소리, 십대들이 모는 자동차의 타이어가 미끄러지고 기어가 내려가는 소리. 아이들과 노인들이 납 빛깔의 우유병 상자 옆의 포치 층계에 앉아 있다. 보도의 어떤 구간은 벽돌이다. 웨스트브루어에서 가장 오래된 이 강변 동네는 비좁고 상냥하고 황량하다. 나무들 사이에 소화전, 주차 미터, 표지판이 뻣뻣하게 번창하고 있다. 표지판 가운데 일부―녹색 바탕에 흰 글자를 사용한 광고판이나 다름없다―는 운전자들에게 간선 고속도로로 가는 길을 알려주고 있으며, 그 숫자는 연방의 방패나 주의 종석宗石 모양의 이정표 위에 문장紋章처럼 박혀 있다. 이 알려지지 않은 웨스트브루어의 샛길, 보도, 낡은 옷처럼 편안하게 구겨진 아스팔트 도로에서 화살표를 따라 필라델피아, 볼티모어, 이 나라의 수도 워싱턴, 상업과 유행의 본거지 뉴욕으로 갈 수 있다. 아니면 다른 방향으로 피츠버그와 시카고도 갈 수 있다. 그러나 광대함과 이동 가능성을 보여주는 이 멋진 금속 표지판 밑에서 속옷 차림의 뚱뚱한 남자들이 어슬렁거리고, 늙은 여자들이 시골에서 달걀을 주우러 가는 양 어기적거리며 이 사람 저 사람과 수다를 떨고, 개들이 서늘한 갓돌 옆에 몸을 웅크리고 자고, 하키 스틱과 테이프를 감은 야구 방망이를 든 아이들이 휘플볼*이나 가죽 뭉치를 자신 없이 쳐대며 다음 세대의 운동선수와 우주인으로 다듬어져간다. 어스름 속에서, 그의 본질이 연기가 되어버린 곳에서, 쇠락해버린 이 무해한 동네에서 래빗은 눈이 따끔거린다. 아주 많은 사랑, 너무 많은 사랑. 이것이 우리의

---

* 구멍을 뚫어 멀리 못 가게 한 플라스틱 공.

광기고 이것이 우리를 썩어 없어지게 한다. 우리를 민들레 꽃가루처럼 터뜨려버린다. 그는 모퉁이의 식료품점에 들러 오 헨리 초코바 하나를 사고, 호수 같은 주차 공간에 눈부신 모습으로 앉아 있는 와이저의 버거블리스에 들러 달나라 스페셜(빵에 성조기를 꽂은 더블 치즈버거다)과 바닐라 밀크셰이크를 산다. 밀크셰이크는 바닥으로 내려갈수록 화학 침전물 맛이 난다.

버거블리스의 인테리어는 너무 밝아서 엷은 자주색의 커다란 반달이 있는 그의 손톱이 번쩍이고, 돈을 낼 때 그가 내려놓는 동전들이 금속으로 만든 바퀴처럼 보인다. 빛의 호수 너머에는 불친절한 어둠이 있다. 그는 과감하게 밖으로 나가 침침한 드라이브인 은행을 지나 다리를 건넌다. 거대한 꽃줄기에 달린 높고 늘씬한 아크등이 달을 대신하여 지상의 빛을 내려보내고, 이 빛 때문에 서둘러 지나가는 차들이 모두 자주색으로 보인다. 다리에는 그의 얼굴 외에 다른 어떤 얼굴도 없다. 다리 중간에서 보니 브루어가 반짝거리는 작은 물방울들이 달라붙은 거미줄처럼 보인다. 저지산은 밤과 하나가 되었다. 피너클호텔의 광채나는 얼룩이 별처럼 한가운데 걸려 있다.

물가에서 자란 각다귀들이 래빗의 얼굴을 쓸고 간다. 재니스가 떠난 것이 속에서 그를 괴롭히고 있다. 뱃속에 쓰린 곳이 있다. 맥주와 커피를 줄이자. 혼자이니 나 자신을 돌봐야 한다. 혼자 자니 침대가 두려워 심야 쇼를 본다. 카슨, 그리핀,* 자신의 뻔뻔스러움밖에는 팔 것이 없는 건방진 사람들. 순전히 철면피 하나만으로 수백만을 벌다니. 미국의

---

* 둘 다 미국의 방송인.

꿈. 어린 시절 처음 이 말을 들었을 때 그는 하느님이 누워 자고 있고, 그의 머리에서 구름처럼 누비이불 색깔의 미국 지도가 나오는 장면을 상상했다. 양복이 끈적끈적하게 달라붙는 느낌이다. 짐보스 프렌들리 라운지는 다리를 건너 브루어로 들어가자마자 나온다. 플럼에서 반 블록 떨어진 곳이다. 안에 들어가보니 모두 흑인이다.

흑인이란 그에게 그저 정치적인 단어이지만 이들은 정말로 검다. 그가, 끈적끈적하게 달라붙는 회색 양복을 입은 크고 물렁물렁한 백인이 들어가자 돌아보는 얼굴들이 검은색으로 빛난다. 그러나 '문무드'라고 부르는, 녹색과 엷은 자주색으로 빛나는 주크박스의 음악은 계속 미끄러지고, 웃음소리와 즐거운 웅성거림으로 이루어진 액체는 다시 흘러간다. 그의 입장은 작은 방해에 지나지 않았다. 래빗은 다트가 날아오기를 기다리는 풍선처럼 어정쩡하게 서 있다. 이윽고 누가 팔꿈치를 치나 했더니, 뷰캐넌이 옆에 와 있다.

"어이, 왔네." 이 니그로는 연기에서 나타났다. 지나치게 다듬은 콧수염이 이곳에서는 짓궂어 보인다.

"내가 올 거라고 생각하지 않았어?"

"안 온다고 봤지." 뷰캐넌이 말한다. "거의 안 온다고 봤어."

"네 제안이었잖아."

"맞아. 해리, 네 말이 맞아. 싸우자는 게 아니야. 즐기자는 거야. 널 어떻게 좀 해주려는 거지. 한잔해야지, 그렇지?"

"모르겠어, 속이 좀 예민해서 말이야."

"그럼 한 잔이 아니라 두 잔을 해야겠네. 어떤 독*을 좋아하는지 얘기해봐."

172

"다이키리 어떨까?"

"절대 안 되지. 그건 샐러드 점심에 곁들이는 숙녀용 음료지. 어이, 루프, 늙은 악당."

"예잇, 예잇." 카운터에서 대답한다.

"이 친구한테 스팅어 한 잔."

"예잇."

루프는 브루어박물관의 돌도끼처럼 머리가 벗어졌지만 광택은 훨씬 좋다. 그는 수면에서 빛이 내려오는 바닷속 같은 카운터로 고개를 숙이고, 뷰캐넌은 래빗을 뒤쪽의 칸막이 좌석으로 이끈다. 내부는 깊고 밖에서 보기보다 복잡하다. 뒤쪽으로 숨은 좌석들이 쭉 이어진다. 거무스름한 나무판으로 둥근 지붕을 씌워놓았다. 한쪽 벽을 따라 루프가 서 있는 어슴푸레한 조명의 카운터가 있다. 카운터 뒤의 벽면에는 흔히 볼 수 있는 팹스트와 버드와 밀러의 번지르르한 맥주 광고가 고개를 까딱이며 희미하게 반짝일 뿐 아니라, 박제한 자그마한 사슴 머리두 개도 영원히 깜빡이지 않을 밝은 갈색 눈으로 물끄러미 바라보고 있다. 아니, 가젤, 혹시 가젤일 수도 있을까? 저멀리 벽 쪽에 뒤쪽으로 좌석들이 한 줄은 들어갈 정도의 넓은 공간을 남겨둔 채 은색 스프레이 캔으로 칠해놓은 베이비 그랜드피아노가 한 대 놓여 있다. 은색이 원형으로 소용돌이친다. 비스듬하게 이어지는 방에는 당구대가 있다. 팔과 다리가 엄청나게 긴 유색인 남자아이들이 목가적인 녹색 펠트 위에 거미처럼 달라붙어 있다. 뭐든 게임이 있다는 것에 래빗은 안심

---

* 술을 가리킨다.

한다. 뭐든 게임을 하고 있는 곳에는 격분을 막아주는 산울타리가 존재하는 셈이니까. "사람 좀 만나지." 뷰캐넌이 말한다. 좌석의 거무스름한 두 형체는 남자와 여자다. 남자는 은색의 동그란 안경을 쓰고 작은 보지 같은 염소수염을 길렀으며 젊다. 여자는 나이가 들었고 주름이 많다. 노란 담배를 한참 빤 뒤 그대로 머금고 있다가 눈을 감고 한숨을 쉬듯이 내뱉는다. 갈색 눈꺼풀은 잿빛인데 그 위에 파란색을 칠했다. 목의 아랫부분과 두 가슴 사이의 비탈진 뼈에는 땀이 반짝인다. 그 아래로 큰 가슴이 있을 듯하지만 사실 그런 가슴은 없다. 수탉의 볏 같은 핏빛 드레스도 마치 큰 가슴이 있는 것처럼 깊이 파였지만. 그녀는 소개가 이루어지기도 전에 해리를 보고 "안녕하세요" 하고 인사를 하지만 그녀의 눈은 미끄러지는 꿈속에서 얼른 그를 고정해두려고 가늘게 찢어진다.

"이 친구는," 뷰캐넌이 말하고 있다. "내 직장 동료야. 베-리-티인쇄소에서 자기 아빠 바로 옆에서 일하는데, 라이노타이프 전문가야." 하나하나 확인하듯 묘하게 음절들을 동등하게 대접하고 있다. 겉치레일까, 아니면 무슨 신호일까? "하지만 그뿐이 아니야. 이 친구는 유명한 운-동-선-수야. 다름 아닌 농구선수였어. 전성기에는 브루어의 오르가슴이었지."

"아주 아름다워." 다른 검은 남자가 말한다. 둥근 안경이 기울어지며 반짝거린다. 안경을 쓴 그림자 같은 얼굴이 어둠 속에서 엷게 느껴진다. 들려오는 목소리는 아주 또렷하고 건조하다.

"오래전 얘기야." 래빗이 말한다. 자신의 몸집, 부풀어오른 창백함, 죽어버린 명성을 사과하는 듯하다. 그는 몸을 감추려 좌석에 앉는다.

"손이 제대로네." 여자가 말한다. 여자는 몽롱한 상태다. 여자가 말한다. "늙은 베이브에게 그 손 한 번만 줘볼래, 흰둥이 꼬마." 래빗은 신경이 곤두서 몸이 따끔거리고 달착지근한 연기에 재채기를 하고 싶은 충동을 느끼며, 허벅지에서 오른손을 들어 미끈거리는 탁자에 올려놓는다. 무해한 고깃덩이. 일그러진 앞발. 텔레비전에서 하는 쇼, 침팬지들이 나오는 화면에 말과 음악을 맞춘 쇼가 떠오른다. 최고의 완성품을 못 보고 놓쳐버려서 아쉬워하는 괴상한 표정.

여자가 손을 만진다. 그녀의 손은 파충류처럼 서늘하다. 그녀의 눈이 위로 올라가더니 생각에 잠긴 표정으로 바뀐다. 그녀의 목에서 반짝거리는 뼈 위로 보석들이 물방울들처럼 펼쳐져 있다. 냅킨 모양의 모조 다이아몬드들이다. 어쩌면 진짜 다이아몬드일지도 모른다. 결국은 캐딜락, 악어가죽 구두로 간다. 이들은 백인처럼 부동산에 돈을 넣을 수 없으니까. 스프링어의 알뜰한 도요타 같은 것은 관심사가 아니다. 그의 생각이 맥박과 함께 달린다. 여자는 한쪽 눈 옆에 은색의 작은 금속조각을 붙였다. 그렇게 추한 것을 강조하다보면 마침내 멋져 보이게 된다. 속눈썹은 훌륭한 가짜 초승달이다. 그녀가 자기 자신을 그렇게 가꾼다는 사실 때문에 그는 그녀가 자신을 해치지 않을 것이라고 생각한다. 맥박이 느려진다. 그녀의 손길이 뱀처럼 멋지게 미끄러진다. "그 엄지를 잘 봐." 그녀는 허공에 대고 말한다. 그의 엄지의 곡선을 어루만진다. 볼록 솟은 곳에 얇은 피부가 덮이고 그 아래 핏줄이 흐른다. 창백한 반달이 있는 손톱. "그 엄지는 달콤함과 빛을 뜻해. 궁수자리와 사자자리의 쾌락을 보여주지." 그녀는 다정하게 그의 손가락 관절 하나를 꼬집는다.

뷰캐넌이 아닌 니그로(뷰캐넌은 스팅어가 나오는지 확인하러 사람들을 헤치며 카운터로 갔다)가 말한다. "그놈들이 너한테 데려오는 일반적인 작달막한 흰둥이 놈들하고는 다르다 이거지, 응?"

베이브는 여전히 몽롱한 상태로 대답한다. "다릅지요. 여기 이 엄지는 정말 그럴듯해. 올바른 별자리에만 들어가면 확실하게 기능할 거야. 하지만 여기 이 관절들, 이건 별로 좋지 않아. 이 관절에서는 음악이 별로 들리지 않거든." 그러면서 그녀는 관절들 위로 코드를 하나 누른다. 놀랄 만큼 단단하고 확신에 찬 손가락들이다. "하지만 여기 이 엄지." 그녀는 다시 엄지를 쓰다듬기 시작한다. "이건 정말이지 가슴 아프게 하네."

"이 찰리*들은 모두 가슴 아프게 하는 것들이잖아, 응? 이자들이 버터로 만든 공 같은 엉덩이를 흔들 줄 모른다 해서 최고를 챙기지 못하는 건 아니잖아, 진짜 비열하게 챙기잖아, 응? 이자들이 그렇게 비열하게 구는 이유는 신앙심이 너무 깊기 때문이잖아, 응? 그 커다란 백인 하느님은 이자들한테 가서 말하잖아. 저 흑인 여자애한테 박아라. 그럼 이자들은 정말로 가서 좆을 휘두르잖아. 하느님이 바로 그 자리에서 이자들의 버터로 만든 공 같은 엉덩이를 때려대니까 말이야. 크래커**를 뒤집으면 바로 씨발놈이 되잖아, 응?"

래빗은 이것이 젊은 니그로가 진짜로 말하는 방식인지 궁금하다. 진짜 방식이라는 것이 있는지 궁금하다. 래빗은 움직이지 않는다. 심지어 여자가 살피는 손을 거두지도 않는다. 여자의 손의 감촉은 치아처

---

* 백인을 가리키는 말.

** 백인을 경멸적으로 가리키는 속어.

럼 싸늘하다. 그는 표범들 사이에 있다.

늙은 악당 뷰캐넌은 다시 사람들을 헤치고 돌아와 래빗 앞에 독이
든 길쭉하고 희끄무레한 잔을 놓더니 밀고 들어온다. 래빗은 다른 남
자 맞은편으로 밀려날 수밖에 없다. 뷰캐넌의 눈이 얼굴들을 살피더니
분위기가 무거워졌다고 짐작한다. 그가 가볍게 말한다. "이 친구 마누
라가 어떻게 된 줄 알아? 그 여자는, 나는 만남의 즐거움을 누려본 적
이 없지만, 베리티 야유회에서 만난 걸 빼면 말이야, 야유회에서 판즈
워스가, 판즈워스는 다 알지―?"

"아버지 같지." 젊은 남자가 말하고는 덧붙인다. "응?"

"―저 통 맥주 때문에 정신이 폭탄을 맞은 것 같아서 이젠 어떤 사
람의 얼굴이나 이름을 기억할 수가 없어. 어디까지 했더라? 그래, 그
여자, 그 여자가 갑자기 지난주에 이 친구를 떠났어. 단호하게 이 친구
를 떠나 다른 신사를 쫓아다니기 시작했어. 이-탈리아 사람이라고 했
던가. 그렇다고 하지 않았어, 해리?"

"그리스 사람이야."

베이브가 낄낄거린다. "자기야, 그 사람이 네가 가지지 않은 뭘 가
졌는데? 틀림없이 그 사람 엄지가 이 욕쟁이의 혀처럼 긴가보다." 그
녀가 동반자를 쿡 찌른다. 동반자는 이제 너무 짧아져 입술을 델 것 같
은, 함께 피우는 담배를 떼어내더니 혀를 쑥 내민다. 래빗은 그 하얀
색깔에 충격을 받는다. 입안 가득 들어찬 빛나는 살덩어리. 통통하고
창백해 보이기는 하지만 별로 길어 보이지는 않는다. 남자는, 래빗이
보기에, 아직 꼬마다. 조그만 염소수염이 그가 기를 수 있는 전부다.
해리는 그가 마음에 들지 않는다. 베이브는 마음에 드는 것 같다. 비록

상자 밑바닥의 자두처럼 딱딱하게 말라버리기는 했지만. 여기에서는 모두가 상자 밑바닥에 있다. 이 술, 그리고 그의 손이 여기에서 가장 하얀 것이다. 꼬마의 혀를 제외하면. 해리는 술을 홀짝인다. 너무 달다, 위험하다. 바로 엷은 두통이 찾아온다.

뷰캐넌은 집요하게 군다. "나한테는 옳지 않아 보여. 건강하고 커다란 남자가 위로해줄 사람도 없이 혼자 산다는 게."

염소수염이 머리를 까닥인다. "내가 보기에는 전혀 걱정할 문제가 아닌데. 저 사람한테 생각할 시간을 주고 있잖아, 응? 썹 생각은 뒤로 밀어내버린 거야, 응? 저 사람한테 좋아하는 취미가 있을 수도 있잖아, 왜, 목공 같은 거." 그가 베이브한테 설명한다. "있잖아, 많은 백인 딱따구리들이 자기네 지하실에 내려가 영리한 짓을 하더라고, 우표 수집 같은 거 말이야, 응? 그래서 그놈들이 늘 크게 성공하는 거야. 영리해서, 응?" 그는 자기 두개골을 두드린다. 그 좁은 두개골에는 아마도 3센티미터는 될 법한 빽빽한 검은 양모가 이불처럼 덮여 있다. 그 결을 보면서 래빗은 어머니가 아주 작은 금속 실로 코바늘 뜨개질을 하면 저런 것이 나올 것이라고 생각한다. 하지만 어머니의 파랗게 굽은 손은 이제 무력하다. 심지어 여기에서도 가족의 슬픔이 그를 찌르고 들어온다. 아픈 구멍을 후벼판다.

"야구 카드를 수집한 적이 있지." 해리가 말한다. 그는 그들을 자극해 무례한 태도를 끌어내고, 그것을 핑계로 떠날 수 있기를 바란다. 그는 카드의 풍선껌 냄새, 가루 설탕의 비단 같은 느낌을 기억한다. 스팅어를 홀짝인다.

베이브는 그가 얼굴을 찌푸리는 것을 본다. "그 오줌을 굳이 마실 필요 없어." 그녀가 이웃을 다시 쿡쿡 찌른다. "막대기 하나 더 하자."

"이 여자 보게, 내가 건초*로 만든 인간인 줄 알아."

"네가 마법을 잘 부린다는 건 알지, 그건 분명해. 하지만 그 완고한 똥 같은 태도 좀 집어쳐. 여기 이 백인 아저씨가 뿅갈 필요가 있잖아. 게다가 나는 이 정도 떠서는 여언-주를 하기에는 어림도 없고 말이야."

"마지막 한 모금이야." 그가 말하며 아주 작고 축축한 꽁초를 내민다.

그녀는 그것을 선플라워 맥주 재떨이에 눌러 끈다. "이 바퀴벌레**는 이로써 죽은 거야." 그러면서 한 대 달라는 뜻으로 여윈 손바닥을 펼쳐 보인다.

뷰캐넌이 낄낄거린다. "사랑의 어머니, 천천히 하시지." 그가 베이브에게 말한다.

다른 니그로가 새 담배에 불을 붙인다. 비틀려 있던 종이 끝이 확 타오르더니 푹 꺼진다. 그가 담배를 그녀에게 건네며 말한다. "낭비는 죄야, 안 그래?"

"이제 조용히 해. 이 꿀 같은 남자는 좀 느슨해질 필요가 있어, 나는 이 사람들이 슬픈 걸 보는 게 싫어, 늘 그랬어, 이 사람들은 우리하고 달라. 슬픔을 받아들일 속이 없어. 그런 면에서는 꼭 어린 아기 같아, 슬픔을 그냥 다른 사람에게 건네버리지." 그녀는 래빗에게 담배를 내민다. 축축한 쪽이 그를 향하고 있다.

그가 말한다. "사양할래, 십 년 전에 끊었거든."

뷰캐넌이 낄낄대며 엄지와 검지로 콧수염을 더 뾰족하게 매만진다.

---

* '막대기'와 '건초' 모두 마리화나를 가리키는 은어.
** 마리화나 꽁초.

꼬마가 말한다. "저놈들은 영원히 살려고 해, 응?"

베이브가 말한다. "이건 그 니코틴이 든 똥이 절대 아니야. 이 풀은 친절 그 자체야."

베이브가 그를 구슬리는 동안 뷰캐넌과 꼬마는 대각선으로 앉아 그의 불멸에 관해 토론한다. "우리 아빠는 말씀하시곤 했어, 저 아래 고향에서는 죽은 백인은 한 번도 본 적이 없단다, 죽은 노새를 본 적이 없듯이 말이다."

"하느님이 저자들 편이야, 응? 하느님은 백인이야, 응? 하느님은 이제 찰리들이 위로 올라와 자기 몫을 나눠 갖는 걸 바라지 않아. 그냥 이대로가 좋다고 생각하는 거야. 자기하고 흑인 천사들은 모두 목화밭에 나가 있는 게."

"너 그렇게 입 놀리다 다친다, 꼬마야. 여기에서는 사람 봐가면서 말해야 돼."

"지금 누구 검은 엉덩이를 떠미는 거야, 저 여자 엉덩이야, 아니면 네 엉덩이야?"

"그런 잘난 소리는 그냥 신발 뒤꿈치에나 넣어둬."

베이브가 말하고 있다. "최대한 빨아들인 다음에 가능한 한 오랫동안 숨을 참아. 그게 너하고 섞여야 해."

래빗은 그 말을 따르려고 하지만 기침이 나오는 바람에 빨아들인 게 아무 소용이 없다. 게다가 그는 '걸려드는' 것이, 갑자기 바늘에 푹 찔리는 것이, 뭔가가 그의 스팅어에 떨어져 환각에 빠져드는 것이 두렵기도 하다. **프렌들리 라운지 사망 사건에 부검 명령.** 검시관은 피부의 독특한 색깔에 주목.

그가 기침하는 것을 지켜보던 꼬마가 말한다. "이 친구 정말 아름답네. 아직도 모서리가 이렇게 다 살아 있는 모습인 줄은 몰랐네. 크래커 상자에서 나온 그대로야, 안 그래?"

그 말에 화가 난 래빗은 빨아들인 것을 그대로 가슴에 두고 견딘다. 목이 타고 뱃속이 뒤집힌다. 토할 때 느끼는 것과 같은 안도감과 함께 숨을 내쉬고는 무슨 일이 일어나기를 기다린다. 아무 일도 없다. 그는 스팅어를 마시지만, 이제는 아까 밀크셰이크 바닥처럼 화학약품 맛이 난다. 여기서 어떻게 나갈 수 있을지 생각한다. 페기의 제안은 아직도 유효할까? 브루어의 거리에서 여름밤이 해주는 후텁지근한 키스를 느끼는 것도 환영할 만한 일이다. 그 어떤 것도 다른 사람들이 보내는 좋은 시간보다 나쁘게 느껴지지 않는다.

베이브가 뷰캐넌에게 묻는다. "무슨 계획이 있는 거야, 벅?" 그녀가 담배를 빨자 연기가 그녀의 눈을 삼킨다.

뚱뚱한 남자가 어깨를 으쓱하자 옆에 있던 래빗의 옆구리가 가볍게 흔들린다. "별건 없어." 뷰캐넌이 중얼거린다. "어떻게 되는지 보자고. 이 여자야. 그러다가는 하얀 건반과 검은 건반도 구별 못해."

그녀가 그의 얼굴에 깃털 같은 연기를 뿜어낸다. "지금 누가 누구를 소유하고 있는 거야?"

꼬마가 끼어든다. "백인 놈은 자기가 신병이라는 게 마음에 안 드는 거야, 응?"

부드러운 태도를 보여줄 여지를 잃어버린 뷰캐넌이 말한다. "또 저입."

래빗이 큰 소리로 묻는다. "그럼 무슨 이야기를 할까?" 그러면서 담배를 달라고 베이브를 향해 손을 빙빙 돌린다. 빨아들이자 여전히 타는 듯한 느낌이 오지만 이제 뭔가가 맞물리기 시작한다. 자신이 다른 사람들보다 키가 크다는 것이 좋은 일, 당당한 일로 느껴진다.

뷰캐넌이 다른 두 사람을 살핀다. "오늘밤에 질은 오나?"

베이브가 말한다. "집에 두고 왔는데."

꼬마가 묻는다. "지금 몽롱하겠지, 응?"

"가만히 좀 있어. 잘 들어, 그애는 깨끗해졌어. 몽롱하지 않아. 정신적인 혼란 때문에, 자신의 별자리와 싸우느라 피곤할 뿐이야."

"깨끗해?" 꼬마가 말한다. "깨끗한 게 뭐야? 하얀 게 깨끗한 거지, 응? 씹이 깨끗한 거지, 응? 똥이 깨끗한 거지, 응? 법이 손가락질을 하지 않는 거라면 깨끗하지 않은 게 없지, 응?"

"틀렸어." 베이브가 말한다. "증오는 깨끗하지 않아. 너처럼 심장에 증오가 있는 꼬마, 그런 꼬마는 씻어야 돼."

"씻는 건 저놈들이 예수한테 하는 말이지, 응?"

"질이 누구야?" 래빗이 묻는다.

"씻는 건 빌라도가 손을 떼야겠다고 생각했을 때 한 말이지, 응? 내 앞에서 깨끗하다는 말 입에 올리지 마, 베이브. 그건 저놈들이 우리를 너무 오랫동안 넣어둔 검둥이 가방 가운데 하나야."

뷰캐넌은 여전히 은근슬쩍 베이브를 파고든다. "질이 오나?"

다른 쪽에서 자르고 들어온다. "올 거야, 그 씨발년은 떼어놓을 수가 없어. 문을 잠가도 편지 구멍으로 스며나올걸."

베이브는 약간 놀란 표정으로 그를 돌아본다. "이제 보니 너 귀여운 질을 사랑하는구나."

"좋아하지 않는 것도 사랑할 수 있나, 응?"

베이브는 고개를 숙인다. "그 가엾은 아기." 그녀는 탁자에 대고 말한다. "자신에게 상처를 주려고만 하는데 누구도 곁에 없으니."

뷰캐넌은 천천히 말하면서 요리조리 자기 길을 찾아나간다. "그냥 생각했어, 이 친구가 질을 만나고 싶어할지도 모른다고."

꼬마가 허리를 펴고 앉는다. 카운터와 거리에서 반사된 불빛이 그의 안경테 주위에서 뱅글뱅글 돈다. "둘을 짝지어주겠다고." 그가 말한다. "연놈 씹질에 끼어들겠다고. 그러다 언젠가는 이 악마들보다 뛰어난 악마가 되겠군, 응? 산 위의 모세를 찜쪄먹는 검둥이가 되겠어."

그는 시끄럽게 떠들고 다른 둘은 그냥 견디기로 한 것 같다. 뷰캐넌은 여전히 탁자 건너편에 앉은 베이브를 움직이려 한다. "그냥 생각했어." 그가 어깨를 으쓱한다. "일석이조일 거라고."

그녀의 주름진 얼굴에서 눈물 한 방울이 탁자로 떨어진다. 그녀는 초등학생처럼 머리카락을 뒤로 바짝 넘겨 묶었다. 뒤통수에는 빨간 리본을 달았다. 곱슬머리라 아플 텐데. "그애는 완전히 바닥까지 내려갈 거야, 별자리에 나와 있어, 자기 별자리는 벗어날 수 없거든."

"그 부두 헛소리로 누구를 겁주려는 거지?" 꼬마가 묻는다. "여기 이 흰둥이는 과학을 너무 잘 알아 복권 숫자를 가지고 놀 필요도 없잖아, 응?"

래빗이 묻는다. "질이 백인이야?"

꼬마가 화가 나 다른 두 사람에게 말한다. "징징거리지 좀 마. 걔는 여기 온다니까, 맙소사, 걔가 달리 어디를 가겠어, 응? 우리가 그애 죄를 씻어줄 피잖아, 응? 깨끗하게. 젠장, 실망스럽네. 세상 지저분한 것

가운데 그 씨발년이 삼키려고 하지 않는 건 없어. 얼굴에 미소를 띠고 말이야, 응? 그애는 깨끗하니까." 그의 분노 뒤에는 역사만이 아니라 종교도 있는 것 같다. 래빗도 다른 둘이 이 다가오는 구름, 이 질이라는 여자를 그와 만나게 해주려 한다는 것, 그 여자는 스팅어처럼 창백하고 독이 강하다는 것, 그 정도는 알 것 같다.

그가 말한다. "곧 가야 할 것 같은데."

뷰캐넌이 얼른 그의 팔뚝을 움켜쥔다. "왜 그러는데, 브루어 래빗? 네 목적을 이루지도 못했잖아, 이 친구야."

"내 유일한 목적은 예의를 지키는 거였어." 편지 구멍으로 스며나올 걸. 그 이미지가 뇌리에서 떠나지 않고 속에는 연기가 가득차 있기 때문에 그는 좌석에서 몸을 들어올리고 뷰캐넌의 어깨를 숄처럼 스치고 지나 문밖으로 나갈 수 있을 것 같다. 어떤 것도 그를 잡을 수 없다. 엄마도, 재니스도. 이 녀석은 드리블을 하면서 수비들을 다 뚫고 나가. 토세로는 그렇게 그를 치켜세우곤 했다.

"시작도 안 했는데 떠난다고." 뷰캐넌이 경고한다.

"베이브가 연주하는 것도 못 들었잖아." 다른 남자가 말한다.

그는 일어서다 멈춘다. "베이브가 연주를 해?"

그녀는 당황했다. 반지를 끼지 않은 여윈 손을 물끄러미 보다, 만지작거리다, 중얼거린다. "가라고 해. 저 사람은 떠나라고 해. 저 사람이 듣는 걸 바라지 않아."

꼬마가 그녀를 놀린다. "이제 보니 베이브, 도대체 무슨 형편없는 흑인 연기를 하고 있는 거야? 저 사람은 네가 네 일을 하는 걸 듣고 싶어 해. 네 검둥이 일을, 응? 너는 무시무시한 카드 읽기도 했고 이제 밴조도 칠 수 있어. 나중에는 뜨거운 엄마 짓도 할 수 있을지 모르지. 하지만 지금은 그건 아니다 이거지, 응?"

"그만해, 검둥이." 그녀가 말한다. 얼굴은 여전히 낮게 숙이고 있다. "가끔 너는 너무 세게 밀어붙여."

래빗이 수줍은 목소리로 묻는다. "피아노를 쳐?"

"이 사람이 나한테 나쁜 느낌을 줘." 베이브가 두 흑인 남자에게 고백한다. "이 사람 손의 관절이 별로 좋지 않아. 그 안에 검은 그림자가 있어."

뷰캐넌이 팔을 뻗어 커다란 인쇄공의 손으로 그녀의 장신구 없는 여윈 손을 덮는 바람에 해리는 놀란다. 그의 한 손가락에는 우윳빛을 띤 파란 옥반지가 있고, 다른 손가락에는 낡았지만 반짝이는 구리 반지가 있다. 그는 다른쪽 팔을 해리의 어깨에 두른다. 무겁다. "베이브가 이 친구라고 생각해봐." 그가 베이브에게 말한다. "그런 말을 들으면 기분이 어떻겠어?"

"나쁘지." 그녀가 말한다. "어차피 나쁜 내 기분만큼이나 나쁘겠지."

"나를 위해 쳐줘, 베이브." 래빗이 풋*으로 인해 다정해진 목소리로 말한다. 그러자 그녀가 눈을 들어올려 그를 바라본다. 입술이 뒤로 물러나며 길고 노란 이와 장군풀 잎자루 색깔의 잇몸이 드러난다. "남자들이란," 베이브가 명랑한 목소리로 느릿느릿 말한다. "틀림없이 똥도 팔 수 있을 거야." 그녀는 좌석에서 몸을 빼내 볏처럼 붉은 드레스 차림으로 절뚝거리며 닭의 발자국처럼 산만한 박수를 뚫고, 아이들이 은

---

* 마리화나.

색 소용돌이를 그려놓은 듯한 피아노를 향해 다가간다. 그녀는 카운터의 루프에게 파란 스포트라이트를 켜달라고 신호를 보낸다. 그러고는 뻣뻣하게 한 번 고개를 숙인 다음 주위의 어둠을 향해 인색하게 미소를 지어 보이더니 머릿속 안개를 태워버리기 위해 두어 번 건반을 훑은 뒤 연주를 시작한다.

베이브는 무엇을 연주할까? 좋고 오래된 것은 전부. 전부 쇼에 나오는 곡들이다. 알잖나, 〈Up a Lazy River〉〈You're the Top〉〈Thou Swell〉〈Summertime〉. 수백, 수천 곡이 있다. 인디애나 출신 남자들이 맨해튼에서 그런 곡들을 썼다. 그런 곡들이 경계 없이 서로 흘러든다. 여섯 번, 일곱 번 쾅쾅 쳐대는 코드들로 이루어진 검은 다리들 밑을 흐른다. 베이브는 피아노가 하지 않으려 하는 말을 기억하도록 돕는 것 같다. 아니면 정적을 냅다 후려갈기는지도. 아니면 나 여기 있어, 찾아봐, 찾아봐 하고 말하는지도. 갈색 뼈만 남은 그녀의 두 손이 탁자 위의 장갑처럼 건반 위에 조용히 놓여 있다. 그녀는 집중하기 위해 눈을 약간 들어 파란 먼지 너머를 살피더니 두 손을 떨어뜨려 다른 곡으로 들어간다. 〈My Funny Valentine〉〈Smoke Gets in Your Eyes〉〈I Can't Get Started〉. 이제 자기 자신과 함께 콧노래를 부른다. 머나먼 연기 속에서 태어난 가사들이다. 미국인들이 미국의 꿈속에서 움직이던 시절. 그 꿈을 조롱하고, 그 꿈 위에서 굶주리면서도, 그 꿈을 살아내고, 그것을 콧노래로 부르던 시절. 어디에서나 국가가 울려퍼지던 시절. 지혜로운 남자들과 시골뜨기들, 밀짚모자와 가슴받이가 달린 작업복, 쉽게 번 돈, 상심, 하늘의 펜트하우스, 철로변의 오두막, 활황과 불황, 부자와 빈자, 전차, 라디오로 전해지는 최신 뉴스. 래빗은 그 시절이 끝날 무렵 세상에 태어났다. 세상은 썩는 사과처럼 쪼그라드는 중이었고, 미국은 이제 유럽에서 배만 타면 올 수 있는 가장 지혜로운 시골 동네가 아니었고, 브로드웨이는 그 곡조를 잊어버렸다. 하지만 여기에는, 베이브가 연주하는 음악에는 여전히 그 모든 것이 담겨 있었다. 베이브가 검은색으로 반짝거리며 올라갔다가 탭댄스를 추며 내려온 작은 층계들. 다른 음악은 없다. 베이브가 비틀스 노래 몇 곡, 〈Yesterday〉나 〈Hey Jude〉를 연주해도, 그것을 리키틱*풍으로, 그녀 자신의 잔에서 달그락거리는 얼음 스타일로 연주하기는 하지만, 사실 다른 음악은 없다. 베이브는 연주하면서 몸을 좌우로 또 앞뒤로 흔든다. 그녀의 팔 끝에서 스탠더드 곡들이 다시 래그타임**에 뿌리내린다. 래빗의 눈에 서커스 천막과 폭죽과 농부의 수레와 모래가 깔린 텅 빈 강이 보인다. 강은 너무 느리게 흘러 유일하게 움직이는 것은 황금 껍질을 덮고 잠든 메기뿐이다.

꼬마가 몸을 앞으로 기울이고 래빗에게 중얼거린다. "엉덩이를 원하지, 응? 베이브를 가질 수 있어. 50이면 밤새도록. 네가 생각할 수 있는 모든 방법으로. 베이브는 아는 게 많아."

래빗은 그녀의 음악에 푹 가라앉아 정신을 잃고 있다. 그는 머리를 흔들며 말한다. "베이브가 너무 좋아."

"좋지, 인마. 베이브도 살아야 돼, 응? 이곳에서는 베이브한테 좆도 한 푼도 안 준다고."

베이브는 첼로가 되었다. 말린 자두 같은 머리는 아래위로 까닥이

---

* 1920년대의 빠른 템포의 재즈.
** 재즈 음악의 시초가 된 피아노 음악의 일종.

고, 냅킨 같은 보석이 파랗게 번쩍거린다. 음악이 제정신이 아닌 곳들, 불협화음의 터널들을 통과하며 굽이친다. 주석을 두드리는 듯한 가느 다란 하나의 음이 끝없이 반복되며 뻗어나가다 피를 흘리면서 하늘로 들어간다. 모든 슬픈 힘과 행복이 다 닳아 구두창처럼 구멍이 난다. 주 위의 어두운 좌석들로부터 목소리들이 터져나오며 "좋아 베이브" "계 속해, 계속해" 같은 말들을 중얼거린다. 옆방의 거미 같은 아이들은 녹 색 펠트 주위에 얼어붙어 있다. 그녀가 막대사탕만한 마이크에 대고 노래를 부르기 시작한다. 전혀 여자 목소리가 아니고, 그렇다고 남자 목소리도 아닌 목소리, 그저 인간의 목소리로 노래를 한다. 「전도서」 의 구절들이다. 날 때가 있고 죽을 때가 있다. 돌을 던져버릴 때가 있 고 돌을 거둘 때가 있다. 그래. 하느님의 마지막 말. 다른 말은 없다. 사 실 없다. 그녀의 노래가 활짝 펼쳐지며 거대해진다. 래빗은 그 거대하 고 검은 진리의 심연에 겁을 먹지만 그럼에도 자신이 여기 있다는 것 이 미칠 듯이 기쁘다. 여기에 이 검은 타인들과 함께 있다는 것 때문에 기쁨이 넘친다. 베이브가 내는 소리의 어둠 너머, 염소수염을 기르고 안경을 쓴 침울한 형제에게 사랑을 외치고 싶다. 이런 갈망이 그에게 가득하지만 넘치지는 않는다. 베이브가 멈추기 때문이다. 갑자기 피곤 하거나 아니면 모욕을 당한 것처럼, 베이브는 노래를 중단하고 어깨를 으쓱하더니 끝낸다.

그것이 베이브가 연주하는 방식이다.

그녀는 자리로 돌아온다. 허리가 구부정하고, 몸이 떨리고, 신경이 예민하고, 늙었다.

"아름다웠어, 베이브." 래빗이 그녀에게 말한다.

"정말이야." 다른 목소리가 말한다. 자그마한 백인 소녀가 새침하게 서 있다. 격식을 차리지 않은 하얀 드레스가 연기처럼 더럽다.

"여. 질." 뷰캐넌이 말한다.

"안녕, 벅. 스키터, 안녕."

그러니까 스키터가 그의 이름이다. 그는 얼굴을 찌푸리며 바퀴벌레라고 부를 만한 꽁초조차 남지 않은 담배를 본다.

"내 사랑 질리." 뷰캐넌이 말하며 허벅지가 탁자 가장자리에 쏠릴 때까지 일어선다. "내가 소개할게. 여기는 해리 래빗 앵스트롬, 나하고 인쇄소에서 함께 일해, 이 친구 아빠도 함께 일하지."

"아빠가 있어요?" 질이 계속 스키터를 보며 묻는다. 스키터는 그녀를 보려 하지 않는다.

"질리, 내 자리에 들어가 앉아." 뷰캐넌이 말한다. "나는 루프한테 가서 의자를 받아 올 테니까."

"앉아, 자기야." 스키터가 말한다. "나는 사라질 거니까." 아무도 그를 말리려 하지 않는다. 그가 가게 되어 모두 래빗만큼 기쁜 것 같다.

뷰캐넌이 낄낄대며 두 손을 비빈다. 그는 계속 모든 사람과 눈을 맞춘다. 졸고 있는 듯한 베이브한테까지. 그가 질에게 말한다. "마실 건? 세븐업? 루프는 레모네이드도 만들 줄 알아."

"아무것도 안 마셔." 질이 말한다. 다과회 예절. 허벅지 위의 두 손. 가는 두 팔. 주근깨. 래빗은 그녀에게서 고급 향수 냄새를 맡는다. 그녀에게 흥분한다.

"어쩌면 진짜 술을 원하는지도 모르지." 그가 말한다. 백인 여자가 들어오자 자신이 책임져야겠다는 느낌이 강해진다. 니그로들은, 그들을 탓할 수는 없지만, 자신과 같은 유리한 위치에 서본 적이 없다. 노예선, 오두막, 하류로 팔려가고,* 큐클럭스클랜,** 제임스 얼 레이.*** 44번 채널에서는 그런 걸 다 보여주는 다큐멘터리들을 계속 틀어준다.

"나는 미성년이에요." 질이 예의바르게 그에게 말한다.

래빗이 말한다. "누가 뭐라겠어?"

그녀가 대답한다. "경찰이요."

"저 위쪽 동네에서는 별 상관 않지." 뷰캐넌이 설명한다. "여자아이가 자기 역할을 반쯤만 연기해주면. 하지만 여기 아래쪽에서는 약간 까다롭게 굴어."

"솜털****들이 까다롭게 굴지." 베이브가 꿈꾸는 듯한 목소리로 말한다. "솜털은 우리의 까다로운 친구들이야. 까다로운 니미럴 솜털들."

"그만, 베이브." 질이 간청한다. "그런 말 말아요."

"네 늙은 흑인 엄마 좀 취하게 해줄래." 베이브가 말한다. "대부분은 내가 너를 보살피지 않던?"

"이 아이가 술을 마시는지 안 마시는지 경찰이 어떻게 알겠어?" 래빗이 기꺼이 분개하며 묻는다.

뷰캐넌이 높은 소리로 짧게 씨근거린다. "내 친구 해리, 그걸 모르려면 그 사람들이 잠시 고개를 돌리고 있어야겠지."

"여기에 경찰이 있단 말이야?"

---

* 동부의 노예가 남부로 팔려간 것을 말한다.
** 백인 우월주의 단체(KKK).
*** 마틴 루서 킹의 암살범.
**** 경찰을 가리키는 은어.

"친구."―해리는 그가 슬금슬금 가깝게 다가오는 것을 보고 아버지가 한 명 더 생겼다고 느낀다―"경-찰 첩자들이 없다면 가엾은 짐보스는 하룻밤에 맥주 두 잔도 팔지 못할 거야. 경-찰 첩자들은 지역 하층민의 확실한 등뼈라고 할 수 있지. 워낙 많이 심어두거든. 그래서 폭동이 일어나도 감히 쏘지를 못하는 거야. 자기편을 죽이게 될까봐."

"요크에서처럼."

질이 래빗에게 묻는다. "이봐요. 브루어에 사세요?" 그는 이 안에서 자신이 백인인 게 그녀의 마음에 들지 않는다는 것을 깨닫고, 아무 대답 없이 웃음을 짓는다. 엿 먹어, 꼬마 아가씨.

뷰캐넌이 대신 대답한다. "아가씨, 이 친구가 브루어에 사느냐고? 이 친구는 브루어에 조금 더 살면 걸어다니는 브루어 광고판이 될 거야. 아울Owl 프레첼의 올빼미가 될 거야. 이 친구는 12번가 위쪽으로는 가보지도 않았을 것 같은데, 응, 해리?"

"몇 번 가봤지. 사실 군대에 갔을 때는 텍사스에 있었어."

"전투를 했나요?" 질이 묻는다. 그 말에는 뭔가 긁는 것이 있다. 하지만 새끼고양이가 그러듯 이것이 이 아이가 접촉을 하는 방법인지도 모른다.

"한국에 갈 준비를 다 마쳤지." 그가 말한다. "하지만 보내주지 않더군." 당시에는 고마워했지만 그뒤로는 괴로운 일이 되었다. 일생의 수치가 된 것이다. 그는 한 번도 전투원이 된 적이 없었지만 이제 그의 안에는 죽음이 충분하고 그래서 남을 죽이고 싶기도 하다.

"저기 있는 스키터," 뷰캐넌이 말한다. "저 친구는 베트남에서 막 돌아왔지."

"그래서 이렇게 무례한 거야." 베이브가 말한다.

"무례한지 아닌지 모르겠는걸." 래빗이 솔직히 말한다.

"좋네." 뷰캐넌이 말한다.

"무례했어." 베이브가 말한다.

질의 레모네이드가 나온다. 그녀는 아직은 소녀라 레모네이드가 앞에 놓이자 행복한 표정을 짓는다. 다과회에서 케이크를 받듯이. 얼굴이 밝아진다. 잔 가장자리에 초승달 모양의 라임이 걸려 있다. 그녀는 라임을 떼어내 빨아 먹고 얼굴을 찌푸린다. 젖살이 빠졌으니 이제 여자의 뼈가 자라며 단단해질 것이다. 피부는 희지만 불그스름한 편이다. 머리는 불같은 느낌 없이 흐릿하게 늘어졌다. 거의 살 색깔이다. 아니, 어떤 부드러운 나무, 주목이나 삼나무의 살 색깔이라고나 할까. 해리는 그녀를 보호하고 싶은 마음을 느끼며 쑥스러워한다. 그녀의 작은 뼈들이 긴장하는 것을 보자 넬슨이 떠오른다. 그가 그녀에게 묻는다. "무슨 일을 하지, 질?"

"별일 안 해요." 그녀가 말한다. "그냥 개기고 있어요." 그렇게 묻다니 고지식했다. 주제넘었다. 흑인들이 그녀 주위에 그림자처럼 끼어든다.

"질리는 가엾은 아이야." 베이브가 말을 꺼내며 술 취한 채로 몸을 들썩인다. "나쁜 길로 떨어졌어." 그러면서 그녀는 마치 너는 그런 길로 떨어지지 마 하고 말하듯이 래빗의 손을 토닥인다.

"어린 질은," 뷰캐넌이 설명한다. "저 위쪽 코네-티컷에 사는데 집을 나왔어."

래빗이 그녀에게 묻는다. "왜 그랬어?"

"왜 그러면 안 되는데요? 자유가 울려퍼지게 하라."

"몇 살인지 물어봐도 돼?"

"물어봐도 돼요."

"묻고 있잖아."

베이브는 래빗의 손을 놓아주지 않는다. 검지 손톱으로 주먹을 쥔 그의 손등 털을 만지작거린다. 그녀가 그렇게 만지작거리니 이가 시리다. "네가 이 아이 아빠뻘이라 해도 될 만큼 어려." 베이브가 말한다.

그는 이제야 감을 잡기 시작한다. 이들은 자신에게 이 문제를 떠안기고 있는 것이다. 자신은 자문을 맡은 훠둥이인 것이다. 여자아이 또한 내키지는 않지만 면담에 응하고 있다. 그녀가 그의 질문을 완전히 외면하지는 않는 태도로 그에게 묻는다. "아저씨는 몇 살이에요?"

"서른여섯."

"2로 나누세요."

"열여덟, 응? 돌아다닌 지 얼마나 됐어? 부모를 떠나서."

"아빠가 돌아가셨어." 뷰캐넌이 부드러운 목소리로 끼어든다.

"충분히 오래됐어요, 고맙네요." 그녀의 얼굴이 창백해지고 주근깨가 날카롭게 도드라진다. 갈색으로 말라버린 피의 점들이다. 작고 마른 입술이 팽팽해진다. 턱이 그를 향해 떠내려온다. 자신의 지위를 내세우고 있다. 그는 펜빌라스고 자기는 펜파크라는 것이다. 모든 문제는 부잣집 아이들이 일으킨다.

"뭘 하기에 충분하다는 거지?"

"병적인 일 몇 가지를 하기에 충분하다는 거죠."

"병에 걸렸어?"

"다 나았어요."

뷰캐넌이 끼어든다. "베이브가 도와줬어."

"베이브는 아름다운 사람이에요." 질이 말한다. "내가 정말 엉망이었을 때 베이브가 받아줬어요."

"질리는 내 귀염둥이야." 연주를 할 때 한 곡에서 다른 곡으로 넘어가는 것처럼 갑자기 베이브가 말한다. "질리는 내 사랑하는 아기고, 나는 질리가 사랑하는 엄마야." 그러더니 해리의 손에서 자신의 갈색 손을 떼어내 여자아이의 허리에 두르더니 수탉 볏처럼 빨간 드레스 위로 끌어안는다. 이 둘은 여자다. 비록 한 명은 말린 자두고, 또 한 명은 밀크위드*지만. 질이 기분이 좋아 입술을 쑥 내민다. 그녀의 입술은 사랑스럽게 움직인다. 래빗은 그런 생각을 한다. 겨울이기는커녕 무더운 한여름인데도 아랫입술은 튼 것처럼 울퉁불퉁하고 바싹 말랐다.

뷰캐넌이 계속 설명하고 있다. "사실을 말하자면, 이 아이는 일정한 주거가 없어. 두어 주 전에 여기에 왔어. 아마 여기가 주로 영혼**이 드나드는 곳이라는 사실을 알지 못했을 거야. 이렇게 작고 예쁜 아이가 우리 형제들한테 다가가면, 우리 형제들은 그 맛있는 팔다리를 하나씩 찢어버리지"―그는 낄낄거리지 않을 수 없다―"그래서 베이브가 바로 아이를 보호한 거야. 다만 그래서 생긴 문제는"―이 뚱뚱한 남자가 바스락거리며 바싹 다가오는 바람에 좌석이 비좁아진다―"베이브의 집이 결코 크지 않다는 거야. 그리고 어차피……"

아이가 버럭 화를 낸다. "어차피 나는 환영받지 못해." 아이의 눈이 커진다. 래빗은 지금까지 그 색깔을 보지 못했다. 두 눈이 그림자에 덮

---

* 유액(乳液)을 분비하는 식물.

** 흑인.

인 채 천천히 움직였기 때문이다. 분홍 눈까풀이 너무 약해서 그런 것 같기도 했고, 모두 지침을 거부하고 세상을 헤쳐나갈 자신만의 방법을 만들어내려다 무엇을 찾아야 할지 그 선명하게 생각하는 방법을 잃어버려서 그런 것 같기도 했다. 지금 보니 아이의 눈은 녹색이다. 메마르고 피곤한 녹색, 하지만 그가 가장 좋아하는 색깔 가운데 하나인 8월의 풀빛이다.

"내 사랑 질리." 베이브가 말하며 아이를 끌어안는다. "너는 세상에서 가장 환영받는 작고 하얀 아기야."

뷰캐넌은 래빗하고만 이야기한다. 목소리는 점점 작아지고 있다. "있잖아, 저기 요크 쪽에서 일어나는 일들이 여기에서도 일어날 수 있어. 따라서 우리가 어떻게 보호를"—그의 손이 아이 쪽을 향해 아주 작은 손짓을 해 보이고 문장은 우아하게 허공에 걸린 채 중단된다. 해리의 머릿속에 스태브로스의 몸짓이 떠오른다. 뷰캐넌의 낄낄거림이 끝난다. "우리는 우리 몸뚱이에 구멍이 뚫리지 않게 막느라 너무 바빠. 어디서 잡히느냐에 따라, 검다는 건 양쪽에 다 나쁘게 보일 수 있거든!"

질이 쏘아붙인다. "나는 괜찮을 거야. 거기 둘, 이제 그만해. 날 이 재수없는 놈한테 팔아넘기려 하지 말라고. 나는 저 사람을 원치 않아. 저 사람도 나를 원치 않아. 아무도 나를 원치 않아. 하지만 괜찮아. 나는 아무도 원치 않아."

"모두 누군가를 원해." 베이브가 말한다. "나는 네가 우리집에서 개기는 거 괜찮아. 신사 몇 분이 괜찮지 않다고 하는 거지. 그냥 그런 거야."

래빗이 말한다. "뷰캐넌이 괜찮지 않은 거지." 이 예리한 통찰에 그들은 깜짝 놀란다. 두 흑인은 처음에는 날카로운, 이어 짤랑거리는 듯한 웃음을 터뜨린다. 그의 두 손 사이에 스팅어가 한 잔 더 놓인다. 레모네이드만큼이나 창백하다.

"자기야, 그저 눈에 잘 띈다는 게 문제일 뿐이야." 이윽고 베이브가 슬픈 목소리로 덧붙인다. "너와 함께 있으면 우리는 눈에 아주 잘 띄거든."

한 무리의 어른이 아이가 예의를 지켜주기를 기다릴 때와 같은 정적이 퍼져나간다. 질이 침울한 목소리로 래빗에게 묻는다. "아저씨는 무슨 일을 해요?"

"식자를 해." 래빗이 그녀에게 말한다. "또 텔레비전을 보고. 애를 키워."

"여기 해리는," 뷰캐넌이 설명한다. "며칠 전에 지저분한 충격을 받았어. 갑자기 마누라가 아무런 이유 없이 떠났거든."

"아무런 이유도 없어요?" 질이 묻는다. 성이 난 입이 공격적으로 튀어나온다. 하지만 질문을 내뱉는 숨을 다 내쉬기도 전에 관심의 불꽃은 죽어버린다.

래빗은 생각한다. "내가 지겨웠던 것 같아. 게다가 우린 정치적으로도 맞지 않았어."

"무슨 정치요?"

"베트남전쟁. 나는 적극 지지하거든."

질이 숨을 훅 들이쉰다.

베이브가 말한다. "저 관절들이 나빠 보인다고 했잖아."

뷰캐넌이 분위기를 정돈하려고 말한다. "인쇄소 사람들은 다 지지

196

해. 우리 생각은 이래. 거기서 제대로 꽉 잡지 못하면 검은 파자마를 입은 녀석들이 여기 거리에 등장할 거다."

질이 래빗에게 진지하게 말한다. "그 문제는 스키터하고 이야기를 좀 하세요. 스키터는 환상적인 여행이었다고 하더라고요. 아주 좋아하던데요."

"나야 그런 건 모르지. 나는 거기서 싸우거나 잡히는 게 유쾌하다는 게 아니야. 그냥 아이들이 비판하는 게 마음에 안 든다는 얘기야. 사람들은 그곳이 엉망이 되었으니 거기서 빠져나와야 한다고 말해. 하지만 엉망이 되었다고 다 손을 떼려 한다면 아무런 일도 할 수가 없어."

"아멘." 베이브가 말한다. "인생은 대체로 똥이지."

래빗이 말을 이어간다. 자신이 광적이 되어간다고 느낀다. "나는 대학생이나 베트콩은 잘 믿지 않는 것 같아. 그쪽에는 아무 답이 없다고 생각해. 그들은 반쯤 이루어진 모든 일을 무너뜨리려는 소수파인 것 같아. 반쯤 이루어진 게 다 이루어진 건 아니지만, 아무것도 이루어지지 않은 것보다는 낫잖아."

뷰캐넌은 진정을 시키려고 미친듯이 애를 쓴다. 찢어진 상처 같은 콧수염 밑으로 땀이 보글거린다. "나도 99퍼센트 찬성해. 나는 계몽된 자기권익이라는 표현을 좋아해. 내가 보기엔 우리가 여기에서 얻어낼 수 있는 최선의 타협점은 계몽된 자기권익이야. 나는 하늘의 파이는 믿지 않아. 누가 그 파이를 자르건. 스키터 같은 젊은이들은 모든 권력을 민중에게, 그렇게 말하지. 하지만 민중을 찾아 주위를 둘러봐. 유일한 민중은 바로 그들뿐이야."

"아저씨 같은 톰*들 때문이죠." 질이 말한다.

뷰캐넌은 눈을 껌뻑인다. 상처를 받아 목소리가 낮아진다. "나는 톰이 아니야, 꼬마 아가씨. 그런 식으로 말하면 누구에게도 도움이 안돼. 그런 말은 그저 네가 얼마나 어린지 보여줄 뿐이야. 나라는 사람은 최대한 적은 사람에게 상처를 주면서 A 지점에서 B 지점으로, 요람에서 무덤으로 가려고 하는 사람이야. 물어보면 해리도 그렇다고 할걸. 돌아가신 네 아빠도 그렇고, 하느님, 그 영혼에 안식을 주소서."

베이브가 고집스럽게 흐느적거리는 아이를 끌어안으며 말한다. "난 그냥 질리의 투지가 마음에 들어. 이 아이는 너희처럼 뚱뚱하고 늙고 냄새나는 인간들처럼 두려워하지 않고 자기 인생을 어떻게 할 것이냐 하는 문제를 생각해. 거기 앉아 낡은 시가 꽁초를 핥듯이 자신을 핥고 있는 인간들과는 다르단 말이야." 하지만 그녀는 이야기를 하면서도 맞장구쳐주기를 바란다는 듯이 눈으로는 계속 뷰캐넌을 바라본다. 어머니와 아버지, 그들은 어디에나 나타난다.

뷰캐넌이 침착하고 멋진 태도로 질에게 설명한다. "그러니까 그게 문제로군. 여기 젊은 해리는 저기 웨스트브루어의 가장 멋진 곳에 있는 그 멋지고 큰 집에 살아. 그것도 완전히 혼자. 빠구리도 못하고."

해리가 이의를 제기한다. "완전히 혼자는 아니야. 아이가 있어."

"남자란 모름지기 빠구리를 해야 돼." 뷰캐넌이 계속 말을 이어간다. "연주해줘, 베이브." 어두운 좌석에서 어두운 목소리가 외친다. 루프가 고개를 끄덕이더니 파란색 스포트라이트를 켠다. 베이브는 한숨을 쉬더니 질에게 스키터의 꼬투리**를 내민다. 질은 고개를 젓고 베이

---

* 백인에게 굽실거리는 흑인.

** 마리화나를 가리키는 은어.

브에게 길을 터주려 일어선다. 래빗은 아이가 가나보다 하고 생각하다가, 돌아와 맞은편에 앉자 예상치 못했던 기쁨을 느낀다. 그는 스팅어를 마시고 아이는 레모네이드의 얼음을 씹고 베이브는 다시 연주를 한다. 이번에는 당구실의 아이들이 조용히 게임을 계속한다. 딸깍거리는 소리와 술과 음악이 섞이며 그의 내부 공간을 아주 크게 확대한다. 그 공간은 파란 불빛과 검은 얼굴들과 〈Honeysuckle Rose〉와 자주개자리보다 달콤한 묵은 연기와 건너편에 있는 이 유령 같은 아이를 다 담을 만큼 크다. 그 손목과 팔뚝은 말하자면 반투명이며 다른 종류의 생물에게 속한 것이다. 아이는 아직 다 크지 않았다. 그럼에도 여성다움이 달라붙어 있다. 그것이 작은 비행선처럼 아이에게서 둥둥 떠올라 그의 눈에 보일 정도다. 그의 내부 공간은 짐보스를 넘어 온 세상을 포함할 만큼 크게 확장된다. 그 세상 속 화살이 날아다니는 전쟁들과 다채색 인종들, 천장의 얼룩처럼 생긴 대륙들, 세상을 모든 별과 연결시키는 인력의 끈들, 구름들의 소용돌이에 휩싸인 파란 공깃돌 같은, 우주 공간 속의 그 화려한 모습까지 모두. 모든 것이 따뜻하고 축축하다. 그 자신과 그의 가정을 제외하면 아직 다들 태어나는 중이다. 그의 집은 묘하게도 건조한 상태를 유지한다. 버림받은 우주선처럼 펜빌라스의 공허 안에서 건조하고 추운 상태로, 텅 빈 채로 자전하고 있다. 그는 그곳에 가고 싶지 않지만 가야 한다. 가야 한다. "가야 돼." 그가 말하며 일어선다.

"이봐, 이봐." 뷰캐넌이 말린다. "지구가 아직 한 바퀴 돌지도 않았어. 밤이 아직 시작되지도 않았단 말이야."

"우리 애가 같이 자는 애하고 틀어질지 몰라서 집에 가야 돼. 내일

부모님 집에 가기로 약속했어. 검사를 더 한답시고 병원에서 어머니를 잡아두지 않으면 말이야."

"베이브가 슬퍼할 거야, 네가 몰래 빠져나갔다고. 너한테 반했던데."

"베이브가 반한 또다른 사나이가 돌아올지도 모르지. 내가 보기에 베이브는 아주 쉽게 반하는 것 같은데."

"심술부리지 마."

"아니, 난 베이브를 사랑해, 맙소사. 꼭 말해줘. 베이브의 연주는 끝내줘. 나로서는 아주 멋진 기분전환이었어." 그는 일어서려 하지만 탁자 모서리 때문에 어정쩡한 자세에서 벗어나지 못한다. 좌석이 기울고 그의 몸이 약간 흔들린다. 지금 가려고 하는 집, 서서히 차가워지는 집에 벌써 가 있는 것처럼. 질은 거울처럼 순종해 그와 함께 일어선다.

"조만간," 뷰캐넌이 그들 밑에서 말을 이어간다. "베이브를 더 잘 알 기회가 생길지도 모르지. 베이브는 좋은 달걀이니까."

"의심할 바 없는 일이지." 해리가 질에게 말한다. "앉아."

"날 데려가는 거 아니었어요? 다 그러기를 바라는데."

"맙소사. 나는 생각도 못했는데."

그녀는 자리에 앉는다.

"내 친구 해리, 너는 이 어린 소녀의 마음에 상처를 줬어. 네 중간 이름은 심술이 틀림없어."

질이 말한다. "이런 재수없는 놈들이 보기에 나한테는 마음이란 게 없어. 어차피 이 사람은 퀴어라고 판단했어."

"그럴 수도 있지." 뷰캐넌이 말한다. "그럼 마누라 일이 설명되네."

"자, 나 좀 나가게 해줘. 나도 이 아이를 데려가고 싶지만—"

"그럼 그렇게 해, 친구. 계산은 내가 할 테니까."

베이브는 〈Time After Time〉을 연주중이다. 나 자신에게 말하지 나는.*

해리가 축 늘어진다. 탁자 모서리 때문에 허벅지가 몹시 아프다. "좋아, 애야, 가자."

"꿈도 안 꿔."

"가면 지겨울 거야." 그는 정직하게 덧붙이지 않을 수 없다.

"아저씨는 이 사람들한테 당한 거야."

"자, 질리, 이 신사분께 착하게 굴어야지." 두 사람이 넘어지지 않도록 뷰캐넌이 얼른 좌석 밖으로 나가고, 해리가 미끄러져 그곳에서 빠져나오자 속을 털어놓듯이 그에게 몸을 기댄다. 늙다리들. 왁스를 칠한 바늘 같은 콧수염 밑에서 그의 숨이 나쁜 냄새를 풍기며 올라온다. "문제는," 그는 설명한다. 그가 오늘밤에 하는 마지막 설명이 될 것이다. "별로 좋아 보이지 않는다는 거야. 이애가 이 안에 있는 게. 미성년이니 뭐니 때문에. 그리고 솜털, 개네들이 전혀 우호적이지 않아. 우리가 줄에서 벗어나지 못하게 꽉 조이고 있지. 여론이 지금 이 모양이니까. 따라서 누구에게도 별로 건강한 분위기가 아니야. 이애는 아빠가 필요한 불쌍한 아이야. 이게 이 일의 단순한 진리야."

래빗이 아이한테 묻는다. "아버지는 어떻게 돌아가셨어?"

질이 말한다. "심장 때문에. 뉴욕에 있는 극장 로비에서 갑자기 돌아가셨어요. 어머니하고 〈헤어〉를 보고 있었는데."

"알았어. 가자고." 래빗은 뷰캐넌에게 말한다. "술값은 얼마야? 우

---

* 〈Time After Time〉의 가사 한 구절. 그다음은 "당신을 사랑하고 있어서 행운아라고"
로 이어진다.

와. 술기운이 지금 막 올라오네."

"우리가 낼게"라는 대답과 함께 뷰캐넌이 은빛 광택이 나는 손바닥을 흔든다. "흑인 공동체가 낼게." 그는 참지 못하고 씨근거리며 낄낄댄다. 그러면서도 엄숙한 태도를 유지하려고 안간힘을 쓴다. "어이, 너 정말 큰일 하는 거야. 너는 큰 남자야."

"월요일에 직장에서 봐."

"내 사랑 질리. 착하게 굴어야 돼. 연락하자고."

"그럼요."

뷰캐넌이 일을 한다고 생각하니 혼란스럽다. 우리 모두 일을 한다. 낮의 자아와 밤의 자아. 배가 고픈 사람, 영혼이 고픈 사람. 입은 씹고, 씹은 삼킨다. 괴물 같다. 영혼. 그는 어렸을 때 그것을 그려보려 했다. 몸안의 촌충 같은 기생충. 우리 뼈에 매달린 채 공기를 먹고 사는 겨우살이 가지. 우리 허파와 간 사이에서 흔들리는 해파리. 흑인 남자들은 영혼이 더 많고, 더 크다. 뱀장어 같은 좆. 밤을 먹는 자들. 버스에서 그들의 애처로운 하복부 냄새, 해리가 있다고 여기는 깨끗하고 건조한 곳에 대한 그들의 공포. 그는 이러다 아프지나 않을까 하는 생각이 든다. 달나라 버거에다 스팅어에 든 독을 마셨으니.

베이브가 분위기를 바꿔 쟁반을 때리는 여섯 발의 검은 납 탄알 같은 코드를 펼치더니 〈There's a Small Hotel〉을 연주한다. 행복을 빌며.*

---

* 노래 가사의 한 구절.

그렇게 해서 래빗은 이 질이라는 아이와 거리로 나선다. 오른쪽, 그러니까 산이 있는 쪽으로 파란 가로등 밑에 와이저 스트리트가 창백하게 뻗어 있다. 피너클호텔은 너덜너덜한 얼룩이고, 선플라워 맥주 시계의 뒷면이 노란 네온 꽃잎을 보여준다. 그것을 빼면 큰 거리는 어둑어둑하다. 영화관 차양 다섯 개와 그 네온 윤곽이 이어지며 와이저가 축제 거리처럼 번쩍거리던 시절이 기억난다. 사람들은 아이를 양쪽에서 잡고 어슬렁어슬렁 돌아다니곤 했다. 이제 시내는 버려진 곳처럼 보인다. 교외의 쇼핑센터들이 속을 빨아들인 탓에 말라버리고 강간범들만 죽치고 있는 듯하다. **지역 깡패들 노인 공격.** 지난주 〈뱃〉은 그런 표제를 달았다. 처음 나온 표제에서는 **지역**이 아니라 **흑인**이었다.

그들은 러닝호스 다리를 향해 왼쪽으로 방향을 튼다. 강의 습기에 이마가 시원하다. 그는 구역질을 하지 않겠다고 결심한다. 아기 때도 그것은 견딜 수가 없었다. 어떤 아이들, 예를 들어 로니 해리슨은 구역질을 좋아해서 맥주 몇 잔을 마시거나 큰 시합을 앞두고 토한 뒤 잇새에 옥수수가 끼었다고 농담을 한다. 하지만 래빗은 복통이 생기더라도 구역질을 눌러야 했다. 짐보스에 앉아 있을 때 경험했던 것, 세상이 그의 안에 있다는 느낌이 지금도 그대로 남아 있다. 그것을 계속 안에 눌러둘 것이다. 도시의 밤공기. 하루종일 구워진 적갈색 타르와 콘크리트. 거기에서 뚜껑을 들어올리듯 쑤욱 올라오는 트럭. 가끔씩 전조등이 여자아이를 쓰다듬을 때마다 하얀 다리와 얇은 드레스가 드러난다. 아이는 망설이는 태도로 갓돌에 버티고 있다.

아이가 묻는다. "차는 어디 있어요?"

"차 없는데."

"말도 안 돼."

"집사람이 떠날 때 가져갔어."

"두 대가 있었던 게 아니고요?"

"아냐." 얘 정말 부잣집 애구나.

"나는 차 있는데."

"어디 있어?"

"모르겠어요."

"어떻게 모를 수가 있어?"

"플럼 근처 베이브의 집 옆 거리에 세워두곤 했는데, 나는 거기가 누군가의 차고 입구인 줄 몰랐어요. 어느 날 아침에 끌고 가버렸더라고요."

"쫓아가지 않았어?"

"벌금을 낼 돈이 없었어요. 게다가 경찰이 무서웠고요. 내가 누구인지 확인할지도 모르잖아요. 주 경찰에 나에 관한 공보가 돌았을 게 틀림없는데."

"네가 코네티컷으로 돌아가는 게 가장 간단한 일 아닐까?"

"아, 제발." 그녀가 말한다.

"그게 왜 싫은데?"

"완전히 에고뿐이었어요. 병든 에고."

"집을 나오는 것도 꽤 에고 중심적인 거지. 네 어머니는 얼마나 충격을 받았겠니?"

여자아이는 대답하지 않고 짐보스에서 다리가 시작되는 곳으로 길을 건넌다. 래빗은 따라갈 수밖에 없다. "무슨 차였는데?"

"흰색 포르쉐요."

"우와."

"열여섯 살 생일 선물로 아버지가 준 거예요."

"내 장인은 시내에서 도요타 대리점을 하고 있어."

그들은 계속 이런 지점, 어떤 대칭이 그들의 대화를 갑자기 싹둑 잘라버리는 지점에 이른다. 그들은 다리를 건너 작은 연못 같은 보도 광장에 올라선다. 이런 자동차 시대에는 거의 아무도 들르지 않는 곳이다. 다리―인도, 넓은 난간, 가로등 주초柱礎―는 30년대에 불그스름한 콘크리트를 쏟아부어 만들었다. 그들 위로 원래의 가로등 기둥이서 있다. 세로 홈이 파여 있고 위로 가면서 꽃 장식이 더해지는 당당한 쇠기둥이지만, 다리 입구에는 불을 켜놓지 않았다. 얼마 전부터는 인도 중앙에 뿌리를 내린 키 큰 알루미늄 줄기에 달린 차가운 보라색 막대로 조명을 하고 있다. 이 빛 속에서 그녀의 하얀 드레스는 이 세상 것처럼 보이지 않는다. 어떤 남자의 이름이 청동 판에 새겨져 있는데 읽을 수는 없다. 질이 초조한 목소리로 묻는다. "자, 어떻게 할까요?"

그는 아이가 이동 방법을 물은 것이라고 생각한다. 그는 여전히 너무 불안정하고 연기와 스팅어로 가득해 그 너머를 볼 수 없다. 택시가 배회하거나 졸고 있는 브루어 중심으로 가는 길은 막혀 있는 느낌이다. 짐보스 네온의 둥그런 광채 너머 어둠 속에서 갈색 그림자들, 지역 깡패들이 문간에서 낄낄거리며 지켜본다. 래빗이 말한다. "다리를 건너 걸어가서 버스가 오기를 바라자고. 막차가 열한시쯤 오는데 토요일에는 더 늦게 올지도 몰라. 버스가 오지 않는다 해도 어차피 우리집까지는 걷기에 먼 거리가 아니야. 우리 애는 늘 걸어다녀."

"나는 걷는 거 아주 좋아해요." 여자아이가 그렇게 말하더니 감동적으로 덧붙인다. "나는 튼튼해요. 날 아기 취급하면 안 돼요."

난간은 가로장 울타리를 모방해 X자 무늬로 시멘트를 부었다. 이 X들이 짤까닥 소리를 내며 그의 다리를 지나가지만 원하는 만큼 빠르지가 않다. 그가 계속 만지는, 모래 느낌이 나는 널찍한 난간 윗부분은 미지근하게 흘러간다. 암염 같은 작은 조각들이 시멘트 안에 섞여들어가 있다. 이제는 그런 식으로 만들지 않는다. 이런 색깔을 사용하지도 않는다. 불그스름한 색깔, 따뜻해진 살의 색깔, 여자아이의 머리 색깔이기도 하다. 잘라놓은 삼나무 색깔, 보조를 맞추기 위해 서둘러 걸어오느라 팔랑거린다.

"왜 이렇게 서둘러요?"

"쉿. 쟤들 소리 안 들려?"

차들이 밀고 지나가며 그들 앞으로 빛의 공을 굴린다. 밑으로, 강의 검은 바닥까지 모루처럼 무거운 게 떨어진다. 하얀 파편들, 배의 형체들. 그들 뒤에서 빠른 발걸음소리, 추격의 압박. 래빗은 용기를 내어 발을 멈추고 뒤를 본다. 갈색 형체 둘이 그들을 쫓아오고 있다. 일련의 얇은 자주색 앵글 밑을 빠른 속도로 지나고 빛의 띠 속으로 들어갔다 나오면서, 그들의 그림자도 짧아지고 많아졌다가 길어지면서 다시 단순해진다. 한 남자는 손에 흰 것을 쥐고 휘두른다. 그것이 반짝거린다. 해리의 심장이 움직이지 않는다. 오줌이 마렵다. 다리의 웨스트브루어쪽 끝은 영원히 오지 않을 것 같다. **지역 남성 다른 주 소녀를 보호하다 칼에 찔려.** 사체는 히스토릭 다리에서 밑으로 버려져. 그는 여자아이의 팔을 꽉 쥐고 뛰게 하려 한다. 아이의 살갗은 매끄럽고 좁지만 난간처럼 미지근하다. 아이가 쏘아붙인다. "그만해요." 그러면서 팔을 뺀다. 그는 몸을 돌리고 그 순간 예기치 않게 자신이 잊고 있던 것이 거기 있다는 것을 알게 된다. 용기. 그의 몸은 위협에 대응해 껍질이 단단한 맹목으로 탈바꿈한다. 경직된다. 오직 눈만 물렁물렁하다. 그 자신은 충분한 방패가 될 수 있다. 죽여라.

니그로들은 자주색에 가까운 달 밑에서 발을 멈추고 겁에 질려 한 걸음 물러선다. 젊다. 몸이 액체 같다. 그러나 그가 그들보다 크다. 한 니그로의 손에서 번쩍거리는 것은 칼이 아니라 진주가 박힌 핸드백이다. 핸드백을 든 사람이 비틀거리며 앞으로 나온다. 그의 흰자위와 진주가 빛을 받아 라벤더색으로 보인다. "이거 아가씨 거죠?"

"아. 네."

"베이브가 우릴 보냈어요."

"아. 고마워요. 베이브한테 고맙다고 해주세요."

"우리가 누구한테 겁을 줬나요?"

"나는 아니고. 이 아저씨한테요."

"그렇군."

"저 자식 때문에 우리도 겁을 먹었어."

"미안하게 됐네요." 래빗이 나선다. "무서운 다리라서."

"그래요."

"그래요." 그들이 엷은 자주색 눈알을 굴린다. 자주색 손들이 홱홱 움직이고, 꿰맨 리바이스 껍질 안의 다리들이 떠나는 리듬을 찾는다. 그들은 함께 낄낄거린다. 바로 이 순간, 거대한 트레일러트럭 두 대가 서로 반대 방향으로 다리를 지나간다. 두 직사각형이 우렛소리와 함께 겹치며 그들 사이의 공기를 때리고 잡아먹을 듯이 으르렁거리다 서로를 가던 길로 내던진다. 다리가 몸을 떤다. 니그로 아이들은 사라졌다. 래빗은 질과 함께 계속 걷는다.

내부의 폿과 브랜디와 공포 때문에 너무 잘 아는 큰길조차 새삼스럽게 느껴진다. 버스는 오지 않는다. 그가 이야기를 나눠보려 애쓰는데 시야 한구석에서 드레스가 펄럭인다. 그의 피부가 팽창되고 감각들이 구름 같은 각다귀떼처럼 뒤섞이고 맴돈다. "집이 코네티컷이라고 했지."

"스토닝턴이라는 곳이에요."

"뉴욕 근처야?"

"근처라고 할 수 있죠. 아버지는 월요일에 내려가서 금요일에 돌아오곤 하셨어요. 배 타는 걸 아주 좋아하셨죠. 스토닝턴이 코네티컷에서 열린 바다를 마주보고 있는 유일한 도시라고 하셨어요. 다른 모든 도시는 해협에 있다면서요."

"그런데 돌아가셨다, 네가 그랬지. 우리 어머니—어머니는 파킨슨병이야."

"이봐요, 그렇게 많은 이야기를 하고 싶어요? 그냥 걷는 게 어때요? 나는 웨스트브루어는 처음이에요. 좋네요."

"뭐가 좋은데?"

"모든 게. 큰 도시처럼 과거가 있지 않으니까. 그래서 그렇게 실망스럽지 않으니까. 저거 봐요, 버거블리스. 아름답지 않나요, 온통 황금색에 플라스틱이고 안에는 자주색 불을 품은 게?"

"저기서 오늘 저녁을 먹었어."

"음식은 어땠어요?"

"끔찍했지. 어쩌면 내가 맛을 너무 많이 느끼는 건지도 몰라. 담배를 다시 피워야겠어. 우리 애는 저기를 좋아해."

"아이가 몇 살이라 그랬죠?"

"열두 살. 10월이면 열세 살이 돼. 나이치고는 작은 편이야."

"아이한테 그런 이야기 하면 안 돼요."

"그래. 괴롭히지 않으려고 노력해."

"괴롭히면 뭘 갖고 괴롭히는데요?"

"아. 그애는 내가 아주 좋아하던 것들을 따분하게 여겨. 그애는 별로 재미있게 지내는 것 같지가 않아. 밖에 나가는 법이 없어."

"이봐요. 이름이 뭐예요?"

"해리."

"봐요, 덩치 큰 해리. 나 좀 먹여주면 안 될까요?"

"물론이지. 그러니까 된다고. 집에서 먹을까? 아이스박스에 뭐가 있는지 모르겠는데. 냉장고에."

"내 말은 저기에서요, 햄버거 가게에서."

"아, 물론이지. 좋고말고. 미안해. 저녁을 먹었을 거라고 생각했어."

"먹었을지도 몰라요. 나는 그런 물질적인 작은 것들은 잘 잊어버리거든요. 하지만 안 먹은 것 같아요. 속에서 레모네이드밖에 안 느껴지거든요."

질은 85센트짜리 캐슈버거와 딸기 밀크셰이크를 고른다. 기를 죽이는 불빛 속에서 그녀는 버거를 허겁지겁 삼킨다. 그는 하나 더 주문한다. 그녀가 겸연쩍게 웃는다. 작은 옥니들은 동그스름하고, 잇새가 인쇄소에서 말하는 헤어라인 간격만큼 벌어져 있다. 멋지다. "보통은 먹는 걸 대수롭지 않게 여기려고 해요."

"왜?"

"너무 추하잖아요. 그렇게 생각하지 않으세요. 그건 우리가 하는 아주 추한 일 가운데 하나예요."

"해야만 하는 일이지."

"그게 아저씨 철학이로군요, 그렇죠?" 이 야한 조명 아래에서도 그녀의 얼굴에는 뭔가 그늘지고 수수께끼 같은 것, 어쩐지 한 단계를 건너뛴 것 같은 느낌이 있다. 다 먹고 나자 질은 종이 냅킨으로 손가락을 하나씩 닦더니 단호하게 말한다. "정말 고맙습니다." 그는 돈을 낸다. 질은 핸드백을 꽉 움켜쥔다. 하지만 그 안에 무엇이 있을까? 신용카드? 혁명을 위한 도표?

그는 졸지 않으려고 커피를 마셨다. 밤새 깨어 이 가엾은 아이한테 박아대려고. 중년의 고지식한 사람의 명예를 유지하려고. 다른 인종들. 군대에 있을 때 중국에서는 여자들이 일본인의 강간에 대비해 씹에 면도날을 넣어둔다는 이야기를 듣곤 했다. 그 생각이 나자 래빗의 음낭이 오그라든다. 걷는 것을 즐겨라. 그들은 와이저 스트리트를 따라 걷는다. 진열장들은 강도에 대비한 등을 제외하면 어두컴컴하고, 애크미 주차장에는 차 안에서 끌어안은 남녀들이 군데군데 흩어져 있을 뿐 텅 비었고, 영화관 차양은 2001에서 **진정한 용기**로 바뀌어 있다. 이번에는 제목이 짧아 다 적어놓았다. 그들은 노란 신호등이 깜빡거리는 길을 건너 엠벌리 애비뉴로 간다. 엠벌리 애비뉴는 엠벌리 드라이브가 되고 다시 비스타 크레센트가 된다. "여기야말로 무섭네요." 질이 말한다.

"아마 평평해서 그럴 거야." 그가 말한다. "내가 자란 곳에서는 같은 높이의 집이 하나도 없었는데."

"어째 배관 냄새가 지독하네요."

"사실 배관 상태가 별로 좋지는 않아."

그의 옆의 이 연기 같은 생물이 그의 몸무게를 반으로 줄였다. 그는 둥둥 떠서 층계를 올라가 작은 포치로 간다. 무릎이 떨린다. 그의 어깨 옆의 그녀의 옆모습은 오래된 10센트짜리 동전 위의 얼굴처럼 섬세하고 서늘하다. 삼단 창문이 달린 문을 여는 열쇠가 그의 손에서 거의 날아간다. 정말 마법처럼 느껴진다. 집안 복도의 불을 켤 때 그가 무엇을 예상했는지 몰라도, 어쨌든 눈에 보이는 것은 전과 같은 낡은 가구들이 아니다. 가짜 신발 수선공 벤치, 너무 피곤해서 위층으로 올라갈 수 없는 몸집 큰 두 술꾼처럼 마주보고 있는 소파와 은실 의자. 나뭇결 느낌이 나게 칠을 한 금속 상자 안의 텅 빈 텔레비전 화면, 뒤판이 없는 텅 빈 선반들.

"우와," 질이 말한다. "정말 초라하네."

래빗은 사과한다. "사실 가구를 고른 적이 없어. 다 그냥 생긴 거나 다름없어. 재니스는 늘 커튼을 다른 걸로 바꿔 달려고 했었지."

질이 묻는다. "좋은 부인이었어요?"

그는 신경이 곤두선다. 그 질문으로 재니스가 다시 집안에 들어와 버렸기 때문이다. 부엌에서 조용히, 층계 꼭대기에 몸을 웅크린 채 귀를 기울이고 있다. "그렇게 나쁘진 않았어. 정리하는 능력은 별로지만 그래도 그 남자하고 엮이기 전에는 적어도 계속 열심히 하기는 했어. 전에는 술을 너무 많이 마셨지만 그것도 자제하게 됐지. 십 년 전쯤 비극적인 일이 있었는데 아마 그것 때문에 정신을 차렸나봐. 나도 정신을 차렸고. 아기가 죽었거든."

"어쩌다가요?"

"우리 때문에 일어난 사고였어."

"슬픈 일이네요. 우리 어디서 자요?"

"넌 아이 방을 쓰는 게 어때? 아마 안 올 거야. 우리 애가 자러 간 집 애는 정말 버릇없는 얼간이라서, 넬슨한테 너무 힘들면 그냥 집에 오라고는 했지만. 내가 일찍 와서 전화를 받았어야 했는데. 지금 몇시야? 맥주 어때?"

질은 무일푼인데도 적어도 200달러는 나갈 만한 작은 손목시계를 차고 있다. "열두시 십분이요." 질이 말한다. "나하고 자고 싶지 않아요?"

"응? 그건 네가 생각하는 최고의 행복이 아니잖아. 재수없는 놈하고 자는 거 말이야."

"아저씨는 재수없는 놈 맞아요. 하지만 조금 전에 날 먹여줬잖아요."

"됐어. 백인 공동체가 낸 걸로 하자고. 하하."

"그리고 아저씨한테는 착하고 재미있으면서 가정적인 면이 있어요. 누가 아저씨를 필요로 하는지 늘 고민하잖아요."

"그래, 뭐 가끔 그걸 알기 힘들기는 하지만. 설사 내가 감당할 수 있다 해도 아마 아무도 나를 필요로 하지 않을 거야. 네 질문에 대답을 하자면, 물론 나는 너하고 자고 싶어. 의제 강간으로 잡혀가지만 않는다면."

"아저씨는 정말 법을 무서워하네요, 그렇죠?"

"멀리하며 살려고 애쓸 뿐이야."

"성경에 손을 얹고 맹세할게요―성경 있어요?"

"어디 하나 있었는데. 넬슨이 주일학교 다닌다고 얻은 게. 전에 다닐 때. 어쩌다보니 다 사라졌네. 그냥 맹세해줘."

"나는 열여덟이라고 맹세해요. 법적으로 여자예요. 나는 흑인 조폭의 미끼가 아니에요. 아저씨는 습격이나 협박을 당하지 않을 거예요. 나한테 박아도 돼요."

"어찌된 일인지 네 이야기를 들으니 울음이 나올 것 같구나."

"나를 끔찍하게 두려워하시네요. 함께 목욕해요. 그러면서 어쩌는 게 좋을지 느낌을 확인해봐요."

그는 웃음을 터뜨린다. "그러고 나면 내가 아주 열심히 달려들 것 같은데."

질은 진지하다. 새로운 굴에 들어와 코를 킁킁거리는 얼굴이 조그맣고 진지한 동물이다. "욕실은 어디예요?"

"여기서 옷을 벗어."

질은 그 명령에 깜짝 놀란다. 겁이 나 턱이 쑥 들어가고 눈이 커진다. 여기서 그 혼자만 겁에 질린 사람이 될 이유는 없다. 부자 년이 내 거실을 초라하다고 하다니. 질은 그와 재니스가 마지막으로 사랑을 나눈 바닥깔개에 서서 껍질을 벗듯이 옷을 벗는다. 샌들은 걷어차 벗어버리고, 드레스는 위로 올려 벗는다. 브래지어는 하지 않았다. 젖꼭지들이 당겨져 올라갔다가 다시 아래로 떨어져 머리 없는 눈으로 그를 빤히 본다. 그녀는 검은 레이스가 달린 비키니 팬티를 입고 있다. 무늬는 너무 잘아 알아볼 수가 없다. 그가 잠시 넋을 잃고 바라볼 여유도 주지 않고 그녀는 엄지손가락 두 개로 고무줄을 아래로 당기고 꿈틀거려 두 다리를 빼낸다. 재니스는 깎아내지 않으면 허벅지 안쪽으로 파고드는 탄력 있는 삼각형인 반면, 질은 거뭇한 그림자만 있는 느낌이다. 호박색 솜털 먼지는 중심으로 올수록 짙어져, 위로 곧추선 앙증맞은 갈기를 이루고 있다. 골반의 뿔은 굶주린 광대뼈를 닮았다. 그 사이는 아이의 배, 아이를 낳지 않은 아이의 배다. 가슴은 그녀가 몸을 돌려 어떤 빛을 받을 때면 거의 사라져버린다. 벌거벗은 몸이 되자 목이 길어진다. 거기에 진정한 성숙이 있다. 두개골 하단에서부터 잘록한 허리까지 내려오는 완만한 곡선에, 지방이 군살로 붙은 엉덩이에서 뻗어나와 쭉 통통함을 유지하며 내려가는 다리에. 발목은 재니스만큼 늘씬하지 않다. 하지만 이야, 이 방에서, 그의 방에서 벌거벗고 있다. 정말로 이상한 인간이, 사람을 너무 잘 믿는 인간이. 그녀는 옷을 집으려고 허리를 굽힌다. 마치 떨어진 압정을 조심하듯이 그의 카펫을 살짝 밟고 있다. 그녀는 그와 팔 하나 떨어진 곳에 서서 새침하게 입을 내밀고 있다. 아랫입술에는 메마른 피붓조각 하나. "아저씨는요?"

"위층에서." 그는 자신의 침실에서, 그가 늘 벗는 곳에서 옷을 벗는다. 칸막이 벽 건너편 욕실에서 물이 울고 노래하고 튀기 시작한다. 그는 아래를 내려다보지만 전혀 단단해지지 않았다. 욕실에 가보니 질은 온수와 냉수가 섞인 물의 온도를 확인하느라 수도꼭지 쪽으로 허리를 굽히고 있다. 엉덩이 사이의 덤불. 뒤에서 보니 남자아이의 늘씬한 등이 위아래가 뒤집힌 하트 모양인 여자의 새틴 엉덩이 속으로 쐐기처럼 파고드는 듯하다. 그녀를 만지고 싶은, 그 새틴의 대칭을 만지고 싶은 갈망을 느끼고 실제로 만진다. 그곳은 있을 것이라고 예상하지 못했던 유리처럼 그의 손끝을 찌른다. 질은 그의 손길에 움찔하지도 뒤를 돌아보지도 않고, 만족스러울 때까지 물 온도를 맞춘다. 그의 좆은 계속 작지만 걱정은 그만두었다.

그들의 목욕은 더할 나위 없이 부드럽고, 고요하고, 유동적이고, 순수하다. 둘 다 세심하다. 그는 완전한 청결이 그에게 더 청결하게 해보라고 도발이라도 한 것처럼 그녀의 가슴에 비누칠을 하고 닦아낸다. 질은 그의 등에 노동으로 인한 일 년의 피로가 담겨 있기라도 한 것처럼 무릎을 꿇고 주무른다. 그녀는 물에 흠뻑 젖은 수건으로 그의 눈을 가린다. 그의 가슴에서 하얗게 센 털을 센다(여섯 개다). 일어서서 서로 몸을 닦아줄 때 그는 바이킹처럼 그녀 위로 우뚝 솟아 있지만, 그럼에도 그들이 구름을 향해 쏜 스포트라이트 광선의 두 끝이라는 느낌, 그들의 역할은 텅 빈 방을 즐겁게 해주는 텔레비전의 표백된 두 인물처럼 이 집에 그냥 들러붙어 있는 것이라는 느낌에서 오는 자족적 무기력을 떨쳐내지 못한다.

질이 그의 사타구니를 슬쩍 본다. "아저씨는 나한테 흥분하지 않네요, 그렇죠?"

"흥분해, 흥분해. 너무 흥분해. 그래도 너무 이상해. 나는 네 성도 몰라."

"펜들턴." 질은 욕실 바닥깔개에 무릎을 꿇더니 그의 음경을 입안으로 가져간다. 그는 물린 것처럼 뒤로 물러난다.

"잠깐."

질은 지르퉁한 표정으로 그를 올려다본다. 그의 늘어진 배의 경사면

위로 올려다본다. 하루의 마지막 수업에서 아무런 답을 얻지 못한 어리둥절하고 까다로운 아이다. 입은 금지된 캔디를 물어 반질반질하다. 그는 아이를 들어올리듯이 그녀를 들어올리지만 그녀는 아이보다 몸이 길다. 겨드랑이는 까칠까칠하고 깊다. 그는 그녀의 입에 키스를 한다. 입안에 젤리는 없다. 그녀의 입술이 단단해진다. 그녀는 갸름한 얼굴을 비틀어 빼내더니 그의 어깨에 대고 말한다. "나한테 흥분하는 사람은 없어요. 잘 흥분하지 않더라고요. 젖통이 없어서 그런가봐요. 우리 어머니 젖통은 멋들어진데. 아마 그게 내 문제인지도 몰라요."

"네 문제 이야기를 좀 해봐." 그는 그녀의 손을 잡고 침실로 이끈다.

"아, 맙소사, 그런 아저씨였네. 문제 해결사. 겉만 보면 아저씨가 나보다 형편없는데. 누가 옷을 벗어도 반응도 못하잖아요."

"처음이 힘들어. 처음에 그 사람을 좀 흡수할 필요가 있거든." 그는 방의 불을 끄고, 둘은 침대에 눕는다. 그녀는 다시 그를 안으러 나선다. 단단한 입과 날카로운 무릎은 어서 끝내버리기를 간절히 바라지만, 그는 그녀를 살며시 눕히고 가슴을 마사지한다. 위로 밀어올려 불룩하게 만들고 원을 그리며 돌린다. "이건 네 문제가 아니야." 그가 노래를 부르듯이 말한다. "예쁜걸." 아래쪽에서 자신의 몸이 쉽게 딱딱해지는 것, 덩어리지는 것이 느껴진다. 냉동실의 크림. **가출자들을 위한 클리닉 문을 열다.** 아버지들 밤을 잊고 의무를 이행하다.

질은 긴장이 풀리자 질겨진다. 힘줄과 원한이 표면으로 올라온다. "아저씨는 우리 어머니한테 박아야 하는데. 어머니는 남자들하고 정말 잘하거든요. 어머니는 남자가 모든 것이고 궁극적인 것이라고 생각해요. 나는 어머니가 바람을 피웠다는 걸 알고 있어요, 아빠가 죽기 전부터."

"그래서 집을 나온 거야?"

"진실을 말해도 믿지 않을걸요."

"말해봐."

"내가 함께 다니던 남자가 나를 독한 약에 중독시키려 했어요."

"그렇게 못 믿을 일도 아닌데."

"그렇죠. 하지만 그 이유가 골때려요. 아저씨, 이런 쓰레기 같은 이 야기는 듣고 싶지 않을걸요. 이제 섰잖아요. 그냥 그거나 나한테 주는 게 어때요?"

"그 사람 이유나 말해봐."

"있잖아요. 나는 뿅갈 때, 마치, 있잖아요—하느님처럼 봐요. 그 사 람은 그런 적이 없어요. 그냥 옛날 영화 같은 것의 조각들만 보았죠. 앞뒤도 맞지 않았어요."

"그 사람이 너한테 어떤 걸 줬는데? 폿?"

"아, 아니에요, 내 말 잘 들으세요. 폿은 그저 코카콜라 같은 걸 마시 는 거나 다름없어요. 산酸*을 줬어요, 구할 수 있을 때는요. 이상한 알 약도. 그 사람은 의사의 차를 털어 약 샘플들을 가져다 그걸 섞어 먹으 면 어떻게 되나 봤어요. 약마다 다 이름이 있었죠. 자주색 심장이니, 인형이니. 나는 다 알지는 못해요. 그러다가 주사기를 훔쳐서는 그걸 로 주사를 놓기 시작했어요. 반은 안에 뭐가 들었는지도 몰랐을 거예 요, 무모한 짓이었죠. 나는 절대 그 사람이 내 피부를 뚫지 못하게 했 어요. 내 생각은 이랬어요. 입으로 들어가는 건 토할 수 있지만, 핏줄

---

* LSD.

로 들어가는 건 빼낼 방법이 없다. 나를 죽일 수도 있다. 그 사람은 바로 그게 그 재미 가운데 하나라고 하더라고요. 그 사람은 정말로 약에 취해 살았어요. 하지만 말이에요, 날 휘어잡는 힘이 있었어요. 그래서 달아났죠."

"그 사람이 너를 쫓아오려고 했어?" 층계를 올라오는 마약중독자. 녹색 이빨, 독이 묻은 바늘. 귀를 기울이느라 래빗의 음경이 시들어버렸다.

"아니, 그런 유형은 아니에요. 막판에는 아마 나를 알아보지도 못했을 거예요. 오로지 다음에는 어떻게 주사를 맞을까 하는 것만 생각하고 있었으니까요. 약쟁이들은 그래요. 따분한 사람이 되고 말아요. 이야기를 하거나 사랑을 나눈다거나 그러는 것 같지만, 어느 순간 내 어깨 너머로 다음 주사를 찾고 있다는 걸 깨닫게 돼요. 내가 아무것도 아니라는 걸 깨닫게 되죠. 내가 그 사람을 위한 하느님을 찾아줄 필요가 없었어요. 설사 거리에서 하느님을 만났다 해도, 약 두어 봉지 살 돈을 얻으려고 하느님한테 사기를 쳤을 거예요."

"어떻게 생겼는데?"

"아, 키는 175쯤 되고요, 갈색 머리는 어깨까지 내려왔어요. 빗으면 약간 웨이브가 졌고요. 균형 잡힌 체격이었어요. 약 때문에 핏기가 싹 가셨지만 체격은 좋았죠. 넓은 어깨와 등이 이루는 삼각형이 정말 멋졌어요. 갈빗대 때문에 물결이 치듯 조금씩 튀어나와 있었거든요. 있잖아요, 여기 말이에요." 그녀는 그의 몸을 만지지만 다른 남자를 보고 있다. "그 사람은 중학교 때부터 약장사를 했어요."

"난 하느님을 물어본 건데."

"아, 하느님. 하느님은 늘 변했죠. 매번 달랐어요. 하지만 늘 이게 하느님이구나, 하고 알 수 있었어요. 한번은 커다란 백합 같은 데 들어가 있었던 기억이 나요. 그걸 천 배로 확대해놓았을 뿐이에요. 반짝반짝 광택이 나는 깔때기 같은데, 계속 아래로 내려가는 거였어요. 그 이야기는 못하겠어요." 그녀는 몸을 굴리더니 그의 입에 뜨겁게 키스를 한다. 그의 느린 반응이 그녀를 흥분시키는 것 같다. 그녀는 몸을 일으켜 웅크린 자세로 물을 마시는 너구리처럼 그의 턱, 가슴, 배꼽에 키스를 하고 아래로 내려가 그대로 머문다. 조금씩 갉아먹는 듯한 입의 움직임이 너무 놀라워 그는 웃음을 터뜨리고 싶은 충동과 싸운다. 허벅지의 털을 만지는 그녀의 손가락이 살갗에 닿을 듯 말 듯한 얼음처럼 간지럽다. 그녀의 머리카락이 그의 배 위에 텐트처럼 펼쳐져 있다. 그녀를 밀어내지만 그녀는 그대로 달라붙어 있다. 그렇다면 차라리 긴장을 푸는 것이 나을 듯하다. 천장. 위를 밝히는 차고 불빛에 굴뚝 비막이 널의 얼룩이 드러난다. 차고 불을 꺼야 한다. 강도를 예방하는 데는 켜놓는 게 나을지도 모르지만. 동네 약쟁이들은 아무거나 훔친다. 넬슨이 어떻게 지내는지 궁금하다. 아이는 누워서 입을 벌리고 자는 바람에 사람을 놀라게 한다. 부헨발트* 사진들처럼 뼈 위에 피부가 팽팽하게 당겨져 있는 것처럼 보인다. 늘 괜찮은지 확인하려고 깨우고 싶은 유혹을 느낀다. 오늘밤에는 열한시 뉴스를 놓쳤다. 베트남 전사자 숫자, 아마 어딘가에서 벌어졌을 인종 폭동. 웃기는 사람이다, 뷰캐넌은. 딱히 계획도 없이, 그냥 느낌으로 헤치고 나간다. 처음에는 그를 베이

---

* 나치의 강제수용소가 있던 곳.

브에게 팔고 싶어했는데. 어쩌면 그게 사는 방법인지도 모른다. 재니스는 침대에서 무슨 요리처럼 뜨거워졌지만 이 아이는 계속 서늘하다. 자신이 아는 것을 적용하는 예비학교 아이. 그런데 효과가 있다.

"멋지네." 그녀가 자신의 침으로 반짝이는 그의 늘어난 좆 전체를 쓰다듬으며 말한다.

"네가 멋지네." 그가 그녀에게 말한다. "믿음을 잃지 않다니."

"마음에 들어요." 그녀가 그에게 말한다. "이렇게 크고 강하게 만들어놓으니까."

"뭐하러 그래?" 그가 묻는다. "난 재수없는 놈인데."

"내 안으로 들어오고 싶어요?" 여자아이가 묻는다. 하지만 그녀가 드러누워 다리를 벌리자, 그는 다시 그녀에게 자의식이 없다는 것이 슬프다는 생각이 들면서 마음이 흐트러진다. 그가 들어가려 하자 그녀가 움찔하는 것도 마찬가지다. 결국 그는 작아진다. 그녀의 얼굴이 흐릿해지면서 얼굴의 구멍들이 넓어진다. 그녀는 끝이 올라가는 억양으로 말한다. "아저씨는 나를 좋아하지 않아."

그가 더듬더듬 답을 찾는 동안 그녀는 잠이 든다. 그가 미처 물을 생각도 못했던 질문, 피곤해? 에 대한 답이다. 물론, 아이는 배가 고팠던 만큼이나 피곤했다. 죄책감에 물든 슬픔이 그의 가슴 근육을 팽창시키고 눈 뒤쪽을 누른다. 그는 일어나서 시트로 그녀를 덮어준다. 이제 밤이 되면 서늘하다. 8월이 해의 퇴각을 엄호한다. 차가운 달. 긁힌 벽지. 섬광전구 밑의 속돌. 먼지 한 점 날아가지 않아 십억 년 동안 남아 있는 발자국. 발에 닿는 부엌 리놀륨이 차다. 그는 차고 불을 끄고, 솔틴 크래커 여섯 개에 땅콩버터를 발라 샌드위치 세 개를 만든다. 재니스가 나간 뒤 그와 넬슨은 자신들이 좋아하는 것만 사온 탓에 계속 소금과 녹말이 쌓여가고 있다. 그는 거실에 앉아, 은실 의자가 아니라 이끼가 낀 듯한 낡은 갈색 의자, 결혼할 때부터 있었던 의자에 앉아 크래커를 먹는다. 그는 크래커를 씹으며 아무도 살지 않는 수족관 같은 텔레비전 화면을 물끄러미 바라본다. 저걸 부숴야 한다. 독이다. 어디에선가 요즘 아이들이 그렇게 미쳐가는 건 텔레비전을 보며 자랐기 때문이라는, 이 분 동안 이것을 보고, 이 분 동안 저것을 보며 자랐기 때문이라는 이야기를 읽은 적이 있다. 크래커 부스러기가 가슴털에 달라붙는다. 하얗게 센 털 여섯 가닥. 그것보다는 틀림없이 많을 텐데. 재니스가 스태브로스한테 해주는 것 가운데 그한테는 해주지 않는 것은 무엇일까? 그래 봐야 자기가 할 수 있는 것만 해줄 것이다. 구멍 세 개와 손 두 개로. 재니스는 행복할까? 그는 그렇기를 바란다. 불쌍한 얼간이, 어쨌든 내가 재니스의 잠재력을 억누른 거야. 모든 것이 피어나게 하라. 커다란 백합의 속. 예수가 엄마를 기다리고 있을지 궁금하다. 반짝반짝 광택이 나는 활강로 끝에 나이트가운 차림으로 서 있는 남자. 그러기를 바란다. 내일 일을 해야 한다는 사실을 떠올렸다가, 할 필요가 없다는 것을 기억한다. 일요일이니까. 일요일, 그 개 같은 날. 루스는 그와 교회를 조롱하곤 했다. 그 시절 그는 어떤 경우에라도 즉시 세울 수 있었다. 루스와 그녀의 양계장. 그녀가 그것을 견딜 수 있을지 궁금하다. 그러기를 바란다. 그는 통통한 의자에서 일어서며 가슴털의 부스러기를 쓸어낸다. 몇 개는 떨어지다 아래에서 다시 걸린다. 밑의 털은 왜 그렇게 곱슬곱슬하고 탄력이 좋은지 궁금하다. 그걸로 매트리스 속을 만들 수도 있겠다. 만일 사람들이 거기 털을 깎는다면. 수녀와 가발처럼. 위층에 올라가자 그의 침대에 있는 몸 때문에 심장이 은괴처럼 가라앉는다. 그는 아이가 자신의 손에 맡겨졌다는 것을 깜빡 잊었다. 나쁜 관절. 가엾은 아이, 아이는 몸을 꿈틀거리다 다시 그와 사랑을 나누려 한다. 모피가 덮인 듯한 입으로 프렌치 키스를 하고, 다시 시도하려다 잠이 든다. 하루 묵을 곳을 위한 하루의 일. 청교도 윤리. 그는 페기 포스나트를 떠올리며 자위를 한다. 넬슨은 무슨 생각을 할까?

질은 늦잠을 잔다. 열시 십오분에 래빗이 시리얼 사발과 커피잔을 닦고 있는데, 넬슨이 자전거를 밟아대느라 시뻘게진 얼굴로 부엌 철망문에 서 있다. "왔어요, 아빠!"

"쉿."

"왜요?"

"네 소리 때문에 머리가 아파."

"어젯밤에 취하셨어요?"

"그게 무슨 소리야? 나는 취하는 일이 없잖아."

"아빠가 떠난 다음에 포스나트 부인이 울었거든요."

"너하고 빌리가 그렇게 개구쟁이 짓을 하니까 그랬겠지."

"부인 말이 아빠가 브루어에서 누굴 만날 거라고 하던데요."

아이들한테 그런 말은 말아야지. 이 이혼한 여자들, 이 여자들은 아들을 어린 남편으로 만든다. 아이들 바로 앞에서 울고, 똥을 누고, 탬팩스[*]를 갈아 끼운다. "베리티에서 함께 일하는 아저씨를 만났어. 어떤 유색인 여자가 피아노를 연주하는 걸 함께 들었지. 그런 뒤에 집에 왔어."

"우리는 열두시 지나도록 자지 않고 끝내주는 멋진 영화를 봤어요. 앞쪽이 뻥 뚫린 보트를 타고 사람들이 어디 상륙하는 영화였는데, 노르웨이라던가—"

"노르망디."

"맞아요. 아빠도 거기 갔었어요?"

"아니, 그 일이 있었을 때 나는 네 나이였어."

"기관총 총알이 물을 한 줄로 튀기는 걸 봤어요. 재밌었어요."

"야, 목소리 좀 낮춰."

"왜요, 아빠? 엄마가 돌아왔어요? 돌아온 거예요?"

"아니. 아침은 먹었니?"

"네, 포스나트 부인이 베이컨하고 프렌치토스트를 줬어요. 어떻게 만드는지도 배웠어요. 쉬워요. 그냥 달걀 몇 개를 깬 다음에 빵을 갖다 튀기기만 하면 돼요. 언제 제가 만들어드릴게요."

"고맙구나. 우리 어머니도 만들어주시곤 했는데."

"나는 할머니가 만든 음식 싫어요. 전부 기름맛이 나요. 아빠는 할머니가 만든 음식 싫어하지 않았나요?"

"좋아했지. 내가 아는 유일한 음식이었으니까."

"빌리 포스나트 말이 할머니가 곧 돌아가실 거라던데, 그게 사실이에요?"

---

* 탐폰의 상표명.

"병이 있어. 하지만 아주 느리게 진행돼. 너도 할머니가 어떤지 봤잖아. 좋아질 수도 있어. 늘 새로운 약이 나오니까."

"그냥 돌아가셨으면 좋겠어요, 아빠."

"진심은 아니겠지. 그런 소리 마라."

"포스나트 부인은 느끼는 걸 전부 그대로 말해야 한다고 빌리한테 얘기하던데요."

"그 여자는 애한테 쓰레기 같은 소리를 많이 하는 게 분명하구나."

"왜 쓰레기 같은 소리라고 하세요? 제가 보기에는 좋은 분 같은데. 그 눈에 익숙해지기만 하면요. 아빠는 포스나트 부인을 좋아하지 않으세요? 포스나트 부인은 좋아하지 않는다고 생각하더라고요."

"페기는 괜찮지. 너는 오늘 뭐할 거냐? 주일학교에 마지막으로 간 게 언제지?"

아이는 아버지의 시야에서 벗어나지 않으려고 주위를 맴돈다. "집에 빨리 온 이유가 있어요. 포스나트 씨가 아는 아저씨의 보트를 타고 강으로 낚시하러 가는 데 빌리를 데려간대요. 빌리가 저도 갈 수 있냐고 물어봤고, 저는 아빠한테 여쭈어봐야 한다고 했어요. 괜찮죠, 아빠? 어차피 수영복하고 깨끗한 바지를 가지러 집에 와야 했어요. 그 좆같은 미니바이크 때문에 계속 바지에 기름이 묻어요."

래빗은 주위 어디에서나 언어가 붕괴하는 소리를 듣는다. 그는 힘없이 말한다. "강에서 낚시를 할 수 있을 줄은 몰랐는데."

"올리 말이, 강을 깨끗하게 치웠대요. 적어도 브루어 위쪽으로는요. 아이퍼트섬 근처에 송어를 풀어놨다는데요."

올리? 이제 올리라고 불러? "거긴 여기서 몇 시간 거리야. 너는 낚시를 해본 적도 없잖아. 야구장에 데려갔을 때 네가 얼마나 지루해했는지 기억나?"

"그건 지루한 경기였죠, 아빠. 다른 사람들이 경기를 하는 거잖아요. 이건 자기가 직접 하는 거고요. 네, 아빠? 괜찮죠? 가서 수영복을 가져와야 돼요. 자전거를 타고 열시 반까지 다시 가겠다고 했어요." 아이는 층계 발치에 있다. 아이를 막아라.

래빗이 소리친다. "나는 하루종일 뭐하니, 네가 가버리면?"

"엄마엄마한테 갈 수 있잖아요. 어차피 엄마엄마는 아빠만 보는 걸 더 좋아하실 텐데." 아이는 허락을 받은 것으로 여기고 위층으로 쿵쾅쿵쾅 뛰어올라간다. 층계참에서 들려온 아이의 비명에 아이 아버지의 뱃속이 얼어붙는다. 래빗은 넬슨을 품에 안으려고 층계 발치로 움직인다. 그러나 아이는 맨 아래에서 두번째 계단에 안전하게 서 있다. 겁에 질린 채 거기 멈춰 있다. "아빠, 아빠 침대에서 뭐가 움직였어요!"

"내 침대?"

"방안을 봤더니 움직이는 게 보였어요!"

래빗이 말한다. "그냥 에어컨 바람에 시트가 들썩인 거겠지."

"아빠." 이 공포에 어떤 결함이 있다는 생각이 떠오르면서 아이의 얼굴이 핏기를 찾기 시작한다. "머리가 길었어요, 팔도 봤고요. 경찰을 부르지 않을 거예요?"

"아니, 불쌍한 경찰은 쉬게 해주자, 오늘은 일요일이잖아. 괜찮아, 넬슨, 누군지 알아."

"안다고요?" 아이의 뇌가 침대 속의 긴 머리 인간에 관한 정보를 모으는 동안 두 눈이 방어적으로 쑥 들어간다. 아이는 반쪽짜리 사실들로 이루어진 이 새로운 생각의 결과물을 앞에 우뚝 선 아버지의 형체, 속셔츠만 입은 거대한 수수께끼와 연결시키려 한다. 래빗이 먼저 말한다. "집에서 가출한 여자아이야. 어찌어찌하다가 어젯밤에 같이 있게 됐어."

"여기서 살 거예요?"

"네가 원하지 않으면 안 살아." 층계에서 질이 차분하게 외친다. 그녀는 시트로 몸을 감고 내려와 있다. 잠 때문에 그녀는 듬직해졌다. 눈은 이제 싱그럽게 젖은 풀이다. 그녀가 아이한테 말한다. "나는 질이야. 너는 넬슨이지? 네 아버지한테 다 들었어."

그녀는 자그마한 로마 원로원 의원처럼 시트로 몸을 감싼 채 아이를 향해 움직인다. 머리를 뒤로 가지런히 모아 이마가 빛난다. 넬슨은 그 자리에 서 있다. 그들이 키가 거의 같다는 것이 래빗의 눈에 들어온다. "안녕," 아이가 말한다. "그랬어?"

"아, 그럼." 질은 말을 이어가며 자신의 계급을 보여준다. 틀림없이 그녀 어머니의 모습일 것이다. 익숙하지 않은 집에서 예의바른 말을 쏟아내는 여자. 꽃병, 커튼을 과하게 칭찬하는 여자. "아버지가 네 생각을 아주 많이 하시던데. 그렇게 너를 사랑하는 아버지가 있다니 정말 운이 좋구나."

아이는 입을 벌리고 건너다본다. 크리스마스의 아침. 포장을 풀기 전이라 뭔지는 몰라도 그걸 무조건 좋아하고 싶은 마음.

질은 시트를 더 여미고 부엌으로 들어온다. 목소리로 넬슨을 꿰어 뒤에 달고 온다. "보트 타러 간다니, 그런 행운이 어디 있어. 나도 보트 좋아해. 우리집에는 6.7미터짜리 슬루프가 있어."

"슬루프가 뭐야?"

"돛 하나짜리 범선이지."

"돛이 하나 이상 있는 것도 있어?"

"그럼. 스쿠너와 욜은 하나 이상 있지. 스쿠너는 큰 돛대가 뒤에 있고, 욜은 큰 돛대가 앞에 있어. 우리집에도 욜이 있었는데 손이 너무 많이 가. 실제로 사람이 한 명 더 필요해."

"질도 배를 탔어?"

"여름 내내 10월까지 탔지. 그뿐만이 아니야. 봄에는 모두 보트를 닦고 널의 틈을 뱃밥으로 메우고 칠을 했어. 나는 그게 최고로 좋았어. 모두 함께 그 일을 했거든. 우리 부모님하고 나하고 남동생들하고."

"남동생이 몇 명이었는데?"

"셋. 중간이 네 또래였어. 너 열세 살이야?"

아이는 고개를 끄덕인다. "곧 돼."

"나는 그 동생이 제일 좋았어. 제일 좋아."

바깥의 새 한 마리가 갑자기 흥분해서 쉰 목소리로 꾸짖는다. 고양이인가? 냉장고가 가르랑거린다.

넬슨이 갑자기 말을 꺼낸다. "나도 여동생이 있었는데 죽었어."

"이름이 뭐였어?"

아이 아버지가 대신 대답할 수밖에 없다. "레베카."

그래도 질은 그쪽을 보지 않고 아이한테만 집중한다. "나 아침 먹어도 돼, 넬슨?"

"그럼."

"네가 제일 좋아하는 아침용 시리얼의 마지막 남은 걸 먹는다거나 그러고 싶지 않아."

"그럴 일은 없을 거야. 시리얼을 어디에 두는지 보여줄게. 라이스 크리스피즈는 먹지 마. 그건 천 년도 더 돼서 카펫 보풀 맛이 나. 레이진 브랜하고 알파비츠는 괜찮아, 이번주에 애크미에서 산 거니까."

"장은 누가 봐, 너야 아니면 아버지야?"

"아―같이. 아버지가 퇴근한 후에 가끔 파인 스트리트에서 만나."

"어머니는 언제 봐?"

"자주 봐. 난 가끔 주말에는 찰리 스태브로스의 아파트에서 자고 와. 그 집 옷장에는 진짜 총이 있어. 괜찮아, 아저씨한테 면허가 있어. 이번 주말에는 못 갔어. 둘이 '해변'에 갔거든."

"해변이 어디 있어?"

질이 그것도 모를 만큼 멍청하다는 생각에 즐거워진 넬슨의 입꼬리에 주름이 잡힌다. "뉴저지에. 다들 그냥 '해변'이라고 불러. 전에는 우리도 가끔 와일드우드에 갔는데, 아빠가 차 막히는 걸 너무 싫어했어."

"그것도 내가 그리워하는 것 중 하나야." 질이 말한다. "바다 냄새. 내가 자란 동네는 반도에 있어, 삼면이 바다야."

"질, 내가 프렌치토스트 만들어줄까? 방금 만드는 법을 배웠어."

어쩌면 래빗은 질투 때문에 이 장면에 안달하는지도 모른다. 그의 아들은 작은 몸집에도 불구하고 뼈가 억세고 지배적이고 방심하지 않으며, 시트를 두른 질은 만화 속 인물 같다. '정의'나 '자유'나 '애도하는 평화.' 그는 밖으로 나가 일요일자 〈트라이엄프〉를 가지고 들어온다. 그러고는 포치 계단에 앉아 햇볕을 받으며 만화를 읽다가 벌레들이 견딜 수 없을 정도로 성가셔지자 거실로 돌아가 이집트인, 필리스,*

오나시스 부부에 관한 이야기를 닥치는 대로 읽는다. 부엌에서 지글거리는 소리, 낄낄거리는 소리, 소곤거리는 소리가 들린다. 그가 원예 섹션을 보고 있을 때(돌보지 않아도 팔월 내내 들이나 길가에서 왕성하게 자라는 수수한 미역취, 참소리쟁이, 쑥국화를 우습게 보지 마라. 잘 말려서 꽂아놓으면 한 구석에서 겨울 몇 달을 밝혀주는 매력적인 꽃다발이 될 것이다) 아이가 콧수염에 우유를 묻히고 다가와서는 새로운 종류의 에너지를 드러내며 눈을 크게 뜨고 압박하듯이 묻는다. "아빠, 질도 보트 타러 가도 돼요? 빌리한테 전화했더니 빌리 아버지는 괜찮대요. 어쨌든 빨리 오래요. 아버지도 가셔도 돼요."

"내가 괜찮지 않을 수도 있는데."

"아빠. 제발." 해리는 아들의 팽팽하게 긴장된 얼굴이, 질한테도 들려요 하는 뜻으로 읽힌다. 질은 외로워요. 우리는 질한테 잘해줘야 돼요, 가난한 사람들, 약한 사람들, 흑인들한테 잘해줘야 하잖아요. 늘 사랑이 이곳에 있을 거예요.

월요일에 래빗은 〈뱃〉의 1면을 짜고 있다. **67세 미망인 강도 강간을 당하다.** 흑인 청년 세 명 체포.

토요일 경찰 당국은 지난 목요일 밤 성명 미상의 늙은 백인 여자

---

* 미국의 프로야구단.

에 대한 잔혹한 공격과 관련하여 흑인 미성년자 두 명과 플럼 스트리트 42B에 사는 웬들 필립스(19)를 심문하기 위해 구금중이라고 밝혔다.

3구에서 벌어진 일련의 비슷한 사건들 가운데 가장 최근에 일어난 이 비양심적인 범죄는 동네 거주자들을 자극하여 항의 위원회를 조직하기에 이르렀으며, 이 위원회는 금요일 시의회 회의 전에 발족했다.

안전한 사람은 없다

"이제 거리에서 안전한

"이제 거리에서 안전한 사람은 없다"고 위원회 대변인 버나드 포겔은 〈뱃〉 기자에게 말했다.

"이제 자신의 가정에서도 안전한 사람은 없다."

덜거덕거리는 소리 속에서 해리는 어깨를 두드리는 느낌에 뒤를 돌아본다. 파자세크다. 걱정스러운 표정이다. "앵스트롬, 전화야."

"도대체 누굽니까?" 그는 베리티*의 시간에 일터로 전화가 걸려온 데 대한 사과로 그렇게 말을 해야만 한다고 느낀다.

"여자야." 파자세크가 누그러지지 않은 표정으로 말한다.

누굴까? 질(어젯밤에 보트를 타고 와 아직 축축하던 머리가 그의 배를 간질였고 결국 그녀는 이럭저럭 그가 싸게 했다)에게 문제가 생겼다. 질을 끌고 갔다―경찰이, 흑인들이. 아니면 페기 포스나트가 다시 저녁을 주겠다고 전화를 했다. 아니면 어머니가 상태가 나빠져서 마지막 남은 힘으로 이 번호를 돌렸다. 그는 어머니가 아버지가 아니라 자신과 이야기를 하고 싶어하는 것에 놀라지 않는다. 어머니가 자신을 가장 사랑한다는 것을 한 번도 의심한 적이 없으니까. 전화기는 파자세크의 작은 사무실, 우윳빛 유리로 세 벽을 두른 사무실에 부품 카탈로그(낡은 메르겐탈러**는 늘 고장이 난다), 처리가 끝나 서류꽂이에 꽂아놓은 원고와 함께 놓여 있다. "여보세요?"

"안녕, 여보. 누구게?"

"재니스. 해변은 어때?"

"사람 많고 무더워. 거긴 어땠어?"

"아주 좋아."

"그렇다고 들었어. 보트를 타러 나갔다고 들었어."

"그래, 넬슨이 가자고 했지. 올리가 나를 초대하라고 했어. 강을 따라 아이퍼트섬까지 갔지. 별로 못 잡았어. 주에서 송어를 좀 풀어놓았다는데도, 강에 석탄 토사가 아직 꽉 차 있는 것 같아. 코가 너무 타서 손도 못 댈 지경이야."

"보트에 사람이 많았다고 들었어."

---

* 회사 이름이자 '진실'이라는 뜻이다.
** 라이노타이프의 발명가로, 여기서는 그 기계.

"아홉 명 정도. 올리가 음악 하는 사람들하고 어울려 다니잖아. 예전에 야영지 만남의 광장이 있던 곳에서 피크닉을 했어. 스토기채석장 근처 말이야. 오랫동안 마녀가 살던 곳. 올리의 친구들이 기타를 꺼내서 연주했어. 멋있었어."

"당신도 손님을 데려갔다고 들었어."

"누구한테서 들었어?"

"페기가 말해줬어. 빌리가 페기한테 말했대. 빌리가 그것 때문에 완전히 흥분했다던데. 넬슨이 여자친구를 데려왔다면서."

"미니바이크보다 낫네, 응?"

"해리, 나는 이게 재미있다고 생각하지 않아. 그 여자는 어디서 찾은 거야?"

"어, 여기 인쇄소의 고고 댄서야. 점심시간에 춤을 춰. 조합이 요구해서 말이야."

"어디냐니까, 해리?"

그녀가 지친 목소리로 그의 이야기를 내치며 고집을 부리는 것이 해리는 기분좋다. 그녀는 학교에 다니는 아이처럼 자신감이 늘어가고 있다. 그가 솔직히 말한다. "술집에서 낚은 셈이지."

"그래. 그게 솔직한 거지. 그 여자는 얼마나 있을 거야?"

"물어보지 않았는데. 요새 애들은 우리 때하고는 달라서 계획을 세우지 않거든. 긁는 걸 별로 두려워하지 않아. 이봐, 나 기계로 돌아가야 돼. 그런데 말이야, 파자세크는 누가 여기로 전화하는 걸 좋아하지 않아."

"나도 이걸 습관으로 만들 생각은 없어. 내가 직장으로 전화한 건 혹시라도 넬슨이 들을까봐 걱정했기 때문이야. 해리, 지금 내 얘기 듣고 있어?"

"그럼, 달리 누구 얘기를 듣겠어?"

"그 여자가 내 집에서 나갔으면 좋겠어. 넬슨이 그런 일에 노출되는 걸 원치 않아."

"그런 일이라니? 그러니까 당신하고 스태브로스 같은 일 말이야?"

"찰리는 성숙한 남자야. 그 사람한테는 조카들이 많아서 넬슨도 잘 이해해. 하지만 그 여자는 약에 정신을 잃은 작은 동물 같던데."

"빌리가 그렇게 말해?"

"페기가 빌리하고 이야기를 한 뒤에 올리한테 전화해서 자세히 물어봤어."

"그러니까 그게 올리의 이야기로군. 어이쿠. 그때는 잘도 어울리더니. 그래도 올리가 데려온 늙은 까마귀 둘보다는 그 여자가 잘생겼던데, 정말이지."

"해리, 당신은 끔찍해. 나는 이게 아주 부정적인 상황 전개라고 생각해. 당신이 당신의 성적 욕구를 어떤 식으로 처리하든 내가 뭐라고 말할 권리는 없다고 생각하지만, 내 아들이 타락하도록 놔두지는 않을 거야."

"그애는 타락하지 않았어. 여자애는 넬슨이 설거지를 돕게 했어. 그건 우리가 하지 못한 일이야. 이 여자애는 넬슨한테 누나 같아."

"당신한테는 뭔데, 해리?" 그의 답이 늦어지자 그녀는 질문을 되풀이한다. 그녀의 목소리가 그녀의 어머니의 목소리처럼 조롱을 하고 상처를 주려고 한다. "해리, 그 여자가 당신한테는 뭔데? 꼬마 신부야?"

그는 생각을 하다가 그녀에게 말한다. "집으로 돌아와, 그럼 그 여자 애는 틀림없이 나갈 테니까."

이번에는 재니스가 생각한다. 마침내 그녀가 말한다. "내가 집으로 돌아간다면, 그건 넬슨을 데려가기 위해서일 거야."

"한번 해봐." 그가 말하며 전화를 끊는다.

그는 파자세크의 의자에 잠시 앉아 전화가 다시 울릴 기회를 준다. 다시 울린다. 그가 수화기를 든다. "네?"

재니스가 거의 울먹이는 목소리로 말한다. "해리, 이런 말 하고 싶지는 않지만, 당신이 제구실을 했으면 나는 떠나지 않았을 거야. 당신이 날 그렇게 몰아간 거야. 전에는 나한테 뭐가 빠져 있는지 몰랐는데 이제 채우고 보니 알겠어. 모든 게 내 탓이라는 말은 받아들일 수 없어, 정말 받아들일 수 없어."

"좋아. 탓하지 않을게. 계속 연락하자고."

"그 여자애를 내 아들한테서 떼어놓고 싶어."

"둘이 잘 지낼 거야, 걱정 마."

"당신을 고소할 거야. 당신을 법정으로 끌고 갈 거야."

"좋아. 당신이 저지른 멍청한 짓이 있으니, 적어도 판사가 웃을 기회는 줄 수 있겠구먼."

"그건 법적으로 내 집이야. 적어도 반은 내 거야."

"내 반이 어디인지 말해줘. 그럼 질을 거기에 두도록 할 테니까."

재니스는 전화를 끊는다. 아마 질의 이름을 입에 올린 것이 상처를 주었을 것이다. 그는 이번에는 다시 전화벨이 울리기를 기다리지 않고 우윳빛 유리로 이루어진 작은 방을 떠난다. 겁을 먹고 부풀어오른 듯한 두 손의 떨림이 기계의 덜걱거림과 섞인다. 몸의 땀이 기름과 잉크 냄새 속으로 사라진다. 그는 메르겐탈러에 다시 자리를 잡고 세 줄을 엉망으로 식자하다가 재니스의 전화를 마음 뒤편으로 밀어내버린다. 그녀가 법적 조언을 얻도록 스태브로스가 도와줄 것이라는 생각이 든다. 하지만 스태브로스가 적 진영에 속한 사람이라는 느낌이 들기는커녕, 오히려 그가 이 미친 여자, 그의 아내를 통제할 것이라는 믿음이 생긴다. 그녀의 몸을 통해 그들은 형제가 된 것이다.

질은 일련의 밤을 통해 래빗의 몸을 자신의 몸에 맞춘다. 그는 그녀의 몸을 여자의 몸으로 이용하는 공포를 극복할 수 없다―그녀의 썹이 콕콕 찌른다는 것도 그 이유 중 하나다. 억지로 그녀 안으로 들어가려 할 때마다 그 면도날이 떠오른다. 하지만 그녀는 보트를 타고 온 뒤 머리카락이 축축하던 밤을 기점으로 손가락과 입으로 그가 싸게 하는 방법을 완성한다. 그러자 그의 정액이 응결된 작은 웅덩이가 그녀의 피부에 나타난다. 쉽게 닦아낼 수 있지만 그의 상상 속에서는 그녀의 어깨, 목구멍, 등허리에 산酸으로 태운 자국 같은 것을 남긴다. 그의 눈에는 그녀의 늘씬하고 희고 유연한 몸 전체가 마침내 이 보이지 않는 화상으로 뒤덮이는 모습, 신문에 나는, 네이팜탄에 화상을 입은 아이 같은 모습이 보인다. 그도 그 나름으로 손이나 입으로 보답을 하려 하지만 그녀는 정중하게 거절하고 밀어낸다. 그를 위해 봉사를 하는 동안 이미 느꼈다고 안심을 시키거나, 그냥 아무 말 하지 말고 그의 허벅지를 그녀의 두 허벅지 사이에 넣고 밀어달라고 부탁한다. 그렇게 몇 분이 지나면 절정의 경련을 탐지하지도 못했는데 고맙다는 말을 듣게 된다. 8월의 밤들은 끈적끈적하고 답답하다. 누워 있으면 무거운 공기의 천장이 얼굴 30센티미터 위에 있는 것 같다. 물렁한 타르와 헐렁한 자갈 위에서 차 한 대가 시끄러운 소리를 내며 지나간다. 강 건너 1킬로미터 떨어진 곳에서 경찰 사이렌이 매애 운다. 새로운 소리다. 전의 오르내리는 울부짖음보다 더 광적이다. 넬슨이 불을 켜고, 오줌을 누고, 물을 내리고, 그들의 귀에 아주 가까운 곳에서 딱 소리를 내고 불을 끈다. 귀를 기울이고 있었을까? 혹시 지켜보고 있었을까? 질의 숨이 그녀의 목구멍에서 톱질을 한다. 그녀는 잠들었다.

그가 퇴근하고 오면 그녀는 앉아서 책을 읽거나, 앉아서 바느질을 하거나, 앉아서 넬슨과 모노폴리를 하고 있다. 그녀의 책은 무시무시하다. 애크미의 선반에서 뽑아온 요가, 정신의학, 선禪에 관한 책이다. 그녀는 장보러 가는 것 외에는 밖에 나가기를 꺼린다. 밤에도. 몇몇 주의 경찰이 그녀를 찾고 있어서라기보다는―경찰은 그녀 같은 사람을 수천 명 찾고 있다―평범한 날의 빛, 그리고 래빗의 삶의 양식이었던 풍경과 거리에 구역질이 나기 때문인 듯하다. 그들은 텔레비전을 거의 보지 않는다. 텔레비전을 켜면 그녀가 방을 나가기 때문이다. 물론 그는 가끔 그녀가 부엌에 있을 때 여섯시 뉴스를 조금 보지만. 저녁이면 그녀와 넬슨은 텔레비전을 보는 대신 하느님, 아름다움, 의미를 이야기한다.

그녀는 말한다. "사람이 무엇을 만들든 만들 때 느끼는 것이 거기에 그대로 남아. 돈을 벌기 위해서 만들면 거기에서는 돈 냄새가 나. 그래서 이 집이 그렇게 추한 거야. 사람들이 이유를 남기기 위해 아낀 흔적들이 여전히 안에 남아 있는 거지. 그래서 성당이 그렇게 예쁜 거야. 벨벳이나 담비가죽을 차려입은 귀족이나 숙녀들이 돌을 끌고 경사로를 올라갔거든. 화가를 생각해봐. 화가는 붓에 물감을 묻히고 캔버스 앞에 서 있어. 화가가 목표물을 만들 때 무엇을 느끼든—피곤하든 따분하든 행복하든 자랑스럽든—그건 그대로 남을 거야. 똑같은 물감이지만 우리는 그걸 느껴. 지문처럼. 글씨체처럼. 사람은 물건을 정신으로 만드는 도구이고, 정신을 물건으로 만드는 도구야."

"그래서 요점이 뭐야?" 넬슨이 묻는다.

"요점은 황홀이지." 그녀가 말한다. "에너지. 좋은 것은 뭐든 황홀한 상태에 있어. 세상은 하느님이 만든 것이고, 여기에서는 돈의 악취가 나지 않아. 절대 지치지 않고, 너무 많지도 너무 적지도 않지. 늘 정확하게 꽉 차 있어. 지진 후 일 초만 지나도 돌들은 잠잠해. 어느 곳에나 놀이가 있지. 천둥이나 눈사태에도. 아버지 보트를 타고 나갔을 때 별 구경을 하곤 했어. 마치 별들 사이에 눈에 보이지 않는 현들이 있는 것 같았어. 완벽하게 조율되어 수천 가지 음을 연주하고, 나도 잘하면 그 소리를 들을 수 있을 것 같았어."

"우리는 그걸 왜 못 듣는 거야?" 넬슨이 묻는다.

"우리의 에고 때문에 귀가 멀어서. 우리의 에고 때문에 눈이 멀어서. 우리 자신을 생각한다는 건 우리 눈에 흙을 집어넣는 것과 같아."

"성경에도 그런 얘기가 있어."

"그게 하느님의 의도야. 우리의 에고가 없으면 우주는 완전히 깨끗할 거야. 모든 동물과 바위와 거미와 월석月石과 별과 모래알이 다들 아무런 자의식 없이 완전히 자기 일만 하고 있을 거야. 하느님의 의식만 유일하게 남을 거야. 이런 식으로 생각해봐, 넬슨. 물질은 정신의 거울이다. 하지만 물질은 거대한 방처럼, 무도회장처럼 삼차원이다. 그 안에 아주 작은 다른 거울들이 붙어 있는데, 이쪽저쪽으로 기울어져 있어 빛을 엉뚱한 방향으로 반사한다. 그 안을 들여다보는 커다란 얼굴에게는 이 작은 거울이 검은 점에 불과하다. 하느님은 거기서 하느님 자신을 볼 수 없다."

래빗은 그녀가 이런 식으로 말하는 것을 듣다가 매혹된다. 평소에는 간결하고 건조한 그녀의 말투가 이때는 암기한 것을 암송하듯이 문장들을 헤치며 나아간다. 낮은 목소리는 지하에서 들려오는 웅얼거림 같다. 그녀와 넬슨은 모노폴리 놀이판을, 집과 호텔과 돈을 사이에 놓고 바닥에 앉아 있다. 게임은 며칠 동안 진행중이다. 그가 방에 들어와 그들 위로 우뚝 서 있지만 두 아이 모두 알은체를 하지 않는다. 래빗이 묻는다. "그럼 왜 하느님이 그 점들을 그냥 없애버리지 않는 걸까? 내가 보기에는 그 점들이 우리 같은데."

질이 쳐다본다. 이 순간 그녀의 얼굴은 거울처럼 텅 비어 있다. 그는 어젯밤을 기억하며, 그녀가 입 주위에 화상을 입은 것처럼 보일 것이라고 생각한다. 마치 미끈거리는데다 아가리까지 좁은 주전자를 통제 불가능한 수도꼭지에 갖다대고 물을 채우는 것 같았다. 그녀가 대답한다. "하느님이 벌써 우리를 봤는지 잘 모르겠네요. 우주는 너무 넓고 거기서 우리가 차지하는 부분은 아주 작잖아요. 너무 작고 새롭잖아요."

"어쩌면 우리가 우리 자신을 지울 수도 있겠지." 래빗이 도움을 주려고 말을 꺼낸다. 그는 돕고 싶다. 자기 몫을 감당하고 싶다. 교육에 늦었다는 것은 없다. 재니스나 스프링어 영감하고는 이런 종류의 대화는 나눌 수도 없었을 것이다.

"그런 죽음의 소망이 있죠." 질이 인정한다.

넬슨은 그녀하고만 이야기하려 한다. "질은 다른 행성에 생명체가 있다고 믿어? 나는 안 믿어."

"우와, 넬슨, 너무 인색하다! 왜 안 믿는데?"

"모르겠어. 멍청한 소리이긴 하지만—"

"말해봐."

"난 이렇게 생각했어. 다른 행성에 생명이 있다면 우리 달 사나이들이 우주선에서 나갔을 때 그들 손에 죽었을 것이다. 하지만 죽지 않았어. 그러니까 없는 거지."

"멍청한 소리 마." 래빗이 말한다. "달은 바로 우리 동네에 있는 거나 마찬가지야. 지금 우린 수백만 광년 떨어진 우주의 생명체 이야기를 하는 거라고."

"아니, 내가 보기에는 달이 좋은 기준이 될 것 같아요." 질이 말한다. "아무도 구태여 달을 지키러 나서지 않은 거라면, 하느님이 얼마나 만족하지 못하는지 증명이 되잖아요. 끝없이 펼쳐진 회색 먼지뿐이니까."

넬슨이 말한다. "내가 아는 우리 학교 어떤 애가 그러는데, 달에는 사람들이 있지만 원자보다 작대. 그래서 바위를 갈아도 찾을 수 없을 거래. 그애 말로는, 그 사람들에게도 도시도 있고 다 있대. 우리가 콧구멍으로 그 사람들을 들이마시면 비행접시가 보인다고 생각하게 된대. 그애는 그렇게 말했어."

래빗은 자신이 예전에 식자한 〈뱃〉의 특집 기사에 의지해 계속 이야기를 거들려고 한다. "나는 목성 안쪽에 희망을 좀 걸고 있어. 알다시피 우리 눈에 보이는 표면은 가스잖아. 그 거죽 안으로 3천 마일쯤 들어가면 어떤 생명체, 예를 들어 물고기 같은 걸 먹여 살릴 수 있는 화학물질이 있을지도 몰라."

"아저씨가 청교도적으로 낭비를 두려워하기 때문에 그런 걸 바라는 거예요." 질이 말한다. "다른 행성들도 뭔가에 쓰여야 한다고, 경작을 해야 한다고 생각하는 거죠. 왜 그래야 하죠? 어쩌면 그 행성들은 그저 인간에게 일곱까지 세는 법을 가르쳐주려고 거기 있는 건지도 모르는데."

"그럴 거면 왜 발마다 발가락을 일곱 개씩 달아주지 않았을까?"

넬슨이 나선다. "학교에 어떤 애가 있는데, 날 때 손가락이 하나 더 있었어. 의사가 잘라냈지만 아직도 그게 있던 자리가 보여."

"또 천문학도 있네요." 질이 말한다. "만일 행성들이 없다면 밤하늘은 한 가지로 고정되어버렸을 거예요. 우리는 삼차원은 짐작도 못했을 거고."

"참으로 사려 깊은 하느님이네." 래빗이 말한다. "우리는 그저 하느님의 거울에 있는 점 몇 개에 불과한데."

질은 무심하게 손을 저어 그의 지적을 날려버린다. "하느님은 모든 걸 하세요. 그게 하느님이 꼭 해야만 하는 일이라서 그런 건 아니에요."

질은 한없이 무심해질 수 있다. 한번은 집에만 있지 말고 밖에 좀 나가라고 말하자, 밖에 나가 다른 여남은 집에서 다 보이는 바비큐 옆에 담요를 펼치고 비키니 팬티만 입고 일광욕을 했다. 한 이웃이 전화를 걸어 불평하자 질은 변명했다. "내 젖통이 작아서 사람들이 나를 남자

아이라고 생각할 줄 알았다고요." 해리가 장을 보라고 일주일에 30달러씩 주기 시작하자 그녀는 경찰서에 가서 포르쉐를 찾아왔다. 보관료가 원래 벌금의 네 배였다. 그녀는 주소로 비스타 크레센트를 대고 여름 동안 친척집에 와 있다고 말했다. 그녀가 래빗한테 말했다. "귀찮은 일이었지만 넬슨한테는 차가 필요해요. 그 나이에는 집에 차가 없는 게 너무 굴욕적인 일이라고요. 아저씨를 뺀 미국의 모든 사람한테 차가 있어요." 그래서 포르쉐는 그들의 갓돌 옆에서 살게 되었다. 그 흰색에는 먼지가 앉았고 조수석 쪽의 앞 펜더는 긁혔으며 컨버터블 지붕 한쪽을 지탱하는 걸쇠는 부러졌다. 그래도 넬슨은 그 차를 너무 좋아해서 아침에 거기 있는 것을 볼 때마다 소리를 지를 정도다. 아이는 차를 닦는다. 사용 설명서를 읽고 바퀴를 돌려본다. 학교가 시작되기 전 그 수정처럼 맑은 일주일 동안 질은 넬슨을 데리고 시골로, 브루어 카운티의 농장과 산으로 드라이브를 나간다. 아이에게 운전을 가르치고 있다.

어떤 날은 래빗이 퇴근하고 나서 한 시간이 지난 뒤에야 돌아온다. "아빠, 끝내줬어요. 산을 올라가 매의 피난처까지 갔어요. 내려오는 꼬불꼬불한 길에서는 내가 운전을 하게 해줬어요. 간선도로에 올 때까지 쭉이요. 엔진브레이크라고 들어보셨어요?"

"늘 듣는 거지."

"브레이크를 밟는 대신 기어를 저단으로 낮추는 거예요. 기분 끝내줘요. 질의 포르쉐는 기어가 다섯 단쯤 돼요. 그리고 무게중심이 아주 낮아서 붕 소리를 내면서 빠르게 커브를 돌아요."

래빗이 질에게 묻는다. "제대로 하고 있는 거 확실해? 저애가 누굴 죽일 수도 있어. 나는 고소당하고 싶지 않단 말이야."

"넬슨은 능력이 있어요. 책임감도 있고요. 틀림없이 아저씨를 닮아서 그럴 거예요. 전에는 내가 운전석에 앉아 있고 넬슨한테 운전대만 돌리게 했는데, 그게 아예 운전을 다 하게 하는 것보다 더 위험하더라고요. 산에는 사실 아무도 없고요."

"하지만 매는 싫어요, 아빠. 매들은 소나무에 앉아서 사람들이 까마귀 몸통 같은 걸 던져주기를 기다려요. 정말 지저분해요."

"뭐," 래빗이 말한다, "매도 살아야지."

"그게 내가 계속 넬슨한테 하는 말이에요." 질이 말한다. "하느님은 양만이 아니라 호랑이한테도 있다."

"그래. 하느님은 정말로 자기를 물어뜯는 걸 좋아하지."

"아저씨는 어떤 사람인지 알아요?" 질이 말한다. 그녀의 눈은 초원의 녹색이고, 머리카락은 아주 가늘게 자아낸 삼나무 빛깔의 실처럼 엉켜 있다가 창문의 빛으로 해체된다. 포획된 생각이 그녀의 머릿속에서 퍼덕거린다. "아저씨는 냉소주의자예요."

"그냥 중년 남자야. 누가 나한테 다가와서 '내가 하느님이다'라고 말한다면, 나는 이럴 거야. '신분증을 보여주쇼.'"

질은 춤을 추며 앞으로 다가온다. 그날 하루가 그녀 안에 남긴 재미와 심술로 불타오르고 있다. 그녀는 그를 끌어안고 춤을 추며 움직인다. 나비의 포옹. "난 아저씨가 아름답다고 생각해요. 넬슨하고 나 둘다 그렇게 생각해요. 우리는 그 얘기를 자주 해요."

"그래? 둘이서 할 수 있는 일을 그것밖에 생각해내지 못하는 거야, 내 얘기를 하는 거밖에?" 그는 웃기려고 한 말, 그녀의 기분을 생기 있게 유지해주려고 한 말이지만, 그녀의 얼굴이 정지한다. 잠시 허공에 멈춰 있다. 넬슨의 얼굴을 보자 그는 자신이 뭔가를 우연히 건드렸다는 것을 알 수 있다. 이 아이들이 뭘 하는 걸까. 그 작은 차 안에서. 그래, 이 아이들은 많은 공간, 많은 접촉이 필요 없다. 어린 몸들이니. 아이의 희미한 콧수염, 검은 머리카락. 그녀의 삼나무 빛깔 갈기. 아직 그와는 달리 흐물흐물하지 않은 몸들. 그렇게 예민한 나이에는 가장 단순한 접촉만으로도. 그들의 남매 같은 수줍음, 개수대에서 젖은 컵이 반짝거리는 가운데 닿는 두 손. 첫날밤에 털이 많고 늙고 무거운 그와도 하겠다고 했는데 아이가 크는 걸 도울 수 있다면 무슨 짓을 마다했을까? 누군가는 해야 할 일이다. 뭐 어떤가? 이 괴로운 시대와 맞서는 중요한 질문. 뭐 어떤가.

그는 자기도 모르게 그녀를 기습해 발견한 이 죄를 더 추적하지 않지만, 그날 밤 그녀가 그를 고지식하게 받아들이게 만든다. 그녀는 입을 제시하고 자신의 씹은 너무 비좁아 들어오는 것을 시들게 한다고 말하지만 그는 그것을 그녀 안에 쑤셔넣는다. 그가 단단함을 잃지 않자 그녀는 겁을 먹는다. 그는 그녀가 그의 몸 위에 앉게 하고 그녀의 새틴 엉덩이를, 앙상한 골반뼈를 끌어내린다. 그녀는 숨을 훅 들이켜고, 고통 섞인 놀라움에 마치 즐거울 때처럼 높은 소리로 말한다. "내 자궁을 건드리고 있어요!" 그는 그것을 그려보려 한다. 자신이 어디에 있는지는 전혀 모르지만, 어쨌든 그녀 안의 어딘가에 있는, 신장, 내장, 간 사이에 있는 장밋빛을 띤 검은색 바다. 머리카락이 살색이고 내장이 구름 같은 그의 어린 신부는 그의 몸 위에 둥둥 떠 있고, 그를 콕콕 찌르고, 구름처럼 그를 빨아들이고, 아래로 떨어지고, 그를 용서한다. 그녀에 대한 그의 사랑 때문에 혐오와 혼란이 막처럼 그를 덮는다. 그래서 곧 잠이 든다. 그러나 그의 첫 꿈들이 북적거리기 시작할 때 그녀는 벌써 침대에서 일어나 씻고, 넬슨을 확인하고, 하느님과 이야기하고, 알약을 먹고, 그 외에 그의 시든 좆이 있었던 곳의 상처를 치료하기 위해 필요한 일을 한다. 얼마나 슬프고, 얼마나 이상한가. 우리는 아무것도 없는 곳에서 벗들을 만들어내고, 그들이 우리에게 반항하여 창조를 완성하도록 상처를 주다니.

해리의 아버지가 휴식시간에 슬금슬금 다가온다. "별일 없지, 해리?"

"나쁘지 않아요."

"너한테 이렇게 잔소리하는 건 나도 죽도록 싫어. 너도 너 나름으로 힘든 일이 있는 어른이니까. 나도 알아. 하지만 저녁에 가끔 와서 네 어머니와 이야기를 나누면 죽도록 고마울 것 같다. 네 어머니는 이제 너하고 재니스에 관해 온갖 부질없는 이야기를 듣고 있어. 그러니 네가 와서 정리해주면 네 어머니도 좀 안정될 것 같아. 우리는 도덕주의자들이 아니야, 해리. 너도 알잖냐. 네 어머니와 나는 우리 자신의 방식대로 살려고 했고, 고맙게도 하느님이 우리에게 주신 두 자식도 똑같은 방식에 따라 기르려고 했어. 하지만 나도 이제는 세상이 달라졌다는 걸 빌어먹을 잘 알아. 그러니 우리는 절대 도덕주의자들이 아니야, 나하고 메리는."

"엄마 건강은 어때요, 전체적으로?"

"글쎄, 그게 또 한 가지 골치 아픈 문제야, 해리. 병원에서 일이 진행돼서 네 어머니는 그 새로운 기적의 약이라는 걸 먹게 되었어. 무슨 이름이 있던데 나는 도무지 기억을 할 수가 없구나. 엘도파, 맞아, 엘도파야. 아직 실험 단계인 것 같지만 많은 경우에 놀라운 효과를 보는 건 틀림없는 것 같아. 문제는, 이게 또 그 사람들이 잘 모르는 부작용들이 있다는 거지. 네 어머니의 경우에는 우울증이야. 구역질도 좀 있고 식욕이 떨어지기도 하고. 그리고 악몽도 있어, 해리. 악몽 때문에 네 어머니는 잠을 깨고, 나도 깨워서 자기 심장 뛰는 소리를 들어보라고 해. 꼭 북소리처럼 들리더라고. 해리, 나는 전에는 방안에서 다른 사람 심장 뛰는 소리가 그렇게 발소리처럼 선명하게 나는 걸 들어본 적이 없어. 하지만 그 엘도파로 인한 꿈 때문에 네 어머니한테 그런 일이 벌어지고 있어. 하지만 분명한 건, 네 어머니 말이 더 편하게 나오고 전에 그렇게 떨리던 손이 이제 그만큼은 안 떨린다는 거야. 뭐가 옳은지 모르겠다, 해리. 가끔은 그런 생각도 들어. 자연이 제 갈 길을 가게 해야겠지. 하지만 또 이런 의문도 드는 거야. 뭐가 자연이고, 뭐가 자연이 아니냐? 또하나의 부작용은"—아버지가 바싹 다가오며 주위를 흘끔거리다 종이컵의 커피가 엎질러져 손가락을 데자 아래를 흘끗 본다—"이런 얘긴 하지 말아야 하지만 영 근질근질해서 말이지. 네 어머니 말이 지금 먹는 이 새로운 거, 그 이름이 뭐든 말이다. 그거 때문에 기분이, 어떻게 말해야 하나?"—아버지는 다시 주위를 흘끔거리다 아들에게 털어놓는다—"사랑에 빠져 두근거리게 된다는 거야. 말이다, 이제 예순다섯이 된 여자가, 하루 중 반은 침대에 누워 있는 여자가, 그 충동을 너무 심하게 느껴 견딜 수 없을 정도라는 거야. 텔레비전도 안 보겠대. 광고를 보면 더 심해진다면서. 네 어머니는 자신을 비웃을 수밖에 없다는구나. 어쨌든 대단한 거 아니냐? 그런 착한 여자가 말이다. 쓸데없는 소리를 잔뜩 늘어놔서 미안하구나. 아마 혼자서 그런 걸 너무 많이 감당하면서 살아서 그런 모양이야. 밈은 나라 반대편에 가 있고 하니 말이다. 너한테 너 나름의 문제가 있다는 걸 몰라서 이러는 게 아니란 건 그리스도가 아신다."

"저는 아무 문제 없어요." 래빗이 아버지에게 말한다. "당장은 아이가 개학을 할 때까지 숨죽이고 있을 뿐이에요. 아이의 마음 상태는 상당히 안정되었다고 말씀드릴 수 있고요. 아시다시피 제가 마운트저지에 가야 할 만큼 자주 가지 않는 이유 한 가지는 엄마가 넬슨이 어렸을 때 아주 거칠게 대하는 바람에 아이가 아직도 엄마를 무서워한다는 거예요. 그렇다고 아이를 집에 혼자 두고 가고 싶지는 않고요. 이렇게 강도와 폭행이 전국적으로 기승을 부리는 판에 말이에요. 교외까지 와서 손닿는 대로 아무거나 훔쳐가잖아요. 방금 기사를 하나 짜다가 이런 걸 봤어요. 저기 펄리 타운십에 어떤 여자가 사는데, 이 여자가 위층 욕실에 간 사이에 도둑이 진공청소기와 30미터짜리 정원용 호스를 훔쳐갔다지 뭐예요."

"그게 다 이 염, 병, 할, 흑인들, 그놈들 때문이지." 얼 앵스트롬이 소리를 낮추는 바람에 쉰 목소리가 난다. 하지만 뷰캐넌과 판즈워스는 늘 휴식시간이면 부니 같은 다른 술꾼들과 함께 골목으로 나가고 없다. "나는 걔네들을 늘 흑인이라고 불렀는데, 이제 걔네들 스스로 흑인이라고 하니 나야 좋은 일이지 뭐. 걔네들은 백인 일을 못해요, 몇 가지 빼고는. 벅을 봐도 그렇잖니. 벅은 여기에 가장 오래 있었으면서도 조직의 우두머리가 되지를 못하잖아. 그러니 강도질을 하고 살인을 할 수밖에 없지. 뚜쟁이나 권투선수가 되지 못하는 애들은 말이야. 걔네들은 도대체가 기대에 부응하지를 못해. 부응했던 적이 없어. 이 나라는 누가 한 충고인지 몰라도 그걸 받아들였어야 돼. 내 기억이 맞는다면 조지 워싱턴일 거야. 어쨌든 헌법 제정자 가운데 한 사람이야. 아무튼 기회가 있었을 때 전부 배를 태워 아프리카로 돌려보냈어야 한다니까. 이제는 아프리카도 받아주지 않겠지. 술과 캐딜락과 하얀 보지가, 내가 이렇게 말하는 걸 용서해다오. 아무튼 걔네들을 망쳐서 걔네들은 다 썩어버렸어. 세상의 쓰레기야, 해리. 미국 니그로들은 하층 중의 최하층이야. 걔네들은 도둑질을 하고도 나라가 자기들한테 빚진 걸 챙겼을 뿐이라고 말할 정도로 뻔뻔해."

"알았어요, 알았어." 아버지가 뭔가에 열을 내는 것을 보면 래빗은 마음이 편치 않다. 그는 얼른 그들 사이에 오갈 수 있는 가장 차분한 주제로 옮겨간다. "제 이야기를 많이 하세요? 엄마가요?"

노인은 입술의 침을 핥고 한숨을 쉬더니 속을 털어놓으려는 듯 더 낮게 몸을 낮춘 다음 두 손 안의 더껑이가 앉은 식은 커피를 흘끗 내려다본다. "늘 하지, 해리, 매일 매분. 사람들이 와서 네 이야기를 하면 네 어머니는 스프링어 사람들 욕을 해대. 아, 그 집안을 놓고 어찌나 투덜거리는지. 특히 그 집안 여자들을 두고. 아마, 사돈 부인이 네가 십대 히피하고 어울린다고 이야기하고 다니는 모양이야. 애초에 그것 때문에 재니스가 집을 나가게 된 거라고."

"아니에요, 재니스가 먼저 나갔어요. 나는 계속 돌아오라고 했고요."

"글쎄, 사실이야 어찌되었건, 나는 네가 옳은 일을 하려고 노력한다는 걸 알아. 나는 도덕주의자가 아니야, 해리. 나도 요즘 너 같은 젊은 사람들이 내 나이 또래 사람들이 감당했던 것보다 큰 긴장과 심리적 압박을 받는다는 걸 알아. 나도 원자탄이나 이 부잣집의 어린 혁명가들을 걱정하며 살아야 했다면 틀림없이 내 머리에 산탄총을 갖다대고 세상이 나 없이 굴러가게 했을 거다."

"들르도록 할게요. 엄마하고 이야기를 해야겠네요." 래빗이 말한다. 아버지 어깨 너머 노란 얼굴의 벽시계가 11:10으로 뛰어가기까지 일 분도 남지 않았다. 휴식시간이 끝나가는 것이다. 그는 이 데굴데굴 굴러가는 세상 전체에서 자신을 알아주는 사람은 어머니뿐이라는 것을 안다. 그는 인간이 달에 착륙한 밤에 어머니가 죽어가는 상태에서도 그를 쿡 찌른 것을 기억한다. 하지만 자기 내부에서 벌어지는 일을 보호할 수 있을 만큼 충분히 이해하기 전에는 어머니에게 자신을 열어 보이고 싶지 않다. 어머니에게는 어머니 나름으로 어떤 일이 벌어지고 있다. 죽음과 엘도파. 그리고 그에게는 그 나름으로 어떤 일이 벌어지고 있다. 질. 그 아이는 이제 그들과 삼 주를 함께 살았으며, 살림을 하고, 그가 공산주의나 요즘 아이들이나 그가 보기에 부패가 시작되고 흑인의 광기가 스며드는 다른 아픈 곳에 관해 논쟁을 시작하려고 하면 나는 당신을 알아 하고 말하는 듯한 심술궂은 표정으로 말없이 그를 바라보는 법을 배우는 중이다. 그가 상승 운동으로 그녀에게 상처를 주고 그녀의 자궁에 닿던 밤에 시작된 그 작고 심술궂은 녹색 표정.

그의 아버지는 그가 생각하는 것 이상으로 그의 편이다. 노인은 더 바싹 붙어서 말한다. "한 가지, 계속 이야기하고 싶었던 게 있는데, 해리, 두서없이 이야기하는 걸 용서해라, 하지만 나는 네가 아주 조심하기를 바라. 미성년자를 임신시키는 거, 법은 이걸 아주 의심스럽게 봐. 또 그런 애들은 족제비처럼 더러워서 모든 사람에게 짝짝이*를 퍼뜨린다고들 하더라고." 시곗바늘이 십분에 이르고 휴식이 끝났다는 것을 알리는 귀에 거슬리는 벨소리가 울리자, 노인은 우스꽝스럽게도 손뼉을 짝짝 친다.

깨끗하고 파삭파삭한 퇴근 후 셔츠 차림으로 밝은 녹황색 집의 앞문을 열자 위쪽에서 기타 소리가 들린다. 손으로는 천천히 기타 코드를 뜯고 작고 높은 두 개의 목소리는 선율을 따라 움직인다. 그는 위층으로 이끌린다. 둘은 넬슨의 방 침대에 앉아 있다. 질은 레이스가 달린 검은 팬티에 싸인 가랑이를 드러낸 채 베개에 기대 요가 자세로 허리를 세우고 있다. 기타는 허벅지를 가로질러 놓여 있다. 래빗은 처음 보는 기타다. 새것 같다. 창백한 목재가 목욕 후 오일을 바른 여자처럼 빛난다. 자키 팬티에 티셔츠 차림으로 질 옆에 앉은 넬슨은 목을 길게 빼고 그녀의 발목 옆 침대 커버 위에 펼쳐진 악보를 읽고 있다. 바닥으로 늘어져 대롱거리는 아이의 두 다리가 갑자기 길어 보인다. 근육도 불거진 듯하다. 재니스처럼 검은 털이 그림자를 드리우기 시작하는 것 같다. 래빗은 아이의 벽에서 브룩스 로빈슨과 올랜도 세페다와 오토바이를 탄 스티브 매퀸**의 낡은 포스터들이 사라진 것을 눈치챈다. 스카

* 성병.
** 앞의 둘은 야구선수, 마지막은 영화배우.

치테이프가 있었던 곳의 페인트가 벗겨졌다. 두 아이는 노래를 부르고 있다. "……사람들은 어-른 되나." 층계를 올라오는 발소리를 듣고 대비를 했을 텐데도 그가 들어가자 가느다란 실이 끊어진다. 넬슨이 속옷을 입고 있는 것은 괜찮다. 족제비처럼 더럽기는커녕, 질이 부추겨 하루에 한 번, 아버지가 퇴근하기 전에 샤워를 한다. 아마 자기 아버지가 금요일에만 스토닝턴의 집으로 돌아왔기 때문에 그것을 하나의 행사로 여기던 버릇이 질에게 남은 모양이다.

"어서 오세요, 아빠." 넬슨이 말한다. "이거 끝내줘요. 우린 화음을 넣어 노래를 부르고 있어요."

"그 기타는 어디서 났어?"

"거지 노릇을 했어요."

질이 맨발로 아이를 쿡 찌르지만 아이의 말을 중단시키기에는 이미 늦었다.

래빗이 아이에게 묻는다. "어떻게 거지 노릇을 했어?"

"브루어의 거리 모퉁이에 서 있었어요. 주로 와이저 스트리트하고 7번가가 만나는 데였어요. 그러다가 캐머런으로 자리를 옮겼는데, 돼지* 차가 천천히 다가오더니 우리를 보는 거예요. 재미있었어요, 아빠. 질이 사람들 길을 막고 내가 자기 동생이라고 하는 거예요. 우리 엄마는 암에 걸려 죽어가고 있고 아버지는 죽었고, 집에는 어린 남동생이 있다고요. 어떨 때는 어린 여동생이라고도 하고요. 어떤 사람들은 우리한테 생활보호 신청을 하라고 했어요. 하지만 많은 사람이 1달러

---

* 경찰.

정도를 줘서 우리는 마침내 20달러를 모을 수 있었어요. 올리가 20달러만 가져오면 44달러짜리 기타를 주겠다고 했거든요. 질이 뒷방에 가서 올리하고 이야기를 하고 나자, 악보까지 덤으로 끼워줬어요."

"올리가 참 착하기도 하네, 응?"

"해리, 그 사람은 정말 착했어요. 그런 식으로 보지 마요."

그가 넬슨한테 말한다. "둘이 뒷방에서 무슨 이야기를 했는지 궁금하구나."

"아빠, 부정직한 건 하나도 없었어요. 우리가 길을 막은 사람들은 나중에 기분이 좋아졌을 거예요. 우리가 그 사람들 양심을 편하게 해주었으니까요. 어쨌든, 아빠, 권력이 모두 민중에게 돌아간 사회에는 어차피 돈이 존재하지 않을 거예요. 그냥 필요한 걸 얻게 될 거예요."

"어이쿠, 젠장, 지금 네 인생이 그렇잖아."

"그래요, 하지만 나는 모든 걸 졸라야 하잖아요, 안 그래요? 게다가 미니바이크는 얻지도 못했고요."

"넬슨, 옷 좀 입고 네 방에 가만히 있어라. 나는 질하고 잠깐 이야기 좀 해야겠다."

"질을 아프게 하면 아빠를 죽여버릴 거예요."

"입을 다물지 않으면, 너를 네 엄마하고 찰리 스태브로스가 사는 데 가서 살게 할 거야."

그들의 침실에 들어가자 래빗은 조심스럽게 문을 닫은 뒤 작고 떨리는 목소리로 질에게 말한다. "너는 내 자식을 꼭 너 같은 거지로, 창녀로 만들고 있어." 그리고 잠시 그녀가 반박을 시작하기를 기다린 다음 그녀의 경멸 가득한 얼굴을 때린다. 입은 꼭 다물고 녹색 눈은 반항으로 흠뻑 젖어 짙어지면서 나뭇잎 그늘처럼 어두워져 있다. 다수를 감춘 채 흔들리는 잎들. 그는 그 작디작은 숲을 폭파해버리고 싶다. 꼭 플라스틱을 때리는 느낌이다. 손가락만 따끔거리고 아무런 효과가 없다. 다시 때린다. 얼굴이 움직이지 않게 하려고 마른 살 같은 그녀의 머리카락을 손에 그러쥔다. 그녀가 몸을 틀어 빠져나가려고 할 때는 차가운 분노를 느끼지만 목 옆쪽을 주먹으로 때린 뒤에는 그냥 침대에 쓰러지게 놓아둔다.

질은 여전히 얼굴을 가리고 그를 올려다보며 쉭쉭거리는 소리를 낸다. 약간 사이가 뜬 옥니에서 이상한 쉭쉭 소리가 새어나온다. 마침내 첫 말이 터져나온다. 초연하고 차분하다. "아저씨가 왜 이랬는지 아저씨도 알죠? 그냥 나에게 상처를 주고 싶었던 거예요. 그게 이유예요. 그냥 그런 흥분을 맛보고 싶었던 거예요. 아저씨는 나나 넬슨이 거지 짓을 하는 것에는 똥만큼도 관심이 없어요. 누가 구걸을 하고 하지 않는지, 누가 훔치고 훔치지 않는지, 아저씨가 무슨 관심이 있어요?"

그녀의 질문은 그의 텅 빈 상태와 만나지만 그래도 그녀는 말을 이어간다. "돼지의 법이 아저씨한테 해준 게 뭐예요. 아저씨에게 기름투성이 일을 강요하고, 멍청한 마누라 하나 지키지 못하는 겁 많고 재수 없는 놈으로 만든 것 외에?"

그는 그녀의 손목을 잡는다. 부서질 것 같다. 백묵. 부러뜨리고 싶다, 톡 부러지는 것을 느끼고 싶다. 그것이 낫는 몇 달 동안 품에 아주 고요하게 안고 있고 싶다. "잘 들어. 나는 한 번에 좆같이 1달러씩 돈을 벌고, 넌 그 돈으로 살고 있어. 돌아가서 네 검둥이 친구들하고 놀면서 지내고 싶으면 그렇게 해. 나가라고. 나랑 내 아이는 가만 내버려두고."

"이 재수없는 놈." 그녀가 말한다. "아기나 죽이는 재수없는 새끼."

"그것 말고 다른 판을 틀어." 그가 말한다. "이 역겨운 년아. 너희 부잣집 애들이 인생을 갖고 장난치는 것을 보면 구역질이 나. 너희 아버지들의 약탈물을 보호해주는 불쌍하고 멍청한 경찰관들한테 돌을 던지는 걸 보면 말이야. 너희는 그냥 장난치는 거야, 아가. 너희는 너희들이 행복한 씹이라는 위대한 게임을 하고 있다고 생각하지만, 내가 한 가지 말해주지. 내 불쌍하고 멍청한 얼간이 마누라는 뒤로 엉덩이를 갖다대도 네가 앞으로 하는 것보다 훨씬 잘해."

"뒤로 하는 게 당연하지. 너를 마주보는 걸 견딜 수 없을 테니까."

그는 그녀의 백묵 같은 손목을 더 꼭 쥐고 그녀에게 말한다. "너는 즙도 안 나와, 아가. 이미 다 빨려나가서. 이제 겨우 열여덟인데. 너는 모든 걸 해봤고 아무것도 무섭지 않은데 왜 그렇게 모든 게 다 죽어버렸는지 궁금하지? 모든 걸 남이 갖다주었기 때문에 그래, 귀여운 아가. 그래서 모든 게 그렇게 죽어버린 거야. 씨발, 넌 세상을 바꾸려고 하는데, 왜 사람들은 열심히 뛰어다니고 있는지 좆도 모르겠지? 두려움 때문이야. 그래서 우리 같은 불쌍한 새끼들은 열심히 뛰어다니는 거야. 너는 두려움이 뭔지 모르지, 그렇지, 불쌍한 아가? 그래서 네가 그렇게 죽어버린 거야." 그는 손목을 꽉 쥔다. 마침내 손목 안의 서로 연결된 구부러진 뼈들이 엑스레이에서처럼 흑백으로 휜 모습이 그려진다. 그녀의 눈이 아주 조금 커진다. 그가 일으킨 것이 아니라면 볼 수 없었을 헤어라인 간격만한 공포다.

그녀는 손목을 빼내 문지른다. 눈은 그의 눈을 여전히 똑바로 마주보고 있다. "사람들은 두려움 때문에 열심히 뛰어다니는 것은 할 만큼 했어요." 질이 말한다. "이제 두려움 대신 사랑으로 바꿔보는 게 어때요."

"그러려면 다른 우주를 찾는 게 좋을 거야. 달은 차가워, 아가. 차갑고 추해. 네가 그걸 원치 않는다 해도, 빨갱이들은 원해. 개네들은 너처럼 그렇게 좆도 오만하지 않거든."

"저게 무슨 소리죠?"

넬슨이 문밖에서 무서워 들어오지는 못하고 울고 있다. 그와 재니스가 그럴 때도, 그들이 싸울 때도 마찬가지였다. 그들이 막 뭔가 이야기를 좀 해보려고 할 때쯤 아이는 그만해달라고 간청했다. 어쩌면 베키가 바로 그런 말다툼 속에서 죽임을 당했고, 이 싸움에서는 자기가 죽게 될 것이라고 상상하는지도 몰랐다. 래빗은 아이를 안으로 들여 설명한다. "우리는 정치 얘기를 하고 있었어."

넬슨은 흐느낌 사이의 틈에서 목소리를 쥐어짜낸다. "아빠, 왜 모든 사람에게 반대해요?"

"조국을 사랑해서 누가 내 조국을 공격하는 것을 참지 못하기 때문이지."

"조국을 사랑한다면 조국이 나아지기를 바라겠네요." 질이 말한다.

"조국이 나아지려면 내가 나아져야 돼." 그는 진지하게 말하지만 모두 웃음을 터뜨린다. 그도 결국 웃는다.

이렇게 어정쩡한 웃음을 통해―그녀는 여전히 손목을 주무르고 그녀를 때린 그의 손은 아파오기 시작한다―그들은 가족을 복원하려 한다. 질은 저녁으로 혀가자미 필레를 준비한다. 레몬 향기가 나는 연한 혀가자미는 햇빛을 받으며 지글거린다. 벗겨지기 쉬운 껍질은 갈색이다. 넬슨은 맥아를 뿌린 햄버거를 먹는다. 그것을 보자 넛버거가 떠오른다. 맥아, 호박, 마름, 셀러리솔트, 파밀리아. 이런 것들이 질이 장을 봐서 집으로 가지고 들어오는 이국적인 품목들 가운데 일부다. 그녀의 요리는 그가 한 번도 먹어본 적이 없는 맛이 난다. 촛불, 소금물, 건강 열풍, 부, 계급. 질의 가족에게는 하인이 있었기 때문에 그녀는 며칠 밤이 지나고 나서야 자신이 사용한 접시가 마법에 의해 저절로 깨끗하게 닦이는 것이 아니라 가져가서 설거지를 해야 한다는 것을 이해한다. 그래도 토요일 아침이면 방마다 진공청소기를 돌리고, 세탁소로 보낼 자신의 셔츠와 시트를 묶고, 지하실의 세탁기에 넣을 넬슨의 양말과 속옷을 정리하는 사람은 래빗이다. 그는 이 아이들은 보지 못하는 것, 먼지가 쌓이고, 노후화가 진행되고, 혼돈이 스며들고, 시간의 정복이 이루어지는 것을 볼 수 있다. 그러나 그녀의 요리를 위해서라면 기꺼이 그녀의 하인이 될 용의가 있다, 시간제로. 그녀의 요리는 그의 삶에 대한 취향을 되살렸다. 이제 그들은 저녁을 먹으며 와인을 마신다. 반 갤런들이 병에 담긴 캘리포니아 화이트와인이다. 그리고 늘 샐러드를 먹는다. 다이아몬드 카운티식 샐러드는 크림 같은 드레싱 때문에 지방이 많아지며 사워크라우트의 형제가 되어가는 경향이 있지만, 질은 건강처럼 눈에 보이지 않는 기름막이 덮인 양상추를 내놓는다. 재니스라면 하프-어-로프 반죽으로 만든 맛있는 것을 후식으로 내놓겠지만, 질은 과일을 요모조모로 섞어서 가져온다. 또 그녀의 커피는 재니스가 내놓던 물을 섞은 타르 같은 것과 비교하면 검은 과즙에 가깝다. 해리는 만족감에 꼼짝도 하지 못한다. 그는 접시들이 식탁에서 들려나가는 것을 지켜보다 거실에 다시 느긋하게 자리잡는다. 식기세척기에 접시가 들어가 만족스럽게 칙칙 소리를 내자 질은 거실로 들어와 초라한 카펫에 앉아 기타를 친다. 무엇을 연주할까? "안녕, 앤절리나, 하늘이 불타오른다." 그 외에 그녀가 끝까지 칠 수 있는 다른 몇 곡. 그녀는 코드를 여섯 개쯤 알고 있는 것 같다. 지판을 짚는 손가락들이 늘어진 머리카락 몇 가닥을 당기곤 한다. 아플 것이다. 목소리는 금세 갈라지는 가느다란 악기다. "나의 모든 시-련이, 주여, 곧 끄을나리니." 그녀는 노래하고, 마치고, 박수를 기다리며 올려다본다.

넬슨이 박수를 친다. 작은 손들.

"훌륭해." 래빗이 말한다. 그는 와인 때문에 거나해져, 자신의 인생을 사과하듯 말을 이어간다. "진심으로 말하는데, 나도 한때는 내부의 빛을 따라 떠난 적이 있지만, 결국 내가 한 짓은 주변에 상처를 주는 것이었어. 혁명, 아니면 뭐든, 그런 건 그저 엉망으로 망가진 상태가 재미있다고 말하는 한 가지 방법일 뿐이야. 그래, 실제로 재미있지, 한동안은. 다른 누군가가 먹고살 걸 책임져주는 동안은. 엉망인 상태는 사치야. 내가 하고 싶은 말은 그게 다야."

질은 그를 위해 문장 사이마다 기타를 튕긴다. 계속 말을 이어나가도록 도와주는 것이기도 하고 놀리려는 것이기도 하다. 그가 그녀를 기습한다. "이제 네가 얘기해봐. 우리한테 네 인생 이야기를 해줘."

"나는 인생이 없었어요." 그녀가 말한다. 투르릉. "누구의 딸도 아니고, 누구의 아내도 아니었어요."

"이야기해줘." 넬슨이 간청한다. 그녀가 웃는 것을 보고, 동그스름한 이가 드러나고 야윈 뺨에 보조개가 파이는 것을 보고, 그들은 그녀가 순순히 응해줄 것임을 안다.

"이것은 질과 병들었던 그녀의 애인 이야기라네." 그녀가 말하고, 코드를 튕긴다. 래빗은 기타의 여자 같은 형태를 가만히 살피며, 그 비둘기장 같은 둥그런 구멍에 날아오르기를 기다리는 음들이 이미 들어 있는 것 같다는 생각을 한다. 질이 말을 이어나간다. "질은 아름다운 아가씨로, 중간계급의 품에서 자라났다네. 아버지와 어머니는 각자 차가 한 대씩 있고, 한 차의 엔진 뚜껑에는 메르세데스의 별이 있었다네. 얼마나 더 운을 맞출 수 있을지 모르겠네요.*" 그녀는 조롱하듯이 기타를 튕긴다.

"안 맞춰도 돼." 래빗이 거든다.

"질의 가정교육은"—질은 계속 운을 맞추려고 노력한다—"아주 정통적이었다네. 보트 타기 수업과 춤 수업과 프랑스어français 그런 것이었다네."

"계속 운을 맞춰줘, 질." 넬슨이 간청한다.

"생리는 열네 살에 시작되었지만, 치열 교정기를 빼도 여왕은 아니었다네. 남자라고는 테니스를 치는 아이들, 질의 부모가 함께 식사를 하는 부모의 아들들밖에 몰랐다네. 그래도 아무런 상관이 없었다네. 부모가 마시고 떠들고 얻고 쓰는 것을 보면서, 늙고 살찌고 붓는 것을 서둘 생각이 없었던 거라네. 우, 무리했어."

"나 때문에 운 맞추지는 마." 래빗이 말한다. "나는 맥주 좀 마셔야겠다, 또 마실 사람?"

넬슨이 소리친다. "나는 아빠 거 같이 마실래요."

---

* 번역에서는 안 드러나지만, 질은 이야기를 하면서 운을 맞춰 노래 가사처럼 이야기하고 있다.

"네 거 마셔. 갖다줄 테니까."

질은 다시 그들의 주의를 끌기 위해 기타를 튕긴다. "자, 지루한 이야기를 짧게 줄이자면, 어느 여름"—그녀는 미리 운을 생각하다가 덧붙인다. "아버지가 돌아가신 뒤."

"어이쿠." 래빗이 맥주 두 캔을 들고 뒤꿈치를 들고 돌아오며 말한다.

"정신적 육체적 안내자가 된 소년을 만났다네."

래빗은 마개를 당기면서 퍽 소리를 내지 않으려고 애를 쓴다.

"그의 이름은 프레디였다네―"

그는 빠르게 잡아당기는 것 외에는 다른 수가 없다는 것을 알고 얼른 마개를 잡아당긴다. 맥주 거품이 구멍에서 쏟아져나온다.

"그의 가장 좋았던 점은 적당한 때에 여자친구 앞에 나타나주었다는 거라네." 투르릉. "소년은 인명 구조원 출신이라 갈색의 어깨가 멋졌다네. 그의 수영복에는 가끔 물렁하고 가끔 단단한 것이 들어 있었다네. 그는 먼 곳에서, 내려갰싯만 건너 로맨틱한 로드아일랜드에서 왔다네."

"이야." 래빗은 찬사를 보낸다.

"딱 한 가지 나쁜 것은, 속은, 멋진 갈색 구조원의 속은 이미 죽었다는 거라네. 그의 속에는 풋과 해시*와 LSD와 스피드**를 지독하게 요구하는 노인이 있었다네." 이제 그녀의 기타는 다른 박자를 타다 오프비트***로 바뀐다.

---

* 마리화나를 가리키는 은어.

** 각성제의 일종.

*** 재즈 리듬의 일종.

"소년은 인종은 백인이었지만 날 때부터 패배자였지. 그는 어느 모랫빛의 밤 내내 착한 처녀 질과 씹했지. 질은 그에게 홀딱 빠졌고"―투르릉―"그를 따라 약에 취하는 습관에 깊이 빠졌지. 그 새끼가 전화할 때마다 거의 뽕갔지. 질은 알약을 먹다가 산을 떨어뜨린다, 그러다"―그녀가 이야기를 중단하고 몸을 앞으로 기울이며 넬슨을 아주 사납게 노려보는 바람에 아이는 작은 소리로 외친다. "그래서?"

"그는 다정하게 헤로인 주사를 맞을 것을 권했지."

넬슨은 울 것 같은 표정이다. 눈이 쑥 들어가고 턱에 부푼 곳이 하나 더 늘어난다. 꼭 토라진 계집애 같군, 래빗은 생각한다. 그는 작고 곧은 코 외에는 아이에게서 자신의 모습을 많이 보지 못한다.

음악은 계속된다.

"가엾은 질은 무서웠지. 학교의 다른 애들은 자멸적인 바보가 되지 말라고 이야기했지. 아직 상중이던 어머니는 근처 웨스털리 출신의 이혼한 세금 변호사 때문에 바빴지. 나쁜 프레디는 하늘의 낙원을 약속했지만 질이 바란 건 오로지 땅의 사랑뿐이었지. 질은 바늘이 아니라 그의 자지로 찔러주기를 바랐지. 하지만 프레디는 애걸하고, 때리고, 구슬리고, 유혹했지."

래빗은 그녀가 전에도 이런 걸 해본 게 아닌가 하는 의문이 들기 시작한다. 운이 너무 매끈하기 때문이다. 이 아이가 해보지 않은 게 뭘까?

"질은 죽는 게 두려웠지"―투르릉, 투르릉, 옅은 주황색 머리카락이 크게 흔들린다―"그는 왜냐고 물었지. 그는 세상이 썩고 미쳤다고 말했지. 그녀는 불만을 가질 이유가 없다고 말했지. 그는 인종차별이 만연하다며 팔을 내밀라고 했지. 그녀는 그 외의 어떤 백인 남자도 자신에게 해를 준 적이 없다고 말했지. 그는 첫번째 주사는 깊게 찌르지 않을 거라고 했지. 그녀는 사랑하는 사람에게 괜찮다고, 그 똥 같은 걸 그냥 꽂으라고 했지." 투르릉 투르릉 투르릉. 그들을 향해 얼굴이 올라온다. 그녀는 피가 완전히 빠져나간 여자 유령이다. 그녀는 다음 가사를 부른다. "그건 지옥이었지."

투-르-르-릉. "그는 계속 그녀의 머리를 안고 엉덩이를 두드리며 괜찮다고 했지. 그는 인명 구조 강습도 받은 사람이었지. 그가 그녀에게 물었지, 내가 너한테 하느님의 얼굴을 보여주지 않았어? 그녀는 말했지, 응, 고마워, 하지만 그보다 못한 것으로도 충분히 행복했을 거야. 그녀는 그을린 피부에 새하얀 미소의 연인이 죽음이라는 것을 알았지. 그녀는 겁먹은 숨을 쉴 때마다 그를 두려워하고 사랑했지. 그래서 질이 어떻게 했을까?"

약한 비트에 침묵이 걸린다.

넬슨이 불쑥 내뱉는다. "어떡했어?"

질이 웃음을 짓는다. "그녀는 스토닝턴저축은행으로 달려가 뭉텅이로 인출을 했다네. 포르쉐에 올라타 떠나버렸다네. 그래서 오늘 여기 재수없는 두 인간과 함께 살게 된 거라네."

아버지와 아들은 갈채를 보낸다. 질은 자신에 대한 상으로 맥주를 깊이 들이켠다. 그들의 침실에서 그녀는 여전히 그 분위기, 예술적 고양 상태에 빠져 있다. 보답을 받아야 한다고 생각한다. 래빗이 그녀에게 말한다. "멋진 노래였어. 하지만 거기서 마음에 들지 않는 게 뭔지 알아?"

"뭔데요?"

"노스탤지어. 넌 그걸 그리워해. 프레디와 함께 뽕갔던 걸."

"적어도 나는 그냥, 아저씨가 뭐라 그랬더라, 행복한 씹? 그러고 놀지는 않았어요."

"발끈한 건 미안해."

"아직도 내가 나갔으면 좋겠어요?"

이런 말이 나올 것이라고 느꼈던 래빗은 그의 바지와 셔츠를 걸고, 속옷을 바구니에 넣는다. 그녀가 바닥에 떨어뜨린 드레스는 옷장에서 그녀가 사용하는 반쪽에 있는 고리에 걸고, 벗어놓은 팬티는 바구니에 넣는다. "아니. 그냥 있어."

"빌어봐요."

그는 몸을 돌린다. 큰 몸집에 피곤한 남자, 근육은 늘어지고 아침에 일어나 여덟 시간 동안 식자를 해야 하는 남자다. "있어달라고 빌게."

"때린 거 취소해요."

"어떻게?"

"내 발에 키스해요."

그는 순순히 무릎을 꿇는다. 그렇게 순순히 따르는 것에 쾌락이 내포되어 있다는 데 약이 오른 그녀는 발을 뻣뻣하게 굳히고 걷어찬다. 그녀의 발톱들이 그의 뺨을 찌른다. 눈 가까운 위험한 곳이다. 그는 그녀의 발목을 꽉 잡고 키스를 계속한다. 반죽처럼 약간 물렁하고, 부인 같은 발목. 발등의 녹색 핏줄. 기억에 떠오른 멋진 라커룸의 맛. 고약하게 변한 바닐라.

"혀를 발가락 사이에." 그녀가 말한다. 명령을 하는 그녀의 목소리가 소심하게 갈라진다. 그가 다시 순순히 따르자 그녀는 앞으로 움직여 침대 가장자리로 나와 두 다리를 벌린다. "이제 여기." 그녀는 그가 이것을 즐긴다는 것을 알지만 그래도 요구한다. 그를, 이 이질적인 남자를 자신이 어떻게 할 수 있는지 보고 싶은 것이다. 머리카락은 고집스럽게도 구식으로 짧게 잘랐다. 적의 제복이나 다름없다. 운동선수와 군인. 귀 위에 뼈가 드러나고, 정수리에는 거무스름한 비단 같은 금발의 숱이 줄고 있다. 그 머리가 그녀의 허벅지들 사이에서 바위처럼 크게 느껴진다. 노래를 부를 때의 흥분이 썰물처럼 빠져나가가며 핥아대는 혀의 집요한 온기와 합쳐진다. 불꽃이 반짝 빛난다. 그녀의 두 다리 사이의 불모의 공간에서 녹색 잔가지가 길게 늘어난다. "조금 위." 질이 말한다. 이어 그녀의 목소리가 아주 부드러워지면서 부서진다. "더 빨리. 좋아. 좋아."

어느 날 퇴근 후 그가 버스 타기 전에 한잔하러 피닉스 바로 가려고 아버지와 함께 파인 스트리트를 걷는데, 구레나룻을 기르고 뿔테안경을 쓴 단정하고 땅딸막한 남자가 길을 막아선다. "어이, 앵스트롬." 아버지와 아들 모두 발을 멈추고 눈을 껌뻑인다. 하루 일을 마치고 난 뒤 햇빛의 터널 속으로 들어오면 보통 세상에 드러나지 않고 감춰진 듯한 느낌을 받곤 한다.

해리는 스태브로스를 알아본다. 그는 녹색 바탕에 작은 다갈색 체크무늬 정장 차림이다. 약간 마르고 더 예민해진 느낌이다. 애써 차분함을 유지하고 있다. 어쩌면 그냥 이렇게 우연히 만나게 되어 긴장한 것인지도 모른다. 해리가 말한다. "아버지, 이쪽은 내 친구 찰리 스태브로스예요. 이쪽은 얼 앵스트롬."

"만나서 반갑습니다, 얼."

노인은 스태브로스가 내민 네모난 손을 무시하고 해리한테 말한다. "설마 내 며느리를 파멸시킨 그 작자는 아니겠지?"

스태브로스는 얼른 영업을 해보려고 한다. "파멸이라뇨. 그건 너무 심한데요. 저라면 비위를 맞춰줬다고 하겠습니다." 웃음을 얻어내려는 시도가 무시당하자 스태브로스는 해리를 돌아본다. "잠깐 얘기 좀 할 수 있을까? 저기 모퉁이에서 한잔하면 좋을 것 같은데. 이렇게 끼어들어서 죄송합니다, 앵스트롬 씨."

"해리, 너는 어느 쪽이 좋으냐? 내가 너를 이 인간쓰레기하고 놔두고 갈까, 아니면 우리가 함께 이 쓰레기를 무시해버릴까?"

"왜 이러세요, 아버지? 그래서 무슨 소용이 있다고."

"너희 젊은 사람들은 일을 해결하는 너희 나름의 방식이 있을지 모르겠지만 나는 바뀌기에는 너무 늙었어. 나는 이번에 오는 버스를 타마. 무슨 말에도 넘어가지 마라. 이 개자식은 구변이 좋은 것 같으니까."

"엄마한테 안부 전해주세요. 이번 주말에 가도록 해볼게요."

"올 수 있으면 와. 네 어머니는 늘 너하고 밈 꿈을 꿔."

"알았어요. 언제 밈 주소 좀 알려주시겠어요?"

"주소는 없어. 그냥 로스앤젤레스의 무슨 대리인 전교로 보내야 돼. 요새는 그렇게 하는 모양이더라. 그애한테 편지를 쓸 생각이냐?"

"엽서를 보낼 수도 있죠. 내일 봬요."

"끔찍한 꿈이야." 노인은 말하고 갓길까지 내려가 16A번 버스를 기다린다. 속임수로 맥주를 빼앗긴 노인의 실망한 가는 목덜미를 보자 해리는 넬슨이 떠오른다.

피닉스 안은 어둡고 춥다. 래빗은 두 눈 사이에 재채기가 모이는 것을 느낀다. 스태브로스는 앞장서서 칸막이 좌석으로 가 포마이카 탁자 위에서 두 손을 맞잡는다. 그녀의 가슴을 쥐었을 털 난 손이다. 해리가 묻는다. "그 여잔 어때?"

"그 여자? 아, 젠장, 잘 있지."

래빗은 지금 겉으로 보이는 것이 진실인지 궁금하다. 혀끝이 구개에서 얼어붙어, 탐사해 들어갈 섬세한 방법을 생각해낼 수가 없다. 그가 말한다. "오후에는 여기에 종업원이 없어. 나는 가서 다이키리를 가져올 생각이야. 너는?"

"그냥 소다수. 얼음 많이 넣어서."

"술은 안 하고?"

"손도 안 대." 스태브로스는 헛기침을 하더니 손바닥으로 구레나룻 위쪽의 머리카락을 뒤로 넘긴다. 그러나 그 손은 약간 떨리고 있다. 그가 설명한다. "의사들이 마시면 안 된다고 해서."

래빗은 마실 것을 가지고 돌아와 묻는다. "아파?"

스태브로스가 말한다. "새로운 건 없고, 그냥 전과 다름없이 심장이 문제야. 재니스가 얘기했을 텐데, 어렸을 때부터 심잡음이 있다고."

이 작자가 무슨 생각을 하는 걸까? 나하고 재니스가 앉아서 가장 사랑하는 아이 이야기를 하듯이 그의 이야기를 한다고 생각하는 건가? 아닌 게 아니라 재니스가 스태브로스는 결혼할 수 없다고 소리치던 것이 기억나기는 한다. 그가, 해리가, 그녀의 남편이 동정하기를 기대하면서 그런 이야기를 하던 것이. 묘하게도 실제로 그는 동정했다. "무슨 얘기를 하긴 하더군."

"류머티즘열이 있어. 그래도 지금은 그런 걸 고칠 수 있어 다행이지. 내가 어렸을 때는 유행하는 병이란 병에는 다 걸렸어." 스태브로스는 어깨를 으쓱한다. "지금은 내가 백 살까지 살 수 있을 거라고 하더라고. 몸이라는 공장만 잘 관리하면 말이지. 의사들이 어떤지 알잖아. 아직 모르는 게 많아."

"알지. 지금도 우리 어머니를 괴롭히고 있으니까."

"맙소사, 재니스가 네 어머니 때문에 투덜거리는 걸 들어봐야 하는데."

"열렬히 좋아하지는 않지."

"전혀 좋아하지 않지. 하지만 재니스는 자신을 계속 정당화하기 위해 어떤 불만이 필요해. 아이 때문에 괴로움이 이만저만한 게 아니니까."

"재니스는 나에게 아이를 두고 나갔고, 아이는 지금 둔 자리에 그대로 있어."

"법정으로 가면, 알다시피, 네가 아이를 잃을걸."

"두고 보자고."

스태브로스는 그들의 새로운 각도에서 대화에 다가가기 위해 소다 거품이 가득한 잔(가엾은 페기 포스나트, 래빗은 그녀에게 전화를 해야 한다) 주위를 손으로 작게 써는 시늉을 한다. "젠장," 그가 말한다. "나는 아이를 들일 수 없어. 방이 없단 말이야. 사실 지금도 우리 가족이 찾아오면 재니스를 영화관에 보내거나 재니스 부모 집에 보내야 돼. 알다시피 나는 어머니만 있는 게 아니잖아. 할머니도 있어. 아흔셋인데, 사람이 영원히 사는 게 가능하다는 걸 보여주고 있지."

래빗은 재니스가 말한, 채색 사진들이 가득한 스태브로스의 방을 상상해보려 하지만 벌거벗은 재니스, 채색된 재니스만 상상하게 된다. 이달의 플레이메이트.* 보풀이 이는 올리브색 그리스 소파에 올라가 두 팔을 둥글게 구부리고, 크고 멋진 검은 덤불을 가릴 만큼만 엉덩이를 튼 재니스. 중간에 접어넣은 페이지가 접히는 곳은 그녀의 배꼽을 가로지르고, 한 손에는 장미 한 송이가 대롱거린다. 그 모습 때문에 래빗은 처음으로 적대감을 느낀다. 그는 스태브로스에게 묻는다. "이 일이 어떻게 될 거라고 봐?"

"내가 너한테 묻고 싶은 거야."

래빗이 묻는다. "재니스가 싫어진 거야?"

"아니야, 맙소사, 정반대야au contraire. 우리는 나가떨어질 때까지 해."

래빗은 한 모금 들이켜고 그것을 삼킨다. 다른 신경을 건드려본다. "재니스가 아이를 보고 싶어해?"

"넬슨, 그 아이가 매장으로 오곤 해. 그렇지 않아도 어차피 주말에는 만나고. 그전이라고 해서 지금보다 더 많이 봤을까 모르겠어. 사실 어머니 역할이라는 게 재니스의 가장 큰 장점인지도 모르겠어. 재니스가 좋아하지 않는 건 이제 막 기저귀를 벗은 자기 아기가 그 히피하고 함께 산다는 거야."

"첫째로, 그 여자는 히피가 아니야. 그 나이의 모든 아이가 히피라면 모르겠지만. 그리고 같이 사는 건 나야."

---

* 〈플레이보이〉의 화보에 나오는 여자.

"그 여자하고 같이 사는 건 어때?"

"우리는 나가떨어질 때까지 해." 래빗이 그에게 말한다. 이제 스태브로스를 좀 알 것 같다. 처음에 거리에서 갑자기 만났을 때 그는 재니스의 몸을 통해 만난 친구를 본 듯한 느낌이 들었다. 그러다가 피닉스에 처음 들어왔을 때는 그가 병자, 난관과 맞닥뜨려 버티고 있는 사람이라는 느낌을 받았다. 그러나 이제 그는 스태브로스를 경쟁자, 머리가 좋고 귀엽고 바싹 다가서서 움직이는 것을 좋아하는 몸집 작은 플레이메이커 부류로 본다. 좋아. 그러니까 래빗은 다시 경기를 하고 있는 셈이다. 래빗이 해야 하는 일은 침착한 상태를 유지해 스태브로스가 먼저 움직이게 하는 것이다.

스태브로스는 그의 각진 어깨를 눈에 보일 듯 말 듯 구부려 소다를 조금 마시더니 묻는다. "네가 그 히피와 그러고 있는 걸 너 자신은 어떻게 봐?"

"그 아이한테도 이름이 있어. 질이야."

"질의 배경은 어때? 알아?"

"아니. 아버지는 죽었고, 좋아하지 않는 어머니가 있고, 아마 운이 다하면 코네티컷으로 돌아갈 거야."

"네가, 말하자면, 그 아이의 운 아닌가?"

"지금은 나도 그 아이의 배경의 일부지, 맞아."

"그리고 그 아이는 네 배경의 일부고. 알다시피, 네가 그 여자애와 살기 때문에 재니스는 간단하게 이혼할 수가 있어."

"어떻게 된 일인지 그 이야기를 들어도 겁이 나지 않는데."

"네가 재니스한테 집으로 돌아오기만 하면 그 아이가 떠날 거라고 장담했다는데, 내가 알고 있는 게 맞아?"

래빗은 그것을, 스태브로스가 돌파구를 열기 위해 밀어붙이는 지점을 느끼기 시작한다. 코 위의 간질간질하던 곳이 다시 간질거리기 시작한다. "아니." 그는 재채기가 나오지 않기를 빌며 말한다. "네가 알고 있는 건 맞지 않아." 그는 재채기를 한다. 바에 앉은 얼굴 여섯 개가 돌아본다. 작은 슐리츠 맥주 회전 광고판은 망설이는 것 같다. 텔레비전에서는 냉장고와 칠레에서 스키를 타며 보내는 주말을 경품으로 내걸고 있다.

"이제 재니스가 돌아가는 걸 원치 않는다는 건가?"

"모르겠어."

"행복한 삶을 계속 살아가기 위해 이혼하고 싶은 거야? 아니면 그 여자아이와, 혹시, 결혼까지 하기 위해? 질과? 그 여자애가 고생깨나 시킬걸, 운동선수 아저씨."

"생각이 너무 앞서나가는군. 나는 그냥 내 슬픔을 잊으려고 애쓰면서 하루하루 살고 있어. 나는 버림받은 사람이야, 잊지 마. 어떤 구변 좋은 곱슬머리 반전운동가 유형의 일본차 영업사원이 마누라를 꾀었거든, 그 개새끼 이름은 잊어버렸지만."

"꼭 그렇다고 볼 수는 없지. 재니스가 와서 우리집 문을 두드렸단 말이야."

"네가 들어오라고 했잖아."

스태브로스는 놀란 표정이다. "달리 어쩌겠어? 아무런 의지할 데 없이 집을 나왔는데. 재니스가 어디로 갈 수 있었겠어? 내가 재니스를 받아들임으로써 모두의 문제를 최소화해준 거라고."

"그런데 이제는 문제다?"

스태브로스는 마치 카드를 쥔 것처럼 손가락 끝들을 비빈다. 이 판을 잃는다 해도 나머지 판들은 가져올 수 있을까? "나하고 계속 있다보니 재니스는 내가 충족시킬 수 없는 기대를 품어. 나는 결혼은 하지 않아, 미안해. 누구하고도."

"예의를 지키려 하지 마. 그러니까 너는 재니스를 모든 체위로 사용해보고 이제 도로 돌려보내겠다는 거로군. 불쌍한 잰. 너무 멍청해."

"나는 재니스가 멍청하다고 생각하지 않아. 재니스가—자신에 대한 확신이 없다고 생각해. 재니스는 모든 보통 계집애들이 원하는 걸 원해. 트로이의 헬레네가 되고 싶다는 거지. 내가 재니스한테 그 비슷한 걸 준 시간도 있었어. 하지만 계속 줄 수는 없어. 유지될 수가 없단 말이야." 그는 화를 내고 있다. 각진 이마가 어두워진다. "너는 뭘 원해? 거기 앉아 구레나룻만 비틀고 있는데, 그래, 언제? 내가 재니스를 쫓아내면 네가 데려갈 거야?"

"쫓아내고 나서 두고 보자고. 재니스는 언제든 자기 부모하고 살 수 있으니까."

"재니스는 자기 어머니 때문에 미치려고 해."

"어머니란 게 그래서 있는 거 아닌가." 래빗은 자기 어머니를 떠올린다. 어린 시절 학교에 늦어 얼음 공장에서 흘러내리는, 가장자리에 끈끈하고 더러운 진흙이 쌓인 도랑물 옆을 달려갈 때처럼 방광에서 죄책감이 약간 섞인 달콤함이 느껴진다. 그는 설명하려 한다. "이봐, 스태브로스. 잘못을 한 건 너야. 다른 남자 마누라하고 붙어먹은 건 너라고. 빠져나가고 싶으면 빠져나가. 하지만 나를 너의 그 좆같은 연합정부에 끼워넣을 생각은 하지 마."

"다시 그 얘기로 돌아가는군." 스태브로스가 말한다.

"그래. 네가 끼어든 거야, 내가 아니라."

"끼어든 게 아니야, 구조한 거라고."

"너 같은 사기꾼들은 다 그렇게 말하지." 그는 베트남 논쟁을 하고
싶은 마음이 간절하지만 스태브로스는 이런 덜 뜨거운 주제에서 벗어
나려 하지 않는다.

"짜샤, 재니스는 필사적이었다고. 맙소사, 너는 재니스를 십 년 동안
침대에 데려가지 않았잖아."

"그 말은 억울한데."

"계속해봐. 뭐가 억울해?"

"재니스는 이 세상 백만 명의 마누라들보다 나쁠 것이 없는 상황이
었어." 십억 개의 썹, 그 가운데 마누라는 몇 명? 오억? "우리는 관계
를 유지했어. 나한테는 그게 그렇게 나빠 보이지 않았어."

"내 말은, 이게 내가 요리한 게 아니란 거야. 이미 뜨거운 상태로 나
한테 배달이 되었다는 거야. 나는 재니스를 전혀 설득할 필요가 없었
어. 재니스가 쭉 밀어붙였어. 나는 재니스에게 다가온 첫번째 기회였
을 뿐이야. 내가 다리가 하나뿐인 우유 배달부라 해도 그렇게 되었을
거야."

"너무 겸손하군."

스태브로스는 고개를 젓는다. "재니스는 호랑이야."

"그만해, 너 때문에 아래가 단단해져."

스태브로스는 그를 똑바로 살핀다. "너는 재미있는 사람이야."

"지금 재니스의 뭐가 마음에 들지 않는지 이야기해봐."

그냥 흥미가 생겼다는 듯한 말투 때문에 스태브로스의 어깨가 약간 풀어진다. 옷깃 앞에 작은 우리를 그려 보인다. "그냥 너무—속박되는 느낌이야. 나한테는 필요 없는 무게란 거지. 나는 가볍게 유지하고 싶어, 수평을 유지하면서 말이야. 나는 스트레스를 피해야 한다고. 우리끼리 얘기지만, 나는 오래 살지 못할 거야."

"방금 그럴 수도 있다고 했잖아."

"가능성이 낮아."

"있잖아, 너는 나하고 똑같아. 과거의 나하고 말이야. 요즘은 모두가 과거의 나하고 똑같아."

"재니스는 여름 동안 충분히 즐거웠어. 이제 돌아가게 해줘. 히피는 자기 갈 데로 가라고 하고. 어차피 그게 그런 애들이 듣고 싶어하는 얘기니까."

래빗은 두번째 다이키리 밑에 깔린 앙금을 들이켠다. 맛있다. 이런 침묵이 길어지고 넓어지도록 내버려두는 것. 그는 재니스를 받아주겠다고 약속할 생각이 없다. 경기는 얼음 위에서 벌어진다. 그는 마침내, 계속되는 침묵이 견딜 수 없을 정도로 무례할 수도 있기 때문에, 입을 뗀다. "정말 모르겠어. 너무 막연해서 미안해."

스태브로스는 얼른 받아들인다. "뭘 하진 않아?"

"누가?"

"네 그 색광녀 말야."

"뭘 해?"

"알잖아. 약. 산. 그런 거, 설마 말이라도 타냐고 물어본 줄 알았어?

그랬다간 가구가 남아나질 않게."

"질? 아니, 그런 건 끊었어."

"절대 믿지 마. 걔네들은 절대 끊지 않아. 이 꽃의 아기들,* 걔네들한테 약은 우유나 다름없어."

"질은 열렬한 반대자야. 전에는 했지만 끊었어. 그렇다고 이게 네가 상관할 문제란 건 아니지만." 래빗은 경기가 미끄러지기 시작하는 방식이 마음에 들지 않는다. 틀어막고 싶은 구멍이 있는데 뜻대로 되지 않는다.

스태브로스가 살짝 어깨를 으쓱한다. "넬슨은 어때? 행동이 달라졌어?"

"크고 있지." 회피하는 것처럼 들린다. 스태브로스는 그 답을 무시한다.

"졸아? 신경이 예민해? 엉뚱한 시간에 낮잠을 자? 네가 활자를 하나하나 찾아서 꽂아넣는 동안 둘이서 하루종일 뭘 해? 걔네들도 뭔가는할 거 아냐, 짜샤."

"넬슨은 질한테서 인간쓰레기한테 어떻게 예의를 갖추는지 배우고있어. 짜샤. 네 물값은 내가 낼게."

"그래서 내가 오늘 뭘 알게 된 거지?"

"아무것도 알게 된 게 없기를 바라."

그러나 스태브로스는 살금살금 다가와 레이업슛을 쐈고 경기는 연장전에 접어들었다. 래빗은 서둘러 집으로 간다. 넬슨과 질을 보러,

---

* 히피를 가리킨다.

그 아이들의 입냄새를 맡아보러, 아이들의 눈동자를 보러, 뭐든 확인하러. 그는 자신의 어린 양을 독사에게 맡기고 왔다. 그러나 피닉스 밖으로 나오자 9월에 어울리는 각도로 기운, 아지랑이가 어른거리는 햇빛 속에서 차량은 엉켜 있고, 버스들 또한 다른 모든 것들과 마찬가지로 그 안에 걸려 있다. 영화를 찍고 있다. 래빗은 어떤 새로운 독립 회사에서 브루어를 로케이션 장소로 선택했다는 이야기가 〈뱃〉에 언급되었던 것(**브루어가 중간 수준의 미국? 고섭 영화제작자들은 그렇게 생각하다**)을 기억한다. 배우들의 이름은 그에게 아무런 의미가 없었고 자세한 내용도 잊어버렸다. 그런데 그들이 지금 여기 있다. 전조등을 단 차와 트럭들이 호를 그리며 와이저 스트리트 안으로 반쯤 뻗어 있고, 셔츠 소매를 걷어붙인 동네 사람들과 가방을 질질 끄는 할머니와 니그로 비행 소년들이 구경을 하려고 거리 나머지 부분에 무질서하게 퍼져 있는 바람에 차량들이 차선 하나로 몰려 기어다니고 있다. 엉킨 것을 풀어야 할 경찰은 쇼를 에워싸고 영화제작자들을 보호한다. 래빗은 키가 워낙 커서 갓돌에서도 볼 수 있다. 전에는 MGM 영화를 보여주었지만 지금은 도색영화(〈세피아 폴리즈〉 〈스왐랜드의 허니문〉)로 넘어간 오래된 바그다드영화관 근처 문을 판자로 막아놓았던 가게 하나의 입구를 레스토랑 앞면으로 꾸며놓았다. 머리카락이 당밀 빛깔인 연어색 얼굴의 키 큰 남자와 청동빛 머리카락의 자그마한 소녀가 이 가짜 레스토랑에서 팔짱을 끼고 나타나고, 그걸 구경하는 먼지투성이의 진짜 인간들 무리에서 나타난 짙은 화장을 한 배우, 행인 역할을 맡은 배우가 그들과 만나면서 어떤 사건이 벌어진다. 우연한 만남. 처음 등장한 남자와 여자가 웃음을 터뜨리고, 천천히 다시 정색한 표정으로 돌아간다. 아마 영화가 모두 편집되어 상영될 때는 그것이 그들이 박으러 간다는 신호가 될 것 같다. 그들은 이것을 몇 번 되풀이한다. 테이크 사이에는 모두 기다리며 재치 있는 말을 하고, 조명과 전선을 조정한다. 래빗이 있는 곳에서는 여자가 믿어지지 않을 정도로 빈틈없어 보인다. 눈이 번쩍이고 머리카락은 헬멧처럼 빛을 반사한다. 심지어 드레스도 번쩍거린다. 누군가, 감독인지 전기기사인지가 그녀 옆에 서자 그녀와 대조적으로 침침해 보인다. 스포트라이트가 햇빛으로부터 훨씬 더 밝은 한낮, 밝게 빛나는 현실로 이루어진 현란한 파스텔 색깔의 섬을 조각해내는 것을 보자 래빗도 침침해지는 느낌, 침침해지고 죄를 지은 듯한 느낌이다. 그 현실 주위에서는 우리 모두—기술자, 경찰, 그 자신을 포함해 무질서하게 흩어진 구경꾼들—가 그림자에 덮인 유령이고, 무시당하는 탄원자다.

지역 발굴팀
골동품을 발굴하다

브루어는 새로워지면서 자기 자신도 더 발견하고 있다.

현재 도심에서 대규모 철거와 재건축이 진행되면서 "옛 시대"의 수많은 유물이 계속 발굴되어, 우리 도시의 과거에 대한 흥미로운 통찰을 제공하고 있다.

뮤리얼의 주차장을 만들던 도중 벽화까지 갖춘 지

뮤리얼 스트리트와 그릴리 스트리트의 주차
장을 만들던 도중 벽화까지 갖춘 지하 주류 밀
매점이 햇빛에 드러났다.

나이든 사람들은 "글러브즈" 노젤을 비롯한
금주령 시대의 여러 인물들이 즐겨 찾던 은신처
를 기억했다. 이곳은 또 슬라이드 트롬본으로 전
국적 명성을 얻게 된 "레드" 웬리치 같은 음악
인들의 훈련장이기도 했다.

오래된 간판들은 흔하다. 이런 간판들은 암
소, 벌집, 장화, 절구, 쟁기 등의 기발한 형태
로 만들어졌으며 "의류와 방물", 피혁 제품, 약,
병원, 아주 다양한 곡물을 광고한다. 지하에
보존된 이 간판들은 19세기에 제작된 것이지
만 대부분 아직도 읽을 만하다.

낡은 자연석 기초들 사이에서는 금속 연장
과 숫돌이 나오기도 한다.

화살촉도 드물지 않다.

브루어역사협회 부회장인 클라우스 쇼어너
박사는

휴식시간에 뷰캐넌이 점잔을 빼며 래빗에게 다가온다. "귀여운 질
리는 너한테 어떻게 해주고 있어?"

"잘 견디고 있지."

"그애가 너한테 잘 맞아, 응?"

"착한 아이야. 요즘 애들처럼 혼란에 빠져 있지만, 우리는 그애한테 익숙해졌어. 내 아들하고 내가."

뷰캐넌이 웃음을 짓자 멋진 작은 콧수염이 M자로 펼쳐진다. 그는 몸을 흔들며 반걸음 다가온다. "귀여운 질이 여전히 계속 네 벗이 되어주고 있지?"

래빗은 어깨를 으쓱한다. 맥이 빠지고 신경이 날카로워진다. 그는 계속 운명에 인질을 내주고 있다. "달리 갈 데가 없잖아."

"그래, 인마, 그애가 너한테 정말 잘 맞는 게 틀림없어." 여전히 그는 자리를 뜨지 않는다. 위스키를 마시러 하역장으로 나가지 않는다. 계속 그 자리에 있다. 여전히 웃음을 짓지만 생각에 잠긴 우울한 표정이 천천히 어둡게 그의 얼굴을 덮는다. 그가 말한다. "있잖아, 내 친구 해리, 노동절도 다가오고 애들도 다시 학교에 가야 하는데, 너도 보다시피 어디에나 인플레이션이니 좀 빡빡해지네. 경제적인 쪽이 말이야."

"애가 몇이나 있지?" 래빗이 예의바르게 묻는다. 그와 오랫동안 같이 일을 했지만 뷰캐넌이 결혼했다는 생각은 해본 적이 없다.

잿빛에 통통한 남자는 발 앞쪽에 무게를 싣고 몸을 앞뒤로 흔든다. "아…… 다섯이라고나 할까, 거기까지 셌어. 그 아이들이 죄다 자기네 아빠한테 지원해달라고 의지하고 있지. 그러다보니 노동절이 되니까 아빠는 약간 당혹스러운 거야. 요즘 이 늙은 레스터한테는 좋은 패가 들어와주지 않고 말이야."

"안됐군." 래빗이 말한다. "도박을 하지 말아야지."

"나는 그저 귀여운 질리가 네 요구에 잘 맞춰주고 있다는 게 좋아서 죽을 지경이야." 뷰캐넌이 말한다. "나는 생각했어. 20이면 틀림없이 노동절까지 나한테 큰 도움이 될 거라고."

"20달러?"

"그게 다야. 기적적인 일이야, 해리. 내가 약간 무리해서 아껴가며 사는 방법을 이렇게나 배웠다니 말이야. 친구가 친구한테 주는 20달러 푼돈만 있으면 내 휴일이 훨씬 편해질 거란 말씀이야. 내가 말한 대로 질이 너한테 아주 잘 맞는다니 너는 기분이 아주 좋을 게 틀림없고. 아주 너그러운 기분이겠지. 사랑에 빠진 남자는 모두에게 친구라고도 하잖아."

래빗은 이미 지갑을 꺼내 10달러짜리 두 장을 찾아냈다. "그냥 꿔주는 거야." 그는 말하다 자신이 거짓말을 하고 있다는 것을 알고 겁에 질린다. 다시 그 미끄러지는 것, 학교에 지각해서 달려갈 때의 그 달콤한 방광의 느낌 때문에 신경이 쓰인다. 교문은 닫힐 것이고 클라이스트 교장은 늘 황동의 노란색이 드러날 때까지 문지른 빗장 덜그럭거리는 사슬이 달린 교문 옆에 서 있다가 지각생을 낚아채 철썩 때린 다음 성적표를 보관해두는 공기 탁한 교장실로 들여보낸다.

"우리 애들이 널 축복할 거야." 뷰캐넌이 말하며 지폐를 접어넣는다. "이거면 연필을 잔뜩 살 수 있겠군."

"어이, 베이브는 어떻게 됐어?" 래빗이 묻는다. 돈이 뷰캐넌의 호주머니에 들어가자 새삼 마음이 편안해진다. 이제 물어볼 권리를 산 것이다.

뷰캐넌은 기습을 당한 얼굴이다. "여전히 그러고 있지. 젊은 애들 말대로 여전히 자기 일을 하고 있어."

"있잖아, 너하고 연결이 끊어지지나 않았는지 궁금했어."

그가 돈에 쪼들리기 때문이다. 뷰캐넌은 래빗의 얼굴을 살피며 자기가 그의 말에 내포된 뜻이라고 판단한 것이 맞는지 확인한다. 뚜쟁이. 자신의 생각이 맞다는 것을 알자 콧수염이 넓어진다. "멋진 베이브랑 하고 싶다는 거지, 그거지? 하얀 고기가 지겨워서 닭다리를 원하는 거야? 해리, 네 아빠가 뭐라겠어?"

"그냥 어떻게 지내는지 묻는 거야. 베이브가 연주하는 게 마음에 들었거든."

"베이브는 분명히 너한테 반했지, 나도 알아. 언제 짐보스로 한번 와, 어떻게 해보자고."

"베이브는 내 관절이 나쁘다고 그랬어." 벨이 거슬리는 소리를 낸다. 래빗은 이자가 얼마나 빨리 다음 요구를 할지, 이자가 자신을 얼마나 휘두르고 있는지 재보려 한다. 뷰캐넌은 그것을 알고 장난스럽게, 쾌활하게 래빗이 내민 손바닥을 찰싹 때리며, 그의 관절을 생각한다. 찰싹 맞은 곳이 따끔거린다. 피부.

뷰캐넌은 "나는 네가 좋아, 인마"라고 말하며 멀어져간다. 그의 목덜미에서 플럼 푸딩 색깔의 비곗덩어리가 떨린다. 형편없는 식단, 녹말. 돼지 곱창, 굵게 빻은 옥수수.

〈배〉의 기자와 허물없이 한 시간 동안 인터뷰를 하며 러닝호스강을 따라 인디언 부족들과 교역 기지 역할을 하던 초고 시절 이야기를 들려주었다.

을 하던 초기 시절 이야기를 들려주었다.

그는 원시 정착지가 영국의 유명한 관측소가 있는 그리니치의 이름을 따 그리니치라고 일컬어지던 시절에 통나무 오두막들에 새겨진 핀화를 보여주었다.

에 통나무 오두막들에 새겨진 판화를 보여주었다.

또 클라이스트 박사의 수집품 가운데는 와이저 스트리트에 조잡한 상점과 여관 몇 채밖에 없던 시절의 매혹적인 사진도 많았다. 이 여관들 가운데 가장 유명한 것은 구스 앤드 페더스로, 이곳은 조지 워싱턴과 그의 수행원들이 1720년에 위스키반란을 진압하

과 그의 수행원들이 1799년에 위스키반란을 진압하러 서쪽으로 가는 길에 하룻밤 묵었던 곳이다.

이 근처에서 가장 유명한 철광산은 도시에서 남쪽으로 12킬로미터 떨어진 유명한 오리올 퍼니스다. 클라이스트 박사는 초기의 용재를 수집하였으며, 이 초기 제철업자들이 베세머 용광로 이전 시기에 이미 강력한 통풍 장치를 만든 방법에 관하여 열심히 설명해

파자세크가 뒤에서 다가온다. "앵스트롬. 전화." 파자세크는 몸집이 작고 머리가 벗어진 피곤해 보이는 남자로, 숱이 많고 뻣뻣한 눈썹 때문에 머리 근처가 더 강하게 죄어 있는 느낌을 준다. 눈 위의 이마도 압박을 받아 수평의 긴 주름들을 이루고 있는 듯하다. "앞으로는 전화 건 사람한테 집에도 전화기가 있다고 말해주는 게 좋을 것 같군."

"미안해요, 에드. 아마 미친 마누라일 겁니다."

"자네 개인 시간에만 미치게 할 수는 없을까?"

기계가 있던 곳에서 상대적으로 조용한, 우윳빛 유리의 벽들 안으로 건너가는 것은 마치 몸을 지탱해주던 물에서 갑자기 진공 속으로 올라가는 것 같다. 그는 즉시 버둥거리기 시작한다. "재니스, 제발, 여기로 전화하지 말라고 했잖아. 집으로 전화해."

"당신의 전화 응답 서비스를 해주는 그 조그만 아이랑은 이야기하고 싶지 않단 말이야. 그 아이 목소리를 생각만 해도 소름이 쫙 끼쳐."

"대개 넬슨이 전화를 받아. 그애는 절대 전화를 받지 않아."

"나는 그 여자애 목소리를 듣고 싶지도 않고, 그 여자애를 보고 싶지도 않고, 그 여자애 이야기도 듣고 싶지 않아. 그 인간 생각만 해도 얼마나 혐오감이 느껴지는지, 해리, 말로 표현할 수가 없어."

"다시 술을 마시게 된 거야? 혀가 꼬부라진 것 같은데."

"술 안 마셨고 정신 말짱해. 그리고 만족하고 있어, 고마워. 넬슨이 개학하는데 옷은 어떻게 하려는지 알고 싶어서 전화했어. 당신도 올여름에 넬슨이 키가 10센티미터나 커서 맞는 옷이 없다는 건 알 거 아냐."

"그래? 굉장한데. 어쩌면 그애는 새우*가 아닐지도 모르겠네."

"넬슨은 우리 아버지만큼 클 거고, 우리 아버지는 새우가 아니야."

"미안해, 나는 늘 그렇다고 생각했거든."

"내가 지금 이 전화 끊기를 바라? 그게 당신이 원하는 거야?"

"아니, 그냥 직장 말고 다른 곳으로 전화하기를 바랄 뿐이야."

그녀는 전화를 끊는다. 그는 파자세크의 목재 회전의자에 앉아 기다리며 달력을 본다. 9월인데도 아직 달력을 넘기지 않았다. 8월의 아가씨는 아이스크림콘의 아이스크림 부분이 젖꼭지를 가리도록 들고 있다. 하나는 딸기, 하나는 초콜릿이다. 더블 콘! 그것이 사진 설명이다. 마침내 전화벨이 울린다.

"무슨 얘기를 했더라?" 그가 묻는다.

"넬슨을 데리고 개학하면 입을 옷을 사러 가야겠어."

"좋아, 언제라도 데려가. 날짜를 잡자고."

"그 집 근처에도 안 갈 거야, 해리, 그 여자애가 거기 있는 한. 펜빌라스 근처에도 안 가. 미안해, 이건 통제 불가능한 신체적 혐오감이야."

"그렇게 느글거리면 임신인지도 모르겠네. 당신하고 차스, 조심은 하고 있는 거야?"

"해리, 난 이제 당신을 모르겠어. 찰리한테도 이야기했어, 이 남자와 십삼 년을 살았다는 게 믿어지지 않는다고. 그런 일이 있지도 않았던 것 같다고."

"그 이야기를 듣고 보니 생각나는 게 있는데, 넬슨 생일에 뭘 해줄까? 다음달에 열세 살이 되잖아."

그녀는 울기 시작한다. "당신은 나를 전혀 용서하지 않았어, 그렇

---

* 왜소한 사람.

지? 임신한 걸."

"했어, 용서했어. 그만해. 그 일은 잘 풀렸어. 넬슨을 당신의 사랑의 보금자리로 보낼 테니까 함께 쇼핑하러 가. 날짜만 말해."

"토요일 아침에 자동차 매장으로 보내. 넬슨이 아파트로 오는 건 별로야. 애가 가고 나면 너무 끔찍할 것 같거든."

"꼭 토요일이어야 돼? 질이 우리 둘을 데리고 벨리포지로 드라이브를 간다고 하는 것 같던데. 넬슨하고 나는 한 번도 안 가봤거든."

"지금 나를 조롱하는 거야? 당신은 왜 이게 다 그렇게 재미있다고 생각하지, 해리? 이건 인생이야."

"나는 지금 조롱하지 않아, 예전에 우리가 그랬지. 진심으로 하는 말이야."

"그럼 그 여자애한테 못 간다고 해. 둘이 넬슨을 이곳으로 보내. 단, 돈을 들려 보내. 내가 넬슨 옷값을 내야 할 이유를 모르겠으니까."

"크롤스에서 사고 달아놔."

"크롤스는 완전히 사양길이야, 당신도 알잖아. 지금은 위쪽 펄리 근처에 작고 멋진 새 가게가 있어. 전에 중국요리 집이었고 지금은 서브마린 샌드위치를 파는 곳 지나서."

"거기에서 외상을 터. 당신이 스프링어 모터스에서 왔고, 담보로 도요타도 한 대 제공한다고 해."

"해리, 그렇게 적대적으로 나오지 마. 당신이 날 내보냈잖아. 당신이 이렇게 말했어, 그날 밤에, 절대 잊을 수가 없어, 내 평생 최대의 충격이었으니까. '원한다면 만나. 다만 내가 그 새끼를 만날 필요만 없게 해줘.' 이게 당신이 한 말이야."

"아, 그 말을 들으니까 생각나는데, 며칠 전에 보기는 봤어."

"누구를?"

"차스. 당신의 거무스름하고 가무잡잡한 애인."

"어떻게?"

"내가 퇴근하기를 숨어서 기다리고 있더라고. 단검을 들고 골목에서 기다리고 있었어. 그래서 내가 이랬지. 윽, 잡히고 말았구나, 이 빨갱이 쥐새끼."

"왜 보잔 거였어?"

"아, 당신 이야기를 하려고."

"무슨 얘기? 해리, 거짓말이지? 이젠 알 수가 없어. 무슨 얘기?"

"당신이 행복했는지 아닌지."

그녀가 아무런 대꾸를 하지 않기 때문에 그가 말을 이어나간다. "우리는 당신이 행복했다고 결론을 내렸어."

"맞아." 재니스는 그렇게 말하고 전화를 끊는다.

주었다.
  와이저 스트리트의 빛바랜 낡은 사진들은
낮고 고급스러운 벽돌 건물들이 있는 번창하는
거리를 보여주며, 이 사진에는 말이 끄는 전차
가 다니는 철로가 두드러
    이 사진에는 말이 끄는 전차가 다니는 철로
가 다다러
    이 사진에는 말이 끄는 잔차가 더니는 찰로

가 다다러

어서전아논멀아 꼬난잔잔아 더나는찰루가

두더라지나

그가 그녀에게 묻는다. "오늘은 아이하고 뭐했어?"

"아, 별거 없었어요. 아침에 집 근처를 돌아다니고, 오후에는 드라이브를 했어요."

"어디로?"

"마운트저지까지요."

"시내로?"

"산으로요. 피너클호텔에 가서 코카콜라를 마시고, 공원에서 잠시 소프트볼 게임을 봤어요."

"솔직히 말해봐. 아이한테 폿을 피우게 해?"

"도대체 어쩌다 그런 생각을 하게 된 거예요?"

"아이가 너한테 완전히 홀려 있어. 그래서 난 그게 폿 아니면 섹스 때문이라고 생각하고 있어."

"아니면 차 때문이거나. 아니면 그애 키가 195가 아니라는 이유로 실패한 꼬마 운동선수 취급을 하는 게 아니라 인간 대접을 해준다는 사실 때문이거나. 넬슨은 아주 똑똑하고 예민한 아이이고, 어머니가 떠난 것 때문에 마음이 몹시 상했어요."

"그애가 똑똑하다는 건 나도 알아, 고마워. 나도 그애를 꽤 오랫동안 알았거든."

"내가 떠났으면 좋겠어요? 그거예요? 그게 아저씨가 원하는 거라면 떠날게요. 베이브한테 돌아가면 돼요. 베이브가 괴로운 시간을 보내고 있어서 그렇지."

"무슨 괴로운 시간?"

"약물 소지 혐의로 체포됐어요. 돼지들이 며칠 전에 짐보스에 와서 열 명을 데려갔는데, 거기에 베이브하고 스키터도 포함되어 있었어요. 베이브 말로는 돼지들이 뇌물을 더 달라고 했는데 주인이 망설였대요. 그런데 주인은 백인이에요."

"그러니까 아직 그 사람들하고 연락하는구나."

"연락하지 않았으면 좋겠어요?"

"좋을 대로 해. 망치는 건 좆같은 네 인생이니까."

"누가 아저씨를 괴롭혔군요, 그렇죠?"

"몇 사람이."

"나는 아저씨 마음대로 하세요. 나는 아저씨의 진짜 인생에서는 아무것도 될 수 없으니까."

그녀는 거실에서 그의 앞에 서 있다. 짧게 잘라 올 풀림이 드러난 청반바지에 페전트블라우스 차림으로, 두 손은 옆구리 쪽으로 살짝 들어 올려 펼치고 있다. 쟁반을 기다리는 하인 같다. 설거지를 하느라 손이 빨갛다. 그는 친절한 태도로 옮겨가 솔직하게 말한다. "나한테는 네 달콤한 입과 진주 같은 엉덩이가 필요해."

"아저씨는 이제 그것도 지겨워지기 시작한 것 같은데."

그는 그 말을 거꾸로 읽는다. 그녀는 그가 지겹다. 늘 지겨웠다. 그는 공격한다. "좋아, 섹스는 어때? 너하고 우리 애 말이야?"

그녀는 고개를 돌린다. 코가 길고 턱도 길다. 그리고 그 메마른 나방 같은 입. 그는 그녀가 자신을 보지 않을 때 쉬고 있는 그 입을 보면 멍하니 경멸하고 있다는 느낌, 그의 위에 있고 거기서도 더 높은 곳으로 날아가고 싶어한다는 느낌을 받는다. 여름은 그녀에게 주근깨를 몇 개만 찍어놓았다. 대개 우유 주전자처럼 부드럽게 불거진 이마에 모여 있다. 머리카락은 히피들이 좋아하는 식으로 아주 촘촘하게 꼬는 일이 많아서 비틀려 있다. "그애는 나를 좋아해요." 그녀는 그렇게 대꾸하지만 그것은 대답이 아니다.

그가 그녀에게 말한다. "내일 밸리포지에는 못 가. 재니스가 학교에 입고 갈 옷을 사러 넬슨하고 쇼핑을 하겠대. 그리고 나는 어머니를 보러 가야 돼. 원하면 네가 나를 태워줄 수도 있고, 나 혼자 버스를 타고 가도 돼."

그는 자신이 자상하게 행동한다고 생각하는데 그녀는 부잣집 딸 특유의 냉소를 드러내며 말한다. "아저씨를 보면 가끔 우리 어머니 생각이 나요. 우리 어머니도 자기가 나를 소유했다고 생각했죠."

토요일 아침에 그녀는 사라지고 없다. 하지만 옷은 여전히 넝마처럼 옷장에 걸려 있다. 아래층 부엌 식탁에는 녹색 매직 마커로 쓴 메모가 놓여 있다. 하루종일 나가 있을 거예요. 넬슨을 자동차 매장에 데려다놓을게요. ☻ ♡ × ♪. 그래서 그는 버스를 두 번 타고 브루어를 완전히 가로지른다. 마운트저지의 잔디밭들, 시멘트 보도 사이의 풀은 태웠다. 단풍나무 여기저기 황금색을 흩뿌린 듯 잎 색깔이 변하고 있다. 허공에서는 그 냄새, 개학의 냄새, 다시 시작하고 기존 질서를 재확인하는 냄새가 난다. 그는 기분이 좋아지고 싶다. 매번 해가 바뀔 때마다, 방학을 시작할 때나 방학이 끝날 때마다. 달력의 새 장을 넘길 때마다 늘 기분이 좋았다. 하지만 어른 생활에는 아무런 철이 없고 날씨만 바뀐다. 게다가 나이가 들수록 날씨에는 관심이 멀어진다.

그의 옛 집의 옆집에는 여전히 **매물**이라고 적힌 간판이 세워져 있다. 현관문을 열지만 잠겨 있다. 벨을 누르자 안에서 오랫동안 발을 질질 끄는 소리와 덜거덕거리는 소리가 들리더니 아빠가 문을 연다. 래빗이 묻는다. "왜 문은 잠그고 계세요?"

"미안하구나, 해리, 요즘 시내에 도둑이 너무 많아서. 네가 오는 줄 몰랐다."

"제가 약속하지 않았던가요?"

"약속이야 전에도 했지. 그렇다고 네 어머니와 내가 너한테 뭐라는 건 아니다. 우리도 요즘 네 인생이 힘들다는 걸 알아."

"그렇게 힘들지 않아요. 어떤 면에서는 전보다 편해요. 엄마는 위층에 계시나요?"

아빠가 고개를 끄덕인다. "요즘엔 도통 아래로 안 내려와."

"그 새 약이 효과가 있는 줄 알았는데요."

"어떤 면에서는 그렇지만 네 어머니는 너무 우울해서 의지가 없어. 인생의 10분의 9는 의지다. 우리 아버지는 그렇게 말씀하시곤 했어. 오래 살수록 점점 아버지 말씀이 옳다는 생각이 들어."

집의 살균제 냄새는 여전히 답답하다. 하지만 해리는 한 번에 계단을 두 개씩 올라가 위층으로 간다. 질이 사라졌기 때문에 분노로 힘이 넘친다. 그는 환자의 방으로 쳐들어가 말한다. "엄마, 꿈 얘기를 해주세요."

엄마는 살이 빠졌다. 뼈는 최소한의 연결 조직을 제외하고는 살을 모두 버렸다. 얼굴은 뼈 위로 긴장된 채 뭔가를 기대하며 멀리 보는 듯한 달콤한 표정이다. 이 유령으로부터 전보다 강한 목소리가 나온다. 말 사이의 주저도 줄어들었다.

"어떤 잔인한 것 때문에 밤에 몹시 괴롭구나, 해리. 얼이 말하더냐?"

"나쁜 꿈 얘기를 하던데요."

"그래, 나쁘지. 하지만 잠을 아예 못 잘 정도로 나쁘지는 않아. 나는 지금 이 방을 아주 잘 알아, 모든 물건을. 밤이면 심지어 저 해로울 것 없는 낡은 옷장, 그리고 저것, 저 볼품없는 가엾은 팔걸이의자, 저것들."

"저것들이 뭐요?" 그는 침대에 앉아 그녀의 손을 잡는다. 침대가 그의 무게에 흔들리면 엄마도 흔들려 뼈가 부러질까 두렵다.

엄마가 말한다. "저것들이 내. 숨을 막으려고 해."

"저것들이 그래요?"

"모든 게―그래. 다 밀려들어, 아주 묘하게, 이 단순하고 수수한 가구들. 내가 평생 함께 산 가구들이. 네 아빠는 옆방에서 잠이 들어, 코 고는 소리가 들려. 차는 한 대도 지나가지 않아. 나하고 가로등뿐이야. 꼭―물속 같아. 나한테 남은 숨이 몇 초인지 세. 나는 사십, 삼십까지 갈 수 있다고 생각해. 그러다 십까지 내려가."

"이것 때문에 숨쉬는 게 영향을 받는지 몰랐어요."

"영향을 받지는 않아. 다 내 마음이야. 내 마음속에 있는 것들이야, 해시. 그러니까 하수구 청소할 때가 떠올라. 누가 오래전에 떨어뜨린

고무빗과 엉킨 머리카락과 찌꺼기들. 내 경우에는 육십 년 전이겠지."

"엄마 인생을 그런 식으로 느끼면 안 되죠, 네? 나는 엄마가 잘해내셨다고 생각해요."

"뭘 잘해내? 뭘 하려고 하는지도 모르는데. 그게 재미있는 점이야."

"몇 번 웃기도 했고." 그가 이야기를 늘어놓는다. "아기도 몇 낳았잖아요."

그녀는 그 말을 걸고넘어진다. "계속 너하고 밈 꿈을 꿔. 늘 함께 나와. 너희는 학교를 마치고 나서는 함께 있었던 적이 없는데."

"밈하고 내가 뭘 하는데요? 그 꿈에서요?"

"나를 쳐다봐. 가끔 너희는 먹을 것을 달라고 하는데 나는 먹을 걸 찾을 수가 없어. 한번은 냉장고 안을 들여다봤는데. 그 안에 어떤 남자가 얼어 있던 게 기억나. 내가 한 번도 본 적이 없는 남자. 그냥. 꿈에 나오는 그 생전 처음 보는 남자들 중 한 명. 어떤 때는 스토브가 켜지지를 않아. 또 어떤 때는 얼이 장을 보고 와서 먹을 걸 어디에 두었는지 찾을 수가 없어. 얼이 분명히. 어딘가에 뒀다는 건 아는데. 하찮은 것들이지. 하지만 그런 게 너무 중요해져. 그래서 얼한테 소리를 지르다 잠을 깨."

"밈하고 내가 무슨 말을 해요?"

"아니, 그냥 애들이 그러듯이 쳐다보기만 해. 약간 겁을 먹었지만 내가 감당할 수 있다는 걸 믿으면서. 상황을. 너희는 늘 그런 표정이야. 너희가 죽었다는 걸 내가 알고 있을 때도."

"죽어요?"

"그래. 분을 잔뜩 바르고 관 안에 놓여 있어. 다만 아직도 서 있다는 게 다를 뿐이지. 아직도 내가 뭘 해주기를 기다리는 거야. 너희는 내가 식탁에 음식을 갖다놓지 못해서 죽었어. 이런 꿈에서 이상한 건, 가만 생각해보니까. 나를 쳐다보는 너희는 아이들 키지만. 생긴 건 지금처럼 보인다는 거야. 밈은 립스틱을 잔뜩 바르고, 그 번쩍거리는 미니스커트를 입고 무릎까지 오는, 지퍼를 올리는 부츠를 신고 있어."

"그게 밈의 요즘 모습인가요?"

"응, 홍보용 사진을 보내줬어."

"뭘 홍보해요?"

"아, 알잖아. 자기 자신을 위해서. 요새 일을 어떻게 하는지 너도 알잖아. 정작 나는 이해를 못하겠다만. 옷장 위에 있다."

가로 20센티 세로 25센티 크기의 그 사진은 심하게 번들거렸는데, 우편배달부가 접은 곳에 대각선으로 주름이 졌다. 밈은 홀터넥과 팔찌와 술탄 바지 차림이다. 머리는 뒤로 젖히고, 긴 맨발―밈은 어렸을 때 발이 커서 엄마는 신발가게 직원을 창고 안으로 깊이 들여보내야 했다―은 무릎 방석에 올려놓았다. 모양을 고쳐놓은 눈 때문에 전혀 밈 같지 않다. 오직 코의 일부만 밈 같다. 코끝의 혹 같은 것, 그리고 콧구멍. 아기 때는 울기 시작할 때 콧구멍이 움츠러들더니, 지금은 섹시한 표정을 지으라는 말을 들을 때 움츠러든다. 그는 이 사진에서 포즈를 잡게 하는 사람들이 밈에게서 느끼는 것을 느끼지 못한다. 밑에 볼펜으로 쓴 흐릿한 메시지가 있다. 밈은 이렇게 써놓았다. 모두 보고 싶어요 곧 동부에 가고 싶어요 사랑으로 밈. 고등학교도 통과하지 못한 사람이 쓴 듯한 읽기 힘든 기울어진 글씨다. 질의 메시지는 화려하고 꼿꼿한 사립학교 반인쇄체로 적혀 있고, 포스터만큼이나 자신만만하다. 밈은 그런 건 가져본 적이 없다.

래빗이 묻는다. "밈이 지금 몇 살이죠?"

엄마가 말한다. "내 꿈 이야기는 듣고 싶지 않은가보구나."

"당연히 듣고 싶죠." 그는 계산해본다. 그가 여섯 살 때 태어났으니 밈은 지금 서른 살일 것이다. 따라서 이제는 아무것도 안 될 것이다. 하렘 의상을 입는다 해도. 서른까지 못한 일을 이제 와서 할 가능성은 없다. 지금껏 해놓은 일은 앞으로 더 많이 하게 될 것이다. 그가 어머니에게 말한다. "최악의 꿈을 말해보세요."

"옆집이 팔렸어. 아파트를 세우고 싶어하는 어떤 사람들한테. 스크랜턴 부부도 그 사람들과 동업을 하기로 해서. 벽 두 개가 올라가. 그래서 우리집에는 빛이 전혀 들지 않아. 나는 구멍에 들어가 쳐다보고 있어. 먼지가 나한테로 떨어지기 시작해. 콜라 캔과 시리얼 상자도. 그러다. 잠을 깼는데 숨을 쉴 수 없다는 걸 깨달아."

그가 어머니한테 말한다. "마운트저지는 고층건물을 세울 수 있는 지구가 아니에요."

어머니는 웃음을 터뜨리지 않는다. 이제 크게 벌어진 눈은 그녀의 삶의 다른 반쪽, 밤이라는 반쪽, 악몽이라는 반쪽에 고정되어 있다. 그것이 이제 잘못 지은 지하실의 물처럼 솟아올라 그녀를 삼킴으로써 그것이 쭉 진짜 반이었고 낮의 반은 착각이고 속임수였음을 증명한다. "아냐." 어머니가 말한다. "그게 최악이 아니야. 최악은 얼하고 내가 검사를 받으러 병원에 가는 거야. 우리 주위에는 우리집 부엌 식탁만한 탁자들이 있어. 탁자마다 식사를 할 수 있는 도구가 아니라 어떤 진흙 같은 게 있다는 게 다를 뿐이야. 빨간 진흙이 구겨진 시트와 섞여 있어서 마치. 애들의 모래성 같아. 이게 튜브들을 통해 기계로 연결되고, 기계에는 텔레비전의 줄무늬 같은 게 보여. 그것을 보는 순간 그 진흙 하나하나가 사람이라는 생각이 들어. 얼은 계속 이야기를 해. 너무 자랑스럽고 기분이 좋아서 바보가 된 것처럼. '정부가 돈을 다 내준대. 정부가 돈을 다 내준대.' 그러면서 나한테 너하고 밈이 서명을 한 서류를 보여줘. 나를, 있잖아 그것들 가운데 하나로 만드는 서류야. 그 진흙들."

"그건 꿈이 아닌데요." 그녀의 아들이 말한다. "실제로 그런 건데요."

그러자 어머니는 베개 위에서 허리를 똑바로 편다. 뻣뻣하게 꾸짖는 자세다. 입이 용서 없이 아래쪽으로 늘어진다. 그가 무엇보다 두려워하던 것이다. 뱀파이어보다, 소아마비보다, 천둥이나 하느님이나 학교에 지각하는 것보다. "네가 창피해." 그녀가 말한다. "내 아들한테서 그렇게 모진 소리를 들을 줄은 정말 몰랐다."

"농담이었어요, 엄마."

"그렇게 고마워할 게 많은 녀석이." 그녀가 무자비하게 말을 이어나간다.

"뭘요? 뭘 고마워해요?"

"우선 재니스가 널 떠난 거. 그애는 늘. 축축하게 젖은 수건이었어."

"그럼 넬슨은 어쩌고요, 네? 이제 넬슨은 어떻게 되는 건데요?" 이것이 그녀의 잘못이다. 시간이 창조하는 것을 잊어버리는 것. 여전히 세상이 원래의 네 모퉁이, 부엌 식탁에 둘러앉은 자신과 아버지와 그와 밈으로 이루어져 있다고 보는 것. 그 압제적인 사랑은 세계를 얼릴 것이다.

엄마가 말한다. "넬슨은 내 자식이 아니야. 네가 내 자식이야."

"어쨌든 그애도 존재하잖아요. 나는 그애 걱정을 해야 한다고요. 재니스를 그냥 그렇게 내칠 수는 없어요."

"그애가 너를 내쳤잖아."

"그렇진 않아요. 재니스가 직장으로 계속 전화를 해요. 스태브로스도 재니스가 돌아가기를 바라요."

"절대 돌아오게 하지 마. 그애는. 너를 숨막히게 할 거야, 해리."

"내가 뭘 선택할 수 있겠어요?"

"달아나. 브루어를 떠나. 나는 네가 왜 돌아왔는지 정말 모르겠어. 여기에는 이제 아무것도 없어. 모두 그걸 알아. 메리야스 공장이 남쪽으로 간 뒤로. 밈을 본받아."

"저는 밈과는 달리 팔 게 없어요. 게다가 아빠는 밈 때문에 상심하셨고요, 몸을 팔고 돌아다닌다고요."

"네 아버지는 그냥 그렇게 걱정하고 싶을 뿐이야. 네 아버지는 늘. 시무룩해질 구실을 찾았어. 뭐, 이제 네 아버지한테는 내가 있지. 내가 충분한 구실이 돼. 인생에게 안 된다고 하지 마라, 해시. 죽은 자는 죽은 자가 장사지내게 해. 괴로워하며 사는 건 전혀 도움이 안 돼. 나는 행복한 너한테서 엽서를 받는 게 더 좋을 것 같아. 거기 얼간이처럼 앉아 있는 걸 보는 것보다."

늘 엄마의 이런 대책 없는 요구와 기대. 이 가혹한 꿈들. "해시, 너 기도는 하니?"

"주로 버스에서 해요."

"거듭나게 해달라고 기도해. 너 자신의 인생을 위해 기도해."

그의 뺨이 불타오른다. 고개를 숙인다. 그는 엄마가 자신에게 재니스를 죽이라고, 넬슨을 죽이라고 요구한다고 느낀다. 자유는 살인을 뜻한다. 거듭나는 것은 죽음을 뜻한다. 얼간이라고요, 그는 소리 없이 저항한다. 그녀는 입꼬리를 더 심하게 구부리고 옆을 본다. 엄마는 여전히 자신의 자궁 밖으로 그를 불러내려 한다. 내가 나이든 남자라는 걸 보지 못하는 건가? 유일하게 할 수 있는 일이라곤 자신에게 기댄 얼간이들이 쓰러지지 않도록 제자리를 유지하는 것뿐인 늙은 얼간이.

아빠가 위층으로 오더니 필리스의 시합이 나오는 방송으로 텔레비전 채널을 돌린다. "앨런이 없으니 팀이 훨씬 튼튼해졌어." 아빠가 말한다. "앨런은 상한 달걀이었어, 해리. 이건 편견 없이 하는 말이야. 상한 달걀도 색깔이 여러 가지거든."

몇 이닝 뒤에 래빗은 일어선다.

"시합이 끝날 때까지만이라도 있을 수 없니, 해리? 냉장고에 아직 맥주가 있을 것 같은데. 그렇지 않아도 네 어머니한테 차를 좀 만들어주려고 부엌에 내려갈 참이었다."

"가게 돼요, 얼."

전선을 보호하기 위해 잭슨 로드를 따라 단풍나무를 많이 쳐냈다. 주로 수관樹冠의 중심부를 잘라냈다. 래빗은 전에는 이것을 보지 못했다. 예전에 롤러스케이트를 탈 때 걸려 넘어지곤 하던 지면의 작은 도랑을 들어낸 곳에 새로 네모난 보도블록을 깔아놓은 것도 보지 못했다. 그가 롤러스케이트를 탈 때 길 건너에 살던 그보다 나이 많은 남자아이 케니 리켓, 나중에는 1마일을 오 분에 뛰는 육상 선수가 되고, 카운티 스포츠 연맹 대회에서 비범한 활약을 하게 되지만, 그것은 나중 일이고, 이날은 그해 겨울 그에게 꽁꽁 언 눈덩이를 래빗에게 던졌던—조금 더 높이 맞았다면 눈알 하나가 빠졌을 것이다—그보다 덩치 큰 소년이었을 뿐인 케니가 잭슨 로드 건너에서 외침만 던졌다. "해리, 라디오 들었어? 대통령이 죽었어." 그는 '루스벨트'라고 하지 않고 '대통령'이라고 했다. 그들에게 다른 대통령은 없었으니까. 다음에 비슷한 일이 일어났을 때 그 대통령은 이름을 갖게 된다. 어느 금요일 점심식사 후에 그가 그 엄청나게 시끄러운 높은 기계 앞에 앉아 있을 때 아버지가 뒤에서 슬그머니 다가오더니 비밀을 털어놓듯이 말했다. "해리, 방금 라디오에서 나오던데. 조판부에서 켜놨거든. 케네디가 총에 맞았다. 머리에 맞은 것 같대." 격렬한 두통으로 죽은 매력적인 두 사람. 별밭에서 그들의 미소가 희미해진다. 우리는 깡패와 회계사들 밑에서 계속 더듬거리며 나아간다. 버스에서 래빗은 어머니가 시킨 대로 기도를 한다. 엘도파가 효과가 있게 해주소서, 엄마한테 즐거운 꿈을 주소서, 넬슨이 대체로 순수함을 유지하도록 지켜주소서, 스태브로스가 재니스한테 너무 심하게 굴지 않게 해주소서, 질이 집으로 가는 길을 찾도록 도와주소서. 아빠가 건강을 유지하게 해주소서. 저도 마찬가지입니다. 아멘.

분홍색 셔츠를 입은 사람이 과장되게 한숨을 쉬며 그의 옆에 주저앉는다. 버스가 산허리의 정류장, 데이-글로 회전 광고판이 있는 주유소 옆에서 멈춘 뒤다. 남자의 얼굴이 방향을 래빗 쪽으로 틀더니 래빗의 시야 옆쪽에 달라붙는다. 잠시 후 그가 도전적으로 래빗의 눈길을 받는다. 남자의 뺨은 셔츠와 마찬가지로 분홍색이며 소년의 뺨처럼 매끄럽다. 그러나 머리카락은 하얗다. 수심에 잠긴 긴 눈썹이 위로 올라가며 알은체를 하는 표정이 된다. "정말 미안합니다만," 그는 힘주어 말하지만 그가 힘주어 하는 말은 가르랑거리듯이 자신의 목소리 속으로 도로 감겨들어간다. "혹시 해리—?"

"이야, 에클스로군요. 에클스 목사님."

"앵스트롬, 그렇죠? 해리 앵스트롬. 정말 놀랍군요. 정말로." 그러면서 에클스는 그의 손을 잡는다. 절대 놔주지 않을 것 같은 느낌이 드는 그 통통하고 축축한 손아귀. 성직자의 눈에는 뭔가 새로운 것, 깜짝 놀라기는 했지만 단단한 뭔가가 있다. 성직자 칼라가 없는 그의 목의 창백한 아랫부분만큼이나 적나라하게 드러난다. 래빗은 셔츠가 고급임을 알아본다. 바느질로 가늘고 하얀 줄무늬를 넣었고 소재는 반투명의 가벼운 여름 직물이다. 이 남자가 예전에 검은색이 아니라 은근히 우아한 짙은 암청색을 입었다는 것이 기억난다. 에클스는 여전히 그의 손을 잡고 있다. 해리가 손을 빼낸다. "말해주세요." 에클스가 다시 그 멋부리는 억양으로 말한다. 래빗의 십 년 전 기억에는 없는 말투다. "그동안 어떻게 지냈어요. 아직 함께입니까, 그—?"

"재니스."

"앵스트롬 씨 수준에는 못 미치는 것 같았어요. 지금에서야 솔직히 말하지만."

"어, 그 반대일 수도 있죠. 아이를 더 낳지는 않았습니다." 아이를 낳으라는 게 화해 첫 몇 달 동안, 그와 재니스가 새롭게 시작하고 심지어 함께 감독파교회에 나가기까지 했을 때 에클스가 해준 조언이었다. 그러다가 에클스는 필라델피아에 더 가까운 교회로 부임했다. 일이 년 뒤 재니스의 어머니를 통해 새 교구에서 무슨 문제가 생겼다는 이야기를 들었다. 그뒤에는 아무런 소식이 없었다. 그런데 그가 여기 다시 나타난 것이다. 머리는 희어졌지만 더 늙어 보이지는 않는 모습으로. 외려 더 젊어 보인다. 허리 쪽이 늘씬해졌고, 스스로 의식하며 좋은 상태를 유지하는 것 같고, 브루어 사람들에게서는 찾아보기 힘들 만큼 단단하고 햇볕에 그을려 있고, 눈에는 그 젊고 놀란 표정이 있다. 머리는 길어 셔츠 칼라 뒤쪽에서 고불고불 엉켜 있다. 래빗이 묻는다. "목사님은 어떠세요?" 그는 에클스가 도대체 어디 있다 오는 것이기에 산허리에서 버스를 탄 것인지 궁금하다. 거기에는 주유소, 식당, 구름다리, 철 담장 뒤로 가문비나무들 속에 파묻힌 부자들의 집 몇 채 외에는 아무것도 없다.

"사 바*Ça va.* 그냥 그래요. 나는 묻혔죠. 하지만 살아 있습니다. 목사직은 그만뒀고요." 너털웃음을 터뜨리려는 듯 턱이 열린 채로 지탱되고 있지만 아무런 소리도 나오지 않는다. 그 묘하게 정화된 눈은 여전히 방심하지 않는다.

"왜 그러셨어요?" 래빗이 묻는다.

늘 왠지 탐사하고 놀리는 듯하던 에클스의 껄껄거리는 웃음은 뻔뻔스러워지고 조롱기가 강해졌다. 두려움이 완전히 가신 것은 아니지만. "여러 가지 이유가 있었죠. 한편으로는 그렇게 권유받은 면도 없지 않고. 또다른 한편으로는 내가 그러고 싶었던 면도 있습니다."

"이제는 그걸 믿지 않으시나요?"

"내 방식으로는 믿지요. 전에는 과연 믿었는지 잘 모르겠어요."

"안 믿었다고요?" 래빗은 충격을 받는다.

---

* 프랑스어로 '괜찮습니다' '잘 지내요'라는 의미.

"그때는," 에클스의 목소리가 확 바뀐다. 자신을 애무하는 듯한 음색이다. "인간의 어떤 상호작용 같은 걸 믿었죠. 지금도 그건 믿습니다. 만일 사람들이 어떤 관계 속에서 일어나는 것을 그리스도라고 부르고 싶어한다면 나도 반대를 하지 않아요. 하지만 나는 이제 그런 말은 사용하지 않습니다."

"목사님 아버지는 그걸 어떻게 생각하시죠? 주교가 아니었던가요?"

"우리 아버지는, 하느님 그의 영혼을…… 내가 이런 결론에 이르렀을 때는 이미 돌아가신 뒤였죠."

"부인은요? 재치 있는 분이었는데, 이름은 잊었지만."

"루시. 사랑하는 루시. 사실, 나를 떠났습니다. 그래요, 내가 허물을 여러 겹 벗었죠." 목이 창백하고 머리가 긴 남자의 입이 열리며 너털웃음의 가능성을 내비친다. 하지만 소리가 없고 경계를 풀지 않는다.

"떠났다고요?"

"나의 무분별함에서 달아난 거죠. 지금 재혼해서 윌밍턴에 살고 있습니다. 남편은 괴로울 정도로 평범한 사람이에요. 무슨 화학자라던데. 전혀 무분별하지 않은 사람이죠. 내 딸들도 아주 좋아합니다. 내 두 딸은 기억하죠?"

"귀여웠지요. 특히 언니가. 이야기가 나왔으니 말인데, 재니스도 나를 떠났습니다."

에클스의 창백하고 활발한 눈썹이 더 높이 아치를 그린다. "그래요? 최근에?"

"달 탐사선 발사 전날요."

"떠나기보다는 버림받는 쪽 같았는데. 보세요, 해리, 더, 아, 고정된 장소에서 만나 진짜 대화를 나눠야겠습니다." 에클스가 강조를 하려고 더 바싹 몸을 기울이다 버스가 흔들리는 바람에 팔이 래빗의 팔에 닿는다. 에클스는 늘 놀라울 정도로 근육질이라는 느낌이었는데, 지금은 더 억세졌다. 그 자신에 더 가까워졌다. 그의 부풀어오른 머리가 거대해 보인다.

래빗이 묻는다. "어, 지금은 뭘 하세요?"

다시 너털웃음, 열린 턱, 경계. "필라델피아에 살고 있어요, 기본적으로는. 한동안 YMCA에서 청년 사업을 했지요. 버몬트에서 석 달 동안 캠프 감독을 했습니다. 겨울이면 때때로 그냥 책을 읽고 명상만 하기도 했습니다. 나는 서양의 의식에 아주 흥미 있는 일이 벌어지고 있다고 생각해요. 그래서, 웃을지 모르지만, 그것에 관한 책을 쓰려고 메모를 하고 있습니다. 내가 생각하는 것의 핵심은, 우리가 마침내 플라톤의 동굴에서 나오고 있다는 겁니다. '플라톤의 동굴을 나와'라는 제목, 어떨 것 같아요?"

"좀 무시무시한데요. 하지만 내 말은 염두에 두지 마십쇼. 그런데 이 더럽고 오래된 동네에는 무슨 일로?"

"어, 좀 묘한 일이에요, 해리. 해리라고 불러도 되겠죠? 갑자기 모든 게 어제 일처럼 느껴지기 시작해서요. 그때는 우리가 얼마나 묘한 사람들이었는지! 우리를 마음대로 쫓아다니던 그 유령들! 어쨌든, 오리올이라는 작은 도시 알죠? 브루어에서 남쪽으로 9킬로미터 떨어진 데?"

"가본 적 있습니다." 십여 년 전 고등학교 농구 팀과 함께. 2학년 때. 그곳에서도 그는 또 한번 위대한 밤을 보냈다.

"어, 거기에 오리올 플레이어스라는 여름 극단이 있어요."

"그래요. 거기 광고를 우리가 찍어요."

"맞아—인쇄소에 다니죠? 들은 기억이 납니다."

"식자공이죠."

"잘됐네요. 어, 내 친구 하나가, 좀 우스꽝스러운 친구인데, 아주 자기중심적이지만, 그래도 훌륭한 사람이에요. 이 친구가 그 극단에서 공동 연출을 하는데, 나더러 자기네 P.R.를 도와달라고 하더군요. 홍보 public relation 말입니다. 사실은 기금을 모으는 일이죠. 조금 전까지 마운트저지에 있었어요. 기부금 때문에 대책 없는 맬런 영거먼을 만났던 거예요. 물론 선플라워 맥주의 영거먼이죠. 생각해보겠다고 하더군요. 그건 암호로, 생각해보지 않겠다는 뜻이에요."

"전에 하시던 일하고 좀 비슷하게 들리는데요."

에클스는 예리해진 눈으로 그를 흘끗 본다. 방어적인 졸음이 가면처럼 그의 얼굴을 덮는다. "돼지 앞에 진주를 던진다, 그런 뜻인가요? 이방인 앞에 장애물을 놓는 것. 그래요, 약간은요. 하지만 나는 이 일을 하루에 여덟 시간만 할 뿐이에요. 나머지 열여섯 시간에는 나라는 인간이 될 수 있습니다."

해리는 그가 인간이라는 말을 하는 굶주린 방식, 거기에 너무 많은 뜻이 담긴 것처럼 말하는 방식이 마음에 들지 않는다. 버스는 급하게 움직이고 몸을 떨며 와이저 스트리트를 따라 내려간다. 에클스는 해리 너머 창밖을 내다보며 눈을 껌뻑인다. "나는 여기서 내려야만 합니다. 나하고 함께 내려, 내가 한잔 사도록 해줄 수 있느냐고 물어봐도 될까요? 여기 모퉁이에 지나치게 울적하지 않은 술집이 하나 있는데."

"아닙니다. 이런, 고맙습니다. 나는 계속 가야 해요. 집에 가야 돼요.

집에 애가 혼자 있거든요."

"넬슨."

"맞아요! 대단한 기억력이네요! 하여간 정말 고맙습니다. 좋아 보입니다."

"다시 만나 반가웠어요, 해리. 정말이지 언제 여유 있게 기회를 만들어봅시다. 어디 살아요?"

"저기 펜빌라스에요. 목사님이 떠나시고 난 뒤에 조성된 곳이에요. 지금은 모든 게 좀 어정쩡해서……"

"이해합니다." 에클스가 얼른 대꾸한다. 버스가 칙칙 신음을 토하며 멈추려 했기 때문이다. 그런데도 해리의 어깨에 손을 올려놓을 시간은 찾아낸다. 목 근처다. 그의 목소리의 질이 바뀐다. 탄원한다. 다시 설교자의 목소리가 된다. "나는 지금이 살기 좋은 훌륭한 시대라고 생각합니다. 편하실 때 해리한테 나의 기쁜 소식을 전할 수 있으면 정말 좋겠습니다."

래빗은 에클스와 거리를 두려고 16A번을 타고 여섯 블록을 더 간다. 버스가 그릴리로 접어들 때 내려서 펜빌라스로 가는 버스를 타기 위해 다시 와이저 스트리트에 있는 볶은 땅콩을 파는 곳으로 돌아간다. 가판대에 놓인 필리의 급진적인 흑인 신문의 표제는, **돼지의 잔학 행위 캠든을 흔들다**, 이다. 해리는 신경이 곤두서서 혹시 분홍색 셔츠가 쫓아오나 보려고 길 북쪽을 바라본다. 드러난 목에서 에클스의 손이 닿은 곳이 따끔거린다. 이렇게 오랜 세월이 흐르고 또 둘 다 인생이 뒤집혀버린 마당에, 이런 식으로 달라붙고 싶어하는 것을 보니 놀랍다. 12번 버스가 와서 그를 다리 너머로 데려다준다. 하루가 창문들에 대고 흐느끼고 있다. 미래가 텅 비어 있는 9월의 밝은 빛. 잔디들은 두들겨맞아 납작하고 검은 강은 무기력하고 악취를 풍긴다. **호비 헤븐. 내일을 향해 쏴라.** 그는 엠벌리를 걸어, 하늘에서 네시의 똑같이 쓰레기 같은 방송 전파를 긁어모으는 텔레비전 안테나들 밑에서 동시에 빙빙 돌아가는 스프링클러들을 뚫고 나가 비스타 크레센트로 향한다.

더러운 흰색 포르쉐는 진입로에 있다. 차고에 반쯤 들어가 있다. 재니스가 하던 짓이다. 짜증나던 짓. 질이 슬립 차림으로 갈색 팔걸이의자에 앉아 있다. 푹 주저앉은 모습에서 그녀가 팬티를 입지 않았음을 알 수 있다. 그녀는 지친 표정으로 그의 질문에 뜸을 들이며 대답한다. 그의 질문들이 더러운 솜 패킹, 오늘 쌓인 보풀 같은 기억들을 통과해 전달되기라도 하는 것 같다.

"오늘 아침에는 어디를 그렇게 일찍 갔어?"

"밖에요. 아저씨 같은 재수없는 인간들로부터 멀어지려고."

"아이는 내려줬어?"

"그럼요."

"언제 돌아왔어?"

"방금."

"하루종일 어디 있었어?"

"그냥 밸리포지에 갔는지도 모르죠."

"가지 않았는지도 모르고."

"갔어요."

"어땠어?"

"아름다웠어요. 정말 재미있었어요. 조지*는 아름다운 녀석이더라

302

고요.”

“방 하나만 얘기해봐.”

“문으로 들어가요. 그럼 기둥이 네 개 달린 침대가 나와요. 거기에 술 장식이 달린 작은 베개가 있고, 그 위에는 이렇게 적혀 있어요. ‘조지 워싱턴이 여기서 잤다.’ 침대 맡 탁자에서는 지금도 그가 먹던 알약을 볼 수 있어요. 레드코트**들 때문에 바짝 긴장했을 때 자려고 먹었대요. 벽에는 아마포 같은 게 덮여 있더라고요. 의자에는 팔걸이 위로 밧줄을 쳐놓아 앉지 못하게 했고요. 그래서 내가 지금 여기 앉아 있는 거예요. 이 의자에는 밧줄을 쳐놓지 않았으니까. 됐나요?”

그는 그녀가 제시하는 것으로 보이는 여러 대안들 사이에서 머뭇거린다. 웃음, 분노, 싸움, 항복. “됐어. 재미있었던 것 같군. 못 가서 아쉽네.”

“어디 갔다 왔어요?”

“어머니 뵈러, 여기서 집안일을 좀 한 다음에.”

“어머니는 어떠세요?”

“말하는 게 나아졌어. 하지만 전보다 약해 보이더라고.”

“안됐네요. 그런 병에 걸렸다니 안됐어요. 나는 아저씨네 어머니를 만날 일이 없겠죠, 안 그래요?”

“만나고 싶어? 우리 아버지는 원하면 언제라도 볼 수 있어. 네시 십오분에 피닉스 바에 들르기만 하면 돼. 아버지가 마음에 들 거야. 정치에 관심이 있으시니까. 이 체제가 똥 같다고 생각하셔, 너처럼 말이야.”

---

* 조지 워싱턴.
** 미국 독립전쟁 당시의 영국 군인들을 가리킨다.

"아저씨 부인은 만날 일이 없겠네요."

"만나고 싶을 일이 있겠어? 왜 이러는 거야?"

"모르겠어요. 그냥 흥미가 당겨서. 아저씨한테 빠지고 있는 건지도 모르죠."

"맙소사, 그러지 말아줘."

"아저씨는 자신이 별로라고 생각하죠, 그렇죠?"

"농구를 그만둔 뒤로는 별로라고 생각해. 그런데 어머니 말씀이 재니스가 자신을 망치도록 그냥 내버려두고 나는 이곳을 떠나야 한다네."

"그래서 뭐라고 했어요?"

"그럴 수 없다고 했지."

"아저씨는 재수없는 놈이야."

그녀가 팬티를 안 입었다는 사실과 그녀가 오늘 이미 사용되었다는 느낌, 이 독특한 여름, 달에 간 여름이 영원히 사라져가고 있다는 느낌 때문에 그는 오늘 오후 들어 두번째로 얼굴을 붉히며 묻는다. "사랑을 나누고 싶지 않지, 그렇지?"

"박기 아니면 빨기?"

"어느 쪽이든. 박기." 그녀가 안에 이가 박힌 자신의 한쪽 끝을 그에게 주는 것은 다른 쪽 끝을 아직 오지 않은 어떤 남자, 그녀에게 그보다 더 진짜인 어떤 남자를 위해 아껴두기 위한 것이라는 느낌이 들었기 때문이다.

"넬슨은?" 그녀가 묻는다.

"재니스와 함께 갔어, 아마 저녁까지 먹이고 보낼 거야. 걱정하지 않아도 돼. 하지만 네가 너무 피곤할지도 모르겠는데. 그 조지 워싱턴이니 뭐니 때문에."

질은 일어서서 슬립을 어깨까지 끌어올리고 그대로 붙들고 있다. 슬립은 그녀의 머리를 담은 구겨진 봉투처럼 보인다. 그 밑으로 그녀의 젊은 몸이 그대로 드러나 있다. 촛대처럼 창백하다. 가슴은 응결된 촛농이다. "박아줘." 그녀가 쌀쌀맞게 말하며 슬립을 부엌 쪽으로 던진다. 그의 밑에서 애를 쓰며 말을 이어간다. "해리, 나한테서 모든 똥 같은 게 빠져나가도록, 이 똥 같고 황량한 세상의 모든 똥과 황량함이 다 빠져나가도록 박아주면 좋겠어, 나를 아프게 해줘, 깨끗하게 씻어줘, 내 속을 꽉 채워줬으면 좋겠어, 멋진 남자, 내 목까지 꽉 차게 올라오도록, 그래, 아, 그래, 더 크게, 더, 나한테서 모든 걸 다 몰아내, 멋진 아 멋진 멋진 재수없는 놈." 놀라서 그녀의 눈이 커진다. 눈의 녹색은 그저 테두리일 뿐이다. 눈동자를 둘러싼 테두리일 뿐이고 눈동자의 순수한 검은색은 그의 그림자로 흐려져 있다. "작아졌네."

사실이다. 그녀의 모든 말, 뜨겁게 원하는 태도 때문에 겁을 먹어 아무것도 아니게 줄어들어버렸다. 그녀는 너무 축축하다. 뭔가가 그녀를 확대해놓았다. 그녀의 젊은 몸의 밀랍처럼 말랑말랑하면서도 단단한 상태, 너무나 완벽한 공을 이룬 엉덩이가 그에게는 이질적으로 느껴진다. 그는 엄마의 메마르고 따뜻한 뼈들과 재니스의 거무스름한 곡선들, 또 푹 꺼진 허리 위로 초승달 모양을 그리는 재니스의 갈비뼈들이 구름처럼 덮인 공간 너머에 있는 그녀를 움켜쥔다. 그는 바람이 질의 신경 끄트머리들을 헤치며 움직이는 것을 느낀다. 그녀가 그를 넘어선 어떤 것에 영향을 받고 있다고 느낀다. 그는 그것의 그림자일 뿐이다. 하얀 그림자. 그의 가슴은 그녀를 짓누르는 빛나는 방패. 그녀가 몸을 빼내 무릎을 꿇고 혀로 그의 배를 핥는다. 그들은 안개 속에서 서로를 가지고 논다. 그들 주위의 가구가 침침해진다. 그들은 까끌까끌한 카펫 위에 있다. 텔레비전 화면은 그들 위에 떠 있는 어머니 행성이다. 그녀의 털이 그의 입안에 있다. 엉덩이는 눈 밑의 두 혹이다. 그녀는 그의 얼굴에 아래를 갖다대고 절정에 오르려 하지만, 그의 혀는 그렇게 강하지 않다. 그녀는 클리토리스를 그의 턱에 대고 그가 아플 만큼 아래위로 비빈다. 다른 곳에서는 그를 조금씩 물어뜯는다. 그는 창자가 빠져나간 느낌, 멍청해지고, 늘어진 느낌을 받는다. 마침내 그는 그녀에게 그의 두 다리가 만나는 곳에 잠들어 누운 그의 생식기를 그녀의 두 가슴, 단단하고 작은 젖꼭지로 쏠어달라고 한다. 이런 식으로 그는 자신을 흥분시켜, 그녀를 만족시키려 하고, 만족시킨다. 비록 그녀가 몸을 떨며 절정에 오를 때 그들은 각자의 뒤쪽 멀리, 정반대편에 있는 비밀들을 두고 울고 있지만. 달의 아이와 지구의 남자. "사랑해." 그가 말한다. 그가 사랑하지 않는다는 사실이 그 말을 진실로 만든다. 그녀는 그의 몸 위에 앉아 있다. 어려운 부분을 맞추고 나서 계속 그것을 시험해보는 성난 정비공처럼 여전히 작업중이다.

그들이 만들어내는 미끈거리는 작은 소리에서 그는 그들의 뒤섞이는 액체의 소리를 듣는다. 그녀의 뱃속 공간에서 거미 모양의 은빛 기계, 그들의 분비물에서 실을 자아 엮은 기계가 조심스럽게 회전한다고 상상한다. 이것이 그들을 연결시킨다. 그는 굴복하며 말한다. "오, 울어. 울라고." 그는 그녀를 자신에게로 끌어내려, 그들의 눈물이 섞이도록 뺨을 마주댄다.

질이 그에게 묻는다. "왜 울어요?"

"너는 왜 울어?"

"세상이 너무 더럽고 나도 그 가운데 일부라서요."

"더 나은 세상이 있다고 생각해?"

"있어야만 해요."

"그래." 그는 생각한다. "젠장, 있으면 또 어때."

넬슨이 집에 왔을 때 그들은 둘 다 목욕을 마친 뒤다. 옷을 입고 있고 불은 켜놓았다. 래빗은 여섯시 뉴스를 보고 있고(여름 폭동 총괄 결산, 이번주의 베트남 전사자 수, 다가올 노동절 주말 동안 교통사고 예상치), 질은 부엌에서 렌즈콩 수프를 끓이고 있다. 넬슨은 그날 재니스와 함께 구입한 물건의 포장지를 풀어 바닥과 가구에 펼쳐놓는다. 멋진 새 자키 팬티, 속셔츠, 스트레치 양말, 슬랙스 바지 두 벌, 스포츠 셔츠 네 벌, 코르덴 재킷, 넓은 넥타이, 심지어 라벤더색 와이셔츠에 어울리는 커프스단추, 거기에 새 간편화와 야구 운동화는 말할 것도 없고.

질이 감탄한다. "끝내주고, 더 끝내주고, 최고로 끝내줘. 넬슨, 나는 그냥 그 8학년 여자애들이 가엾을 뿐이야. 모두 너한테 휘둘리게 될 테니까."

넬슨은 불안한 표정으로 그녀를 본다. "알겠지만 이건 구식이야. 나는 그러고 싶지 않았는데, 엄마가 시켰어. 가게들은 역겨웠어. 전부 물질주의로 가득했어."

"어느 가게에 갔는데?" 래빗이 물었다. "도대체 네 어머니가 이 쓰레기를 살 돈을 어떻게 마련한 거야?"

"가는 곳마다 외상 거래를 텄어요, 아빠. 엄마도 옷을 몇 벌 샀어요. 정말 끝내주는 것도 샀는데, 파자마처럼 보이는 거요. 여자가 파티에

입고 갈 때만 괜찮은 거지만. 어쨌든 그런 것들이요. 저도 정장을 샀어
요. 체크무늬가 있고 회색이 섞인 녹색 정장이에요. 정말 멋있어요. 치
수를 고치고 일주일 뒤에 찾기로 했어요. 치수를 잴 때 기분이 이상하
지 않아요?"

"외상을 누구 이름으로 했는지 기억나니? 나야, 스프링어야?"

질은 장난으로 그의 새 셔츠 하나를 입고 넓은 새 넥타이 하나로 머
리를 포니테일로 묶는다. 여봐란듯 빙빙 돈다. 넬슨은 황홀해서 말도
하지 못한다. 그녀에게 휘둘리고 있다.

"엄마 운전면허증에 있는 이름이에요, 아빠. 그게 맞는 거 아니에요?"

"그리고 주소는 여기로? 그 청구서들이 다 여기로 날아오는 거야?"

"운전면허증에 있는 대로예요, 아빠. 저한테 너무 그러지 마세요. 저
는 그냥 청바지만 있으면 된다고 했단 말이에요. 그리고 체 게바라 스
웨터하고요. 브루어에는 없어서 그렇지."

질은 웃음을 터뜨린다. "넬슨, 너는 웨스트브루어중학교에서 가장
옷 잘 입는 급진파가 될 거야. 해리, 이 넥타이는 실크예요!"

"이러면 그년하고는 전쟁이야."

"아빠, 그러지 마세요. 제 잘못이 아니었어요."

"알아. 됐다. 너한테는 옷이 필요했어. 키가 크고 있으니까."

"엄마가 어떤 드레스를 입었는데 정말 끝내줬어요."

그는 아이에게 계속 가혹하게 구는 대신 창으로 간다. 자신의 차, 충
실한 팰컨이 천천히 빠져나가는 것이 보인다. 순간적으로 재니스의 머
리 그림자가 보인다. 그녀가 운전대 위로 몸을 구부리고 앉은 모습을
보면 그녀가 자동차와 함께 자랐기 때문에 차에 있을 때 더 느긋해 보

인다는 생각을 하게 된다. 재니스는 기다리고 있었다. 무엇을? 그가 나오기를? 아니면 그냥 집을 보고 있었던 걸까? 혹시 질을 보려고? 아니면 집이 그리워서. 한쪽 뺨이 팽팽하게 당겨지는 느낌에 그는 자신이 웃음을 짓고 있다는 것을 깨닫는다. 뒷유리에 성조기 스티커가 아직 붙어 있는 것을 보았기 때문이다. 재니스는 스태브로스가 스티커를 긁어내는 것을 허락하지 않은 것이다.

III. 스키터

"우리는 강간을 당했어, 우리는 강간을 당했어!"
—소유스 5호 우주선 내 배경에서 들린 목소리

9월 어느 날 래빗이 퇴근하고 집에 와보니 집안에 다른 남자가 있다. 남자는 니그로다. "뭐야, 젠장." 래빗은 현관의 튜브 세 개짜리 초인종 옆에 서서 말한다.

"젠장, 얀마, 이건 혁명이야, 응?" 젊은 흑인이 이끼가 낀 듯한 갈색 팔걸이의자에서 일어나지도 않고 말한다. 그의 안경이 두 개의 은색 원으로 빛난다. 염소수염은 그늘 속에서 오점처럼 보인다. 머리카락을 아주 길게 길러 커다란 공을 만들어놓았기 때문에, 래빗은 처음에는 그를 알아보지 못했다.

질이 은실 의자에서 연기처럼 빠르게 일어난다. "스키터 기억나죠?"

"어떻게 잊을 수가 있겠어?" 그는 한 걸음 앞으로 나서며 악수를 당할 준비로 손을 들어올린다. 손바닥이 두려움으로 따끔거린다. 그러나 스키터가 일어날 기색이 없기 때문에 그는 더럽혀지지 않은 손을 다시 옆으로 내린다.

스키터는 내려간 하얀 손을 살피며 담배연기를 내뿜는다. 진짜 담배다. "마음에 들어." 스키터가 말한다. "네 적대감이 마음에 들어, 척.[*] 우리가 남[**]에서 말하곤 했듯이, 그건 내 고기야."

"스키터하고 나는 그냥 얘기중이었어요." 질이 말한다. 그녀의 목소리가 변했다. 두려움이 강해졌고, 어른의 느낌이 강해졌다. "나한테는 아무런 권리가 없나요?"

래빗이 스키터에게 말한다. "감옥이나 어디 가 있는 줄 알았는데."

"보석으로 나왔어요." 질이 너무 급하게 대답한다.

"직접 대답하게 해."

스키터가 지친 표정으로 그녀의 말을 정정한다. "정확하게 말하자면 보석으로 나온 지도 한참 됐지. 그 복받은 것을 건너뛰었어.[***] 나는, 흔히 말하는 것처럼, 지역 돼지들이 바라는 사람이야. 뜨거운 물건이 되었단 말이지, 응?"

"그냥 있었으면 이 년을 살았을 거예요." 질이 말한다. "아무 짓도 안 했는데, 누구를 해친 것도 아니고, 뭘 훔친 것도 아니고, 아무 짓도 안 했는데 이 년이에요, 해리."

"베이브도 보석을 건너뛰었나?"

"베이브는 숙녀지." 스키터가 피곤하지만 정확하게 말해준다는 듯

---

[*] Chuck. 백인을 가리키는 말.
[**] 베트남.
[***] 보석으로 석방된 뒤 법정에 출두하지 않고 도망다닌다는 뜻.

이 거들먹거리는 말투로 말을 이어간다. "베이브는 친구를 쉽게 사귀어, 응? 나는 친구가 없어. 나는 동정심이라는 자질이 없다고 널리 알려져 있거든." 그의 목소리가 변해 비굴한 가성이 된다. "나아는 나아쁜 검둥이걸랑요." 래빗은 그에게 목소리가 여럿이라는 것을 기억한다. 그 가운데 어느 것도 그의 것이라고 할 수는 없다.

래빗이 그에게 말한다. "조만간 잡힐 거야. 보석을 건너뛰어서 상황이 훨씬 나빠졌어. 어쩌면 집행유예로 끝날 수도 있었을 텐데."

"그런 건 벌써 하나 먹었어. 관리들이 지겹도록 나눠주잖아, 응?"

"너는 베트남 참전 용사잖아. 그건 어때?"

"그게 어떠나니? 나는 또 흑인에 실업자에 성질도 못됐어, 응? 나는 국가를 허물려고 해. 너희들이 좋아하는 '오랜 주인님 국가'를."

래빗은 낡은 팔걸이의자 안의 그림자들을 바라보며 신중하게 나아가려 한다. 그 의자는 그들이 결혼할 때부터 있었던 것으로 스프링어 집의 다락방에서 가져온 것이다. 이 악몽은 지나가야 한다. 그가 말한다. "냉정한 게임을 하는 것처럼 말하지만, 내가 보기에 넌 공포에 질린 것 같은데, 꼬마."

"나를 꼬마라고 부르지 마."

래빗은 깜짝 놀란다. 그는 별 뜻 없이 한 말이었다. 한 무법자가 다른 무법자에게. 그는 바로잡으려 한다. "넌 지금 너 자신을 해치고 있어. 가서 자수해. 건너뛸 생각이 아니었다고 말해."

스키터가 의자에 앉은 채 방종한 자세로 몸을 뻗으며 하품을 하고 연기를 들이마셨다가 내뿜는다. "갑자기 생각났는데, 너는 경찰이나 그들의 모범적인 활동에 관해서 백인 신사의 관념을 갖고 있어. 세상에 어리석고 가난한 흑인들의 날개를 뽑는 것보다 그자들을 감각적으로 만족시켜주는 건 하나도 없어. 다시 말하는데, 단 하나도 없어. 처음에는 손톱을 뽑고 그다음에는 날개를 뽑지. 사실 그자들은 그 신성한 목적을 위해 조직된 거야. 나를 네 등에서 떼어내 냄새나는 발밑에 두려고, 응?"

"여기는 남부가 아니야." 래빗이 말한다.

"히-야! 내 친구 척, 정-치적인 자리에 출마할 생각해본 적 없어? 너처럼 달콤한 것을 믿는 카운티 서기는 이제 한 명도 안 남았을 것 같은데. 새로운 소식을 말해주자면, 지금은 어디나 다 남부라는 거야. 우리는 지금 메이슨-딕슨선*에서 50마일 떨어진 곳에 앉아 있지만, 저 위 디트로이트에서도 검둥이 애들을 통 속의 메기처럼 총으로 쏴대고 있어. 새로운 소식은, 목화의 계절이 시작되었다는 거야. 린치의 계절이 왔다는 거야. 이 야만합중국**에서 모두가 크래커***가 되었다는 거야." 갈색 손이 그림자들로부터 섬세하게 움직이더니 아래로 처진다. "용서해, 척. 이건 내가 일일이 설명해주기에는 너무 단순한 거야. 신문을 읽어봐."

"읽고 있어. 너는 미쳤어."

질이 끼어든다. "사회가 썩은 거예요, 해리. 법은 극소수의 엘리트를 보호하려고 존재하는 거예요."

---

* 펜실베이니아주와 메릴랜드주의 경계로 옛날에 미국의 남부와 북부, 노예제 찬성 주와 반대 주의 경계선으로 여기던 선.
** Benighted States. 미합중국(United States)을 비꼰 말.
*** 백인 빈민.

"예를 들어 보트를 소유한 스토닝턴 사람들 말이지?"

"1점." 스키터가 소리친다. "응?"

질이 확 타오른다. "그게 어때서, 나는 거기서 도망쳤잖아, 그걸 거부했잖아, 거기에 똥을 쌌잖아. 반면 해리, 너는 여전히 그걸 사랑하고 있어, 그걸 먹고 있어, 내 똥을 먹고 있어. 우리 아버지의 똥을. 모든 사람의 똥을. 네가 이용당하는 걸 모르겠어?"

"그래서 이제 네가 나를 이용하려는 거로군. 저자를 위해서."

그녀는 하얗게 얼어붙는다. 입술이 얇아지다가 사라진다. "그래."

"너는 미쳤어. 나도 감옥에 갈지 몰라."

"해리, 겨우 며칠 밤이에요. 돈을 좀 모을 때까지. 스키터는 멤피스에 가족이 있어요. 그리로 갈 거예요. 맞지, 스키터?"

"맞아, 자기. 아, 맞고말고."

"단지 풋 때문에 체포한 게 아니에요. 돼지들은 스키터가 판매자라고 생각해요. 장사를 한다는 거예요. 스키터를 십자가에 달려는 거예요. 해리. 돼지들은 그렇게 할 거예요."

스키터가 작은 목소리로 〈That Old Rugged Cross〉의 첫 구절을 노래하기 시작한다.

"흠, 진짜야? 장사를 해?"

스키터는 커다란 공 같은 머리 밑에서 싱글거린다. "뭘 갖다줄까, 척? 멍청이 공, 즐거운 콩, 붉은 악마, 자주색 심장.* 지금 필리에는 파나마 레드가 넘쳐서 소한테도 먹이고 있어. 아니면 스캐그**를 조금

---

* 뒤에 나오는 파나마 레드까지 모두 안정제나 진정제의 별칭.

** 헤로인.

쿵쿵거리다 빨리 뿡가고 싶어?" 그는 의자의 어둠에서 우묵하게 파인 창백한 두 손바닥을 뻗는다. 마치 거기에 반짝거리는 독이 쌓여 있기 라도 한 것처럼.

그러니까 그는 악이다. 래빗은 어린 시절 손가락으로 배꼽을 후빈 다음 냄새를 맡아볼 때와 같은 호기심 때문에 농구 골대에서 차고 모퉁이를 돌면 나오는 뒷마당 시궁창을 덮은 와플 무늬의 금속 뚜껑을 열어보곤 했다. 지금 이 검은 남자가 그의 밑에서 똑같은 방식으로 열리고 있다. 바닥이 보이지 않는, 더껑이에서 악취가 나는 구덩이다.

해리가 고개를 돌려 질에게 묻는다. "나한테 왜 이러는 거야?"

그녀는 고개를 돌리고 그 턱이 긴 옆모습을 10센트어치만큼 보여준다. "아저씨가 나를 신뢰할지도 모른다고 생각하다니 내가 어리석었어요. 나를 사랑한다는 말을 하지 말았어야죠."

스키터가 〈True Love〉를 콧노래로 부른다. 오래된 크로즈비-그레이스 켈리의 싱글이다.

래빗이 다시 묻는다. "왜야?"

스키터가 의자에서 일어난다. "예수님, 토가 나올 것 같은 이 안달난 흰둥이 연인들한테서 구해주소서. 이애는 내가 오늘 오후 내내 박아줬기 때문에 이러는 거야, 응? 내가 가면 이애도 나를 따라와, 야, 질 자기야, 그렇지, 응?"

그녀가 다시 얇은 입술로 말한다. "응."

스키터가 그녀에게 말한다. "내가 장담하는데 넌 안 데려가, 이 좆에나 행복해하는 불쌍한 년아. 스키터는 혼자 떠나." 그가 래빗에게 말한다. "안녕, 척. 염병할 녹색 피클 같으니라고, 하지만 꿈틀거리는 걸 보

316

는 건 재밌었어." 스키터는 일어서고, 파란 리바이스와 휘장을 뜯어낸 색깔 없는 작은 군용 바람막이 재킷을 입은 그 모습은 약하고 초라해 보인다. 공 같은 머리 때문에 얼굴이 쪼그라들었다.

"안녕." 래빗도 맞장구를 치고 뱃속에서 안도감을 느끼며 등을 돌린다.

그러나 스키터는 그렇게 간단하게 가주지 않는다. 그에게 가까이 다가온다. 향신료 냄새가 난다. 그가 말한다. "나를 쫓아내. 네가 나한테 손을 댔으면 좋겠어."

"그러고 싶지 않아."

"해."

"너하고 싸우고 싶지 않아."

"나는 네 계집년하고 붙어먹었어."

"저 여자가 결정할 문제야."

"저년도 변변치 않은 작은 씹이던데. 꼭 바이스에 자지를 끼운 것 같았어."

"이 얘기 듣고 있어, 질?"

"어이. 래빗. 사람들은 널 그렇게 불렀지, 응? 네 엄마는 창녀야, 응? 50센트만 주면 역 뒤에서 늙은 흑인 술꾼한테 대주지, 응? 50센트가 없다고 하면 공짜로도 대줘. 그걸 좋아하니까, 응?"

멀리 있는 엄마. 그 방의 누비이불 냄새, 약, 침대의 온기. 엄마가 건강했던 그 긴 세월 가운데 네 군데가 닳은 부엌 식탁 위로 엄마의 큰 뼈들이 구부러져 있는 모습 하나만 기억난다. 엄마는 앉아 있는 법이 없다, 늘 이미 먹었다. 그에게 저녁을 먹인다. 그는 연습을 하다 늦게

집에 왔다. 어두워진 뒤다. 유약을 바른 창문이 안의 빛 때문에 번들거
린다.

"네 아빠는 퀴어야, 웅? 너도 이런 똥 같은 소리를 다 듣고 있는 걸
보니 똑같은 게 틀림없어. 네 마누라도 퀴어하고 사는 게 견딜 수 없었
던 거야. 쥐가 와서 깔짝대는 것 같았겠지, 웅? 너는 그 아래가 쥐 같
지, 야, 맞지? 어디 한번 만져보자." 그는 팔을 뻗고 래빗은 그의 손을
쳐낸다. 스키터는 즐거워 춤을 춘다. "거기 아무것도 없지, 웅? 야, 래
빗. 질 말로는 네가 하느님을 믿는다던데. 내가 새로운 소식을 알려줄
게. 네 하느님도 퀴어야. 네 백인 하느님은 스페이드의 여왕보다 더 여
자 같다고. 네 하느님은 성령을 빨고, 아들한테 그걸 보게 해. 야. 척.
또하나 있어. 예수는 없어. 예수는 퀴어 사기꾼이야, 웅? 사람들이 로
마 사람들한테 뇌물을 주고 예수 시체를 무덤에서 꺼낸 거야. 냄새가
너무 심해서 말이야, 웅?"

래빗이 말한다. "네가 나한테 보여주는 건 그저 네가 얼마나 미쳤느
냐 하는 것뿐이야." 그러나 스멀거리는 달콤함, 격분이 그를 단단하게
채워나간다. 주일학교에서 본 그림들―백합보다 흰 죽은 사람, 그가
입맞춤으로 배신을 당하던 곳의 라벤더색 바위들―이 그의 안에서 되
살아나고 있다.

스키터는 계속 춤을 춘다. 그는 주름이 잡힌 커다란 군화를 신고 있
다. 해리의 어깨와 부딪치자 해리의 하얀 셔츠 소매를 잡아당긴다.
"야. 내가 어떻게 아는지 알고 싶어? 알고 싶어? 야. 내가 진짜 예수야.
내가 바로 검은 예수라니까, 웅? 다른 검은 예수는 없어, 없다니까. 내
가 방귀를 뀌면 번개가 번쩍거려, 웅? 천사들이 거기서 삽으로 엄청난

금을 퍼내. 응? 무릎을 꿇어, 척. 나를 섬겨. 내가 예수야. 내 불알에 키스해―그게 해이고 달이야. 그리고 내 좋은 혜성이야. 내 좆대가리는 백열로 타오르는 영광의 심장이라 절대 꺼지지 않아!" 그러더니 스키터는 머리를 꼭두각시처럼 돌리며 바지 지퍼를 내리고 그 경이로운 물건을 과시하려 한다.

래빗의 때가 왔다. 분노와 두려움으로 꽉 차서 몸이 단단해지는 바람에 온몸의 털구멍으로 그를 보고 있다. 그는 꼬마 쪽으로 기분좋게 달려들어 자신의 주먹들이 사라지는 것을 느낀다. 하나는 복부 근처에, 또하나는 목 아래쪽. 머리는 두렵다, 안경이 박살나 손을 벨 수도 있으니까. 스키터는 몸을 웅크리며 바싹 마른 전갈처럼 바닥으로 쓰러진다. 래빗이 들어올리려 하나 노출된 곳이 없다. 사포 연마기처럼 흔들리고 까끌거리는 각진 곳들이 있을 뿐이다. 래빗의 손이 아파오기 시작한다. 이 인간을 뜯어 열고 약한 곳을 쪼개 죽이고 싶다. 구부린 등은 너무 단단하다. 귓구멍을 강타한 주먹이 떨리는 훌쩍거림을 끌어내기는 했지만.

질이 비명을 지른다. 온몸의 무게를 실어 그의 셔츠 끝자락을 잡아당긴다. 달콤함이 썰물처럼 빠져나가면서 래빗은 어쩌다 생긴 것인지는 몰라도 두 손과 팔뚝의 할퀸 자국을 발견한다. 그의 적은 바닥에서, 1미터에 11달러를 주고 산 카펫, 재니스가 원하던 1미터에 15달러짜리 더 부드러운 고리가 달린 소재(재니스는 그걸 보면 늘 미니어처 골프 코스에서 사용하는 재료가 생각난다고 말했다)보다 오래간다고 하던 카펫에서 움츠리고 있다. 두 무릎은 턱밑에 끼우고 두 손은 머리를 잡고 머리는 최대한 소파 밑에 들이밀고 전문가다운 솜씨로 움츠리고 있다. 리바이스가 구겨져 올라오는 바람에 드러난 여윈 종아리와 발목을 보고 래빗은 충격을 받는다. 무지갯빛으로 빛나는 거무스름한 방추들. 새로운 재료로 만들어진 인간. 더 오래 지속되고 더 고르게 닳는 인간. 질은 흐느끼고 있다. "해리, 그만, 이제 그만." 문의 초인종이 계속 세 음절을 뱉어낸다. 완성될 수 없는, 한계를 넘을 수 없는 음들.

문이 활짝 열린다. 넬슨이 말쑥한 새 옷을 입고 서 있다. 해링본무늬 스포츠 셔츠와 카나리아 빛깔의 노란색 슬랙스 바지. 빌리 포스나트가 그 뒤에 있다. 덥수룩한 머리 하나만큼 크다. "야," 스키터가 바닥에서 말한다. "베이비척*이로구나, 응?"

"도둑이에요, 아빠?"

"가구가 무너지고 하는 소리를 다 들었어요." 빌리가 말한다. "어째야 좋을지를 몰랐어요."

넬슨이 말한다. "초인종을 계속 누르면 시끄러운 소리가 멈출 거라고 생각했어요."

질이 넬슨에게 말한다. "네 아버지가 완전히 자제력을 잃었어."

래빗이 묻는다. "왜 나만 늘 자제해야 하는데?"

스키터는 마치 쓰레기통에서 일어나듯 한 번에 팔다리 하나씩 조심스럽게 일어나며 말한다. "이렇게 서로를 알게 되었군, 척. 다음엔 총을 가져올 거야."

래빗은 비웃는다. "나는 적어도 군대 기초 훈련에서 배운 멋진 가라테 손날치기라도 보게 될 줄 알았지."

---

* 백인을 가리키는 '척'이라는 말에 아기라는 뜻의 '베이비'를 합친 것.

"그걸 사용하는 게 겁이 났어. 널 두 조각 낼까봐 말이야, 응?"

"아빠, 저 사람 누구예요?"

"스키터라고 질의 친구야. 여기 며칠 묵을 거야."

"정말이요?"

질의 목소리가 묻는다.

래빗은 그렇게 말한 이유를 찾으려고 자신을 꼼꼼히 살핀다. 관절에 작게 긁힌 곳들이 쓰라리다. 과도한 자극이 구역질을 찌꺼기로 남겼다. 그는 아직도 부드럽게 그의 주위를 맴도는 아지랑이 너머로 작은 탁자가 쓰러져 있고, 유목 받침 램프가 카펫 위에 뒤틀린 채 넘어져 있지만 박살나지는 않았다는 것을 확인한다. 그는 이런 물건들의 끈기 있는 충실성에 당황한다. "그럼," 그가 말한다. "안 될 게 뭐야?"

스키터가 소파에서 그를 살핀다. 허리를 굽히고 주먹으로 맞은 배를 어루만지고 있다. "죄책감을 느끼는군, 응, 척? 자기 죄를 씻으려는 허울뿐인 작은 제스처야, 응?"

"스키터, 이 아저씨가 지금 너그러운 태도를 보여주잖아." 질이 꾸짖는다.

"한 가지만 분명히 하자고, 척. 고마운 마음은 없어. 네가 뭘 하든 이 기적인 이유에서 하는 거니까."

"그래. 너를 두들겨패서 얻는 흥분 때문이지." 하지만 사실 그는 이 남자를 들인 것 때문에 겁에 질려 있다. 이제 그와 한집에서 자야 할 것이다. 밤의 색조, 스키터는 달처럼 빛나는 칼을 들고 그의 옆으로 슬그머니 다가올 것이다. 장담한 대로 총을 가져올 것이다. **재판을 피한 도망자 한 가족에게 총을 겨누다.** 시장은 타협은 없다고 선언. 내가 왜 이런 위험을 자초했을까? 재니스가 나를 구하러 오게 하려고. 순식간에 그런 생각들이 스쳐간다. 넬슨은 흑인을 향해 한 걸음 내디뎠다. 진지해진 눈이 쑥 들어갔다. 잠깐, 잠깐. 저놈은 독이야, 저놈은 살인이야, 저놈은 흑인이야.

"안녕하세요." 넬슨이 말하며 손을 내민다.

스키터는 바싹 마른 손가락들, 끝과 중간의 굵기가 같은 회색 크레용 네 개를 아이의 손안에 넣으며 말한다. "안녕, 베이비척." 그는 넬슨의 어깨 너머 빌리 포스나트에게도 고개를 끄덕인다. "네 소름 끼치는 친구는 이름이 뭐냐?"

그러자 빌리가 아버지의 바싹 마른 목과 큰 귀에 어머니의 얼간이 같은 눈까지 약간 물려받은데다가 성을 내며 곪아 터지는 사춘기 여드름이 빰과 턱에 점점이 박혀 있어 실제로 소름 끼친다는 이 예기치 않은 깨달음에 모두, 모두가 웃음을 터뜨린다. 심지어 빌리마저. 심지어 스키터마저 깔깔대는 소리를 보탠다. 그들의 웃음이 두번째 물결을 일으키고, 그는 그들이 자신을 보고 웃는 것이 아니라는 것에 안심을 한다. 그들은 진실의 선물에 안도하여 웃음을 터뜨리고 있다. 형제애를 누리며 이 순간을 공유한 것에 낄낄거리고 깔깔거리고 있다. 집은 금이 가고 있는 달걀이다. 그들 모두가 함께 부화하고 있기 때문이다.

그러나 침대에 들어갔을 때, 집이 어두워지고 빌리는 자기 집에 가고 스키터는 아래층 소파에서 기진맥진 숨을 쉬고 있을 때, 래빗은 질에게 질문을 되풀이한다. "나한테 왜 이런 거야?"

질은 콧소리를 내며 몸을 뒤집는다. 그러다 어쩔 새도 없이 그의 옆으로 굴러내린다. 그녀가 그보다 훨씬 가볍기 때문이다. 종종 아침에 잠을 깼을 때 그는 이런 불균등 때문에 자신이 침대에서 거의 밀려 떨어질 지경이고. 그녀의 날카로운 작은 팔꿈치가 그의 살을 찌르고 있다는 것을 발견하곤 한다. "너무 불쌍했어요." 그녀가 설명한다. "저 사람은 강한 척 말하지만 사실은 아무것도 없어요. 그러면서도 정말로 흑인 예수가 되고 싶어해요."

"그래서 오늘 오후에 그놈이 박도록 내버려둔 거야? 아니면 그런 일 없었어?"

"사실 그런 일 없었어요."

"그놈이 거짓말을 한 거야?"

침묵. 그녀는 침대의 그가 있는 쪽으로 조금 더 깊이 미끄러져들어온다. "어떤 사람이 자기한테 하게 놔둘 뿐 어떤 대응도 하지 않는 건 셈에 들어가지 않는다고 생각해요."

"너는 아무런 대응도 하지 않았다?"

"안 했어요. 그냥 표면에서 일어난 일일 뿐이에요. 100만 마일 떨어진 곳에서."

"그럼 나하고는 어떤 거지? 나도 똑같은 건가? 너는 아무것도 안 느끼고, 그냥 아주 먼 곳에서 벌어지는 일일 뿐인가? 그래서 너는 사실 처녀라 이거지?"

"쉿. 목소리 줄이세요. 아뇨, 아저씨하고는 느껴요."

"뭘?"

그녀는 더 바싹 다가와 팔로 그의 굵은 허리를 감싼다. "나는 아저씨가 우리 아빠가 선물로 줬던 재미있는 커다란 곰이라고 느껴요. 아빠는 뉴욕의 F.A.O.슈워츠에서 그런 호사스러운 스타이프 완구를 사오곤 했어요. 500달러짜리 2미터 키의 기린 같은 걸요. 그런 건 어떻게 할 수도 없었어요. 그냥 우두커니 서서 자리만 차지하고 있었을 뿐이에요. 어머니는 그걸 싫어했어요."

"무척 고맙네." 그가 굼뜨게 몸을 굴려 그녀를 마주본다.

"어떤 때는 아저씨가 내 위에 있을 때, 아저씨가 천사라고 느껴요. 검으로 나를 찌르는. 아저씨가 막 무슨 선언을 할 거라고 느껴요, 세상의 끝이 왔다고. 하지만 아무 말도 않고 그냥 나를 찌르죠. 아름다워요."

"나를 사랑해?"

"제발, 해리. 그 하느님 일을 겪은 후로 나는 정말이지 누구한테도 그런 식으로 집중을 할 수가 없어요."

"스키터한테도 집중을 할 수가 없나?"

"스키터는 끔찍해요. 정말 그래요. 완전히 비늘이 덮인 느낌이에요, 정말 신랄해요."

"그런데 제기랄 왜 도대체—"

그녀는 키스로 그의 목소리를 막는다. "쉿. 다 듣겠어요." 소리는 계단 아래로, 얇은 칸막이들로 나뉜 집 전체로 자유롭게 퍼진다. 방들은 하나의 바스락거리는 심장의 사분면을 차지하고 있다. "그럴 수밖에 없어요, 해리. 남자들이 나한테 뭘 요구하건 나는 그냥 줘야 해요. 나는 나 자신을 위해 뭔가를 갖고 있는 데에는 관심이 없어요. 어차피 모두 한데 섞여 녹으니까요, 알잖아요."

"모르겠는데."

"알 거라고 생각해요. 그렇지 않으면 왜 저 사람을 여기 있게 해주었겠어요? 아저씨는 저 사람을 때렸는데. 저 사람을 죽이고 있었는데."

"그래, 그건 멋있었어. 나는 내 몸이 엉망이라고 생각했거든, 실제보다 훨씬 더."

"어쨌든 지금 저 사람이 여기 있잖아요." 그녀가 그의 몸에 자신의 몸을 갖다대고 누른다. 그 몸이 투명하게 느껴진다. 그녀를 통해 그 너머, 달빛이 비치는 파란 창이 보인다. 그 창은 차고 지붕을 내다보고, 지붕에는 두껍다는 착각을 일으키기 위해 묘한 그림자 선을 넣어 제작한 조립식 지붕널이 덮여 있다. 그녀는 고백한다. "나는 저 사람이 무서워요." 너무 작은 목소리라 어쩌면 그녀의 생각을 엿들은 것인지도 모른다.

"나도 그래."

"나의 반은 아저씨가 저 사람을 쫓아내주기를 바랐어요. 반 이상."

"글쎄," 그는 보이지 않는 미소를 짓는다. "저 사람이 두번째 예수라면, 우리는 저분의 좋은 면에 계속 매달려야겠지." 그녀의 몸이 마치 웃음을 짓듯이 넓어진다. 낮의 배신과 흥분이 지금 그들이 나누는 사랑으로 녹아들고 있다는 것이 점차 분명해진다. 그는 두 손으로 그녀의 두개골을 감싸안고, 귀의 조개껍질 같은 곡선 뒤의 등뼈 같은 이랑을 쓰다듬다가 그 전체의 넓은 곡선을 어루만진다. 영靈을 봉인하고 있는 컵. 그는 그녀의 사랑이 고조되는 것을 안다. 그는 우리가 눈 오기 전 세상이 에칭으로 새긴 듯 선명하게 드러나는 시간에 보듯이 아주 분명하게 본다. 그는 자신의 말을 수정한다. "또, 재니스가 터무니없는 짓을 몇 가지 했으니 나도 터무니없는 짓을 해야 돼."

"앙갚음을 하기 위해."

"보조를 맞추기 위해."

그 기사는 좁은 단으로 짰다.

약물 소지에 대한 판결

목요일 이 지역의 남자 여덟 명과 여자 한 명이 마리화나 소지 혐의로 육 개월형을 선고받았다.

밀턴 F. 쇼퍼 판사 앞에 출두한 피고들은 8월 29일 새벽 와이저 스트리트 소재 집보스 라운지에서 경찰 급습으로 체포되었다.

피고들 가운데 유일한 여성이자 "베이브"라는 예명으로 이 지역에서는 유명한 연예인인 비어트리스 그린은 남자 네 명과 함께 집행유예와 보호관찰 일 년을 선고받았다. 미성년자 두 명은 소년법원으로 넘겨졌다.

열번째 피고인 휴버트 H. 판즈워스는 법정에 출두하지 않아 보석금을 수몰당했으며, 그의 체포

석금을 몰수당했으며, 그의 체포 영장이 발부되었다.

영장이 발부되었다.

이제 래빗의 귀는 파자세크가 전화 받으라는 말을 하러 뒤에서 다가 오는 것을 느낄 수 있다. 그의 걸음에는 뭔가 피곤하고 위협적인 것이 있다. 이윽고 그의 숨이 빈정거리며 래빗의 귀를 애무한다. "앵스트롬, 자네 식자기를 내 사무실로 옮기는 게 좋을 것 같아. 아니면 여기에 전화선을 연결하거나."

"내가 야단칠게요, 에드. 이번이 마지막입니다."

"나는 남자의 사생활이 일을 방해하는 걸 좋아하지 않아."

"나도 마찬가지입니다. 분명히 말씀드리는데, 내가 재니스한테 말하겠습니다."

"그렇게 해줘, 해리. 그리운 옛날의 베리티를 위해. 우리는 여기서 지금 팀을 이루고 있고, 아주 경쟁이 심한 시합에서 뛰고 있어, 우리 할 몫은 다 하자고, 어떻게 생각해?"

해리는 우윳빛 유리의 벽 뒤에서 전화기에 대고 말한다. "재니스, 이번이 마지막이야. 앞으로는 전화 받으러 안 와."

"앞으로는 당신한테 전화 안 해, 해리. 앞으로 우리의 연락은 모두 변호사를 통하게 될 거야."

"왜?"

"왜? 왜냐고?"

"그래, 왜. 어서. 나한테 정보를 줘. 기계로 돌아가야 돼."

"어, 왜냐하면 한 가지 이유는, 당신이 나를 여기 주저앉혀놓고 한 번도 돌아오라고 전화를 안 했다는 거야. 또 한 가지 이유는 당신이 그 히피와 함께 검둥이를 집안에 들였다는 거야. 믿어지지가 않아. 해리, 우리 어머니는 늘 그랬어. '그 사람이 상처를 주려는 건 아냐. 그저 도덕심이 스컹크보다도 떨어질 뿐이야.' 역시 어머니 말씀이 옳았어."

"그 사람은 그냥 며칠 있을 뿐이야. 좀 웃기지만 위급 상황 같은 거라고."

"틀림없이 웃기겠지. 틀림없이 신나겠지. 당신 어머니도 알아? 맹세하는데, 나는 당신 어머니한테 전화해서 이야기할 생각이 있어."

"그런데 누가 얘기한 거지? 그 사람은 집에서 나가지도 않는데."

그는 자신의 합리적인 말투가 그녀의 말투를 진정시키기를 바란다. 실제로 그녀는 한 단계 진정된다. "페기 포스나트. 빌리가 눈이 완전히 휘둥그레져서 집에 왔다는 거야. 아이 말이 그자가 거실 바닥에 뻗어 있었는데, 처음 한 말이 자기를 모욕하는 거였대."

"그건 모욕이 아니었어, 웃자고 한 얘기였어."

"그래, 나도 웃을 수 있으면 좋겠어. 정말 그랬으면 좋겠어. 변호사를 만났는데, 넬슨의 양육권을 즉시 가져올 수 있도록 서류를 준비하는 중이야. 그리고 이혼이 뒤따를 거야. 당신은 가해자이기 때문에 이년 동안 재혼할 수 없어. 절대로. 해리. 아쉬워. 나는 우리가 이것보단 성숙한 줄 알았는데. 나는 그 변호사가 정말 싫었어. 모든 게 너무 추했어."

"그래, 뭐, 법이 그렇지. 법은 지배 엘리트에게 봉사하잖아. 민중에게 더 많은 권력을."

"나는 당신이 제정신이 아니라고 생각해. 정말로 그렇게 생각해."

"이봐, 그런데 그게 무슨 뜻이야, 내가 당신을 거기 주저앉혔다니?

나는 당신이 원해서 그러고 있는 줄 알았는데. 스태브로스가 지금 당신하고 같이 주저앉아 있는 거 아니야?"

"싸우는 척이라도 했어야 하는 거 아니야?" 그녀가 소리치더니 흐느끼는 사이사이 숨을 들이마시려고 헐떡인다. "당신은 너무 약해, 너무 박력이 없어." 그녀는 간신히 그렇게 말을 꺼내지만 곧 순수하게 동물적인 소리가 되고 만다. 꾸꾸거리는 소리나 씨근거리는 소리 비슷하다. 마치 그녀에게서 모든 공기가 빠져나오고 있는 것 같다. 그래서 그가 말한다. "나중에 이야기해, 집으로 전화해." 그런 뒤에 공기가 새어나오는 곳을 막으려고 전화를 끊는다.

머시 카트니는 〈뱃〉의 전화 질문에 충격을 받았으며, 마약 사용에 강력히 반대한다고 밝혔다.

카트니는 체포 작전 당시 건물에 없었다.

한동안 사람들이 많이 모여드는 이 유명한 밤의 명소가 "흑인 자본" 신디케이트에 팔린다는 소문이 나돌기도 했다.

휴식시간에 뷰캐넌이 다가온다. 래빗은 지갑을 만지며 요구 금액이 인상되지는 않을까 생각한다. 점진적 상승. 외부 원조. 복지. 그렇게 된다면 그는 거부할 것이다. 만일 20달러 이상을 원한다면 거리에 나가 폭동을 일으키든 말든 마음대로 하라지. 그러나 뷰캐넌은 10달러짜리 지폐 두 장을 내민다. 똑같은 두 장은 아니지만 마찬가지로 유효한

두 장이다. "내 친구 해리," 그가 말한다. "흑인은 절대 빚을 갚지 않는 다는 말이 나와서는 절대 안 되지. 자네한테 천 번 하고 한번 더 고마 워. 그 열 개짜리 두 장 덕분에 패를 제대로 받을 수 있었어. 짠 것도 아 닌데 풀하우스가 두 번 연속 나왔다는 게 믿어져? 나 자신도 믿을 수 없었고 아무도 믿지 못했지. 그래서 그 바보들은 두번째 나왔을 때는 마치 내일이 없는 것처럼 모두 죽지 않고 버티더라고." 그는 돈을 래빗 의 손에 쑤셔넣고 그 손은 천천히 주먹으로 바뀐다.

"고마워, 어, 레스터. 나는 정말이지 ─"

"돌려받을 줄 몰랐다는 건가?"

"이렇게 빨리는."

"뭐 때로는 이 사람이 쪼들리고 때로는 저 사람이 쪼들리는 거지. 이 말을 널리 퍼뜨려. 이게 위대한 사람들이 우리한테 가르치는 거잖아."

"나도 그렇다고 생각해. 요즘 위대한 사람들하고 별로 얘기해보지 는 못했지만."

뷰캐넌은 예의바르게 껄껄 웃으며 뒤꿈치에 무게중심을 두고 앞뒤 로 몸을 흔들며 입에 문 이쑤시개를 돌린다. 그 위의 콧수염은 이쑤시 개보다 넓지 않다. "듣자니 자네는 집에서 너무 쪼들린 나머지 하숙인 들을 들였다던데."

"아. 그거. 그냥 일시적인 거야, 내 생각도 아니었고."

"당연히 그렇겠지."

"어 ─ 그 이야기는 좀 안 퍼졌으면 좋겠는데."

"바로 그게 나도 바라는 바야."

화제를 바꿔, 어떻게 해서든지. "베이브는 지금 어때? 다시 일하나?"

"베이브가 무슨 일을 한다고 생각하는 건데?"

"알잖아, 노래하는 거. 체포당하고 판결을 받은 뒤니까. 방금 그 기사를 짰거든."

"무슨 말인지 알겠어. 정확하게 알겠어. 주중에 어느 날 밤이든 짐보스로 와서 좀더 친해져봐. 베이브의 자네에 대한 평가는 아주 높이 올라갔어, 그건 분명히 말할 수 있어. 물론 처음부터 자네한테 반하기는 했지만."

"그래, 좋지, 아주 좋아. 언제 한번 갈지도 모르겠어. 애 봐줄 사람을 구할 수 있다면 말이야." 다시 짐보스에 간다고 생각하니 겁이 난다. 넬슨, 질, 스키터만 집에 두고 나간다는 것도 겁나는 일이다. 그는 오직 버스에서 내다보기만 하던 지하세계로 가라앉고 있다. 뷰캐넌이 그의 팔을 꽉 움켜쥔다.

"우리가 뭔가 마련해놓을게." 니그로가 약속한다. "아, 하고마알고." 해리의 파란 작업복으로 이루어진 막을 뚫고 지문을 찍으려는 듯 그의 손에 힘이 더 들어간다. "제르-옴이 특별히 감사하다고 전해달라던데."

제롬?

노란 얼굴의 시계가 똑딱거리더니 휴식시간을 알리는 벨소리가 귀를 긁는다. 마지막으로 기계에 돌아온 판즈워스는 환하게 불이 밝혀진 정판整版 탁자들 사이로 걸어온다. 하도 검어서 반짝거리는 남자다. 그는 빡빡 민 머리를 까닥거리더니 입술에서 위스키를 닦아내며 해리를 향해 눈부신 큰 미소를 던진다. 누군가의 아버지인 형제.

그는 버스가 다리를 건너기 전에 일찍 내려, 강을 따라 커다란 녹색 간선도로 이정표들이 다닥다닥 달려 있는 오래된 벽돌집 동네들을 통과해 걸어간다. 페기 포스나트의 초인종이 문 뒤쪽에서 소리를 내고, 그가 엘리베이터에서 내리자 그녀가 볼품없는 파란 목욕 가운을 입고 문간에 서 있다. "아, 해리로구나." 그녀가 말한다. "빌리가 또 열쇠를 잃어버린 줄 알았어."

"너 혼자야?"

"응, 하지만 빌리가 곧 학교에서 돌아올 거야."

"잠깐이면 돼." 그러자 그녀가 목욕 가운을 여미며 앞장선다. 그는 자신의 볼일을 작은 예의로 포장하려 한다. "어떻게 지냈어?"

"이럭저럭. 해리는?"

"이럭저럭. 그냥."

"한잔할래?"

"이렇게 일찍?"

"이미 하고 있는데."

"됐어, 페기, 고마워. 나는 잠깐만 있다 갈 거야. 저쪽에서는 또 뭘 끓이고 있을지 가봐야 해서."

"많은 게 끓고 있다며, 그렇게 들었어."

"바로 그게 내가 하고 싶은 이야기이기도 해."

"좀 앉아. 목에 쥐나겠어." 페기는 브루어를 굽어보는 창턱에서 거품이 이는 빛나는 잔을 집어든다. 산기슭에 우묵하게 꺼진 벽돌의 늪

332

같은 브루어가 서쪽으로 해를 보며 볕을 쬐고 있다. 그녀가 잔에 든 것을 홀짝이고 그녀의 두 눈이 머리의 양옆 가장자리로 미끄러진다. "내가 술을 마셔서 기분 나쁘구나. 방금 욕조에서 나왔어. 오후에는 종종 이렇게 시간을 보내곤 해. 오전에 변호사를 만난다거나 일자리를 찾아 거리를 걸어다니고 난 뒤에 말이야. 다들 젊은 비서만 원해. 그 사람들은 내가 왜 계속 선글라스를 쓰고 있는지도 궁금할 거야. 집에 돌아오면 옷을 다 벗고 욕조에 들어가 느릿느릿 술을 내 안에 집어넣으면서 수증기가 얼음조각을 녹이는 걸 지켜봐."

"멋진 것 같네. 내가 하고 싶었던 말은—"

그녀는 한쪽 엉덩이를 옆으로 쑥 내밀고 창가에 서 있다. 목욕 가운을 묶은 띠는 느슨하여, 그녀가 색깔 없는 밝은 하늘을 배경으로 그림자처럼 서 있어도 그는 목욕으로 맺힌 이슬이 아직 사라지지 않은 두 가슴 사이의 골을 마치 혀로 느끼는 것처럼 눈으로 느낄 수 있다.

그녀가 거든다. "해리가 하고 싶었던 말은—"

"부탁할 게 있다는 거야. 빌리가 본 그 니그로가 우리집에 있다는 얘기를 뭐랄까 좀 조용히 묻어둘 수 있을까? 오늘 재니스한테서 전화가 왔는데 네가 이미 얘기를 한 것 같더라고, 그건 좋아. 거기서만 멈출 수 있으면. 나는 모두가 다 알기를 바라지 않거든. 올리한테 말하지 마, 이미 말한 게 아니라면 말이야. 법적인 문제가 있어서 그래. 아니면 구태여 이러지도 않을 거야." 그는 무력하게 두 손을 들어올린다. 말을 하고 보니 말할 가치도 없는 것이었다.

페기는 칼로 찌르는 듯이 그를 향해 다가온다. 술을 너무 많이 마셨기 때문이거나 엉덩이를 계속 내밀고 유혹을 하려고 하기 때문일 것이다. 아니면 그냥 그녀가 보는 방식, 모든 것을 둘로 보는 방식 때문인지도 모른다. 그녀가 말한다. "그 아이랑 하는 게 끔찍하게 좋은가보네, 그 아이를 위해 이렇게까지 하는 걸 보니."

"그 여자애? 아니, 사실, 그애하고 나는 대개는 주파수가 맞지 않아."

그녀가 가볍게 치는 듯한 동작으로 머리를 뒤로 빗어넘기자, 목욕가운 옷깃이 끌려올라가며 가슴 한쪽이 드러난다. 취했다. "그럼 다른 주파수와 시도해봐."

"그래, 그러고 싶어. 하지만 지금은, 사실, 너무 무서워서 다른 걸 해볼 엄두가 안 나. 게다가 빌리가 곧 집에 오잖아."

"가끔 버거블리스에서 몇 시간 동안 개기기도 해. 올리는 그애한테 나쁜 습관이 생기고 있다고 생각하지."

"그래, 그런데 올리가 몇 살이지? 너하고 올리는 잘 지내긴 하는 거야?"

그녀는 머리에서 손을 내린다. 옷깃이 다시 그녀의 몸을 덮는다. "가끔 들러서 박고 가. 하지만 그런다고 우리가 더 가까워지는 것 같지는 않아."

"아마 가까워질 거야, 올리가 표현을 하지 않아서 그렇지. 올리는 너한테 상처 준 걸 너무 부끄러워해."

"해리라면 그렇겠지, 하지만 올리는 그렇지 않아. 죄책감이라는 건 그 인간의 머릿속에 자리잡지를 못할 거야. 예술가 기질 때문이야, 알다시피 올리는 사실 거의 무슨 악기든 집어들면 바로 연주할 수 있잖아. 하지만 아주 차가운 새끼야."

"그래, 나도 차가운 편이지." 그는 바싹 긴장한 채로 서 있다. 그녀가 다시 꼴사납게 한 걸음 더 다가왔기 때문이다.

페기가 말한다. "두 손을 줘." 그녀의 두 눈이 그를 향하다 갈라져 그를 둘러싼다. 얼굴은 변하지 않는다. 그녀는 두 손을 내리더니 그의 몸 옆에 늘어져 있던 두 손을 들어올려 자신의 가슴에 갖다댄다. "따뜻해." 그는 생각한다, 차가운 심장. 그녀는 그의 왼손을 자신의 목욕 가운 안에 집어넣어 그것으로 가슴 주위를 누른다. 그는 쏟아져나온 창자, 굴러나온 소의 위를 생각한다. 그녀는 탄력 있게 그의 손가락들 위로 흘러넘친다. 꼭지는 응고한 덩어리다. 그의 손바닥에 달라붙은 젤리다. 그녀의 눈은 감겨 있다. 눈까풀의 정맥, 구석에는 까마귀의 발. 그녀가 읊조린다. "너는 차갑지 않아, 너는 따뜻해, 따뜻한 남자야, 해리, 착한 남자야. 너는 상처받았고, 나는 너를 치유해주고 싶어, 네가 치유되는 걸 돕고 싶어, 나한테 뭐든지 원하는 걸 해." 그녀는 마치 혼잣말을 하듯이, 빠르게, 작게 말하고 있다. 하지만 그를 아주 가까이 당겨갔기 때문에 그는 그것을 다 들을 수 있다. 그녀의 숨이 그의 목 하단부에서 고동친다. 심장박동은 그의 손바닥에 달라붙어 있다. 그녀 이마의 살갗에는 격랑이 일고, 그녀의 몸 가운데 목욕 가운을 벗어난 부분은 우툴두툴하고 이상하며, 황소의 이마처럼 눈이 멀었다. 하지만 술 때문에 이완된 그녀는 다른 사람의 몸이 그녀 자신의 몸이 되는 그런 상태로 미끄러져들어간다. 우리가 가득 채우는 거울과 우리가 혼자서 따뜻하게 덥히는 침대가 우리에게 되돌려주는 은밀한 자기애의 몸. 그는 그녀의 이 사랑의 몸에 갇혀 있으며, 그 자신의 모든 생각이나 소망에 어긋나게 전체적으로 부드럽게 흐릿해진다. 그의 허리 밑에서 애꾸눈을 가진 것이 올라오기 시작한다.

그는 "나는 착하지 않아" 하고 저항하지만 그도 미끄러져들어간다. 그는 그녀의 가슴을 쥔 손의 힘을 풀어 공기가 흔들흔들 흘러들 틈을 준다.

그녀는 물러서지 않는다. "너는 착해, 너는 사랑스러워." 그러면서 바지 지퍼 쪽을 더듬는다. 그는 자유로운 손으로 목욕 가운 옷깃을 옆으로 잡아당긴다. 다른 쪽 가슴도 자유롭게 풀려나고, 목욕 가운 허리띠는 매듭이 풀려 아래로 떨어진다.

복도에서 엘리베이터 문이 공기를 빨아들이며 닫힌다. 발소리가 그들의 문을 향해 다가오며 커진다. 그들은 얼른 떨어진다. 페기는 가운으로 다시 몸을 감싼다. 그는 수정보다 흰 배, 은빛 임신선이 그려진 배의 아래쪽, 그의 손바닥보다 넓은 양치식물 같은 삼각형의 잔상을 망막에 계속 유지한다. 발소리는 그들의 문을 그냥 지나간다. 애인이 되려던 사람들은 안도의 숨을 내쉬지만 이미 마법은 풀렸다. 페기는 등을 돌리고 다시 띠를 묶는다. "재니스하고 계속 연락하는구나." 그녀가 말한다.

"그런 건 아냐."

"그런데 어떻게 내가 그 흑인 얘기한 걸 알았어?"

재미있는 일이다. 다른 사람들은 모두 아무런 문제 없이 "흑인"이라고 말한다. 또는 전쟁을 싫어한다고 말한다. 래빗에게 결함이 있는 것이 분명하다. 뇌전두엽 절제술. 죄책감이 갉아먹는 곳에 구덩이가 파인다. 방광 가장자리다. 어서 집에 가야 한다. "재니스가 전화해서 변호사가 이혼 수속을 밟기 시작했다고 알려줬어."

"그래서 속상했어?"

"그런 것 같아. 그런 셈이야. 당연하지."

"내가 멍청한가봐. 나는 왜 네가 재니스를 견디고 사는지 정말 이해를 못했어. 걔는 너한테 충분한 사람이었던 적이 없어, 한 번도. 나는 재니스를 사랑하지만, 걔는 내가 아는 사람들 가운데 가장 어린애 같고 가장 감수성이 떨어져."

"꼭 우리 어머니처럼 얘기하네."

"그게 나빠?" 그녀는 몸을 빙글 돌린다. 머리카락이 둥둥 떠다닌다. 페기가 그렇게 갑자기 부드러워진 것, 그렇게 여자답게 정면으로 마주선 것은 본 적이 없다. 심지어 그녀의 눈마저도 받아들일 수 있을 것 같다. 그는 장난으로, 그의 등에 절박하게 느껴지는 빌리의 압력을 흉내내 손등으로 그녀의 젖꼭지들을 문지른다. 펜촉과 점.

"어쩌면 네 말이 맞을지도 몰라. 우리는 주파수를 한번 맞춰봐야 해."

페기가 얼굴을 붉히며 뒤로 물러선다. 갑자기 거울이 그녀를 너무 가혹하게 비춘 것처럼 얼굴이 돌처럼 굳는다. 파란 테리 천을 하도 꼭 여미는 바람에 어깨가 움츠러든 것처럼 보인다. "언제 밤에 나랑 저녁을 먹으러 나가고 싶다면, 나는 갈 생각이 있어." 그러면서 그녀는 짜증을 내며 덧붙인다. "하지만 다 네 맘대로 될 거라고 생각하진 마."

서둘러라, 서둘러라. 12번 버스는 기다려도 기다려도 오지 않고, 엠벌리를 따라 내려가는 길은 끝이 없다. 그러나 그의 집, 비스타 크레센트의 맨 끝에서 세번째 집, 질경이가 무성하게 덮인 4분의 1에이커짜리 잔디 위에 새로 지은 낮고 음침한 녹황색 집은 말짱하고, 그 주위로 뻗어 있는 사람이 살지 않는 비슷한 집들도 복제의 강렬함을 그대로 유지하고 있다. 그는 집안의 검은 오점이 밖에 거울처럼 비치지 않는 것에 속아 그것이 거기 없기를 바란다. 하지만 현관에 이르는 계단 세 개를 올라가 삼단 유리가 달린 문을 통과하자, 래빗은 오른쪽에서, 거실에서, 질의 딸기 빛을 띤 원뿔 모양 금발과 넬슨의 일자로 자른, 재니스를 닮아 거무스름한 머리카락 덩어리 사이에서 덤불 같은 검은 공의 뒷면―소파를 돌려놓았기 때문에―을 본다. 그들은 텔레비전을 보고 있다. 스키터가 텔레비전을 다시 복귀시킨 것 같다. 화면을 너무 밝게 해놓아서 유령처럼 창백하고, 너무 많은 광고 사이에 전할 뉴스가 너무 많아 뱀파이어처럼 빠르게 말하는 아나운서가 똑똑한 발음으로 말한다. "……공산 쿠바, 여러 아프리카 국가, 중공에서 오 년 동안 망명생활을 한 뒤 오늘 디트로이트에 도착하여, 곧바로 기다리고 있던 FBI 요원들에 의해 구금되었습니다. 인종차별 문제와 관련하여 다른 소식입니다. 미합중국 민권위원회는 남부 여러 주 학교의 인종 통합과 관련하여 닉슨 행정부가, 인용 시작, 심각하게 퇴보, 인용 끝, 했다는 날카로운 공격이 나왔습니다. 미시시피주 페이엣에서 큐클럭스클랜 회원 세 명이 페이엣의 새 시장으로 선출된, 암살당한 흑인 민권운동 지도자의 형제 찰스 에버스 소유의 슈퍼마켓을 폭파하려고 시도하다 체포되었습니다. 뉴욕시 감독파교회 대표들은 미국 교회는, 인용 시작, 삼백 년에 걸친 모욕과 착취, 인용 끝, 에 대한, 인용 시작, 배상금, 인용 끝, 으로 500만 달러를 내야 한다는 흑인 교회 지도자 제임스 포먼의 주장에 대한 답으로 20만 달러를 내놓겠다고 했던 논란이 많은 결정을 더 옹호하지 않겠다고 말했습니다. 코네티컷주 하트퍼드와 뉴저지주 캠든에서는 지난주 흑인 공동체의 소요 후 불안한 평화가 유지되고 있습니다. 이제, 한 가지 중요한 발표입니다."

"안녕, 안녕." 무시당하고 있던 래빗이 말한다.

넬슨이 고개를 돌리고 말한다. "아, 아빠. 로버트 윌리엄스가 우리 나라로 돌아왔어요."

"도대체 로버트 윌리엄스가 누구야?"

스키터가 말한다. "척 베이비, 그 사람은 네 엉덩이를 튀겨 먹을 남자야."

"또 흑인 예수로군. 도대체 흑인 예수가 몇 명이나 있는 거야?"

스키터가 말한다. "거짓 선지자가 많이 나타나는 것을 보고 내가 곧 온다는 걸 알 수 있을 것이다, 응? '선한 책'에 그렇게 써 있잖아, 응?"

"거기에는 주님이 왔다가 가버렸다는 말도 있지."

"다시 오는 거야, 척. 네 엉덩이를 튀겨 먹으러. 너하고 닉슨의 엉덩이를 말이야, 응?"

"가엾은 늙은 닉슨, 심지어 자기가 만든 위원회한테도 두들겨맞으니. 도대체 그 사람이 뭘 할 수 있겠어? 게토마다 돌아다니며 직접 배관을 고쳐줄 수도 없는 거 아냐. 모든 낙오한 약쟁이들한테 100만 달러와 박사학위를 줄 수는 없는 거 아니냐고. 닉슨, 닉슨이 도대체 누구야? 그 사람은 그냥 타협을 모르는 전형적인 상공회의소 인물인데 운이 좋아 그런 뜨거운 자리에 앉게 되었지만, 너무 멍청해서 그게 행운이라고 생각해. 그 가엾은 새끼를 그냥 내버려둬. 그 새끼는 우리가 지루해 죽게 만들어 자살을 하지 못하게 하려는 거니까."

"똥 같은 닉슨. 그 흰둥이는 크래커들의 표로 거기 앉았어, 응? 스트롬 스톰트루퍼*가 그자의 중요한 재산이야. 그자는 헤롯이야, 인마, 그리고 우리 흑인 아기들은 모두 그걸 믿는 게 좋아."

"흑인 아기, 흑인 지도자, 맙소사, 정말이지 흑인이란 말 때문에 지겨워 죽겠네. 만일 네가 흑인이라는 말을 하는 것의 18분의 1만 내가 백인 얘기를 해도 너는 얼굴이 파래지도록 비명을 지를 거야. 제발 피부색 좀 잊어버려."

"네가 잊으면 나도 잊지, 응?"

"맙소사, 나는 네 피부만이 아니라 그 안에 든 것도 정말 다 잊고 싶어. 사흘 전에 네 입으로 사흘 뒤면 나간다고 말한 것 같은데."

"아빠, 하지 마요." 아이의 얼굴이 긴장한다. 엄마 말이 옳아. 이 아이는 너무 약하고, 너무 과민해. 세상이 나를 해칠 거라고 생각하면 실제로 그렇게 되는 거야. 약한 자를 박멸하고자 하는 보편적 본능.

질이 두 사람을 방어하려고 일어선다. 3 대 1. 래빗은 환희를 느낀다. 공격하는 시늉을 하고 슬쩍슬쩍 피하면서 그녀가 말을 꺼내기 전에 먼저 말한다. "여기 있는 이 거무스름한 네 남자친구한테 얘기 좀 해줘. 돈을 좀 쥐면 나간다고 약속한 걸로 나는 알고 있다고 말이야. 자, 여기 20달러를 줄 수 있어. 그러고 보니 다른 게 생각나네."

스키터가 끼어들어 허공에 대고 말한다. "이자가 이런 식으로 나올 때 나는 이자를 사랑해. 이자가 바로 남자야."

그러자 질이 하려던 이야기를 한다. "넬슨과 나는 이런 말다툼을 견

---

* 미국의 정치인 스트롬 서먼드는 남부에서 닉슨의 중요한 지지자 중 한 명인데, 원래 나치의 돌격대원을 뜻하는 '스톰트루퍼'를 별명처럼 붙인 것.

340

디며 사는 걸 거부해요. 오늘밤 저녁식사 후에 조직적인 토론을 하고 싶어요. 이 집안에는 교육이 절실히 필요해요."

"집안이라고?" 래빗이 말한다. "나라면 난민 수용소라고 부르겠다." 그는 자신에게 떠오른 생각을 고집스럽게 밀고 나간다. "이봐, 스키터. 너 성 있어?"

"X." 스키터가 말한다. "42X."

"설마 판즈워스는 아니겠지?"

스키터의 몸이 껍질을 벗는다. 잠시 해리의 공격하는 시늉에 속아넘어가서 엉거주춤하다가 다시 단단해진다. "그 슈퍼 톰*은 나하고는 먼 친척도 아니야."

"〈뱃〉에서는 네 성이 판즈워스라고 하던데."

"〈뱃〉은," 스키터는 점잔 빼며 말을 이어간다. "파시스트의 넝마야."

점수를 딴 다음에는 머리를 숙이고 경기장을 달려 원래 자리로 돌아간다. 하지만 상대에게 지워버릴 수 없는 표시를 남겼다는 느낌은 안에 간직하고 있다. "그냥 궁금했어." 래빗은 미소를 짓는다. 그는 두 팔을 쭉 펼친다. 이쪽 벽에서 저쪽 벽까지 닿을 것 같다. "나 말고 또 맥주 마실 사람?"

저녁을 먹은 뒤 넬슨은 설거지를 하고 스키터가 물기를 닦는다. 질은 토론회를 위해 거실을 정리한다. 래빗은 그녀가 소파를 다시 돌려 제자리에 놓는 것을 거든다. 그와 재니스는 비워두었던, 거실과 아침 먹는 구석 사이의 선반들 위에 낡은 보급판 책들이 쌓인 것이 보인다.

---

* 톰은 백인에게 굽실거리는 흑인 남자.

자주 손을 타서 책등이 쓸리고 비틀렸다.『W.E.B. 듀보이스 선집』『대지의 저주받은 사람들』『갇힌 영혼』『프레더릭 더글러스의 생애와 시대』. 또다른 책들. 역사, 마르크스, 경제학. 모두 래빗이 외과의사들이 하는 일, 또는 거리 밑에 있는 배관이나 가스관을 생각할 때처럼 역겨움을 느끼는 것들이다. "스키터 책이에요." 질이 설명한다. "오늘 짐보스에 책하고 옷을 가지러 다녀왔어요. 베이브가 갖고 있었어요."

"이봐, 척." 스키터가 선반들 너머 개수대에서 부른다. "내가 저 책들을 어디서 구했는지 알아? 남Nam에서, 롱빈 기지에 있는 서점에서 구했어. 걔네들은 우리가 책 읽는 걸 아주 좋아해, 너네 미친 군대는 말이야. 우리한테 읽고, 총 쏘고, 폿을 피우고, 스캐그를 쿵쿵거리는 걸 가르쳐줘. 흑인의 가장 좋은 친구야. 자기들 말대로!" 그는 행주로 빡 소리를 낸다!

래빗은 그를 무시하고 질에게 묻는다. "거기 갔다고? 거기에는 경찰이 가득한데. 너를 쉽게 미행할 수 있어."

스키터가 부엌에서 소리친다. "걱정하지 마, 척. 그 가엾은 돼지들은 나보다 큰 검둥이들을 튀기느라 바빠. 요크에서 어떤 일이 있었는지 알지, 응? 이제 브루어에서 벌어질 일을 보면 요크가 레이디스 에이드* 의 무도회처럼 느껴질 거야!" 빡!

넬슨은 그의 옆에서 설거지를 하며 묻는다. "백인을 모두 쏠 건가요?"

"크고 늙고 추한 백인들만 주로 쏘지. 너는 그 소름 끼치는 빌리한테서 멀리 떨어져 내 옆에 꼭 붙어 있어, 베이비척. 넌 괜찮을 거야."

---

* 교회의 모금운동을 하는 여성단체.

래빗이 아무 책이나 한 권 뽑아들고 읽는다.

정부는 귀족의 편의가 아니라 민중의 진보를 위해 존재한다. 산업
의 목표는 소유자들의 부가 아니라 노동자들의 복지다. 문명의 목표
는 단지 지식인 엘리트만이 아니라 노동자 대중의 문화적 진보다.

그는 겁에 질린다. 학교에서 박물관에 견학을 갔을 때 황금 관 안에
서 썩고 있는 미라나 코끼리 엄니를 줄로 갈아 만든 사팔눈의 중국인
백 명을 볼 때 겁에 질리곤 하던 것과 마찬가지다. 생각도 할 수 없을
만큼 머나먼 삶들, 존재의 심연들. 바다 바닥에서 눈이 먼 채 기어다니
는 것들보다 더 심각하다. 책에는 스키터가 밑줄을 쳐놓은 곳이 가득
하다.

깨어나라, 깨어나라, 그대의 힘을 써라, 오 시온이여! 사랑도 형
제애도 가르치지 않고, 주로 너의 땅과 노동에서 훔친 자본에서 얻
는 사적인 이윤의 미덕을 가르치는 선교사들의 허약함을 거부하라.
아프리카여, 깨어나라! 범아프리카 사회주의의 아름다운 가운을 입
어라.

래빗은 마음이 조금 편해지는 것을 느끼며 책을 도로 꽂는다. 그런
가운은 없다. 모두 쓰레기 같은 소리다. "무슨 토론을 하자는 거지?"
모두 신발 수선공 벤치 주위에 자리를 잡자 그가 묻는다.
질이 신경이 예민해져서 얼굴을 붉히며 말한다. "스키터하고 넬슨

하고 나는 오늘 방과후에 이야기해보기로 합의했어요. 의사소통에 심각한 문제가 있는 것 같기 때문에ㅡ"

"그게 지금 이야기하자는 거야?" 래빗이 묻는다. "어쩌면 우리는 의사소통이 너무 잘되는 거 아닐까?"

"ㅡ조직적인 토론이 도움도 되고 교육적일지도 모른다고요."

"내가 교육받아야 할 사람이라는 거로군."

"꼭 그렇지는 않아요." 질이 조심스럽게 말하자 래빗은 동정심을 느낀다. 이 아이에게는 우리가 너무 부담스러워. 그는 생각한다. "아저씨는 우리보다 나이가 많고, 그래서 우린 아저씨의 경험을 존중해요. 아저씨의 문제는 한 번도 아저씨의 생각을 정리할 기회를 얻지 못했다는 것이라는 데 우리 모두 동의한다고 생각해요. 아저씨는 경쟁적인 미국을 배경으로 살아가기 때문에 모든 것을 너무 빨리 행동으로 전환시켜야만 했어요. 아저씨의 삶에는 반성적인 내용이 전혀 없어요. 모두 본능뿐이에요. 따라서 아저씨는 본능에 실망할 때 달리 신뢰할 수 있는 것이 없어요. 그래서 아저씨는 냉소적이 되는 거예요. 어디에선가 냉소주의는 지친 실용주의라는 말을 본 적이 있어요. 이 나라에서도 예전에는 실용주의가 어울렸어요. 변경 개척의 시대에요. 효과가 있었죠. 아주 낭비적이고 무자비하기는 했지만 어쨌든 효과는 있었어요."

"대니얼 분*을 대신해 너한테 감사하마." 래빗이 말한다.

질이 상냥하게 말을 이어간다. "미국인들이 착취자라고 할 때, 그들이 처음 착취하는 대상이 바로 자기 자신이라는 것을 잊으면 안 돼요.

---

* 미국의 변경 개척자.

아저씨는," 그녀가 말하며 얼굴을 들어올리자 눈과 주근깨와 콧구멍이 별자리를 이룬다. "아저씨는 한 번도 자신에게 생각할 기회를 주지 않았어요. 기술, 농구, 인쇄 외에는요. 그런데 그건 다 자기착취적인 목적에 사용되는 거예요. 아저씨한테 있는 건 낡은 하느님이에요. 그리고 성난 낡은 애국심이고. 또 이제는 낡은 부인도 있고." 그는 이의를 제기하려고 숨을 들이쉬지만 그녀의 손이 말을 끝내게 해달라고 간청한다. "아저씨가 그런 것들을 신성하게 받아들이는 것은 사랑이나 믿음 때문이 아니라 공포 때문이에요. 아저씨의 생각은 얼어붙어 있어요. 본능에 실망하자마자 아저씨는 모든 게 허무하다는, 영寒이 유일한 답이라는 결론으로 달려가버리기 때문이에요. 그게 우리 미국인들이 생각하는 거예요. 이기느냐 지느냐, 전부냐 전무냐, 죽이느냐 죽느냐. 생각을 받아들일 여유를 만들어낸 적이 없기 때문이에요. 하지만 이제, 보시다시피, 우리는 그런 여유를 만들어내야만 해요. 이제 행동만으로는 충분하지 않으니까요. 생각이 없는 행동은 폭력이니까요. 베트남에서 나타나듯이 말이에요."

마침내 그가 말을 할 수 있다. "우리가 그 좆같은 곳 이야기를 듣기 전에도 베트남에는 폭력이 있었어. 너는 내가 여기 앉아 이런 쓰레기 같은 소리에 귀기울이고 있는 것만으로도 내가 기본적으로 평화주의자라는 것을 알 수 있을 거야." 그는 스키터를 가리킨다. "폭력적인 개새끼는 바로 저놈이야."

"하지만 아저씨도 보시다시피," 질이 달래는 것 같기도 하고 잔소리하는 것 같기도 한 목소리로 말하는데, 침대에서의 목소리와 마찬가지로 약간 희롱하는 듯한 느낌이 너덜거리는 가두리처럼 달려 있다. "아저씨가 스키터한테 짜증을 내고 겁을 내는 것은 아저씨가 스키터의 역사를 전혀 모르기 때문이에요. 그러니까 스키터의 개인적인 역사라기보다는 그의 인종의 역사 말이에요. 스키터가 어떻게 여기에 이르게 되었느냐는 거. 폭동이나 복지처럼 아저씨를 위협하는 것들은 아저씨가 보기에는 느닷없이 신문에 등장하게 되었겠죠. 그래서 우리는 오늘 밤에 아프리카계 미국인의 역사에 관하여 약간 이야기하기로, 일종의 세미나를 열기로 결정했어요."

"제발, 아빠." 넬슨이 말한다.

"맙소사. 좋아. 어디 한번 나를 때려봐. 우리는 노예들한테 짐승처럼 굴었어. 그런데 왜 미국 니그로들 가운데 캐딜락과, 이런 표현을 써서 미안하지만, 유색 텔레비전을 포기하고 아프리카로 돌아가고 싶어하는 사람이 거의 없는 거야?"

"아빠, 하지 마요."

스키터가 입을 연다. "노예제 얘기는 관둬, 척. 그건 아주 오래전이고, 모두 그걸 했고, 일종의 국가적인 일이었어, 응? 물론, 똥냄새가 나기 시작할수록 너희 크래커들은 그 안에 들어가 더 뒹굴려고 한다는 얘기는 해둬야겠지만, 응?"

"그때는 지금보다 땅이 넓었으니까."

"자, 자, 편안히 앉아. 논쟁은 하지 말자고, 응? 너희가 목화를 퍼뜨렸지, 응? 하지만 그 목화 늪에서 일하다 죽은 사람은 흑인뿐이야, 응? 어쨌든, 너희는 전쟁을 벌였어. 위쪽 북부에서는 개리슨과 브라운* 같

---

* 과격파 노예해방론자들인 윌리엄 개리슨과 존 브라운.

은 사람들이 선동을 하고, 아래 남부에서는 남북을 나누면 자기 파이를 더 부풀릴 수 있다고 생각한 얀시와 렛* 같은 슈퍼크래커 무리가 있었지. 재미있는 건"—그는 낄낄거리고 씨근거리는데, 래빗은 머리를 빡빡 깎은 그의 모습으로 그려보는 순간 판즈워스가 눈에 보이는 듯하다—"그들이 그렇게 하지 않았다는 거야. 남부연합은 그자들을 배에 태워 보내고 안전하게 움직이는 놈들만 공직에 선출했어! 위의 북부도 마찬가지로 섬너** 같은 고양이를 뽑았지. 막상 투표를 하게 되니까 사상이 있는 사람은 무서웠던 거야, 응? 혹시 러핀이라는 녀석 알아? 모를 것 같기는 하지만. 아주 똑똑한 사람이지. 현대 농업 또는 그에 준하는 것을 발명했고, 양키를 아주 싫어해서 섬터에서 첫번째 대포 줄을 당겼고, 남부가 졌을 때는 머리에 총을 쏴 자살했어. 화끈한 사람이지. 아름다워, 응? 그래서 어쨌든, 링컨이 이 전쟁을 떠맡았어, 응? 여러 엉뚱한 이유 때문에 전쟁을 한 거야. 연방이란 게 그렇게 신성할 게 있어? 그냥 권력의 트러스트인데, 응? 그리고 다른 엉뚱한 이유로 노예를 해방했지. 그걸로 끝인 거야. 신이여 미국을 축복하소서, 응? 그래서 여기서 나는 미치기 시작하는 거야."

"미쳐, 스키터." 래빗이 말한다. "누구 맥주 마실래?"

"나요, 아빠."

"너는 반만."

질이 말한다. "내가 넬슨이랑 나눠 마실게요."

스키터가 말한다. "그놈의 건 영혼을 썩게 해. 내가 멋진 빨갱이를

---

* 노예제 옹호론자로 유명한 윌리엄 얀시와 로버트 렛.
** 노예제 반대론자 찰스 섬너.

좀 태워도 될까?"

"그건 합법적인 게 아니야."

"그래. 하지만 모두 하고 있어. 저기 펜파크에 사는 그 모든 멋들어진 고양이들, 너는 그 고양이들이 밤에 집에 가서 마티니를 마시는 줄 알아? 그건 어제 일이야. 걔네들은 풀*을 뿜어. 진지하게 말하는데, 지금은 그게 검보다 유행이야. 저기 남에서는 그게 전투하는 애들의 사탕이었지."

"좋아. 피워. 여기까지 와버리다니."

"아직도 갈 길이 멀어." 스키터가 말하며 자신이 자는 소파 안에서 꺼낸 고무주머니와 얇고 노란 종이로 꼬투리를 만다. 노란 종이를 통통하고 희끄무레한 혀로 빠르게 핥고 양쪽 끝을 비튼다. 불을 붙이자 비튼 끄트머리가 타오른다. 그는 굶주린 듯 빨아들이더니 아주 깊은 곳으로 다이빙을 하려는 사람처럼 숨을 참는다. 이윽고 트림을 하며 달착지근하고 오래된 연기를 방출한다. 그는 그 축축한 끄트머리를 래빗에게 권한다. "해볼래?"

래빗은 고개를 저으며 넬슨을 지켜본다. 아이는 새처럼 밝은 눈으로 스키터를 지켜본다. 어쩌면 재니스가 옳을지도 몰라. 나는 애가 너무 많은 것을 보게 내버려두고 있어. 그래도 나는 집을 나가는 짓을 하지는 않았잖아. 게다가 인생은 인생이야. 내가 아니라 하느님이 만들어낸 거야. 그러나 그는 넬슨을 보며 아버지가 방안에 함께 있다는 것이 이 상황에 대한 인정으로 해석될지도 모른다고 걱정한다. 그는 스키터

---

* '빨갱이'와 '풀' 모두 마리화나를 가리키는 은어.

에게 말한다. "부르던 노래나 계속 불러봐. 링컨이 엉뚱한 이유로 전쟁에서 이겼다면서."

"그런 다음에 총에 맞았어, 응?" 스키터는 꼬투리를 질에게 건네준다. 그녀는 그것을 받아들며 눈으로 래빗에게 묻는다. 이게 아저씨가 원하는 거예요? 그녀는 전문가처럼 그것을 들고 있다. 보통 담배처럼, 프레드 애스테어*가 손에 쥐고 흔드는 어떤 것처럼 들고 있는 것이 아니라, 먹을 것처럼 최대한 많은 손가락을 동원해 경건하게 쥐고 그 축축한 끄트머리를 젖꼭지를 빨듯 입에 갖다대고 있다. 그녀의 여윈 얼굴이 평화로워진다. 꿈의 지방이 포동포동하게 붙는다. 스키터가 말한다. "그렇게 해서 선 채로 죽어버린 이 경제 속에 재산이나 일자리도 없으면서 할렐루야 시절이 왔다고 생각하는 해방된 노예 사백만 명이 생기게 된 거란 말이야. 녹색 초원, 응? 40에이커와 노새 한 마리, 응? 염병할 녹색 피클들, 척, 그게 가장 한심한 일이었단 말이야. 그 가없은 검둥이들이 미끼를 덥석 문 게 말이야. 그 검둥이들은 스스로 읽는 법을 배우고, 닭똥만한 것을 받고 등이 부러져라 일했고, 선량한 사람들을 좆대가리 미합중국 상원에 보냈고, 딕시**에 처음으로 공립학교를 세웠어. 자 어때? 이제 네 교-육을 위한 사실이 다 나온 거잖아, 응? 질 자기, 그 막대기 좀 다시 줘. 너 그렇게 빨다가 달까지 올라가겠다. 그건 순수한 빨갱이야. 그러는 동안 말이야, 척, 베이비척, 저 아래 크래커들은 입에 거품을 물고 우리 흑인 영웅들을 개코원숭이라고 불렀어. 하지만 북군이 얼쩡거리는 한 달리 할 수 있는 일이 없었지, 응?

---

* 미국의 영화배우.
** 미국 남부의 여러 주를 가리키는 말.

개코원숭이, 원숭이, 유인원. 이 희망에 가슴이 부푼 착한 흑인들은 스스로 인간이 되려고 노력했어. 마침내 이 야만합중국에서 인간으로 여겨지게 되었다고 생각했지." 스키터의 얼굴이 경멸의 껍질을 벗고 울 것처럼 뒤틀린다. 안경은 벗었다. 마리화나를 달라고 질 쪽으로 손을 뻗고 있으면서도 눈은 래빗의 얼굴에 고정시키고 있다. 래빗은 얼어붙은 채 마음만 바쁘게 움직인다. 넬슨. 재워야 돼. 너무 많은 걸 보고 있어. 스키터의 말에 귀를 기울이는 그 자신의 얼굴이 약해지고, 형태를 잃고, 미끄러지고 있다. 맥주맛이 나쁘다. 맥아 맛이다. 스키터는 울고 싶어한다, 소리치고 싶어한다. 그는 소파 가장자리에 앉아 손짓을 하는데, 너무 바삭바삭해 보여 저러다 두 팔이 떨어져나가지나 않을까 걱정이 된다. 그는 제정신이 아니다. "그래서 남부는 어떻게 했어? 걔네들은 개코원숭이라는 말을 입에 달고 살면서 린치를 하고 채찍질을 하고 흑인을 속여서 몇 푼 되지도 않는 걸 빼앗고 이제 흑인을 먹여 살릴 필요가 없다고 백인 예수한테 감사했어. 북부는 어떻게 했어? 꿍무니를 뺐어. 내뺀 거야. 전쟁을 위해서는 안간힘을 쓰더니, 이제 이 가엾은 늙은 창녀 같은 행성이 지금까지 짊어진 적이 없는 가장 크고 가장 행복한 거름, 탐욕과 부당 이익과 착취와 오염과 슬럼 건설과 인디언 살해라는 거름으로 첨벙첨벙 걸어들어갔어, 응? 내 얘기 듣다 졸지 마, 척, 이제 재미있는 대목이 나오니까. 남부의 똥구멍 같은 놈들은 북부의 똥구멍 같은 놈들과 만나서, 우리 거래를 하자, 하고 말했어. 이 민주주의란 게 도대체 뭐냐, 여기서는 달러주의를 하자. 우리가 왜 자유 대 노예에 관심을 가지나? 자본 대 노동, 그게 핵심인데, 응? 이 불쌍한 썹 같은 나라의 가장 큰 꿀단지는 계속 채워지니까 그걸 먹자고, 친구. 너는 네 흑인 노동력을 쥐어짜, 우리는 이민자 백인과 몽골 백치 노동력을 쥐어짤게, 그러면 후-히! 할렐루야, 응? 그렇게 해서 '자유민 사무소'는 폐기 처리되고 애를 가진 유색인 아가씨들의 배를 가르는 일을 아주 잘하던 말을 탄 크래커들이 군정 장관들을 쫓아내는 거야. 또 진짜배기 협잡 선거를 통해 틸든은 대통령직에서 쫓겨나지. 이건 어느 백인 역사책을 봐도 다 인정하고 있다는 걸 알 수 있어. 한번 찾아봐, 응? 그게 1876년 혁명이었어. 흑인 입장에서 보자면 가슴 아픈 76이었던 거야. 그 백 년 전의 '76은 그저 세금을 피하는 영국 신사들의 무리뿐이었는데." 스키터는 다시 안경을 쓴다. 유리가 파란 연기 뒤에서 둥글게 반짝거린다. 그의 목소리는 다시 아이러니 쪽으로 자리를 잡았다. "그러니 모두 '아름다운 미국'을 노래하자고, 응? 북부와 서부, 벼락부자와 슬럼들. 아래 남부에서는 하나의 커다란 검둥이 바비큐. 착한 영혼이 축복을 받을 히틀러는 그래도 화덕을 눈이 안 보이는 곳에 뒀어. 하지만 저 아래 딕시 쪽에는 목련마다 밧줄이 걸려 있었어. 얀마, 그놈들은 검둥이가 백인 년이 있는 곳 5킬로미터 안에서 재채기를 하면 톱니 같은 이가 달린 비글이 그 검둥이 불알을 떼어서 씹어먹게 하는 법을 통과시켰어. 어떤 검둥이들은 도시의 쓰레기 같은 인간이 침을 뱉을 때마다 보도에서 뛰어내려가 그 담배 즙을 핥지 않았다는 이유로 사슬에 묶인 무리에 들어가 악어 알보다 싼 값으로 보안관 사위한테 팔려갔어. 만일 검둥이가 감히 수정헌법 15조에 명시된 투표권을 요청하기라도 하면, 그놈들은 검둥이의 껍질을 천천히 벗길 수 있는 최선의 방법을 생각해내고, 그것을 인정하지 않는 법을 얼마든지 만들어냈어. 그러니 불쌍한 흑인은 투표소에 대가리를 들이밀려 하는 것보다는 대고모 릴리*의 사타구니에 대가리를 들이밀려고 하는 게 나았어. 응? 척, 정말 인정할 수밖에 없는 게, 너희는 어떤 상황에서든 온갖 방법으로 챙길 걸 다 챙기잖아. 남부는 반값으로 노예제를 돌려받았어. 행사할 수도 없는 흑인 표를 계산해 의회의 통제권을 다시 챙겼지. 북부는 자본을 위해 필요한 면화 판 돈을 챙겼고. 모두가 즐겁게 흑인한테 똥을 싸놓고 그런 뒤에 코를 틀어쥔 거야. 너는 이런 걸 조금이라도 믿어?"

"다 믿어." 래빗이 말한다.

"너는 믿어? 너는 내가 이런 말을 하는 것만으로도 너무 화가 나 지금 칼이 있다면 그걸로 바로 네 목을 찔러 네가 꿀럭거리며 죽어가는 걸 지켜보며 좋아할 거라는 걸 믿어? 아, 그럼 얼마나 좋을까." 스키터는 울고 있다. 그의 얼굴 피부에서 눈물과 연기가 섞인다.

"알았어, 알았어." 래빗이 말한다.

"스키터, 울지 마요." 넬슨이 말한다.

"스키터, 이건 너무 강해, 못 참겠어." 질이 말하며 일어선다. "어지러워."

하지만 스키터는 해리하고만 이야기하려 한다. "내가 너한테 하고 싶은 말은, 내가 정말 분명히 해두고 싶은 건, 척, 너희한테는 그런 기회가 있었다는 거야. 더 좋은 길로 갈 수 있었다는 거야, 응? 그런데 너희는 탐욕스러운 방향을 택했지, 응? 너희는 우릴 팔아먹었어, 응? 너희는 너희 자신을 팔아먹었어. 링컨이 말한 대로 너희는 피를 피로 갚

---

* 19세기 말 20세기 초 미국 남부 공화당의 반시민권운동인 릴리-화이트 운동을 빗댄 말.

앗어. 채찍으로 흘린 피를 검으로 갚고 뭐 그런 거야. 너희는 우릴 일으켜주지 않았어. 우린 손을 내밀었어, 인마, 뼈를 기다리는 충실한 개 같았지. 하지만 너희는 우릴 걷어찼어, 우릴 깔아뭉갰어, 우릴 깔아뭉갰다고."

"스키터, 뭔지는 몰라도 제발 다시는 나한테 그거 주지 마, 다시는, 다시는." 질이 말하며 슬며시 사라진다.

스키터는 울음을 참으며 물을 뿌린 재처럼 어둡게 줄무늬가 진 얼굴을 들어올린다. "단지 우리만이 아니야, 너희도 너희 자신을 판 거야, 응? 너희는 정말로 여기에서 마음대로 할 수 있었어, 뭐든 마음대로 할 수 있었어. 그런데, 그 탐욕스럽고 거름이 덮인 길을 택했단 말이야, 인마, 너희는 너희 자신을 행성의 똥구멍으로 만들었단 말이야. 응? 그 자본주의적인 것이 계속 굴러가게 하려고 그 똥구멍 같은 크래커들이 자기 멋대로 하게 놔두었고, 이제 너희 모두 똥구멍 같은 크래커가 되어버렸어. 북부든 남부든 어딜 보든 똥구멍 같은 놈들뿐이야. 너희는 독을 핥았고 이제 그게 나타나고 있어, 척. 너희는 너희에게 미국이라고 말하고, 여전히 나팔이며 별을 갖고 있지만, 흑인에게든 황인에게든 그 얘길 하면 너희는 증오를 살 거야, 응? 인마, 세상은 너희를 진심으로 증오해, 너희는 세상을 완전히 끌어내리고 있는 커다란 돼지란 말이야." 그는 눈이 흐려진 채 여윈 손가락으로 래빗을 쿡쿡 찌르다 고개를 푹 숙인다.

위층에서 고양이가 새를 잡으러 갈 때 내는 소리만큼이나 조심스러운 소리가 들린다. 쥐어짜듯 끙끙거리는 소리다. 질이 아프다.

넬슨이 말한다. "아빠, 의사를 불러야 하지 않을까요?"

"괜찮아질 거야. 가서 자라. 내일 학교 가야 하잖아."

스키터가 래빗을 본다. 눈알은 불이 붙은 듯 시뻘겋고 눈물이 고여 있다. "내 말 들었지, 응?"

래빗이 그에게 말한다. "네 입장의 문제는, 그게 완전히 자기연민이란 거야. 진짜 문제는, 네가 여기서 어디로 갈 거냐, 하는 거지. 우리 모두 나쁜 배에 올라타 있어. 너는 마치 이 나라의 모든 목적이 출발부터 니그로들을 꺾어버리는 데 있는 것처럼 말해. 젠장, 너희는 10퍼센트에 불과해. 실상은 너희가 뭘 하든 대부분의 사람은 염병할 아무런 관심도 안 가져. 여기는 세상에서 가장 자유로운 나라야. 할 수 있으면 성공을 하고, 할 수 없으면 그냥 우아하게 죽어. 하지만 맙소사, 무임 승차를 구걸하지는 말란 말이야."

"친구, 네가 틀린 거야. 너는 백인이지만 틀려. 너희는 우리에게 매혹되어 있어, 백인 아저씨. 우리는 너희 꿈에 나와. 우리는 테크놀로지의 악몽이야. 우리는 너희가 그 거름 같은 탐욕스러운 방향을 택할 때 억누른 모든 선하고 만족스러운 본성이야. 우리는 산업혁명에서 밖에 남겨진 부분이야. 따라서 다음 혁명이지. 모르겠어? 알잖아. 그렇지 않고서야 왜 나를 그렇게 무서워하는 거야, 래빗?"

"네가 나사가 여섯 개 풀린 검둥이기 때문이지. 나는 자야겠어."

스키터는 머리를 천천히 굴리며 미심쩍은 듯 머리를 만져본다. 유목 램프 불빛 속에서 그의 둥그런 머리카락 덩어리는 텅 빈 것처럼 보이고, 그의 두개골은 칼의 뼈 손잡이처럼 좁아 보인다. 그는 마치 벌레라도 붙은 것처럼 이마를 털어낸다. 그가 말한다. "좋은 꿈 꿔. 나는 약에 너무 취해 당장은 잘 수가 없으니까 그냥 여기 앉아 내 비참한 마음이

나 다독거리고 있을게. 라디오 좀 틀어놔도 될까? 작게 틀어놓을게."

"그래."

위층에 올라가자 질이 갑자기 그의 품에서 따뜻하고 작고 가벼운 존재가 되어 빠르게 숨을 쉬며 간청한다. "저 사람을 여기서 내보내줘요, 해리, 여기 있게 하지 마요. 저 사람은 나한테 정말 안 좋아요. 우리 누구한테도 안 좋아요."

"네가 데려왔잖아." 그는 그녀의 이야기를 아이들이 흔히 하는 과장으로, 자신의 두려움을 발설해 지워버리는 방법으로 받아들인다. 실제로 오 분 뒤에 그녀는 죽은 듯이 잠이 들어 꼼짝도 하지 않는다. 전기시계가 그녀 너머에서 조그만 달의 해골처럼 타오른다. 아래층에서는 소리를 줄인 라디오가 희미하게 긁어대는 소리를 낸다. 곧 래빗도 잠이 든다. 이상하게도 깊이 잠든다, 스키터가 집안에 있는데도.

"해리, 얼른 한잔 어떠냐?" 그의 아버지가 언제나처럼 바텐더에게 말한다. "슐리츠로 하지."

"위스키사워." 그가 말한다. 여름은 끝났다. 피닉스도 냉방기를 껐다. 그가 말한다. "엄마는 어떠세요?"

"더 바랄 수 없을 만큼 좋지, 해리." 아버지는 음모를 꾸미듯 약간 더 가깝게 밀고 들어온다. "그 새로운 게 정말로 효과를 보여주는 것 같아. 네 어머니는 요즘은 한 번에 네 시간씩 서 있어. 하지만 내 돈을 생각하자면, 6만 4천 달러짜리 문제는 이거지, 장기적인 영향은 뭘까.

의사는 아주 솔직하게 말하더라고. 우리가 병원에 갔을 때 네 어머니한테 이러더라니까. '내가 가장 아끼는 모르모트는 요즘 어떠신가?'"

"그래서 답이 뭐예요?" 래빗이 느닷없이 묻는다.

아버지는 깜짝 놀란다. "네 어머니의 대답?"

"누구의 답이든."

이제야 아버지는 질문을 이해하고 빛바랜 파란 셔츠 속의 좁은 어깨를 으쓱한다. "맹신이지." 그가 말한다. 그는 웅얼거리는 소리로 덧붙인다. "한 새끼가 또 땅 밑으로 들어가는구나."

카운터 위에 있는 텔레비전에서는 사람들이 관 옆을 줄지어 지나가고 있지만, 소리를 죽여놓았기 때문에 래빗은 그것이 워싱턴의 에버렛 더크슨*의 유해를 일반에게 공개하는 것인지 아니면 하노이의 호찌민 관련 행사인지 알 수가 없다. 고관들은 똑같아 보인다. 늘 상복을 입고 있다. 아버지가 헛기침을 하여 정적을 깬다. "어젯밤에 재니스가 네 어머니한테 전화를 했더구나."

"이야, 재니스가 무너지고 있는 것 같은데요. 늘 전화를 붙들고 있는 걸 보니. 스태브로스의 손아귀 힘이 약해지는 게 분명해요."

"아주 불안한 상태더구나. 네가 유색인을 집안에 들여놨다던데."

"제가 데려온 건 아니에요, 그쪽에서 나타난 거지. 그런 건 아무도 미리 알 수 없는 거잖아요. 판즈워스의 아들인 것 같아요."

"그럴 수는 없지, 내가 알기로 제리는 결혼한 적이 없는걸."

"걔네들은 보통 결혼을 안 하잖아요, 안 그래요? 노예 시절에는 금

---

* 미국 공화당 정치인.

지였잖아요."

얼 앵스트롬은 이 작은 역사적 정보에 얼굴을 찌푸린다. 그는 해리를 자기 자식이라고 여겨 그로서는 강경한 노선을 택한다. "해리, 나도 그 문제에 관해서는 별로 기분이 좋지 않다고 말할 수밖에 없구나."

장례식(관의 기가 성조기이니 더크슨이 틀림없다)이 사라지고, 대포가 포탄을 쏘고, 트럭이 사막을 움직이고, 비행기가 소리 없이 하늘을 날아다니고, 군인들이 손을 흔드는 장면들이 깜빡거리며 나타난다. 이스라엘군인지 이집트군인지 알 수가 없다. 그가 묻는다. "엄마는 그 이야기를 듣고 기분이 얼마나 좋았어요?"

"네 어머니는 재니스한테 아주 퉁명스러웠다고 말할 수밖에 없지. 너희 집안일을 이러쿵저러쿵하고 싶으면 다시 집으로 돌아가라고 이야기하더라. 불평할 권리가 없다고 말이야. 또 무슨 얘기를 했는지는 모르겠고. 차마 듣고 있을 수가 없었으니까. 여자들이 말다툼을 벌이면 나는 얼른 내빼잖아."

"재니스가 변호사 얘기를 하던가요?"

"했는지는 몰라도 네 어머니는 아무 말이 없더라. 우리끼리 얘긴데, 해리, 네 어머니가 너무 속상해서 겁이 났어. 아마 네 어머니는 두세 시간도 못 잤을 거야. 세코날을 평소보다 두 배로 먹었는데도 정신을 잃지 않더라니까. 네 어머니는 걱정했어. 그리고 뻔뻔스럽게 내 일도 아닌데 나서서 미안하다만, 해리, 나도 마찬가지야."

"뭘 걱정하시는 건데요?"

"이런 새로운 상황 전개에. 나는 검둥이를 싫어하는 사람이 아니야. 기꺼이 걔네들하고 함께 일해. 이십 년 동안 그래왔어. 필요하다면 옆

집에도 살 거야. 아직 검둥이들이 마운트저지까지 비집고 들어오지는 않았다만. 하지만 그것보다 더 가까워지는 건 불장난을 하는 거야, 내 경험으로 볼 때는."

"무슨 경험이요?"

"걔네들한테 실망하게 될 거야." 아빠가 말한다. "걔네들은 의무감 이라고는 없어. 누굴 비난하자는 게 아니야. 그냥 사실일 뿐이야. 걔네 들은 너를 실망시키고, 나중에 그걸 놓고 웃음을 터뜨릴 거야. 걔네들 은 백인과는 달리 윤리적이지 않아. 하지만 그렇다고 말해봐야 소용이 없어. 나한테 무슨 경험이냐고 물었지. 그 이야기들을 자세히 하고 싶 지는 않아, 말할 건 많지만 말이야. 내가 흑인보다는 백인이 많던 시절 에 3구에서 자랐다는 걸, 우리는 모든 의미에서 섞여 있었다는 걸 잊지 마라. 나는 이 카운티 사람들을 알아. 천성이 선량한 사람들이지. 먹고 마시기를 좋아하고, 홍등가를 만들고 여자를 좋아하지. 또 쓰레기 정 치인을 거듭 뽑아주지. 그러면서도 자기네 여자들이 모독당하는 꼴은 보고 싶어하지 않아."

"누가 모독을 당한다는 거죠?"

"거기 그 동물원, 네가 그걸 그런 식으로 유지하는 거, 그게 모독이 지. 네 이웃들이 그걸 어떻게 생각하는지 아직 못 들어봤니?"

"나는 내 이웃들을 알지도 못하는데요."

"그 흑인 아이가 밖에 얼굴을 내보이면 이웃들을 알게 될 거다. 내가 지금 여기 앉아 아버지가 아니라 친구가 되려고 노력하는 것만큼이나 확실하게 이웃들을 알게 될 거야. 내가 너한테 채찍을 휘둘러 분별력 을 가르칠 수 있었던 날은 지난 지 오래야, 해리. 게다가 어쨌든 너는 밈에 비해 우리 속을 훨씬 덜 썩였어. 네 어머니는 늘 네가 사람들한테 휘둘려도 가만히 있는다고 말하지만, 나는 그때마다 대꾸해. 해리는 자기 앞가림을 해. 자기 발로 일어설 줄 알아. 하지만 이제 보니 네 어머니가 옳을지도 모른다는 생각이 드는구나. 네 어머니는 완전히 불구나 다름없게 되었지만, 여전히 속일 수가 없어. 속이려고 해본 장본인한테 물어봐."

"아버지가 언제 속이려고 했는데요?"

하지만 이 비밀—아빠가 엄마를 속였던가?—은 그 진짜인 척 속이는 틀니 뒤에 댐으로 막혀 있다. 노인의 입은 계속 틀니의 위치를 조정하고, 생각에 잠긴 표정으로 그것을 빨고 있다. 대신 그는 말한다. "부탁 좀 하자, 해리. 나도 아쉬운 소리 하는 건 지옥처럼 싫어하지만, 오늘밤에 우리집에 와서 그 얘기를 해주면 안 되겠니? 네 어머니가 재니스를 강하게 밀어내기는 했지만, 그래도 충격을 받았어. 보면 알아."

"오늘밤은 안 돼요. 못 가요. 아마 이삼 일 뒤엔 상황이 정리될 거예요."

"왜 안 된다는 거냐, 해리? 너를 닦달하거나 하는 일은 없을 거라고 약속할게. 맙소사, 나도 이러고 싶지 않아. 네 어머니 정신 상태만 괜찮다면 말이야. 너도 알잖냐"—그러면서 아주 가깝게 다가오는 바람에 그들의 셔츠 소매가 닿고 래빗은 시큼한 안개 같은 아버지의 입냄새를 맡는다—"네 어머니가 지금 우리 모두가 갈 수밖에 없는 모험의 길을 가고 있다는 걸."

"그만하세요, 아빠. 지금은 갈 수가 없어요."

"그놈들의 마수에 단단히 걸렸구나, 응?"

그는 똑바로 일어서서 위스키사워 한 잔이면 됐다고 결정하고 대답한다. "맞아요."

그날 밤 저녁식사 후 그들은 노예제에 관해 토론한다. 질과 스키터는 함께 설거지를 했고, 래빗은 넬슨의 숙제를 도와주었다. 아이는 올해부터 대수를 배우는데 다항식이 두 개의 멋진 x로, 하나는 마이너스 하나는 플러스로 똑같이 쪼개져 열리는 그 작은 곡예를 머릿속에서 잘 해내지 못한다. 래빗은 예전에 수학을 잘했다. 수학은 한계, 질서 잡힌 움직임, 마지막에 완성이 된다는 약속이 있는 게임이었다. 조합은 늘 쪼개져 열렸다. 바짝 긴장하여, 자유롭게 마음껏 휘두르지 못한다. 똑똑한 아이지만 바짝 긴장해 있다. 어쩌면 자기 아기 여동생한테 일어난 일이 자기한테도 일어날지 모른다고 두려워하는지도 모른다. 그 일이 자기에게 돌아올지도 모른다고. 모두 보고 싶어하는 〈웃음거리〉가 시작하기까지 삼십 분 남았다. 오늘밤에는 스키터가 커다란 갈색 의자를 차지하고, 래빗이 은실 의자를 차지한다. 질과 넬슨은 발포 고무 소파에 앉는다. 스키터는 책을 몇 권 들었다. 그의 여윈 갈색 두 손에 있으니 아이들 책처럼 화려해 보인다. 학창 시절. 〈세서미 스트리트〉.
　스키터가 래빗에게 말한다. "척, 생각해봤는데, 어젯밤에 너희 노예제는 국가적인 일이었다고 말했을 때 말이야. 내가 진실을 팔아먹은 것 같아. 생각해보니 너희 방식의 노예제는 유일무이했고, 특별히 나빴던 게 사실인 것 같아. 실제로 이 피에 젖은 가엾은 지구에서도 거의 최악인 것 같고." 말을 하는 스키터의 목소리가 꾸준한 압력을 행사한다. 바람이 죽은 나무를 흔들어댄다. 그의 눈은 절대 넬슨이나 질 쪽으로 벗어나지 않는다.

투지가 강한 학생이었던(고등학교에서는 B를 맞곤 했다) 래빗이 묻는다. "그게 뭐가 그렇게 나빴어?"

"어디, 무슨 생각을 하는지 추측해보자. 너는 플랜테이션에서는 별로 나쁘지 않았다고 생각하지, 응? 밴조도 있고 프리터*도 마음대로 먹고 복지부 대신 저 위 큰 집에 주인님도 계시고, 응? 그 검둥이들은 어차피 야만인이었고, 그 큰 머리통에는 순전히 뼈밖에 없었고, 또 그게 마음에 들지 않았다면, 그래, 왜 고귀한 홍인종들처럼 그냥 사슬에 묶인 채 버티다 죽지 않았느냐 이거지, 응?"

"그래. 왜 안 그런 거야?"

"그 질문이 마음에 들어. 나한테는 대답이 있거든. 그 이유는 말이야, 늙은 톤토는 너무 원시적이라 농장 일을 이해할 수가 없었다는 거야. 그냥 달에 있었던 거야, 응? 그래서 그냥 시들어 죽은 거야. 하지만 흑인은 말이야, 흑인은 서아프리카에서 왔어, 거기서 농사를 지었다고. 거기서 사회조직을 갖추고 있었다고. 그 노예들이 그렇게 멀리 떨어진 곳에서 이곳 해안까지 어떻게 왔다고 생각해? 다 흑인들이 알아서 한 거야. 백인들은 끼워주려 하지 않았어. 그냥 자기들끼리 파이를 다 차지하려 했다고. 조직을 아는 사람들이었단 말이야, 응?"

"그거 재밌군."

---

* 살코기, 과일 등을 넣은 일종의 튀김.

"그렇게 말해주니 기뻐. 관심을 보여줘서 고마워."

"해리는 진심으로 말한 거예요." 질이 끼어든다.

"그 혀 좀 삼키고 있어." 스키터가 그녀 쪽을 보지도 않고 말한다.

"아저씨 혀나 삼키고 있어요." 넬슨이 나선다. 래빗 입장에서는 아이가 자랑스러워야겠지만, 어쩐지 넬슨이 질을 방어하는 것도 스키터가 그녀를 공격하는 것만큼이나 자동적이라는 느낌이 든다. 그가 나가서 일을 하는 동안 셋 사이에 형성된 패턴 가운데 일부라는 느낌.

"책 읽는 거 얘기해." 질이 부추긴다.

스키터가 설명한다. "꼬마 질리하고 내가, 오늘, 이야기를 했는데, 질리는 우리가 함께 모이는 아늑한 밤을 더 체계화하자고 하더군, 응? 몇 가지를 함께 소리 내어 읽어보자는 거야. 아니면 나 혼자 다 떠드는 경향이 있으니까. 그러니까 네가 나를 다시 바닥에 내던지기 전에 그렇게 하자는 거지."

"그럼 맥주를 가져와야겠군."

"그러다 배에 뾰루지 나, 인마. 내가 좋은 티화나 브래스*에 불을 좀 붙여서 돌릴게. 너 같은 운동선수 출신이 맥주 배가 나와서야 쓰겠어, 응?"

래빗은 동의하지도 움직이지도 않는다. 넬슨을 흘끔거린다. 아이의 눈은 쑥 들어가 반짝이고 있다. 겁을 먹었지만 공황에 이른 수준은 아니다. 아이는 배워나가는 중이다. 이들을 신뢰한다. 아버지가 자기를 보는 것을 막으려고 찌푸린 얼굴로 건너다본다. 그들 주위에서 가

---

* 원래는 밴드 이름이지만 여기서는 마리화나를 가리킨다.

구―절대 불은 품지 않는 벽난로, 시체처럼 한쪽 팔에 기대 누워 있는 유목 받침―가 귀를 기울이고 있다. 창밖에서 조용히 내리는 비가 그들을 안에 가둔다. 스키터는 입술을 오므린 채 처음 빨아들인 달착지근한 연기를 몸속에 가두어두었다가 내뿜으며 한숨을 쉬고 의자 깊숙이 등을 기댄다. 몸은 갈색 두 날개 사이로 사라지고 유리와 은으로 이루어진 안경의 원만 남는다. 그가 말한다. "노예는 재산이었어, 응? 버지니아에서부터 확실한 이윤과 자본이었어. 잉글랜드 왕, 그자가 관심을 가진 것은 담배 판 돈뿐이었어, 응? 흑인들은 그저 그에게 보내는 대차대조표의 얼룩에 불과했어. 이제 스페인 왕, 그 작자는 오래전부터 흑인을 알고 있었어. 그 옛날 무어인들이 그의 나라를 다스렸고 몇 사람은 아주 똑똑했거든. 그래서 국경의 남쪽에서 노예는 재산이었지만, 그에겐 또다른 것이기도 했어. 스페인 왕은 말하지. 저건 내 신민이다, 그에게도 법적인 권리가 있다, 응? 교회는 말해, 저기 저것은 영원한 불멸의 영혼이다, 따라서 세례를 줘라. 옳고 그름을 가르쳐라. 그의 혼인 서약은 신성하다, 응? 만일 그가 빵을 모아 자유를 사려고 하면, 자유를 팔아야 한다. 저 아래에선 이런 게 다 법에 적힌 거였어. 하지만 여기 위에서 법은 한 가지만 말했지. 아무런 권리가 없다는 것. 아무런 권리가 없다. 이건 인간이 아니다, 이건 따뜻한 짐승 고기 조각이다, 피도 눈물도 없는 미국 돈 1000달러의 가치가 있다. 이게 결혼하는 건 허락할 수 없다, 그러다보면 시장이 좋을 때 이걸 파는 일이 엉망이 될 수도 있다. 이걸 놔줘서 법정에서 증언하게 하지 마라. 그러다보면 백인의 재산권이 엉망이 될 수도 있다. 노예 자식의 아버지 같은 거, 그런 건 없었어. 정말이야, 그런 건 없었다고. 그게 법적인 사실이야. 자, 법이 어떻게 그런 식이 될 수가 있었을까? 걔네들이 정말로 검둥이는 똥 한 덩어리라고 믿었기 때문이야. 그리고 걔네들은 자기 자신의 똥을 무서워했지. 암마, 크래커들은 병들었고, 자기들도 그걸 분명하게 알고 있었어. 그 긴 세월 동안 수박을 쪼개는 행복한 래스터스* 이야기를 하면서도 검둥이의 봉기, 봉기를 똥이 나오지 않을 정도로 두려워하고 있었던 거야, 척. 이백 년, 삼백 년이 지나도록 그런 건 오줌 한 양동이도 안 되었는데 말이야. 그런데도 걔네들은 무서워서 몸이 뻣뻣하게 굳었어, 응? 흑인들이 글을 읽는 걸 배우는 게 두려웠고, 흑인들이 장사를 배우는 게 두려웠고, 흑인들이 취업 시장에 나오는 게 두려웠어. 그러니 자유를 얻은 노예는 일단 자유를 얻기는 했지만 갈 데가 없었어. 지역이니 뭐니 하는 얘기들에도 불구하고 말이야. 캔자스의 자유 지역 협정의 첫번째는 여기서 너희 검은 얼굴을 보고 싶지 않으니, 우리 눈깔에 띄는 곳으로 오지 마라는 거였어. 이 야만합중국 어딜 가나 한 가지 분명했던 건 이 나라는 한 번도 다른 곳과 같았던 적이 없다는 거야. 이런 일이 일어나니까 저런 일도 일어나고, 어떤 사람은 다른 사람보다 운이 좀 좋으니 여기를 좀 밀어주고 여기를 좀더 주자, 이런 곳이 아니었단 얘기야. 천만에요, 선생님, 이곳은 절대 그런 곳이 아니었단 말입니다. 그건 꿈이었지. 그 가엾고 어리석은 필그림 때부터 있었던 어떤 마음 상태였지, 응? 어떤 백인은 흑인을 볼 때 사람을 보는 게 아니라 하나의 상징을 봐, 응? 여기 이 모든 사람이 그냥 머릿속에서만 걸어다니는 거야. 다른 누군가를 걸어차면 아프

---

* 흑인을 모욕적으로 부르는 말.

다는 것도 몰라. 예수도 그 사람들한테 가르쳐주지 않아. 그자들이 배에 태워 데리고 온 예수는 선한 하느님이 사람들에게 겁을 주려고 세상에 풀어놓은 예수들 가운데도 가장 비열하고 가장 불알이 작은 예수였으니까. 무서워, 무서워. 나는 네가 무섭고 너는 내가 무서워. 넬슨은 우리 둘 다 무섭고, 여기 가엾은 질리는 모든 게 너무 무서워서 우리 모두가 아빠처럼 행동하지 않으면 다시 달아나 마약 속에 숨어버릴 거야." 그는 연기가 피어오르는, 핥아서 축축해진 리퍼*를 사람들에게 권한다. 래빗은 고개를 저어 거절한다.

"스키터," 질이 말한다. "선집을 읽어요." 새침데기 클럽 여자 회원이 회의장에 정숙을 명한다. "〈웃음거리〉 시작까지 십삼 분 남았어요." 넬슨이 말한다. "앞부분을 놓치고 싶지 않아요. 자기소개를 할 때 끝내 준단 말이에요."

"그-으래." 스키터가 말하며 이마를 더듬는다. 가끔 이마에서 붕붕거리는 듯한 느낌이 들어 그러는 것이다. "여기 이 책에 있는 거야." 『노예제』라는 책이다. 빨간색, 흰색, 파란색 글자들이 보인다. 스키터의 가느다란 손 밑에서 작은 카니발을 벌이는 듯하다. "그냥 재미삼아 보자는 건데, 나의 무지한 설명보다 좀 충실한 걸 우리한테 주지, 응? 알다시피, 해프닝처럼 말이야. 척, 이게 너한테는 똥구멍의 가시야, 응?"

"아니, 마음에 드는데. 나는 뭘 배우는 걸 좋아해. 마음이 열려 있어."

"이 사람을 보니 흥분되네, 정말 진짜 같아." 스키터가 말하며 질에

---

* 마리화나를 가리키는 은어.

게 책을 건네준다. "자기, 먼저 시작해. 내가 손가락을 대고 있는 데야. 작은 활자로 적힌 데." 그가 말한다. "구식 연설이지, 알아?"

질이 소파에서 허리를 곧게 펴더니 평소 목소리보다 높게 읽는다. 승마도 가르치고, 흰 커튼이 드리워진 시원한 교실도 갖춘 좋은 여학교, 펜파크보다 훨씬 높은 수준의 동네에서 공부한 목소리다.

"이 나라의 행위, 계속해왔고 또 새로이 하고 있는 행위를 생각해보라. 하느님은 땅에서 오래전부터 울부짖는 네 형제의 피의 울부짖음을 듣게 될 것이다. 지금도 하느님의 정의는 묻는다. '미국이여, 네 아우는 어디에 있느냐?' 미국은 이런 답을 줄 수밖에 없다. '보십시오, 아우는 남부의 논에, 목화와 풍부한 사탕수수가 넘쳐나는 들판에 있습니다. 그는 약하기에 내가 그를 붙잡았습니다. 벌거벗었기에 내가 묶었습니다. 무지하고 가난하고 야만적이기에 내가 정복했습니다. 나는 그의 허약한 어깨에 나의 쓰라린 멍에를 얹었습니다. 내 족쇄를 그에게 채웠습니다. 내 채찍으로 때렸습니다. 다른 압제자들은 그를 지배했지만, 나는 손가락으로 그의 살을 만졌습니다. 나는 그의 노역으로 먹고 살았습니다. 그의 땀으로, 눈물로, 피로 나는 살이 찌고 주색에 빠졌습니다. 나는 그의 아버지를 훔치고, 또 아들들도 훔치고, 그들에게도 노역을 강요했습니다. 그의 부인과 딸들은 나의 즐거운 전리품입니다. 당신의 종과 그의 하녀들이 낳은 자식들을 보십시오—아들들은 그들의 아버지보다 더 가무잡잡합니다. 당신은 아프리카인을 찾는 것입니까? 나는 그를 짐승으로 만들었습니다. 보십시오, 저기 저것이 당신의 것입니다.'" 그녀는 얼굴을 붉히며 책을 돌려준다. 그녀의 눈길이 래빗을 흘끗 보며 말한다. 우리와 함께 견뎌요. 내가 당신을 사랑하지 않았나요?

스키터는 낄낄거린다. "녹색 피클들, 저게 나를 흥분시키네. 나의 즐거운 전리품이라, 응? 그리고 아버지보다 가무잡잡한 아들들에 관한 그 아름다운 부분도 잘 들었어? 늙은 양키 꼰대들은 정말로 열받았을 거야. 한번 품위 있게 박을 수 있었다면 노예제 폐지 운동을 단번에 멈추었을 텐데 말이야. 하지만 걔네들은 자기 집 헛간에서 그러지 못했고, 그래서 노예 오두막에서 마음껏 하는 크래커들한테 난리를 쳐댔지. 검은 고기는 영혼의 고기잖아, 응? 방금 그건 시어도어 파커였어. 여기 또 있어. 무리 가운데 가장 입이 건 사람, 윌리엄 로이드*지. 넬리, 이건 네가 읽어봐. 내가 표시해놓은 곳. 그냥 단어만 천천히 읽어. 무슨 감정 넣으려 하지 말고."

번쩍거리는 책을 손에 쥔 아이는 구원을 기다리며 아버지 쪽을 본다. "바보가 된 느낌이에요."

래빗이 말한다. "읽어, 넬슨. 나도 듣고 싶어."

그는 다른 쪽에서 구원을 찾는다. "스키터, 나는 읽지 않아도 된다고 약속했잖아요."

"어떻게 되나 보자고 했지. 자, 네 아버지도 좋다잖아. 마음이 열려 있다잖아."

"아저씨는 그냥 모든 사람을 놀리고 있을 뿐이에요."

"그만두라고 해." 래빗이 말한다. "난 흥미를 잃었어."

질이 끼어든다. "읽어, 넬슨, 재미있을 거야. 읽기 전에는 〈웃음거리〉를 틀지 않을 거야."

아이는 글 속으로 와락 뛰어들어 비틀거린다. 너무 심하게 얼굴을

---

* 파커와 로이드 둘 다 미국의 목사.

찌푸리는 바람에 아버지는 아이한테 안경이 필요한 건 아닌지 생각한다. "아무리⋯⋯모든 정파가 알ㅡ, 알ㅡ"

질이 그의 어깨 너머로 들여다본다. "알력."

"ㅡ모든 분ㅡ"

"분파."

"ㅡ모든 분파가 충돌하여 박살나고, 국가의 계약이 해체되고ㅡ"

질이 말한다. "잘하네!"

"계속하게 놔둬." 스키터가 눈을 감고 고개를 끄덕이며 말한다.

넬슨의 목소리가 자신감을 얻는다. "ㅡ나라는 내전과 노예 전쟁의 잔혹행위로 가득차고ㅡ그럼에도 노예제는 오형의 무덤에 묻혀야 한다ㅡ"

"오명." 질이 고쳐준다.

"ㅡ오-명의 무덤에 묻혀야 한다. 부, 부합ㅡ하지 못하도록."

"부활하지 못하도록."

"만일 국가가 반노예제 소요에서 살아남지 못한다면, 그 국가는 망하게 두어야 한다. 교회가 인류의 투쟁으로 넘어진다면, 그 교회는 쓰러져, 그 조각들이 하늘의 사방에서 불어오는 바람에 흩어지고, 다시는 땅을 저주하지 못하게 내버려두어야 한다. 미연맹이 유지되는 유일한 방식이 번제ㅡ이게 뭐야?"

"희생하는 거." 질이 말한다.

래빗이 말한다. "태운다는 뜻인 줄 알았는데."

넬슨이 고개를 든다. 계속해야 할지 자신이 없다.

창에서는 비가 계속 내려 부드러운, 부드러운 못질로 그들을 안에 가두고, 그들은 더 바싹 모여든다.

스키터의 눈은 여전히 감겨 있다. "마저 해. 마지막 문장을 읽어, 베이비척."

"포로들에게 자유를 선언하여 공화국이 나라들의 두루마리에서 지워져야 한다면, 차라리 공화국이 망각의 물결 밑에 가라앉게 두는 것이 나을 것이다. 그러면 그 소멸의 때에 기쁨의 외침, 많은 물의 소리보다 큰 외침이 우주를 채울 것이다. 무슨 소린지 도무지 이해를 못하겠어요."

스키터가 말한다. "그건, '민중에게 더 많은 권력을' '파시스트 돼지들에게 죽음을,' 그런 뜻이야."

래빗이 말한다. "내가 듣기에 그 말은, 목욕물과 함께 아기까지 버려라, 인데." 그는 욕조 안의 잔잔한 물, 그 죽은 표면 위에 떠 있던 먼지 같은 것이 떠오른다. 마개를 뽑기 위해 수면을 통과해 팔을 아래로 뻗을 때의 충격을 다시 경험한다. 그는 그들이 지금 앉아 있는 방으로, 빗속으로 돌아온다.

질이 넬슨에게 설명을 하고 있다. "그 사람은 스키터가 하는 말을 하고 있는 거야. 만일 체제가 대부분의 사람들을 위해 운영된다고 해도, 그 사람들 가운데 일부를 억압한다면, 그 체제 전체를 파괴해야 한다는 거지."

"내가 그렇게 말했나? 아냐." 스키터가 이끼가 낀 듯한 갈색 날개들로부터 몸을 앞으로 기울여 어린 사람들을 향해 떨리는 여윈 손을 뻗는다. 그의 목소리에서 모든 장난기가 떨어져나갔다. "그건 어차피 올 거야. 그 커다란 쿵 소리는. 하지만 가난한 흑인들이 폭탄을 설치하는 게 아니야. 백인 부자의 자식이 설치하는 거야. 문을 쾅쾅 두드리는 건 불의가 아니야, 초조함이야. 우리 안에 쥐를 잔뜩 넣어봐. 뚱뚱한 쥐가 마른 쥐보다 더 미치려고 해. 걔네들이 더 비좁다고 느끼거든. 우리는 그 너머를, 폭력 너머를, 다음 단계를 봐야만 해. 이게 폭발할 거라는 건 우리도 충분히 가정할 수 있어. 그건 흥미롭지 않아. 그다음에 오는 게 흥미로운 거야. 틀림없이 위대한 고요가 올 거거든."

"그리고 네가 그 고요를 가져올 흑인 예수고." 래빗이 조롱한다. "이제 A.D.가 A.S.로 바뀌겠네. 스키터 후After Skeeter. 나는 오래 살아야 할 것 같아. '모두 스키터의 이름을 찬양하라.'"

그는 노래할 것을 제안하지만, 스키터는 다른 둘에게, 제자들에게 집중한다. "사람들은 늘 혁명을 이야기하지만 혁명은 재미없어, 응? 혁명은 그저 한 무리가 다른 무리에게서 권력을 빼앗는 거고, 그건 헛소리야. 그냥 권력일 뿐이야. 그리고 권력은 그저 총과 깡패들이야. 그리고 따분한 헛소리야. 사람들은 나한테 '휴이* 석방'을 얘기하지만, 휴이는 엿이나 먹으라고 해. 그는 얼굴이 검은 애그뉴**에 불과해. 세상은 그런 깡패들은 죽기도 전에 잊어버려. 그게 아니야. 문제는 사실, 깡패들이 서로 때려 없애면서 다른 모든 사람들 가운데 반도 함께 없애버렸을 때 그 공간을 이용하는 방법이야. 남북전쟁이 끝난 뒤에 공간이 생겼어. 그런데 그만 그 공간을 전과 다름없는 낡고 탐욕스러운 거름으로 채워버린 거야. 더 나빠지고 말았지, 응? 그 먹느냐 먹히느냐하는 걸 신성한 법칙으로 바꿔놓았어."

"그게 우리한테 필요한 거야, 스키터." 래빗이 말한다. "새로운 신성한 법칙. 저지산 꼭대기에 올라가 그런 법칙이 적힌 돌판을 받지 그래?"

스키터는 멋지게 조각한 칼 손잡이 같은 얼굴을 그에게 천천히 돌

---

* 흑표범단의 공동 창건자 가운데 한 사람.
** 미국의 39대 부통령 스피로 애그뉴.

리더니 천천히 말한다. "나는 너한테 위협이 되지 않아, 척. 너는 이미 고정되어 있어. 내가 너한테 할 수 있는 유일한 일은 너를 죽이는 건데, 그건 네가 생각하는 것만큼 중요하지 않아, 응?"

질이 은근하게 화해를 제안한다. "해리가 읽을 걸 우리가 골라놓지 않았나요?"

"좆같은 소리 마." 스키터가 말한다. "그건 지금은 먹히지 않아. 지금 저 인간은 추한 분위기를 발산하고 있어, 응? 저 인간은 준비가 되지 않았어. 미성숙해."

래빗은 상처를 받는다. 그저 농담을 했을 뿐인데. "왜 이래, 나는 준비됐어, 내가 읽을 걸 줘."

스키터가 넬슨에게 묻는다. "어떻게 생각해, 베이비척? 저 인간이 준비가 되었다고 생각해?"

넬슨이 말한다. "제대로 읽어야 돼요, 아빠. 조롱하면 안 돼요."

"내가? 내가 지금까지 누굴 조롱한 적이 있니?"

"엄마요. 아빠는 늘 엄마를 조롱했잖아요. 엄마가 아빠를 떠난 것도 당연해요."

스키터는 해리에게 펼쳐진 책을 준다. "아주 조금이야. 내가 표시한 데를 읽어."

부드러운 빨간 크레용. 머리마다 색깔이 다른 관중석을 떠올리게 하던 크레욜라 상자들. 이런 이상한 떠올림. 래빗은 엄숙하게 읽는다. "내 친구들과 내 동포여, 나는 우리가 이 투표를 할 준비가 되지 않았다고 믿는다. 하지만 우리는 배울 수 있다. 사람에게 도구를 주고 그것을 사용하게 하면, 시간이 지나면서 그는 일을 배울 것이다. 투표도 마찬가지다. 처음에는 이해할 수 없을지 몰라도, 시간이 지나면 우리의 의무를 이행하는 법을 배울 것이다."

비가 작게 박수를 친다.

스키터가 좁은 머리를 기울이며 소파에 앉은 두 아이에게 웃음을 짓는다. "저 인간이 아주 훌륭한 검둥이가 되었는데, 그렇지?"

넬슨이 말한다. "하지 마요, 스키터. 아빠가 조롱하지 않으니까 아저씨도 하면 안 돼요."

"내 말에는 문제될 게 없어, 그게 세상에 필요한 거잖아, 아주 훌륭한 검둥이들이 말이야, 응?"

래빗은 넬슨에게 자신이 얼마나 강한지 보여주려고 스키터에게 말한다. "죄다 동정심을 과장하는 것들이야. 꼭 내가 머나먼 옛날에 핀란드 사람들이 스웨덴 사람들을 괴롭혔다고 불평하는 것과 같아."

넬슨이 소리친다. "〈웃음거리〉가 시작했을 거예요."

그들은 텔레비전을 켠다. 차갑고 작은 별이 넓어지면서 줄무늬가 쏟아져나오다 순식간에 이미지로 바뀐다. 새미 데이비스 주니어가 작고 지저분한 노인으로 등장하여 공원 벤치 뒤에서 탭댄스를 추며 뭔지도 모를 서글픈 곡조를 제멋대로 흥얼거린다. 그러다 벤치에 누가 앉아 있는 것을 보고 고개를 번쩍 쳐든다. 루스 부치가 아니라 아트 존슨, 백인, 진짜 조그맣고 지저분한 노인이다. 그들은 나란히 앉아 서로 물끄러미 바라본다. 마치 한 사람이 일그러진 거울을 들여다보고 있는 듯하다. 넬슨은 웃음을 터뜨린다. 그들 모두 웃는다. 넬슨도, 질도, 래빗도, 스키터도. 친절하게도 비가 그들을 안에 묶어놓는다. 양재사가 집 전체를 토닥이며 바느질을 하고 있다. 크고 넓은 가운을 가봉하고 있다.

스키터와 함께 보내는 밤들, 그 밤들이 함께 섞인다. 스키터가 그에게 묻는다. "니-그로가 어떤 기분인지 알고 싶어?"

"별로."

"아빠, 하지 마요." 넬슨이 말한다.

질이 말없이 멍한 표정으로 래빗에게 꼬투리를 건넨다. 그는 시험삼아 한 모금 빨아본다. 십 년 동안 담배를 쥐어본 적이 거의 없기 때문에 빨아들이기가 겁난다. 지난번에 짐보스에서 빨아들였을 때는 거의 토할 뻔했다. 빨아들인 다음에 숨을 참는다. 참는다.

스키터가 말하고 있다. "유리 상자 안에 들어 있다고 사앙-상해봐. 뭔가를 향해 움직일 때마다 머리가 부딪히는 거야. 버스를 타고 간다고 사앙-상해봐. 모두가 옆으로 물러나. 내 몸 전체가 고름이 흐르는 딱지로 덮여 있기 때문에. 병이 옮을까봐 무서운 거지."

래빗은 숨을 내쉬어 연기가 빠져나가게 한다. "그게 아니야. 버스에 탄 흑인 애들은 지랄맞게 뻔뻔스러워."

"너는 식자를 하도 많이 해서 세상이 다 납이지. 응? 너는 아무도 미워하지 않지, 응?"

"아무도." 고요하게. 공간은 투명하다.

"저 펜파크 사람들은 어떻게 생각해?"

"어떤 사람들?"

"전부 다. 캐디*를 저 바깥 소화전 덤불 옆에 주차해놓고 가짜 문 두 개가 달리고 파이 껍질로 만든 크고 훌륭한 집에 사는 사람들 모두. 저 아래 철문이 달린 미플린 클럽의 방귀깨나 뀌는 인간들은 어때? 전에는 직물 공장을 소유했지만 지금은 오로지 서류 더미만 소유하고도 시가를 피우고 여자친구하고 놀면서 사는 사람들. 그 사람들은 어때? 그 사람들에 대해 깊이 생각해보고 나서 대답해."

래빗은 펜파크를 그려본다. 목재를 사용한 박공벽, 치장벽토, 베개처럼 부푼 잡초 없는 잔디. 펜파크는 언덕에 있었다. 그는 그것이 언덕 꼭대기, 그가 결코 올라갈 수 없는 언덕 꼭대기에 있다고 상상하곤 했다. 그것은 저지산 같은 진짜 산이 아니었기 때문에. 그리고 그와 엄마와 아빠와 밈은 그 산기슭 근처에, 볼저네 옆의 어두운 곳에 살았고, 아빠는 매일 퇴근하면 너무 피곤해서 뒤뜰에서 캐치볼을 할 수 없었고, 엄마는 다른 여자들처럼 장신구를 단 적이 없었고, 그들은 한푼이라도 싼 하루 묵은 빵을 샀고, 아빠는 치과의사에게 돈을 쥐어주지 않으려고 이가 아파도 참았고, 이제 엄마가 죽어가는 과정은 캐디를 몰고 펜파크의 집에 사는 의사들이 하는 게임이 되었다. "그 사람들을 미워해." 그가 스키터에게 말한다.

흑인의 얼굴이 밝아진다. 빛난다. "더 깊이."

---

* 캐딜락 자동차.

374

래빗은 그 감정을 바라보면 부서지듯 사라져버릴까봐 두려워하지만, 실제로는 사라지지 않는다. 오히려 넓어지다 급기야 폭발한다. 목재를 사용한 박공벽, 진입로의 자갈, 골프 클럽들이 부서져 생긴 파편들이 하늘을 채운다. 한 의사가 기억난다. 올 초여름 어머니를 찾아가 현관을 올라가다가 우연히 만났다. 의사는 모든 것을 지켜보는 부채꼴 채광창 밑에서 서둘러 나오고 있었다. 비가 이제 막 뿌리기 시작했지만 벌써 멋진 크림색 레인코트를 입고 있었다. 삶을 한껏 즐기며 모든 것을 갖추고 있다가 적절할 때 어디에선가 레인코트를 꺼내는 그런 멋쟁이였다. 가죽 끈을 묶은, 광택이 나는 구두 위에는 칼날처럼 주름이 잡힌 트위드 바지를 입고 있었다. 그는 서둘러 다음 약속 장소로 가는 중이었다. 이슬비가 내리는 경사로에서 벗어나려고 안달이었다. 아버지는 문간에서 노파처럼 치아를 걱정하며 연기하듯 "우리 아들 해리"라고 소개했다. 애처로운 자존심. 잠깐이라도 갈 길을 막아선 것에 짜증이 난 의사는 강철 색깔의 깎아 다듬은 콧수염 뒤로 갈퀴 같은 혐오를 드러냈다. 악수를 하는 그의 손도 금속 같았다. 오만했다. 그 손은 해리의 준비되지 않은 손을 꽉 조이며 말한다. 나는 강해, 나는 내 의지에 따라 몸들을 비틀어. 나는 생명이야, 나는 죽음이야. "나는 그 펜파크의 씨발놈들이 싫어." 해리는 부풀린다. 스키터를 위해 연기한다. 그의 비위를 맞추고 싶다. "빨간 단추를 눌러 그놈들을 모두 '곧 임할 나라'에 보낼 수 있다면." 그는 눈앞의 허공에 있는 단추를 누른다. "난 누를 거야." 단추를 세게 누르자 그 자리에 단추가 보인다.

"콰-쾅, 응?" 스키터가 싱글거리며 막대 같은 두 팔을 활짝 펼친다.

"하지만 사실이야." 래빗이 말한다. "흑인 보지가 아름답다는 건 모두가 알아. 심지어 포스터에도 나오잖아, 지금은."

스키터가 묻는다. "흑인 엄마들에 관한 그런 똥 같은 얘기가 어떻게 시작되었다고 생각해? 교회의 말에 맞장구를 치는 그 돼지처럼 살찐 늙은 여자들을 서른 살에 할렘에 갖다놓은 게 누구라고 생각해?"

"나는 아니야."

"바로 너였어. 얀마, 네가 바로 그 사람이었어. 너희가 만든 그 오두막 사육장에서 흑인 여자는 섹스가 똥이라고 느끼게 되었고, 그래서 최대한 빨리 그걸 피해 그 흑인 엄마 역할 속에 숨어버린 거야, 응?"

"어, 그 여자들한테 섹스는 똥이 아니라고 얘기해줘."

"그 여자들은 내 말을 안 믿어, 척. 나는 셈에 들어가지 않는다는 걸 알거든. 나는 근육이 없잖아, 응? 나는 나의 흑인 여자들을 보호할 수 없잖아, 응? 내가 남자가 되는 걸 네가 허락하지 않으니까."

"그렇게 해. 남자가 돼."

스키터는 은실 팔걸이의자에서 일어나더니 방심하지 않고 등을 구부정하게 구부린 자세로 가짜 신발 수선공 벤치 주위를 빠르게 한 바퀴 돌고 나서 질이 앉은 소파로 가 키스를 한다. 깜짝 놀란 그녀의 두 손이 경련을 일으키다 함께 얽혀 허벅지 위에 놓이더니 움직이지 않는다. 머리는 뒤로 당겨지지도, 힘이 들어가며 앞으로 기울어지지도 않는다. 식蝕을 일으키는 천체 같은 스키터의 아프로 때문에 래빗에게 질의 눈은 보이지 않는다. 넬슨의 눈은 보인다. 물이 고인 따뜻한 구멍이다. 너무 어둡고, 너무 안쓰러워 래빗은 그곳을 핀으로 찌르고 싶다. 아이에게 이보다 더 심한 일도 있다고 가르치고 싶다. 스키터는 키스를 멈추고 몸을 일으켜 입에서 질의 침을 닦아낸다. "즐거운 전리품이야. 척, 마음에 들어?"

"상관없어. 질이 상관없다면."

질은 눈을 감았다. 열린 입으로 작은 거품을 물고 있다.

"질은 상관없지 않아요." 넬슨이 항의한다. "아빠, 못하게 해요!"

래빗이 넬슨에게 말한다. "잘 시간이야, 안 그래?"

래빗은 스키터에게 신체적으로 매혹된다. 태양에서 배제된 혀와 손바닥과 발바닥은 창백하면서도 광택이 난다. 피부의 종류가 다른 걸까? 흰 손바닥은 절대 그을리지도 않는다. 그의 피부 광택은 독특하게 반짝인다. 얼굴에서 아주 섬세하게 빚어서 마무리해놓은 어떤 것, 그것이 여남은 개의 윤이 나는 지점에서 빛을 반사한다. 그것에 비하면 하얀 얼굴은 얼룩이다. 아직 다 마르지 않은 퍼티다. 그의 몸짓은 기름을 칠한 듯 묘하게 우아하다. 도마뱀의 움직임처럼 빠르면서도 주의깊고, 포유류의 지방으로부터 자유롭다. 그의 집안에 있는 스키터는 섬세하게 만든 전기 장난감 같은 느낌을 준다. 해리는 그를 만지고 싶지만 감전될까봐 겁이 난다.

"괜찮아?"

"별로." 질의 목소리가 침대의 그의 옆자리보다 먼 곳에서 나오는 느낌이다.

"왜?"

"무서워서요."

"뭐가? 내가?"

"아저씨하고 스키터가 함께 있는 게요."

"우리는 함께 있지 않아. 죽어라 서로를 미워해."

그녀가 묻는다. "언제 스키터를 쫓아낼 거예요?"

"그럼 스키터는 감옥에 들어갈걸."

"알았어요."

그들 위로 비가 묵직하다. 모든 곳을 때려대며, 늘 새던 그 굴뚝 굽도리널 속으로 파고든다. 그는 침실 천장에 넓은 갈색 얼룩이 번지는 모습을 그려본다. 그가 묻는다. "너하고 스키터는 뭐야?"

그녀는 대답하지 않는다. 번쩍이는 불빛에 그녀의 돋을새김을 한 듯한 여윈 옆모습이 밝혀진다. 몇 초가 지난 뒤 천둥이 도착한다.

그가 수줍게 묻는다. "스키터가 너한테 계속 지분거려?"

"이제 그런 식은 아니에요. 그건 재미없대요. 지금은 다른 식으로 나를 원해요."

"도대체 어떤 식으로?" 가엾은 아이, 미칠 듯이 의심이 많은 아이.

"나더러 하느님 이야기를 해달래요. 메스크*를 갖다주겠대요."

다음 번개에는 천둥이 좀더 바짝 쫓아온다.

"미쳤군." 하지만 흥미진진하다. 어쩌면 이 아이가 할 수 있을지도 모른다. 어쩌면 스키터는 베이브가 피아노에서 음악을 끌어내듯이 이 아이에게서 음악을 끌어낼 수 있을지 모른다.

"저 사람은 미쳤어요." 질이 말한다. "나는 다시는 약에 빠지지 않을 거예요."

"내가 뭘 할 수 있을까?" 래빗은 마비된 느낌이다. 비, 천둥 때문에, 자신의 호기심 때문에, 그런 조합이 쪼개져 열리기를 바라는, 재앙이 일어나고 구원을 받기를 바라는 희망 때문에.

질이 소리치지만 바로 그때 천둥이 치는 바람에 그는 다시 이야기해 달라고 말할 수밖에 없다. "아저씨가 관심을 가지는 건 부인뿐이에요." 그녀는 위를 향해, 하늘의 혼란에 대고 소리친다.

파자세크가 뒤에서 다가와 전화 이야기를 중얼거린다. 래빗은 천천히 몸을 끌어올린다. 술로 인한 숙취보다 심하다. 그만해야 한다. 매일 밤이다. 자신을 다잡아야 한다. 다잡아라. 화를 내라. "재니스, 제발―"

"재니스 아냐, 해리. 나야. 페기."

"아. 안녕. 일은 잘 풀려? 올리는 어때?"

"올리 얘긴 관둬. 다시는 내 앞에서 그 인간 이름을 부르지도 마. 몇 주 동안 빌리를 보러 오지도 않았고, 아이를 키우는 데 일절 보탠 것도

---

* 흥분제의 일종으로 환각 작용을 일으키는 약물인 메스칼린.

없어. 마침내 나타났을 때는 뭘 가져왔는지 알아? 그 인간은 천재야, 절대 알아맞히지 못할 거야."

"미니바이크를 한 대 더 가져왔어?"

"강아지. 골든레트리버 강아지를 데려왔단 말이야. 빌리는 학교에 가고 나는 매일 여덟시에서 다섯시까지 일을 하는데 도대체 우리더러 강아지를 어쩌라는 거야?"

"일자리를 얻었구나. 축하해. 무슨 일을 해?"

"영퀴스트에 있는 브루어피얼티에서 테이프 천공을 해. 모든 기록을 컴퓨터 테이프에 담는 회사야. 일이 너무 지루해 비명이 나올 뿐 아니라, 실수를 해도 알 수도 없어. 그냥 테이프에 찍힌 구멍일 뿐이니까, 이 모든 수수료가 말이야."

"멋들어진 것 같은데. 폐기, 일 이야기가 나와서 말인데, 여기서는 내가 전화를 받는 걸 좋게 보지 않아."

그녀의 목소리가 뒤로 물러나며 위엄을 띤다. "미안하게 됐어. 넬슨이 옆에 없을 때 이야기하고 싶었거든. 올리가 다음 일요일에 넬슨하고 낚시를 가기로 했어, 이번 일요일이 아니고. 그래서 혹시, 네가 나한테 먼저 말하지 않아서 하는 말인데, 토요일에 넬슨을 데려올 때 저녁을 먹을 생각이 있는지 궁금해서."

그녀의 열린 목욕 가운, 그 치골의 검은 부분, 은색 임신선, 하지만 다 네 맘대로 될 거라고 생각하진 마. 다 네 맘대로 될 거라고 생각하라는 뜻. "아주 좋을 것도 같은데." 그가 말한다.

"좋을 것도 같다."

"좀 봐야 해, 요즘에는 묶인 게 많아서—"

"그 인간 아직 안 갔어? 쫓아내, 해리. 그 인간은 지금 믿을 수 없을 정도로 너를 이용해먹고 있는 거라고. 안 가겠다고 하면 경찰을 불러. 정말이야, 해리, 너는 너무 지나치게 수동적이야."

"그래. 아닐 수도 있고." 사무실 문을 닫은 뒤 견고한 밝은 빛을 뚫고 그의 기계를 향해 발걸음을 떼어놓고 나서야 그는 어젯밤의 마리화나가 그를 사로잡는 것, 조수처럼 무릎을 끌어당기는 것을 느낀다. 두 번 다시 하지 말아야 한다. 예수에게 다른 길을 찾아달라고 해야 한다.

"베트남 얘기를 해줘, 스키터." 풀이 피와 섞이자 그는 그들 모두와 아주 가까워진, 아주 가까워진 느낌이 든다. 유목 램프, 불안하게 엉켜 있는 넬슨의 초가지붕 같은 머리, 발목에서 약간 형태가 무너진 질의 맨다리. 그는 그들을 사랑한다. 모두를. 그의 목소리가 그들의 눈 뒤로 들어갔다 나왔다 한다. 스키터의 붉은 눈이 천장을 향해 구른다. 그를 위한 물건들이 천장을 뚫고 쏟아져내리고 있다.

"왜 그 얘기를 듣고 싶은 건데?" 그가 묻는다.

"나는 거기 없었으니까."

"네가 거기 있었어야 한다고 생각하는구나, 응?"

"그래."

"왜 그래야 하는데?"

"모르겠어. 의무. 죄책감."

"아니죠, 선생님. 거기가 화끈한 곳이니까 있고 싶었던 거겠죠, 응?"

"그래."

"거기가 가장 좋은 곳이었다." 스키터가 말한다. 꼭 질문으로 하는 말은 아니다.

"뭐 그런 거지."

스키터가 말을 이어가며 슬슬 몰아간다. "네가 그렇게 불알이 없는 것처럼 느끼지 않을 수 있었던 곳이었지, 응?"

"모르겠어. 말하고 싶지 않으면 하지 마. 텔레비전이나 켜자고."

"〈모드 스쿼드〉를 할 거예요." 넬슨이 말한다.

스키터가 설명한다. "박지 못하면, 지저분한 사진이 있어도 소용없어, 응? 만일 할 수 있다면, 그때도 지저분한 사진은 소용없어."

"알았어, 아무 얘기도 하지 마. 그리고 넬슨 앞에서는 말조심해."

밤에 질이 침대에서 그를 향해 몸을 돌릴 때 그는 그녀의 젊은 몸의 익지 않은 단단함이 그를 물리친다고 생각한다. 그의 내부의 연기가 그의 욕망을 사타구니와 단절시킨다. 그는 가볍게 스쳐가는 욕망으로만 가득하기 때문에 그녀의 여자로서의 요구, 어느 정도는 그가 그녀의 어린 몸에서 만들어냈다고 할 수도 있는 요구에 직접 응답할 수가 없다. 그는 마음으로 그녀의 입이 스키터의 키스로 더럽혀지는 것을 보고, 그녀가 그의 빛나는 독으로 썩어가는 것을 느낀다. 또 그녀가 전에 부자였다는 것도 용서할 수가 없다. 그럼에도 이런 밤의 거부로, 이런 고요한 굴욕으로 그의 안에서 뭔가 부자연스러운 것, 사랑일 수도 있는 것이 강해지는 걸 느낀다. 그녀 쪽은 그에게 더욱더 달라붙는 느낌이다. 그들은 그녀가 사과를 찾아 까닥거리는 어린 소녀처럼 그의 위에 올라탔던 그 밤으로부터 멀리 떠나온 것이다.

올가을 넬슨은 축구를 발견했다. 중학교에는 축구팀이 있고, 여기에서는 그의 작은 몸집이 아무런 약점이 되지 않는다. 오후에 해리가 집에 오면 아이는 검은색과 흰색 오각형들을 꿰매넣은 공을 차고 있다. 사용하지 않는 농구 백보드 밑의 차고 문을 향해 차고 또 찬다. 공이 튀어 넬슨 옆을 지나가자 해리는 공을 집어든다. 그의 두 손에 들린 공은 괴상하게 봉합되어 있는 듯한 느낌을 준다. 그는 농구 골대에 슛을 해본다. 깨끗하게 빗나간다. "감각이 사라졌구나." 그가 말한다. "이상한 느낌이야," 그가 아들에게 말한다. "늙는다는 건. 뇌는 명령을 내보내는데 몸은 다른 쪽을 보고 있으니."

넬슨은 다시 공을 계속 찬다, 맹렬하게, 발 옆쪽으로, 이미 닳아서 페인트가 사라진 문의 한 지점을 향해. 아이는 공을 무릎 아래쪽에서 완전히 멈춰 잡는 기술을 이미 익혔다.

"다른 둘은 어디 있니?"

"안에요. 웃기는 짓을 하고 있어요."

"얼마나 웃긴데?"

"알잖아요. 어떤 짓을 하는지. 약에 취해서. 스키터는 소파에서 자고 있어요. 보세요, 아빠."

"왜?"

넬슨은 공을 한 번, 두 번 찬다. 있는 힘껏. 마침내 튀어나온 공이 아이의 옆으로 지나가고 아이는 말할 용기가 생겼다. "이 동네 애들이 싫어요."

"어떤 애들? 나는 한 명도 못 봤는데. 내가 어렸을 때는 다들 거리에 나와 놀았는데."

"요샌 텔레비전을 보고 리틀리그에 가고 그래요."

"걔들이 왜 싫어?"

넬슨은 공을 가져와 한쪽 발에서 다른 쪽 발로 옮기는 행동을 반복한다. 발이 손만큼이나 교묘하게 움직인다. "토미 프랭크하우저가 그러는데, 우리가 검둥이하고 함께 산다면서, 걔네 아버지가 그것 때문에 동네가 망가진다고 우리가 조심하는 게 좋을 거라고 했대요."

"그래서 너는 뭐라 그랬어?"

"너나 조심하라고 그랬어요."

"싸웠니?"

"난 싸우고 싶었는데 걔는 그냥 웃기만 하더라고요. 같은 학년인데도 걔가 저보다 머리 하나는 더 크거든요."

"걱정하지 마, 곧 따라잡을 거야. 우리 앵스트롬 집안은 다 늦게 꽃이 피어."

"걔네들이 싫어요, 아빠, 싫단 말이에요!" 그러면서 아이가 공을 머리로 받는다. 공은 주차장 지붕의 그림자 선 지붕널*을 맞고 튄다.

---

* 높낮이를 두어 그림자가 생기게 만든 지붕널.

"아무도 미워하면 안 돼." 해리는 그렇게 말하고 안으로 들어간다.

부엌에서 질은 토막낸 양고기가 담긴 팬을 내려다보며 울고 있다. "불꽃이 계속 너무 커져요." 그녀가 말한다. 가스불을 너무 낮춰놓아서 파란 젖꼭지 같은 작은 불꽃이 톡톡 튀고 있다. 그가 불꽃을 높이자 질은 비명을 지르며 그에게 쓰러져 얼굴로 그의 가슴을 누른다. 즐거움이 깃든 짙은 녹색 눈으로 위를 흘끗 본다. "잉크 냄새가 나요." 그녀가 말한다. "온통 잉크네, 아주 깨끗해, 꼭 새 신문 같아. 매일, 새 신문이 문으로 와."

그는 그녀를 꼭 끌어안는다. 그녀의 눈물이 따끔거리며 그의 셔츠를 파고든다. "스키터가 뭘 좀 먹여줬어?"

"아뇨, 아빠. 애인이란 뜻으로 불러봤어요. 우리는 하루종일 집안에서 퀴즈쇼만 봤어요. 스키터는 이제 퀴즈쇼에 늘 니그로 부부가 나온다고 싫어해요, 허울뿐인 인종차별 폐지라면서요."

그는 그녀의 입냄새를 맡는다. 그녀가 약속한 대로 아무것도 없다. 술도, 풀도. 그냥 순수의 맛뿐. 희미한 설탕의 느낌뿐. 포치의 그네와 땀방울이 맺힌 주전자가 눈앞을 스쳐간다. "차 냄새네." 그가 말한다.

"정말 우아한 작은 코네." 그의 코 이야기다. 그녀는 그 코를 꼬집는다. "맞아요. 스키터하고 나는 오늘 오후에 아이스티를 마셨어요." 그녀는 계속 그를 애무하고, 그에게 몸을 비비고, 그를 슬프게 만든다. "아저씨는 온 데가 다 우아해요." 그녀가 말한다. "아저씨는 거대한 눈사람이에요. 온 데가 다 반짝거려요. 다만 코에 당근이 달려 있지 않은 게 다르죠. 아저씨 당근은 여기 있거든요."

"야." 그가 말하며 뒤로 펄쩍 뛴다.

질이 그에게 다급하게 말한다. "나는 스키터보다 아저씨 거기가 좋아요. 포경수술을 받으면 남자는 추해지는 것 같아요."

"저녁 준비할 수 있어? 너는 위에 올라가 눕는 게 좋을지도 모르겠다."

"아저씨가 이렇게 빡빡하게 굴 때가 싫더라." 그녀는 그렇게 말하지만 미움은 담겨 있지 않다. 바구니를 흔들며 집으로 어슬렁어슬렁 걸어가는 아이처럼 목소리가 흔들린다. "내가 저녁을 준비할 수 있느냐고요? 나는 뭐든지 할 수 있죠. 날 수도 있고, 남자들을 만족시킬 수도 있고, 하얀 차를 몰 수도 있고, 프랑스어로 수도 조금 셀 수 있어요. 보세요!" 그녀는 드레스를 허리까지 쭉 걷어올린다. "나는 크리스마스트리예요!"

하지만 저녁상에 올라온 음식은 형편없다. 양고기는 고무처럼 질기고 뼈 부근은 푸르스름하다. 푹 익지 않은 콩이 입안에서 우적우적 씹힌다. 스키터가 접시를 옆으로 밀어낸다. "이 말라붙은 좃물은 먹을 수가 없어. 나는 그 정도로 원시적이지는 않단 말이야, 응?"

넬슨이 말한다. "먹을 만해, 질."

하지만 질은 안다. 그래서 여윈 얼굴을 숙인다. 눈물이 그녀의 접시로 떨어진다. 이상한 눈물. 슬픔의 신호라기보다는 화학적 응결물이다. 라일락이 봉오리를 밀어내듯이 그녀가 밀어내는 눈물. 스키터가 계속 그녀를 놀린다. "나를 봐, 이 여자야. 어이, 이 씨발년아, 내 눈을 보라고. 뭐가 보여?"

"네가 보여. 온통 설탕이 뿌려진 모습이."

"하느님이 보이지, 응?"

"아니."

"저기 저 커튼을 봐, 자기. 저 추한 수제 커튼을 보란 말이야. 벽지와 합쳐지는 듯한 곳을."

"하느님은 거기 안 계셔, 스키터."

"나를 봐. 보라고."

그들은 모두 본다. 스키터는 그들과 함께 살게 된 이후로 나이가 들었다. 염소수염은 덥수룩하게 자랐고, 피부는 포로처럼 팽팽하게 반들거린다. 오늘밤에는 안경을 쓰지 않았다.

"스키터, 하느님은 거기 안 계셔."

"계속 나를 봐, 이 씨발년아. 뭐가 보여?"

"내 눈에는, 진흙으로 빚어진 번데기가 보여. 검은 게가 보여. 방금 생각났는데, 천사는 곤충 같아. 다리가 여섯 개야. 그게 사실 아닐까? 그게 내가 너한테 해주기를 바라는 말 아니야?"

스키터가 그들에게 베트남 이야기를 해준다. 마치 천장이 영화관 스크린이나 되는 것처럼 고개를 뒤로 젖힌다. 제대로 이야기를 하고 싶지만 그 기억이 되살아나는 것이 겁나기 때문이다. "그게 끝날 때쯤이었어." 그가 천천히 말을 꺼내놓는다. "몸을 가리고 있을 지붕도 없었어. 짐승처럼 밖에서 비를 맞으며 서 있었지. 뿌리가 쿡쿡 찌르는 땅속의 구멍에서 잤어. 있잖아, 그러고도 살 수 있었어. 그걸로 죽지 않았어. 흥미로운 일이었지. 마치 다른 세상에도 삶이 있다는 걸 배우는 것 같았어. 수색 작전중이었어. 왜 그 모자를 쓴 자그마한 늙은 노랭이 하나가 나와서 닭을 팔곤 했지. 길거리에서 인형처럼 예쁜 작은 여자애들이 스맥*을 팔았고. 신문사 사진기자들이 던져주곤 하는 작은 캔에 담아서 말이야, 응? 아주 복잡했어. 그물이 없어"—그가 손을 들어올린다—"그걸 다 담아 넣을 그물이."

천장의 구멍을 통해 그를 향해 색색의 조각들이 쏟아져내린다. 녹색, 추한 녹색 기계들이 추한 녹색 덤불을 잡아먹고 있다. 수륙양용차의 타이어에 눌린 빨간 진흙에 무늬가 박히며 물이 스며나온다. 에메랄드빛 논, 거기 심어진 식물 하나하나가 모노그램처럼 순수하게 물에 반사된다. 다른 중대 출신 한 사내의 허리띠 밑에서 시든 살구처럼 말라가고 있는 인간 귀들의 색깔, 노란색. 하얀 양복을 입은 끈끈한 사내가 계속 떠안기지만 작은 조각상처럼 섬세해서 도저히 손을 댈 수 있다고 믿어지지 않았던 그 가냘픈 작은 창녀들이 "흑인 미군, 넘버 원, 대따 큰 자지, 비엣 여자들 빠는 거 좋아해" 하고 말할 때 입고 있던 아오자이 파자마의 검은색. 피의 빨간색이 아니라, 그의 중대의 한 사내가 행운을 위해 헬멧 안에 넣고 있던 다이아몬드 에이스의 빨간색. 행운을 비는 그 모든 잡동사니들. 녹인 납으로 만든 평화의 상징들, 사랑의 구슬들, **사랑, 예수, 어머니, 나를 깊이 묻어주오** 등의 말이 적힌 구슬들, 고무 타이어를 잘라 만든 아주 작은 호찌민 샌들, 기독교 십자가, 팬텀기가 앞쪽 길에 떨어뜨린 십자가 모양의 폭탄, 며칠 신으면 끈이 군화에 남기는 X자들, 긴 우편물자루처럼 묶은 반짝거리는 녹색 시

---

* 헤로인을 가리키는 속어.

체 운반용 부대, 붉은 먼지, 파란 연기 위의 태양, 딩크*들이 러시아제 소총을 들고 난초보다 조용히 기다리고 있는 정글에 지붕처럼 덮인 식물 사이를 기둥처럼 뚫고 들어오는 햇빛. 이 모든 것이 그에게로 굴러 떨어진다. 그는 압도당한다. 그는 이 종이 벽 너머에도 세상들이 실제로 존재한다는 사실을 이 세 흰둥이에게 결코 이해시킬 수 없다는 것을 안다.

"그냥 소리만으로도 끔찍해." 스키터가 말한다. "그 '비'-우호적인 박격포탄이 내가 있는 구멍 근처에 떨어지면 마치 거기 벽이 하나 생기는 것 같아. 크고 단단한, 5미터 두께의 소리 벽이. 그리고 나는 그냥 잘난 척 떠벌리기나 하는 벌레 한 마리에 불과해. 저 위에서는 언제든지 날 밟아버릴 수 있지. 그건 개네들한테는 중요하지 않아, 응? 정말로 정신이 날아가버려. 죽은 사람들, 죽은 사람들은 정말 괴상해. 그 사람들은 정말—죽었어. 고양이가 잔디밭에 물어다 놓은, 씹다 만 뻣뻣한 쥐처럼. 내 말은, 죽은 사람들은 완전히 벗어나 있다는 거야. 아주 평화로워. 그것을 표현할 말이 없어. 바로 어젯밤에 오슈코시에 있는 자기 여자 이야기를 하도 실감나게 하는 바람에 딸딸이를 치게 만들었던 쫄병, 베트콩이 클레이모어를 걸어놓는 바람에 그 쫄병의 두 다리는 이쪽으로 날아가고 몸통은 다른 쪽으로 날아가. 심했어. 이렇게들 말하곤 했지, '엄청 아팠겠다.' 그게 실제로 있었던 일이야."

넬슨이 묻는다. "쫄병이 뭐예요?"

"쫄병은 걸어다니는 보병이지. 가장 밑에 있는 쫄따구야, 응? 소총

---

* 베트콩.

을 들고 오지를 열심히 돌아다니는 일반 징집 병사지. 녹색 기계는 아주 영리해. 징집병들은 숲속에 내보내 폭탄에 날아가게 하고, 재입대 병들은 롱빈에 앉아 기자들한테 전사자 수나 얘기하게 해. 찰리 중대는 험한 산에 갖다놓지만, 나더러 재입대하라고는 하지 않았어. 나는 빨아먹을 만큼 빨아먹었으니까, 응?"

"나는 내가 찰리인 줄 알았는데." 래빗이 말한다.

"나는 베트콩이 찰리인 줄 알았어요." 넬슨이 말한다.

"너희가 찰리야, 베트콩이 찰리야, 나도 찰리야, 모두가 찰리야. 나는 찰리를 뜻하는 C중대였어. 1사단 28보병대 2대대였지. 우리는 동나이강 아래위로 온통 제멋대로 엉켜 있었어." 스키터는 텅 빈 천장을 보며 생각한다. 나는 그렇게 하고 있지 않아, 나는 제대로 말하고 있지 않아, 대충 줄여서 팔아먹고 있어. 거룩한 게 가장 이야기하기 힘들어. 그가 말한다. "찰리의 핵심은, 걔가 어디에나 있다는 거야. 남에서는 모두가 찰리야, 응? 모든 콩이 찰리야. 그래서 늙은 여자, 어린 아이를 발라버리는 것도 상관 안 해, 그런 노파나 아이가 밤에 죽창을 심을지도 모르니까, 물론 심지 않을 수도 있지, 그건 상관없어. 사실 많은 게 상관없어. 남은 엉클 샘의 세계에서 흑과 백이 상관없는 유일한 곳이 틀림없어. 정말이야. 백인 애들이 나 때문에 죽기도 했어. 육군은 흑인한테 정말 잘해줬지. 흑인의 몸도 다른 누구의 몸 못지않게 총알받이로 훌륭하니까. 그래서 우리를 거기에 갖다놓는 거지. 우리가 고마워하지 않는다고 생각하지 마, 우리는 정말로 고마워해, 우리는 부지런히 그 총알을 막아, 우리는 백인들과 나란히 죽어서 아주 행복해." 하얀 천장은 여전히 텅 비어 있지만 웅웅거리기 시작한다. 허공 속으로 구부러지기 시작한다. 계속 기운을 내서 이런 흐름을 따라 이야기를 해나가야만 한다. "한 아이가 기억나. 너 때문에 이런 식으로 돌이키게 되다니 싫지만. 이걸 잊을 수만 있다면 불알 한 쪽이라도 내줄 텐데 말이야. 어쨌든 그 아이는 어둠 속에서 맞았어. 베트콩 박격포가 해질 때부터 우리를 계속 두들겨패고 있었거든. 우리는 애초에 그 골짜기에 들어가면 안 되는 거였어. 그 아이는 창자가 쏟아진 채 어둠 속에 누워 있었지. 나는 걔를 보지 못했어. 그래서 서둘러 경계선에서 돌아오는 길에 걔 내장을 밟고 말았어. 꼭 젤리 조각을 밟는 것 같았지. 아니, 더 심했어. 걔는 비명을 지르더니 바로 그 자리에서 죽었어. 그때까지 죽지 않았던 거야. 또 한번은 우리 넷이 정찰을 나갔어. 걔네들이 AK-47 한 무더기를 갈겨댔어. M-16하고는 완전히 다른 소리가 나지. 딱딱거리는 소리야, 알아? 그렇다고 아주 후진 소리는 아니지만. 우리는 꼼짝도 못했어. 우리하고 함께 있던 아이, 테네시에서 온 백인 아이였는데, 평생 면도를 하지 않는, 모세처럼 무식한 아이였는데, 덤불 속으로 미끄러져가더니 걔네들을 쓸어버렸어. 걔를 데리러 가보니 총알이 애를 두 동강 냈더라고. 한 사람이 그렇게 계속 쏴대는 건 불가능한 일이지. 심했지. 그런 심한 걸 보고도 눈알을 계속 유지할 수는 없다고 생각해. 이 불쌍한 비우호적 인간들, 걔네들은 바로 머리 위에 네이팜을 불러들여. 은색 캔들이 계속해서 굴러내리지. 그럼 걔들은 덤불에서 나와 바로 우리를 향해 달려와, 불을 지르고 총을 쏘면서, 총알을 뱉어내고 무슨 퍼레이드의 횃불처럼 불을 피우면서 말이야. 바로 우리가 있는 참호 안으로 굴러들어와. 네이팜에서 벗어날 수 있는 유일한 곳은 우리 경계선 안이라는 걸 파악한 거지. 그럼 걔네들 입을 닥치게 하기 위해서라도 쏘게 돼. 기지의 구두 닦는 애들하고 얼굴이 비슷한 어린 아이들이야. 하지만 그러다보면 죽이는 것도 그렇게 나쁘다는 느낌이 들지 않았어, 물론 한 번도 좋다는 느낌은 없었지만, 그냥 그래야 했어, 오줌을 누는 것처럼. 응?"

"나는 별로 더 듣고 싶지 않아요." 넬슨이 말한다. "구역질이 나려고 해요. 그리고 텔레비전에서 〈서맨사〉를 해요."

질이 넬슨한테 말한다. "스키터가 말하고 싶으면 계속 말하게 해줘야 돼. 그 얘기를 하는 게 스키터한테 좋아."

"실제로 일어난 일이야, 넬슨." 래빗이 그에게 말한다. "실제로 일어나지 않았다면, 너더러 구태여 이런 이야기를 들으라고 하지도 않을 거야. 하지만 실제로 일어났고, 따라서 우리는 그것을 받아들여야 해. 우리 모두 어떤 식으로든 감당해야 돼."

"슐리츠로."

"모르겠네요. 기분이 더러워요. 진저에일."

"해리, 너는 지금 평소의 네가 아니야. 어떻게 지내냐? 재니스한테서는 무슨 소식 있어?"

"없어요, 다행히도. 엄마는 어때요?"

노인은 외설적인 일을 털어놓으려는 듯이 가까이 다가온다. "솔직히, 한 달 전에 비하면 누구도 감히 바랄 수 없을 정도로 좋아졌어."

이제 스키터는 천장에서 뭔가를 본다. 흰색 위에 흰색이지만, 흰색끼리 서로 다르다. 하나의 흰색이 구멍에서 나와 다른 흰색 속으로 쏟아져들어간다. 그가 묻는다. "우주가 어떻게 이루어졌는지 이야기하는 이론이 두 가지 있다는 거 알아? 한쪽에서는 빅뱅이 있었다고 말하지, 성경에서처럼 말이야. 우리는 여전히 그 흐름에 올라타 있다는 거야, 모든 것이 순식간에 무에서 터져나왔다는 거지, '선한 책'이 말하는 것처럼, 응? 그런데 재미있는 건, 모든 증거가 그걸 뒷받침한다는 거야. 이제 다른 이론, 내가 더 좋아하는 이론에서는 그냥 그렇게 보일 뿐이라고 말해. 그 이론에 따르면, 사실은 하나의 꾸준한 상태가 있는 거래. 모든 게 밖으로 팽창하는 건 사실이지만, 무에 가깝게 얇아지지는 않는다는 거지. 이 무 안에 있는 이상한 구멍들을 통하여 정확히 어디라고도 할 수 없는 곳에서 새로운 뭔가가 쏟아져들어온다는 거야. 내가 보기에는 그게 맞는 것 같아."

래빗이 묻는다. "그게 베트남하고 무슨 상관이 있어?"

"거기가 그 지역의 구멍이야. 세상이 자기를 고치고 있는 곳이지. 우리가 먹고 있는 우리 자신의 꼬리야. 우리한테 있을 수밖에 없는 바닥이지. 안을 들여다보고 저 아래 있는 어두운 물에 비친 자기 얼굴에 겁을 먹게 되는 우물이야. 흔히 하는 말로 넘버원이자 넘버텐이지. 거기가 끝이야. 거기가 시작이고. 아름다워, 사람들이 그 진흙탕에서 아름다운 일들을 해. 하느님이 끝까지 밀어붙이고 있는 곳이야. 하느님이 오고 있어, 척, 베이비척, 레이디척, 하느님을 안으로 들여. 쓰러뜨리고 쏴죽여. 해가 끝까지 타오르고 있어. 달이 붉게 변하고 있어. 달은 엄마의 두 다리 사이에서 빨갛게 빛나는 아기 머리야."

넬슨은 비명을 지르며 두 손으로 귀를 덮는다. "이런 거 싫어요, 스키터. 아저씨 때문에 무서워요. 나는 하느님이 오는 거 싫어요, 그냥 지금 있는 데 그대로 있으면 좋겠어요. 나는 이렇게"—아이의 아버지, 해리, 방안의 큰 남자처럼—"평균적으로 평범하게 크고 싶어요. 아저씨가 전쟁 얘기 하는 거 싫어요, 아름답게 들리지 않고 무시무시하게 들려요."

스키터의 눈길이 천장에서 아래로 떨어지더니 아이에게 초점을 맞추려 한다. "그래," 그가 말한다. "너는 여전히 살고 싶어하는구나, 여전히 붙잡혀 있구나. 너는 여전히 노예야. 가자. 가자고, 꼬마야. 노예가 되지 마. 있잖아, 심지어 저 사람도, 네 대디척도 배우고 있잖아. 어떻게 죽는지 배우고 있잖아. 저 사람은 배우는 게 늦기는 하지만, 하루하루 받아들이면서 나아가잖아, 응?" 그는 광적인 충동에 사로잡혀 있다. 그것에 자신을 맡긴다. 아이는 소파에 질과 함께 앉아 있는데 스키터가 그 앞에 가서 무릎을 꿇는다. 그는 무릎을 꿇고 말한다. "선한 주님을 문밖에 세워두지 마, 넬리. 너 같은 어린 아이가 둑의 구멍에 손가락을 집어넣는 거야. 그걸 빼. 그게 나오게 놔둬. 내 머리에 손을 얹고 선한 주님을 밖에 두지 않겠다고 약속해. 주님이 들어오시게 해. 늙은 스키터를 위해 그렇게 해, 스키터는 아주 오래 상처를 받았거든."

넬슨이 스키터의 공 같은 머리카락에 손을 얹는다. 손이 깊숙이 가라앉자 눈이 휘둥그레진다. 아이가 말한다. "아저씨한테 상처 주고 싶지 않아요, 스키터. 누구도 누구에게 상처 주는 걸 바라지 않아요."

"너는 축복을 받을 거야, 꼬마." 스키터는 자신의 어둠 속에서, 마치 구름을 뚫고 타오르는 해처럼 머리카락 속에서 꼼지락거리는 손을 통해 축복이 흘러내리는 것을 느낀다. 이 아이를 조롱하면 안 된다. 부드럽게, 슬며시, 광기의 덩굴들을 헤치며, 그의 심장이 확신에 다가간다.

래빗의 목소리가 폭발한다. "젠장. 이건 그냥 싸워야만 하는 더러운 작은 전쟁일 뿐이야. 네가 우연히 거기 있었다는 이유로 거기서 종교적인 걸 끌어낼 수는 없어."

스키터는 일어서서 이 남자를 파악해보려 한다. "네 문제는," 그의 눈에는 그게 보인다. "너는 여전히 상식으로 어수선하다는 거야. 상식은 헛소리야, 인마. 낮에는 그런대로 버티게 해주지만, 밤에는 외로워져. 상식은 지식을 가로막아. 너는 그냥 알지 못하는 거야, 척. 너는 심지어 지금이 존재하는 모든 시간이란 것도 알지 못하는 거야. 너한테 일어나는 일, 그게 일어나는 모든 일이야, 응? 네가 바로 그거야, 응? 네가. 그거라고. 나는 그걸 말해주러 내려왔어"―그가 갈색 크레용 같은 손가락으로 천장을 가리킨다―"이 이천 년이 흐르는 동안 어느 지점에선가 너희들이 그걸 다시 다 까먹고 말았으니까, 응?"

래빗이 말한다. "말이 되는 소리를 해. 우리가 베트남에 있는 게 잘못된 거야?"

"잘못되었냐고? 인마, 그럴 수밖에 없는 일인데 어떻게 잘못일 수가 있겠어? 이 불쌍한 야만합중국은 그냥 자기 자신 그대로야, 응? 자기 자신이 되는 걸 막을 순 없잖아. 막으려면 누군가 널 위해 그걸 해줘야 한다고, 응? 하지만 그렇게 해줄 그런 큰 존재는 없어. 엉클 샘이 어느 날 아침 깨어나 자기 배를 내려다보니까 자기가 바퀴벌레가 된 게 보이는 거야, 어쩌겠어? 그냥 바퀴벌레가 된 채로 살아가는 거지, 그게 전부야. 발에 짓밟힐 때까지. 당장은 그렇게 밟아줄 신발이 없을 뿐이지, 응? 그래서 그냥 바퀴벌레 짓을 계속하는 거야. 나는 그 크래커 풀덜이나 얼마 전 대학의 모든 퀴어의 자지가 서게 했던 그 찰리 매카시 같은 백인 자-유-주의자가 아니야, 베트남이 무슨 실수라고 생각하지 않는다고, 우리가 그 동굴에 사는 원시인들을 공직에서 끌어내기만 하면 바뀔 수 있다고 생각하지 않는다고, 그건 실수가 아니야, 응? 어떤 대통령이 나타나든 그걸 사랑하게 된다고, 그거 자-유-주의의 자지이자 딩동댕 보지야. 그 크래커들은 자기 어머니 엉덩이를 하도 오래 핥는 바람에 앞은 어떻게 생겼는지 잊어버렸어. 자-유-주의가 뭐야? 세상에 기쁨을 가져오는 거잖아, 응? 서로 잡아먹는 싸움에 설탕을 적당히 뿌려 전체적으로 맛이 좋게 해주는 거잖아, 응? 자, 이럴 때 베트남보다 멋진 게 뭐가 있을 수 있겠어? 우리는 계속 그쪽 해안을 열어둬야 해. 인마, 계속 열어두지 못하면 우리가 하는 일이 도대체 뭐겠어? 그런 씹 몇 개를 열어두지 않으면 돈하고 좆물이 어떻게 계속 흘러갈 수 있겠어? 베트남은 사랑의 행위야, 응? 남Nam하고 비교하면 일본을 두들겨팬 건 솔직히 추하지. 우리는 그때 추한 씨발놈들이었어. 하지만 지금은 진짜로 문명화된 동네잖아." 천장이 흥분한다. 그는 말의 재능이 자신에게 내려옴을 느낀다. "우리가 바로 그 동네야. 죽은 호Ho* 같은 늙은 바보들은 그걸 알지 못했을지도 모르지만, 우리야말로 세상이 바라 마지않는 것이라고. 록 음악, 스맥, 검은 좆, 엉덩이가 큰 차, 광고

---

* 호찌민을 가리킨다.

판, 우리야말로 그거 안에 푹 빠져 있지. 예수가 내려와, 주님이 이곳으로 내려온다고. 다른 나라들, 그건 소풍 같은 것들이야, 응? 우리는 지금 원숭이 똥을 쥔 거라고, 응? '임하는 나라'를 임하게 해. 그러면 우리는 세상을 빨갛게 달아오른 진짜 미국의 청록색 원숭이 똥 안에 질퍽거리게 만들 수 있어, 응?"

"응." 래빗이 말한다.

스키터는 고무되어 진실을 본다. "베트남," 그가 말한다. "남은 우리의 천국의 본질이 곪고 있는 곳이야. 베트남을 좋아하지 않으면 미국도 좋아할 수 없어."

"응," 래빗이 말한다. "그래."

다른 두 사람, 너무 많은 머리카락에 싸인, 주근깨가 박힌 창백한 얼굴들은 이런 맞장구에 겁을 먹는다. 질이 간청한다. "그만. 모든 게 아파." 스키터는 이해한다. 그녀의 피부 껍질이 벗겨지고 있다. 이 가엾은 여자아이는 별들을 향해 활짝 열려 있다. 이날 오후에 그는 그녀가 메스칼린을 몇 방울 먹게 했다. 그녀가 메스크를 먹는다면, 곧 스맥도 코로 들이마시게 될 것이다. 코로 들이마시면, 곧 주사도 놓을 것이다. 그는 그녀를 꽉 쥐고 있다.

넬슨이 간청한다. "텔레비전 좀 봐요."

래빗이 스키터에게 묻는다. "어떻게 거기서 다치지도 않고 햇수를 채웠지?"

이 하얀 얼굴들. 그의 완벽한 분노에 뚫려 있는 이 구멍들. 하느님은 하얀 구멍 같은 그 얼굴들을 통해 쏟아져들어오고 있다. 그는 그 분출을 막을 수 없다. 그것이 그의 눈으로 들어간다. 그가 어렸을 때 하느님이 백인 남자라고 가르치다니 그들은 나빴다. "당연히 다쳤지." 스키터가 말한다.

스키터의 지복至福

(어느 날 밤 질은 넬슨의 공책에 끼워넣는 종이에 녹색 사인펜을 이용해 자신만만하고 둥글둥글한 사립학교 글씨로 장난삼아 적는다)

권력은 헛소리다.

사랑은 헛소리다.

상식은 헛소리다.

혼란은 바로 하느님의 얼굴이다.

영원한 동일성 외에 흥미로운 것은 없다.

'나'를 통하지 않은 구원은 없다.

또 같은 날 밤 그녀는 넬슨이 찾아다 준 크레용으로 그림을 몇 점 그린다. 선으로 그린 그림은 귀엽고, 2학년 미술반에서 배운 솜씨에 머물러 있지만, 무엇을 닮았는지는 분명하다. 스키터는 물론 스페이드다. 거무스름한 단발머리 모양의 앞머리와 옆으로 흘러내린 머리카락이 과장되게 그려진 넬슨은 줄기 같은 목 위에 달린 클럽이다. 색깔이 거의 없는 머리카락도 턱이 뾰족한 얼굴과 같은 분홍색으로 칠해놓은 그녀 자신은 하트다. 따라서 래빗은 다이아몬드다. 다이아몬드 한가운데 아주 작은 분홍색 코가 있다. 수심에 잠긴 눈썹 밑에 작고 파랗고 졸린 눈이 있다. 거의 보이지 않는 입은 조금씩 갉아먹으려는 듯 들려 올라가 있다. 그 모든 것 둘레에 애정어린 화살표와 말풍선으로 누가 누구인지 밝혀놓고 녹색으로 갈겨 써놓았다. '미완성.'

　이런 어느 오후에 넬슨이 축구 연습을 끝내고 돌아오고 해리도 퇴근해서 집에 온 뒤, 모두 질의 포르쉐에 끼어 앉아 시골로 드라이브를 나간다. 래빗은 앞자리에 앉을 수밖에 없다. 넬슨과 스키터는 뒤의 반쪽짜리 좌석에 비집고 들어간다. 스키터는 문간에서 눈을 껌뻑이며 갓돌까지 종종걸음으로 달려와 차 안으로 들어오며 말한다. "이야, 밖에 나와 바람을 맞아본 지 정말 오래됐네, 허파가 아파." 질은 젊은 사람의 오만함으로, 다급하게, 빠르게 운전한다. 래빗은 연신 발로 바닥을 밟아대지만, 그곳에는 브레이크가 없다. 질의 서늘한 옆모습이 웃고 있다. 발레 슬리퍼를 신은 그녀의 작은 발은 가속페달을 반쯤 밟은 채 커브를 통과하고, 속도를 높여 거대한 트럭—집이 바퀴 위에 앉아 사납게 날뛰며 트림을 하는 것 같다—옆의 비좁은 곳을 아슬아슬하게 빠져나가지만, 반대편에서 돌진해오는 다른 트럭이 앞의 트럭과 엇갈리며 가위처럼 그들을 잘라 망각으로 집어넣을 것만 같다. 붉은 흙의 골짜기와 옅은 색 옥수수 그루터기들 사이의 직선으로 뻗은 길이다. 시골은 아름답다. 가을이 묵직한 펜실베이니아의 녹색을 걷어올렸고, 하늘에 걸려 있던 여름의 우윳빛은 가셨으며, 산은 호박색과 타오르는 주황색에 다가가고 있는데, 이제 한 달 뒤면 사냥철에 발밑에서 소리를 내며 부서지는 메뚜기 껍질의 색깔로 바뀔 것이다. 골짜기에는 작은 산불로 인한 아지랑이가 강물 위의 안개처럼 떠 있다. 질은 희게 칠한 담장과 사과나무 옆에 차를 세운다. 그들은 푹 익어 떨어진 사과 냄새가 구름처럼 덮인 곳으로 내려선다. 그들 발치에서 쫄쫄거리는 도랑둑에 자란 길고 축축한 풀 속에서 사과가 썩고 있다. 풀은 아직도 강렬한 녹색이다. 담장 너머 목초지는 가축이 뜯어먹어 갈색으로 깎여나갔지만, 소똥을 먹고 자란 우엉 덤불은 사람 키 높이다. 넬슨이 사과 하나를 집어들어 벌레 구멍을 피해 옆쪽을 깨문다. 스키터가 한마디 한다. "아이야, 그런 쓰레기는 입에 대지 마라!" 자연 속에서 벌레 먹은 과일을 본 적이 없는 걸까?

질이 드레스를 살짝 들어올리더니 도랑을 건너뛰어 담장의 거칠고 따뜻한 흰 널 하나를 잡고 담장 사이로 먼 곳을 살핀다. 어두운 피난처처럼 나무들이 우거진 곳에 사암으로 지은 농가 한 채가 차에 푹 젖은 각설탕처럼 반짝거리고, 바큇살이 영원히 정지한, 낡은 농장 수레의 바싹 여윈 넓은 바퀴가 펌프로 보이는 녹슨 기둥 같은 것 옆에서 기다리고 있다. 그것을 보자 그녀는 부두를 찾는 배들의 뱃머리 밧줄을 기다리는 로드아일랜드와 그 옆 해협의 녹슨 밧줄걸이가 떠오른다. 바닷물이 찰싹이는 곳에 세워진 것들은 죄다 녹이 슨 채 버려지고 소금에 표백되고 따개비가 붙어 있었다. 갈매기 같은 회색의 나무, 부두, 헛간, 물의 움직임에 따라 삐걱거리는 금속 위로 쏟아지는 여름 해. 이 내륙의 무르익음과는 사뭇 다른 느낌이었다. 그녀가 말한다. "가요."

그들은 다시 작은 차로 비집고 들어가고, 다시 트럭들이 나타난다.

그리고 주유소. 그리고 네온 육각형 간판들이 달려 있는 '더치' 레스토랑, 그리고 바람과 모든 냄새와 소리와 가능한 다른 세계에 대한 생각을 삼켜버리는 차의 속도. 브루어 남부에 활짝 펼쳐진 사암의 땅, 잡지 표지처럼 다듬어진 들판에 인쇄된 아만파의 농장들. 그러나 곧 도시 북쪽의 추한 산과 더 어두운 골짜기들로 바뀐다. 한때 원시적인 제철 산업이 전성기를 누리고 사람들이 벽돌로 건물을 지었던 곳이다. 대머리수리의 어깨 같은 박공벽과 지붕창이 있는 키가 크고 얼굴이 좁은 집들이 담장못이 박힌 옹벽 뒤의 반구형 잔디에 홰를 틀고 있다. 북쪽으로 15킬로미터 떨어진 이곳에서는 브루어의 부드러운 화분 빛깔 빨간색이 황소 피 같은 진한 붉은색으로 단단해진다. 아직 석탄 지역은 아니지만 나무들이 석탄 먼지로 시커멓다는 느낌이다. 래빗은 〈뱃〉에 시리즈로 연재된 이상한 살인 기사들이 떠오른다. 도끼로 찍고 끓는 물을 끼얹고 목을 졸라 죽인 사건들. 좁은 중심가에 황소 피 색깔의 교회와 강둑과 오드펠로* 회관이 있는 이 옹색한 골짜기들에서 벌어진 사건들이다. 이 거리들은 버려진 철로 위에서 비틀린 목처럼 갑자기 방향을 틀어 해가 들지 않는 협곡으로 들어가며 끝이 난다. 협곡에는 변색된 은빛 냇물이 흐르고, 이따금 그 내를 건너는 지붕 덮인 축축한 다리가 방울소리를 내며 차를 삼킨다.

래빗과 넬슨, 스키터와 질은 작은 차 안에서 서로 눌리면서도, 이 드라이브를 하는 동안 많이 웃는다. 아무것도 아닌 것에 웃고, 쏜살같이 스쳐지나가던, 턱받이가 있는 작업복 차림의 시골뜨기의 얼굴에 나타

---

* 18세기에 영국에서 창립된 비밀 공제 조합.

난 멍청한 표정을 보고 웃고, 우리 안의 위엄 있는 돼지들을 보고 웃고, 우편함의 이름들(힌너시츠, 포흐트, 슈튭나겔)을 보고 웃고, 너무 뚱뚱해서 트랙터 의자보다 좁은 데는 앉을 수 없을 것처럼 보이는 트랙터 모는 사람들을 보고 웃는다. 심지어 눈금이 1/2을 가리킬 만큼 연료가 충분한데도 작은 차가 갑자기 흔들리다, 안간힘을 쓰다, 느려지다, 브레이크를 밟은 것처럼 멈출 때도 웃는다. 질은 다른 차들을 피해 간신히 길가에 차를 댄다. 래빗은 밖으로 나와 엔진을 본다. 엔진은 뒤에, 가로로 길쭉한 통풍구들이 단정하게 자리잡은 후드 밑에 있다. 라이노타이프처럼 내부가 공개된 크고 투명한 것이 아니라, 얽히고 기름이 묻고 폐쇄된 단단한 기계다. 시동 장치는 돌아가지만 엔진은 움직이려 하지 않는다. 믿음으로 작동하는 폭발의 연쇄반응이 막혀버린 것이다. 그는 위급 상황을 표시하기 위해 후드를 열어놓는다. 스키터가 뒷좌석에서 웅크린 채 소리친다. "척, 네가 저 후드로 뭘 하고 있는지 알아, 좆같은 솜털을 부르는 거지!"

래빗이 그에게 말한다. "뒤에 있지 않는 게 좋을 거야. 다른 차가 뒤를 박을 수도 있어, 그런 일이 많아. 너도, 넬슨. 이리 나와."

가장 위험한 유형의 간선도로다. 3차선이다. 브루어에서 오는 통근 차량들이 먼지와 소음과 일산화탄소의 사태 속에서 몸을 떨며 지나간다. 멈춰주는 '착한 사마리아인'은 없다. 차는 주정부에서 가파른 땅이 무너져내리는 것을 막을 때 심는, 깃털이 달린 가느다란 지피地被식물의 씨가 뿌려진 제방에 멈춰 있다. 왕관살갈퀴라는 식물이다. 그 밑으로 박쥐나방들이 베어낸 옥수수밭을 스쳐지나가고 있다. 래빗과 넬슨은 바퀴 덮개에 기대 한 시간쯤 지나면 지평선까지 내려올 해가 그루

402

터기 그림자들이 가득한 들판의 코르덴처럼 섬세한 이랑들을 빛으로 채우는 것을 지켜보고 있다. 질은 어슬렁어슬렁 멀어지더니 아주 작은 데이지 비슷한 가을꽃 애스터로, 아주 가는 줄기에 달려 있어 마치 지상에서 몇 센티미터 떨어진 허공을 맴도는 새털구름 같은 느낌을 주는 그 꽃으로 새끼 꽃다발을 만든다. 질은 스키터에게 꽃다발을 주어 그를 끌어내려 한다. 그는 손을 뻗어 그녀의 손에서 꽃을 쳐낸다. 꽃은 흩어져 길가의 왕모래로 떨어진다. 포르쉐 안에서 그의 막힌 목소리가 들린다. "이 백인 씨발년, 이게 다 나를 경찰에 집어넣으려는 수작이야, 이 좆같은 차는 아무 문제가 없는 거지, 응?"

"차가 움직이지를 않아." 그녀가 말한다. 애스터 한 송이가 그녀의 발레 슬리퍼의 발가락에 얹혀 있다. 그녀의 얼굴은 표정을 벗어버렸다.

스키터의 목소리가 그 금속성 껍질 안에서 흐느끼고 으르렁거린다. "애초에 그 집 밖으로 나오면 안 된다는 걸 알고 있었어. 질, 자기야, 나는 이유를 알아. 그걸 멀리할 수가 없는 거지, 응? 아무런 의지가 없는 거야, 응? 의지를 갖는 것보다는 늙은 스키터를 법에 넘기는 게 쉬운 거야, 어이, 안 그래?"

래빗이 그녀에게 묻는다. "뭐라는 거야?"

"무섭다고 하는 거예요."

스키터가 소리를 지른다. "거기 멍청한 백인들, 저리 비켜. 나는 여기서 도망칠 거야. 저 담장 너머까지 얼마나 내려가야 돼?"

래빗이 말한다. "똑똑하게 움직여. 너는 여기 산간벽지에서는 정말 눈에 잘 띌 거야. 장작더미 속의 검둥이란 말도 못 들어봤어?"

"나한테 검둥이 소리 하지 마, 이 흰둥이 자지 같은 놈아. 한 가지만 말해주지, 나를 경찰에 넘기면 너를 완전히 발라버릴 거야, 필리에서 사람을 불러와야 한다 해도 그러고 말 거야. 나 하나만 있는 게 아냐, 우리는 어디에나 있어, 듣고 있어? 자, 너희 씨발년놈들, 어서 이 차를 가게 해, 내 말 들려? 가게 하라고."

스키터는 접의자의 가죽 등받이와 뒤쪽 창문 사이에 잔뜩 웅크린 채 그런 말을 내뱉는다. 그의 공황은 역겹고, 전염이 될 수도 있다. 래빗은 그를 그의 껍질에서 끌어내 햇빛 속으로 데리고 나오고 싶은 강한 욕망을 느끼지만 손을 안으로 들이미는 것이 두렵다. 쩔릴지도 모른다. 그는 문을 쾅 닫아 부글부글 끓고 있는 거슬리는 소리를 막고 차의 뒤로 가서 후드도 힘껏 내린다. "너희 둘은 여기 그대로 있어. 재를 진정시켜, 차에서 나오지 못하게 해. 나는 주유소를 찾아볼 테니까. 이 길 어딘가에 있을 거야."

그는 한참을 달려간다. 스키터의 유독한 공포 때문에 그의 방광이 타고 있다. 이렇게 함께 여러 밤을 보냈는데 저 니그로의 머리에 처음 떠오른 생각이 배신이라니. 어쩌면 자연스러운 건지도 모르지, 사백 년을 당하고 살았으니. 래빗은 달리고 있다. 저 검은 몸뚱이가 거기 그대로 박혀 있도록, 겁에 질려 도망가지 않도록 달리고 있다. 마치 학교에 늦어 달릴 때처럼. 스키터는 의무가 되었다. 늦었다, 늦었어. 그때 말이 허공을 날아가는, 아주 낡은 빨간 간판이 석양에 물든 들판 위에 걸려 있는 것이 보인다. 구식 정비소다. 오일로 시커멓고, 벽에는 귀중한 렌치, 팬벨트, 머리가 뾰족한 망치, 부품들이 걸려 있는 불가해한 작업 공간이다. 유압 승강기 옆에서는 병이 나오는 낡은 코카콜라 기계가 가르랑거린다. 농부처럼 느릿느릿 말을 하고 손바닥이 시커먼 젊고 껑충한 정비공이 덜컹거리는 견인차에 그를 태우고 간선도로를 거슬러올라간다. 차의 옆 유리는 깨졌다. 거기서 바람이 휘파람을 불며 굶주린 듯 쏟아져들어온다.

"퍼졌네." 그것이 정비공의 평결이다. 그는 질에게 묻는다. "오일을 언제 넣었수?"

"오일이요? 휘발유 넣을 때 넣어주는 거 아닌가요?"

"넣어달라고 하지 않으면 안 넣어주죠."

"이런 멍청한 똥개 같으니라고." 래빗이 질에게 말한다.

그녀의 입이 새침하게 도전적으로 튀어나온다. "스키터도 차를 운전했단 말이에요."

스키터는 정비공이 엔진 주위를 찔러보고 가속페달을 밟아보는 동안 뒷좌석에서 몸을 펴 바람 속에서 허리를 곧게 세운다. 태양의 마지막 빛을 받는 안경은 주황색 원반이다. 래빗이 그에게 묻는다. "이 상자를 얼마나 끌고 다녔어?"

"아," 흑인은 정비공이 가까이 있기 때문에 신중하게 말한다. "여기저기. 절대 무모하게 몰지 않았어. 미처 몰랐네," 그가 계속 점잔을 빼며 말한다. "이 자동차가 네 소유인 줄은."

"이건 그냥," 그가 어눌하게 말한다. "낭비야. 부주의야."

질이 정비공에게 묻는다. "한 시간 안에 고칠 수 있나요? 여기 내 동생이 숙제를 해야 하거든요."

정비공은 래빗하고만 이야기한다. "엔친이 망가졌네. 피스톤이 실린더에 붙어버렸소. 이런 차를 고칠 수 있는 가장 가까운 곳은 아마 포츠타운일 거요."

"연락해서 사람을 보낼 때까지 좀 맡아줄 수 있나요?"

"주차시켜 놓는 데 하루에 일 달러요."

"좋아요. 아주 좋습니다."

"그리고 견인하는 데 이십이고."

그는 돈을 낸다. 정비공은 포르쉐를 정비소로 견인해 간다. 그들도 함께 타고 간다. 질과 해리는 운전석 옆자리에 앉고("조심하슈," 정비공은 질이 옆으로 다가오자 말한다. "그 멋진 하얀 드레스에 기름을 묻히고 싶지 않으니까"), 스키터와 넬슨은 앞머리를 든 채 끌려오는 작은 차에 타고 있다. 정비소에서 정비공은 전화로 그들을 웨스트브루어로 데려다줄 택시를 부른다. 스키터는 더러운 문 뒤로 사라져 변기의 물을 되풀이해 내린다. 넬슨은 자리를 잡고 정비공이 차를 푸는 것을 지켜보고, '엔친' 이야기를 하는 것에 귀를 기울인다. 질과 해리는 밖으로 걸어나간다. 어두운 옥수수밭에서 귀뚜라미들이 날카로운 소리를 지르고 있다. 병든 눈 하나가 달린 반달이 날아가는 말 간판 위를 질주한다. 정비소의 바깥 불은 꺼졌다. 그는 그녀의 슬리퍼 위의 흰 것을 본다. 떨어진 작은 꽃이 거기 달라붙어 있다. 그는 허리를 굽혀 그 꽃을 집어 그녀에게 건네준다. 그녀는 감사 표시로 꽃에 입을 맞추고, 아무 말 없이 기름을 닦은 종이 타월과 구멍난 캔들이 가득한 쓰레기통에 꽃을 올려놓는다. "드레스에 기름 묻지 않게 해." 자동차 타이어가 지직 소리를 낸다. B-19기를 흉내낸 꼬리날개가 달린, 낡은 50년대 뷰익이 그들의 궤도 안으로 들어온다. 뚱뚱한 택시 기사는 껌을 씹고 있다. 브루어로 돌아가는 기사의 머리는 다가오는 전조등들을 배경으로 피라미드처럼 자리잡고 있다. 껌 씹는 박자 외에는 아무런 움직임이 없다. 스키터는 기사 옆에 앉아 있다. "아름다운 날이네요." 래빗이 앞쪽을 향해 기사에게 소리친다.

질이 깔깔거린다. 넬슨은 그녀의 허벅지를 베고 자고 있다. 그녀는 아이의 머리카락을 만지작거린다. 머리카락을 그녀의 소리 없는 손가락에 감고 있다.

"이맘때치고는 좋네요." 느릿느릿한 답이 나온다.

"이 위쪽은 아름답군요. 도시 북쪽으로 오는 일은 거의 없어서요. 경치 구경을 하며 드라이브를 하고 있었죠."

"별로 볼 것도 없는데."

"차를 타고 가는데 엔진이 퍼져버렸어요. 그 차는 엉망이 되어버린 것 같아요."

"그럴 것 같네요."

"여기 우리 딸이 오일을 넣는 걸 잊어버렸지 뭡니까. 요즘 젊은 애들이 그렇죠 뭐. 차 한 대를 망가뜨리고 다음 차로 옮겨가고. 얘네들한테는 물질적인 게 아무런 의미가 없어요."

"어떤 애들한테는 그런 것 같더라고요."

스키터가 옆을 향해 기사에게 말한다. "이런 사골 당하는 머쩐 싸람들을 많이 만나겠네요. 여기 북쪽의 머쩐 사람들 말이야요."

"그렇죠 뭐." 기사가 말한다. 기사는 그 말만 하고는 입을 다물고 있다가 비스타 크레센트에서 차를 세우고 래빗에게 말한다. "십팔."

"달러요? 15킬로미터에?"

"18킬로미터죠. 그리고 나는 이제 다시 18킬로미터를 돌아가야 하고."

래빗은 운전석 쪽으로 가서 돈을 내고, 다른 사람들은 집안으로 달려들어간다. 기사가 밖으로 몸을 내밀며 묻는다. "지금 뭘 하고 있는지 알고 계쇼?"

"모르겠는데요."

"매번 손님 등을 칼로 찌를 거요."

"누가요?"

기사가 몸을 더 바싹 기댄다. 가로등 불빛에 넓고 칙칙한 얼굴이 보인다. 혈색이 나쁘다. 입술 없는 고래 같은 입이 우울하게 꽉 다물려 있다. 코의 살집이 두둑한 곳에는 말발굽 모양의 흉터가 있다. 그의 대답이 또렷하게 들린다. "시커먼 놈들."

그 때문에 당황한 래빗은 고개를 돌리는데—넬슨 말이 맞다—아이들 한 무리가 보인다. 크레센트 건너편에 서서—어떤 아이들은 자전거와 함께 있다—이 이상한 차에서 사람이 내리는 것을 지켜보고 있다. 펜빌라스라는 황량한 땅에 나타난 이 군중이라는 현상에 그는 깜짝 놀란다. 달 표면이 곪아 종기가 생기기 시작하는 것 같다.

이 사건으로 스키터는 대담해진다. 그의 피부가 다시 과감하게 해에 부딪힌다. 래빗이 퇴근해보니 그와 넬슨이 진입로에서 농구 골대에 숫을 하고 있다. 넬슨은 공을 아버지한테 바운드로 던지고, 래빗은 오륙 미터 떨어진 곳에서 자세를 잡고 한 손으로 휙 던진다. 예쁘다. "야," 스키터가 펜빌라스의 모든 집이 들을 수 있을 만큼 크게 소리를 지른 다. "어디서 그렇게 멋지게 구식으로 슛하는 걸 배웠어? 웃기려고 한 짓이지, 응?"

"들어갔잖아요." 넬슨이 의리 있게 말한다.

"젠장, 꼬마야, 그건 외팔이 난쟁이도 막을 수 있었을 거야. 그런 슛 을 할 때는 두 사람의 방어막이 있다고 생각해야 돼, 응? 점프를 해서 슛을 해야 한다고, 점프해서 슛을." 그는 시범을 보인다. 골이 되지는 않지만, 제대로 한 것처럼 보인다. 공을 높이 들고, 등을 뒤로 젖히고 공을 위로 올렸으며, 부드럽게 공을 놓아 누가 방어를 하더라도 그 위 로 올라가도록 호를 그린다. 래빗도 시도해보지만 몸이 무겁다. 몸을 들어올리려는 노력이 부담스럽다. 공은 형편없이 날아간다. 스키터가 말한다. "너한테는 납이 든 백인의 배가 달려 있어. 하지만 그 손은 멋 져." 그들은 일대일로 드잡이를 한다. 스키터는 빠르고 미끌미끌하다. 계속 쓱 미끄러져 넬슨에게 기브 앤드 고를 하고 레이업을 한다. 래빗 은 그를 막을 수 없다. 숨 때문에 가슴이 아파온다. 그러나 공, 그의 근 육들, 머리 위의 공기, 그의 몸과 경쟁하는 몸들이 모두 팽팽하게 긴장 되고 통일되고 중력에 도전하는 느낌이 드는 순간들이 있다. 그러다 10월의 냉기가 땀을 파고들자 그는 집안으로 들어간다. 질은 위층에서 자고 있다. 최근 들어 잠이 점점 많아진다. 그녀의 멍하고 회피하는 잠 이 모욕적으로 느껴진다. 그녀가 그 지겨운 하얀 드레스를 입고 아래 층으로 내려와 뺨에서 끈끈한 머리카락을 털어내자 그가 거칠게 묻는다. "차는 어떻게 좀 했어?"

"자기야, 내가 뭘 할 수가 있겠어요?"

"네 어머니한테 전화를 할 수 있잖아."

"못해요. 어머니랑 계부가 난리를 칠 거예요. 나를 데리러 올 거예요."

"어쩌면 그게 좋을지도 모르지."

"계부는 재수없는 인간이에요." 그녀는 초점이 맞지 않는 눈으로 그를 지나 부엌으로 간다. 냉장고 안을 들여다본다. "장을 안 봤네요."

"그건 네가 할 일이잖아."

"차도 없이요?"

"맙소사, 애크미까지 오 분이면 걸어갈 수 있어."

"사람들이 스키터를 볼 텐데요."

"어차피 보고 있어. 지금 밖에서 넬슨하고 법석을 떨고 있잖아. 게다가 너는 그동안 스키터가 차를 몰고 펜실베이니아 전체를 돌아다니게 해준 게 분명하구먼." 분노가 저절로 재충전된다. 납이 든 배. "제기랄, 어떻게 그런 비싼 차를 망가뜨려놓고 그냥 내버려둘 수가 있어? 세상에는 그 차 값이면 십 년을 살 수 있는 사람들이 수두룩한데."

"그만, 해리. 나 기운 없어요."

"알았어. 미안해." 그는 그녀를 잡아당겨 품에 안는다. 그녀는 그에게 기대 애처롭게 몸을 흔들며 코를 그의 셔츠에 비빈다. 그러나 멍할 때 그녀의 몸에서는 부재, 비연관성이 느껴지고, 그게 그의 살갗에 불쾌하다. 그는 간지러워 재채기가 나온다.

질이 중얼거리고 있다. "아저씨는 부인을 그리워하는 것 같아요."

"그년을? 절대 아니야."

"부인도 다른 사람과 다를 것 없어요. 이 사회에 얽혀든 거죠. 살아 있는 동안 살아 있고 싶은 거예요."

"너는 안 그렇고?"

"가끔은요. 하지만 그걸로 충분하지 않다는 걸 알아요. 그런 식으로 말려드는 거니까. 이제 놔줘요. 나를 안는 거 좋아하지 않잖아요, 느낄 수 있어요. 방금 기억났어요, 아이스크림 뒤에 냉동 닭 간이 몇 개 있어요. 하지만 녹으려면 시간이 엄청나게 오래 걸릴 거예요."

여섯시 뉴스. 스크린에 붙들린 창백한 얼굴은 자기가 비스타 크레센트 26번지에서 불완전하게 수신되어 납작해지고, 턱은 고무처럼 길게 늘어난 줄도 모르고 엄격하게 말한다. "시카고. '민주사회를 위한 학생들'의 극단적인 분파가 주도한 폭동이 하루 벌어진 뒤 오늘도 일리노이주 방위군 이천오백 명이 계속 비상근무를 하고 있습니다. 젊은 투사들은 유리창을 깨고, 자동차를 뒤집고, 경찰을 공격했습니다. 그들의 구호는"—슬프고 엄격하게 말이 중단된 뒤, 표백된 얼굴이 카메라를 향해 올라오고 턱이 늘어나고 머리는 모루처럼 납작해진다—"'조국에 전쟁을'입니다." 하얀 헬멧을 쓴 경찰관들이 팔과 다리로 이루어진 무리를 향해 도리깨질을 하고, 머리가 긴 젊은 여자들이 끌려가고, 갑자기 나타난 턱수염이 난 얼굴들이 텔레비전 화면 너머를 치려는 듯 주먹을 흔드는 장면들. 이어 경찰관들이 곤봉을 휘두르는 장면으로 돌아간다. 그것이 래빗에게는 발레처럼 보이고, 왠지 위로가 된다. 스키터도 그 장면을 좋아한다. "잘한다!" 그가 소리친다. "그 흰둥이 속물을 또 때려!" 광고가 나오자 그는 고개를 돌려 넬슨에게 말한다. "아름답지, 응?"

넬슨이 묻는다. "왜요? 저 사람들은 전쟁에 항의하는 거 아니에요?"

"그거야 암탉에 불알이 달린 것만큼이나 확실한 거지. 저 크래커들이 항의하는 건 이십 년을 기다려야 자기 아버지가 가졌던 파이의 몫을 가질 수 있다는 것 때문이야. 그걸 지금 당장 달라는 거지."

"그걸 가지고 뭘 하려는 건데요?"

"뭘 하냐고, 꼬마야? 먹지. 먹으려는 거야." 광고—젊은 여자의 입을 확대한 장면—가 끝난다. "한편 법정에서는 '시카고 8인조*'가 난폭한 항의를 계속 이어나갔습니다. 피고 애비 호프먼과는 아무런 관계가 없는 재판장 줄리어스 J. 호프먼은 피고 보비 실을 여러 번 꾸짖었습니다. 피고가 격분하여"—다시 위를 보는 표정, 납작해진 머리, 실망스러운 강조—"돼지, 파시스트, 인종차별주의자 같은 말을 사용했기 때문입니다." 보비 실을 그린 법정 스케치가 잠깐 나온다.

넬슨이 묻는다. "스키터, 저 사람 좋아해요?"

"나는 주류파 검둥이는 별로야."

래빗은 웃음을 터뜨릴 수밖에 없다. "그거 웃기네. 저치도 너만큼이나 증오가 가득한데."

스키터는 텔레비전을 끈다. 그의 말투가 설교자와 비슷해진다. 숙녀의 말투다. "나는 결코 증오가 가득하지 않아. 사랑이 가득해. 사랑이

---

* 시카고 폭동을 배후조종한 혐의를 받은 여덟 명.

야말로 역동적인 힘이야. 증오는 마비시키는 힘이고. 증오는 얼어붙게 하지. 사랑은 때리고 해방시켜. 응? 예수는 환전상들을 성전에서 해방해줬어. 새로운 예수는 새로운 환전상들을 해방해줄 거야. 옛 예수는 검을 가져왔어, 응? 새 예수도 검을 가져올 거야. 그는 살아 있는 사랑의 불길이 될 거야. 혼돈이 하느님의 몸이야. 질서는 악마의 사슬이고. 로버트* 실에 관해서 말하자면, 존 케널 배드브레스와 레너드 버드브레인에게 자금 모금 칵테일파티를 열어달라고 한 흑인은 내 책에서는 그저 검둥이 하인일 뿐이야. 그 인간은 권력의 가방으로 들어갔어. 명성의 가방으로 들어갔어. 그 인간은 영혼의 화폐를 변조했고, 그런 까닭에 흔히 하는 말로 나하고는 무관해. 우리 흑인들은 아무런 이름 없이 여기에 왔어. 우리는 미래의 유기적 씨앗이야. 씨앗에는 이름이 없어, 응?"

"응." 래빗이 대꾸한다. 최근에 그에게 생긴 습관이다.

질이 요리한 닭 간은 가장자리는 타고 가운데는 얼음처럼 차다.

열한시 뉴스. 거즈 같은 턱수염을 기른 남자아이, 카메라에 얼굴을 너무 세게 갖다대는 바람에 초점이 유지되지 않는 아이가 소리를 지른다. "돼지들은 물러나라! 모든 권력을 민중에게!"

보이지 않는 인터뷰어가 감미로운 목소리로 그에게 묻는다. "여러

---

* 로버트의 애칭이 보비다.

분 조직의 목표를 뭐라고 말씀하시겠어요?"

"기존 억압구조의 파괴. 생산수단의 사회적 통제."

"시청자들에게 '생산수단'이 무슨 뜻인지 이야기해줄 수 있나요?"

카메라가 떠밀리고 있다. 어두웠던 거실이 깜박거린다. "공장. 월스 트리트. 테크놀로지. 그 모든 거. 소수의 자본가 도당이 공해를 우리 목구멍 아래로 밀어넣고 있다. 그리고 초음속 여객기와 베트남, 게토 의 계획적 학살도. 그 모든 걸."

"알겠습니다. 그러니까 여러분은 유리창을 깨서 폭주하는 테크놀로 지를 제어하고 새로운 휴머니즘의 기초를 만들자는 거로군요."

남자아이는 흐릿해지며 화면에서 사라진다. 카메라는 다시 그에게 초점을 맞추려고 안간힘을 쓴다. "재미있다고 생각해? 네가 맨 처음으 로 벽에 기대선 채 처형당하게 될 거야, 이—" 삑 소리가 이 인터뷰가 녹화된 것임을 알려주었다.

래빗이 말한다. "테크놀로지 얘기 좀 해봐."

"테크놀로지." 스키터는 절묘한 인내심을 발휘하며 설명한다. 그가 빨아들이자 꼬투리 끝이 빨갛게 빛을 발한다. "그건 말뚱이야. 그거 좀 내려, 질리."

그러나 질리는 소파에서 자고 있다. 그녀의 허벅지가 빛을 발한다. 그녀의 드레스가 밀려올라가 속옷이 칙칙하고 거무스름한 삼각형으로 흘끗 보인다.

스키터가 말을 이어간다. "우리 모두 우리가 아는 모든 것을 잊어버 리려고 엄청나게 노력하고 있지. 우리는 사과를 나무에 다시 꿰매 달 아놓고 있어. 자, 로마인에게는 테크놀로지가 있었어, 응? 그런데 야만인들이 그들을 테크놀로지에서 구원해줬어. 야만인들이 그들의 구원자야. 우리는 에스키모한테 우리를 침략해달라고 할 수 없으니까, 아예 스스로 야만인 한 세대를 길렀어. 미안, 너희가 길렀지. 흰둥이들이 기른 거야. 백인 미국인 중간계급과 온 세상에서 그들을 모방하는 자들은 자신 내부에서 인간 이하의 백치들 수백만 명을 만들어낼 거룩한 힘을 발견했어. 지금보다 덜 야만적인 시대라면 근친교배를 하는 귀족만이 만들어낼 수 있는 백치들이지. 그 백치 왕들이 누구였더라?"

"뭐?" 래빗이 말한다.

"메로빙거왕조*였어, 응? 잠깐 깜빡했어. 걔네들은 알아들을 수 없는 말을 지껄이며 황소 수레에 실려 끌려다녔고, 지금 우리는 자동차를 타고 알아들을 수 없는 말을 하는 놈들이라는 축복을 받았어. 진실로 기록된 바, 우리는 우리 정신을 날려버리고, 나머지는 마오 주석에게 바치게 되리라. 응?"

래빗이 논쟁을 벌인다. "그건 별로 공정하지 않아. 이 아이들에게도 몇 가지 좋은 주장이 있어. 전쟁은 둘째 치고, 공해는 어때?"

"나는 백인들하고 이야기하는 데 지치기 시작했어." 스키터가 말한다. "너는 너 자신을 방어하고 있어. 이 아이들은 애그뉴 데이**만큼이나 확실하게 거룩한 계획과 거룩한 분노에 대항하여 현상을 보존하고 싶어해. 얘네들은 적그리스도야. 얘네들은 베트남에서 하느님의 얼굴을 보고 거기에 침을 뱉어. 거짓 선지자들이야. 그들이 많아진 걸 보고

---

* 프랑크왕국 최초의 왕조.
** Agnew Dei. 기독교 전례식에 나오는 Agnus Dei(하느님의 어린 양)와 닉슨 대통령의 부통령이었던 Spiro Agnew를 합친 말.

때가 가까웠음을 알리라. 공적인 뻔뻔스러움, 교묘한 갑옷, 백치 숭배, 뇌물과 보호의 법을 제외한 모든 법에 대한 조롱. 우리는 로마야. 그리고 나는 새로운 암흑시대의 그리스도야. 만일 내가 아니라면, 나와 똑같은 어떤 사람이. 훗날에는 그 사람이 나였다고 생각하겠지. 믿어?"

"믿어." 래빗은 자신의 꼬투리를 빨고, 여자가 다리를 벌리듯이, 꽃이 펼쳐지듯이, 별이 서로 달아나듯이 자신의 세상이 확장되면서 새로운 진리를 받아들인다고 느낀다. "정말로 믿어."

스키터는 래빗이 『프레더릭 더글러스의 생애와 시대』를 읽어주는 것을 좋아한다. "너는 정말 멋져, 응? 너는 오늘밤에 우리의 커다란 검둥이가 됐어. 백인으로서는, 척, 너는 별게 아니야, 하지만 검둥이로 보자면 제대로 흐름을 타고 있어." 그는 클립과 크레용으로 책에 읽을 곳을 표시해두었다.

래빗은 읽는다. "독자는 노예들의 이름 가운데 에스터라는 이름이 언급된 것을 알아챘을 것이다. 에스터는 노예 소녀에게는 영원한 저주가 되는 것, 즉 미모를 소유한 젊은 여자의 이름이었다. 에스터는 키가 크고, 피부색이 밝고, 몸매가 좋고, 생김새가 훌륭했다. 에스터는 로이드 대령이 총애하던 노예의 아들인, 에스터가 여자로서 잘생겼듯이 남자로서 잘생긴 청년 '네드 로버츠'의 구애를 받았다. 노예 소유자들 가운데는 이런 두 사람의 결혼을 기꺼이 장려할 사람도 있었겠지만, 어떤 이유에서인지 앤서니 대위는 그들의 연애를 못마땅하게 생각했다. 그는 에스터에게 젊은 로버츠와 교제하는 것을 그만두라고 명령했고, 그와 함께 있는 것이 다시 눈에 띄면 큰 벌을 내리겠다고 말했다. 그러나 이 남녀를 떼어놓는 것은 불가능했다. 그들은 만날 수밖에 없었고, 실제로 만났다. 그다음은 건너뛰고."빨간 크레용 표시는 페이지 밑바닥에 보인다. 래빗의 귀에 자신의 목소리로 드라마가 들어오는 것이 들린다. 이른아침 안개. 아이의 두려움. "이른아침이었다. 사방이 고요했다. 집이나 부엌에서 가족 누구도 일어나기 전이었다. 나는 가엾은 에스터의 심장을 찢는 비명과 가엾은 외침 때문에 잠을 깼다. 내가 자는 곳은 부엌으로 통하는 작고 거친 작은 방의 흙바닥이었다—"

스키터가 끼어든다. "그 작은 방 냄새가 나는 것 같지, 웅? 흙, 그래, 오래된 감자, 조금 자라기도 전에 노랗게 변해버리는 작은 풀 조각들, 웅? 그 냄새를 맡아봐. 그 사람은 거기서 잤대."

"쉿."질이 말한다.

"—그 대패질을 하지 않은 판자들 틈새로 나는 들키지 않고 무슨 일이 벌어지는지 분명하게 보고 들을 수 있었다. 에스터의 두 손목은 꽁꽁 묶여 있고, 비틀린 밧줄은 벽난로 위의 묵직한 나무 들보에 박힌 강한 강철 꺾쇠에 고정되어 있었다. 에스터는 벤치에 서 있었다. 두 팔은 머리 위로 바짝 끌어올려진 상태였다. 등과 어깨는 완전히 드러나 있었다. 에스터 뒤에는 늙은 주인이 쇠가죽 채찍을 손에 들고, 거칠고 상스럽고 상대를 괴롭히는 온갖 말들을 내뱉으며 이 야만적인 일을 하고 있었다. 그는 잔인할 정도로 침착했으며, 당하는 사람의 고통을 즐기듯이 느릿느릿 고문하고 있었다. 그는 되풀이하여 그 가증스러운 채찍을 손으로 잡아당겨, 자신의 힘과 기술을 이용해 가능한 가장 큰 고통을 주는 것을 목표로 삼고 겨냥했다. 가엾은 에스터는 전에 심한 채찍질을 당해본 적이 없었다. 에스터의 어깨는 통통하고 부드러웠다. 힘차게 채찍을 내리칠 때마다 그녀에게서 피와 더불어 비명이 쏟아져나왔다. '용서해주세요! 아, 용서를!' 그녀가 울부짖었다. '다시는 안 그럴게요.' 그러나 에스터의 귀를 찢는 듯한 울부짖음은 주인의 분노만 자극할 뿐이었다." 빨간 표시는 끝났으나, 래빗은 내친김에 그 장章의 끝으로 간다. "전체적인 장면, 그리고 그 부수적인 상황은 견딜 수 없을 정도로 역겹고 충격적이었다. 그런 잔인한 매질의 동기를 알게 되니, 언어는 그 무시무시한 범죄의 정당한 의미를 전달할 힘을 잃고 만다. 도대체 얼마나 때리고 난 뒤에 늙은 주인이 고통스러워하는 에스터를 풀어주었는지 차마 말할 수가 없다. 에스터는 내려온 뒤에 제대로 서지도 못했다. 나는 마음속으로부터 에스터를 동정했다. 나는 아이였고, 그런 장면을 처음 보았음에도, 충격은 엄청났다. 나는 겁에 질렸고, 말문이 막혔고, 정신이 없었고, 당황했다. 지금 묘사한 장면은 그뒤로도 자주 되풀이되었다. 에드워드와 에스터는 만나지 못하게 하려는 그 모든 시도에도 불구하고 계속 만났기 때문이다."

스키터는 질을 돌아보더니 마치 아이처럼 그녀의 가슴을 세게 때린다. "나한테 쉿 하지 마, 이 씨발년아."

"그 구절을 듣고 싶었단 말이야."

"어떻게 그걸 듣고 흥분이 되냐, 이 씨발년아?"

"해리가 그걸 읽는 방식이 좋아. 감정을 넣었잖아."

"좆같은 백인의 감정 같으니라고."

"야, 진정해." 래빗은 곧 폭력이 나올 것임을 알면서도 무력하게 말한다.

스키터는 거칠다. 한 손을 버팀대처럼 그녀의 어깨에 얹고 다른 손을 뻗어 하얀 드레스의 목을 앞으로 잡아당긴다. 옷감은 질기다. 질의 머리가 갑자기 한참 앞으로 튀어나오더니 옷이 찢어지는 소리가 들린다. 그녀는 소파 안으로 물러난다. 눈에 표정이 없다. 끝이 단단한 작은 젖퉁이가 찢어진 V자 안에서 탄력 있게 흔들린다.

래빗은 본능적으로 그녀를 구출하는 것이 아니라 넬슨을 방어하려 한다. 그는 책을 신발 수선공 벤치에 내려놓고 자신의 몸을 아이와 소파 사이에 끼워넣는다. "위층으로 가."

넬슨은 놀라 어리벙벙한 표정으로 일어선다. 그가 신음을 토한다. "스키터가 질을 죽일 거예요, 아빠." 아이의 뺨이 붉어지고, 눈이 쑥 들어간다.

"아니, 그렇지 않아. 그냥 약에 취했을 뿐이야. 질은 괜찮아."

"아 젠장, 젠장." 아이는 되풀이하여 절망을 표현한다. 얼굴이 무너지며 울음이 터진다.

"어이, 거기 베이비척." 스키터가 부른다. "나를 채찍으로 때리고 싶지, 응?" 스키터가 펄쩍 뛰어 일어나 취한 듯 곧 부서질 것 같은 춤을 추며 셔츠를 벗는다. 너무 거칠게 벗는 바람에 소매 단추 하나가 날아가 램프 갓을 때린다. 그의 여윈 가슴, 벌거벗은 가슴의 분절이 멋지다. 모든 근육이 선명하게 뼈에 붙어 있다. 래빗은 십자가 위에서가 아니면 그런 가슴을 본 적이 없다. "이제 뭐야?" 스키터가 소리친다. "내 방댕이를 갈겨대고 싶지, 응? 여기 있어!" 그의 두 손은 바지 앞자락 단추를 풀고 허리띠에 가 있다. 하지만 넬슨은 이미 방으로 달아났다. 아이의 흐느낌이 아래층으로 내려오다 작아진다.

"좋아, 이제 그만." 래빗이 말한다.

"아주 쪼끔만 더 읽어줘." 스키터가 애원한다.

"너는 제정신이 아니야."

"저 염병할 네 자식새끼, 쟤는 자기가 이 씨발년을 소유하고 있다고 생각해."

"질을 씨발년이라고 부르지 마."

"얀마, 이 예수가 저년한테 씹을 준 거 아니었냐?" 스키터가 낄낄거린다.

"너는 소름 끼쳐." 질이 그에게 말하며, 찢어진 옷자락을 끌어당겨 모은다.

그가 한쪽 옷자락을 다시 옆으로 펼친다. "음매."

"해리, 도와주세요."

"책을 읽어줘, 척, 착하게 굴게. 다음 클립을 꽂은 곳을 읽어줘."

그들 위에서 넬슨의 발이 바닥을 가로지른다. 그가 읽으면 아이는 안전할 것이다. "슬프구나, 거기야?"

"그거면 돼. 귀여운 질리, 너는 나를 사랑하잖아, 응?"

"슬프구나, 이 거대한 부, 이 금박을 입힌 광채, 이 넘쳐나는 호사, 이 고역의 면제, 이 편안한 생활, 이 풍요의 바다가 겉으로 보이는 것과는 달리 진주의 문*이 아니라는 것이 —"

"너는 내 진주의 문이야, 어린 여자야."

"가난한 노예는 단단한 소나무 판자에 누워 얇은 담요로 몸도 제대로 가리지 못하지만 솜털이 들어간 베개를 벤 열에 들뜬 쾌락주의자보다 깊이 잤다. 나태한 자에게 먹을 것은 자양물이 아니라 독이다. 푸짐하고 유혹적인 음식 밑

---

* 천국의 문.

에는 눈에 보이지 않는 악의 영이 자리잡고 있어, 이것이 자기기만에 빠진 대식가에게 아픔과 고통, 통제할 수 없는 정념, 격한 기질, 소화불량, 류머티즘, 요통, 통풍을 주며, 로이드 가족 또한 이런 것들을 최대한 지니고 있었다.”

페이지 가장자리 너머에서 스키터와 질은 씨름을 하고 있다. 잿빛이 몇 번 번쩍이는가 싶더니 그녀의 팬티, 가슴이 드러나 있다. 한번 더 번쩍이자, 래빗의 눈에 그녀의 웃음이 보인다. 사이가 뜬 작은 이들이 소리 없는 웃음 속에 드러나 있다. 그녀는 이것을, 이 공격을 좋아하고 있다. 그가 훔쳐보고 있는 것이 보이자 질은 깜짝 놀라, 밑에서 성을 내며 몸부림치다. 넝마가 된 드레스를 끌어안아 몸을 가리더니, 방에서 뛰어나간다. 그녀의 발걸음이 날듯이 층계를 올라가고, 스키터는 그녀가 달아나는 것을 보며 눈을 껌뻑인다. 그는 한숨을 쉬며 커다란 베개 같은 머리를 매만진다. “아름다워”가 그 한숨이다. “한번 더, 척. 그 사람이 맞서 싸우는 곳을 읽어줘.” 그의 조각한 듯한 가슴이 녹아 다갈색 소파와 하나가 된다. 소파의 발포 고무는 녹색과 황갈색과 빨간색, 그러나 닳고 색이 바래면서 똑같은 하나의 색조로 변하고 있는 격자무늬 천으로 덮여 있다.

“알겠지만, 나는 내일 일어나서 출근해야 돼.”

“네 귀여운 인형 아가씨를 걱정하는 거지? 그건 걱정하지 마. 썹이란 건 말야, 인마, 그건 클리넥스와 같아. 쓰고 버리는 거야.” 침묵과 마주치자 그가 말한다. “그냥 농담하는 거야, 응? 너를 약 올리려고, 알았어? 자, 자, 다시 읽자고. 다음 클럽이야. 네 문제는 말이야, 인마, 너는 늘 결혼해 있다는 거야. 여자는 오로지 결혼만 하고 있는 남자를 좋아하지 않아. 여자는 계속 추측하게 만드는 사람을 원해, 응? 여자가 추측을 멈추면, 그 여자는 죽은 거라고."

래빗은 은실 의자에 앉아 읽어나간다. "마흔여덟 시간 전만 해도 아주 작은 말 한마디로 나를 폭풍 속의 나뭇잎처럼 떨게 했던 사람과 맞붙어 싸울 과감한 정신이 어디에서 왔는지 나는 모른다. 어쨌든 나는 싸우기로 결심했고, 더 좋았던 것은 내가 실제로 열심히 싸웠다는 것이다. 나는 싸움의 광기에 사로잡혔으며, 나의 강한 손이 결과를 무시한 채 압제자의 목을 단단히 잡고 있다는 것을 알았다. 그 순간 우리는 법 앞에 평등하게 선 것 같았다. 나는 그 사람의 피부색 자체를 잊어버렸다. 나는 내 몸이 고양이처럼 유연해진 것을 느꼈고, 고비마다 그를 맞이할 준비가 되어 있었다. 그의 모든 주먹질은 슬쩍 피했다. 물론 마주 때리지는 않았다. 나는 철저하게 방어했고, 그를 다치게 하기보다는 그가 나를 다치게 하는 것을 막았다. 그가 나를 바닥에 메치려고 했을 때는 몇 번 그를 바닥에 내던지기도 했다. 나는 그의 멱살을 단단히 잡고 있었기 때문에 그의 피가 내 손톱을 타고 흘렀다. 그는 나를 붙들었고, 나는 그를 붙들었다."

"아, 거기가 정말 좋아, 나를 사로잡아, 나를 죽여." 스키터가 말하며 한쪽 팔꿈치에 기대 몸을 일으킨다. 그의 몸이 다른 남자의 몸을 정면으로 마주보고 있다. "하나만 더 해줘. 조금만 더."

"위층에 올라가야 돼."

"두 페이지 건너뛰어. 두 줄 친 곳으로 가."

"네가 너한테 읽어주면 되잖아."

"같지가 않아, 응? 자기한테 하는 건 말이야. 초등학생들도 다 아는 거야. 같지 않다는 걸 말이야. 어서, 척. 나 아주 착했잖아, 응? 아무 문제 일으키지 않았잖아, 충실한 톰이었잖아, 톰한테 뼈다귀를 줘야지,

내 말대로 읽어줘. 옷을 다 벗을 거야, 내 털구멍으로 듣고 싶어. 노래
해, 인마. 해. 조금만 시작해줘, 힘이 없는 사람은 하는 곳에서부터." 그
는 다시 재촉한다. "힘이 없는 사람은." 그러더니 허리띠 버클을 만지작
거린다.

"힘이 없는 사람은," 래빗은 열심히 읽는다. "인간의 기본적 존엄이 없
는 것이다. 무력한 사람은 존중하지 못하는 것이 인간 본성이다. 그런 사람을
동정할 수는 있지만, 힘이 있다는 표시가 나타나지 않으면 그나마 오래가지
않는다."

"그래." 스키터가 말한다. 흐릿하게 보이는 그가 허둥대고 미끄러지
고 있다. 인쇄된 페이지의 흰 곳 위쪽, 소파에서 하얀 섬광 한 무더기
가 번쩍인다.

래빗은 읽어나가며 단어들이 거대하다고 생각한다. 한 단어 한 단어
가 검은 통이 되고, 그 안에서 그의 목소리가 메아리친다. "압제자의 부
당하고 잔인한 공격을 물리치는 과정에서 어떤 일을 당해보거나 어떤 것을 잃
을 위기에 처해본 사람만이 내 정신의 이런 싸움의 결과를 이해할 수 있다. 압
제자와 겁쟁이는 한배에서 나온 것이다. 그를 물리친 뒤 나는 평생 느껴보지
못한 기분을 느꼈다."

"그래." 스키터의 목소리가 페이지의 사각형 섬 너머, 보이지 않는
심연으로부터 외친다.

"그것은 어둡고 유해한 노예제의 무덤에서 부활하여 상대적인 자유의 천국
으로 가는 기분이었다. 이제 나는 흙으로 빚어진 형제 벌레가 얼굴을 찌푸리
면 몸을 떠는 비굴한 겁쟁이가 아니었다. 오랫동안 협박을 당했던 나의 정신
은 깨어나 독립적인 태도를 갖게 되었다. 나는 '죽음을 두려워하지 않는' 지점

에 이르렀다." 강조.

"아, 그래. 그래."

"이 정신 덕분에 나는 여전히 '형식'상으로는 노예였지만, '실제'로는 자유인이 되었다. 매질을 할 수 없는 노예는 반 이상 자유를 얻은 것이다."

"아-멘."

"그는 그 자신의 남자다운 심장만큼 넓은 영토를 지키는 사람이 된 것이며, 실제로 '지상의 권세'인 것이다."

"그다음. 그다음."

"이때부터 노예에서 탈출하기까지, 나는 한 번도 부당하게 채찍질을 당하지 않았다. 몇 번 나를 때리려 했지만, 한 번도 당하지 않았다. 상처를 입기는 했지만, 방금 내가 이야기한 사건으로 인해 내가 노예제 때문에 받았던 짐승 같은 대접은 끝이 났다."

"아, 너는 정말 멋진 검둥이가 되었는데." 스키터가 노래를 부른다.

래빗은 페이지에서 눈을 들어올린다. 소파의 하얀 반점은 없다, 완전히 검다, 그를 앞으로 빨아들이고 싶어하는 속삭이는 박자 속에서 움직이고 있다. 그의 눈은 감히 박자를 맞추어 움직이는 스키터의 팔의 윤곽이 그리는 반사된 빛으로 이루어진 살아 있는 선을 따라 손까지 내려가지 못한다. 팔은 뱀장어처럼 길고, 먹이를 주고 있다. 래빗은 일어서서 방에서 성큼성큼 걸어나간다. 뜨거운 물건처럼 책을 떨어뜨린다. 그러나 표지에 점화點畫로 그려진, 니그로의 타오르는 눈이 재빨리 단단한 카펫을 가로질러 그를 따라온다. 니스를 바른 층계를 올라가, 하얀 영역에 들어선다. 머리 위의 우윳빛 유리 전등이 층계참을 밝히는 곳이다. 그의 심장이 세게 망치질하고 있다.

아래층 유목 램프의 빛이 작은 단풍나무를 밑으로부터 큰물처럼 삼킨다. 잎들이 손전등 앞면에 댄 손가락들처럼 빨갛다. 그 뒤틀린 우듬지가 그들의 침실 창문을 반쯤 채우고 있다. 질은 침대에서 얼음처럼 창백하고 싸늘하게 그를 돌아본다. "안아줘요." 그녀가 말한다. "안아줘요, 안아줘, 안아줘." 그는 그 말에 너무 자주 겁을 먹는다. 여자들은 미쳤다. 여자들 안에는 그 오래된 광기가 담겨 있고, 그는 품에 바람을 안고 있다. 그는 그녀가 박아주기를 바란다는 것을 느낀다. 어떤 식으로든, 쾌감 없이, 그냥 그녀를 짓눌러주기를. 그는 그녀를 위해 그렇게 해주고 싶지만 그들 사이에 놓인 겁을, 역겨움을 뚫고 들어갈 수가 없다. 그녀는 수면 밑에서 몸짓을 하는 인어다. 그는 겁에 질려 가라앉지 않으려고 뻣뻣하게 떠 있다. 그가 소리 내어 읽었던 책 때문에 바닥 없는 비참함, 죽은 세대들, 땅에 묻힌 고문과 사라진 이성이 눈앞에 떠올라 그를 괴롭힌다. 일어나고, 일하고. 이제는 그럴 이유가 없다. 어떤 것도 이유가 없다. 안 할 이유도 없다. 텅 빈 교회 안에 병에 담기듯 갇혀 있는 시큼한 가스 외에는 숨쉴 것이 없다. 붙들고 일어날 것이 없다. 그는 비좁은 우물에 살고 있고, 그 눅눅한 벽이 죄어들어 그를 마비시킨다. 아니, 그를 꽉 죄는 것은 질이다. 온기를 얻으려는 것이다, 밤은 더운데도. 그가 묻는다. "잘 수 있어?"

"아뇨. 모든 게 무너지고 있어요."

"노력해보자고. 시간이 늦었어. 담요를 한 장 더 가져올까?"

"일 초라도 내 곁을 떠나지 말아요. 푹 꺼져버릴 것 같아요."

"내가 등을 댈게, 네가 나를 끌어안아."

아래층에서 스키터가 불을 끈다. 밖의 작은 단풍나무가 바람에 꺼진 불꽃처럼 사라진다. 래빗은 그 자신의 내부에서 움직임을 완성하여 어둠 속으로, 소파의 박자를 맞춘 갈색 속으로 들어간다. 그러자 공포가 돌아와 눈꺼풀처럼 그를 죄어 닫아버린다.

전화를 받는 그녀의 목소리는 지쳤고 경계하는 듯하다. "브루어피얼티의 포스나트 부인입니다. 무슨 일이세요?"

"페기? 안녕, 해리 앵스트롬이야."

"그러시겠지." 전에 없던 빈정거리는 어조다. "믿어지지가 않네!" 표현이 지나치다. 너무 많은 남자들.

"이봐, 넬슨하고 빌리하고 이번 일요일에 낚시를 가니까 토요일에 저녁 먹으러 오라고 한 거 기억나?"

"그래, 해리, 기억하고말고."

"너무 늦은 거야? 내가 그 초대를 받아들이기에?"

"전혀. 그런데 어쩐 일로?"

"특별한 건 없어. 그냥 그래도 괜찮을지 모른다고 생각했어."

"괜찮겠지. 토요일에 봐."

"내일이야." 그가 정확하게 말한다. 점심시간이라 계속 이야기할 수 있지만, 그녀가 대화를 끝내버린다. 일의 압박. 다 네 맘대로 될 거라고 생각하진 마.

퇴근 후 버스 정류장에서 와이저를 따라 집으로 걸어가는데, 엠벌리 애비뉴가 공원도로으로 바뀌는 모퉁이의 빨간색과 흰색과 파란색이 섞인 우편함 옆에서 두 남자가 다가와 말을 건다. "앵스트롬 씨?"

"그런데요."

"잠깐 얘기 좀 할 수 있을까요? 우리는 앵스트롬 씨 이웃입니다." 말을 건 사람은 마흔에서 쉰 사이로, 통통한 몸집에 오 년 전 유행하던 좁은 옷깃이 달린, 그의 몸에 맞추어 늘어난 잿빛 양복 차림이다. 얼굴은 매끄럽지만 괴로워 보인다. 단단하고 작은 갈고리 같은 코는 눈 밑의 부풀어오른 덩어리와 조화를 이루지 못한다. 턱은 나란히 놓인 축축한 혹덩어리 두 개로, 가운데 우묵한 곳에 면도날을 피한 수염이 있다. 노란 브루어 특유의 색조에, 날래고 교활한 화이트칼라 분위기를 풍긴다. 회계사, 아니면 교사. "나는 맬런 쇼월터입니다. 비스타 크레센트 반대편에 살고 있죠. 아마 보셨겠지만, 지난여름에 뒤쪽을 새로 증축한 집입니다."

"아, 네." 그는 멀리서 망치 소리가 들렸던 것은 기억하지만 보지는 못했다. 사실 펜빌라스는 눈여겨보지 않는다. 마운트저지는 아니라는 것을 아는 수준이다. 즉 펜빌라스는 전혀 특별한 장소가 아니라는 것이다.

"나는 컴퓨터 일을 합니다, 하드웨어 쪽이죠." 쇼월터가 말한다. "여

기 내 명함입니다." 래빗이 명함의 회사 이름을 흘끗 보는데 쇼윌터가
말한다. "우리는 이 도시의 사업에 혁명을 일으킬 겁니다. 그 이름을
기억해두세요. 여기는 에디 브룸바크인데, 크레센트를 따라 더 올라간
곳에 삽니다. 매리골드에요. 앵스트롬 씨 집에서 위로 더 가야죠."

에디는 명함을 내밀지 않는다. 머리는 검고, 해리보다 키도 작고 나
이도 어리다. 그는 군대에서 보던 사내들 자세로 서 있다. 단추를 다
채우고, 어깨를 뒤로 젖히고 있다. 그 어깨뼈 사이에서 싸우고 싶어 근
질거리는 기운이 피어오른다. 짧게 깎은 머리 때문인지 래빗의 텔레비
전에 나오는 머리처럼 위가 납작해 보인다. 악수를 하자 다른 사람이
떠오른다. 누구더라? 브룸바크의 얼굴 한쪽 면에는 턱뼈 한 조각을 들
어내는 바람에 우묵하게 들어간 곳과 더불어 L자 모양의 붉은 흉터가
있다. 회색 눈은 뭉툭한 연장 끄트머리 같다. 그는 불길할 정도로 단순
하게 말한다. "넵."

쇼윌터가 말한다. "에디는 저기 페슬러 강철의 조립 공장에서 일하
죠."

"두 분 다 오늘은 일이 일찍 끝났나보네요." 래빗이 말한다.

에디가 말한다. "이번달은 야간조입니다."

쇼윌터는 마치 멀리서 들려오는 음악에 귀를 기울이듯 독특하게 몸
을 구부리는 버릇이 있다. 그는 래빗과 에디 사이로 끼어들고 싶어한
다. 그가 말하고 있다. "우리는 앵스트롬 씨와 이야기를 하기로 결정했
습니다. 인내심을 보여주셔서 감사합니다. 여기 내 차가 있는데, 안에
앉으시겠습니까? 이렇게 밖에 나와 서 있으니 별로 편치가 않네요."

차는 도요타다. 해리는 장인이 생각나, 불편한 느낌들이 한꺼번에

미끄러져들어온다. "서 있는 쪽이 낫겠는데요." 그가 말한다. "오래 걸리지 않을 거라면." 그러면서 우편함 쪽으로 몸을 기울여 두 사람보다 너무 커 보이지 않게 키를 낮춘다.

"오래 걸리지 않을 겁니다." 에디 브룸바크가 약속하며, 어깨를 획 끌어올리며 절도 있게 한 걸음 다가선다.

쇼월터가 다시 끼어들려는 듯 어깨를 내린다. 눈 주위가 더 슬퍼 보인다. 그는 부드러운 입을 손으로 훔친다. "어, 그럼요, 길게 걸릴 이유가 없죠. 우리가 비우호적으로 굴려는 것도 아니고. 그냥 몇 가지 물어보려는 것뿐입니다."

"우호적인 질문이라는 거로군요." 래빗이 분명하게 정리한다. 이 남자를 돕고 싶은 마음이 간절하다. 그의 신중하고 느린 목소리는 순종 브루어산임을 보여준다. 그는 이 도시와 마찬가지로 온화하고 넓고 친절해 보인다. 다만 잠시 우울할 뿐이다.

쇼월터가 말을 이어간다. "어, 우리 몇 명이, 있잖습니까, 동네 이야기를 했습니다. 아이들 몇 명이 우리한테, 있잖습니까, 앵스트롬 씨네 창으로 본 걸 이야기하더군요."

"아이들이 우리 창문 안을 들여다봤다고요?" 우편함의 파란색이 뜨겁다. 그는 기댔던 몸을 일으킨다. 10월임에도 보도는 부싯돌처럼 번쩍이고, 파스텔 색조의 아스팔트 지붕, 껑충한 어린 나무들, 목재와 시멘트와 벽돌과 모조 자연석 벽널로 조립된 퍼즐 같은 낮은 집들에는 반투명한 과민성이 자리잡고 있다. 그는 이 집들을 통해 자신의 집을 보려 하고 있다. 자신의 집을 보호하려 하고 있다.

브룸바크가 털을 곤두세우고, 래빗의 관심 안으로 밀고 들어온다.

"사실 애들이 창문 안을 들여다보거나 할 필요도 없었습니다. 안에서 벌어지는 일을 애들 코앞에 들이민 거나 다름없었으니까요. 그런데 냄새가 좋지 않더군요."

쇼월터가 끼어든다. 여자 목소리처럼 달착지근하고 버터를 많이 발랐다. "아, 아니, 그건 너무 심하게 말한 거고요. 하지만, 내 추측으로는, 그쪽에서 특별히 감출 생각은 전혀 없었던 게 사실인 듯합니다. 그 작은 포르쉐를 타고 이 길을 따라 왔다갔다했고, 그 사람이 바로 이 앞에서 그 아이와 농구를 하는 건 내 눈에도 띄었으니까요."

"그 사람?"

"앵스트롬 씨와 함께 살고 있는 흑인 사내 말입니다." 쇼월터가 말하며, 이제 대화의 암초를 찾아냈으니 순항을 하게 될 것이라는 듯이 웃음을 짓는다.

"그리고 백인 아가씨도." 브룸바크가 덧붙인다. "우리 작은애가 며칠 전에 집에 와서, 바로 아래층 바닥깔개 위에서 그 둘이 붙어 있는 걸 봤다고 하더군요."

"어." 래빗이 시간을 번다. 자신이 이들보다 우스꽝스럽게 키가 크다는 느낌이 든다. 둥둥 떠내려갈 것 같다. 그러면서도 그 아이가 보았을 것을 자세히 파악하려고 애를 쓴다. 작은 사각형 액자가 벽에 너무 높이 걸린 그림처럼 거의 머리 안에 걸려 있다. "다른 사람 창문을 들여다보면 그런 게 보이죠."

브룸바크가 교묘하게 쇼월터 앞으로 나선다. 그 순간 래빗은 그와 악수를 하면서 떠오를 듯 말 듯 했던 모습이 확실하게 떠오른다. 엄마에게 새로운 약을 주는 의사다. 나는 내 의지에 따라 몸들을 비틀어. 나는 생명이야, 나는 죽음이야. "보쇼, 형씨. 우리는 이 동네에서 애들을 기르려 하고 있소."

"나도 마찬가지죠."

"그건 좀 다른 것 같은데. 저기서 도대체 어떤 성도착자를 기르려는 거요? 애가 불쌍하오, 사실이오, 정말로. 그런데 나머지 우리는 어쩌라는 거요? 최선을 다하려고 하는 우리 말이오? 여기는 품위 있는 백인 동네요." 그는 "품위"라는 말에 제대로 힘을 주지 못하지만, 그래도 힘을 모아 말을 마무리한다. "그래서 우리는 제멋대로 날뛰게 놔두는 강 건너가 아니라 여기서 사는 거요."

"누굴 제멋대로 날뛰게 놔둔다는 거죠?"

"씨발 누군지 잘 알잖아. 신문 좀 보쇼, 늙은 여자들이 백주대낮에도 지갑을 들고 밖엘 나가지 못한다잖아."

걱정에 사로잡힌 낭긋낭긋한 쇼월터가 옆으로 돌아나와 앞으로 끼어든다. "백인 동네가 중요한 건 아닙니다. 자존심 있는 흑인 가족이라면 우리도 환영할 겁니다. 나는 흑인들하고 학교에 다녔고, 지금도 주중에 어느 날이라도 흑인하고 함께 일할 용의가 있으니까요. 실제로 우리 회사에는 흑인 채용 프로그램도 있습니다. 문제는 바로 흑인들 자신의 지도자들이 그럴 필요 없다고 하는 거죠. 배신이라면서 말입니다. 정직하게 먹고사는 법을 배우는 게 말입니다." 그의 말은 의도했던 것보다 훨씬 더 멀리 미끄러져나갔다. 그는 거두어들인다. "만일 인간답게 행동한다면 나도 인간답게 대접할 겁니다. 내가 그 점에서 생각이 많이 다른 건가, 에디?"

브룸바크의 몸이 잔뜩 부풀어올라 셔츠 호주머니가 담뱃갑 위로 팽팽해진다. 두 팔뚝은 핏줄이 잡아당기는 것처럼 옆구리에서 구부러져 있다. "나도 베트남에서 유색인들 옆에서 싸웠어." 그가 말한다. "아무 문제 없었지."

"이야, 댁도 베트남 참전 용사라니 재미있네요. 지금 우리가 말하는 그 사람도—"

"아무 문제 없었지." 브룸바크가 말을 이어간다. "우리 모두 규칙을 알고 있었으니까."

쇼월터의 두 손이 미끄러지다, 퍼덕이다, 좁은 옷깃에 닿더니 한달음에 아래로 애무해 내려간다. "아가씨와 흑인이 함께 있는 게 문제죠." 그는 얼른 그렇게 말한다. 슬쩍 건드리고 빠져나가려는 것이다.

브룸바크가 말한다. "참나, 부그*들은 하얀 엉덩이를 사랑한단 말이야. 기지에서 무슨 일이 벌어지는지 봤어야 하는데."

래빗이 말을 꺼낸다. "거긴 노란 엉덩이 아닌가요? 노랭이 엉덩이?"

쇼월터가 그의 팔을 잡더니 옆으로 데려간다. 우편함에서 몇 걸음 떨어진 곳이다. 해리는 누가 그 우편함에 편지를 넣는지 궁금하다. 매일 그 옆을 지나지만, 어쩌면 결코 오지 않을 순간을 기다리는 소화전만큼이나 신기해 보인다. 그것이 딸랑 소리를 내는 것을 들어본 적이 없다. 마운트저지에서는 밸런타인데이가 오면 사람들이 늘 편지를 보냈는데. 브룸바크는 약간 떨어진 곳에서 허공을, 텔레비전 안테나 높이를 보고 있다. 자기 이야기를 한다는 것을 알고 있기 때문이다. "계속 저 친구를 놀리지 마세요."

---

* 흑인을 가리키는 멸칭.

래빗은 브룸바크 쪽을 향해 소리친다. "내가 맥을 놀리는 거 아니죠?"

쇼월터가 더 세게 잡아끄는 바람에, 해리는 그의 작은 매부리코와 부드럽고 서글퍼 보이는 입을 향해 귀를 기울일 수밖에 없다. "저 친구는 그렇게 안정적이지 않아요. 늘 위협을 당한다고 느낀단 말입니다. 앵스트롬 씨를 쫓아오자는 건 내 생각이 아니었어요. 나는 저 친구에게 말했습니다. 저 사람도 사생활의 권리가 있다."

래빗은 박자를 맞추어주려고 똑같이 소곤거린다. "저 사람처럼 생각하는 동네 사람들이 또 얼마나 많습니까?"

"생각하시는 것 이상이죠. 나 자신도 놀랐으니까요. 모두 합리적이고 선량한 사람들입니다. 하지만 이 사람들에게는 맹점이 있죠. 만일 이 사람들한테 아이가 없다면, 여기가 애들이 사는 동네가 아니라면, 아마 다들 그냥 서로 간섭하지 말고 각자 알아서 살자는 쪽이었을 겁니다."

하지만 래빗은 자신과 쇼월터가 브룸바크에게 무례하게 행동하는 듯하여 걱정한다. 그가 소리친다. "보쇼, 에디. 이렇게 합시다."

브룸바크는 자신을 불러 기분이 좋지 않다. 그는 쇼월터가 정리해주기를 바랐다. 래빗은 그 구조를 파악한다. 한 남자는 협상을 하는 사람, 또 한 남자는 완력을 쓰는 사람. 브룸바크가 짖는다. "어떻게?"

"내가 우리 애한테 당신들 창문 안을 들여다보지 못하게 할 테니, 당신들도 애들한테 우리집 창문 안을 들여다보지 못하게 하는 거죠."

"저쪽에서는 당신 같은 자들을 부르는 말이 있었지. 건방진 자식이라는 말이야. 가끔 그런 자식들은 그냥 실수로 수류탄을 맞아 날아가곤 했어."

"아직 다 끝나지 않았는데." 래빗이 말한다. "보너스로, 커튼을 치는 걸 잊지 않도록 노력하죠."

"씨발 좆같은 커튼을 치는 것 정도로 끝내지 않는 게 좋을 거야." 브룸바크가 그에게 말한다. "그곳에 씨발 바리케이드를 치는 게 좋을 거야."

갑자기 우편물 트럭, 빨간색과 흰색과 파란색이 섞이고, 진열 상자처럼 경사진 앞유리가 달린 트럭이 끼익 소리를 내며 갓돌 옆에 멈춘다. 잿빛 옷을 입은 작은 남자가 서둘러, 그들에게는 눈길도 주지 않고 우편함 앞쪽을 열더니 쏟아져나오는 편지, 수백 통은 될 것으로 보이는 편지를 회색 자루에 퍼넣고, 다시 닫아 잠근 다음 차를 몰고 떠난다.

래빗은 브룸바크에게 가까이 다가간다. "원하는 걸 말해봐요. 내가 이 동네에서 떠나기를 바라는군요."

"그냥 흑인이나 내보내쇼."

"댁이 좋아하지 않는 건 흑인과 여자가 함께 있는 거잖아요. 만일 흑인은 남고 여자는 떠난다면?"

"흑인이 가는 거요."

"그 사람은 내 손님인 한 우리집에 있을 겁니다. 저녁 맛있게 드세요."

"경고했소."

래빗이 쇼월터에게 묻는다. "저 협박 들었나요?"

쇼월터는 웃음 지으며 손으로 이마를 훔친다. 덜 우울해 보인다. 그는 할 수 있는 일을 했다. 그가 말한다. "저 친구를 놀리지 말라고 했잖아요. 우리는 최대한 예의를 지켜 앵스트롬 씨를 찾아왔습니다. 다시 말하지만, 문제는 누구의 피부색이 아니라, 벌어지는 일과 관련된 상황입니다. 우리 옆집이 비어 있어 내가 부동산업자에게 말했습니다. 앵스트롬 씨한테 말한 것처럼 분명하게 말했습니다. '집에 남편만 있다면 유색인 가족이라도 현재 시장가에 사서 그 집을 손에 넣을 수 있다. 아무 상관 없이 그 집을 갖게 해라. 아무 상관 없이.'"

"자유주의자를 만나니 좋군요." 래빗이 말하며 그와 악수를 한다. "집사람은 늘 내가 보수주의자라고 하지요."

그리고 브룸바크가 마음에 들어서, 자신이 싸웠어야 하는 곳, 그러나 너무 늙어서, 너무 늙고 뚱뚱하고 겁이 많아서 싸우지 못한 곳인 베트남에서 싸운 사람이라면 누구라도 좋아서, 그하고도 악수를 하려고 손을 내민다.

건방지고 자그마한 사내는 두 팔을 옆구리에 뻣뻣하게 붙이고 있다. 그가 악수 대신 고개를 돌려 망가진 턱을 드러낸다. 흉터는 단지 붉은 L자가 아니다. 래빗의 눈에는 그것이 &로 보인다. 구멍을 때우기 위해 피부를 꿰매고 겹쳐 놓은 곳은 희미한 금들 때문에 복잡하다. 그것은 늘 거기에 남아 있을 것이고, 사람들은 늘 다른 곳으로 눈길을 돌리게 될 것이다. 래빗은 억지로 그것을 본다. 브룸바크의 목소리는 아까보다 덜 폭발적이다. 거의 회한이 담긴 듯하다. 흔들림이 없지만 슬프다. 그가 말한다. "나는 이 얼굴을 내 힘으로 번 거요. 여기서 품위 있는 생활을 할 수 있도록 거기서 얻은 거요. 나는 동정을 구하는 게 아니요. 많은 친구들은 나보다 더 심한 꼴을 당했으니까. 그냥 댁한테 알리려는 거요. 내가 가서 보고 들은 것이 있기 때문에, 내 동네에서 건방진 자식이 나를 괴롭히게 놔두지 않겠다는 거요."

집안으로 들어가니 너무 조용하다. 텔레비전은 꺼져 있다. 넬슨은 부엌 식탁에서 숙제를 하고 있다. 아니, 스키터의 책을 읽고 있다. 별로 많이 읽지는 않았다. 래빗이 묻는다. "두 사람은 어디 있어?"

"자고 있어요. 위층에서."

"같이?"

"질은 아버지 침대에서 자는 것 같아요. 스키터는 제 침대에서 자고요. 스키터 말이 소파에서 악취가 난다던데요. 제가 학교에서 왔을 때는 깨어 있었어요."

"어때 보이디?"

새로운 맥락을 건드리는 질문임에도 넬슨은 곧바로 대답한다. 그들 사이의 모든 어둠에도 불구하고, 그들은 최근 서로를 향해, 아버지와 아들로서 성장했다. "신경이 곤두섰어요." 넬슨은 책에 대고 대답한다. "요즘 들어 기분이 나쁘다면서 어젯밤에는 잠을 전혀 못 잤다고 하더라고요. 무슨 알약 같은 걸 먹었나봐요. 저를 보지 못하는 것 같았어요. 마치 제 머리 위쪽을 보는 것 같았어요. 그리고 계속 저를 베이비 척이 아니라 척이라고 불렀어요."

"질은 어때?"

"죽은 듯이 자요. 안을 들여다보고 이름을 불렀지만 꼼짝도 안 해요. 아빠—"

"어서 말해봐."

"스키터가 질한테 뭘 주고 있어요." 그 생각은 그의 안에 너무 깊이 박혀 있어 쉽게 나오지 않는다. 그 말을 한 뒤에 그의 눈이 쑥 들어간다. 아버지는 아이가 궁리를 한다고, 수줍어하고, 두려워하고, 적당한 말을 찾지 못한다고, 아버지의 기분을 상하게 하는 일을 원치 않는다고 느낀다.

해리가 부추긴다. "뭘?"

아이는 얼른 달려든다. "질은 이제 전혀 웃지 않아요. 어떤 것에도 관심을 갖지 않아요. 그냥 앉아 있거나 잠만 자요. 질의 피부를 봤어요, 아빠? 너무 창백해요."

"원래 희어."

"그래요, 알아요. 하지만 그 이상이에요. 병자처럼 보여요. 거의 아무것도 먹지 않는데, 그런데도 가끔 토하기도 해요. 아빠, 스키터가 질한테 계속 그런 짓을 하게 놔두면 안 돼요, 그게 무슨 짓이든. 막아야 돼요."

"내가 어떻게 막니?"

"쫓아낼 수 있잖아요."

"질이 함께 나가겠다고 했는데."

"안 그럴 거예요. 질도 스키터를 싫어해요."

"너는 스키터를 좋아하는 거 아냐?"

"좋아하지 않아요. 그래야 한다는 건 알아요. 아빠가 좋아한다는 것도 알고요."

"내가?" 그는 놀라서 넬슨에게 약속한다. "내가 말하마. 하지만 알다시피, 사람은 물건이 아니야. 저 둘이서 함께 하고 싶어하는 걸 갖고 내가 이래라저래라 할 수 없어. 우리가 질의 인생을 대신 살아줄 수는 없어."

"살아줄 수 있어요. 아빠가 원하면. 아빠가 관심만 가지면." 이것이 넬슨으로서는 최대한의 반항이다. 이러한 발아發芽에 래빗은 본능적으로 부드러워진다. 그것을 무시한다.

그는 간단하게 지적한다. "질은 너무 나이가 많아 양녀로 들일 수가 없어. 그리고 너는 너무 어려서 결혼을 할 수 없고."

아이는 얼굴을 찌푸리고 책을 들여다본다. 말이 없다.

"자, 네가 대답 좀 해줄 게 있어."

"알았어요." 넬슨의 얼굴이 긴장한다. 닫히려 한다. 아이는 질과 섹스와 자신에 관한 질문을 받게 될 것이라고 예상하고 있다. 래빗은 아이의 예상을 깰 수 있어서, 아이에게 약간의 여유를 줄 수 있어서 기쁘다.

"집에 오는 길에 두 남자가 나를 막아서더니 애들이 우리집 창문 안을 들여다본다고 하더라고. 뭐 들은 얘기 있어?"

"그럼요."

"뭐가 그럼요야?"

"애들이 그런다고요."

"누가?"

"모두 다요. 프랭크하우저, 그리고 그 얼간이 지미 브룸바크, 에벌린 모리스, 또 펜파크에 사는 그 여자애 친구들, 마크 쇼월터, 그리고 아마 그애 여동생 매릴린도요. 아주 꼬맹이이긴 하지만—"

"도대체 걔들이 언제 그러는 거야?"

"그때그때 달라요. 학교가 끝나고 저는 축구 연습을 할 때, 그러니까 아빠가 퇴근하시기 전까지 그애들은 자기들끼리 어울려다녀요. 가끔 어두워진 뒤에도 오는 것 같아요."

"그래서 뭔가를 본 거야?"

"가끔 본 것 같아요."

"너만 딱하게 됐구나. 그래서 걔들한테 뭐라 그래?"

"씨발 꺼지라고 그래요."

"야. 말조심해."

"걔들한테 그렇게 말한다고요. 아빠가 물어보셨잖아요."

"그럼 싸워야 하는 거야?"

"꼭 그렇진 않아요. 가끔 저한테 욕을 할 때만 싸워요."

"뭐라고 욕을 해?"

"그냥요. 됐어요, 아빠."

"뭐라고 욕을 하는지 말해봐."

"검둥이 넬리."

"하. 착한 애들이로군."

"그냥 애들이에요, 아빠. 무슨 뜻이 있는 건 아니에요. 질은 무시해 버리래요. 무지한 애들이라면서요."

"질을 갖고도 놀려?"

아이는 얼굴을 완전히 돌려버린다. 머리카락이 목을 덮는다. 그러나 뒤에서 보아도 여자로 착각할 일은 없을 것 같다. 어깨의 각도, 빗지 않은 머리카락 때문에. 목이 메어서 나오는 소리는 남자답다. "그 얘기 는 더 하고 싶지 않아요, 아빠."

"그래. 고맙다. 야. 미안하다. 우리 모두가 만들어놓은 이런 엉망인

환경에서 네가 살아야 한다는 게 미안하구나."

목멘 소리가 커진다. "정말이지 엄마가 돌아오셨으면 좋겠어요! 있을 수 없는 일이란 건 알지만, 마음은 그래요." 넬슨은 주먹으로 식탁의자의 등을 쿵 치더니, 주먹으로 친 곳에 이마를 댄다. 래빗은 지나는 길에 무력하게 아이의 머리카락을 쓰다듬어 흐트러놓고, 냉장고에서 맥주를 꺼낸다.

이제 밤이 일찍 찾아온다. 여섯시 뉴스가 끝나자 어둡다. 래빗이 스키터에게 말한다. "오늘 베트남 참전 용사를 또 한 사람 만났어."

"젠장, 세상은 남 참전 용사로 빠르게 채워져서 곧 다른 사람은 다 사라지게 될 거야, 응? 잊히지 않아, 투이 호아 근처의 등대에 들어갔던 게. 벽이 온통 흰색이었지. 모두 거기에 한두 번은 가서 그림을 그려놓았어. 그런데, 내가 완전히 뻑갔던 건, 누군가, 찰리든 비우호적인 녀석들이든, 또 아빈은 우리가 그걸 그놈들한테 넘겨줄 때까지 거기에 가까이 간 적이 없지만, 어쨌든 상대편 누군가가 벽 하나 가득 호 아저씨를 그려놨다는 거야. 비역질당하는 호 아저씨, 해골에 똥을 누는 호 아저씨, 이러는 저러는 호 아저씨. 대놓고 불경스럽잖아, 응? 그래서 나는 속으로 말했어, 저 가엾은 자지 같은 놈들도 우리만큼이나 엿이 되고 있구나. 우리 모두 자기들이 아직도 역사를 만들 수 있다고 생각하는 늙은 미치광이들한테 잡혀 있구나. 이제 역사는 만들 수 없어, 척."

"그럼 뭐를 만드는데요?" 넬슨이 묻는다.

"형편없는 무질서." 스키터가 대답한다. "그런 다음에, 거의 틀림없이, 바로 '나.'"

넬슨의 눈이 아버지의 눈을 찾는다. 요즘에는 스키터의 광기가 나타날 때면 늘 그런다. "아빠, 질을 깨워야 하지 않나요?"

해리는 두번째 맥주를 마시며, 첫번째 꼬투리를 피우고 있다. 양말을 신은 두 발은 신발 수선공 벤치에 올려놓고 있다. "왜? 자게 놔둬. 너무 빡빡하게 굴지 말고."

"그게 아니지요." 스키터가 말한다. "꼬마한테 좋은 계획이 있구먼 그래. 그 씨발 귀여운 질은 어디 있어? 나 꼴리는데."

넬슨이 묻는다. "꼴리는 게 뭐예요?"

"꼴리는 건 내가 지금 느끼는 거야." 스키터가 대답한다. "베이비 척, 가서 그 형편없는 씨발년을 끌고 내려와. 여기 남자들이 먹을 게 필요하다고 해."

"아빠—"

"어서, 넬리, 잔소리 그만하고. 스키터가 하라는 대로 해. 너 숙제 없냐? 위층에 가서 해. 지금은 어른들의 저녁 시간이야."

넬슨이 사라지자 래빗은 숨을 쉴 수 있다. "스키터, 내가 한 가지 이해 못하는 게 있는데, 베트콩을 어떻게 생각해? 그러니까 걔네들이 옳은 거야, 아니면 틀린 거야, 아니면 뭐야?"

"사람 하나하나를 보면, 아니, 노랭이 하나하나를 본다고 해야 할까, 어쨌든 걔네들은 아주 아름다워, 정말로. 그렇게 용감한 걸 보면 약에 취한 게 틀림없어. 게다가 많은 수가 꼬마 넬리만한 나이밖에 안 돼, 응? 하지만 무더기로 보자면, 나는 걔들이 뭘 하자는 건지 도무지 이해할 수가 없어. 우리는 경우에 따라 하얀색이나 검은색이고, 걔네는 노란색, 그리고 거기에 먼저 들어가 살고 있다는 걸 빼면, 응? 그게 아니면 나는 걔네들 하는 짓이 그렇게 말이 된다고 생각하지 않아. 걔네들이 가장 거세하고 싶어하고, 목매달고 도랑에 산 채로 묻어버리고 싶어하고. 하여간 그런 법석을 떨고 싶어하는 애들이 자기네처럼 노란색이기 때문이야, 응? 따라서 나는 걔네들도 거짓 예언으로 인한 혼란의 또하나의 단면이라고 생각하고 싶어. 그걸 보면서 '내'가 때가 차서 여기에 온 것임을 알 수도 있겠지. 하지만. 하지만, 솔직히 말해 정치는 이 따분한 권력 관련 일의 일부이기 때문에 나는 별로 흥미가 없어. 나는 인간적인 일에 흥미가 있어, 응? 너도 그렇잖아. 응, 척? 질이 오네."

질이 표류하듯이 떠내려와 있다. 얼굴의 피부가 당겨진 것처럼 보인다.

래빗이 묻는다. "배고파? 땅콩버터 샌드위치를 만들어 먹어. 우리도 그랬어."

"배고프지 않아요."

래빗은 스키터가 되려고 노력하며 그녀를 자극한다. "맙소사, 먹어야 돼. 막대기처럼 말랐잖아. 도대체 무슨 엉덩이가 빌어먹을 그 모양이야? 이제 거기에는 아무것도 없는 거야? 우리가 너를 왜 여기에 두고 있는 거라고 생각하는데?"

그녀는 그를 무시하고 스키터에게 말한다. "나 필요해."

"제엔-자앙, 어린 여자야, 우리 모두 필요해, 응? 온 세상이 필요해. 그게 우리가 합의한 거잖아, 척? 온 야만 세상에 '내'가 필요하다고. 그리고 '나,' 나도 다른 뭔가가 필요해. 네 씹을 이리 가져와, 백인 여자야."

이제야 그녀는 래빗 쪽을 본다. 그는 그녀를 도울 수 없다. 그녀는 늘 그의 계급이 아니었다. 그녀는 소파의 스키터 옆에 앉더니 그에게 상냥하게 묻는다. "뭐야? 내가 그걸 주면 너도 그걸 줄 거야?"

"그럴지도. 이렇게 하자, 질, 자기. 그 남자를 위해 그걸 하자."

"무슨 남자?"

"그 남자. 저 남자. 저기 있는 빅터 찰리. 저 남자가 그걸 원해. 저 남자가 왜 우리를 여기에 두고 있다고 생각하는 거야? 번식하는 거, 바로 그거 때문이야. 야. 내 친구 해리?"

"듣고 있어."

"검둥이인 게 좋지, 그렇지?"

"좋아."

"착한 검둥이가 되고 싶지, 응?"

"맞아." 천장에서 애처롭게 바스락거리는 소리, 넬슨이 자기 방에서 내는 소리가 아주 멀게 느껴진다. 내려오지 마. 거기 그대로 있어. 연기가 그의 핏줄과 섞이고 허파는 가지를 뻗는 나무가 된다.

"좋아," 스키터가 말한다. "그럼 이렇게 하지. 너는 거기 앉아 있는 커다란 흑인 남자야. 너는 그 의자에 묶여 있는 거야. 그리고 나, 나는 눈처럼 하얘. 보-라." 그러더니 스키터는, 그 특유의 갑작스러운 동작으로 감전된 듯 허둥거리며 일어서서 셔츠를 벗는다. 방의 짙은 어스름 속으로 그의 상반신이 사라진다. 이윽고 그가 허리 높이에서 손으로 자기 몸을 할퀴는 듯한 동작을 하자, 하반신도 사라진다. 오직 그의 안경만 남는다. 은빛 원. 육체에서 분리된 그의 목소리는 어둠이다. 크레센트 끝에 있는 가로등의 파란 빛을 배경으로 서서히 그의 머리, 둥근 구름이 드러난다. "그리고 여기 이 어린 여자." 그가 소리친다. "이 어린 여자는 석탄처럼 까매. 니제르강 유역에서 강제로 데려온 흑단 같은 동정녀야, 응? 일어나, 자기, 네 이를 보여줘. 완전히 한 바퀴 돌아." 그의 두 손의 검은 그림자가 질이라는 하얗고 뿌연 곳 안으로 미끄러져들어가더니, 마치 도공이 붕붕거리는 녹로에서 진흙덩어리를 쓰다듬어 올려 꽃병을 만들듯이 위로 쓰다듬어올린다. 그녀는 계속 올라간다. 꽃병에서 피어오르는 연기. 그녀의 드레스가 머리 위로 들려올라가고 있다. "한 바퀴 돌아, 자기, 네 궁둥이를 우리에게 보여줘." 부드럽게 철썩 치는 동작이 어둠에 금박을 입힌다. 흰색이 회전한다. 확대된 래빗의 눈은 빛과 어둠의 색조들을 가려낼 수 있다. 신발 수선공 벤치 너머 그에게서 2미터 떨어진 곳에 있는 몸들의 윤곽을 그려낼 수 있다. 질의 엉덩이의 어두운 금, 그녀의 엉덩이 근육이 만들어낸 흐릿하고 우묵한 곳, 여윈 좌골 사이의 어둑한 갈기를 볼 수 있다. 배는 길어 보인다. 젖가슴이 있어야 하는 곳에는 검은 거미들이 싸우고 있다. 이윽고 그는 그 거미들이 스키터의 손이라는 것을 알아본다. 스키터는 질에게 소곤거리고 있다, 중얼거리고 있다. 그러는 동안에도 두 손은 달을 등진 박쥐처럼 퍼덕이고 있다. 그녀가 말하는 소리가 귀에 들린다. 그녀의 머리카락을 통해 걸러져 나온 목소리다. 그녀가 말하는 문장에는 "만족시킨다"는 단어가 들어가 있다.

스키터는 낄낄거린다. 끝이 갈라진 번개. "자." 그가 노래를 부른다. 그의 목소리는 빙글빙글 돌며 앞으로 나오는 황금 테가 되었다. 곡예사를 겸한 경매인. "우리는 이 귀엽고 석탄처럼 까만 숙녀에게서 수운-종의 모오-범을 보게 될 것입니다. 이 숙녀는 테네시주 내슈빌 출신의 전문적 거래인들이 길을 들여놓았으며, 부엌, 복도, 마구간, 그리고 침실에서 아무런 문제를 일으키지 않을 것임을 그 거래인들이 절-대-적으로 보장합니다!" 다시 가볍게 찰싹 때리자, 하얀 진흙이 작아진다. 질은 무릎을 꿇고 있고, 스키터는 여전히 서 있다. 이제 아주 약하고 미끌미끌한 은빛 소리가 정적을 어루만진다. 하지만 래빗은 정확하게 볼 수가 없다. 꼭 봐야 하는데. 유목 램프가 그의 뒤에 있다. 그는 고개를 돌리지 않고 손으로 더듬어 스위치를 켠다.

좋아.

그의 눈에 보이는 것은, 첫 빛에는, 인쇄 과정을 떠올리게 한다. 잉크를 바른 판이 몇 군데에서 하얀 종이와 닿는다. 눈이 적응이 되자 스키터가 검지 않다는 것을 알 수 있다. 그는 부드러운 갈색이다. 둘은 가벼운 벌을 받고 있는, 피부가 만질만질한 아이들이다. 한 명은 서게 하고 또 한 명은 무릎을 꿇게 했다. 스키터는 몸을 웅크리고 긴 손, 아주 작은 장미 꽃잎 같은 손톱이 달린 손을 아래로 뻗어 질의 옆모습에 노려보는 눈이 닿지 못하게 막고 있다. 질의 눈꺼풀은 계속 닫혀 있고, 입은 계속 벌어져 있다. 젖가슴은 너무 얕아 그림자를 드리우지 않는다. 밑에서 받쳐주는 뒤꿈치 위로 펼쳐진 둔부의 부푼 모습이, 허공에서 계주 배턴을 받으려는 듯이 그의 불알 옆에 떠 있는 손의 하얀 백합 같은 모습이 매우 여성적이다. 스키터의 긴 좆의 사오 센티미터가 그녀의 얼굴에 감싸이지 않고 벗어나 있다. 자줏빛 이삼 센티미터는 라일락 빛으로 표백되고, 그 바로 위에 그의 금속 같은 음모가 폭발하고 있다. 그의 염소수염의 형태와 질감. 스키터는 보호하듯이 웅크린 자세를 유지하며 수줍게 빛 쪽으로 얼굴을 돌린다. 안경이 불투명하게 빛나고, 윗입술이 고통을 흉내내며 들려올라간다. "안마, 왜 그러는 거야? 그 불 꺼."

"너 아름다운데." 래빗이 말한다.

"좋아, 옷 벗고 들어와, 얘는 몸에 구멍이 가득하잖아, 응?"

"무서운데." 래빗은 솔직히 말한다. 사실이다. 그들은 아름다울 뿐 아니라 동시에 그를 해체해버릴 수도 있는 서로 얽힌 기계로 보인다.

빛이 따귀처럼 때리는 바람에 질은 마비 상태가 되었지만, 그 고백이 그녀의 무아경을 뚫고 들어간다. 그녀는 고개를 돌리고, 스키터의 음경이 풀려나며 늘어진다. 밝고 축축한 끈이 끊어진다. 그녀는 해리를, 그 너머를 본다. 그가 자비를 베풀어 불을 끄려고 손을 뻗을 때 그녀가 비명을 지른다. 그의 시야 구석으로 그도 그것을 본다. 얼굴이다. 창문에. 담배에 탄 자국 두 개 같은 눈. 램프를 끄자 얼굴은 사라지고 없다. 창문은 검은 방 안에서 흐릿하게 파란 사각형이다. 래빗은 앞문으로 달려가 문을 연다. 밤공기가 살갗을 깨문다. 10월이다. 잔디는 인공적이고, 생명이 없고, 메마르고, 색깔이 없는 것처럼 보인다─풀의 스냅사진이다. 비스타 크레센트는 주차된 차들을 제외하면 텅 빈 채로 뻗어 있다. 단풍나무는 너무 늘씬하여 아무도 숨겨줄 수 없다. 아이는 꽃밭을 따라 집의 앞쪽을 가로지른 뒤 지금은 차고 안에 있을지도 모른다. 차고 문이 올라가 있다. 만일 그 아이가 넬슨이라면, 차고의 문은 부엌으로 통한다. 래빗은 보지 않기로, 쫓지 않기로 결정한다. 그가 들어설 공간이 없다고 느낀다. 그의 앞에 펼쳐진 광경이 납작하고, 뻣뻣하고, 차가운 사진 같다. 유일하게 움직이는 것은 그의 입에서 나오는 김뿐이다. 그는 문을 닫는다. 부엌에서 누가 움직이는 소리는 들리지 않는다. 그는 거실에 대고 말한다. "아무도 없어."

"나쁘네." 스키터가 말한다. 그의 자지는 긴장이 완전히 풀렸다. 쭈 그리고 앉자 두 다리 사이에 늘어진 채찍처럼 보인다. 질은 바닥에서 울고 있다. 얼굴은 숙이고 벌거벗은 몸은 매듭처럼 꼬고 있다. 엉덩이 가 하트 모양의 위쪽 반을 이루고 있다. 다만 색깔이 하얄 뿐이다. 살 색깔의 머리카락은 음침한 녹색 카펫 위에 부채처럼 펼쳐져 있다. 래 빗과 스키터가 함께 쭈그리고 앉아 그녀를 안아올린다. 그녀는 저항 하며, 맥없이 구른다. 머리카락이 물결처럼 얼굴을 가로지르고, 구름 처럼 입을 가리고, 거미줄처럼 턱과 목에 들러붙어 있다. 밀크위드 분 비물 같은 것이 턱에 한 줄로 묻어 있다. 래빗은 손수건으로 턱과 입을 닦아준다. 나중에, 모든 것이 사라졌을 때, 몇 주 동안, 그는 이 손수건 을 꺼내 거기에, 거의 감지할 수 없는 먼 바다 냄새에 코를 묻게 된다.

질의 입술이 움직이고 있다. 그녀가 말하고 있다. "나한테 약속했어. 약속했잖아." 그녀는 스키터에게 말하고 있다. 래빗이 큰 얼굴을 그녀 의 얼굴 위로 구부리고 있지만, 그녀의 눈은 오로지 그의 옆에 있는 검 고 좁은 얼굴만 보고 있다. 그녀의 눈에는 녹색이 없다. 검은 눈동자 가 홍채를 가렸다. "이렇게 멍청하고 엉망일 수가." 그녀가 작게 훌쩍 이며, 마치 자신의 불평을 조롱하듯이 말한다. 자신이 과장한다는 것 을 아는 코네티컷의 주부 같다. "오, 맙소사." 그녀가 나이든 목소리로 덧붙이며 눈을 감는다. 래빗이 그녀의 몸에 손을 댄다. 그녀는 땀을 흘리고 있다. 그의 손길에 그녀는 몸을 떨기 시작한다. 그는 그녀에게 담요를 덮어주고 싶다. 다른 것이 없다면 자신의 몸을 담요로 삼고 싶다. 그러나 그녀는 스키터에게게만 말한다. 그녀에게 래빗은 그 자리에 없다. 그 혼자만 자신이 여기에 있다고 생각할 뿐이다.

스키터는 그녀를 굽어보며 질문을 밀어넣는다. "너의 주 예수는 누구지, 질 자기?"

"스키터."

"나야, 응?"

"응."

"너는 너 자신보다 나를 사랑하지?"

"훨씬 더."

"나를 보면 뭐가 보여, 질 자기?"

"모르겠어."

"거대한 백합이 보이지, 응?"

"응. 약속했잖아."

"내 좆을 사랑해?"

"응."

"내 좆물을 사랑해, 사랑스러운 질? 그게 네 핏줄에 들어가는 게 좋아?"

"응. 제발. 놔줘. 약속했잖아."

"나는 너의 구세주야, 응? 응?"

"약속했잖아. 약속 지켜야 돼. 스키터."

"알았어. 내가 네 구세주라고 말해."

"내 구세주야. 어서. 진짜로 약속했잖아."

"좋아." 스키터는 서둘러 설명한다. "얘한테 좀 눠줘야겠어. 너는 위로 올라가, 척. 네가 이걸 보게 하고 싶지 않아."

"보고 싶어."

"이건 아냐. 이건 나빠, 인마. 나빠, 나빠, 나빠. 이건 똥이야. 너는 계속 깨끗해야지. 너는 여기에 끼지 않아도 이미 나 때문에 골치가 아플 만큼 아프잖아, 응? 꺼져. 비는 거야, 인마."

래빗은 이해한다. 그들은 베트남에 있다. 그들은 인질을 잡았다. 밖에는 어디를 가나 비우호적인 존재들이 있다. 그는 현관문을 확인한다. 세 번의 초인종 소리를 흉내내는 세 개의 창 밑에 몸을 낮추고 가만히 움직이지 않는다. 슬며시 부엌으로 들어가 본다. 아무도 없다. 안에서 차고 문의 빗장을 가로지른다. 자신의 그림자를 좁히려고 옆걸음으로 층계를 오른다. 넬슨의 문간에서 무의식적인 숨소리를 찾아 귀를 기울인다. 아이의 숨이 거슬리는 소리를 내며 바닥에 닿는 것이 들린다. 그의 침실로 가자 가로등이 그의 벽지에 음화로 단풍나무 잎들을 흩뿌리고 있다. 그는 속옷을 입은 채 침대에 들어간다. 일어나 달려야 할지 모르기 때문이다. 어린 시절 여름이면 빨랫줄의 빨래가 마르지 않을 때 속옷을 입고 자야 했다. 래빗은 아래층에서 나는 소리에 귀를 기울인다. 짤까닥, 딸까닥 하고 부엌에서 나는 소리. 팬을 스토브에 올리고, 유릿조각이 땡그랑거리고, 발이 리놀륨을 가로지르는 소리, 늘 그를 졸리게 만들던 소리, 엄마가 일어나는 소리, 세상을 돌보는 소리. 심장은 계속 두근거리지만 생각은 해체되기 시작한다. 질의 하얀 하트 모양 엉덩이 위로 파도가 부서진다. 하트는 태양처럼 그의 망막에 찍혀 있다. 오프셋 대 활판인쇄. 오프셋에는 절대 활판인쇄의 짜릿함이 없고, 오프셋은 기름에 전 것처럼 보인다. 그래도 미래의 물결이다. 그녀가 그의 옆으로 들어온다. 그녀의 하트가 그의 배와 보드랍게 축 늘어진 좆에 서늘하게 기댄다. 그는 깜빡 잠이 들었다. 그가 묻는다. "시간이 많이 됐어?"

질이 느릿느릿 말한다. "아주 많이 됐어요."

"기분이 어때?"

"나아졌어요. 지금은."

"너를 의사한테 데려가야겠어."

"도움이 안 될 거예요."

그에게는 더 좋은 생각이 있다. 너무 당연한 것이라 왜 미처 그런 생각을 못했는지 이해가 안 된다. "너를 네 아버지에게 데려가야겠어."

"잊었군요. 아버지는 죽었어요."

"그럼 네 어머니한테."

"차가 죽었어요."

"돈을 주고 찾아야지."

"너무 늦었어요." 질이 말한다. "아저씨가 나를 사랑하려고 노력하기에는 너무 늦었어요."

그는 대답을 하고 싶지만, 그 말에는 어리둥절하게 만드는 무거운 진실이 있어, 그는 밑으로 가라앉는다. 그의 손은 그녀 허리의 안으로 우묵하게 내려간 곳을 쓰다듬고 있다. 따뜻한 새가 자기 둥지를 향해 내려가고 있다.

햇빛, 늙은 광대. 단풍잎이 너무 많이 떨어져 아침빛이 대담하게 비스듬한 각도로 쳐들어온다. 두통이 두개골을 뜯어먹고, 꿈(그는 파자세크와 함께 카누를 타고 노를 저어 짙은 녹색 땅을 통과하여 상류로 갔다. 그들의 목적지는 식탁보처럼 접히고 줄무늬가 있는 먼 산 같았다. '내 은 총알은 언제 가질 수 있습니까?' 래빗이 그에게 물었다. '약속했잖아요.' '바보. 멍청하긴.' 파자세크가 그에게 말했다. '훨씬 더 많은 걸 아시잖아요.' 래빗이 말이 되지 않는 소리로 대꾸했다. 그러자 큰물 같은 빛 속에서 그의 심장이 열렸다)이 전날 밤과 합쳐진다. 둘 다 비현실적이다. 질은 그의 옆에서 고요하게 자고 있다. 목 하단에, 머리카락이 나기 시작하는 선을 따라 땀이 모여 반짝이고 있다. 잠이 깨지 않도록 조심스럽게 그녀의 손목을 잡고 주근깨가 난 팔 안쪽을 볼 수 있도록 뒤집는다. 벌한테 물린 자국이라 해도 좋을 것 같다. 별로 많지는 않다. 재니스한테도 말할 수 있다. 그 순간 재니스가 여기 없다는 것, 오직 넬슨만이 그들의 자식이라는 것이 기억난다. 그는 천천히 침대에서 나오며, 엄마가 파자마를 빨랫줄에 널어놓았던 때처럼 자신이 속옷만 입고 있다는 것을 발견하고 재미있다고 생각한다.

아침을 먹고 나서 질과 스키터가 자는 동안 그와 넬슨은 잔디를 깎고 갈퀴질을 하여 겨울을 맞이할 준비를 해둔다. 그는 이것이 마지막 잔디깎이이기를 바라지만, 사실 풀은 높은 곳만 바싹 말랐지 우묵하여 습기가 고인 곳은 힘찬 녹색이다. 부엌에서 거리까지 한 줄로 이어지는 잔디도 마찬가지다. 아마 하수관이 깨져 물이 새기 때문일 것이고,

그래서 펜빌라스의 땅에서 달콤한 악취가 풍기는 것인지도 모른다. 그리고 잎들—그가 넬슨에게 소리치자, 넬슨은 그의 이야기를 들으려고 냉소를 퍼붓는 잔디깎기 기계를 끈다. "도대체 어떻게 저렇게 바싹 마른 작은 나무에서 잎이 이렇게 많이 나오는 걸까?"

"다 저 나무의 잎은 아니에요. 다른 나무의 잎들도 바람에 날아와요."

그는 둘러본다. 이웃들도 나무가 있다. 그의 나무처럼 어리지만 몇 그루는 벌써 지붕에 이를 만큼 키가 크다. 언젠가 넬슨이 다시 이곳으로, 어린 시절 살던 동네로 돌아와 이상하게 어둡다고, 그늘에 묻혀 있다고, 잔디는 무성하고, 집들은 고색창연하다고 생각할지도 모른다. 다른 마당에서 아이들이 소리를 지른다. 담장과 진입로 몇 개 너머로 아이들이 토요일 풋볼을 하고 있다. 한 목소리가 빽빽거린다. "여기 비었어, 여기 비었어." 그러자 공이 순순히 그쪽으로 둥둥 떠간다. 나쁜 동네가 아니야, 그는 생각한다. 기회만 주면 멋진 곳이 될 수도 있어. 다른 집들 둘레의 갈퀴와 잔디깎이를 든 남자들은 그 자신을 거울에 비춘 것 같다. 아이가 잔디깎이를 다시 움직이기 전에 그가 묻는다. "오늘 네 어머니한테 가는 거 아니야?"

"내일 가요. 오늘은 엄마가 찰리하고 포코노스에 간대요, 단풍을 보러. 찰리의 형제 부부하고 함께 간대요."

"이야, 제대로 어울리고 있네." 진짜 스프링어로군. 그는 혼자 웃음 짓는다. 무슨 비뚤어진 마음인지 자랑스러운 느낌이 든다. 이제 법적 서류가 오는 일만 남은 것이 분명하다. 그러고 나면 그는 무소속 무리, 브루어의 괴짜 노인 무리에 낄 수 있다. 인간쓰레기, 아빠는 그렇게 말하곤 했다. 즐길 수 있을 때 비스타 크레센트를 즐기는 게 좋겠군. 그는 다시 갈퀴질을 시작하며, 잔디깎이의 냄새를 내뱉는 소리가 시작되기를 기다리며 귀를 기울인다. 그러나 기계가 비틀거리고 시동 장치가 털털거린다. 같은 일이 되풀이된다. 넬슨이 소리친다. "아빠. 휘발유가 떨어진 것 같은데요."

이렇게 햇빛을 받는 작은 일들을 처리하는 토요일이다. 관리하고 거래하는 행위가 이루어진다. 그와 넬슨은 빈 오 갤런들이 캔을 들고 와 이저 스트리트까지 어슬렁어슬렁 걸어가 게티주유소에서 캔을 채운다. 돌아오다 끝내주게 차려입고 집에서 나오는 질과 스키터를 만난다. 스키터는 홀태바지, 악어가죽 구두, 밤색 터틀넥, 복숭아색 카디건 차림이다. 막 프로골프 선수가 된 사람처럼 보인다. 질은 수선한 하얀 드레스에 해리의 갈색 스웨터 차림이다. 풋볼 시합이 시작되기 전 정오 응원에 나가는 응원단장 같다. 얼굴은 비록 여위고 피부도 운모처럼 얇아 곧 부서질 것 같지만, 그래도 분홍색 홍조를 띠고 있다. 흥분한 듯하고, 다정해 보인다. "냉장고에 살라미하고 상추가 있으니까 배고프면 그걸로 점심을 해 먹으면 돼요. 나는 스키터하고 그 빌어먹을 차를 어떻게 할 수 있나 보러 브루어에 가요. 그리고 베이브한테도 들러볼까 생각중이에요. 오후 늦게 돌아올 거예요. 아저씨는 오늘 오후에 어머니한테 가셔야 할지도 모르겠네요. 한 번도 안 가서서 내가 영 찜찜해요."

"그래, 갈 수도 있지. 너는 괜찮아?" 그는 스키터에게도 묻는다. "버스비는 있어?"

스키터는 그렇게 옷을 입어서인지 멋쟁이의 억양으로, 염소수염을 내밀며 이를 거의 벌리지 않고 말한다. "질리한테 돈이 잔뜩 있어. 모자라면 네 이름으로 달아놓으면 되잖아, 응?" 래빗은 어젯밤의 벌거 벗은 남자, 매달려 흔들리던 음경, 툭 튀어나온 뒤꿈치, 정글의 모닥불 옆에 쭈그려앉은 듯한 자세를 기억하려 애쓰지만, 기억이 나지 않는 다. 다른 영역이었던 것이다.

그는 진지한 대낮의 인간이 되어 잔소리를 한다. "나하고 넬슨은 여섯시쯤 나가니 그전에 돌아오는 게 좋을 거야. 집을 비워두고 싶지 않으니까." 그는 넬슨이 듣지 못하도록 목소리를 낮춘다. "어젯밤 이후로 나는 좀 무서워."

"어젯밤에 무슨 일이 있었는데?" 스키터가 묻는다. "내 기억으로는 무서운 일 전혀 없었는데. 우리 모두 그냥 사람일 뿐이야. 이 '야만합중국'에서 잘 버티며 살아가고 있지." 그는 갑옷을 단단히 껴입었다. 무슨 말을 해도 소용이 없다.

래빗이 시험해본다. "너는 나쁜 검둥이야."

스키터는 햇빛 속에서 천사 같은 치열을 드러내며 웃음 짓는다. 안경이 빛나는 고리를 텔레비전 안테나들보다 높이 던져올린다. "이제 네가 내 노래를 부르고 있군." 그가 말한다.

래빗이 질에게 묻는다. "이 미치광이하고 함께 다녀도 괜찮겠어?"

그녀가 가볍게 말한다. "이 사람은 내 원조교제 아빠예요." 그러면서 그의 팔짱을 낀다. 두 사람은 그렇게 얽혀 비스타 크레센트를 내려가, 섞이는 카드 같은 전망창들 속으로 사라진다.

래빗과 넬슨은 잔디 일을 마무리한다. 그들은 점심을 먹고, 한동안 풋볼을 던진다. 이윽고 아이가 풋볼 연습경기에 끼러 가도 되겠느냐고 묻는다. 경기를 하는 아이들이 외치는 소리가 들리고 있다. 아이는 그 아이들 몇 명을 안다. 창문을 들여다보는 애들이지만, 괜찮아요, 아빠. 사실 모든 게 용서받을 수 있을 것 같은 느낌이다. 모든 것이 토요일의 미국으로 스며들 것이다. 비가 땅으로 스며들듯이, 나날이 시간으로 스며들듯이. 래빗은 집안으로 들어가 월드 시리즈 첫 경기, 볼티모어가 메츠를 압도하는 경기를 한동안 보다가, 풋볼에서 펜 스테이트가 웨스트버지니아를 압도하는 경기로 옮겨간다. 그러다 그의 내부에서 부풀어오르는 예감의 거품 때문에 더 가만히 앉아 있을 수가 없어 전화기로 가서 집으로 전화를 한다. "아빠, 저예요. 오늘 오후에 가려고 했는데 아이가 시합을 하러 밖에 나갔어요. 그리고 밤에는 포스나트네 집에 가야 돼요. 그래서 말인데, 내일까지 기다릴 수 있나요? 엄마가 말이에요. 덧창의 망을 가느라 바쁠 것 같기도 하고요, 어젯밤에는 쌀쌀하더라고요."

"기다릴 수 있지, 해리. 사실 네 어머니는 요즘 기다리는 일을 많이 해."

"네, 뭐." 그가 하고 싶은 말은 그게 그의 잘못이 아니라는 것이다. 그가 노년을 만들어낸 것이 아니니까. "밈은 언제 온대요?"

"이제 곧. 정확한 날짜는 모르지만. 곧 올 거야. 그게 그애가 한 말이야. 그애가 쓰던 방은 준비해뒀다."

"엄마는 요즘에 잠은 잘 자요? 계속 꿈을 꾸나요?"

"그렇게 물어보다니 이상한 느낌이다, 해리. 내가 늘 말했잖니, 너하고 네 어머니는 거의 영매라고. 네 어머니 꿈은 계속 심각해지고 있어. 어젯밤에는 우리가 네 어머니를 생매장하는 꿈을 꾸었다는구나. 너하고 나하고 밈이 함께 말이다. 오직 넬슨만 그걸 막으려 했다는구나."

"이런, 어쩌면 엄마가 마침내 넬슨한테 마음이 따뜻해지는 건지도 모르겠네요."

"그리고 오늘 아침에는 재니스가 전화를 했더구나."

"무슨 일로요? 내가 스태브로스네 전화요금을 내야 할 입장이라면 괴롭겠는데요."

"무슨 일인지는 잘 모르겠더라. 우리가 파악할 수 있는 구체적인 건 전혀 없었어. 그냥 연락을 하며 지내고 싶어하는 것 같던데. 심각하게 재고하는 것 같더라고, 해리. 네 걱정을 아주 많이 한다고 하더구나."

"왜 아니겠어요."

"네 어머니하고 재니스 전화를 두고 한참 얘기를 해봤다. 너도 우리 메리를 알잖아. 속으로는 불안해도 절대 인정하지 않는 사람이잖나―"

"아빠, 누가 찾아왔어요. 엄마한테 내일 가겠다고 전해주세요, 틀림없다고."

찾아온 사람은 없었다. 그냥 갑자기 아버지와 계속 이야기를 할 수가 없었을 뿐이다. 아버지의 말 한마디 한마디가 책망을 달고 있었다. 하지만 이제는 또 거짓말을 했다는 것이 겁이 난다. "찾아오지 않은 사람"이 악한 존재가 되어 문간에 자리를 잡고 있다. 해리는 방들을 몰래 돌아다니며 스키터가 질에게 약을 놔줄 때 사용하는 도구를 찾는다. 텔레비전에서 보았기 때문에 그려볼 수 있다. 주사기와 지혈대와 가루를 녹일 긴 숟가락. 잔돈 일 달러, 구부러진 보급판 『얼음 위의 영혼』, 귀걸이 또는 핸드백에서 떨어진 진주 한 알이 소파 쿠션에서 나온다. 위층 질의 옷장 서랍은 속옷 밑에 탬팩스 한 상자, 머리핀 한 묶음,

반쯤 남은 에노비드 정제, 여드름에 바르는 연고가 담긴 수줍고 작은 튜브 외에는 아무것도 감추고 있지 않다. 그의 생각에 마지막으로 찾아볼 곳은 아래층 쓸모없는 난로 옆의 엉망으로 설계된 구석에 더러운 소나무 벽과 나란히 짜넣은 벽장이다. 소나무 벽에는 재니스가 크롤스에서 산, 액자까지 갖춘, 사실 액자와 하나인 바다 풍경화가 걸려 있다. 틀에 맞추어 찍어낸 플라스틱판이다. 래빗이 못에 그 그림을 걸었기 때문에 기억이 난다. 벽장 안에는 스프링어 영감이 재니스에게 스물한 살 생일 때 준 밍크 목도리를 포함한 그들의 겨울옷이 담긴 폴리에틸렌 자루들이 있고, 그 밑에 번호 자물쇠가 달린, 새것 냄새가 나는 땅딸막한 옷가방이 있다. 스키터가 삼십 초 내에 들고 집에서 달아날 수 있도록 꾸려져 있다. 래빗은 자물쇠를 만지작거리며 아무렇게나 번호를 맞춰본다. 하느님이 아주 작은 기적을 일으켜주기를 기대하는 것이다. 그러다 그 시도가 실패하자, 체계적으로 접근해본다. 111, 112, 113, 114에서 시작하여 211, 212, 213으로 넘어가지만 맞출 수가 없다. 그의 밑에 거의 무한한 숫자들이 어지럽게 펼쳐진다. 벽장의 먼지 때문에 재채기가 나오기 시작한다. 그는 덧창을 손질하려고 윈덱스 병을 들고 밖으로 나간다.

이 일이 마음을 달래준다. 알루미늄 망을 위로 밀어올리고, 상인방을 뒤로 떼어놓고, 안의 창문에 파란 스프레이로 액체를 뿌리고, 그 액체를 얇게 퍼뜨리기 위해 크고 네모나게 두드리고, 막과 함께 먼지를 제거하기 위해 힘을 주어 촘촘하게 문질러댄다. 마치 새가 노래하듯이 유리가 끽끽거린다. 그런 다음 홈에서 사월부터 기다리고 있던 겨울 창문을 아래로 내려 그 과정을 반복하고, 안으로 들어가 그 과정을 두

번 반복한다. 이렇게 해서 마침내 흠 없는 네 개의 투명이 바깥을 안으로 들어오도록, 다른 집들이 이 집으로 들어오도록 허용한다.

다섯시쯤 스키터와 질이 택시를 타고 돌아온다. 기쁨에 찬 모습이다. 베이브를 통해 포르쉐 값으로 육백 달러를 주겠다는 사람을 찾아냈기 때문이다. 그는 두 사람을 태우고 오지로 들어가 차를 살폈고, 질은 등록 서류에 서명을 해서 그에게 넘겼다.

"그 사람 피부색이 뭔데?" 래빗이 묻는다.

"녹색이었어." 스키터가 말하며 십 달러짜리 지폐를 손으로 쭉 펼쳐서 보여준다.

래빗이 질에게 묻는다. "왜 그 돈을 이 녀석하고 나눈 거야?"

스키터가 말한다. "그 적대감을 이해해. 네 몫을 원하는 거지, 응?" 그의 입술이 튀어나오고 안경이 반짝거린다.

질이 웃음으로 털어버린다. "스키터가 내 공범이거든요." 그녀가 말한다.

"내 조언이 필요해? 그 돈으로 뭘 해야 하는지?" 래빗이 말한다. "스토닝턴으로 돌아가는 기차표를 사야 해."

"이제는 기차가 다니지 않아요. 어쨌든 새 드레스 몇 벌을 사야겠다는 생각은 했어요. 이 남루한 낡은 흰 드레스는 지겹지 않아요? 앞쪽에 핀을 꽂고, 그 위에 이 스웨터를 입어야 하잖아요."

"그 드레스는 너한테 잘 어울려."

그녀는 그의 말투에 드러난 도전을 받아들인다. "뭐 기분 안 좋은 일 있어요?"

"그냥 네가 칠칠치 못해서 그래. 너는 네 좆같은 인생을 내던져버리고 있잖아."

"내가 떠나기를 바라세요? 이젠 그럴 수 있어요."

마치 주사를 맞은 듯 두 팔에서 감각이 사라진다. 두 손이 무겁고, 손바닥은 부풀어올라 간질거린다. 그녀의 갉아먹듯이 우물거리는 입, 사과 같은 단단함. 베개 위에 펼쳐진 채 아침빛을 받는 삼목 빛깔의 부채꼴 산호 같은 머리카락, 속이 꽉 찬 새틴 같은 하얀 하트 엉덩이. "아니," 그가 애원한다. "아직 가지 마."

"왜요?"

"너는 내 피부 밑에 들어와 있어.*" 그 말이 그의 입술에서 부자연스럽게 느껴진다. 지나가는 마른 바람처럼 입술을 부풀린다. 그 말은 스키터를 위해 한 것인가보다. 스키터가 음미하는 태도로 낄낄거리고 있으니.

"척, 너는 패배자가 되는 걸 배우고 있어. 아주 마음에 들어. 주님도 그걸 사랑하시지. 패배자들이 땅을 움켜쥘 것이다, 응?"

넬슨이 윗입술에 상처가 난 얼굴로 풋볼 시합에서 돌아온다. 비뚜름한 미소가 행복하게 걸려 있다. "고생 좀 했나보네?" 래빗이 묻는다.

"아뇨, 재미있었어요. 스키터, 다음 토요일에는 가서 함께 시합을 해야 돼요. 애들이 누구냐고 묻기에 전에 브루어고등학교에서 쿼터백을 했다고 얘기해줬어요."

"쿼터백이라고? 젠장, 나는 풀백이었다고. 나는 너무 작아서 눈에 띄지도 않았어."

---

* 너한테 사로잡혀 있다는 뜻.

"작은 건 상관없어요. 그래서 더 빠르잖아요."

"좋아." 아이 아버지가 말한다. "네가 얼마나 빨리 목욕을 할 수 있나 보자. 그리고 제발 머리 좀 빗어라."

질과 스키터는 흥에 겨운 모습으로 포스나트네로 떠나는 그들을 배웅한다. 질은 래빗의 타이를 매만져주고, 스키터는 풀먼 기차의 사환처럼 그의 어깨의 먼지를 떨어준다. "생각해봐, 자기." 스키터가 질에게 말한다. "우리 귀여운 꼬마가 이제 다 컸어. 첫번째 데이트를 하다니."

"그냥 저녁식사일 뿐이야." 래빗이 이의를 제기한다. "열한시 뉴스를 보러 돌아올 거야."

"눈이 옆을 보는 그 커다란 흰둥이, 그 여자가 아마 후식으로 뭔가를 계획해놓았을걸."

"마음대로 있다 와도 돼요." 질이 그에게 말한다. "현관 불만 켜둘게요. 잠을 안 자고 기다리지는 않을 거예요."

"너희 둘은 오늘밤에 뭘 할 건데?"

"그냥 불가에 편안하게 앉아 책을 읽고 뜨개질을 할 거야." 스키터가 말한다.

"전화번호부에 번호가 있으니 나하고 연락할 일 있으면 전화해. 그냥 M 항목에 있어."

"방해하지 않을게요." 질이 말한다.

넬슨이 느닷없이 말한다. "스키터, 문을 잠그고 꼭 필요한 일 아니면 밖에 나가지 마세요."

니그로는 아이의 빗은 머리를 토닥인다. "그런 건 꿈도 꾸지 않을 거야, 아이야. 이 늙은 타르베이비, 이 사람은 그냥 여기 자기 가시덤불

밭 안에 그대로 있을 거야."

넬슨이 갑자기 공황에 빠져 말한다. "아빠, 우리가 가면 안 돼요."

"멍청하게 굴지 마." 그들은 간다. 주황색 햇빛이 낮은 집들 사이의 납작한 잔디밭으로 이루어진 공간에 긴 그림자로 줄무늬를 그린다. 비스타 크레센트가 곡선을 그리면서 해는 그들 뒤로 움직이고 래빗은 그들의 길게 늘어난 그림자가 나란히 움직이는 것을 보다가 넬슨이 자신과 똑같이 걷는 것에 깜짝 놀란다. 아래는 흔들흔들하며 성큼성큼 걸어가고, 위는 머리와 어깨를 약간 긴장시킨 채 움직이지 않는 것이 똑같다. 그림자로는 아이도 자신과 마찬가지로 콩나무 줄기 꼭대기의 거인만큼 키가 크며, 상체에 비해 짧아 보이는 다리로 보도를 걸어가고 있다. 래빗이 말을 하려고 고개를 돌린다. 옆에서 따라잡으려고 성큼성큼 걷는 아이의 길게 기른 거무스름한 머리가 아래위로 움직이고 있다. 내일 보트를 타기 위해 종이 식료품 봉투에 파자마와 칫솔과 갈아입을 속옷과 스웨터를 담아 왔다. 이른 생일잔치다. 래빗은 할말이 없다는 생각이 든다. 말없는 사랑이 선회하며 아래로 내려갈 뿐이다. 자신의 연장인 이 존재에 대한 사랑이 아래로, 자신이 무덤에 들어가 있을 시간으로 흘러내려간다. 막대기처럼 가는 단풍나무들과 낙엽들 사이에서 평평하게 타오르는 햇빛의 불길처럼 서늘한 사랑이다. 그들 자신이 둥글게 말려올라가는 불길이다.

페기의 창문에서 브루어는 거대한 난로 속의 재처럼 빛을 발하며 오그라든다. 강은 강변이 검게 변하고 나서도 오랫동안 파랗게 빛난다. 아파트에는 강아지가 한 마리 생겼다. 앞발이 크고 복슬복슬한 골든으로, 꼬집는 듯한 미끌미끌한 입으로 래빗의 손을 잡아당긴다. 만져보니 털가죽이 놀랍게도 양치류처럼 부드럽다. 페기는 그가 다이키리를 좋아한다는 것을 기억해냈다. 이번에는 재료가 있다. 전기 믹서가 얼음과 함께 달가닥거리더니, 페기가 그에게 술을 가져온다. 반은 거품이다. 그녀는 한 달 나이를 먹었다. 허리에 일 킬로그램쯤 살이 붙고, 가르마에는 센 머리카락이 두세 가닥 보인다. 머리는 아직도 고등학생인 것처럼 얼굴 주위에 흩어놓는 대신 뒤로 모아 꼬았다. 얼굴은 앞으로 내민 것처럼 보인다. 무엇인가로 북북 문지른 듯 광택이 난다. 그녀가 피곤한 표정으로 말한다. "올리하고 다시 합칠지도 모르겠어."

그녀는 비서처럼 파란 드레스를 입고 있다. 계속 가루반죽 같은 허벅지를 타고 올라가던 페이즐리 천보다 그녀에게 잘 어울린다. "잘됐네, 안 그래?"

"빌리한테 잘됐지." 넬슨은 도착하자마자 지하실의 미니바이크를 고치러 빌리와 함께 다시 엘리베이터를 타고 내려갔다. "사실 그게 주된 이유야. 올리는 빌리 걱정을 하고 있어. 내가 일을 나가 어두워진 뒤에야 집에 오니까 아이가 다리 쪽의 나쁜 무리하고 어울리거든. 알다시피, 우리가 어릴 때하고는 다르잖아. 애들이 유혹에 노출된 상황이 말이야. 담배 피우고 몸 좀 더듬고 하는 정도가 아니잖아. 요새는 열세 살이면 끝까지 갈 준비가 된 거라고."

해리는 입술에서 거품을 쓸어내며, 하늘을 다 볼 수 있게 그녀가 창에서 물러나주기를 바란다. "아마 애들은 자기들이 열여덟 살이면 죽을 거라고 생각할 거야."

"재니스 말로는 네가 전쟁을 좋아한다던대."

"좋아하지 않아. 지지하는 거지. 그 생각은 못했네. 요새 애들은 우리 때하고는 달리 죽을 방법이 많다는 거. 어쨌든 너하고 올리는 잘됐어, 그렇게 풀린다면 말이야. 조금 슬프기도 하고."

"왜 슬퍼?"

"내 입장에서는 슬프지. 그러니까, 내 기회를 날려버린 것 같아서—"

"무슨 기회?"

"너를 현금으로 바꿀* 기회."

나쁜 말이다. 너무 가혹하다. 사과조로 한 말이었지만. 스키터와 너무 오래 산 것이다. 하지만 그녀의 백지상태, 습관적인 자세로 창문에 기대서 있는 그녀의 실루엣의 백지상태가 그것을 암시했다. 백지수표. 여자는 내가 박기 전에는 백지다. 내가 박기 전에는 모든 것이 백지다. 우리와 베트남, 박고 박히는 것, 피가 지혜다. 틀림없이 어떤 더 나은 방법이 있겠지만, 자연에는 없다. 그의 침묵은 후회로 무겁다. 그녀는 몇 초 동안 계속 백지상태로 남아 있다. 아무 말도 하지 않는다. 이윽고 그녀는 그의 주위의 공간으로 움직여 들어와, 램프들을 켜고, 베개를 집어 제자리에 놓고, 툭툭 쳐서 탄력을 회복시키고, 허리를 굽혔다가 펴고, 방향을 틀고, 측면에 빛을 받고, 둥글둥글 부풀어오르며 형체를 갖춘다. 덩어리가 많고 커다란 여자지만 뚱뚱한 여자는 아니다. 꼴사납기는 하지만 상스럽지는 않다. 저녁이기에 슬프고, 올리 때문에 또는 올리가 없기 때문에 슬프고, 점점 길어지는 과거와 점점 줄어드는 미래 때문에 슬프다. 래빗보다 3학년 아래인 페기 그링은 그와 함께 고등학교를 다녔고 그가 좋았던 시절에 그를 보았고, 그가 영웅이었을

---

* 사람을 이용한다는 뜻.

때, 벌거벗었을 때, 빠르고 야위었을 때 뜨거운 외야석에 앉아 소리를 질렀다. 그녀는 래빗이 아무것도 아닌 존재가 되는 것을 보아왔다. 그녀가 그의 옆에 주저앉으며 말한다. "나는 최근에 여러 번 현금으로 바뀌었어."

"올리가?"

"다른 사람들이. 직장에서 만나는 남자들이. 올리는 신경쓰대. 어쩌면 그래서 올리가 다시 돌아오려고 하는 건지도 몰라."

"올리가 신경을 쓴다는 건, 네가 올리한테 말을 하고 있다는 거네. 그러니까 너도 올리가 돌아와주기를 바라는 게 틀림없고."

그녀가 잔 바닥을 들여다본다. 거기에는 얼음밖에 없다. "너하고 재니스는 어때?"

"재니스가 누구야? 한 잔 더 갖다줄게."

"우와. 신사가 되셨네."

"약간."

그는 진토닉을 그녀의 손에 건네주며 말한다. "그 다른 남자들 이야기 좀 해줘."

"괜찮은 사람들이야. 그렇게 자랑스럽지는 않지만. 인간이지 뭐. 나도 인간이고."

"너는 그걸 하지만 사랑에 빠지지는 않는다는 건가?"

"그런 것 같아. 그게 끔찍한가?"

"아니," 그가 말한다. "멋진 것 같은데."

"너는 요즘 많은 걸 멋지다고 생각하더라."

"그래. 나는 그렇게 빡빡하지 않아. 페기이 자매, 나는 빛을 보았어."

아이들이 위층으로 돌아온다. 새로 산 전조등이 맞지 않는다고 불평한다. 페기는 아이들을 먹인다. 닭다리와 가슴살 캐서롤이다. 해체된 가엾은 생물이 부글부글 끓고 있다. 래빗은 자신의 생명을 유지하기 위해 얼마나 많은 동물이 죽었을지, 앞으로 또 얼마나 많이 죽을지 생각한다. 앞마당 가득한, 농장 가득 쿵쾅거리는 심장, 보는 눈, 달리는 다리. 모두 꽥꽥거리며 검은 자루에 들어가듯이 그의 몸안으로 꾸역꾸역 들어간다. 피할 도리가 없다. 생명은 죽음을 원한다. 살아 있다는 것은 죽이는 것이다. 그들은 속에 저녁식사가 들어가자, 텔레비전으로 또 속을 채운다. 재키 글리슨, 〈나의 세 아들〉, 〈호건의 영웅들〉, 〈페티코트 정크션〉, 〈매닉스〉. 난장판. 넬슨은 바닥에서 잠이 들었다. 방사성 빛이 그의 닫힌 눈까풀과 벌어진 입을 때려댄다. 래빗은 아이를 안고 빌리의 방으로 들어가고, 페기는 자기 아들을 데리고 들어간다. "엄마, 나 안 졸려요." "잘 시간 지났어." "토요일 밤인데요." "내일 큰일이 있잖아." "저 아저씨는 언제 집에 가요?" 해리에게 귀가 없다고 생각하는 것이 틀림없다. "아저씨가 가고 싶을 때." "둘이 뭘 할 거예요?" "그건 네 알 바 아니야." "엄마." "네 기도 좀 들어볼까?" "아저씨가 안들을 때." "그럼 오늘은 속으로 해."

해리와 페기는 거실로 돌아와 일주일을 정리하는 뉴스를 본다. 주말 해설자는 평일 해설자보다 머리가 더 금발이고 표현이 덜 모질다. 그는 이번주에는 좋은 소식이 몇 가지 있었다고 말한다. 베트남의 미국인 사망자가 삼 년 동안 최저라고 보고되었으며, 백스물네 시간 동안 미국인 전사자가 한 명도 없었다. 소련은 이번주에 헤드라인을 장식했다. 세계의 해저에 핵무기 설치를 금지하기로 미국과 합의하고, 이

따금 일어나는 국경 유혈 분쟁과 관련하여 중공과 회담을 하고, 소유스 6호를 쏘아올렸기 때문이다. 서로 연결된 이 삼단계 우주 쇼는 영구적인 우주정거장 건설의 날을 더 앞당겼다. 워싱턴에서 휴버트 험프리는 리처드 닉슨의 베트남전쟁 처리 방침을 지지했으며, 이십팔 년 동안 이 나라의 징병제를 이끌어온 딱딱하고 논쟁적인 루이스 B. 허시 중장이 그 자리에서 물러나면서 사성장군으로 승진했다. 시카고의 이른바 시카고 8인조 재판은 여전히 법정 밖의 폭동과 법정 내의 난폭한 행동으로 물들었다. 벨파스트에서는 신교도와 영국군이 충돌했다. 프라하에서 체코슬로바키아의 수정주의 정부는 자국민의 외국여행을 금지했는데, 이것은 이 정부의 가장 엄격한 조치로 꼽을 만하다. 그리고 이런저런 준비들이 이루어지고 있다. 첫째로, 아메리카를 발견한 사람이 콜럼버스가 아니라 레이프 에릭손이라는 소수 스칸디나비아 그룹의 이의제기가 있지만, 내일 콜럼버스의 날을 맞아 퍼레이드가 준비중이다. 또 수요일의 모라토리엄 데이가 준비중이다. 이날은 전국적으로 평화적인 항의가 분출할 것이다. "쓰레기 같은 소리." 래빗이 말한다. 스포츠. 날씨. 페기가 의자에서 어색하게 일어나 텔레비전을 끈다. 래빗도 일어난다. 그도 몸이 뻣뻣하다. "저녁 맛있었어." 그가 그녀에게 말한다. "이제 목장으로 돌아가봐야 할 것 같아."

텔레비전은 꺼지고, 그들은 빌려온 불빛에 둘러싸인 채 서 있다. 복도 아래쪽에는 아이들을 위해 화장실 문을 약간 열어놓았다. 밖으로 통하는 문 밑의 밝은 줄은 아파트 건물 복도다. 창으로는 브루어의 인광이 들어온다. 그 먼 불들에 의해 횡단되고 둘러싸인 페기의 몸은 꼭 맞물려 있지 않은 느낌이다. 팔이 어둠으로부터 쑥 올라가 무심하게 머리카락을 쓸며 뭔가를 아쉬워하는 것 같다. 그녀는 어깨를 으쓱한다. 또는 부르르 떤다. 이윽고 그림자들이 그녀에게서 미끄러진다. "해리." 그녀가 그녀의 것이 아닌 목소리, 그들 사이의 침침하고 긴장된 공간에서 나오는 목소리, 씨근거리는 소리가 섞인 가벼워진 목소리로 묻는다. "나를 현금으로 바꾸고 싶지 않아?"

그래, 결국 이렇게 된다. 그래, 바꾸고 싶지. 그들은 부딪치고, 더듬고, 지퍼를 내린다. 그녀는 모든 곳이 젤리 사탕이다. 그러나 조각상처럼 당당하고, 좌우 폭은 행성 같다. 그가 한 번도 가본 적이 없는 어떤 눈 덮인 땅의 등고선 지도 같다. 루스 이후로 그는 이렇게 큰 여자는 가져본 적이 없다. 벌거벗은 그녀는 그를 벌거벗긴다. 심지어 무릎을 꿇고 구두끈을 풀어주기까지 한다. 그러더니 질이 스키터 앞에서 보여주었던 자세로 그의 앞에서 무릎을 꿇는다. 그렇게 그는 심연 하나를 미끄러져 건너, 이제 어젯밤 자신이 바라보았던 곳에 서 있게 된 것이다. 그는 살며시 그녀를 풀어내, 바닥에 눕히고, 그녀의 두 다리 사이의 짭짤한 늪의 맛을 본다. 그녀의 허벅지는 선뜻 벌어지고, 그녀는 쉽게 젖고, 그녀는 서글프게도 이 일에는 꼴사납지 않다. 실제로 많은 남자와 잠자리를 가졌다. 그녀가 그의 자지를 다루는 능숙한 방식에서 그는 그들의 존재를 느끼고, 자신이 경쟁하는 것을 느낀다. 정신이 산만해지고, 물렁해진다. 그녀는 중단하고 올라와서 그녀 혀의 젤리 사탕으로 그의 입술 사이를 누른다. 바닥에서 휘젓고 있어 그들의 두개골과 발목뼈가 계속 가구 다리에 부딪힌다. 강아지가 그들의 소동을 듣더니 그들이 놀기를 원하는 줄 알고 차가운 코와 할퀴는 앞발을 그들의 민감한 살 사이에 밀어넣는다. 양치식물처럼 털이 무성한 강아지가 바쁘게 움직이자 간지럽고 아프다. 그들 사이의 이 제3의 동물 때문에 래빗은 다시 흥분한다. 그것을 눈여겨본 페기는 앞장서서 그녀의 복도를 걸어내려간다. 엉덩이 사이의 어두운 주름은 그녀의 걸음에 따라 똑딱 소리를 낸다. 그녀는 구겨진 드레스를 몸 앞에 패드처럼 들고 아이들의 문 앞에서 잠깐 멈추고 귀를 기울이더니 고개를 끄덕인다. 머리카락은 늘어져 있다. 강아지가 문간에서 잠시 낑낑거리며 마치 파낼 것처럼 바닥을 긁는다. 이윽고 그들의 감각이 타오르면서 강아지는 지워지고, 그들의 피가 천둥소리를 내면서 소리도 사라진다. 해리는 이 미지의 여자에게서 때를 잘못 맞출까봐 두렵다. 그러나 그녀가 그에게 말한다. "잠깐만." 그가 그녀 안으로 들어가자, 그녀는 뭔가 감지할 수 없는 일을 한다. 질 근육의 긴장을 풀었다가 다시 조인다. 그러다가 숨가쁘게 알린다. "지금이야." 그녀는 그보다 한 박자 앞서 올라간다. 그는 서늘하고 견고하게 쿵 하고 절정에 오르며 그녀에게 상처를 줄지도 모른다는 두려움 없이 편하게 분출할 수 있다. 광기를 모르는 박기. 이윽고 그후의 그 당혹스러움으로, 구별이 돌아오고 뒤섞였던 상태에서 다른 존재가 다시 나타나고 네 것과 내 것을 정리하는 그 당혹스러움으로 미끄러져들어간다. 그는 그녀의 목 옆의 뜨거운 동굴 안에 얼굴을 감춘다. "고마워."

"내가 고맙지." 페기 포스나트가 말하며, 그가 별로 좋아하지 않는 짓을 한다. 그의 엉덩이를 움켜쥐고 그가 물렁해지기 전에 마지막으로 한번 더 깊이 들이밀게 하는 것이다. 질과 재니스는 모두 너무 숙녀 같아 그런 짓은 하지 않는다. 그런데도 그는 지금 편안하다.

마침내 그녀가 말한다. "좀 내려가줄래? 내 몸에서 숨을 짜내는 것 같아."

"내가 그렇게 무거워?"

"좀 있으니까."

"사실, 가는 게 좋겠어."

"왜? 이제 겨우 자정인데."

"집에서 뭘 하고 있을지 걱정돼."

"넬슨은 여기 있잖아. 다른 사람들이야 뭘 하든 무슨 상관이야?"

"모르겠어. 상관이 있어."

"흠, 그 사람들은 너한테 관심 없고, 너는 지금 너한테 관심 있는 사람하고 침대에 있잖아."

그가 그녀를 나무란다. "올리를 다시 들인다며."

"더 좋은 생각 있어? 올리는 내 아이 아버지란 말이야."

"글쎄, 그게 내 잘못은 아니잖아."

"아니지, 어떤 것도 네 잘못은 아니야." 그러더니 그녀는 몸을 돌려 그의 몸 위로 엎어지고, 그들은 견고하고 서글프도록 능숙한 사랑을 다시 나눈다. 그들은 이야기를 나누고 그는 약간 존다. 그때 전화벨이 울린다. 바로 그의 귀 옆에서 날카롭게 울려퍼진다.

여자의 팔, 통통하고 탄력 있고 따뜻한 팔이 그의 얼굴을 가로질러 뻗더니 수화기를 들어 소리를 없앤다. 페기 그링의 팔이다. 그녀는 귀를 기울이더니, 판독할 수 없는 표정으로 그것을 그에게 건넨다. 전화기 옆에 시계가 있다. 빛나는 손이 한시 이십분을 가리키고 있다. "야. 척? 이쪽으로 오는 게 좋겠어. 나빠. 아주 나빠."

"스키터?" 목이 아프다. 간신히 말을 한다. 좆같은 페기 때문에 물기가 다 말라버렸다.

반대편의 목소리가 끊어진다.

래빗은 이불을 박차고 나와 어둠 속에서 옷 사냥을 한다. 기억이 난다. 거실. 벌거벗고 복도를 따라 달려가는데 아이들 방문이 열린다. 넬슨의 놀란 얼굴이 아버지의 벌거벗은 상태를 빨아들인다. 아이가 묻는다. "엄마였어요?"

"엄마?"

"전화 말이에요."

"스키터였어. 집에 무슨 일이 생겼대."

"저도 가야 돼요?"

그들은 거실에 있다. 래빗이 허리를 굽혀 바닥에 흐트러진 옷을 모으고, 껑충껑충 뛰며 속옷을 입고 양복바지를 입는다. 다시 깨어난 강아지가 춤을 추며 그를 물어뜯는다.

"그냥 있는 게 좋겠어."

"도대체 무슨 일일까요, 아빠?"

"모르겠어. 어쩌면 경찰일지도 모르지. 어쩌면 질이 더 아픈 건지도 모르고."

"스키터가 왜 얘기를 자세히 안 했어요?"

"목소리가 이상하게 들리던데. 우리집 전화로 건 건지 잘 모르겠어."

"같이 갈게요."

"여기 있으라고 했잖아."

"꼭 가야겠어요, 아빠."

래빗이 아이를 보다가 동의한다. "그래. 꼭 가야 할 것 같구나."

파란 목욕 가운 차림의 페기가 복도에 서 있다. 불이 더 켜진다. 빌리가 일어났다. 빌리의 파자마는 바지 앞자락이 노랗게 물들어 있다. 아이는 여드름이 많고 껑충하다. 페기가 말한다. "나도 옷을 입을까?"

"아냐. 지금 그대로 멋져." 래빗은 타이를 묶느라 고생한다. 셔츠 칼라의 뒤쪽에도 단추가 있어, 타이를 밑에서 집어넣으려면 단추를 풀어야 한다. 그는 상의를 걸치고, 타이를 호주머니에 쑤셔넣는다. 땀이 나기 시작하여 피부가 근질거리고 음경이 불평하듯 아파온다. 구두끈을 묶지 않았다는 것이 기억나 끈을 묶으려고 무릎을 꿇자 배가 목으로 밀고 올라온다.

"집에는 어떻게 갈 건데?" 페기가 묻는다.

"뛰어야지." 래빗이 대답한다.

"웃기지 마, 2킬로미터가 넘는다고. 내가 옷 입고 태워다줄게."

그녀는 그의 아내가 아니라는 말을 해주어야만 할 것 같다. "오지 않았으면 좋겠어. 무슨 일이든 너하고 빌리는 말려들지 않는 게 좋거든."

"엄-마." 빌리가 문간에서 이의를 제기한다. 그러나 그는 여전히 더러운 파자마 차림인 반면 넬슨은 이미 옷을 입고 있다. 다만 맨발이다. 운동화는 손에 들고 있다.

페기가 굴복한다. "내 차 열쇠를 갖다줄게. 파란 퓨리야, 벽에 붙인 차들 가운데 네번째. 넬슨이 알아. 아니야, 빌리. 너하고 나는 여기 그대로 있을 거야." 그녀의 목소리는 사무적이다. 비서 같다.

래빗이 열쇠를 받아든다. 손에 닿는 열쇠가 냉장고에서 꺼낸 것처럼 차갑다. "정말 고마워. 이 말은 벌써 했나? 이렇게 되어서 미안해. 저녁 맛있었어, 페기."

"마음에 들었다니 다행이야."

"어떻게 된 일인지 나중에 알려줄게. 아마 별일 아닐 거야. 그 개자식이 약에 취해 제정신이 아닌 상태일 거야."

넬슨은 양말과 운동화를 신었다. "가요, 아빠. 정말 고맙습니다, 포스나트 부인."

"둘 다 언제든 환영이야."

"혹시 내일 보트 타러 못 갈지 모르니 포스나트 씨한테도 감사드려요."

빌리는 계속 노력하고 있다. "엄-마, 나도."

"안 돼."

"나쁜 년."

페기가 아들의 따귀를 때린다. 손가락 같은 줄무늬가 그의 뺨에서 튀어오른다. 아이의 얼굴이 굳어지면서 통제를 완전히 벗어난다. "이 창녀. 다리 쪽 애들이 그렇게 말해. 엄마는 아무한테나 대준다고."

래빗이 말한다. "두 사람 좀 진정해." 그리고 몸을 돌린다. 그들은, 아버지와 아들은 달아나 복도를 내려가, 엘리베이터를 기다리지 않고 강철 층계를 내려가, 차들이 주차되어 있는 지하실로 간다. 불이 밝혀진 천장이 낮은 동굴 안은 다채로운 색깔의 호수다. 래빗은 눈을 껌뻑이며, 그와 페기가 서로의 작은 어둠을 가열하고 있는 동안에도, 복도와 계단통, 그리고 거대한 건물을 지탱하는 잠들지 않는 기둥들 사이에서는 차가운 형광의 세계가 그들을 둘러싸고 있었다는 것을 깨닫는다. 우주는 잠들지 않는다. 개미도 별도 잠들지 않는다. 죽는다는 것은 영원히 잠이 깨어 있는, 졸음기 전혀 없이 깨어 있는 상태일 것이다. 넬슨이 아버지 대신 파란 차를 찾아낸다. 시동을 걸자 계기판의 불빛들이 녹색으로 빛난다. 거의 소리 없이 엔진이 살아나고, 후진을 해 빠져나온 다음 얼룩덜룩한 동굴 벽들을 지나 살금살금 움직인다. 벽돌로 지은 계단통 옆의 구석에서 완전히 크롬으로 칠한 미니바이크가 수리를 기다리고 있다. 아스팔트 출구는 주차장이 되고, 좁은 집과 숫자가 찍힌 커다란 녹색 표지판, 종석, 방패, 닿을 수 없는 도시의 이름들이 줄지어 선 거리가 된다. 그들은 와이저에 올라선다. 차는 거의 없고 눈에 보이는 차들은 불길하다. 정지 신호등은 이제 통제하지 않고 단지 깜빡일 뿐이다. 버거블리스는 문을 닫았지만, 안에서 자주색 오븐이 빛을 발하고, 천장에 남은 튜브들이 창백하게 드러나 도둑과 기물 파괴자들의 기를 죽인다. 경찰차가 우는 소리를 내며 급하게 지나간다. 이 시간에 애크미의 주차장은 지평선 없이 하늘과 이어져 있다. 여전히 주차해 있는 차 몇 대는 버려진 것인가? 아니면 연인들인가? 아니면 차가 너무 많아 그 그림자가 어디에나 낙엽처럼 내려앉는 세상을 배회하는 유령들일까? 너무 밝아 모욕적인, 소용돌이치는 빛이 래빗의 후면경에 나타나더니, 빛이 커지면서 사이렌의 강렬한 슬픔이 보태진다. 소방차의 빨간 덩어리가 돌진해 지나가며, 퓨리를 도로 중앙 쪽으로, 옛날에 시내 전차 철로가 있던 곳으로 빨아들인다. 넬슨이 소리친다. "아빠!"

"왜 그러니?"

"아무것도 아니에요, 차가 제멋대로 가는 줄 알았어요."

"절대 그런 일 없어. 네 아빠는 그렇게 내버려두지 않아."

불이 밝혀지지 않은 땅딸막한 영화관 차양은 **요청에 따라 재상영**

돌입―2001이라고 알리고 있다. 와이저를 따라 늘어선 상점 모두 절도범 방지등을 켜놓았으며, 몇 군데는 새로운 방어책인 창살도 달아놓았다.

"아빠, 하늘에 빛이 있어요."

"어디?"

"오른쪽 저기."

그가 말한다. "우리집 쪽은 아니야. 펜빌라스는 한참 더 가야 돼."

하지만 엠벌리 애비뉴는 그가 평소에 알고 있었던 것보다 오른쪽으로 더 가파르게 꺾이며, 펜빌라스의 곡선을 그리는 도로들은 실제로 그들을 장밋빛 공기의 돔 쪽으로 이끌고 간다. 검은 형체의 사람들이 소리 없이 달려가고, 달려온 차들은 갓돌에 대각선으로 멈춰 있다. 아래 엠벌리가 비스타 크레센트를 만나는 곳에 경찰관 한 명이 서서 빙빙 돌아가는 소방차 불빛이 지나갈 때마다 박자를 맞추어 밝은 빛에 모습을 드러낸다. 해리는 더 갈 수 없을 때까지 가서 차를 세우고, 넬슨 뒤를 따라 비스타를 달려간다. 소방 호스들이 아스팔트를 가로질러 놓여 있다. 어떤 것들은 긴 캔버스천 바지처럼 움푹 꺼졌고, 어떤 것들은 코브라처럼 통통하여 관절마다 쉭쉭 소리를 내며 물살을 뿜어낸다. 도랑은 소용돌이치는 시커먼 물과 뒤엉킨 잎들을 물고 이를 갈고 있다. 하수 배수구에서는 막힌 중심으로부터 소용돌이가 점점 넓어지고 있다. 그들의 집에서 두 집 떨어진 곳에서 그들은 잎이 타는 냄새 비슷한, 그러나 더 자극적이고 쓴 냄새와 마주친다. 페인트와 타르와 화학물질이 담긴 냄새다. 한 집 떨어진 곳에서 그들은 빽빽하게 모여든 사람들 때문에 발을 멈춘다. 넬슨은 사람들 속으로 가라앉더니 사라진다. 래빗은 사과하며 넬슨의 뒤를 따라 어깨로 밀고 나간다. "미안합니다, 저기가 우리집이라서요. 죄송합니다, 우리집입니다." 그는 입으로는 그렇게 말하면서도 아직 믿지 못하고 있다. 그는 머리들, 탐조등과 위로 올라가는 폭포, 무지개와 외침 때문에 집을 보지 못한다. 그뿐만 아니라 이 사건을 둘러싼 어떤 고압적이고 독특한 분위기 때문에 해를 똑바로 보지 못하듯이 집을 똑바로 보지 못한다. 사람들, 이웃들이 그가 지나가도록 길을 터준다. 이제 보인다. 차고가 사라졌다. 시커멓게 탄 샛기둥들은 여전히 서 있지만, 지붕은 내려앉고 지붕널은 시멘트 바닥에 깔린 물에 흠뻑 젖은 잔해들 사이에서 푸른빛을 띤 녹색 불길을 뱉어내며 연기를 피워올리고 있다. 전동 잔디깎이의 손잡이는 말짱하게 삐죽 솟아 있다. 차고와 가장 가까운 방들, 그 위의 부엌과 침실, 그와 재니스가 썼고 그뒤에는 그와 질이 썼던 침실이 격류처럼 쏟아지는 물줄기에 맞서 불길을 뿜어대고 있다. 불길은 뒤로 가라앉았다가, 다시 지붕이나 창으로 터져나오며 혀를 날름거린다. 황록색 알루미늄 미늘벽 판자들은 그 자체로는 타지 않지만, 불을 물에서 막아주는 역할을 하는 듯하다. 몸부림치는 원소들로 짜인 직물이 움직이다 갑자기 틈이 드러나면, 그 사이로 위층 벽지 조각들, 부엌 선반 조각들이 보인다. 그러다 바람이 살짝 불면 틈은 닫혀버린다. 그는 질의 얼굴을 찾아 위층 창문을 훑지만, 얼룩진 천장만 잠깐씩 보일 뿐이다. 그 위의 지붕, 아니 반만 남은 지붕은 연기의 들판이다. 그림자 선 지붕널에서 연기가 거품처럼 올라와 너울거리며 피어오른다. 빗질을 한 큰 물결이 빽빽이 늘어서 있는 듯하다. 넬슨 방 창문들에서 연기가 쏟아져나오지만, 집의 그쪽 반에서는 아직 불길이 피어오르지 않으니, 어쩌면 말짱하게 살아남을지도 모른다. 실제로 집은 짓궂게도 불을 조금씩 토해내며 악취를 풍긴다. 모조품이나 합성품을 만드는 재료들은 연소하는 불길에 승리를 안겨주는 데 인색하다. 래빗은 어렸을 때 저지산 동쪽 골짜기에서 헛간이 타는 것을 본 적이 있다. 그 불은 횃불이었다. 건초의 폭발이 깜부기불로 하늘의 별들을 지워버렸다. 여기에는 그런 장관이 없다.

그의 주위에는 공간이 있다. 구경꾼들, 이웃들은 그의 역할을 존중하여 뒤로 물러났다. 몇 달 전 래빗은 영화제작자들이 만든 그 빛나는 섬을 보았고 이제는 그가 이 환한 섬 한가운데 서 있지만, 여전히 마비된 채 멀리 떨어져 노스탤지어를 느끼며 주변에 서 있는 듯하다. 불빛이 반사되는 얼굴들을 훑어보지만 쇼월터나 브룸바크는 보이지 않는다. 아는 사람은 전혀 보이지 않는다.

군중이 술렁이며, 오, 하는 소리를 낸다. 반투명한 흰 드레스로 몸을 감싼 질이 창가에서 뛰어내리려는 모습이 보일 것만 같다. 그러나 창문에서는 연기만 빠져나올 뿐이고 드라마는 땅에서 벌어진다. 경찰이 작고 유연한 형체와 씨름하고 있다. 해리는 간절한 마음으로 생각한다, 스키터. 하지만 몸싸움을 하는 형체들이 빙글 돌면서 넬슨의 하얀 얼굴이 드러난다. 소방관 한 명이 아이의 두 팔을 붙드는 것을 거들고 있다. 그들은 아이를 집으로부터 떼어내 아버지에게로 데려온다. 넬슨은 아버지를 보자 두 눈을 질끈 감고 입술을 뒤로 잡아당겨 으르렁거리는 표정을 지으며 몸을 빼내려고 심하게 버둥거린다. 아이의 팔을 잡고 있는 두 남자는 마치 펌프의 손잡이를 거칠게 움직이는 것처럼 보인다. "질이 저 안에 있어요, 아빠!"

경찰이 거칠게 숨을 쉬며 설명한다. "아이가 집안으로 들어가려고 했습니다. 안에 여자가 있다면서요."

"모르겠지만, 아마 밖으로 나왔을 겁니다. 우리는 방금 여기 도착해서요."

넬슨의 눈이 미친듯이 움직인다. 온갖 소리를 질러댄다. "스키터가 질도 자기하고 함께 있다고 말했어요?"

"아니." 해리는 말을 거의 꺼낼 수가 없다. "그냥 상황이 나쁘다고만 했어."

소방관과 경찰관이 이야기를 듣느라 손의 힘을 푼 사이에 넬슨이 두 사람을 뿌리치고 다시 앞문으로 달려간다. 열기에 부딪혔는지 넬슨은 작은 현관의 층계에서 멈칫거리고 그 바람에 다시 붙들린다. 길고 큰 비닐 옷 때문에 딱정벌레처럼 보이는 사람들이 잡았다. 이번에는 뒤로 끌려오면서 해리의 얼굴에 대고 악을 쓴다. "씨발 이 똥구멍 같은 새끼야, 네가 질을 죽게 내버려뒀어. 널 죽여버릴 거야. 널 죽여버리겠어." 자기 아들이지만 해리는 몸을 웅크리고 두 손을 들어올려 싸울 준비를 한다.

그러나 아이는 사람들의 손아귀에서 빠져나오지 못한다. 그는 조금 전보다 덜 날카로운 목소리로 그들에게 악을 쓰며 풀어달라고 고집을 부린다. "질이 저 안에 있는 게 분명하단 말이에요. 놔줘요, 제발. 제발 가게 해줘요. 질을 꺼내게만 해줘요, 내가 꺼내올 자신이 있어요. 자신 있다고요. 이층에서 자고 있을 거예요. 안기도 쉬워요. 아빠, 죄송해요. 아빠한테 욕해서 죄송해요. 진심이 아니었어요. 저 좀 놔주라고 해주세요. 질 얘기 좀 해주세요. 질을 꺼내오라고 얘기 좀 해주세요."

래빗이 소방관들에게 묻는다. "그 아이가 안에 있었다면 창으로 오지 않았을까요?"

눈썹이 더부룩하고 누런 이가 길어 늙은 설치류처럼 보이는 소방관이 생각에 잠긴 표정으로 말한다. "저 안에 여자아이가 잠들어 있다면 잠을 완전히 깨기 전에 연기에 휩싸일 수도 있지요. 사람들은 연기가 얼마나 치명적인 독인지 잘 모르죠. 사실 그게 사람을 잡는 건데도요. 불이 아니라 연기가요." 그가 넬슨에게 묻는다. "그래, 봐달라 이거지, 아가? 그럼 이제 네 나이에 맞게 행동해, 우리가 사다리로 사람을 올려 보낼 테니까."

등이 딱정벌레 같은 소방관 한 사람이 앞문을 도끼로 찍는다. 문에 달린 삼단 창의 유리가 박살나 판석으로 떨어지며 쨍랑거린다. 다른 소방관이 지붕 건너편에서 나타나 도끼로 위층 복도 위쪽, 넬슨 방의 문이 있을 만한 곳에 구멍을 뚫는다. 보이지 않는 뭔가 때문에 소방관이 비틀거리며 뒤로 물러선다. 격렬한 불길이 치솟는다. 물의 폭탄이 그를 쫓아 뒤로 물러나며 지붕 등마루 너머로 날아간다.

"저렇게 하면 안 돼요, 아빠." 넬슨이 신음을 토한다. "저러다가 질 한테 가지 못해요. 질이 어디 있는지 나는 아는데, 저 사람들은 질한테 가지 못한다고요, 아빠!" 아이의 목소리가 죽으며 몸을 떠는 흐느낌이 터져나온다. 래빗이 아이 쪽으로 손을 뻗지만 아이는 몸을 빼며 얼굴을 감춘다. 머리카락 밑의 뒤통수가 부드럽게 느껴진다. 무르익은 과일.

래빗이 다시 안심을 시킨다. "스키터가 빼냈을 거야."

"그럴 사람이 아니에요, 아빠! 아무 관심 없었을 거예요. 그 사람이 관심을 갖는 건 자기뿐이에요. 그리고 아빠가 관심을 갖는 건 그 사람뿐이고요. 질한테는 아무도 관심이 없어요." 아이는 아버지의 더듬거리는 손아귀 안에서 꿈틀거린다.

경찰관이 그들 옆에 와 있다. "앵스트롬입니까?" 요즘 새로 눈에 띄는 유형의 경찰관이다. 대학생처럼 보인다. 코는 뾰족하고, 턱은 매끈하고, 구레나룻은 래빗이 여전히 반사회적이라고 생각하는 깊이까지 내려와 있다.

"네."

경찰관이 수첩을 꺼낸다. "이 집에는 몇 명이 살았습니까?"

"넷입니다. 나하고 아이하고―"

"이름?"

"넬슨."

"중간 이름 약자는 없나요?"

"프레더릭의 F입니다." 경찰관은 느릿느릿 받아적으며 뭐라고 하는데 너무 작게 말하기 때문에 군중의 웅얼거림과 불이 딱딱거리는 소리와 물이 쏟아져나가는 소리에 목소리가 묻힌다. 해리는 다시 물을 수밖에 없다. "뭐라고요?"

경찰관이 되풀이한다. "어머니 이름?"

"재니스. 재니스는 여기 살지 않아요. 저기 브루어에 삽니다."

"주소?"

해리는 스태브로스의 주소를 기억하지만 다른 주소를 댄다. "마운트저지 조지프 스트리트 89번지 프레더릭 스프링어 전교."

"아이가 말한 여자아이는 누굽니까?"

"질 펜들턴, 코네티컷주 스토닝턴. 번지수는 모르겠습니다."

"나이는?"

"열여덟이나 열아홉."

"가족관계는?"

"없습니다."

경찰관이 그 한 단어를 쓰는 데 아주 긴 시간이 걸린다. 지붕 한 모퉁이에서 무슨 일이 벌어지고 있다. 사람들 소리가 커지고, 탐조등이 교차하는 곳으로 사다리가 내려가고 있다.

래빗이 먼저 말을 꺼낸다. "네번째 사람은 우리가 스키터라고 부르던 니그로입니다. 에스-케이-이가 두 개-티-이-아르."

"흑인 남성인가요?"

"네."

"성은?"

"모르겠습니다. 어쩌면 판즈워스일 수도 있습니다."

"철자 좀."

래빗은 철자를 불러주고 먼저 설명한다. "여기에는 그냥 잠시 있는 겁니다."

경찰관은 불타는 랜치하우스를 흘끗 올려다보더니 다시 집주인을 본다. "여기서 뭘 하고 있었던 겁니까? 공동생활체라도 운영한 건가요?"

"아뇨, 맙소사. 잘 들으세요. 나는 그런 건 전혀 지지하지 않습니다. 나는 휴버트 험프리에게 투표했다고요."

경찰관이 집을 살핀다. "그 흑인이 지금 저 안에 있을 가능성이 있나요?"

"없을 겁니다. 나한테 전화를 한 사람이니까요. 공중전화에서 하는 것 같았습니다."

"집에 불을 질렀다고 하던가요?"

"아뇨, 불이 났다는 얘기도 하지 않았습니다. 상황이 나쁘다고만 말했습니다. '나쁘다'는 말을 두 번 했어요."

"상황이 나쁘다." 경찰관이 받아적고 수첩을 덮는다. "나중에 심문이 좀더 필요할 겁니다." 반사된 불빛에 모자의 배지가 복숭아색으로 빛난다. 침실 위의 집 한 귀퉁이가 무너지고 있다. 이웃들의 텔레비전으로 인한 고스트 현상을 줄이기 위해 두 번이나 조정을 하고 길게 늘였던 텔레비전 안테나가 펄쩍펄쩍 뛰는 불길 속으로 기울어, 해골 나무처럼 아래로 천천히 흔들린다. 그러나 전선이나 까치발로 지탱되고 있는지 뿌리에 여전히 매달려 있다. 침실이었던 곳으로 물이 쏟아져들어간다. 층층이 쌓인 노란 연기가 푸짐하게 쏟아져나온다. 황금색을 띤 회색이다. 패스트리 요리사가 설탕 묻은 두 손으로 짜내는 당의처럼 진하다.

경찰관이 태연하게 말한다. "저 안에 있는 사람은 누구든 삼십 분 전에 숯불구이가 되었을 겁니다."

두 걸음 떨어진 곳에서 넬슨은 허리를 굽히고 입에서 토사물을 쏟아낸다. 래빗이 그에게 다가가고, 아이는 그가 손을 대도 뿌리치지 않는다. 래빗은 아이의 어깨를 잡는다. 마치 물에서 들썩이는 물고기, 다시 물밑으로 돌아가고 싶어하는 물고기를 잡는 느낌이다. 물고기는 다시 물밑으로 뛰어들지 않으면 죽을 것이다. 아이의 아버지는 토사물이 묻지 않도록 아이의 뺨에서 머리카락을 들어올린다. 주먹으로 머리카락을 쥐어 아이의 뜨겁고 부드러운 두개골 뒤쪽에 여성처럼 올림머리를 만든다. "넬리, 질은 분명히 나왔을 거야. 지금 멀리 있을 거야. 먼 곳에 안전하게 있을 거야."

아이는 아니라는 뜻으로 고개를 젓고 다시 토한다. 해리는 아이를 몇 분 동안 붙들고 있다. 한 손으로는 머리카락을 움켜쥐고 다른 손은 가슴을 끌어안았다. 땅속으로 가라앉으려는 것을 들어올리고 있다. 아이를 놓아주면 해리 자신도 가라앉을 것이다. 뼈 위에 붙은 자신의 몸이 위태로울 정도로 평소보다 무겁게 느껴진다. 땅이 주피터처럼 끌어당긴다. 경찰관들, 구경꾼들이 그가 넬슨과 씨름하는 것을 지켜보지만 끼어들지는 않는다. 마침내 경찰관, 심문하던 경찰관이 아닌 다른 경찰관이 다가와 차분한 더치 사람 말투로 묻는다. "차로 아이를 데려갈까요? 카운티 안에 아이 할아버지가 삽니까?"

"친가 외가 다 살죠." 래빗이 말한다. "어쩌면 자기 엄마한테 가는 게 나을지도 모르겠네요."

"싫어요!" 넬슨이 말하며 몸을 빼내 그들을 마주본다. "질이 어디 있는지 알 때까지는 아무데도 안 가요." 아이의 얼굴은 눈물로 반짝이지만 제정신을 잃지는 않은 표정이다. 아이는 다음 한 시간 동안 아버지 옆에 서서 기다린다.

불길이 천천히 잡혔고, 집의 거실 쪽은 구했다. 부엌 쪽의 내부는 다양한 색조의 연기가 움트는 정원처럼 보인다. 포마이카, 비닐, 나일론, 리놀륨이 각각 서로 다르게 타오르며 응결된 화합물을 다시 땅과 공기로 돌려보낸다. 소방관들이 잔해가 있는 곳으로 내려가 내장이 파인 벽들 뒤를 살핀다. 탐조등이 밝혀진 위층 창문들이 노려보나 싶더니, 이번에는 아래층 창문들이 노려본다. 개똥벌레들이 가득한 두개골이다. 군중은 무리의 후각으로 흩어지지 않고 계속 기다린다. 열기 안에 죽음이 있는 것이다. 경찰 무전기에서 드문드문 잡음과 함께 외치는 소리가 들리더니 경찰관 한 명이 구급차를 불렀다. 구급차는 머뭇머뭇 한숨을 쉬는 듯한 사이렌 소리를 내며 도착한다. 차 지붕에서는 주홍색 불빛들이 불규칙하게 춤을 춘다. 낯선 운반용 도구, 녹색 고무 자루나 시트처럼 보이는 것이 집안으로 들어갔다가 비닐 옷을 입은 모진 얼굴의 남자 세 명의 손에 들려 다시 나온다. 구급차는 형태가 제대로 잡히지 않은 꾸러미를 싣고, 가장 비싼 자동차만 낼 수 있는 멋진 소리를 내며 문을 닫더니, 다시 그 살짝 건드리는 바람에 머뭇머뭇 한숨을 내쉬는 듯한 사이렌 소리를 내며 멀어진다. 그제야 사람들이 빠져나간다. 자동차에 시동을 걸고 엔진 회전수가 높아지는 소리가 밤을 가득 채운다.

넬슨이 말한다. "아빠."

"응."

"질이었죠, 그렇죠?"

"모르겠다. 어쩌면."

"사람이었어요."

"그런 것 같아."

넬슨은 눈을 문지른다. 그 바람에 인디언 얼굴 장식 같은 재의 줄무늬가 남는다. 아이는 눈에 거슬릴 정도로 나이들어 보인다.

"자고 싶어요." 아이가 말한다.

"포스나트네 집으로 다시 갈래?"

"아니요." 아이는 마치 사과를 하듯이 설명한다. "빌리가 싫어요."

아이가 추가로 조건을 단다. "아빠가 가고 싶다면 어쩔 수 없지만." 아빠가 돌아가서 포스나이트 부인한테 또 박고 싶다면 어쩔 수 없지만.

래빗이 아이에게 묻는다. "네 엄마 보고 싶어?"

"그건 안 되잖아요, 아빠. 포코노스에 갔잖아요."

"지금쯤 돌아왔을걸."

"지금은 만나고 싶지 않아요. 잭슨 로드에 데려다주세요."

래빗 안에서 엔진이 웅얼거리고 있다. 되돌려, 되돌려. 그 엔진은 그들을 그날 오후로 다시 데려가고 싶어한다. 그들이 집을 떠나던 시점으로. 그들이 한 일을 되돌리고 싶어한다. 집을 떠나지 않았고, 그 모든 일이 벌어지지 않았기를 바란다. 질과 스키터가 여전히 거기 있기를, 집안에 그대로 있기를 바란다. 이 엔진이 내는 소리 때문에 일이 실제로 일어나고 말았다는 것을 속에서부터 인정할 수가 없다. 그는 충격의 거즈 너머로 넬슨을 보며 용기를 내어 묻는다. "내 탓이라고 생각하니, 응?"

"그런 셈이죠."

"그냥 운이 나빴던 거라고 생각하지 않니?" 아이는 어깨를 으쓱할 힘도 제대로 내지 못하지만 해리는 아이의 답을 이해한다. 운과 하느님은 모두 저 위에 있고, 자기는 아버지의 머리보다 높은 곳에 있는 것을 믿으라는 교육을 받은 적이 없다는 것. 인간 세상에서 아버지를 비난하지 못한다면, 비난은 달리 갈 데가 없다.

한 소방차의 소방관들이 호스를 감고 있다. 넬슨을 걱정해주던 경찰관이 다가온다. "앵스트롬? 반장이 아이가 없는 데서 이야기를 하고 싶어하는데요."

484

"아빠, 질이었는지 물어보세요."

경찰관은 피곤한 표정이고, 둔감하고, 퉁퉁하다. 체형이, 이름이 뭐더라? 그래, 쇼월터와 똑같다. 친절하고 참을성 있는 브루어 사람들. 그가 정보를 흘려준다. "시신이었습니다."

"흑인인가요, 백인인가요?" 래빗이 묻는다.

"모르겠네요."

넬슨이 묻는다. "남자예요 여자예요?"

"여자다, 아가야."

넬슨이 다시 울기 시작한다. 목구멍에 음식이 걸린 것처럼 꺽꺽거린다. 래빗은 경찰관에게 아까 한 제안이 여전히 유효하냐고, 순찰차가 아이를 마운트저지에 있는 할아버지 집에 데려다줄 수 있느냐고 묻는다. 경찰관은 아이를 데려간다. 아이는 저항하지 않는다. 래빗은 혹시, 혹시 아이가 아버지와 끝까지 함께 있겠다고 고집을 부릴지도 모른다고 생각한다. 그러나 머리카락이 늘어지고 눈물이 걷잡을 수 없이 흘러내리는 아이는 마침내 질서의 품에, 법과 한계의 품에 안긴 것에 안도하는 듯하다. 은색과 파란색이 섞인 웨스트브루어 순찰차 창문 밖으로 손을 흔들지도 않는다. 차는 비스타 크레센트에서 유턴하여 엉킨 호스와 물웅덩이와 붉은 빛들이 반사되는 곳으로부터 멀어진다. 공기에서는 유황맛이 난다. 래빗은 작은 단풍나무의 집에 가까운 가지들이 불에 그슬린 것을 본다. 잔가지들이 담배처럼 연기를 뿜고 있다.

소방관들이 장비를 챙기는 동안 그와 경찰 반장은 별 특색이 없는 자동차 앞자리에 앉는다. 해리의 무릎이 조수석의 무전 장비 때문에 비좁다고 느낀다. 반장은 키가 작은 사람이지만, 앉아 있으니 그렇게 작아 보이지 않는다. 통 같은 가슴에는 검은 띠를 두르고 있고, 하얀 머리는 두피에 바짝 붙도록 짧게 잘랐으며, 한때 옆으로 부러졌던 코에는 끊어진 핏줄들이 그 이후 오랜 세월에 걸쳐 뭉치고 붉어졌다. 그가 말한다. "이제 사망자가 생겼습니다. 따라서 말의 색깔이 달라진 셈이지요."

"어쩌다 불이 난 건지 좀 파악이 됐습니까?"

"질문은 내가 할 겁니다. 하지만 그래요. 방화예요. 차고에서. 거기에 전동 잔디깎이가 있더군요. 거기에 휘발유 통도 달려 있었겠지요?"

"네. 바로 오늘 오후에 통을 채웠습니다."

"오늘 저녁에 어디 있었는지 말해주세요."

그는 반장에게 말한다. 반장은 차의 무전기로 웨스트브루어 지서와 이야기를 한다. 오 분이 안 되어 다시 연락이 온다. 그러나 이 시간 동안 반장은 전혀 미안해하는 기색 없이 입을 꾹 다물고 있고, 래빗 안에서는 커다란 덩어리가 자란다. 법을 사랑하는 마음. 무전기가 베이컨을 튀기듯이 지글거리는 소리로 말을 내뱉는다. "포스나트 부인이 용의자의 이야기를 확인해주었습니다. 동 거주지의 미성년 남아도 추가로 증언해주었습니다."

"알았네." 반장이 말하고 무전기를 끈다.

"내가 왜 내 집에 불을 지르겠습니까?" 래빗이 말한다.

"일반적인 방화범은 대부분 주인이지요." 반장이 말한다. 그는 생각에 잠긴 표정으로 래빗을 살핀다. 누가 양쪽 눈꺼풀 구석을 꿰매놓은 것처럼 눈이 동그랗다. "그 여자아이가 댁의 아이를 임신하고 있었던 것 같기도 하네요."

"아이가 피임약을 먹었는데요."

"여자 이야기를 좀 해주세요."

그는 노력을 하지만, 생각만큼 자연스럽게 설명하기가 어렵다. 왜 스키터가 집에 들어와 사는 것을 허락했는가? 글쎄, 그러지 않을 이유가 어디 있는가, 하고 물어봐야 하는 것 아닐까. 그는 설명을 시도해본다. "어, 집사람이 집을 나갔을 때 나는 방향감각을 상실한 상태 비슷했습니다. 별 문제 아닌 것처럼 보였죠. 어쨌든 내가 쫓아냈다면 그 사람이 질을 데리고 나갔을 겁니다. 결국 그 사람을 상관하지 않게 됐습니다."

"그 사람이 협박을 했습니까?"

그는 올바른 답을 하려 한다. 법에 대한 존중 때문이다. "아니요. 우리를 교육시켰지요." 해리는 화가 나기 시작한다. "내가 모르는 법 중에 어떤 사람이 어떤 사람과 함께 살면 안 된다는 게 있습니까?"

"범죄자를 숨겨주면 안 된다는 법은 있지요." 반장이 그에게 말한다. 수첩에 적지 않고 있다. "브루어경찰서는 약물 소지 혐의자인 휴버트 존슨이라는 사람이 보석중에 법정에 나오지 않고 도피했다고 하네요."

래빗의 침묵은 그가 원하는 것이 아니다. 그는 자신이 원하는 것을 더 분명하게 밝힌다. "댁은 이런 기소와 법정에 대한 도전을 모르고 있었던 건가요?" 그는 훨씬 더 분명하게 밝힌다. "맥이 입을 다물고 있는 것은 몰랐다는 사실을 인정하는 걸로 받아들여도 되겠습니까?"

"네." 그것이 유일한 출구다. "네, 나는 스키터에 관해서 아무것도 몰랐습니다. 심지어 성도 몰랐어요."

"지금 어디 있는지, 혹시 압니까?"

"모릅니다. 공중전화로 이야기하는 것처럼 들렸지만 선서 증언을 하라면 못할 것 같네요."

경찰관은 수화기의 말하는 곳을 막아 상대방이 못 듣게 하듯이 수첩에 넓은 손을 올려놓는다. "이건 비공개인데요. 우리는 이곳을 감시하고 있었습니다. 그자는 작은 물고기, 애송이였지요. 우리는 그자가 우리를 더 큰 물고기한테 데려가주기를 바랐습니다."

"크다뇨? 마약 쪽 말인가요?"

"민간인 소요 얘깁니다. 브루어 흑인들은 필리, 캠든, 뉴어크와 연락을 하고 있지요. 총을 갖고 있다는 것도 파악했습니다. 우리는 여기가 또다른 요크가 되기를 바라지 않으니까요, 안 그런가요?" 이번에도 래빗의 침묵은 그가 원하는 것이 아니다. 그가 되풀이한다. "안 그런가요?"

"아, 물론 그렇죠. 생각을 좀 하고 있었습니다. 스키터는 마치 자기는 혁명을 넘어선 것처럼 말했거든요. 그러니까 자기는 총에 미친 것이 아니라 종교에 미친 것처럼 말이에요."

"그자가 왜 불을 질렀는지 압니까?"

"스키터가 했다고 생각하지 않습니다. 그 친구 방식이 아닌데요."

연필이 다시 수첩으로 돌아가 있다. "방식은 상관없어요." 반장이 말한다. "나는 사실을 원해요."

"방금 말씀드린 것 외에는 아는 사실이 없습니다. 스키터가 우리와 함께 산다는 이유로 동네 사람들 몇 명이 기분이 상했어요. 어제는 두 사람이 나를 길에서 막아 세우고 불평을 하기도 했습니다. 원하신다면 이름을 말씀드릴 수도 있습니다."

연필이 허공에 멈춰 있다. "불평을 했다고요. 구체적으로 방화를 하겠다고 협박을 했습니까?"

그리고 건방진 자식들은 그냥 실수로 수류탄을 맞아 날아가곤 했어. 그곳에 씨발 바리케이드를 치는 게 좋을 거야. "그렇게 구체적이지는 않았습니다."

반장은 메모를 한다. n.c.*처럼 보인다. 수첩 페이지를 넘긴다. "그 흑인이 여자와 성관계를 가졌습니까?"

"보세요, 나는 하루종일 나가서 일을 했습니다. 퇴근하면 저녁을 해 먹고 아이가 숙제를 하는 걸 도와주고 둘러앉아 이야기를 했어요. 집에 애가 둘이 더 있는 것 같았습니다. 그들이 매시간 매분 뭘 했는지는 모른다고요. 나를 체포할 겁니까? 아니면 뭡니까?"

아버지 같은 유형인 반장은 대답하기 전에 오랫동안 웃음을 짓는다. 래빗은 그의 코가 사고로 깨진 것이 아님을 안다. 시간의 골목길 어딘가에서 그 스스로 청해서 얻은 것이다. 눈처럼 부드러운 머리카락은 분첩처럼 고르게 잘렸으며, 경찰 모자에 눌린 귀 위쪽은 분홍색으로 우묵하게 들어가 있다. 그의 웃음이 뺨에 주름을 잡을 정도로 넓게 퍼진다. "엄격하게 말해서 여기는 내 구역이 아닙니다. 나는 존경하는 동료인 퍼니스 타운십의 보안관을 대신해서 일하는 중입니다. 그 친구는 지금 완전히 지쳐서 자러 갔지요. 생각나는 대로 말하자면, 댁 같은 건실한 시민을 집어넣지 않아도 감옥은 손님들이 넘쳐납니다. 나중에 질문을 더 하게 될 겁니다." 그는 수첩을 탁 쳐서 닫더니 무전기를 켜고

---

* no comment(언급 없음)의 약자로 보인다.

호출한다. "브루어 경찰의 모든 차량 들어라, 수배할 인물이 있다, 니그로, 남성, 키 약 백칠십, 몸무게 약 육십, 중간 정도의 검은 피부, 머리는 아프로, 이름은 스키터, 샐리의 에스, 캐서린의 케이, 이스터의 이 둘—" 래빗이 차문을 열고 나가도 그는 고개를 돌리지 않는다.

이렇게 해서 그의 인생에서 두번째로 법망이 그에게서 빠져나갔다. 그는 자신이 범죄자이지만 절대 잡히지 않는다는 것을 안다. 역겨움이 검댕처럼 그의 몸을 통과해 내려앉는다. 소방관들은 연기를 뿜는 잔해를 물로 적신다. 비스타 크레센트를 따라 놓여 있던 장비 덩어리는 해체되어 흘러간다. 집은 수치스럽게도 사람들에게 다가오지 말라고 경고하는 노란 점멸광이 달린 가대로 둘러싸여 있다. 래빗은 최근 들어 무성하게 자랐던 잔디밭, 이제는 물에 젖고 발자국이 파인 잔디밭을 빙 둘러 걸으며 피해를 살핀다.

피해는 뒤쪽이 심하다. 침실에 붙은 욕실의 설비들이 구부러진 파이프 줄기에 매달려 허공에서 대롱거린다. 침대 머리판을 받아주던 벽은 사라졌다. 지붕 사이로 밤 특유의 푸른색 하늘이 군데군데 보인다. 아래층 창문 안을 들여다보니, 점멸하는 노란 불빛에 유원지의 섬뜩한 도깨비 집 내부처럼 소파와 의자 두 개가 보인다. 떨어진 석고가 소금처럼 뿌려진 의자들은 신발 수선공 벤치를 가운데 두고 서로 마주보고 있다. 유목 램프는 여전히 똑바로 서 있다. 아침 먹는 구석에 자리잡은 선반에 놓여 있던 스키터의 책들은 쭈그러지고 물에 흠뻑 젖어 떡이 되었다. 부엌이 있던 곳에서는 차고, 그리고 그 너머에 검게 그을린 가로 5센티 세로 10센티 각목들로 이루어진 N자 모양까지 보인다. 하늘은 밝아지기를 원하고 있다. 새들—펜빌라스에 새라니, 도대체 어디

에? 그들을 품을 만큼 오래된 나무도 없는데―이 나풀거리며 노래를
한다. 이제 춥다. 한밤중보다 춥다. 그때는 불이 살아 있었다. 동쪽. 브
루어 쪽 하늘이 옅어진다. 새벽 전 회색의 감광유제 속에서 마운트저
지의 윤곽이 현상되고 있다. 이주하는 구름 같은 새떼가 남쪽으로 교
외를 가로지른다. 해리의 뼈에 검댕이 내려앉는다. 눈꺼풀이 곡물의
겉껍질이 되어버린 느낌이다. 그는 허약한 상태에서 환각을 본다. 잠
들기 몇 초 전처럼 비유比喩가 생생한 유기체와 연결된다. 마운트저지
위에서 새롭게 나타나는 하늘은 베키, 죽은 아이다. 서쪽 침울한 하늘,
폭풍우가 치는 듯한 색깔이지만 별들로 흠집이 난 하늘은 넬슨, 살아
있는 아이다. 그리고 그. 그는 그 중간의 남자다.

그는 박살난 현관문까지 걸어가 유릿조각들을 쓸어내고 판석을 깐
작은 현관에 주저앉는다. 난로처럼 따뜻하다. 그의 이웃들 누구도 나
서서 그와 이야기를 하지 않았지만, 그의 재난이라는 밝은 화면 위에
서 반짝거리지 않았지만, 밝아오는 빛 속에서 동네는 아무런 사과 없
이 벌거벗은 모습을 그의 눈길 앞에 드러낸다. 서까래들이 만드는 패
턴을 반복하고 있는, 군데군데 축축하게 젖은 파스텔 색조의 지붕널
들. 뒤뜰의 수영장. 그네는 풀과 더불어 이슬로 하얗게 변했다. 표백된
하늘에 잊고 바닥에 두고 간 장난감처럼 반달이 기운 채 걸려 있다. 시
끄러운 소리를 내는 녹색 레인코트를 걸친 노인, 파수꾼으로 남은 노
인이 다가와 그에게 말을 건다. "여기가 댁의 집이로군, 응?"

"맞습니다."

"어디 갈 만한 데는 있고?"

"있을 것 같습니다."

"사랑하는 사람 시신이었나?"

"그런 건 아닙니다."

"그거 다행이로군. 기운 내쇼, 젊은이. 보험으로 거의 다 처리될 테니까."

"나한테 보험이 있나요?"

"융자를 받아 산 집이지?"

래빗은 고개를 끄덕이며 작고 미끌미끌한 은행 통장을 기억하고, 그것이 불타는 광경을 상상한다.

"그럼 보험이 있는 거요. 저주받아 마땅한 은행 놈들은 자기 건 잘 챙기니까. 염병할 유대인보다 모자랄 것이 전혀 없어."

이 사람의 존재가 낯설게 느껴지기 시작한다. 뭔가가 이 사람의 존재처럼 낯설게 느껴진 것은 몇 달 만이다. 래빗이 그에게 묻는다. "여기 얼마나 계실 건가요?"

"여덟시까지 근무요."

"왜요?"

"화재 발생시 절차지. 약탈을 막는 거요." 두 사람은 경탄하는 표정으로 펜빌라스의 잠든 집과 차가운 잔디들을 본다. 그들이 지켜보는 가운데 멀리서 자명종이 울리고 이층의 불이 의무적으로, 창백하게 켜진다. 사실 요즘에는 어디에서나 약탈이 벌어진다. 노인이 묻는다. "저 안에 귀중품이 있소? 가져가고 싶을 만한 것 말이오?" 래빗은 움직이지 않는다. "가서 좀 자는 게 좋겠어, 젊은이."

"어르신은 어쩌시고요?" 래빗이 묻는다.

"나만큼 나이를 먹은 사람은 잠이 별로 필요 없어. 조금만 자도 오래

자는 거나 다름없지. 어쨌든 나는 이 몇 시간의 평화로움이 좋아. 어릴 때부터 그랬소. 늘 일어나 있었지. 우리 아버지는 대단한 술꾼에 늦잠꾸러기였는데, 내가 아침에 소란을 피우면 두들겨패곤 했어. 그래서 몰래 빠져나가 새를 보러 가는 습관이 생겼지. 어쨌든 이 시간에 바깥으로 교대를 하러 나오면 수당이 두 배로 붙어. 그걸 늘 다 찾아 먹지는 않지만. 일정액이 넘으면 사회보장을 전혀 받지 못하거든. 친절로 죽여라, 이게 새로운 기술이야."

래빗은 일어선다. 몸이 아프다. 통증이 정강이에서부터 사타구니와 배를 타고 가슴까지 올라와 밖으로 나간다. 악마가 떠난다. 연기, 안개가 올라온다. 그는 현관문으로 향한다. 물로 부풀어오르고 도끼로 맞았으면서도 열리는 데 저항한다. 노인이 말한다. "어떤 사람이든 이 구조물에 들어가지 못하게 하는 게 내 책임이야. 댁이 들어가서 어떤 피해를 입든 댁이 책임져야 하는 거요."

"방금 귀중품을 가져오라고 했잖아요."

"책임은 본인이 지는 거다, 내 말은 그것뿐이야. 나는 등을 돌리고 있을 거요. 바닥이 꺼져 떨어지든 감전을 당하든 도와달라고 하지 마쇼. 내 입장에서 보자면 댁은 여기 없는 거요. 나쁜 것은 보지 않는다는 게 내가 사는 방식이야."

"그건 내가 사는 방식이기도 한데요." 압력을 받자 문이 뺑 하고 열린다. 문 뒤편의 깨진 유리가 마찰로 시끄러운 소리와 함께 복도 바닥의 광택제를 긁으며 하얀 호를 그린다. 래빗은 연기와 냄새 때문에 울기 시작한다. 집은 덥다. 혼잣말을 하고 있다. 왼쪽 구역에서 작게 부스럭거리는 소리와 딱딱거리는 소리가 떼를 지어 일어난다. 자리를 잡는 소리들이 검게 그을린 들보에서는 아래로 뚝뚝 떨어지고, 바닥이 있던 곳의 물에 흠뻑 젖은 시커먼 잡석에서는 거품을 내며 위로 올라온다. 침대의 금속 프레임은 부엌으로 주저앉았다. 오른쪽으로 거실은 뿌옇기는 하지만 피해를 보지는 않았다. 러스트렉스 의자의 은실이 매캐한 안개 같은 연기 사이로 빛을 발한다. 텔레비전의 텅 빈 녹색 화면은 켜주기를 기다리고 있다. 그는 그것을 가져갈까 생각한다. 여기서 다시 팔 만한 것은 그 정도라고 할 수 있다. 하지만 아니다. 끌고 가기에는 너무 무겁다. 바닥이 꺼질지도 모른다. 게다가 이런 텔레비전은 수도 없이 많다. 재니스는 정글에 폭탄 대신 텔레비전을 떨어뜨려야 한다고 말한 적이 있다. 그래도 효과는 똑같을 것이라는 이야기다. 그는 그 말을 들으면서 재니스의 입에서 나오기에는 너무 영리한 이야기라고 생각했다. 그러니까 그때도 스태브로스가 그녀를 통해서 말을 하고 있었던 것이다.

재니스는 늘 저 멍청한 벤치를 아주 좋아했다. 신혼 때 재니스가 그 옆에 무릎을 꿇고 앉아 의자에 아마씨 기름을 바르고, 한 번에 몇 센티미터씩 짧고 강하게 문지르던 기억이 난다. 그것을 지켜보면서 그는 달아올랐다. 그는 벤치를 겨드랑이에 끼다 아주 가볍다는 것을 알고, 유목 램프도 소켓에서 빼내 잡아당겨 챙긴다. 나머지는 약탈자들과 손해 사정인들이 가져가도 된다. 연기 냄새는 절대 뺄 수 없다. 실패한 인생의 냄새처럼. 덧창이 기억난다. 윈덱스로 네 면을 다 닦았는데. 늘 그의 인생에서 그런 사소한 일이 중심을 이루고 있었다는 것이 꼭 우화 같은 느낌이 든다. 그의 집이 그에게서 빠져나간다. 그는 자유다. 탁자와 램프를 겨드랑이에 끼고 비스타 크레센트를 따라 걷는다.

기나긴 밤 전에 넬슨과 함께 이곳을 걸을 때 있었던 쪽과 반대편에 있는 해가 낮고 낯선 집들 사이로 뻗어나간다. 지금까지 갓돌에 주차되어 있는 차는 페기의 퓨리뿐이다. 썰물 때문에 쇠오리 색의 파란 꼬리 지느러미가 있는 보트가 좌초해 있다. 그는 문을 열고 벤치를 뒷자리에 집어넣으려고 의자를 앞으로 밀다가 그곳에서 사람을 본다. 니그로다. 자고 있다. "뭐야 이게." 래빗이 내뱉는다.

스키터는 잠을 깬 맹인처럼 고무 바닥에서 안경을 더듬어 찾는다. "척 베이비." 그가 말하며 안경의 쌍둥이 원으로 쳐다본다. 그의 아프로 머리 한쪽이 납작하게 눌려 있다. 상한 과일. "너 혼자지, 응?"

"그래." 아침이면 거실에 양념 냄새처럼 강하게 배어 거실이 무슨 동물이 된 듯한 느낌을 주는 냄새, 그 냄새를 농축한 듯한 냄새가 작은 차 안에 가득한데, 잠의 달콤함 때문에 그 냄새가 더 강렬해진 듯하다.

"해가 뜬 지 얼마나 됐어?"

"방금 떴어. 여섯시쯤 됐어. 여기에는 얼마나 있었던 거야?"

"너하고 베이비척이 차를 세우는 걸 본 다음부터. 와이저에서 공중전화로 전화를 한 다음에 너희가 지나가는 걸 보려고 지키고 있었어. 차는 네 거가 아니었는데 머리는 맞더라고. 그래서 뒷마당을 통해 몰래 여기로 와서 네가 차를 세운 뒤에 탔어. 오래된 들장미 덤불 이론* 있잖아, 응? 젠장 잠들지 말았어야 하는데. 야, 어서 타, 인마, 너 때문에 바람 들어오잖아."

래빗은 차에 타 운전석에 앉아 고개를 돌리지 않으면서 귀를 기울이

---

* 원하는 것을 얻기 위해 가장 원치 않는 것처럼 이야기한다는 우화에서 나온 것.

고, 입을 움직이지 않으면서 말을 하려 한다. 펜빌라스는 살아나고 있다. 차 한 대가 막 지나갔다. 그가 말한다. "널 찾고 있다는 걸 알아둬. 네가 불을 질렀다고 생각해."

"솜털이 하는 일이 그렇게 좆도 엉망이지 뭐. 왜 내가 내 굴에 불을 지르겠어?"

"증거를 없애려고. 혹시 질이 ─ 뭐라고 하더라? ─ O.D.*로 죽은 건 지도 모르니까."

"내가 주는 스캐그로는 그렇게 안 돼. 그건 너무 싱거워서 차라리 설탕물을 먹는 게 더 뽕갈 거야. 야, 척, 네 집에서 일어난 일은 흰둥이가 한 짓이야. 진실을 들을 거야, 아니면 돼지우리를 위해 내 숨을 아껴둘까?"

"어디, 들어보자고."

얼굴에 붙어 있지 않은 스키터의 목소리는 해리가 기억하는 것보다 저음이다. 그 최면을 걸듯이 꺼끌꺼끌하면서도 낭창낭창한 소리를 들으니 어린 시절 라디오가 기억난다. "질은 일찍 자빠져 잤고 나는 소파에서 잤어, 응? 다시 그놈의 걸 하게 된 뒤로 그애는 자기 몸도 주체하지 못했고, 나는 어차피 완전히 취하고 지쳐 있었어. 우리는 그 똥차를 파느라고 시골을 두 번이나 왔다갔다했거든. 응? 그랬는데 잠이 깼어. 사방에서 달가닥거리는 소리가 들리는 거야. 나는 그 소리가 부엌에서 난다는 걸 알았어, 응? 나는 질이 다시 주사를 놔달라고 나를 괴롭히러 오는 줄 알았어. 그런데 그게 아니라 쉭 하는 소리와 가볍게 쿵 하는 소

─────────

* overdose의 약칭으로 '마약 과용'이라는 뜻.

리가 들린 거야. 길 위쪽 덤불에서 대인지뢰가 터지던 게 기억나더군. 다만 이건 어디 길 위쪽에서 나는 소리가 아니었다는 거지. 나는 속으로 생각했어. 이 나라에도 드디어 전쟁이 왔구나. 그다음에는 문이 쾅 닫히는 소리가 났어. 그 우르릉거리는 소리로 판단할 때 차고 문이었어. 나는 창문으로 달려갔어. 흰둥이 둘이 잔디를 가로질러 달아나더라고. 거리를 가로질러, 저기 저 집들 사이로 들어가더니 사라지는 거야, 응? 차는 보이지 않았어. 그다음에는 연기 냄새가 났어."

"그게 백인이라는 건 어떻게 알았어?"

"젠장, 흰둥이들이 어떻게 뛰는지 알잖아. 똥구멍에 막대기를 꽂은 것처럼 말이야, 응?"

"다시 보면 알아볼 수 있겠어?"

"나는 여기서는 모세가 나타나도 확인해주지 않을 거야. 이 카운티에서는 내 살갗을 튀기고 있잖아, 응?"

"그래." 래빗이 말한다. "네가 알아야 할 게 있어. 질이 죽었어."

뒷좌석의 침묵은 오래가지 않는다. "불쌍한 년, 자기가 죽는지도 몰랐을 거야."

"왜 질을 꺼내주지 않았어?"

"젠장, 얀마, 저긴 뜨거웠다고, 응? 나는 린치의 시간이 왔다고 생각했어. 밖에 천이백 명이 모여 있는 게 아니란 걸 몰랐지. 나는 흰둥이 여자를 돌볼 상태가 아니었어. 흰둥이는 흰둥이끼리 돌봐야 하는 거지."

"하지만 아무도 너를 막지 않았잖아."

"기초 훈련이야, 응? 나는 나의 이른바 추적자들을 피한 거야."

"그 사람들은 너를 해치고 싶었던 게 아니야. 나였어, 그 사람들은 나한테 어떤 얘기를 하려고 했던 거라고. 이 동네 사람들은 린치를 하지 않아, 그러니 정신 좀 차려."

"정신 차리라고? 지금까지 엉뚱한 채널을 보고 있었구먼. 디트로이트의 그 고양이들은 어떻게 된 건데?"

"그럼 캘리포니아의 그 죽은 경찰관들은 어떻고? 너희 형제들이 계속 밀어붙이고 있는 그 모든 '돼지들은 꺼져라'는 말도 안 되는 소리는 어떻고? 나는 너를 경찰에 넘길 거야. 브루어 경찰은 너를 몹시 보고 싶어해, 제정신이 아닌 검둥이들을 재교육하고 싶어해."

차 두 대가 또 휙 스쳐간다. 우유 트럭의 높은 운전석에서 운전사가 호기심어린 표정으로 내려다본다. "차를 움직이자고." 스키터가 말한다.

"그게 나한테 무슨 도움이 되지?"

"별 도움 안 되지, 응?"

살짝 건드리자 차가 움직인다. 모터는 비스타 크레센트를 따라 물웅덩이들을 휙휙 지나가는 타이어보다 조용하다. 황록색 폐허를, 현관 계단에서 졸고 있는 녹색 레인코트 차림의 남자를 지나간다. 래빗은 곡선을 그리는 거리들이 끝나는 곳까지 간다. 그곳에서 거리는 진흙이 덮인 건물 기초들 사이로 난 좁은 트럭 길로 바뀐다. 그는 사라졌던 시골의 좁은 길을 찾아낸다. 옆에는 키 큰 포플러들이 늘어서 있고, 손보지 않은 길에는 구멍이 숭숭 뚫려 있다. 스키터는 허리를 세우고 앉는다. 래빗은 목덜미에 금속이 닿기를 기다린다. 총, 칼, 바늘. 이들은 늘 뭔가를 갖고 다니니까. 독침. 하지만 아무것도 없다. 목덜미에 닿는 스키터의 숨의 변덕스러운 온기 외에는 아무것도 없다. "어떻게 그애를 죽게 놔둘 수가 있어?" 해리가 묻는다.

"얀마, 죄책감 이야기가 하고 싶은 거라면, 수백 년은 거슬러올라가야 돼."

"그때는 내가 없었지. 하지만 어젯밤 거기에는 네가 있었어."

"나는 몹시 불리한 조건이었어."

해리는 수면 부족으로 머리가 어지럽다. 지금 무슨 결정을 내리면 안 된다는 것을 안다. "이렇게 해. 남쪽으로 15킬러미터쯤 더 태워다줄 테니까 거기서부터는 알아서 해."

"너무 야박하잖아, 인마, 하지만 그걸로 됐다고 하자. 그런데 한 가지 골칫거리가 남아 있어. 우리 형제들은 그걸 빵*이라고 부르지."

"그애 차를 팔아서 육백을 손에 쥐고 나서 얼마나 되었다고."

"내 지갑은 그 소파 바로 옆에 있었어, 젠장맞을 모든 게 말이야, 응?"

"옷장의 검은 옷가방은?"

"어라. 다 뒤지고 다녔던 거야, 뭐야?"

"나한테 삼십 달러 정도 있을지 몰라." 래빗이 말한다. "그걸 가져가. 여기까지 태워다준 건 경찰한테 말하지 않겠지만, 그걸로 끝이야. 네가 말했듯이 너는 이 카운티에는 질렸잖아."

"나는 돌아올 거야." 스키터가 다짐한다. "이번에는 영광 속에서."

"돌아오더라도 나는 거기서 좀 빼줘."

몇 킬로미터가 지나간다. 언덕, 한데 모여 있는 사암 주택들, 시멘트 공장, 자연 동굴을 안내하는 광고판, 턱수염을 기른 아만파 사람의 거

---

* 돈이라는 뜻.

대한 모습이 붙어 있는 또다른 간판. 스키터가 그의 또다른 목소리, 백인과 가장 가깝게 들리는, 따라서 래빗의 귀에는 가장 인간적으로 들리는 목소리로 묻는다. "베이비척은 어떻게 받아들여, 질이 날라가버린 걸?"

"네가 예상하는 것과 비슷하지."

"허물어졌군?"

"허물어졌어."

"말해줘, 세상에는 썹이 수도 없이 많다고."

"스스로 파악하게 놔둘 거야."

그들은 좁은 도로 두 개가 햇빛 속에 만나고 있는 모퉁이에 이른다. 베어내고 남은 황갈색 옥수수밭 건너편 회반죽을 바른 돌집에서 연기가 피어오른다. 교차로의 나무 화살표에 갈릴리 2라고 적혀 있다. 그화살표가 아니라면 아무것도 아닌 곳이었을 텐데. 하늘에 제트기의 흔적이 묻어 있다. 남쪽으로 말없이, 녹색과 갈색으로 펜실베이니아가 펼쳐져 있다. 이곳의 도로 밑에는 물기 없는 돌 도관이 깔려 있다. 도로 표지판은 녹이 슬어 텅 비어버린 금속 종석 모양이다. 래빗은 지갑을 탈탈 털어 스키터의 분홍색 손바닥에 올려놓고, 그 정도밖에 안 되는 것을 사과하고 싶은 충동을 억누른다. 이제 무엇이 적절한 것인지 궁금하다. 유다의 입맞춤일까? 그들은 씨름을 하여 해리가 이긴 밤 이후로 거의 접촉을 한 적이 없다. 그는 작별인사를 하려고 손을 내민다. 스키터는 마치 베이브처럼 점을 쳐주려는 듯이 그 손을 살핀다. 매끄럽고 좁은 두 손으로 잡고 통통한 분홍색 주름들이 하늘을 향하도록 기울이고 찬찬히 살피다가 한가운데 대고 엄숙하게 침을 뱉는다. 그의 침은 피부만큼이나 따뜻하다. 해리는 처음에는 그냥 시각으로만 그런 일이 일어났다는 것을 알 뿐이다. 아주 작은 태양 같은 거품들이 가득한 물기. 그는 그 행동을 축복으로 받아들이기로 하고 손바닥을 바지에 닦는다. 스키터가 그에게 말한다. "네가 어느 쪽으로 각을 재고 있는지 결국 파악하지 못했어."

"아마 그런 게 없었을 거야"가 그의 답이다.

"그냥 말씀을 기다리는 거야, 응?" 스키터가 낄낄거린다. 그가 웃음을 터뜨리자 그의 윗입술에 백인들에게는 없는 그 복잡한 것이 생긴다. 입술 중앙 가장자리의 장식. 그 온화한 봉합선을 보자 좆대가리와 기둥을 연결하는 꿰맨 자국 같은 살이 떠오른다. 해리가 좁은 교차로에서 페기의 퓨리를 돌려 나오자 젊은 흑인은 갈색 잡초 줄기가 늘어선 곳 옆에서 기다리고 있다. 후면경으로 보니 스키터가 묘하게도 그럴듯해 보인다. 안경을 끼고 염소수염을 기른 모습으로, 까마귀가 내려앉아 걸어다니며 이삭을 주워먹는, 그루터기만 남은 들판 속에 빈손으로 어정쩡하게 서 있음에도, 풍경에 그럴듯하게 녹아들어가고 있다.

에드윈 E. 올드린 주니어 대령: 이제 안전. 내가 있는 쪽으로 와라. 곧장, 약간 왼쪽으로. 공간은 충분하다. 방향을 잘 잡고 있다. 내 쪽으로 조금. 더. 좋아. 이제 안전하다. 지금 첫번째 경첩과 물리고 있다. 무슨 경첩? 좋아, 움직여라. 왼쪽으로 조금. 좋아, 이제 안전하다. 플랫폼과 줄이 맞았다. 왼발을 오른쪽으로 약간. 좋아, 좋다. 조금 더 왼쪽으로. 좋아.

닐 암스트롱: 좋아, 휴스턴, 현관에 도착.

IV. 밈

래빗은 자기 기계 앞에 있다. 손가락이 깃털처럼 가볍게 움직인다. 모형은 높은 곳에서 덜거덕거리고, 녹은 납은 옆에서 편안하게 김을 뿜고 있다.

펜빌라스 화재

방화 가능성

주 외부 인물 사망

웨스트브루어경찰서는 해럴드 앤스트롬 부
부의 멋진 펜빌라스 주택을 태워버린 수수께
끼의 화재와 관련하여 현재까지도 이웃들의

증언을 수집하고 있다.

그 집에 있던 손님인 지스

코네티컷주 스토닝턴 출신의 질 펜들턴 양
(18)은 연기 흡입과 화상으로 사망했다. 용감
한 소방관들의 구출 노력은 수포로 돌아갔다.

펜들턴 양은 브루어의 시스터

펜들턴 양은 브루어의 시스터즈 오브 머시 호
메오패식 병원에 도착했을 때 이미 사망한 상
태인 것으로 발표되었다.

경찰은 집 근처에서 눈에 띄었다는 신고가
들어온, 전 플럼 스트리트 거주자 휴버트 존슨을
찾고 있다. 존슨 씨는 "스키터"라고도 알려져
있으며, 가끔 판즈워스라는 성을 쓰기도 한다.

퍼니스 타운십의 소방대장 레이먼드 "버디"
페슬러는 〈빗〉 기자들에게 "이번 화재는 방화
라고 확신하지만, 화염병이나 그런 성격의 물
건이 있었다는 증거는 없다. 이번 건은 일반적인
의미의 폭탄 투척이 아니다"라고 말했다.

이웃들은 이 사건에 당황하고 있으며, 집 주
변에는 특별한 일이 없지만 몰래 돌아다니는
흑인

파자세크가 어깨를 툭툭 친다.

래빗이 말한다. "집사람이면 꺼지라고 해주세요. 내가 죽었다고 해주세요."

"전화가 온 게 아니야, 해리. 자네하고 조용히 이야기 좀 해야겠네. 그래도 된다면."

"그래도 된다면"이라는 말 때문에 해리의 심장이 서늘해진다. 파자세크는 높은 자리에 있는 사람을 흉내내고 있다. 그는 우윳빛 유리가 달린 문을 닫아 덜걱거리는 소리를 차단하고, 부드럽게 털썩 하는 소리를 내며 책상 맞은편에 앉는다. 책상의 잉크로 더러워진 신문들 더미 위에 손가락들을 펼친다. "나쁜 소식이 또 있네, 해리." 그가 말한다. "받아들일 수 있겠나?"

"시험해보십쇼."

"집에 그런 불운이 있는데 곧바로 이런 걸 얹는 건 정말 싫지만 지체해봤자 소용없겠지. 세상에 정지해 있는 건 없어. 상부에서 베리티를 오프셋 공장으로 만들기로 했네. 잡물 인쇄에는 오래된 평판인쇄기를 유지하겠지만, 〈뱃〉은 오프셋으로 갈 것을 요구했네. 아니면 필리에서 인쇄를 하겠다면서. 오래전부터 해오던 얘기지. 오프셋으로 가면 이제 다른 정기간행물을 받을 수 있기도 하지. 브루어에서 새로운 저질 간행물이 몇 가지 창간될 거야. 내 기준으로 보자면 대개가 지저분한 거지만 사람들이 그걸 사고 법이 허락하니, 뭐 어쩌겠나." 그가 한숨을 쉬는 모습으로 보아 자기 할 이야기는 다 했다고 생각하는 듯하다. 위에서 본 그의 이마는 공 모양이다. 걱정으로 인한 주름들은 두개골의 지평선까지 물러나 있고, 그곳에서 황동 빛의 옅은 머리카락이 시작된다. 가느다란 머리카락은 뒤로 곧장 빗어넘겨졌다.

래빗이 그를 도우려 한다. "그러니까 라이노타이프 식자공은 없어 진다 이거네요?"

파자세크는 깜짝 놀란 표정으로 쳐다본다. 눈썹이 아치를 그렸다 내려온다. 머리 위의 형광등 관들이 길고 깔끔하게 빛을 발하면서 한 순간 머리가 공처럼 매끈해진다. "내가 그 점은 제대로 전달한 것 같 군. 그게 기술적인 계획의 한 부분이야. 경제가 개입하는 부분이지. 오 프셋은 모두 필름에서 작업해. 뜨거운 금속은 완전히 건너뛰지. 음극 선관으로 가면, 맙소사, 일 분에 이천 줄을 뽑아내. 그러면 〈뱃〉 전체 를 칠 분이면 만든다는 얘기야. 몇 사람은 계속 둘 수 있지. 컴퓨터 테 이프 쪽에 유지를 하는 거야. 조합과 얘기를 끝냈지만 이건, 해리, 경 영의 관점에서 보자면 불가피한 희생이야. 안됐지만 자네는 명단의 맨 아래쪽에 있네. 자네 사생활과는 아무런 관계가 없어, 이해해주게. 엄 격하게 연공서열 순서일세. 자네 아버지는 안전해. 그리고 뷰캐넌, 맙 소사, 그 사람을 내보내면 좋은 사회를 만들겠다고 떠드는 이 도시의 단체들이 죄다 우리를 물어뜯겠다고 달려들겠지. 하지만 나라면 이런 식으로 처리하지는 않을걸세. 만일 그 사람들이 나한테 달려들었다면 나는 그 사람들한테 말했을 거야. 저 인간은 매일 아침 열한시부터 반 은 술에 절어 있다고. 그놈들은 죄다 그런 식이야. 차라리 벙어리장갑 을 낀 멍청이를 고용하는 게 낫겠네. 백인이기만 하다면—"

"알겠습니다." 래빗이 말한다. "언제 그만두면 되는 거죠?"

"해리, 나도 정말 힘드네. 기껏 기술을 배웠는데 이제 바닥이 꺼지는 셈 아닌가. 어쩌면 브루어 일간지 쪽에서 자네를 쓸지도 모르지. 아니 면 필라나 저기 앨런타운 어딘가에서 쓸지도 모르고. 하긴 주 전체에서 신문들이 쓰러지고 합치고 하는 판국이니 당장 이 업계에는 사람이 차고 넘치기는 하지만 말이야."

"죽기야 하겠습니까. 커트 슈랙은 어떻게 했습니까?"

"그게 누구야?"

"있잖아요. 〈쇼켈슈툴〉 쪽에서 일하던 분 말이에요."

"어이쿠, 그 사람. 그건 기원전 일이잖아. 내 기억으로는 여기 북쪽의 농장을 하나 사서 닭을 기른다지 아마. 지금까지 살아 있다면 말이야."

"알겠습니다. 죽는 게 참 편한 일 같네요. 경영의 관점에서 볼 때 말입니다."

"그렇게 말하지 말게, 해리. 나도 너무 힘드니까. 나한테도 감정이 있다고 좀 믿어줘. 자네는 젊잖아, 젠장, 자네한테는 아직 창창한 날들이 남아 있어. 이 아버지 같은 사람의 조언을 들어보겠나? 이 카운티에서 젠장 벗어나. 지저분한 걸 버리고 떠나. 자네가 결혼했던 데퉁바리는 잊어버려, 기분 나쁘게 듣지 말게."

"기분 나쁘지 않습니다. 재니스는, 재니스를 탓할 순 없어요, 나도 잘난 게 없었으니까요. 하지만 나는 아무데도 못갑니다, 아이가 있잖아요."

"아이라고, 지질하긴. 인생을 그런 식으로 살면 안 돼. 제일 중요한 것에서부터 생각을 해나가야지. 자네한테는 자네가 제일 중요해, 아이가 아니라."

"하지만 내가 느끼는 건 꼭 그렇진 않다는 거예요." 래빗은 말을 시작하지만, 파자세크의 머리의 빛나는 공이 갑자기 책상의 더러운 교정쇄들을 살펴려고 구부러지는 것을 보고 이 사람이 사실은 이야기를 하고 싶어하지 않는다는 것, 해리가 가주기를 바란다는 것을 깨닫는다. 그래서 래빗은 말한다. "그래, 언제 그만둘까요?"

파자세크가 말한다. "두 달 치 봉급에 그동안 부은 급부금을 받게 될 거야. 새 인쇄기는 이번 주말에 들어와. 생각보다 빨라졌네. 요즘에는 모든 게 전보다 빠르게 움직이거든."

"나만 빼고요." 래빗이 말하며 방을 나간다. 인쇄소의 밝고 시끄러운 곳에 있던 아버지가 기계에서 몸을 빙글 돌리더니 엄지들을 아래로 내리며 묻는 표정을 짓는다. 래빗은 고개를 끄덕이며 두 엄지를 아래로 내린다. 퇴근 후 형광등 빛에 하루종일 잠겨 있다가 얼얼한 실외로 나오는 바람에 유령이 된 듯한 기분으로 함께 파인 스트리트를 걸어가다가 아빠가 말한다. "오랫동안 불길한 조짐이 있었지. 지금 베리티 상층부에는 완전히 새로운 철학이 자리잡고 있거든. 어느 이사 아들이 어딘가에서 경영대학원을 마치고 온갖 쓰레기 같은 것만 배워서 의욕이 가득차 돌아왔어. 내가 파자세크한테 말했어. '왜 나를 그냥 두는 거야. 나는 퇴직이 일 년도 안 남았는데?' 그러니까 그 친구가 이러더라고. '그게 바로 이유야.' 그래서 내가 말했어. '나를 내보내고 해리한테 내 자리를 주는 게 어때?' 그러니까 이러는 거야. '같은 이유로 안돼.' 물론 파자세크 자신이 무서워서 꽁무니를 빼는 거지. 경제 전체가 무서워하고 있어. 닉슨은 새로운 후버가 되려 하고 있어. 이 모라토리엄 비둘기파는 트리키 딕*이 자기네들 은행 계좌를 다 짜내기 전에 LBJ에게 돌아와달라고 애걸할 거야!"

---

* 닉슨의 별명.

아빠는 해리의 마음을 계속 어수선한 상태로 유지하려는 듯 전보다 말을 많이 한다. 멀쩡한 정신처럼 그에게 달라붙고 있다. 무시무시한 사흘이었다. 일요일 내내, 잠을 한숨도 못 자고, 페기에게 빌린 퓨리를 타고 시의 두통과 같은 콜럼버스 데이의 행렬을 뚫고 브루어를 통과하여 마운트저지와 펜빌라스 사이를 왔다갔다했다. 스키터가 갈색 들판의 갈색 점으로 축소된 이른아침의 단색의 목가는 군악, 지끈거리는 피로, 허벅지를 드러내고 번개를 빙빙 돌리는 소녀들, 해리의 팽팽한 공복을 두드려대는 무지개 빛깔의 북 치는 사람들, 이면도로에서 오도 가도 못하는 차들, 콜럼버스 꽃수레의 기사들, 행진하는 참전 용사들, 미국 국기로 이루어진 네 가지 색깔의 악몽이 되었다. 이 괴물 같은 축하행사에 얽혀들곤 하면서 그는 따뜻한 재를 뒤져 시커메진 기타를 포함하여 더러워지고 물에 흠뻑 젖은 쓸모없는 가구를 잭슨 로드의 집 뒤쪽 차고로 실어날랐다. 소파 옆에 지갑은 없었고, 옷장의 검은 가방도 없었다. 질의 옷장 옆에 있던 벽은 사라지고 검게 그을린 가로 5센티 세로 10센티 굵기의 각목들만 남았지만, 그는 육백 달러의 토막을 찾아 재를 쑤셨다. 잭슨 로드에 돌아오니 보험 조사관들과 퍼니스 타운십의 보안관이 그를 기다리고 있었다. 보안관은 뺨이 약간 사과 같은 느낌을 주는 노인으로, 멜빵바지에 부드러운 펠트 모자 차림이었다. 그는 자신이 화재 현장에 나오지 못한 것이 어떤 식으로든 자신에게 불리하게 작용할 수 없다는 사실을 입증하는 데 주로 관심을 가졌다. 그는 거의 귀머거리였으며, 방의 누군가가 말을 할 때마다 몸을 빙글 돌리고 방심하지 않는 표정으로 꽥꽥거렸다. "그것도 기록에 넣읍시다! 나는 모든 걸 공개하기를 바라오. 모든 걸 기록에 넣읍시다!"

최악은 해리가 질의 어머니와 통화를 해야 했다는 것이다. 경찰이 그녀에게 소식을 알렸고, 그녀의 말투는 질이 그 집에 살게 된 경위에 관한 예의를 차린 호기심과 한계를 모르는 비통 섞인 격분 사이를 오갔다. 부분적인 이해라는 비좁은 새장에 갇힌 새 같았다.

"나하고 함께 있었습니다. 네, 노동절 전부터요." 래빗이 가구 광택제와 엄마의 약 냄새가 나는 어두운 거실에서 아래층 전화로 그녀에게 말했다. "그전에는 얼마 전에 문을 닫은 브루어의 식당에서 자주 어울리던 니그로 무리와 부랑자 생활을 했고요. 니그로들과 함께 있는 것보다는 나하고 함께 있는 게 나을 거라고 생각했습니다."

"하지만 경찰은 그 집에도 니그로가 있었다고 하던데요."

"맞습니다. 따님의 친구였죠. 들락날락했던 셈입니다." 그는 이 이야기를 어쩔 수 없이 해야 할 때마다 스키터의 역할을 축소했다. 우선 그날 아침 그를 남쪽으로 태워다준 것에 관해 거짓말을 해야 했고, 결국 그 젊은 흑인은 뒤돌아본 그의 시야에서 의자 뒤의 그림자만한 실체밖에 없는 존재가 되었다. "경찰은 그 사람이 방화를 했을지도 모른다고 하지만, 나는 그렇지 않다고 확신합니다."

"어떻게 확신하죠?"

"그냥 확신합니다. 보세요, 어—"

"올드리지예요." 하필이면 이것, 그녀의 두번째 남편의 이름이 그녀를 울음으로 몰아넣는다.

그는 그녀의 흐느낌을 뚫고 나가려 한다. "보세요, 지금은 이야기하기가 어렵군요. 나는 몹시 피곤하고, 우리 애가 옆방에 있습니다. 만나 뵙고 이야기할 수 있다면 어쩌면 설명을—"

격분이 날개를 파닥거려본다. "설명! 설명으로 그애를 살려놓을 수 있어요?"

"아뇨, 안 되겠죠."

예의가 돌아왔다. "남편하고 내일 아침에 필라델피아로 날아가서 차를 빌릴 거예요. 혹시 만날 수 있을지도 모르겠네요."

"네. 직장에 얘기하고 잠깐 나와야겠군요. 점심시간이 아니라면요."

"웨스트브루어경찰서에서 만나요." 먼 목소리가 놀라울 정도로 단호하게 말한다. 갑자기 권위가 약간 끼어든다. "정오에."

래빗은 그곳에 가본 적이 없었다. 웨스트브루어구청은 하얀 목재로 장식을 한 벽돌 건물로, 높은 정신병원 옆의 풀이 덮인 땅의 꽃밭들 사이에 대각선으로 자리잡고 있었다. 사실 청사는 원래 정신병원 부속 건물이었다. 정신병원은 백 년 전 브루어의 철강 거물이 지은 화강암 저택이었다. 이 땅 전체가 그 저택의 부지였다. 청사 뒤편으로는 물결무늬 지붕이 덮인 긴 시멘트블록 창고가 뻗어 있었다. 문 몇 개가 열려 있어 래빗은 트럭, 증기 롤러, 도로에 타르를 바르는 거미 같은 검은 기계, 전선에서 가지를 쳐낼 때 바구니에 사람을 태워 올려보내는 거대한 팔을 볼 수 있었다. 구의 살림을 담당하는 이런 설비들이 그의 눈에는 아무런 비난 받을 일 없는 활동이 이루어지던, 지금은 사라진 세계의 한 부분으로 보였다. 그는 두 번 다시 그 세계로 다시 기어 돌아가는 것이 허용되지 않을 터였다. 청사 안에는 사람들이 공공요금을 낼 수 있는 창구들이 있었고, 박편이 벗겨지는 금으로 '의원' '과세평가인' '서기'라고 적힌 나무판 문들이 있었다. 황금 화살표들이 아래층 경찰국을 가리켰다. 래빗은 열 명의 시청 직원의 호기심어린 눈길을 피해, 옆에서부터 이 반지하로 들어오는 길이 있다는 것을 뒤늦게 알았다. 녹색 카운터 뒤의 경찰관은 낯익어 보였지만, 구레나룻을 알아보는 데 시간이 좀 걸렸다. 대학생 유형. 해리는 그를 따라 수수께끼의 방들을 지나 복도를 걸어갔다. 한 방에는 무전 장비가 가득했고, 다른 방에는 서류 캐비닛이 가득했고, 세번째 방에는 더 아래로 내려가는 시멘트 층계가 있었다. 지하 감옥. 유치장. 래빗은 그 구멍으로 달려내려가 숨고 싶었지만, 네번째 방으로 이끌려 갔다. 칙칙한 녹색 탁자와 접는 금속 의자들이 있었다. 코가 깨진 반장은 이 방에 있었고, 피로로 야위고 약 때문에 말이 느리지만 코네티컷 사람임이 분명한 여자도 있었다. 펜실베이니아 여자들보다 태도가 날카로웠고 자극적이었다. 머리카락은 세었다기보다는 그렇게 염색을 한 것 같았다. 정장은 검은색이었다. 질의 생각에 잠긴 좁은 얼굴은 아버지에게서 물려받은 모양이었다. 어머니는 완전히 다른 종류, 둥그스름하고 진지한 얼굴에 입술이 튀어나와 있었기 때문이다. 행복할 때는 탐욕스럽게 보였을 것이다. 래빗은 기운 넘치는 작은 개의 인상을 얼른 쫓아버렸다. 서로 멀찌감치 떨어진 갈색 눈, 약간 나오기 시작한 군턱, 목의 진주 목걸이. 멋들어진 젖통. 질은 그렇게 말했지만, 이 섹스는 없고 슬픔만 주는 만남의 순간에 래빗은 그 어머니의 컵을 없고 버팀대를 넣은 가슴에서 군함의 뱃머리 같다는 느낌, 군복 패딩의 일부라는 느낌을 받았다. 그는 질에게 그 부분을, 그녀의 희미한 그림자들이 있는 소년 같은 야트막한 젖가슴을 제대로 칭찬해주지 못한 것이 아쉬웠다. 그녀 자신은 수줍고 빈약하게 느꼈지만, 그의 입과 손에서는 충분히 부드러웠다. 아주 부드러웠다. 그리고 풍요로웠다, 은총이 풍요롭듯이. 우리는 은총을 재보지 않고 그냥 있는 그대로 받아들인다. 그래도 풍요롭다. 그를 둘러싼 안개 속에서 툴툴대는 말투로 소개하는 소리가 들렸다. 올드리지 부부요. 래빗은 질의 노래에 나오는 웨스털리의 세금 변호사를 기억했지만, 그 남자는 그에게 공백으로 남아 있었다. 그는 오직 여자만, 질의 반대 방향으로 환생시켜놓은 듯한 이 여자만 보았다. 그녀는 약간 덜 연약해 보일 뿐 질처럼 차분했다. 심지어 양옆으로 손을 무겁게 내려놓은 채 어쩔 줄 모르고 서 있는 절망적인 모습 또한 질과 똑같았다. 래빗은 생각했다. 유해를 확인하고 오는 길인가? 시커먼 뼈 외에 뭐가 남았을까? 이. 팔찌. 살 색깔의 머리카락 한 줌. "저기요," 그는 그녀에게 말했다. "정말 괴로운 일입니다."

"네-에." 그녀의 밝은 눈이 그의 머리 위를 지나갔다. "전화에서는 내가 정말 멍청했어요. 그때 설명 이야기를 하셨는데."

그랬던가? 무엇을 설명하고 싶었을까? 내 잘못이 아니라고. 그러나 넬슨은 그렇다고 생각했다. 그 아이를 집에 들였기 때문에? 하지만 그 아이는 거처가 없었다. 그 아이한테 박은 것 때문에? 하지만 그 모든 것이 삶이다. 섹스, 불, 숨. 모두 산소와 결합되어 있다. 정신병원 창문들이 우리에게 말해주듯이 우리는 언제나 큰불 직전의 상태에서 가물거리고 있다. 래빗은 기억하려고 애를 썼다. "스키터에 관해 물어보셨죠, 그 친구가 방화를 한 것이 아니라고 내가 어떻게 확신하는지."

"그래요. 어떻게 확신하죠?"

"그 친구는 질을 사랑했습니다. 우리 모두 그랬죠."

"당신들 모두가 그애를 이용했다는 건가요?"

"어느 정도는요."

"댁의 경우에는"—묘한 정확성, 적절한 경계 내에서 만남을 유지하는 사교계 여자, 담배와 위스키에 거칠어지고, 하루도 거르지 않는 비껴드는 햇빛 같은 칵테일에 닳아버린 모습들—"소실로서?"

그는 소실이 무슨 뜻인지 추측을 해보았다. "강요한 적은 없습니다." 그는 말했다. "나한테는 집과 먹을 것이 있었습니다. 질에게는 질 자신이 있었고요. 우리는 우리가 가진 것을 주었습니다."

"당신은 짐승이군." 단어 하나하나가 너무 분명하다. 그 문장은 그녀의 마음속에 계속 놓인 채로 뒤틀렸기 때문에 이 자리에 정확하게 들어맞지 않았다.

"그래요, 물론이죠." 그는 인정했다. 그는 그녀가 날아가는 것을, 그 새장에 갇힌 격분이 그녀의 얼굴을 탈출하여 비명을 지르는 것을 허락하지 않으려 했다. 그녀 뒤의 계부는 기침을 하고 몸의 무게중심을 옮기면서 당황할 준비를 했다. 해리의 내장이 경기 직전처럼 정지하고 투명해졌다. 그는 질과는 한 번도 그래본 적이 없는 방식으로 이 번들거리는 여자와 대결하게 된 것이다. 질은 그에게는 너무 늙었고, 너무 지혜로웠으며, 그보다 너무나 늦게 태어났다. 그러나 이 작은 여우는 돈과 사교계 여자의 꺼끌꺼끌한 목소리만 빼면 그의 세대였고, 그는 그녀가 무엇을 원하는지 이해할 수 있었다. 그녀는 피해를 보지 않는 곳에 그대로 남아 있기를 바랐다. 재미만 약간 보고 비난은 받지 않기를 바랐다. 마지막에는 천국의 어떤 위원회에게도 사과할 일이 없기를 바랐다. 지금 당장은 자신의 딸이 쫓겨나 파괴되었다는 탐욕스러운 기적을 길들일 수 있기를 바랐다. 올드리지 부인은 젊은 몸짓으로 자신의 두 뺨을 만지더니, 엉덩이 옆에 무겁게 늘어뜨렸다.

"미안해요." 그녀는 말했다. "늘……사정이란 게 있죠. 내가 묻고 싶었던 건……유품은 있었느냐는 거예요."

"유품이요?" 거무스름한 뼈, 모형 같은 이, 녹은 팔찌의 모습이 되살아났다. 고등학교 다니는 여자아이들이 차곤 하던 팔찌가 생각났다. 사슬에 이름표가 달린 것. 도린, 마거릿, 메리 앤.

"그애 남동생들이 얘기하더라고요……어떤 기억할 만한 게 있을지……"

남동생들? 그애가 말한 적이 있었다. 셋. 한 명은 넬슨 또래라고 했지.

올드리지 부인이 어리둥절한 표정으로 한 걸음 나서더니 거들려고 한다. "차가 있었거든요."

"그 차는 팔았습니다." 래빗이 말했다. 너무 큰 목소리로. "오일이 떨어진 상태에서 질이 차를 모는 바람에 엔진이 망가져서 고철 값을 받고 팔아야 했습니다."

큰 소리로 말하는 바람에 그녀가 놀랐다. 그는 여전히 분개하고 있었다. 그 차가 아까워서. 그녀는 뒤로 한 걸음 물러서며 한마디 했다. "그애가 그 차를 아주 좋아했는데."

질은 그 차를 좋아하지 않았습니다. 우리가 좋아했을 만한 것은 어떤 것도 좋아하지 않았습니다. 그는 올드리지 부인한테 그렇게 말하고 싶었다. 하지만 그녀가 그보다 잘 알지도 몰랐다. 그녀는 질이 처음 그 차, 하얀 새 차, 아버지의 선물을 보았을 때 그 자리에 있었으니까. 래빗은 마침내 마음속에서 "유품"을 하나 발견했다. "내가 찾아낸 게 하나 있습니다만." 그는 올드리지 부인에게 말했다. "질의 기타입니다. 완전히 타버리기는 했지만—"

"질의 기타." 여자는 되풀이했다. 자신의 딸이 기타를 쳤다는 사실을 잊고 있었던 것 때문인지 그녀는 눈을 내리깔았고, 둥근 얼굴이 붉어졌다. 남자가 그녀를 위로하러 다가왔다. 광고에 나오는 사람들처럼 텅 빈 남자였다. 상의는 흠잡을 데 없었으며 가슴주머니에는 밤색 손수건이 세 겹으로 접혀 꽂혀 있었다. "나한테는 아무것도 없어." 그녀가 흐느꼈다. "심지어 집을 나갈 때 편지도 남겨놓지 않았어." 섹시하고 거친 면을 벗어던지더니 그녀의 목소리가 높아지면서 무력해졌다. 다시 질이 되었다. 애원하고 있었다. 나를 안아줘요, 도와줘요, 내 속은 온통 똥이에요, 안에서 모든 게 무너지고 있어요.

해리는 눈앞의 광경에서 고개를 돌렸다. 반장이 옆문을 통해 그를 밖으로 끌어내며 말했다. "부자 년, 저년이 그 아이한테 집에 붙어 있을 이유를 반만 주었어도 그애는 지금 살아 있을 텐데. 매주 이런 꼴을 봅니다. 부도수표가 모조리 현금으로 바뀌는 꼴을요. 그러니 쓸데없는 일에 말려들지 마쇼, 앵스트롬. 몸조심하란 말이오." 반장은 아버지 같은 감독처럼 그의 어깨를 주먹으로 쳤고, 해리는 다시 세상으로 돌려보내졌다.

"아빠, 얼른 한잔 어때요?"

"오늘은 안 돼, 해리. 오늘은 안 돼. 집에 네가 놀랄 일이 있어. 밈이 와."

"정말이요?" 밈을 기다리며 불침번을 선 지 몇 달이나 되었다. 밈은 계속 엽서를 보내고, 늘 거기에는 새 호텔 사진이 담겨 있다.

"그럼. 밈이 오늘 아침에 뉴욕시티에서 전화를 했고, 내가 오늘 정오에 네 어머니한테 이야기를 들었거든. 너한테 미리 이야기를 했어야 하지만 네가 마음이 너무 복잡할 것 같아 그냥 놔두는 게 좋겠다, 하고 생각했지. 일은 한꺼번에 터져, 그게 신비한 진리야. 우리가 멍해 있을 때 주님은 우리에게 원하는 걸 갖게 해주시지, 그게 주님이 자비를 베푸는 방법이야. 너는 아내를 잃었고, 집을 잃었고, 일자리도 잃었어. 그런데 네 어머니가 악몽 때문에 한숨도 못 잔 바로 그날 밈이 오다니. 네 어머니는 설사 그러다 죽는 한이 있어도 하루종일 아래층에 내려가 청소를 했을 게 틀림없어. 이다음에는 무슨 일이 생길지 궁금하구나." 그러나 그는 방금 답을 이야기했다. 엄마의 죽음이 그다음이다. 16A번 버스는 휘청거리고, 흔들리고, 배기가스 냄새를 풍긴다. 마운트저지로 가는 길에는 웨스트브루어로 가는 길보다 니그로가 적다. 래빗은 통로에 앉는다. 창가에 앉은 아빠는 갑자기 가래를 긁어 뱉어낸다. 튀긴 침이 약하게 번지며 더러운 유리를 따라 흘러내려간다. "염병할, 하지만 저거만 보면 치받쳐서." 아빠가 설명한다. 래빗은 그들이 방금 교회를 지났다는 것을 안다. 와이저와 파크가 만나는 모퉁이에 있는 커다란 회색 장로교 교회다. 층계에 외투를 입은 여자 몇 명, 사제의 칼라를 단 젊은 남자 두 명, 수녀와 초등학생들이 모여 전쟁에 항의하는 피켓과 불을 붙이지 않은 초를 들고 있다. 모라토리엄 데이다. "나는 트리키 딕을 별로 좋아하지도 않고 좋아해본 적도 없어." 아빠가 설명한다. "하지만 그 불쌍한 놈, 그놈은 저기 베트남에서 좋은 일을 해보려고 하는 거야. 우리가 떠난 뒤에도 지붕이 무너지지 않도록 해놓고 떠나려는 거야. 그런데 이 퀴어 설교자들이 너무 근시안이라 설교단 너 머도 보지 못하고 이런 시위대나 조직하고 있단 말이야. 이러니 결국 거기 있는 그 조그만 노란색 빨갱이들이 자기네가 이기고 있다는 확신 만 갖게 되잖아. 내가 닉슨이라면 교회에 세금을 왕창 먹일 텐데. 그럼 그 조그만 사람의 짐이 좀 줄 텐데. 저 위 보스턴의 늙은 큐싱* 하나만 으로도 수백만 달러는 걷을 수 있을 게 분명해."

"아빠, 저 사람들이 하는 말은 그저 사람 죽이는 걸 중단하라는 것뿐 이에요."

"너도 이제 물들었냐, 너까지? 사람 죽이는 게 세상에서 최악의 일은 아니야. 역적과 악수를 하느니 차라리 살인자와 악수를 하는 게 낫지."

이제 그 자신은 아무런 느낌이 없는 문제에 아빠가 그렇게 뜨거운 감정을 드러내는 것이 해리에게는 재미있다. 보호받는 느낌이고, 집에 온 느낌이다. 다시 집에 있다는 것이 그에게는 구원이었다. 카펫에서 나는 전과 똑같은 곰팡내 섞인 테디베어 냄새, 지하실 문을 열었을 때 전과 똑같이 몸을 감싸는 뜨거운 공기, 거실에서 위로 올라가는 전과 똑같은 좁은 층계, 전과 똑같이 장부촉이 빠지고 계속 다시 못질을 해 야 하는, 시간의 썰물 속에서 말라가는 층계의 난간. 그들이 먹던 자리 네 군데가 닳고 변색된, 전과 똑같은 하얀 부엌 식탁. 아이들이 좋아하 는 음식을 향한 식욕이 돌아왔다. 시리얼에 얹은 바나나 조각들, 지금 은 파라핀 종이봉투에 담아주는 것이 아니라 셀로판 창이 달린 상자에 담아주는 설탕 도넛, 밤에는 날당근과 코코아. 늦잠을 자기 때문에, 깨

---

* 보스턴 대주교.

위주어야 출근을 할 수 있다. 펜빌라스에서는, 재니스가 끝내 커튼을 마저 만들지 못했던 집에서는, 해가 가장 먼저 깨우는 사람이 대개 그였다. 여기 마운트저지에서는 익숙한 어둠이 그를 감싼다. 가끔 보러 올 때마다 그를 괴롭히던 엄마의 얼굴과 왜곡된 말은 곧 엄마의 변함없는 현실적 상황으로 자리잡는다. 엄마의 존재는 그가 없는 이 오랜 세월을 견뎠고, 지금도 그를 감싸는 하늘의 변함없는 반쪽으로 남아 있다―저 뒤쪽 지하실의 두 짝으로 된 묵직한 문의 한 쪽과 마찬가지다. 어린 시절 그는 그 문 밑의 시멘트 층계에 웅크리고 빗소리에 귀를 기울이곤 했다. 위에서 비가 후두두 떨어지는 소리는 다정하게 그의 의식에 구멍을 뚫으며 부엌에서 일하는 엄마가 무뚝뚝하게 긁어대고 성큼성큼 걸어다니는 소리와 섞였다. 엄마는 지금도 잠시 동안은 부엌에서 일을 할 수 있다. 해리가 집에 있는 것이 엘도파를 백 번 먹는 것과 같다는 게 엄마의 주장이다.

혼란을 주는 하나의 요소, 동화에 반항하는 새로운 요소는 넬슨이다. 등나무 등받이 침대 소파에 묘하게 버릇없어 보이는 자세로 큼지막하게 널브러진 채 침울하게 슬퍼하는 넬슨의 얼굴은 기억 속의 어떤 텔레비전 화면이라도 보고 있는 것처럼 멍하다. 그들 누구도 아이를 어찌해야 좋을지 알지 못한다. 아이는 해리가 아니다. 그 어느 때의 해리보다도 슬프다. 그러면서도 해리의 자리에 따르는 특권과 방종을 요구한다. 잭슨 로드의 조명이 시원찮은 반쪽짜리 집의 어둠 속에서 앵스트롬 일가는 넬슨의 배은망덕한 존재에 계속 깜짝깜짝 놀라고, 계속 그 아이를 놓친다. "넬리는 어디 있지?" "아이가 어디 갔어?" "애가 위층에 있나 아래층에 있나?" 나머지 세 사람은 서로 자주 이런 질문을 던진다. 넬슨은 자신의 임시 방—밈이 예전에 쓰던 방—에 틀어박혀 웅얼거리는 수준으로 줄여놓은 록-팝-포크에 몇 시간씩 귀를 기울인다. 설명이나 사과도 없이 끼니를 건너뛰고, 브루어 신문들이 그들의 화제에 관해 싣는 기사로 스크랩북을 만들고 있다. 래빗은 어제 아이의 방을 기웃거리다 그 스크랩북을 발견했다. 아이는 스크랩한 기사들 주위에 다양한 색깔의 볼펜으로 꽃, 평화의 표시, 도교의 십자 표시, 음표, 환각을 일으키는 무지개, 상업화되기 전에는 광기를 연상시키던 끝이 열린 소용돌이 낙서들을 그려놓았다. 집의 잔해를 찍은 폴라로이드 사진도 두 장 있다. 빌리가 아버지한테 받은 새 카메라로 월요일에 찍은 것이다. 갈색을 띤 끝이 말리는 사진들은 반이 타버린 집을 보여준다. 타버린 반은 그림자처럼 어둡지만 형태로 보면 활동적이어서 타지 않은 반을 잡아먹고 있다. 차고의 샛기둥들은 재떨이의 성냥개비처럼 구부러져 있다. 래빗은 사진을 보다가 재 냄새를 맡는다. 냄새는 진짜다. 기억한 것이 아니다. 그는 넬슨의 옷장에서 냄새의 출처를 찾는다. 그을린 기타다. 그래서 질의 어머니에게 주려고 차고에서 찾았을 때 그것이 거기에 없었던 것이다. 그녀는 이제 코네티컷에 돌아갔으니, 기타는 이 가엾은 아이가 갖고 있게 하자. 그의 아버지는 아이에게 닿을 수 없고, 자기 부모의 집에서 너무 나이가 많아 소원한 형처럼 아이와 함께 살고 있다.

그와 아버지는 잭슨 로드를 따라 걷다가 303번지 앞에 낯선 차가 서 있는 것을 본다. 파란 바탕에 주황색 글자가 박힌 뉴욕 번호판이 달린 하얀 토로네이도다. 아버지의 성큼성큼 다가가던 걸음이 점점 빨라진다. "밈이 왔구나!" 아버지가 소리친다. 과연 그렇다. 밈은 위층에 있다가 그들이 스테인드글라스가 달린 부채꼴 채광창 밑으로 들어가자 층계 꼭대기로 나온다. 그녀는 아래로 내려와 그들과 함께 어두운 작은 현관에 선다. 밈이다. 밈이 아니다. 래빗은 오랜만에 그녀를 본다. "안녕." 밈이 말하며 아버지의 뺨에 메마르게 입을 맞춘다. 그들은 한 번도, 심지어 아이들이 어렸을 때도 입을 잘 맞추는 가족은 아니었다. 그녀는 오빠에게도 똑같이, 내치듯이 입을 맞춘다. 그러나 그가 그녀를 안는다. 앞서 그녀를 안았던 수백 명의 남자를 느껴보고 싶어서다. 이 누이, 그가 기저귀를 갈아주었던 누이, 일요일에 채석장을 따라 산책을 갈 때면 그의 엄지손가락을 잡곤 했던 누이, 한번은 그와 함께 썰매를 타고 미끄러지면서 아, 오빠 사랑해 하고 소리를 질렀던 누이. 썰매의 날은 단단하게 다져진 얼음판을 따라 미끄러지며 휘파람소리를 냈고, 거리는 여전히 내리는 눈으로 밀랍 같았는데. 오빠의 포옹에 어리둥절한 밈이 다시 그에게 입을 맞춘다. 같은 뺨에 다시 입술을 갖다대면서 단호하게 어깨를 흔들어 그의 두 팔을 떨쳐낸다. 그 면에는 유능하다. 그녀는 늘씬하다. 남아도는 무게가 몇 그램도 없지만, 완전히 여자다. 틀림없이 수영 덕분일 것이다. 호텔 수영장에서 하는 수영. 늦게까지 움직이는 바람에 지방이 깎여나가고, 수영이 남은 것을 다듬어줄 것이다. 화장은 하지 않고, 립스틱도 바르지 않은 것 같다. 눈만 예외다. 눈은 비인간적이다. 이집트 사람 같다. 공작처럼 자주색과 파란색에 흠뻑 젖어 있다. 윤곽만 그린 것이 아니라 아예 재창조를 했다.

거기에 속눈썹 무게까지 보태지면 눈을 깜빡일 때 딱 달라붙어버릴 것 같다. 이 놀랍게 감추어진 눈은 창백한 입에 온갖 풍부한 표정을 강요한다. 그때그때의 단편적인 웃음, 냉소적인 주름 잡기, 주의깊게 삐죽거리기, 갑작스러운 환한 너털웃음 등이 그전에 나왔던 표정에 너무 빠르게 이어지는 바람에 해리는 암호를 적은 테이프가 그녀의 머리에 들어가 있어 전자 이미지처럼 빠르게 이런 알파벳 같은 표정들을 만들어내는 것이라는 상상을 한다. 전에는 뻐드렁니였는데 교정을 했다. 코, 한 가지 흠이었던 코, 그녀가 스크린에 들어가지 못하게 막았고, 어쩌면 명성을 얻는 것도 막았을 코는 여전히 길고, 끝에 각진 연골 조직 덩어리가 달려 있다. 엄마의 코 그대로다. 하지만 이제 밈은 서른 살이고 절대 스크린의 미녀가 될 수 없다는 것이 전처럼 흠으로 보이지 않는다. 오히려 그 코는 그녀의 얼굴이 다른 얼굴들처럼 보이는 것으로부터 구해주며, 공작의 눈과 여배우처럼 법석을 떠는 입 사이에 관대한 수수함을 부여한다. 래빗은 이 점이 남자들에게 그녀의 매력의 폭을 넓혀줄 것이라고 짐작한다. 물론 이제는 얼음처럼 차가운 전시용 견본 같은 여자와 팔짱을 끼고 다닐 필요가 있는 냉혹한 유망주보다는 출세가 막히고 결혼이 깨져 술집에서 소리나 지르는 남자들이나 얻어걸리겠지만. 60년대 스타일인 그녀의 옷은 어릿광대처럼 보인다. 가랑이가 넓은 바지는 세 종류의 깅엄을 붙인 것처럼 수평으로 줄무늬가 있다. 핀 스트라이프 블라우스는 부푼 소매만 아니면 남자 옷이라고 해도 좋을 것 같았다. 구두는 색으로나 모양으로나 도널드 덕의 부리를 닮았다. 고리 귀걸이는 직경이 10센티미터에 가까웠다. 밈은 고등학교 다닐 때부터 큰 귀걸이를 좋아했다. 그때도 그런 귀걸이 때문에 집시나 아랍 여자처럼 보였는데 지금은 살갗이 그을려 이탈리아 사람처럼 보였다. 아니면 마이애미의 유대인처럼. 머리는 비싼 돈을 들여 헝클어뜨리고 꿀처럼 희게 염색했는데 그것은 그리 불쾌하지 않았다. 그녀는 중학교 이후로 머리를 제 색깔, 부드러운 갈색으로 놓아둔 적이 없었다. 한번은 문간에서 그녀가 거울로 자신의 모습을 살피는 것을 지켜보고 있는데 그녀가 자기 머리 색깔을 "신교도 쥐 색깔"이라고 부른 적이 있었다.

아빠는 두 손을 바쁘게 움직여 딸을 어루만지고, 자기 옷을 걸고, 딸을 황량한 거실로 몰고 들어간다. "언제 온 거냐? 서해안에서 바로 온 거야? 바로 아이들와일드로 날아왔어? 요즘엔 직항이 있다던데, 안 그래?"

"아빠, 요즘엔 거길 아이들와일드라고 부르지 않아요. 이틀 전에 왔어요, 여기로 오기 전에 뉴욕에 볼일이 있었거든요. 저지는 놀라워요, 오일 탱크들만 지나면요. 모든 게 아직도 아주 녹색이에요."

"차는 어디서 구했어, 밈? 허츠에서 빌렸니?" 노인의 바랜 눈이 그녀의 과감함, 그녀가 세상을 다루는 방식을 보고 반짝거린다.

밈이 한숨을 쉰다. "어떤 남자가 빌려줬어요." 그녀는 등나무 등받이 흔들의자에 앉아 어린 시절 한 번 래빗의 꿈에 나왔던 바로 그 발받침대에 두 발을 올려놓는다. 그는 거기에 그들의 모든 문제를 해결해줄 달러가 가득 들어 있는 꿈을 꾸었다. 꿈이 너무 생생해서 실제로 확인을 해보았다. 그때 찢어진 곳을 꿰맨 흉터가 아직도 남아 있다. 안에 든 것은 짚보다 죽은 느낌을 주는 불쾌한 섬유였다.

밈이 담배에 불을 붙인다. 입의 한가운데에 물고 그 둘레로 쌍둥이 연기를 뿜어내며, 불 꺼진 성냥을 보고 얼굴을 찌푸린다.

아빠는 그 과정에 홀려 멍해진 표정이다. 래빗이 그녀에게 묻는다. "엄마는 어때 보여?"

"좋던데. 죽어가는 사람치고는."

"정신은 온전하신 것 같니?"

"대개는. 정신이 온전하지 않은 것 같은 사람은 오빠야. 오빠가 어떤 짓을 했는지 엄마가 이야기해주던데. 최근에."

"해리는 요즘 아주 힘든 시간을 보냈어." 아빠가 끼어들어, 이 돌아가는 바퀴에, 눈부신 딸에게 자신의 톱니를 물리려는 듯이 고개를 끄덕인다. "오늘은 베리티에서, 그게 걸렸어, 네 오빠한테 통지를 했어. 나는 놔두고 한창때인 사람을 잘라버렸어. 그럴 조짐이 있다고 생각했지만 내 입으로 네 오빠한테 말하고 싶지는 않더라고. 걔네들 요리니까 걔네들이 배달하게 해야지. 나쁜 놈들. 인생을 바치고 있는데, 수고한 대가로 엉덩이를 걷어차이다니."

밈은 눈을 감고 나이들고 지친 표정이 얼굴을 쓸고 가도록 내버려두었다가 말한다. "아빠, 아빠를 봐서 환상적으로 좋아요. 그런데 혹시 잠깐 위에 올라가서 엄마 좀 들여다보시지 않을래요? 화장실에 가고 싶어할지도 모르잖아요. 제가 물어봤지만 저하고는 아직 창피한가봐요."

아빠는 순순히 얼른 일어선다. 하지만 어정쩡하게 웅크린 자세로 서서 그녀의 무뚝뚝함을 말로 씻어버리려 한다. "너희 둘은 너희들만의 언어가 있지. 메리하고 나, 우리는 놀라곤 했어. 나는 메리한테 이렇게 말하곤 했지, 해리하고 미리엄만큼 친한 남매는 있었을 리 없어. 다른 부모들은 우리한테 애들이 싸운다는 얘기를 하곤 했지. 하지만 우리는 그 사람들이 무슨 얘기를 하는지 몰랐어. 우리는 한 번도 그런 걸 본 적이 없었거든. 하늘에 계신 하느님께 맹세하는데, 우리는 너희 둘 이 큰 소리를 내는 걸 들은 적이 없다. 밈이 태어났을 때 해리가 여섯 살이었으니, 그 또래 남자 아이들이라면 심하게 화를 냈을 거야. 그때 까지는 완전히 자기 마음대로 할 수 있었으니까. 하지만 해리는 그렇 지 않았어. 처음부터, 그 첫여름부터, 우리는 너를 해리한테만 맡겨둘 수 있었어. 둘만 집에 있어도 말이야. 메리하고 나는 영화를 보러 가면 서. 그 시절에는 그게 시름을 잊는 유일한 방법이었잖아, 영화 보러 가 는 게." 그는 눈을 껌뻑이며, 이 엉클어진 실들 사이에서 모든 것을 단 단히 조일 수 있는 것을 더듬어 찾는다. "하느님께 맹세하는데, 우리는 운이 좋았어." 그러다가 그는 다음 말을 덧붙여 그 말의 효과를 줄여버 린다. "사람들한테 일어날 수 있는 이런저런 일들을 보면 말이야." 그 리고 위로 올라간다. 그가 층계 꼭대기에서 타오르는 전구를 마주볼 때 눈물이 반짝인다. 그러나 그는 이내 조심스럽게 발 딛는 곳으로 눈 길을 돌린다.

우리에게 우리만의 언어가 있었을까? 래빗은 기억하지 못한다. 그 냥 그들이 여기에, 이 집에 함께 있었다는 것, 철마다, 학년마다 함께 있었다는 것, 이 명절 다음에는 저 명절, 핼러윈, 추수감사절, 크리스 마스, 밸런타인데이, 부활절의 분위기 속에서, 한 스포츠 시즌에서 다 음 스포츠 시즌으로, 축구, 농구, 육상으로 이어지는 그 시즌의 냄새와 느낌 속에서 밖에 나가 잭슨 로드를 따라 걸어갔다는 것만 기억날 뿐 이다. 그러다 그는 집을 떠났고 밈은 어머니의 편지 속에서 단어 하나 로 줄어들었다. 그러다 그가 군에서 돌아와 보니 밈은 성장해 있었고,

머리를 물들이고 거울 앞에 서서 고리 귀걸이를 하며 남자아이들을 만날 준비를 하고 있었다. 어쩌면 이미 몇 명을 만났을지도 몰랐다. 그뒤에 재니스가 그를 채갔다. 그러다 그들 둘 다 떠났고, 집에 젊은 생명은 사라지게 되었다. 그리고 이제 둘 다 다시 여기에 있다. 이 오래된 가구와 병의 냄새를 쫓아버리기 위해서는 그녀의 담배연기가 이 집에 필요한 것 같다. 오래전부터 필요했던 것 같다. 그는 피아노 의자에 앉아 있다. 그는 앞쪽에 앉아 그녀를 향해 손을 뻗는다. "잡초 하나 줘."

"끊은 줄 알았는데."

"오래전에 끊었지. 삼키지는 않아. 풀*이 아니면."

"풀까지. 신나게 살았구나." 그녀는 핸드백 안을 뒤진다. 바지에 어울리게 크고 밝고 여러 천을 짜깁기한 듯한 가방이다. 그녀가 담배를 건넨다. 멘톨이다. 필터 끝이 복잡하다. 죽음은 쉽게 속일 수 있다. 교회가 효과가 없으면, 필터가 효과가 있을 것이다.

그가 말한다. "내가 뭘 했는지 모르겠어."

"나 같아도 그렇게 말할 것 같아. 엄마가 한 시간 동안 이야기해줬어. 지금 엄마 상태로 보면 엄청나게 말을 많이 한 거지."

"엄마가 지금 어떠신 것 같아? 이제 너는 멀찌감치 떨어져서 볼 수 있잖아."

"엄마는 훌륭한 여자였지. 그 점을 쓸 데가 없었지만."

"음, 네가 쓰려고 간 곳은 좀 나아?"

"그래도 아닌 척하는 건 덜해."

---

* 잡초는 그냥 담배, 풀은 마리화나.

"모르겠어, 어쨌든 너는 아주 환상적으로 보여."

"고마워."

"뭐라셔? 엄마가."

"오빠가 모르는 얘긴 없어. 재니스가 엄마한테 자주 전화한다는 것 빼고는."

"알고 있었어. 일요일 이후에도 두어 번 전화했어. 나는 재니스하고 이야기하는 걸 견딜 수 없지만."

"왜?"

"너무 난폭해. 도무지 말이 안 돼. 이혼을 하겠다고 하면서 절차를 밟지도 않아. 자기 집을 태웠다고 고소를 하겠다고 하기에, 내 것 반쪽만 태웠다고 말했어. 그러니까 와서 넬슨을 데려가겠다고 했는데 오지도 않아. 정말이지 그래주었으면 좋겠는데."

"그게 오빠가 보기에는 무슨 의미야, 재니스가 이렇게 난폭하게 구는 게?"

"제정신이 아닌 거라고 봐. 술을 엄청나게 마시는 거겠지."

밈은 재떨이 역할을 하는 받침 접시에 담배를 끄려고 옆을 돌아본다. "그건 재니스가 다시 돌아오고 싶다는 뜻이야." 밈은 정말 아는 게 많다. 래빗은 그것을 깨달으며 자랑스러워한다. 어떤 방향으로 가든 밈은 이미 그곳에 가봤다. 그녀가 가보지 않은 방향은 넬슨이 있는 방향, 그리고 라이노타이프 활자의 행이 왼손 옆에서 만들어내는 멋지고 뜨거운 덜커덕 소리가 나는 방향이다. 하지만 이런 것들은 낡은 방향이고, 사람들은 이제 그쪽으로 가지 않는다. 밈이 되풀이한다. "재니스는 돌아오고 싶어해."

"사람들이 다들 그러더라고." 래빗이 말한다. "하지만 내 눈에는 증거가 별로 보이지 않아. 재니스는 나를 만나려 하면 얼마든지 만날 수 있을 텐데 말이야."

밈은 다리를 꼬아 바지의 줄무늬를 맞추고, 다시 담배에 불을 붙인다. "재니스는 덫에 걸려 있어. 그 남자를 사랑한 건 재니스에게 가장 큰 일이야. 아기를 물에 빠뜨린 이후로 재니스가 내디딘 첫걸음이야. 그걸 직시하자고, 해리. 여기 벽지에 사는 애들은 아직도 유령이 있다고 믿어. 한 번 박으러 나가더라도 먼저 늙은 잭 프로스트*인지 뭔지한테 인정받아야 돼. 재니스 입장에서는 집을 나간 것을 자신에게 인정받으려면 그게 대단한 일인 것처럼 소동을 벌일 수밖에 없어. 자. 어릴 때 스폿시 가게에 있던 사탕 단지 기억나? 안에 손을 넣어 사탕을 집다가 주먹을 빼내지 못하던 거? 재니스가 손을 빼내려고 손을 펼치면 손에는 사탕이 하나도 남지 않을 거야. 재니스는 손을 빼내고 싶지만 사탕도 빼내고 싶어. 아니, 꼭 그런 건 아니야. 자신의 머릿속에 그 사탕을 가지고 뭔가를 했다는 관념이 남아 있기를 바라. 자. 따라서 누군가 재니스를 위해 그 단지를 깨줘야 돼."

"재니스가 그 기름 묻은 공**을 아직도 사랑하고 있는데 데려오고 싶은 마음은 없어."

"하지만 그런 상태 그대로 받아들여야 돼."

"그 개새끼, 그 새끼는 배짱 좋게, 심지어 멋진 양복을 입고 앉아서 말이야, 아마 그 새끼는 사람들을 속이는 것만으로도 나보다 세 배는

---

* 원래는 서리를 의인화한 말.
** greaseball. 유럽 남부나 라틴아메리카 사람을 경멸적으로 부르는 말.

벌 텐데, 어쨌든 좆나게 배짱 좋게 비둘기파 노릇을 하더라고. 어느 날 밤에 모두가 식당에 앉아 있을 때 그 새끼와 내가 탁자를 마주보고 베트남을 갖고 논쟁을 벌이는데, 둘이 나란히 앉아 엉덩이 만지기 놀이를 하는 거야. 사실 너도 그 새끼가 마음에 들 거야. 네가 좋아하는 쪽이거든. 깡패 말이야."

밈은 끈기 있게 그를 재보고 있다. 술집에서 눈에 띈 또 한 사람의 잠재적 고객. 그녀가 묻는다. "언제부터 그렇게 전쟁을 사랑하는 사람이 됐어? 내 기억으로는 한국전쟁에서 간신히 빠져나와 엄청나게 좋아했던 것 같은데."

"모든 전쟁을 사랑하는 게 아니야." 그가 항변한다. "이 전쟁만 그래. 다른 누구도 이 전쟁을 사랑하지 않으니까. 다른 누구도 이해하지 못하니까."

"나한테 설명해봐, 해리."

"이건, 이건 머리로 하는 페이크 동작 같은 거야. 상대방이 균형을 못 잡게 하는 거지. 세상이 이 꼴이기 때문에 가끔 한 번씩은 그런 걸 해줘야 돼. 선택권을 쥐고 있으려면, 주위에 약간의 여유 공간이라도 유지하려면." 그는 두 팔을 이용해 그녀에게 공간이라는 핵심적 개념을 보여준다. "그러지 않으면 상대가 나의 모든 동작을 읽고, 나는 죽은 목숨이 돼."

밈이 묻는다. "상대라는 게 있는 건 분명해?"

"그럼 분명하고말고." 상대는 손이 아플 정도로 악수를 하는 의사다. 내가 제일 잘 알아. 광기는 그렇게 손이 꽉 잡히는 데서부터 시작된다.

"사회가 허용하는 것보다 조금 더 여유 공간을 확보하려고 애쓰는 작은 사람들이 많은 것뿐이라는 생각은 하지 않아?"

"그럼, 그런 작은 사람들이 있지, 수십억이 있지"—수십억, 수백만, 모든 것이 너무 많다—"하지만 그 모든 것을 커다란 검은 가방에 집어넣으려는 큰 사람도 있어. 그자는 미쳤어. 그래서 우리도 미칠 수밖에 없어. 약간은."

그녀는 무슨 의사가 되기라도 한 것처럼 고개를 끄덕인다. "그건 말이 돼." 그녀가 말한다. "자유를 유지하기 위해 미쳐라. 오빠가 최근 살아온 인생은 한동안 오빠를 유지해줄 만큼 미친 것으로 보이던데."

"내가 뭘 잘못했는데? 나는 좆같은 '착한 사마리아인'이었어. 나는 그 고아들을 집안에 받아들였다고. 흑인이건, 백인이건, 나는 말했어, 어서 올라타라. 피부색이나 신조에 관계없이, 어서 올라타라. 거저먹어라. 나는 씨발 자유의 여신상이었다고."

"그 결과 얻은 게 불타버린 집이네."

"맞아. 그건 다른 사람들이 한 짓이야. 그건 그 사람들 문제지, 내 문제가 아니었어. 나는 옳다고 느끼는 일을 했어." 그는 그녀에게 모든 것을 말하고 싶다. 자신의 혀가 이 누이에게 느끼는 사랑과 보조를 맞추기를 바란다. 그녀를 좋아하고 싶다. 비록 그녀에게서 어떤 가까이 하기 어려운 빽빽함, 그가 없을 때 도달한 너무 많은 결론들이 느껴지기는 하지만. 그가 그녀에게 말한다. "몇 가지를 배웠어."

"알 만한 가치가 있는 게 있어?"

"빨게 하는 것보다는 박는 게 낫다는 걸 배웠어."

밈은 아랫입술에서 부스러기를 떼어낸다. 담배 부스러기 같지만 담배에는 필터가 있다. "건강하게 들리네." 그녀가 말한다. "하지만 미국

적이진 않아."

"그리고 우리는 책을 읽곤 했어. 서로 소리 내어서 읽어줬어."

"무슨 책?"

"모르겠어. 노예에 관한 책. 역사책 비슷한 거."

줄무늬가 있는 어릿광대 의상의 밈이 웃음을 터뜨린다. "학교로 돌아갔군." 그녀가 말한다. "좋은 일이지." 그녀는 그보다 점수를 잘 받았다. 남자애들하고 어울린 뒤에도. 그는 B 아니면 C였는데, 그녀는 A 아니면 B였다. 당시 엄마는 여자아이들이 더 똑똑해야 한다고, 그래야 비슷해지는 거라고 그에게 말했다. 밈이 묻는다. "그래서 그 책에서는 뭘 배웠어?"

"내가 배운 건"—그는 방구석을 물끄러미 바라본다. 이 말은 제대로 하고 싶어서다. 찬장 위의 거미줄이 그가 느끼지 못하는 천장의 어떤 바람에 몸을 흔드는 것이 보인다—"이 나라가 완벽하지 않다는 거야." 그 말을 하면서도 그는 자신이 이 말을 믿지 않는다는 것을 깨닫는다. 마음속으로는 자신이 죽을 것임을 믿지 않는 것과 마찬가지다. 자신을 설명하는 것이 짜증난다. "좋은 일 이야기가 나와서 말인데, 네 인생은 어때?"

"사 바Ça va. 프랑스어인데, 그럭저럭 지낸다는 말이야. 바 베네Va bene.*"

"계속 챙겨주는 사람이 있어, 아니면 매일 밤 새로운 사람이야?"

그녀는 그를 보며 생각한다. 반사적인 분노의 반짝거림이 그녀의 눈

---

* 잘 굴러간다는 뜻.

화장 가면을 뚫고 나온다. 이윽고 그녀는 숨을 내쉬며 긴장을 푼다. 결론을 내린 듯하다. 뭐 이 사람은 내 오빠니까. "둘 다 아니야. 나는 전문 직업 여성이야. 해리. 나는 서비스를 제공해. 오빠한테 자세히 이야기할 수는 없어. 저쪽에서 이루어지는 그대로는 말이야. 나쁜 사람들이 아니야. 규칙이 있어. 별로 재미있는 규칙은 아니지만. 불에 손을 집어넣고 하늘로 올라가라, 그런 규칙은 아니거든. 오히려 이런 식이지. 숙취 때는 실내 운동용 자전거를 타라. 이 사람들은 납작한 배근육과 땀을 빼는 걸 신봉해. 액체를 너무 많이 지니고 다니는 걸 좋아하지 않아. 청교도들이라고 할 수 있지. 깡패는 청교도야. 좁고 단단해. 곧은길에서 떨어지면 살지 못하니까. 그 사람들이 지키는 또하나의 규칙은 이거야. 얻은 것에는 대가를 지불해라. 공짜는 그 밑에 방울뱀이 숨어 있으니까. 이런 건 생존의 규칙이야. 사막에서 살기 위한 규칙이지. 바로 그거야, 사막. 조심해. 해리. 그게 동쪽으로 오고 있으니까."

"이미 왔어. 브루어 한가운데를 봐. 죄다 주차장이잖아."

"하지만 여기서 자라는 건 먹을 수 있고, 해는 아직도 친구 같잖아. 저쪽에서 우리는 해를 싫어해. 우리는 지하에 살아. 호텔은 다 지하에 있고, 파란색을 칠한 창문 두어 개가 달려 있어. 밤이 제일 좋아. 새벽 세시쯤. 큰돈이 주사위 탁자에 나올 때. 아름다운 얼굴들이야, 해리. 칩처럼 단단하고 텅 비어 있지. 아무런 표정 없이 수천 명이 흘러다녀. 내가 여기 돌아와서 뭐에 놀란지 알아? 얼굴들을 보고? 정말 부드럽다는 거야. 와, 부드러워. 오빠도 내가 보기에는 무척 부드러워. 오빠는 여전히 부드럽게 일어서 있고, 아빠는 부드럽게 아래로 오그라들어 있어. 하지만 우리가 오빠 밑에 재니스를 다시 받치지 않으면 오빠도 아래로 오그라들 거야. 생각해봐. 재니스는 부드럽지 않아. 견과처럼 단단해. 그게 내가 재니스한테서 결코 좋아할 수 없었던 점이야. 하지만 장담하는데 이제는 재니스가 마음에 들 것 같아. 재니스를 만나러 갈 거야."

"물론이지. 그렇게 해. 이야기를 주고받을 수 있겠지. 네가 재니스한테 서해안 쪽 일자리를 얻어줄 수도 있고. 재니스는 나이가 아주 많기는 하지만 혀로는 아주 잘하거든."

"오빠는 그쪽에 정말 큰 문제가 있어."

"방금 말했잖아, 아무도 완벽하지 않다고. 너는 어때? 너도 전문 분야가 있어, 아니면 그냥 오는 대로 받아?"

그녀가 허리를 펴고 앉는다. "재니스가 정말 오빠한테 상처를 줬구나, 그렇지?" 그러더니 다시 편하게 등을 기댄다. 그녀는 흥미 있다는 표정으로 해리를 물끄러미 바라본다. 어쩌면 그에게 그런 분노의 에너지가 비축되어 있을 거라고는 생각하지 않았을 것이다. 거실은 어둡지만 밖에서 들리는 소리는 아이들이 아직도 햇빛 속에 놀고 있다고 알려준다. "오빠는 완전히 부드러워." 그녀가 달래듯이 말한다. "낙엽 밑의 민달팽이처럼. 저쪽에는, 해리, 낙엽이 없어. 사람들은 이런 그을린 껍질을 기르지. 나도 하나 있어, 봐." 그녀는 핀 스트라이프 블라우스를 걷어올린다. 배가 갈색이다. 그는 나머지 몸도 그려보며 머리 색깔에 맞추어 보지도 꿀빛 금발로 물들였는지 궁금해한다. "햇빛에서 못 봐서 그렇지 완전히 그을렸어. 배근육은 납작하고. 한 가지 흠은, 여전히 속은 부드럽다는 거야. 우리가 싫어하던 그 초콜릿하고 비슷해. 그 초콜릿 크림 말이야. 기억나? 영화관에서 주는 크리스마스 선물 상자를 뒤져서 셀로판에 싸인 네모난 것과 캐러멜만 골라 가졌잖아. 다른 것들은 싫어했어. 겉은 진한 갈색이고 안은 완전히 윽 소리가 나오는 동그란 것들은. 하지만 사람들이 바로 그래. 모두 창피해하지만 젖을 짜낼 필요가 있어. 남자들은 빨아내야 돼. 종기처럼. 그 점에서는 여자도 마찬가지지. 내 전문 분야가 뭐냐고 물었는데, 바로 그거야. 사람들한테서 젖을 짜는 거. 나는 사람들이 나에게 자기 속을 쏟아내게 해. 지저분한 일이 될 수도 있지만, 대개는 깨끗해. 나는 배우가 되고 싶어 저쪽으로 간 건데, 어떤 면에서는 소원을 이루었어. 관객을 한 번에 한 명만 받을 뿐이야. 어떤 면에서는 더 큰 도전이기도 해. 자. 오빠 인생 얘기를 더 해봐."

"어, 나는 기계의 보모였는데 이제 그 기계가 퇴출당했어. 나는 재니스의 보모였는데 재니스가 갑자기 떠나버렸어."

"돌아오게 해야 돼."

"그럴 필요 없어. 또 나는 넬슨의 보모였는데 넬슨은 내가 질을 죽게 내버려뒀다고 나를 미워해."

"그 여자애가 자기 자신을 죽게 내버려둔 거야. 말이 나와서 말인데, 그게 내가 이애들한테서 정말 좋아하는 점이야. 애네들은 그걸 죽이려고 하거든. 그 과정에서 자기가 죽는다 해도."

"뭘 죽여?"

"부드러움을. 섹스, 사랑을. 나, 나의 것을. 애네들은 그걸 죽이고 있어. 나하고 같이 노는 친구 가운데 서른 살 이하는 없어, 정말이야. 애네들은 그걸 약으로 태우고 있어. 애네들은 자신을 단단하고 깨끗하고 철저하게 만들고 있어. 마치, 아, 바퀴벌레처럼. 그게 사막에서 사는 법이야. 바퀴벌레가 되는 거. 오빠는 너무 늦었어. 나도 약간 늦었지만, 이 아이들이 잘해내면 이 아이들은 죽일 수 없을 거야. 이 아이들은 독을 먹으며 살아갈 거야."

믐은 일어선다. 그도 뒤를 따른다. 믐은 키가 크고 또 여성성과 화장으로 확대되기도 했지만, 그래도 이마가 그의 턱에 온다. 그는 그녀의 이마에 입을 맞춘다. 그녀는 얼굴을 위로 들어올린다. 진흙 같은 느낌의 파란 눈꺼풀이 닫힌다. 다시 입맞춤을 받으려는 것이다. 엄마의 끌로 깎은 코 밑에 아빠의 늘어진 입이 있다. "너는 즐거운 계집애야." 그는 그렇게 말하면서 그녀의 메마른 뺨에 입술을 갖다댄다. 향수 냄새가 나는 편지지. 그녀 뺨의 웃음이 그의 입술을 밀어낸다. 그녀는 해리 자신이다. 조합을 조금 바꾸어놓은 그 자신.

그녀는 옆으로 그를 끌어안고 그의 허리둘레의 지방을 토닥인다. "나는 잘 있어." 믐이 속을 털어놓는다. "래빗 앤스트롬 같은 화려함은 없지만 나 나름의 조용한 방식으로 잘 있어." 믐은 허리를 안은 손에 힘을 주고, 그들은 그렇게 연결되어 층계 발치까지 걸어간다. 위로 올라가 부모를 위로하려는 것이다.

다음날인 목요일, 아빠와 해리가 퇴근했을 때 믐은 엄마와 넬슨을 아래층 식탁에 앉혀놓고 차를 마시며 웃음을 터뜨리고 있다. "아빠." 넬슨이 말한다. 일요일 아침 이후로 해리가 말을 걸지 않았는데 먼저 말을 한 것은 처음이다. "믐 고모가 디즈니랜드에서 일한 적이 있다는

걸 알았어요? 아빠한테 에이브러햄 링컨 좀 보여주세요, 한 번만 더 해
보세요."

민이 일어선다. 오늘은 짧은 회색 니트 드레스를 입고 있다. 검은 타
이츠를 신은 다리는 가늘고 약간 안짱다리로 보인다. 어렸을 때 다리
그대로다. 그녀는 불안정한 걸음으로 연단을 향해 나오더니 상상 속의
가슴주머니에서 가공의 종이를 꺼내 실제로 볼 수 있다면 눈이 초점을
맞출 만한 곳보다 약간 아래쪽에 들고 손을 떤다. 목구멍 안에서 바스
락거리는 테이프에서 나오는 듯한 목소리가 나타난다. "파-알 시-입
하고도 칠 녀언 전—"

넬슨은 웃느라 의자에서 떨어질 지경이다. 그러나 그의 조심스러운
두 눈은 아주 짧은 순간 아버지의 얼굴을 확인한다. 아버지가 이것을
어떻게 받아들이는지 본다. 래빗은 웃음을 터뜨리고, 아빠는 재미있다
는 뜻으로 으르렁거리는 소리를 내고, 심지어 엄마도 마찬가지다. 엄
마의 어리둥절하고 멍청하게 번들거리던 이목구비가 의도가 담긴 멍
청한 표정, 재미있다는 표정으로 바뀐다. 그녀의 웃음소리를 들으며
래빗은 우스개 때문에 웃는 것이 아니라 다른 사람들의 웃음에 끼려
고, 다른 사람들을 따라잡고 그 속에서 인간이 되려고 웃는 아이의 웃
음소리를 떠올린다. 민은 웃음소리를 계속 크게 부풀리려고 실물 크기
디즈니 인형이 되어 움찔거리는 무아경 속에서 컵과 컵받침 두 개를
더 꺼내, 몸을 흔들고 고개를 끄덕이면서 컵 하나를 받침이 아니라 넬
슨의 머리 위에 얹는다. 개그를 계속 유지하기 위해 심지어 뜨거운 물
을 찻잔이 아니라 탁자에 붓기까지 한다. 물이 김을 뿜으며 엄마의 팔
꿈치 쪽으로 흐른다. "그만, 그러다 데겠어!" 래빗이 말하며 민을 잡

다가 살의 상태에 충격을 받는다. 그 살은 이 짧은 희극을 위해 그녀의 살이 아니라 플라스틱이 되었다. 어느 쪽으로 비틀든 그 상태로 머무는 살이 된 것이다. 그가 겁을 먹고 그녀를 약간 흔들자 그녀는 인간, 그의 유능한 누이가 되어 물기를 닦고 식탁에서 스토브까지 홀쭉한 엉덩이를 빠르게 움직이며 모든 일을 처리한다.

아빠가 묻는다. "디즈니에서 너한테 무슨 일을 시켰지, 밈?"

"식민지시대 옷을 입고 마운트버넌을 복제해놓은 집으로 사람들을 안내했어요." 그녀는 무릎을 구부려 절을 하고 두 손을 부자연스럽게 모아 낡은 가스스토브를 가리킨다. 거기에는 더껑이가 앉은 레인지가 붙어 있고, 오븐 문에는 잔금이 간 운모 유리창이 달려 있다. "우리의 구욱부는 그 자신은 하안 번도 아아버지가 되어본 적이 없습니다." 그녀는 백치 같은 달콤하고 낭랑한 목소리로 설명한다.

"밈, 디즈니는 직접 만나본 적이 있니?" 아빠가 묻는다.

밈은 연기를 계속한다. "지금 우리 눈앞에 보이는 부-부 침대는 가로대에서 가로대까지 1.65미터이고, 머리판에서 발판까지는 2.1미-터입니다. 그 시절에는 거-인의 침대라고 할 수 있지요. 당시에는 신-사들의 몸집이 대부분 침대의 탕-파湯婆 비슷했으니까요. 여기"―그녀는 파리가 반점처럼 박힌 벽에서 플라스틱 파리채를 집어든다―"이게 탕-파입니다."

답을 얻지 못한 아빠가 혼잣말을 한다. "나한테 물어본다면 대공황 때 이 나라가 빨갱이들 손으로 들어가는 걸 막은 사람은 FDR라기보다는 디즈니라고 할 것 같아."

밈이 파리채를 높이 들고 설명하고 있다. "이 작-은 구멍들은 우리의 국-부께서 사-랑-하는 마-사와 침대에 드실 때 냉기로 고-생하지 않도록 열기가 빠-져나오는 곳-입니다. 여기"―밈은 두 손으로 벽의 베리티인쇄소에서 선물로 준 달력을 가리킨다. 10월로 넘겨진 달력은 활짝 웃는 호박등을 보여주고 있다―"이분이 마-사입니다."

넬슨은 여전히 웃음을 터뜨리고 있지만 이제는 그만할 때라서 밈은 연기를 끝낸다. 그녀는 아버지 이마에 가볍게 입을 맞춘 뒤 묻는다. "'파이카의 왕자님'은 오늘 어떠세요? 그거 기억나요, 아빠? 내가 파이카가 사탑이 있는 곳인 줄 알았던 거."

넬슨이 그녀에게 말한다. "브루어 북쪽 어딘가에요, 정확한 위치는 까먹었는데, '피자의 사탑'이라는 이름의 가게가 있어요." 아이는 이 이야기가 재미있다고 받아들여지는지 보려고 기다린다. 식탁에 둘러앉은 어른들은 자상한 마음으로 웃음을 터뜨리지만, 아이는 재미가 없었다고 판단하고 입을 다문다. 아이의 눈은 다시 경계하기 시작한다. "먼저 일어서도 될까요?"

래빗이 날카롭게 묻는다. "어디 가려고?"

"제 방에요."

"거긴 밈의 방이야. 언제 고모한테 방을 돌려줄래?"

"언제든지요."

"밖에 나가보는 게 어때? 축구공을 차. 뭔가 건설적인 걸 좀 해, 제발. 네 마음에서 자기연민을 좀 뽑아내라고."

"그앨. 그냥 놔둬." 엄마가 목소리를 입 밖으로 내보낸다.

밈이 끼어든다. "넬슨, 언제 나한테 네 그 유명한 미니바이크를 보여줄래?"

"별로 좋지 않아요, 계속 고장나요." 아이는 그녀를, 자신의 잠재적인 놀이 친구를 살핀다. "그런 옷을 입고는 못 타요."

"저쪽 서부에서는 모두 최신 유행의 니트를 입고 오토바이를 타."

"오토바이 타봤어요?"

"늘 타지, 넬슨. '지옥의 천사들' 무리의 여성 지도자 역할도 해봤는걸. 이따 저녁 먹고 차를 타고 가서 네 미니바이크 구경을 하자."

"저애 바이크가 아니야, 다른 아이 거야." 래빗이 그녀에게 말한다.

"저녁 먹고 나면 어두워질 텐데요." 넬슨이 밈에게 말한다.

"나는 어두운 게 좋아." 아이는 안심하고 쿵쿵거리며 위층으로 올라간다. 아버지는 무시해버린다. 래빗은 질투심을 느낀다. 밈은 학교를 떠난 뒤로 지금까지 그는 배우지 못한 것을 배웠다. 사람들을 관리하는 방법.

엄마가 떨리는 손으로 찻잔을 들어올려 홀짝이고 내려놓는다. 위태롭고 용감한 행동이다. 그녀는 뭔가가 자랑스럽다. 그는 엄마가 앉아 있는 모습, 허리가 쭉 펴지고 목의 힘줄이 늘어난 모습을 보고 그것을 알 수 있다. 머리카락은 머리 둘레에 바짝 붙여서 빗었다. 바짝 붙어 거의 광택이 난다. "밈이," 엄마가 말한다. "오늘 찾아갔어."

래빗이 묻는다. "누구를요?"

밈이 대답한다. "재니스를. 스프링어 모터스로."

"흠." 래빗이 식탁에서 뒤로 물러나자 의자 다리가 긁히는 소리를 낸다. "그 조그만 얼간이가 뭔 소리를 해?"

"아무 말도. 거기 없었거든."

"그럼 어디 있었어?"

"변호사를 만나러 갔다고 하던데."

"스프링어 영감이 그래?" 공포가 그의 뱃속으로 미끄러져들어와 물어뜯기 시작한다. 법. 길고 흰 봉투. 하지만 밈이 거기 가서 그런 의상으로 도요타 광고판 앞에 섰다는 생각에 기분이 좋다. 스프링어 제국의 심장에 야한 칼을 꽂은 것이다. 비밀 병기 밈.

"아니." 그녀가 그에게 말한다. "스프링어 영감이 아니었어. 스태브로스였어."

"거기서 찰리를 봤다고? 허. 어때 보여? 완전히 지쳐 나가떨어진 것 같아?"

"나를 데리고 나가 점심을 사줬어."

"어디서?"

"몰라, 흑인 지구에 있는 무슨 그리스 식당이던데."

래빗은 웃음을 터뜨릴 수밖에 없다. 그의 주위에는 온통 죽은 사람들과 죽어가는 사람들이다. 그는 말을 할 수밖에 없다. "그 친구가 재니스한테 그 얘기를 할 때까지 기다려봐."

밈이 말한다. "얘기 안 할 것 같은데."

아빠는 뒤처져 따라오고 있다. "지금 누구 얘기를 하는 거냐, 밈? 재니스를 꼬드긴 그 말이 번지르르한 인간?"

엄마의 얼굴이 더듬는다. 입이 익살맞은 생각의 틀을 잡느라고 애쓰는 동안 마치 누가 목을 조르듯이 눈이 늘어난다. 그들은 중지 상태로 기다리며 모두 입을 다문다. "그 아이 애인." 엄마가 말한다. 역겨운 느낌이 래빗을 푹 찌른다.

아빠가 말한다. "글쎄, 이 난잡한 상황 내내 나는 아가리를 닥치고 있었지만, 해리, 내가 간섭하고 싶은 유혹을 못 느꼈다고는 생각하지 마라. 다만 침묵을 지키고 싶었을 뿐이야. 하지만 내가 알기에 애인이 란 시종 변함없이 어떤 사람을 사랑하는 어떤 사람을 말하는 거야. 그 런데 내가 듣기에 이 입만 번지르르한 사기꾼은 그냥 엉덩이만 쫓아 다니는 거야. 엉덩이하고 스프링어라는 성만. 표현이 과했다면 미안하 다만."

"내 생각엔." 엄마가 말한다. 말은 더듬거리지만 얼굴은 여전히 빛 난다. "그걸 알게 되어 잘된 일 같아. 재니스한테."

"엉덩이가 있다는 걸 말이죠." 밈이 마침내 엄마 대신 말을 마무리 해준다. 이 두 사람, 아버지와 밈이 무덤 가장자리에 서 있는 엄마를 타락시키고 있는 것을 보니 래빗은 심술궂다는 생각이 든다. 그는 밈 에게 차갑게 묻는다. "차스하고는 무슨 이야기를 했어?"

"아," 밈이 말한다. "이것저것." 그녀는 술집의 등받이 없는 의자에 앉는 것처럼 앉아 있던 식탁에서 니트에 싸인 엉덩이를 슬쩍 들어올린 다. "알고 있었어? 그 사람한테 류머티즘 심장병이 있다는 걸? 언제 죽 어도 이상할 게 없다는데."

"가능성이 희박해." 래빗이 말한다.

"그런 유형의 사기꾼은 말이다," 아빠가 으르렁거리며 의치를 다시 문다. "백 살까지 살아. 품위 있는 타고난 미국인들이 모두 땅에 묻힌 뒤까지. 왜 일이 그렇게 돌아가는지 나한테 묻지 마. 주님한테는 우리 가 모르는 이유가 있겠지."

밈이 말한다. "그 사람은 착한 것 같던데요. 아주 똑똑하고. 그리고 오빠 이야기를 할 때도, 오빠가 그 사람 이야기를 할 때보다 훨씬 좋게 말했어. 재니스에 관해서도 아주 사려 깊고. 아마 재니스한테는 삼십 년 동안 재니스라는 한 인간에게 그렇게 진지한 관심을 기울여준 게 그 사람이 처음일 거야. 그 사람은 재니스의 많은 것을 보고 있어."

"현미경을 사용하나보지." 래빗이 말한다.

"그리고 오빠도." 밈이 말하며 고개를 돌린다. "그 사람은 오빠가 자기가 만나본 가장 놀라운 괴짜래. 재니스를 다시 데려가고 싶으면 와서 데려가면 되는데 왜 그러지 않는지 이해를 못하더라고."

래빗은 어깨를 으쓱한다. "너무 오만하거나 게을러서 그런 거지. 나는 완력을 믿지 않아. 몸이 닿는 운동은 좋아하지 않는다고."

"나도 말해줬어, 오빠가 아주 온순한 사람이라고."

"피할 수만 있다면 파리 한 마리 해치지 않는 아이지. 그래서 내가 걱정을 하곤 했으니까." 아빠가 말한다. "혹시 이 아이가 여자앤데 우리가 모르는 건지도 모른다고. 그게 사실 아니야, 해리 엄마?"

엄마가 목소리를 낸다. "천만에. 완전히 사내였어요."

"그렇다면, 하고 찰리가 말하더라고." 밈이 말을 이어간다.

래빗이 말을 끊는다. "벌써 '찰리'네."

"그 사람이 이러더라고. '그렇다면 왜 전쟁은 지지하는 겁니까?'"

"씨발." 래빗이 말한다. 그는 스스로 알고 있던 것보다 피곤하고 초조하다. "상식이 조금이라도 있는 사람이라면 이 염병할 전쟁을 지지해. 그놈들이 싸우고 싶어하면 우리는 싸워야 해. 대안이 뭐야? 뭐냐고?"

밈은 오빠의 솟아오르는 분노에 밀리지 않는다. "그 사람 이야기는 오빠는 재난이 벌어져 오빠가 자유롭게 풀려날 수만 있다면 어떤 재난

이든지 좋아한다는 거야. 재니스가 떠났을 때도 오빠는 좋아했어. 집이 타버렸을 때도 오빠는 좋아했어."

"네가 그 기름 낀 재수없는 놈을 보지 않는다면 훨씬 더 좋아할 거야."

밈은 수많은 남자가 자기 분수를 알게 만든 눈길로 그를 본다. "오빠가 말한 대로야. 그 사람은 내가 좋아하는 유형이야."

"깡패지, 맞아. 네가 저쪽에서 멋대로 살다가 시체보관소로 들어가게 된다 해도 놀랄 일이 아니야. 너 같은 파티 병아리들의 끝이 뭔지 너도 알지? 검시관 보고서에 올라가는 거야. 수면제를 너무 많이 먹는 바람에. 전화를 걸어주는 사람이 없어서. 깡패들은 그렇게 살이 축축 늘어지지 않은 놀이친구를 찾지 않거든. 너는 문제가 심각해, 동생아. 그리고 세상의 스태브로스들은 아무런 도움이 되지 않을 거야. 그런 놈들 때문에 지금 네가 그 자리에 있게 된 거니까."

"어엄-마." 밈이 소리친다. 식탁을 향해 고개를 끄덕이고 있는 허약한 장애자에게 오랜 본능에서 나오는 호소를 하고 있다. "해리한테 그만하라고 좀 해줘요." 그러자 래빗은 기억한다. 그들이 한 번도 싸우지 않았다는 것은 신화임을. 그들은 종종 싸웠음을.

다음날, 해리가 직장에 나간 마지막날, 그가 아빠와 함께 퇴근해보니 뉴욕 번호판을 단 토로네이도가 집 앞에 없다. 밈은 한 시간 뒤, 래빗이 저녁거리를 오븐에 집어넣은 뒤에 들어온다. 어디 갔다 왔느냐고 묻자 그녀는 줄무늬가 있는 커다란 가방을 낡은 소파 침대에 내려놓으며 대답한다. "아, 여기저기. 어릴 때 가던 곳들을 다시 가봤지. 시내는 이제 정말 형편없네, 안 그래? 온통 검게 덮어놓은 주차장하고 아프로 머리를 덮어놓은 흑인들뿐이야. 리놀륨 가게하고. 하지만 한 가지 멋진 일을 했어. 와이저 남부의 좌파 신문을 파는 가게에 들러 땅콩을 반 킬로그램 샀어. 믿거나 말거나 이제 껍질이 있는 좋은 땅콩을 구할 수 있는 곳은 브루어밖에 안 남았거든. 아직도 따뜻하네." 그녀는 봉투를 그에게 던진다. 거친 패스다. 그는 왼손으로 봉투를 잡아 거실에서 이야기를 하면서 땅콩을 깐다. 껍질은 화분에 버린다.

"그래," 그가 말한다. "스태브로스를 또 만났어?"

"만나지 말라며."

"어이구, 언제부터 내 말을 들었다고. 그 친구는 어때? 여전히 가슴을 움켜쥐고 있어?"

"감동적이야. 그냥 행동하는 것 자체가."

"엉엉. 둘이서 또 나를 분석한 거야?"

"아니, 우린 이기적이었어. 우리 자신 이야기만 했어. 그냥 나를 꿰뚫어보더라고. 첫 잔을 반밖에 안 마셨는데 그 색깔 있는 안경 너머로 나를 아래위로 보더니 이러는 거야. '현장에서 일하는군요, 그렇죠?' 땅콩 좀 줘."

그는 한 줌을 어깨 위로 손을 들어 던져준다. 땅콩이 그녀의 가슴을 때린다. 앞에서 단추를 잠그는, 도마뱀무늬를 흉내낸 까딱거리는 작은 드레스를 입고 있다. 발 받침대에 두 발을 올려놓을 때 팬티스타킹의 사타구니가 그대로 보인다. 그녀는 느리고 부드럽게 움직인다. 화장은 방금 한 듯 빛을 발하지만 눈빛은 누그러졌다. "그것뿐이야?" 그가 묻는다. "점심만 먹은 거야?"

"그-그게 답니다. 여-여-여러분."

"뭘 증명하려는 거야? 나는 네가 엄마를 도와주려고 동부로 온 줄 알았는데."

"엄마가 오빠를 돕는 걸 도와주러 왔지. 내가 어떻게 엄마를 도와? 의사도 아닌데."

"어, 네가 도와줘서 정말 고마워. 이렇게 내 마누라의 남자친구와 붙어먹고 다녀서 말이야."

밈은 천장을 보며 웃음을 터뜨려 해리에게 턱 밑면의 말굽 같은 곡선을 드러낸다. 하얗게 빛나는, 목의 튀어나온 부분이다. 마치 칼로 벤 듯 웃음소리가 그친다. 그녀는 심각하게, 뻔뻔스럽게 오빠를 살핀다. "선택을 할 수 있다면 오빠는 누가 그 사람하고 자면 좋겠어? 재니스야, 나야?"

"재니스지. 재니스는 나도 늘 가질 수 있어, 내 말은 가능은 하다는 거야. 하지만 너는 불가능하니까."

"알겠어." 밈이 쾌활하게 맞장구를 친다. "세상의 모든 남자들 가운데 오빠만 유일하게 입장 금지야. 오빠하고 아빠하고."

"그렇게 생각하니까 내가 어때 보여?"

그녀는 그에게 뚫어져라 초점을 맞추더니 한 단어짜리 대답을 내놓는다. "우스꽝스러워."

"나도 그렇게 생각했어. 야, 맙소사. 너 정말 오늘 스태브로스한테 대준 거야? 아니면 그냥 나를 긁으려고 하는 소리야? 도대체 어디로 갔던 거야? 사무실에 그 친구가 없는 걸 재니스가 눈치챘을 거 아냐?"

"아—영업하러 간다거나 하는 식으로 말하면 돼." 밈은 대꾸하지만 이제 지루한 표정이다. "아니면 재니스한테 네 일이나 신경쓰라고 말해도 되고. 유럽 남자들은 그렇게 해." 그녀는 일어서더니 도마뱀무늬 드레스의 앞단추가 다 채워져 있는지 하나하나 확인한다. "엄마 보러 가자." 밈은 그렇게 말하더니 덧붙인다. "안달하지 마. 오래전에 한 남자하고는 절대 세 번 이상 하지 않는다는 규칙을 세웠으니까. 엮여들어가서 무슨 이득이 있으면 몰라도."

그날 밤 밈은 모두 옷을 제대로 입게 하고 외식을 하러 나간다. 북쪽 야구장 쪽으로 가다보면 나오는 더치 스모가스보드 식당이다. 엄마는 머리가 흔들리고 애플파이의 껍질을 자르는 데 고생을 좀 하지만 그래도 이럭저럭 아주 잘해내고 행복해 보인다. 어떻게 나하고 아빠는 엄마를 집밖으로 데리고 나올 생각을 한 번도 못했을까? 그는 자신의 우둔함에 화를 내며, 자러 가는 길에 복도에서—이제 밈은 자신의 옛 방으로 돌아갔고 넬슨은 그와 함께 잔다—그녀에게 말한다. "너는 정말이지 자그마한 만능 수리공 아가씨야, 안 그래?"

"그래," 그녀가 쏘아붙인다. "오빠는 커다란 엉터리 아저씨고." 그녀는 그의 앞에서 단추를 풀기 시작하여 그가 고개를 돌린 뒤에야 문을 닫는다.

토요일 아침에 그녀는 넬슨을 토로네이도에 태우고 포스나트네 집으로 간다. 재니스는 엄마와 이야기를 하여, 페기와 함께 아이들을 데리고 하루종일 뭔가를 하기로 계획을 잡았다. 마운트저지에서 웨스트브루어까지는 차로 이십 분 거리지만 밈은 아침 내내 나갔다가 두시가 넘어서 집으로 돌아온다. 래빗이 그녀에게 묻는다. "어땠어?"

"뭐가?"

"아니, 정말로. 그 친구가 잠자리에서 그렇게 좋아, 아니면 네 경험으로 볼 때 그냥 평균 정도야? 나는 한동안은 그 친구한테 뭔가 문제가 있는 게 틀림없다고 생각했어. 그렇지 않고서야 자기한테 날아오는 모든 새로운 새들을 다 품에 안을 수 있는데 왜 재니스한테 들러붙어 있겠어?"

"재니스한테 훌륭한 자질이 있어서 그런지도 모르지."

"그 친구 이야기를 하자고. 네 경험과 관련하여." 그는 그녀에게는 모든 남자들이 하나로 합쳐져 있다고, 얼굴과 목소리와 가슴과 손이 합쳐져 웅얼거리는 하나의 분홍색 벽이 되어 있다고 상상한다. 한때 그에게 그 옛 농구 경기의 관중들이 소리를 지르는 단 한 명의 증인이 되고, 그것이 세상의 전부였던 것처럼. "네 폭넓은 경험과 관련하여." 그가 더 구체적으로 말한다.

"다른 사람들 정원을 망치며 뛰어다니지 말고 오빠 정원이나 잘 돌보는 게 어때?" 밈이 대꾸한다. 그 어릿광대 옷을 입은 그녀가 몸을 돌리자 그녀의 아래쪽 반이 수평의 데님 줄무늬가 있는 문이 된다.

"나는 정원이 없어." 그가 말한다.

"오빠가 전혀 돌보지 않기 때문이지. 다른 모든 사람한테는 삶이 있고, 어떤 규칙으로 그 삶을 둘러싸려고 해. 하지만 오빠는 그냥 기분

내키는 대로 하고 난 다음에 그게 터지거나 무너져내리면 그냥 주저앉아 입이나 삐죽거려."

"맙소사," 그가 말한다. "나는 십 년 동안 매일 출근한 사람이야."

밈이 가볍게 받아친다. "그러고 싶으니까 그랬겠지. 그게 가장 하기 쉬운 일이었으니까."

"말이야, 너를 보다보니 재니스가 떠오르기 시작해."

밈이 다시 몸의 방향을 튼다. 문이 열린다. "찰리는 재니스가 환상적이라는데. 진짜 뜨거운 여자래."

일요일에 밈은 하루종일 별다른 약속이 없다. 그들은 아빠의 낡은 쉐비를 타고 전에 산책을 하던 채석장으로 드라이브를 간다. 전에 데이지가 하얗게, 그리고 그다음에는 미역취가 노랗게 먼지처럼 덮이던 들판은 이제 주택지구가 되었다. 채석장은 땅바닥의 큰 잿빛 구멍으로만 남아 있다. 시멘트를 가공하던 창고와 활강로로 이루어진 오즈 같은 탑은 사라졌다. 아이들이 숨어서 서로 겁주던 동굴 입구는 불도저로 흙을 쌓고 물결무늬 녹슨 철판으로 막아버렸다. "잘됐어." 엄마가 말한다. "끔찍한 일들이. 저기서 일어나곤 했지. 남자들과 사내아이들." 그들은 워런 스트리트의 구름다리가 보이는 알루미늄 식당에 자리를 잡는다. 그러나 이 외식은 지난번만큼 성공을 거두지는 못한다. 엄마는 먹지 않으려 한다. "식욕이 없어." 그렇게 말하지만, 래빗과 밈은 좌석들이 너무 가깝고 식당이 환하기 때문이라고 생각한다. 엄마는 자신의 실수가 사람들 눈에 띄는 것이 싫은 것이다. 그들은 영화를 보러 간다. 〈뱃〉의 영화 면은 광고한다. 〈나는 호기심 많은 노란색〉 〈미드나잇 카우보이〉 〈디프레이브드〉와 〈서커스〉(소녀들은 이제까지 이런 게임을 한 적이 없다!), 〈예스〉라는 제목의 스웨덴 성인영화, 〈퍼니 걸〉. 〈퍼니 걸〉도 제목은 스웨덴 영화와 비슷하지만, 여기에는 바브라 스트라이샌드가 나온다. 따라서 음악이 있을 것이다. 그들은 여섯시 반 영화에 늦게 도착한다. 엄마는 잠이 들고, 아빠는 일어나서 극장 뒤쪽을 걸어다니다가 귀를 찢어놓을 듯이 흐느끼는 소리로 좌석 안내원과 이야기를 한다. 뿔뿔이 흩어져 앉아 있던 관객 가운데 한 사람이 듣다못해 "쉿" 하고 소리를 지른다. 나가는 길에 불이 켜지고 후드를 쓴 세 명이 밈을 이상한 눈으로 보기에 래빗이 그들을 향해 가운뎃손가락을 들어올린다. 엄마가 거리에서 눈을 깜빡이며 말한다. "좋았어. 하지만 정말 패니는. 아주 못생겼어. 하지만 멋부릴 줄은 알아. 그리고 깡패. 그 여자는 늘 닉 안스타인이 깡패라는 걸 알았어. 모두가. 그걸 알았어."

"대단하네." 밈이 말한다.

"이 나라를 죽이는 건 깡패들이 아니야." 아빠가 말한다. "나한테 묻는다면 생산업자라고 말할 거다. 엄청난 자산가들. 멜런 집안과 듀폰 집안. 감옥에 집어넣어야 하는 건 그런 놈들이야."

래빗이 말한다. "급진적으로 나가지 마세요, 아빠."

"나는 급진파가 아니야." 노인은 그를 안심시킨다. "급진파가 되려면 돈이 많아야 돼."

월요일, 이 흐린 날은 해리가 실직한 첫날이다. 일곱시에 눈을 뜨지만 아빠 혼자 출근한다. 넬슨이 아빠와 함께 간다. 아이는 여전히 웨스트브루어에 있는 학교에 가기 때문에 와이저에서 버스를 갈아탄다. 밈은 열한시쯤 집을 나가지만, 어디 가는지 말하지 않는다. 래빗은 브루어 〈스탠더드〉의 구인 광고를 훑어본다. 경리 담당. 행정 훈련생. 수습 스프레이 페인터. 자동차 정비공. 바텐더. 세상은 일자리로 가득하다. 닉슨 불황기에도. 그는 보험판매원과 프로그래머를 건너뛰어 영업사원으로 갔다가 연재만화로 간다. 빌어먹을 아파트 3-G. 지금까지 몇 년 동안 그 여자들하고 함께 산 기분인데, 언제 이 여자들이 옷 벗은 것을 볼 수 있을까? 만화가는 욕실의 벗은 어깨, 정중앙의 벗은 다리와 네 모칸의 가장자리에 걸친 사타구니, 슬쩍 보여주는 풀어지는 브라 끈으로 그를 계속 약 올리고 있다. 그는 계산해본다. 베리티에서 두 달 치 봉급을 받은 뒤에는 37주간 연금을 받고, 그다음에는 아빠의 퇴직연금으로 살 수 있다. 사실 지금 죽어가는 것과 마찬가지다. 하지만 저들은 그냥 밑으로 쑥 떨어지도록 놓아두지 않는다. 수혈로 계속 살려둔다. 그러지 않으면 자기들한테 창피한 일이 될 테니까. 그는 이혼 기사를 훑어 자기가 나오지 않은 것을 확인하고 위층 엄마에게로 올라간다.

엄마는 침대에 앉아 있다. 두 손은 외할머니의 유물인 작은 누비이불 위에 조용히 모으고 있다. 텔레비전도 조용하다. 엄마는 창밖 단풍나무를 물끄러미 보고 있다. 안으로 들어오는 빛이 거칠다 싶을 만큼 잎이 많이 떨어졌다. 슬픈 냄새가 좀더 뚜렷하다. 살이 상한 냄새가 약의 박하 향과 섞여 있다. 복도를 내려가는 수고를 덜어주기 위해 라디에이터 옆에 변기를 갖다놓았다. 엄마의 삶에 약간의 탄력을 보태려고, 그는 침대에 무겁게 주저앉는다. 구름 같은 창백한 막이 낀 눈이 커진다. 입이 움직이지만 침만 나온다. "왜요?" 해리가 큰 소리로 묻는다. "어때요?"

"나쁜 꿈이야." 엄마가 소리를 낸다. "엘도파가 여러 가지를 해. 몸에."

"파킨슨병도 마찬가지예요." 이 말은 답을 얻지 못한다. 그는 시도해본다. "줄리아 안트한테서는 소식 없어요? 그리고 이름이 뭐더라? 마미 켈로그한테서는? 그 사람들이 아직도 찾아오나요?"

"내가 오래 살아서. 그 사람들 관심이 끊겼어."

"그 사람들 수다가 아쉽지 않으세요?"

"아마도. 자기들 말이 다 사실로 드러나니까. 그 사람들이 무서웠나봐."

그는 시도해본다. "꿈 이야기 좀 해주세요."

"나는 딱지를 떼고 있었어. 내 몸 전체에서. 하나를 뗐는데 그 밑에. 벌레들이 있었어. 돌을. 뒤집었을 때처럼 말이야."

"우와. 잠 못 드시고 깨어 있을 만하네요. 밈이 여기 있는 건 어때요?"

"좋아."

"여전히 건방지죠, 안 그래요?"

"노력하고 있어. 명랑해지려고."

"못처럼 단단해요. 내가 보기엔."

"1센티씩." 어머니가 말한다.

"네?"

"그건. 애들 프로그램에 나오는 거야. 얼이 텔레비전을 켜두고 나한테 그걸 보게 했어. 1센티씩 가자."

"아, 계속해보세요."

"그러면 인생이 쉽다. 1미터씩 가자. 그러면 인생은 어렵다."

그는 알아듣고 웃음을 터뜨린다. 침대가 더 흔들린다. "제가 어디서 잘못된 거라고 생각하세요?"

"누가 그래. 네가 잘못되었다고?"

"엄마. 집도 없죠, 마누라도 없죠, 일자리도 없죠. 애는 나를 미워하죠. 여동생은 내가 우스꽝스럽다고 하죠."

"너는. 크고 있어."

"밈은 제가 아무런 규칙도 배운 적이 없대요."

"너는 배울 필요가 없었어."

"하. 품위 있는 세상이라면 그런 모든 규칙이 필요 없겠죠."

엄마에게는 그 말에 대한 준비된 답이 없다. 그는 창밖을 본다. 한때는—집을 떠난 이듬해, 심지어 오 년 뒤에도—이 수수한 거리, 구식 모자처럼 위가 높은 느낌을 주는 거리, 보도블록은 단풍나무 뿌리가 잡아당겨 들쑥날쑥하고, 사암 옹벽과 색칠한 철 난간에 회색 바위를 흉내낸 벽널을 붙이고 전면에는 벽돌을 쌓은 두 가구용 주택들이 늘어선 거리를 보면서 래빗은 그 자신의 존재라는 마법 때문에 흥분했다. 이 세속적인 표면들이 그의 생명의 증인이 되어주었다. 이 컵에 그의 피가 담겨 있었다. 이곳이 우주의 중심이었고, 선회하며 아래로 내려오는 단풍나무 씨앗 하나하나가 은하보다 중요했다. 그러나 이제는 그렇지 않다. 잭슨 로드는 어디에나 있는 평범한 거리로 보인다. 미국에는 이런 거리가 수백만 개 있고 거기에 수백만의 삶이 담겨 있지만, 거리는 그 삶들이 쓸려나가게 내버려두며, 알은체도 하지 않고 애도하지도 않은 채로 스스로 썩어간다. 그들은 자신이 사라지는 것도 애도하지 않고, 모든 겨울을 버텨낸 그 여윈 앞모습으로 철거용 쇠구슬을 향해 얼굴을 찌푸릴 뿐이다. 엄마가 이 단풍나무들—가지들의 뿌연 뱀 형상이 두 창문에 얼룩진 유리의 납 테두리만큼이나 뻣뻣하게 달라붙어 있다─과 아무리 꾸준하게 교감한다 해도, 이들은 엄마의 운명이 다가오는 것을 숨 한 번 쉴 만큼도 막아주지 못할 것이다. 반대로 그 나무들이 잭슨 로드를 넓히기 위해 내일 베어진다 해도 엄마의 바라보는 눈길, 그 나무들을 엄마 자신 안에 심은 눈길도 그 나무들이 사라지는 것을 막아주지 못할 것이다. 새로운 빛이 밀려오면 심지어 나무에 대한 엄마의 기억조차 꺼질 것이다. 시간은 잘못된 침입자가 아니라 우리의 본령이다. 그것을 믿는 마음이 생기는 데 서른여섯 해가 걸렸다니 얼마나 어리석은가. 래빗은 창에서 눈을 돌리고, 무슨 말이라도 하려고 이야기를 늘어놓는다. "밈이 집에 와서 아빠는 분명히 행복한 것 같아요." 그러나 그가 입을 다물고 있던 동안 엄마는 아마포와 대비를 이루는 피처럼 붉은 콧구멍을 드러낸 채 베개 위에서 머리를 살짝 좌우로 움직이며, 이미 잠이 들었다.

그는 아래층으로 내려가 땅콩버터 샌드위치를 만든다. 우유를 한 잔 따른다. 집 전체가 아슬아슬하게 균형을 이루고 있어, 그의 발걸음이 엄마를 흔들어 구덩이로 빠뜨릴지도 모른다는 느낌이 든다. 그는 지하실로 내려가 오래전에 쓰던 농구공을 발견한다. 이보다 더 큰 기적은 노즐에 바늘이 그대로 달려 있는 펌프가 아직도 있다는 것이다. 사물은 연약하면서도 신의를 잃지 않는다. 백보드는 여전히 차고에 달려 있지만, 오랜 세월이 흐르면서 테는 녹이 슬었고 볼트는 헐거워져, 한 번 슛을 세게 하자 테가 옆으로 기운다. 그럼에도 그는 계속 열심히 뛰어다니고, 이내 감각이 돌아오기 시작한다. 위로 부드럽게, 위로 부드럽게. 테 앞쪽을 바로 넘어 떨어진다고 상상해라. 테가 원이라는 것을 잊어라. 잿빛이 강한 날이고, 그 덕분에 빛은 기분좋게 균일하다. 그는 자신이 텔레비전에 나온다고 상상한다. 텔레비전에서 프로들을 보면 재미있게도 그들이 점프를 할 때 몸의 어떤 느낌만으로도 슛이 들어갈지 안 들어갈지 알 수 있다. 밈이 집에서 나와 뒤 층계를 내려와 시멘트 길을 따라 그에게 다가온다. 상자 같은 넓은 옷깃이 달린 무늬 없는 검은 정장에 딱 무릎까지 내려오는 검은 스커트 차림이다. 그리스인이 좋아할 만한 차림이다. 고전적인 미망인. 그가 그녀에게 묻는다. "새 거야?"

"크롤스에서 샀어. 양쪽 해안에 비하면 말도 안 되게 뒤처져 있지만, 수수한 것은 반값이야."

"친구 차스를 만나?"

밈은 핸드백을 내려놓고 하얀 장갑을 벗더니 공을 향해 신호를 보낸다. 고등학교에 다닐 때는 트웬티원*에서 그녀가 십 점을 내는 것을 보곤 했다. 그녀는 여학생치고는 속도도 있었고, 체육에 안짱다리 특유의 소질도 있어, 만일 그가 이미 그 모든 영광을 거두지 않았더라면 그쪽으로 더 노력했을지도 몰랐다. "친구 재니스도." 그녀는 말하며 슛을 한다. 빗나가지만, 크게 빗나가지는 않는다.

그는 공을 다시 튀겨 넘긴다. "아치를 더 그려야 돼." 그가 말한다. "잰은 어디서 만났어?"

"우리를 레스토랑까지 따라왔어."

"싸웠어?"

"그렇지는 않아. 우리 모두 마티니와 레트시나**를 마시고 잔뜩 취했

---

* 거리 농구의 일종.

** 그리스산 수지(樹脂)가 든 포도주.

어. 재니스는 이제 자신을 재미있게 여길 줄도 알더라고. 새로웠어."
그녀의 기름이 잔뜩 묻은 눈이 골대를 노려본다. "찰리한테서 나와 아
파트를 하나 빌리고 싶다던데. 넬슨을 데리고 있고 싶어서." 이번 슛은
테가 만나는 부분을 맞추는 바람에 헐거워진 볼트가 모두 흔들리며 더
헐거워진다.

"나는 그 부분에서는 재니스와 끝까지 싸울 거야."

"빡빡하게 굴지 마. 그렇게 되지 않을 거야."

"아, 그렇게 안 되겠지. 그런데 좆같이 너는 모든 걸 다 아는 것처럼
구네."

"노력하고 있어. 슛 한번 더." 그녀가 더러운 공을 공중에 밀자 젖가
슴도 검은 옷깃을 살짝 민다. 부드러운 이슬비가 내리기 시작했다. 공
이 그물을 휙 스쳐간다. 그물이 거기 달려 있다면.

"재니스가 있는데 어떻게 스태브로스에게 대줄 수가 있었어?"

"재니스를 친정으로 돌려보냈어."

비위를 상하게 하려고 물은 것이지 답을 듣자고 물은 것은 아니었
다. "가엾은 재니스." 그가 말한다. "창녀 싸움에서 진 걸 어떻게 받아
들여?"

"말했잖아, 빡빡하게 굴지 말라고. 나는 내일 돌아가. 찰리도 그걸
알고 있고, 재니스도 알고 있어."

"밈. 안 되지, 이렇게 빨리. 저쪽은 어쩌고?" 그는 집을 가리킨다. 뒤
에서 보니 집이 공동주택처럼 키가 크다. 나무에 타르를 칠한 허약하
고 비굴한 뒤쪽 지붕널은 거리를 마주보는 견고한 얼굴과 어울리지 않
는다. "상심이 클 거야."

"두 분도 알고 계셔. 내 인생은 여기에 있지 않아, 저기에 있어."

"너는 거기에서 가진 게 아무것도 없어. 침을 질질 흘리는 깡패 무리하고 성병에 걸릴 가능성 말고는."

"아, 우리는 깨끗해. 내가 말 안 했던가? 우리는 모두 청결에 대한 강박관념이 있어."

"좋아. 밈. 다른 얘기 좀 해줘. 만날 붙어먹는 게 지겹지도 않아? 내 말은"—무례하려고 묻는 게 아니라 진지한 질문이라는 것을 보여주기 위해—"그럴 것 같아서."

그녀는 이해하고 누이처럼 정직해진다. "사실, 안 그래. 안 지겨워. 어릴 때라면 그럴 거라고 생각했겠지만 이제 어른이 되니 사실 그렇지 않다는 걸 알게 됐어. 그게 우리가 하는 거야. 그게 사람들이 하는 거야. 그게 관계야. 물론 지겨워질 때도 있지만 그때도 좋은 게 있어. 사람들은 잘해주고 싶어해, 눈치 못 챘어? 똥같이 구는 걸 좋아하지 않아. 그렇게까지 되는 건. 하지만 사람들이 그런 똥구덩이에서 벗어날 길을 대신 찾아줘야 해. 사람들을 도와줘야 하는 거라고."

밖에서 보니 물감의 올가미에 걸린 그녀의 눈이 그럴 자격이 없다 싶을 만큼 젊어 보인다. "뭐, 좋아." 그가 약하게 말한다. 그는 밈의 손을 잡고 싶다, 도움을 받고 싶다. 한때는 오빠로서 채석장에서 그가 손을 놓으면 그녀가 넘어질 것이라고 두려워했고, 또 실제로 손을 놓았더니 넘어졌다. 그런데 이제는 다 괜찮다고, 모든 게 넘어질 수밖에 없다고 말하고 있다. 그녀는 웃음을 터뜨리며 말을 이어간다. "물론 나는 오빠처럼 까다로웠던 적이 없어. 오빠는 음식이 섞이는 걸 싫어했던 거 기억나? 콩 주스가 고기 같은 데 닿는다고? 그래서 내가 음식이란 건 모두 토한 것처럼 뒤죽박죽이 되어야 삼킬 수 있는 거라고 했더니, 오빠는 일주일 동안 뭘 먹지를 못했어."

"기억 안 나는데. 스태브로스가 정말 그렇게 대단해, 응?"

밈이 풀밭에서 하얀 장갑을 집어든다. "좋은 사람이야." 그녀는 장갑으로 손바닥을 때리며 오빠를 살핀다. "그리고," 그녀가 말한다.

"뭐?" 그는 최악의 상황에, 전혀 봐주지 않을 타격에 대비한다.

"넬슨한테 미니바이크를 사줬어. 이 하느님께 버림받은 집구석에서는 아무도 기억하는 것 같지 않지만 내일이 그애 생일이거든. 그애가 열세 살이 되는 거야. 참 나. 십대라고."

"그건 안 되지, 밈. 그걸 타다 죽는다고. 여기에서는 거리에서 그걸 타는 게 불법이야."

"포스나트네 집으로 배달되도록 해놨어. 주차장에서 함께 타겠지만 엄연히 넬슨 거야. 오빠 때문에 겪은 일을 생각하면 그 가엾은 아이는 뭔가를 받을 자격이 있어."

"슈퍼 고모로군."

"그리고 오빠는 너무 멍청해서 지금 비가 온다는 것도 몰라." 컴컴해지는 이슬비 속에서 그녀는 달려간다. 여전히 안짱다리에 속도가 빠르다. 그들의 좁은 뒷마당을 가로지르는 시멘트 길을 달려 껑충한 뒤쪽 포치의 층계를 올라간다. 해리도 공을 끌어안고 그 뒤를 따른다.

부모의 집에서 래빗은 땅콩버터 샌드위치와 코코아, 그리고 아빠와 넬슨이 나가는 소리가 잠잠해질 때까지 침대에서 빈둥거리기로 돌아 갔을 뿐 아니라 어느새 충실하게 자위를 하고 있다. 방 자체가 그것을 요구한다. 밤을 뚫고 끌려가는 열차라고 상상하던 작고 긴 방이다. 하나뿐인 창은 집들 사이의 해가 들지 않는 통로를 바라보고 있다. 어린 시절 이 방에서는 2미터의 공간 너머 어린 캐럴린 짐의 방에 드리워진 커튼을 건너다볼 수 있었다. 짐 가족은 밤 올빼미들이었다. 캐럴린은 그보다 3학년 아래였음에도 어떤 날은 그보다 더 늦게 잤고, 그는 커튼 주위의 빛의 틈들로 그 아이가 옷을 벗는 것을 잠깐이라도 볼 수 있지 않을까 하여 눈에 잔뜩 힘을 주었다. 그리고 베개 옆의 차가운 유리에 얼굴을 갖다대면 대각선 방향으로 짐 부부의 방을 간신히 볼 수 있었고, 어느 날 밤에는 분홍색이 어지럽게 움직이는 것을 흘끗 볼 수 있었는데, 어쩌면 그것이 성교였는지도 모른다. 하지만 거의 매일 아침 식사 때마다 짐 가족이 싸우는 소리가 들렸으며, 엄마는 그들이 얼마나 오래 붙어살지 궁금해했다. 그런 사람들이었다면 분명히 성교를 하지 않았을 것이다. 그 시절에 이 방에는 운동선수들이 가득했다. 대부분은 야구 선수들이었다. 그들의 사진이 공책 표지에 실려 있었다. 뮤지컬과 디머그와 루크 애플링과 루디 요크. 지금 돌이켜봐도 괴상한 일이지만, 한동안 그는 우표 수집을 했다. 푹신푹신한 겉장이 달린 크고 파란 앨범, 파라핀 종이 대지臺紙, 소인이 찍힌 몬테니그로와 시에라리온 우표들이 뒤죽박죽으로 담긴 파라핀 종이봉투. 그때 그는 앞으로 세상 모든 나라를 여행하며 가는 곳마다 엄마에게 엽서를 보낼 것이라고 상상했다. 이런 우표를 붙여서. 그는 여행한다는 생각, 달리기, 지리, 인도 주사위 놀이와 사파리, 주사위를 굴려 말을 움직이는 모든 보드 게임을 사랑했다. 열차의 느낌이 아주 생생하여, 머리 위의 튤립 모양의 창백한 빛이 열차의 움직임에 따라 떨리고 흔들리는 것이 눈에 보이는 듯했다. 그러나 그가 잘하게 된 게임에서는 트레블링*이 반칙이 되었다.

군대에 가 있는 동안 집에서는 벽의 공책 표지들을 떼어냈다. 압정이 남긴 자국들은 페인트로 칠했다. 우윳빛 유리의 튤립은 붕붕거리고 깜빡거리는 원형 형광등으로 바뀌었다. 엄마는 그의 방을 잡동사니 방으로 바꾸었다. 발판을 미는 낡은 싱어 재봉틀, 〈리더스 다이제스트〉와 〈패밀리 서클〉 더미, 마지막 남은 힘줄 하나로 매달려 있는 닭머리처럼 망가진 소켓이 매달린 카드놀이 테이블 램프, 그는 가보지도 못한 영국의 숲과 이탈리아 궁의 우울한 사진들, 밈이 집에 있을 때 넬슨이 자기 아버지 방에서 함께 잘 때면 사용하던 시어스에서 산 접는 간이침대. 밈이 화요일에 떠나자 웨스트브루어에 미니바이크를 소유한다는 행운에 얼떨떨하던 아이는 그녀의 방으로 돌아가고 래빗은 기억과 환상 속에 혼자 남는다. 그는 자위를 하면서 늘 누군가를 상상해야 한다. 나이가 들수록 현실의 여자들에는 제대로 흥분하지 못한다. 페기 포스나트를 상상해보기도 했다. 그녀가 최근의 상대였고, 또 좋았기 때문에. 완전히 젤리 사탕이었기 때문에. 그러나 그녀를 기억하자 그녀에게 아무것도 해준 것이 없다는 사실, 화재 이후로 전화를 하지 않았다는 사실, 하고 싶은 마음이 없다는 사실, 그녀의 파란 퓨리를 지하실에 놓아두고 넬슨을 시켜 열쇠를 갖다주었던 사실, 그녀를 보기가 두렵

---

* 여행이라는 뜻이지만, 농구에서는 공을 잡고 걷는 반칙의 이름.

다는 사실, 그녀를 탓하고 있다는 사실, 그녀가 그를 유혹했다는 사실, 박히고 싶도록 그녀를 자극했던 낮고 파란 불꽃이 퍼져 큰불이 되었다는 사실이 떠오른다. 불 생각만 나면 그의 정신은 거기에 그슬려 내빼고 만다. 그렇다고 재니스를 떠올릴 수도 없다. 침대에서 그의 손에 새처럼 오목하게 들어간 곳이 느껴지던 허리를 제외하면 그녀는 완전히 혼란스럽고 조롱하는 어둠일 뿐이고, 그는 감히 거기에 자신을 삽입할 수가 없다. 그는 무겁고 음탕한 니그로 여자를 떠올리는 쪽으로 방향을 튼다. 뚱뚱하지만 질척하게 뚱뚱하지 않고, 근육질이면서 남성적이고, 콧수염의 흔적이 있고 앞니가 깨진 니그로 여자. 보통 그녀는 웃음을 짓는 붓다처럼 그의 몸 위에 걸터앉아, 그의 허벅지 위에서 천천히 엉덩이를 굴린다. 가끔 앞으로 다가와 코코아 색깔의 커다란 젖가슴을 민감한 꼭지가 달린 권투 글러브처럼 그의 얼굴에 대고 흔들기도 한다. 환상 속에서 그는 이 육중한 창녀와 방금 농담을 했다. 그녀는 웃음을 터뜨리고 있고, 쾌활한 기분이 물결처럼 그의 가슴을 타고 퍼져나간다. 그들이 있는 곳은 보통 방이 아니라 일종의 높은 다락방이다. 어쩌면 헛간인지도 모르겠다. 멀리 둥근 창문들로 먼지 낀 빛이 들어오고 서까래에는 마치 교수대처럼 밧줄이 늘어져 있다. 보통 그녀가 그의 위에 있지만, 그리고 그는 가끔 드러누워 자신의 손가락들이 그녀의 입술이라고 상상하며 시작하지만, 절정에서는 늘 몸을 굴려 선교사 체위로 침대에 싼다. 드러누워 허공에 대고 싼 적은 한 번도 없다. 위로 싸는 것은 너무 폭발적이고, 너무 두근거리고, 너무 신성모독적이라는 느낌이다. 하느님은 그의 위쪽에서, 구유 위에서처럼 깃털 달린 두 날개를 펼치고 있다. 따라서 몸을 돌려 지옥에 대고 쏟아내는 것이 낫다. 너, 멋지고 커다란 자주색 입술이 달린 검은 씹. 황금 이빨.

　너무 되풀이하여 불러내는 바람에 이 쾌활한 여신 같은 니그로 여자가 만족할 만큼 생생하게 나타나지 않으면 베이브를 상상해보려 한다. 밈은 짧게 머물다 갔을 때, 그의 이야기를 다 듣고 나서 무뚝뚝하게 그가 베이브와 잤어야 한다고 말했다. 모든 준비가 갖추어져 있었고, 그의 잠재의식이 그것을 원했기 때문이라는 이야기였다. 그러나 그의 마음속의 베이브는 상아처럼 차가운 막대기 손가락들이며, 그녀에게서는 부드러운 구멍을 찾을 수가 없다. 그녀는 온통 조개껍질이다. 얼굴의 주름도 지혜가 그렇게 그 자리에 구워놓은 것이라 그는 바로 시들어버린다. 그러나 그 자신은 등장하지 않고 다른 두 사람, 스태브로스와 밈이 등장하는 영화를 만들자 몸이 따라와준다. 그들은 어떻게 했을까? 그녀의 하얀 토로네이도가 빠른 속도로 가파른 아이젠하워 애비뉴를 올라가 1204번지에서 멈추는 것이 보인다. 두 사람이 내리고, 하얀 문들이 멋진 소리를 내며 쾅 닫힌다. 두 사람은 안으로 들어가 위로 올라간다. 밈이 앞장선다. 그녀는 심지어 예비 키스를 위해 몸을 돌리지도 않고 빠르게 옷을 벗을 것이다. 창문으로 들어오는 정오의 빛 속에 유연하고 편하게 서 있을 것이다. 두 다리는 무릎에서 맞닿아 있고, 젖꼭지가 우묵하게 들어가고 그 둘레가 우툴두툴한 젖가슴(그는 몰래 그녀의 젖가슴을 훔쳐본 적이 있다)은 소녀처럼 아직 성숙하지 않은 모습이며 아이에게 물린 적도 없다. 스태브로스는 천천히, 둔감하게, 심장을 조심하면서 옷을 벗고, 매장으로 돌아갈 때를 대비해 주름이 구겨지지 않도록 바지를 접을 것이다. 등에는 털이 많고, 어깨뼈 위에는 어두운 소용돌이가 있을 것이다. 좆은 굵고 핏줄이 밧줄처럼 얽혀 있을 것이며, 묵직하지만 밈의 능란한 지분거림을 이기지 못하고 일어설 것이다. 재치 있는 말을 나누던 그들의 목소리가 사그라진다. 그는 오후의 구름이 레이스가 덮인 탁자들 위를 장식하고 있는 고대 그리스인의 세피아 색깔 얼굴을 침침하게 덮는다고 상상한다. 이 남자의 굳은 좆의 아랫면에는 기둥 같은 근육이 있고, 그 좆이 밈의 쥐 색깔 모피로 덮인 질(그래, 여기는 꿀 같은 금발이 아니다)에 삼켜진 모습이 보인다. 그녀의 반지를 끼지 않은 탐욕스러운 손가락들이 그의 불알을 탐욕스럽게 늘어난 씹 안쪽을 향해 위로, 위로 더 깊이 누르는 것이 보인다. 그 순간 래빗 자신이 절정에 오른다. 어린 시절 래빗에게 그것은 우주비행 같은 느낌이었다. 쥐어짜여 무게 없이 밀려나오며 머리부터 고꾸라지는 느낌이었다. 하지만 이제는 분노 같은 것의 세속적 방출이다. 안전한 침대 시트에 대고 여러 차례 내뱉는 막힌 외침이다. 나무판자를 댄 창에 던지는 돌이다. 그뒤에 이어지는 고요 속에서 푹 가라앉은 간질간질한 음악적 진동이 들린다. 이웃집, 집의 다른 반쪽에 사는 맨발 부부의 전축에서 나는 소리라는 것이 천천히 확인된다.

정화된 몸이 귀를 기울이며 표류하도록 내버려두고 있던 어느 날 밤 질이 다가와 허리를 굽히고 그를 애무한다. 그가 고개를 돌려 그녀의 허벅지에 입을 맞추려 하자 그녀는 사라진다. 하지만 그녀는 그를 깨웠다. 그녀가 이 방을 찾아오면서, 이렇게 그녀의 죽음이 찢어지고 틈이 생기면서 수많은 작은 사실들이 풀려나온다. 덩굴손 같은 머리카락, 뒤틀린 표정, 서툴게 기타를 칠 때 떨리며 위로 치솟던 약한 목소리. 그가 약간 불쾌해하던 그녀라는 인간의 작은 사실들. 치아 사이의 아주 작은 금, 물렁한 다리, 하트 같은 엉덩이의 사과 같은 부드러움,

바짝 마르면서 잘 까지던 입의 모든 것을 내려다보는 듯한 새침한 느낌, 늘 입고 다니던 빨지 않은 하얀 드레스. 그런 것들이 돌아와 그의 기억 속의 몸이 된다. 그녀가 침대에서 달빛과 하나가 되던 때들이 돌아온다. 그녀의 어린 몸은 이제 막 느끼는 것을 배우기 시작했고, 신경 끄트머리들은 여전히 봄의 양치류 머리들처럼 녹색으로 말려 있었다. 단단함이 그를 밀어냈지만 그것은 그녀의 잘못이 아니었다. 그녀라는 선물은 너무 새로워서 쉽게 줄 수 있는 것이 아니었다. 그녀의 얼굴이 생각에 잠겼던 순간들이 돌아와 그에게 상처를 준다. 그가 그녀에게 감추라고 했던 딸 같은 세심함. 왜? 그는 물러나 저항하고 있었으며 그녀가 밖으로 불러내기를 바라지 않았다. 그는 모욕을 당한 뒤라 준비가 되어 있지 않았다. 검은 예수나 그녀를 가지라고 해. 그 녀석은 심장을 단단하게 굳히는 쪽으로 개종을 했으니까. 씹은 십억 개에 자기는 오직 하나뿐이라는 거지. 그는 그려보려 한다. 뭐가 그렇게 좋았을까. 질과 스키터. 실제로는 강한 램프 빛 속에서 한 번 보았지만, 이제 환상 속에서 래빗은 의자에서 일어나 그들과 함께한다. 그들에게 아버지이자 연인이 된다. 그들은 잉크와 종이처럼 따로 날아가다 인쇄기 안에서 순간적으로 소용돌이치며 접촉한다. **질의 재림.** 앵스트롬 그녀의 존재를 느끼다. 그녀는 그가 어린 시절 쓰던 침대에 누워 있을 때 다시 그의 몸에 대고 숨을 쉰다. 이번에는 고개를 돌리는 실수를 하지 않는다. 아주 조심스럽게 옆에 내려놓았던 손을 올려 틀림없이 늘어져 있을 머리카락 끝을 만진다. 깨어나서 허공에 텅 비어 있는 자신의 손을 보고 울음을 터뜨린다. 바짝 마른 위에서, 아픈 목에서, 그을린 눈에서 슬픔이 올라온다. 잠잘 곳 이상의 어떤 것을 찾으며 딸처럼 그를 바라보던, 멀어버린 듯한 풀 같은 녹색 눈이 기억나자 그 자신의 눈이 멀어버린다. 침대보에 닦아낼 필요 없는 얼룩을 남긴다. 어차피 아침이면 보이지 않을 테니까. 하지만 그녀는 여기에 있었다. 다름 아닌 그녀의 숨과 존재감. 아침에 넬슨한테 말해주어야 한다. 이 꿈 같은 결심 뒤에 그는 긴장을 풀고, 자신의 방, 환각 속에서 떨고 있는 방이 기관차와 결합하여 사막이 있는 서쪽으로, 지금 밈이 있는 곳으로 칙칙폭폭 달려가는 것을 허락한다.

"나쁜 년." 재니스가 말했다. "그년하고 몇 번이나 붙어먹었어?"

"세 번." 찰리가 말했다. "그것으로 끝이야. 그게 그 여자 규칙이야."

이 유령 같은 대화가 머릿속에 달라붙어 이날 밤 재니스는 잠들지 못한다. 해리의 마녀 같은 여동생은 창녀질을 하러 돌아갔지만, 그녀의 영향은 찰리에게 병의 흔적처럼 남아 있다. 그들은 정말 그 일에서 완벽했다. 맙소사, 사람들은 그녀에게 그 일이 얼마나 완벽할 수 있는지 말해준 적이 없었다. 그녀의 어머니나 아버지도, 학교의 양호교사도 말해준 적이 없었다. 오직 영화만 그녀에게 말해주려 했지만, 그것을 보여줄 수는 없었다. 적어도 최근까지는. 가끔 그녀는 그를 생각하는 것만으로도 절정에 이르고, 또 어떤 때는 둘이 함께 끝도 없이 계속 간다. 그가 무척이나 천천히 할 수 있다는 것이, 늘 그녀에게 중얼대는 것이, 그녀를 그녀 자신에게 팔려고 영업하는 것이 아름답다. 사람들은 그것을 엉덩이의 한 부분이라고 부르지만, 그녀는 찰리를 만나

564

기 전까지는 그 이유를 결코 이해하지 못했다. 그것은 그녀가 해리한 테 화가 나곤 하던 앞쪽과는 큰 관계가 없었다. 그녀는 해리가 그들의 뼈가 서로 닿게 하지도 못하고, 그녀에게 필요한 만큼 오래 마찰을 줄 수도 없어서 화가 났지만, 그는 결국 그녀가 딴 데 정신을 팔고 있다며 비난했다. 그것은 안의 더 깊은 곳이었다. 아기들이 생기는 곳이었다. 모든 것이 생기는 곳이었다. 기억난다. 넬슨 때였나, 아니면 가엾은 베키 때였나. 그들은 힘을 주라고 했지만 변비일 때 억지로 힘을 주는 것처럼 당혹스러웠다. 그러다가 통증 때문에 공황에 빠지는 바람에 그녀는 무엇이 나오든 상관하지 않게 되었고, 나온 것은 어린 아기였다. 아주 새빨간 얼굴에, 그녀 안 그곳에서 뭔가 다른 일을 하다 방해를 받은 것처럼 약이 오른 얼굴이었다. 네 엉덩이를 꽉 채워주겠어, 그녀는 사람들이 그 말을 하는 것을 싫어했다. 감옥이나, 길가에서 아기를 안고 소리를 지르고 볼일을 볼 때는 아무데나 쭈그리고 앉는 노란 여자들뿐인 군대에서 남자들이 서로 하는 짓. 역겨워. 하지만 찰리와 함께 있을 때 그녀가 그에게 주고 있는 것은 엉덩이의 한 부분이다. 그는 그녀를 바닥부터 다시 만들고 있다. 그녀의 기초 전체가 새롭게 만들어진 느낌이다. 그것이 삶의 기초다. 그런데 그뒤에, 그녀가 이 말을 하려고 하면, 그가 자신을 다시 만든다고 말하려고 하면, 그는 사랑스럽게 어깨를 으쓱하는 동작을 하며 그것이 누구나 할 수 있는 일인 것처럼 행동한다. 그가 조카들을 즐겁게 해주려고 성냥으로 부리는 작은 묘기, 조카들에게 늘 마지막 성냥개비를 뽑게 해주는 묘기 같은 것처럼. 그러니까 이 넓은(해리는 늘 세상이 얼마나 넓으냐고 걱정하면서, 별들까지의 거리라든가 달 탐사선 발사에 관심을 갖고, 공산주의자들이 모든 사람을 커다란 검은 가방에 집어넣고 싶어하는 바람에 숨을 쉴 수가 없다는 이야기를 했다) 세상 전체에서 오직 찰리만이 그녀를 위해 그렇게 해줄 수 있다는 슬픈 진실을 무시한 것이다. 과장 없이 그녀는 태초부터 그를 위해 만들어진 여자였다. 그녀가 그에게 이 점을 이야기하려 하면, 그들이 얼마나 독특하고 거룩한지 말하려 하면, 그는 그 멋진 두 손으로 침묵의 공간의 크기를 잰다. 그렇게 그의 두 엄지가 만나는 것만으로도 그녀는 숨이 멎을 것만 같다. 이윽고 그는 어깨에서 망토를 벗듯이 그 질문을 벗어버린다.

그녀는 물었다. "어떻게 나한테 그럴 수 있어?"

그는 어깨를 으쓱했다. "나는 너한테 그런 게 아니야. 그 여자한테 그랬지. 그 여자한테 박은 거지."

"왜? 왜?"

"왜 안 되는 건데? 긴장 풀어. 그렇게 좋지 않았다고. 그 여자는 점심때는 엄청나게 귀여웠는데 침대에 들어가자마자 온도 조절 장치가 꺼져버렸어. 마치 하얀 고무를 만지는 것 같았다고."

"아, 찰리. 나한테 말해줘, 찰리. 이유를 말해줘."

"나한테 기대지 마, 호랑이."

그녀는 그가 사랑을 나누게 해주었다. 그를 위해 모든 일을 했다. 그를 숭배했다. 더 해줄 수 있는 것이 없다는, 몸에는 너무 한계가 많다는 슬픔을 큰 소리로 알리고 싶었다. 그녀는 그에게서 연인의 정액을 뽑아냈지만, 그들의 사랑에 대한 그의 느낌이 그녀 자신의 느낌만큼이나 절대적이라는 증언을 뽑아내지는 못했다. 끔찍하게도—불평하듯, 우쭐거리듯—그녀는 말했다. "내가 너를 위해 세상을 포기한 걸 너도 알잖아."

그는 한숨을 쉬었다. "도로 가질 수 있잖아."

"나는 내 남편을 파괴했어. 그 사람은 신문에 대문짝만하게 났어."

"그 사람은 감당할 수 있어. 그 사람은 과시하기 좋아해."

"나는 내 부모한테 수치를 안겼어."

그는 등을 돌렸다. 해리의 경우 등을 돌리는 사람은 보통 그녀였다. 찰리는 끌어안기가 어렵다. 너무 넓다. 털이 난 미끈거리는 바위에 달라붙는 것 같다. 그는 그 딴에는 사과랍시고 말했다. "호랑이, 나 지쳤어. 하루종일 썩은 느낌이었어."

"어떻게 썩어?"

"아주 깊은 곳이 썩은 것 같은. 흔들거릴 정도로 썩어버린."

그가 그녀에게서 미끄러져 잠으로 빠져드는 것을 느끼자 그녀는 격분해 침대에서 벌거벗은 채 뛰쳐나와 악을 쓰며 그가 사랑 속에서 그녀에게 가르쳐준 말들을 그에게 퍼붓고, 옷장 위에 있던 죽은 대고모를 쓰러뜨리고, 품위 있는 사람이라면 그녀가 절대 받아들이지 않을 것임을 알더라도 지금쯤은 적어도 결혼을 제안하기는 했을 것이라고 말하고, 평화로운 아파트에 대고 지금 그녀의 불면증 속에서 반향을 일으키는 짓들을 했다. 그래서 저 아래 아이젠하워 애비뉴를 지칠 줄 모르고 지나가며 고동치는 전조등 불빛 사이에서 어둠이 부들부들 떨고 있다. 찰리의 아파트 뒤쪽에서 보이는 풍경은 예상치 못했던 것이다. 직물을 잘라놓은 것 같은 러닝호스강의 한 굽이가 보이고, 쓰레기장 옆의 늪이 많은 땅에는 코끼리 색깔의 가스탱크들이 보이고, 파란 쌍둥이 돔이 달린 교회 둘레에는 여태까지 있는 줄도 몰랐던 조그만

묘지, 돌이 아니라 쇠 십자가들이 달린 묘지가 보인다. 바로 앞에는 차량이 끊이지 않는다. 재니스는 평생 브루어 옆에 살았지만 한 번도 그 안에 산 적이 없다. 그래서 모든 곳이 열시면 잠이 드는 줄 알았다가, 이 도시가 늘 차량들로 우르릉거린다는 것을 알고 놀랐다. 꿈을 꿀 때도 계속 사랑을 쏟아내는 그녀의 심장 같다.

그녀는 잠을 깬다. 창문의 커튼은 은색이다. 마운트저지 위의 달은 차가운 돌이다. 침대는 그녀의 침대가 아니다. 그러다가 그것이 그녀의 침대가 되었다고 기억한다. 언제부터더라? 7월이었다. 어떤 이유에서인지 그녀는 찰리를 자신의 왼쪽에 두고 잔다. 해리는 늘 오른쪽에 있었다. 찰리가 누운 곳 옆의 전자시계의 빛나는 두 손이 두시가 넘었음을 보여준다. 찰리는 달빛을 향해 얼굴을 드러낸 채 누워 있다. 그녀는 그의 빰을 어루만진다. 차갑다. 귀를 입에 갖다댄다. 숨소리가 안 들린다. 죽었다. 그녀는 이것이 분명히 꿈이라고 생각한다.

그 순간, 그녀가 손을 댔기 때문인지, 그의 눈까풀이 떨린다. 희미하고 차가운 빛 속에서 그의 눈알은 아무것도 보지 않는 듯하다. 눈동자가 없는 듯하다. 그녀에게서 먼 쪽에 있는 눈의 먼 구석에 있는 물기가 달빛에 반짝거린다. 그가 신음하자, 재니스는 자신이 그 소리 때문에 잠을 깼음을 깨닫는다. 자유롭게 나온 것이 아니라 그의 가슴 깊은 곳에 있는 어떤 묵직한 억제의 기제에서 뜯겨나온 소리다. 그녀가 팔꿈치에 기대 몸을 일으키고 있는 것을 보고 그가 말한다. "안녕, 호랑이. 맙소사, 많이 아프네."

"어디가 아파, 자기? 어디야?" 목구멍에서 숨이 너무 빨리 쏟아져나가는 바람에 그녀는 목이 아프다. 방의 모든 공간, 구석에서부터 안까지 모든 공간이 그녀가 조금만 잘못 움직이면 박살이 날 수정 같다.

"여기가." 그녀에게 보여주려는 것 같지만 그는 팔을 움직이지 못한다. 그 순간 몸 전체가 움직인다. 그의 외부에 있는 뭔가가 비튼 것처럼 몸이 위로 활처럼 휘어진다. 그녀는 그들을 괴롭히는 말없는 존재를 찾아 방을 흘끔거리다. 가로등의 파란빛 위에, 또 액자에 든 숙모, 숙부, 조카들의 네모난 텅 빈 실루엣들을 비추는 옷장 거울에 반사되는 파란빛 위에, 실로 짠 메달처럼 찍혀 있는 레이스 커튼을 다시 본다. 다시 신음이 나오고, 고통스럽게 몸이 위로 활처럼 휘어진다. 깊은 곳에, 심장에 미늘이 박힌 물고기.

"찰리. 무슨 약 없어?"

그는 이를 악물고 말한다. "작고 하얀 거. 맨 위 선반. 욕실 약장."

그녀의 공황 때문에 혼잡한 방이 앞뒤로 흔들리고 용솟음친다. 맨발 밑에서 바닥이 기운다. 창피스러운 장면 뒤에 입은 잠옷이 타오르는 살갗을 꾸짖듯이 두드린다. 욕실 문은 꽉 끼어서 잘 열리지 않는다. 문틀 한쪽이 그녀의 어깨를 때린다. 강하게. 전등을 켜는 줄을 찾을 수 없다. 그녀의 손이 어둠 속에서 도리깨질을 한다. 그러다 손이 줄을 때리고, 줄은 그녀의 손길에서 튀어오른다. 그것이 어둠 속에서 다시 흔들려 내려오는 동안 찰리가 다시 신음을 토한다. 지금까지 들어본 최악의 신음이다. 가장 목이 졸리는 소리다. 줄이 그녀의 손을 찾고, 그녀는 잡아당긴다. 빛이 그녀의 눈을 때린다. 눈이 아주 빠르게 축소되는 것처럼 아프지만 깜빡거릴 시간이 없다. 눈을 부릅뜨고 작고 하얀 알약을 찾는다. 약장에서 병자의 재산과 마주친다. 모든 알약이 하얗다. 아니, 하나는 아스피린이다. 또하나는 노랗고 투명하다. 저 캡슐들에는 건초열에 맞서 폭발하는 백 개의 작은 폭탄이 담겨 있다. 여기 있다. 이것이 틀림없다. 조그만 용기에는 라벨이 붙어 있지 않지만, 눌러서 여는 플라스틱 뚜껑 때문에 중요해 보인다. 알약마다 아주 작은 빨간 글자가 새겨져 있지만 그것을 읽을 시간은 없고 손도 너무 떨린다. 이것이 맞는 게 틀림없다. 그녀가 작은 용기를 손바닥에 기울이자 다섯 개가 서둘러 나온다. 아냐, 여섯 개. 어떻게 그 개수를 일일이 세고 남은 몇 개를 그 작고 둥근 유리 아가리로 도로 담으려고 시간을 낭비하고 있는지 그녀 자신도 의아하지만, 온몸이 너무 세게 고동치자 관절들이 꽉 잠겨 그녀를 지탱하고 있다. 그녀는 잔을 찾다가 보이지 않자 워터픽의 네모난 뚜껑을 열어 손에 들고, 정말 멍청하게도 물이 차가워지도록 수도를 계속 틀어놓는다. 그러다 그것을 잠그느라 손바닥이 젖고, 그 바람에 거기 있던 알약들이 뭉개져 물렁해지고, 그것을 쥐고 있던 주름진 피부를 더럽힌다. 그녀는 한 손에 모든 것을 다, 알약과 물이 넘치는 워터픽 뚜껑을 다 잡고 있어야 한다. 그래야 자유로워진 다른 손으로 욕실 문을 닫아 빛이 찰리에게 가지 않도록 가두어둘 수 있기 때문이다. 그는 커다란 머리를 고통스럽게 베개에서 몇 센티미터 들어올리고 그녀 손에서 녹고 있는 알약들을 살피더니 간신히 말을 한다. "그거 아냐. 작고 하얀 거." 그는 웃음을 터뜨리듯이 얼굴을 찌푸린다. 머리가 뒤로 가라앉는다. 목 근육이 뻣뻣해진다. 그가 내는 소리는 이제 한 옥타브 올라가 여자 소리에 가깝다. 재니스는 다시 돌아가 약장을 뒤질 시간이 없다는 것을 안다. 그는 너무 높게 조율되고 있다. 그녀는 그들이 화학물질을 넘어서 있다는 것을 안다. 그들은 순수한 영혼들이다. 그녀가 기적을 만들어내야 한다. 몸이 뼈에 붙은 납처럼 느껴진다. 그녀에게 죽음의 손길이 느껴진다던 해리의 말이 기억난다. 하지만 뒤쪽에서 뒤통수를 손바닥으로 때리는 듯한 압력 때문에 그녀는 그의 신음만큼 높이 올라간 울음소리를 내며 앞으로 몸을 던진다. 그녀는 그렇게 자주 자신의 몸을 눌렀던 그의 몸을 자신의 몸으로 누른다. 그는 사랑으로 흥분해서 커진 그녀가 아니면 채울 수 없는 큰 구멍이 되었다. 그녀는 자신의 심장이 뼈의 벽을 통과하여 그의 심장에 박자를 줄 수 있도록 의지를 동원한다. 그는 이를 악물며 "맙소사" 하고 소리치며 마치 절정에 오르듯 긴장된 몸을 위로 들어올리고, 그녀는 아주 차분하게 그 몸을 누른다. 그녀의 몸으로 충분하다. 그 온기와 습기와 맥박이면. 이 상처, 한 남자 전체인 상처를 지혈시킬 만큼 강력하다. 그녀가 사랑하는 그의 길이와 폭, 그녀가 사랑하는 그의 평탄한 목소리와 그녀가 사랑하는 그의 영리하고 네모난 손과 그녀가 사랑하는 그의 소용돌이 같은 머리카락과 그녀가 사랑하는 그의 담황색으로 물든 손톱과 그녀가 사랑하는 그의 남성의 거무스름한 닭살 자루와 그녀에 대한 위협이자 그녀를 막는 자물쇠처럼 그의 내부에 자리잡고 있던 그녀가 사랑하는 그의 연약함까지 누른다. 그녀는 더 높은 땅으로부터 쏟아져내리는 사랑의 수문이다. 그녀는 자신이 터져나온 물줄기에 휩쓸리는 작은 진흙 댐처럼 조각조각 해체되는 느낌을 받는다. 그의 심장이 덫에 걸린 먹이처럼 발길질을 하는 느낌을 받고 계속 그것을 덫에 가둔다. 이제 그는 악마가 되어 채석장보다 넓은 구멍으로 넓어졌고, 그러다가 고통에 짓눌려 고드름처럼 차갑게 위로 밀어 올리는 흐름으로 응결되었지만, 그녀는 누그러지지 않는다. 그녀는 그의 가장자리까지 다 가두어두려고 스스로 넓어진다. 그의 고통의 대못을 흡수하려고 스스로 부드러워진다. 그녀는 그가 그녀를 떠나는 것을 허락하지 않을 것이다. 방에는 제삼자가 있다. 이 제삼자는 평생 그녀를 알았고 지금까지 경멸해왔다. 이 다른 한 쌍의 눈을 통해 그녀는 자신이 울고 있는 것을 보고, 자신이 자신의 이 남자 안에서 몸부림치는 악마를 향해 나가, 나가, 하고 애원하는 소리를 듣는다. "나가!" 그녀가 큰 소리로 말한다.

찰리의 몸의 느낌이 변한다. 죽었다. 아니, 그녀는 그의 입에서 숨이 불어대는 가는 휘파람을 듣는다. 갑자기 땀이 그의 이마, 어깨, 가슴, 그녀의 젖가슴, 그의 뺨에 갖다댄 그녀의 뺨을 적신다. 그가 끙끙대는 소리로 말한다. "괜찮아." 그녀는 용기를 내어 그에게서 미끄러져나와, 그의 가슴을 드러내려고 끌어내렸던 이불을 다시 그의 턱까지 치켜올린다.

"이제 가서 맞는 약을 가져올까?"

"조금 있다가. 그래. 니트로글리세린이야. 네가 가져온 건 코리시딘이었어. 감기약."

그녀는 아까 그가 얼굴을 찌푸린 것이 웃으려 했던 것임을 알 수 있다. 이제 그가 진짜로 웃음을 짓고 있기 때문이다. 해리 말이 맞다. 그녀는 멍청하다.

그녀의 얼굴에서 상처받은 표정을 지우려고 스태브로스가 말한다. "썩은 느낌이야. 주먹보다 심한 압박이야. 숨을 쉴 수가 없어. 조금이라도 움직이면 더 심각해지고. 내 심장이 느껴져. 안에서 어떤 짐승이 뛰어다니는 것 같아. 미쳐."

"네 곁을 떠나는 것이 무서웠어."

"잘했어. 나를 살려냈어."

그녀는 그 말이 사실임을 안다. 죽음을 주는 사람이라는 그녀의 표지가 지워졌다. 박힐 때처럼 그녀는 투명해졌다가, 평화로 단단하게 채워졌다. 박힌 뒤처럼 그녀는 그의 몸을 차근차근 살피고, 그의 넓은 피부 위에서 살아 있는 땀을 느끼고, 그의 콧날을 따라 손가락을 움직인다.

그가 되풀이한다. "미쳐." 그러더니 침대에 일어나 앉아 마음을 진정시킨다. 해안에서 안전하게 숨을 헐떡이고 있다. 그녀는 그의 옆에 다가붙어 아이처럼 눈물을 쏟는다. 그는 멍하니, 여전히 두 팔을 조심스럽게 움직이며 어깨에서 꿈틀거리는 그녀의 머리카락 끝을 만지작거린다.

그녀가 묻는다. "나 때문이었어? 내가 해리의 여동생을 갖고 끔찍하게 성질을 부린 것 때문이었어? 내가 너를 죽일 수도 있었던 거네."

"천만에." 그러다 그가 인정한다. "나는 주변을 질서정연하게 정돈할 필요가 있어. 아니면 괴로워져."

"내가 여기 있는 게 바로 무질서네." 그녀가 말한다.

"괜찮아, 호랑이." 그가 완전히 부정하지는 않는다. 그가 그녀의 머리카락을 잡아당긴다. 그녀의 머리가 당기는 방향으로 휙 젖혀진다.

재니스는 일어나 맞는 약을 가져온다. 맨 위 선반에 있었다. 그런데 그녀는 중간 선반을 찾았던 것이다. 그는 한 알을 받아들어 혀 밑에 넣고 녹이는 법을 보여준다. 그는 녹이면서 그녀가 사랑하는 입 모양을 만든다. 마름모꼴 캔디를 감추고 있는 것처럼 입술을 쑥 내민 모습이다. 그녀가 불을 끄고 침대 안 그의 옆으로 들어가자 그는 자기 자리로 몸을 굴리며 그녀에게 입을 맞춘다. 그녀는 응답하지 않는다. 그러기에는 평화가 너무 가득하다. 곧 그가 있는 쪽에서 무의식적 호흡의 부드러운 박자가 나타난다. 그녀는 누운 곳에서 잠이 오지 않았다. 모든 신경이 깨어 있는 상태에서 자신의 인생의 얽힌 곳을 푼다. 저 아래에서는 차들이 썰물처럼 내려간다. 그녀와 찰리는 브루어 위 높은 곳에서 꼼짝도 않고 둥둥 떠 있다. 그는 바람 위에서 자고 있고, 그의 심장은 텅 비어 있다. 다음번에는 그녀도 그를 살아 있게 해주지 못할지 모른다. 기적은 주어지지만 거기에 의존해서는 안 된다. 그녀를 통해 피어난 이 사랑은 기적이었다. 그 사랑에 걸맞은 일이 한 가지 남아 있다면 그것은 떠나는 것이다. 영은 채울 수 없지만, 몸은 만족을 얻을 수 있다. 그녀는 이제 만족을 얻었다, 그도 만족을 얻었다. 더 가진다면 과할지도 모른다. 그녀가 죽이기 시작할 수도 있다. 그는 그녀를 호랑이라고 부른다. 여섯시쯤 공기가 밝아진다. 그의 네모난 넓은 이마, 단정하게 물결치는 철사 같은 머리카락, 너무 형태가 잘 잡혀 있어 여성적 허영 같은 것이 드러나는 듯한 코, 잠을 잘 때도 약간 튀어나오는 입, 한쪽 구석에 흘러나온 달팽이처럼 빛나는 침이 보인다. 천사처럼, 독수리처럼 둥둥 떠오르며 재니스는 자신의 거대한 크기의 사랑 속에서 불완전해질 가능성이 있는 한 가지, 즉 사랑의 대상을 자신이 단념했음을 깨닫는다. 그녀 자신의 사랑이 그녀를 삼킨다. 그녀는 그 순수를 뚫고 밑으로 가라앉는다. 온몸에 깃털을 달고 빠르게 낙하한다.

엄마는 침대 옆에 전화기를 두고 있다. 아래층에서 래빗은 전화벨이 울리는 것을 듣고, 이어 멈추는 것을 듣는다. 하지만 엄마가 그에게 그게 그를 찾는 전화라는 것을 이해시키는 데에는 시간이 좀 걸린다. 이제 엄마는 훌쩍거리는 소리 이상으로 목소리를 높일 수 없지만, 지팡이가 있다. 아빠가 어느 날 브루어 구세군 상점에서 사 온, 옹이 많은 브라이어로 만든 위협적인 것이다. 엄마는 보통 알아들었다는 소리가 층계를 올라올 때까지 지팡이로 바닥을 두드린다. 엄마는 그것을 가지고 있을 때면 아주 재미있다. 그것을 휘두르고 쾅쾅 두드리며 말한다. "평생. 내가 원하던 게. 바로 지팡이야."

전화벨이 울리는 소리가 두번째로 들리는데, 그제야 지팡이로 두드리는 소리가 아주 천천히 내려온다. 그는 곰팡내를 좀 없애보려고 거실 바닥깔개를 진공청소기로 청소하고 있다. 엄마 방에서는 그 냄새가 더 강하다. 부패의 심술궂은 활력. 그는 어딘가에서 우리가 맡는 냄새는 사물 자체의 아주 작은 조각이 우리 코 안의 판을 간질이는 것에 불과하다는 이야기를 읽은 적이 있다. 포착하기 힘든 연기가 피어오르는 것과 같다. 모두 그 나름의 구름에 덮여 있는 셈이다. 꽃의 구름이 바위의 구름보다 크고, 죽어가는 사람의 구름이 우리의 구름보다 크다. 엄마가 말한다. "네 전화야." 엄마를 받치고 있는 베개들이 미끄러져 엄마는 비스듬하게 앉아 있다. 그는 엄마의 자세를 바로잡아준다. "재니스"라는 말은 엄마의 목 근육이 만들어내기 어려운 소리로 시작하기 때문에 누가 전화했는지 그에게 이해를 시키는 데 시간이 오래 걸린다.

그는 전화기로 손을 뻗다가 얼어붙는다. "재니스하고는 이야기하고 싶지 않아요."

"싫을 건. 뭐야."

"알았어요, 알았어." 여기에서 전화를 해야 한다니 혼란스럽다. 재니스의 목소리가 귀를 채우고, 엄마와 헝클어진 침대가 눈을 채우고 있다. 관절이 파란 두 손은 쥐었다 폈다를 반복한다. 지나치게 크게 뜬 두 눈은 무력하게 그에게 고정되어 있다. 파란 홍채 둘레에는 빨아먹은 라이프 세이버처럼 가늘고 흰 테가 있다. "이번엔 뭐야?" 그가 재니스에게 말한다.

"적어도 다짜고짜 이렇게 무례하게 굴 필요는 없잖아."

"알았어, 나중에 무례하게 굴지. 어디 추측을 해보자. 마침내 변호사와 만났다고 이야기해주려고 전화한 거지?"

재니스는 웃음을 터뜨린다. 그 소리를 들은 지 오랜만이다. 줄이 엉킨 요요처럼, 터져나오는 것을 중간에서 막으려는 수줍은 소리다. "아냐." 그녀가 말한다. "아직 만나지 못했어. 그게 당신이 기다리던 거야?" 재니스는 요즘에는 올러대기가 어려워졌다.

"내가 뭘 기다리는지 모르겠어."

"어머니가 거기 계셔? 아니면 아래층이야?"

"응. 위."

"그래서 말이 그렇구나. 해리—해리, 거기 있어?"

"그럼. 달리 어디 있겠어?"

"어디에서든 나하고 만날래?" 그녀는 서둘러 사무적인 이야기로 들어간다. "보험 쪽 사람들이 계속 직장으로 전화를 해. 당신이 서류를 하나도 작성하지 않았다는 거야. 우리가 몇 가지 결정을 내려야 한대. 집에 관해서 말이야. 아빠는 이미 우리 대신 그 집을 팔려고 움직이고 계셔."

"그 영감답군."

"그리고 넬슨이 있어."

"당신한테는 그 아이를 둘 공간이 없잖아. 당신하고 당신 기름 묻은 공 말이야."

그의 어머니가 충격을 받고 눈길을 다른 데로 돌린다. 두 손을 살핀다. 의지의 힘으로 제멋대로 흔들리는 것을 멈춘다. 재니스가 얼른 높은 숨을 들이쉰다. 그는 오늘은 도무지 그녀를 궤도에서 밀어낼 수가 없다. "해리, 또 한 가지가 있어. 나 거기서 나왔어. 다 결정이 났어, 다 잘됐어. 내 말은, 그쪽 문제는 그렇다는 거야. 찰리하고 나. 지금 조지프 스트리트에서 전화하는 거야, 지난 이틀은 여기서 잤어. 해리?"

"듣고 있어. 난 여기 그대로 있어. 무슨 생각을 하는 거야―내가 달아날 것 같아?"

"전에는 그랬지. 어제 페기하고 통화했어. 페기하고 올리가 다시 합친대. 그런데 올리가 당신이 다른 주로 떠났다는 소식을 들었대. 당신이 볼티모어에 있는 신문사에서 일자리를 얻었다는 거야."

"가망 없는 일이야."

"페기는 당신한테서 아무런 연락을 못 받았다고 하고. 페기가 상처받은 것 같아."

"왜 상처를 받아?"

"페기가 이유를 얘기해줬어."

"그래. 그러고도 남지. 이봐. 수다를 떠는 게 재미있기는 한데 말이야, 특별히 하고 싶은 얘기가 있는 거야? 넬슨을 스프링어네 집에서 살게 하고 싶다는 거지? 그게 나을지도 모르겠어. 그애는—" 해리는 아이가 불행하다는 사실을 고백하려 한다. 하지만 어머니가 듣고 있다. 마음이 상할 것이다. 현재 상태를 고려한다면 어머니는 지금 정말로 넬슨을 위해 특별히 애를 쓰고 있다고 봐야 한다.

재니스가 묻는다. "나를 만나고 싶어? 그러니까, 나를 보면 너무 화가 나느냐는 거야."

그가 웃음을 터뜨린다. 자신의 웃음소리가 귀에 설다. "그럴지도 모르지." 그렇지 않을지도 모른다는 뜻으로 한 말이다.

"아, 그럼 만나." 그녀가 말한다. "여기로 올래? 아니면 내가 그리로 갈까?" 그녀는 그의 침묵을 이해하고, 맞게 이해했는지 확인한다. "제3의 장소가 필요하구나. 멍청한 얘긴지 모르지만, 펜빌라스 집은 어때? 들어갈 수는 없지만 거기를 보고 어떻게 할지 결정할 필요가 있으니까. 누가 사겠다는 얘기를 했다는 거야. 며칠 전에 은행에서 아빠한테 얘기를 했대."

"좋아. 지금은 엄마 점심을 준비해야 돼. 두시면 어때?"

"그리고 당신한테 주고 싶은 게 있어." 재니스는 말을 이어가고, 엄마는 변기까지 가는 것을 도와달라는 신호를 보내고 있다. 엄마는 파란 손이 하얘질 때까지 지팡이의 마디진 손잡이 둘레를 꽉 쥐고 있다.

전화를 끊자 엄마가 충고를 한다. "그 아이가 꿈틀꿈틀. 네 주위로. 파고들게 하지 마." 엄마는 침대 가장자리에 앉아 강조를 위해 지팡이로 바닥을 쿵 치고, 그림으로 설명하려는 듯 지팡이 끝으로 호를 그리기까지 한다.

해리는 점심 접시들을 배수구에 집어넣은 다음 여행을 준비한다. 지금 입고 있고, 그전에도 두 주 동안 쭉 입었던 선탠스, 그리고 일하던 때처럼 새하얀 셔츠, 다락방의 궤에서 찾은 낡은 재킷을 입기로 한다. 고등학교 운동부 재킷이다. 등의 상아색 방패 문양에는 피스타치오 색깔로 MJ라고 박혀 있고, V자 줄무늬 어깨에는 녹색 소매가 달려 있다. 앞에 지퍼가 있다. 지퍼를 채우자 옷이 가슴과 배를 죄어오지만, 그는 그런 모습으로 싸늘한 단풍나무 밑을 따라 잭슨 로드를 걷기 시작한다. 12번 버스가 엠벌리에서 내려주자 저지대의 따뜻해진 공기 때문에 지퍼를 연다. 작은 현관은 호박으로, 문은 옥수수로 장식한 작은 랜치 하우스들이 있는 굽은 거리를 따라 퍼덕이며 쾌활하게 걸어간다.

비스타 크레센트를 한참 내려간 곳에 그의 집이 튀어나와 있다. 사탕이 늘어선 곳에 놓인 검은 석탄이다. 그의 스테이션왜건이 거기 주차해 있다. 뒷유리에는 성조기 스티커가 여전히 붙어 있다. 색이 바랬는데도 호전적으로 보인다.

재니스가 운전석에서 나와 차 옆에 선다. 몇 해 전 겨울에 산 것으로 기억되는 낙타 색깔의 로덴 코트를 입고 있어 땅딸막하고 고집스러워 보인다. 재니스가 키가 작다는 것, 거무스름한 머리가 숱이 많은 이마에서 뒤로 갈수록 성겨지고, 머리카락이 난 선을 따라 기름기가 나는 광택 때문에 작은 융기가 생긴 것처럼 보인다는 것을 잊고 있었다. 그녀는 성모마리아 머리형을 버리고, 한쪽 옆으로 치우친 곳에 멋을 부리지 않고 수수하게 가르마를 타고 있다. 하지만 입은 덜 팽팽해 보인다. 입술 양쪽 끝에 오그라든 곳이 사라져 전보다 더 쉽게 웃고, 잃을 것도 적어 보인다. 어처구니없게도 손을 뻗어 그녀를 어루만지고 싶다는 본능적 충동을 느낀다. 개한테 하는 것처럼 귀 뒤를 간질인다든가 어쨌든 뭔가를 하고 싶다. 하지만 아무것도 하지 않는다. 키스도 하지 않는다. 악수도 하지 않는다. "그 촌스러운 낡은 재킷은 어디에서 부활시켰어? 우리 학교 색깔이 그렇게 끔찍했는지 잊고 있었네. 윽. 가짜 아이스크림 색깔 같아."

"부모님 집 다락방의 낡은 트렁크에서 찾았어. 이런 걸 다 보관하고 계시더라고. 아직도 맞아."

"누구한테 맞는단 소리야?"

"내 옷이 많이 타버렸거든." 그녀 말이 옳다는 것을 알기 때문에 사과의 말투가 들어간다. 그가 이름을 떨쳤던 곳은 아이스크림 세상이다. 하지만 그녀 또한 그녀에게는 너무 젊은 취향의 옷을 입고 있으며, 머리 모양도 사춘기로 돌아가 있다. 40년대에 남미의 불길이 타오를 때처럼 한쪽으로 치우친 가르마를 탔다. 차차차.

그녀는 어색하게 로덴 코트의 옆 주머니를 뒤진다. "당신한테 줄 선물이 있다고 했지. 자." 그녀가 건네주는 것이 반짝거리고 대롱거린다. 차 열쇠다.

"당신은 필요 없어?"

"응. 나는 아빠 거 몰면 돼. 애초에 왜 나한테 차가 필요하다고 생각했는지 모르겠어. 처음에는 우리가 어딘가로 탈출할 거라고 생각했나 봐. 캘리포니아로. 캐나다로. 모르겠어. 실제로는 그런 계획을 고려한 적도 없는데."

그가 묻는다. "부모님 집에 계속 있을 거야?"

재니스의 눈길은 재킷을 지나 그의 위쪽으로 올라온다. 그의 얼굴을 찾는다. "사실 견딜 수가 없어. 어머니가 잔소리를 해대거든. 어머니도 이제 나한테 아무 말도 안 해야 한다는 걸 배웠다는 건 보면 알 수 있어. 하지만 어쩔 수 없이 계속 튀어나와. 계속 '여론'이라는 말을 사용하고 있어. 마치 자기가 갤럽이나 되는 것처럼. 그리고 아빠도 그래. 처음으로 아빠가 애처로워 보여. 누가 쇼핑센터 한 곳에 닻선 자동차 대리점을 열었는데 아빠는 정말로 개인적인 위기감을 느끼고 있어. 그래서," 재니스의 거무스름한 눈이 그의 얼굴에 가볍게 머무는데, 거기에서 그녀에게 불쾌한 것이 보이면 얼른 날아가려는 것이다. "어디 아파트라도 얻어야 할까봐. 어쩌면 페기가 사는 건물에. 그러면 넬슨은 다시 웨스트브루어에서 학교까지 걸어다닐 수 있잖아. 물론 넬슨은 내가 데리고 있고." 그녀의 눈이 얼른 달아난다.

래빗이 말한다. "그러니까 차는 일종의 교환품이네."

"평화의 선물이라고 하는 게 더 낫겠지."

그는 손으로 평화의 신호를 만든 다음 그것을 머리로 옮긴다. 이제 뿔이 되었다. 재니스는 너무 멍청해서 그것을 이해하지 못한다. 그가 말한다. "아이는 아주 비참한 상태야. 당신이 데려가야 할지도 모르겠어. 당신이 아무개하고 끝을 냈다는 가정하에."

"우린 끝났어."

"왜?"

그녀의 혀가 입술 사이에서 움직인다. 한때는 억지로 관능적으로 보이려 한다고 느꼈지만 지금은 연필을 빠는 것처럼 거슬린다는 느낌을 주지 않는 하나의 습관에 불과하다. "아," 재니스가 말한다. "우리는 우리가 할 수 있는 건 다 했어. 그 사람은 신경과민이 되기 시작했어. 당신의 착한 누이도 도움이 안 되었고."

"그래. 우리가 그자를 해치운 것 같군." 그 "우리"라는 말—그, 그녀, 밈, 엄마. 피의 유대, 시간과 죄의 유대, 가족의 유대. 그는 그녀에게 더 자세히 이야기해달라고 말하지 못한다. 그는 여자를 제대로 이해한 적이 없다. 예를 들어 왜 여자들은 생리를 해야 하는지, 왜 여자들은 어느 때는 더위를 느끼다가 어느 때는 그렇지 않은지, 자지의 끝이 여자의 자궁에 얼마나 가깝게 다가가는지, 안에 아기가 없을 때 자궁은 그냥 텅 비어 있는지. 그는 본능적으로 스태브로스도 여성의 신비라는 그 커다란 영역에 집어넣어버리고 있다. 그는 그녀의 눈에 어떤 사랑의 빛도 되돌려놓고 싶지 않다. 그 빛은 멋지고 빠르고 그를 노린다. 그는 먹이다.

어쩌면 그녀는 더 많은 이야기를 준비했을 것이다. 그녀의 사랑이 얼마나 위대했고 또 앞으로도 얼마나 순수하게 유지될 것인지. 그의 침묵에 저지당한 듯 얼굴을 찌푸리는 것을 보면 그것을 알 수 있다. 그녀가 말한다. "넬슨 문제는 당신이 도와줘야 돼. 그애는 나한테는 오로지 당신 여동생이 사준 그 끔찍한 미니바이크 얘기만 한다니까."

그는 타버린 녹색 껍질을 가리킨다. "저기서 불에 타버린 게 내 옷만은 아니야."

"그 여자애. 그애하고 넬슨이 가까웠어?"

"누나 비슷했지. 그 녀석은 계속 누이를 잃고 있어."

"가엾은 우리 아들."

재니스는 고개를 돌리고, 그들은 함께 그들이 살던 곳을 본다. 어떤 기관, 은행인지 경찰인지 보험회사인지 모르지만, 어쨌든 어떤 곳에서 집 둘레에 기둥과 철망으로 느슨하게 담장을 둘러놓았다. 하지만 아이들은 자유롭게 드나들며 아직 남은 반쪽에서 안을 깨끗이 비워내고, 유리창, 덧창 같은 것들을 부수었다. 어떤 사람은 수고스럽게도 노란 스프레이 캔까지 들고 와 옆면에 **검둥이**라고 아주 크게 써놓았다. **죽여라**라는 말도 있다. 두 말을 합쳤을 때 뜻이 분명치 않아, 스프레이 캔이 어느 편을 지지하는 것인지 알기 힘들다. 어쩌면 스프레이 캔이 두 개 있었는지도 모른다. 시간이 똑같이 걸렸을 것이다. 창문 밑의 넓은 알루미늄 미늘벽 판자, 봄이면 수선화가 올라오고 여름이면 꽃잔디가 흐드러지게 피는 곳에는 반 필기체의 노란 글자로 돼지 권력 = 깨끗한 권력이라고 적어놓았다. 또 평화의 표시와 나치의 십자 표시가 있는데, 이것들은 같은 스프레이 캔에서 나온 것이 분명하다. 다른 사람들은 폐허에서 불에 탄 막대기를 가져다 이런 구호와 상징을 편집하고 덧붙였다. '돼지'는 '흑인'으로 '깨끗한'은 '베트콩'으로 바뀌었다. 모두 합치니 텔레비전에서 프로그램 사이에 밀어넣는 광고 무더기보다 나을 것이 없다. 어떤 덜떨어진 인간은 두 창문 사이에 빨간 스프레이로 **과자를 안 주면 장난칠 거야***라고 적어놓았다.

재니스가 묻는다. "그 아이는 어디서 잤어?"

"위층에서. 우리가 자던 곳에서."

"당신 그 아이를 사랑했어?" 이 질문에서 그녀의 눈은 그의 얼굴을 떠나 짓밟힌 잔디를 응시한다. 그는 이 낙타색 외투에 겨울에 대비해 분리 가능한 후드가 달려 있다는 것이 기억난다. 스냅 단추로 잠그는 후드다.

---

* 핼러윈 때 아이들이 집집마다 찾아가 외치는 말.

그가 그녀에게 고백한다. "사랑했어야 할 만큼 하지는 않았어. 그 아이는 내 수준을 넘어섰다고 할 수 있어." 그 말을 하면서 그는 죄책감을 느낀다. 질이 이 말을 들으면 얼마나 상처를 받을지 상상한다. 그래서 정당화하려고 재니스를 비난한다. "당신이 저기에 그대로 있었으면 그 아이도 지금 어딘가에 살아 있을 거 아냐."

그녀의 눈이 빠르게 올라간다. "아니, 이러지 마. 그런 비난으로 나를 옭아매려 하지 마, 해리 앵스트롬. 저 안에서 무슨 일이 일어났든 그건 당신 실수야." 그녀는 실수로 아기를 물에 빠뜨리고, 그는 실수로 소녀를 불태운다. 그들은 서로 잘 어울리는 짝이다. 그녀는 진실을 중립지대에 갖다놓으려 한다. "페기 말로는 니그로가 그애한테 약을 먹였다는데. 빌리가 넬슨한테서 그런 이야기를 들었대."

"그 아이가 원했어, 라고 말하더군. 그 니그로가."

"그자가 빠져나갔다니 이상해."

"'지하 철도*'를 이용했겠지."

"당신이 도와줬어? 불이 난 다음에 봤어?"

"조금. 내가 그랬다고 누가 그래?"

"넬슨이."

"넬슨이 어떻게 알았대?"

"짐작이지."

"남쪽 시골로 데려가 옥수수밭에 놓아줬어."

"그자가 다시 돌아오지 않기를 바라. 나라면 경찰을 부를 거야. 내

---

* 19세기 미국의 흑인 노예들이 자유주로 달아날 때 이용하던 길과 안전가옥의 망.

말은, 만일—" 재니스는 그 생각이 미숙한 상태로 죽게 놓아둔다.

래빗은 이 요령 있게 마무리하자는 거대한 요구에 몸이 붕 떠 얼어붙는 느낌이다. 그와 그녀 둘 다 상대가 기분이 상해 떠나는 것이 두려워 천천히 선회하고 있는 것 같다. "다시 오지 않겠다고 약속했어." 오직 영광 속에서만 오겠다고 했지.

안심한 재니스가 반은 타버린 집을 가리킨다. "이게 큰돈이 돼." 그녀가 말한다. "보험회사는 만 천에 합의를 보재. 어떤 사람은 아빠한테 현재 그대로 만 구천오백을 제시했어. 내 생각에는 이 부지만으로도 팔구천 가치가 있는 것 같아. 이곳이 인기 있는 지역이 되었거든."

"나는 브루어가 죽어가고 있는 줄 알았는데."

"가운데만 그렇지."

"이렇게 하지. 이놈을 팔아버리는 거야."

"그래."

그들은 악수를 한다. 그는 차 열쇠를 그녀의 얼굴 앞에 휘두른다. "너희 부모 집까지 태워다줄게."

"꼭 거기로 가야 돼?"

"우리집에 가서 엄마를 만나도 되지. 당신을 몹시 보고 싶어하셔. 지금은 말도 거의 못해."

"그건 나중에 해." 재니스가 말한다. "그냥 드라이브하면서 돌아다니면 안 될까?"

"드라이브를 한다고? 내가 아직도 운전하는 방법을 안 까먹었을지 자신이 없는데."

"페기 말로는 당신이 그애 크라이슬러를 몰았다던데."

"이런. 이 카운티에는 비밀이 없어요."

와이저를 타고 도시 쪽으로 갈 때 그녀가 묻는다. "당신 어머니는 오후에 혼자 있을 수 있어?"

"그럼. 오후에는 혼자 알아서 하시는 경우가 많아."

"당신 어머니가 마음에 들 것 같아. 나한테 아주 잘해주셔. 전화로. 무슨 말을 하는지 내가 알아들을 때 얘기지만."

"부드러워지고 계셔. 죽음을 앞두면 그렇게 되나봐." 그들은 다리를 건너 와이저를 타고 브루어의 심장부로 들어간다. 월페이퍼 부티크를 지나고, 구운 땅콩을 파는 신문 판매대를 지나고, 확장한 장례식장을 지나고, 전 소유자가 사용하던 네온사인의 창백한 그림자가 새 소유자가 설치한 전면의 희망찬 밝은 간판 밑에 깔려 있는 커다란 상점들을 지나고, 뚜껑이 비행접시처럼 생긴 새로운 쓰레기통도 지나고, 버려진 영화관들의 텅 빈 차양도 지난다. 그들은 파인 스트리트와 피닉스 바를 지난다. 그가 말한다. "일자리를 구하러 인쇄소들을 돌아다녀야 해, 어쩌면 다른 도시로 갈지도 몰라. 볼티모어가 괜찮을 것도 같아."

재니스가 말한다. "일을 그만둔 후로 좋아진 것 같은데. 안색이 좋아졌어. 바깥에서 하는 일이 더 행복하지 않을까?"

"돈이 안 돼. 요새는 바보들만 밖에서 일해."

"나는 아빠 매장에서 계속 일할 생각이야. 그래야 할 것 같아."

"그게 나하고 무슨 상관이야? 당신은 아파트를 얻을 거잖아, 기억나?"

그녀는 다시 대답하지 않는다. 와이저 스트리트가 위로 올라가며 산에, 저지 산과 그들이 전에 살던 집들에 바짝 다가가고 있다. 그는 서머 스트리트에서 좌회전을 한다. 부채꼴 창이 달린 삼층 벽돌 건물. 검안사와 척추 지압사의 간판이 보인다. 둥근 창이 있는 석회석 교회. 그가 말한다. "우리, 농장을 하나 살 수도 있을 텐데."

그녀가 연결을 시킨다. "루스도 그랬으니까."

"맞아, 잊고 있었네." 그가 거짓말을 한다. "여기가 루스가 살던 데였지." 한번은 이 거리를 따라 끝을 향해 달렸지만 결코 끝에 이르지 못했다. 몇 블록 가자 기력이 빠져서 돌아왔다. "에클스 목사 기억나?" 그가 재니스에게 묻는다. "올여름에 봤어. 60년대가 그 사람도 해치웠더군."

재니스가 말한다. "루스 얘기가 나와서 말인데, 페기하고는 잘 놀았어?"

"응, 그게 뭐? 페기는 시내에서 대단한 여자가 되었던데."

"하지만 그애한테 돌아가지 않았잖아."

"견딜 수가 없었어, 솔직히 말해서. 페기 때문은 아니야. 페기는 대단해. 하지만 이 모든 박아대는 짓, 모두가 박아댄다는 거, 모르겠어, 그게 그냥 너무 슬퍼. 그것 때문에 모든 게 그렇게 굴러가기가 어려운가봐."

"그것 때문에 모든 게 굴러간다고 생각하지는 않아? 인간적인 것들 때문에?"

"다른 게 또 있는 게 틀림없어."

그녀가 대답하지 않는다.

"아닌가? 다른 건 없는 건가?"

그녀는 대답 대신 말한다. "올리가 이제 그애하고 다시 합쳤지만 그애는 별로 행복해 보이지 않아."

차 안에 있으니 편하다. 멈춤 신호와 모퉁이 식료품점이 휙휙 지나가고, 벽돌과 석회석이 합쳐져 흐르는 화면이 된다. 그는 서머 스트리트 끝에 냇물이 있고, 이어 흙길과 함께 초지가 펼쳐질 것이라고 생각한다. 하지만 도시의 도로가 간선도로로 넓어지면서 도로변에 햄버거 식당, 드라이브 인, 서브마린 샌드위치 판매점, 커다란 석고 공룡이 있는 미니 골프 코스, 식료품 할인점과 모텔과 주유소들, 험블에서 게티로, 애틀랜틱에서 아코로 이름을 바꾼 주유소들이 나타난다. 그는 전에 여기 와본 적이 있다.

재니스가 말한다. "세우고 싶어?"

"나는 점심 먹었는데. 당신은 안 먹었어?"

"모텔에서 세워." 그녀가 말한다.

"당신하고 나하고?"

"아무것도 할 필요 없어, 그냥 우리가 이런 식으로 기름을 낭비하고 있어서 한 소리야."

"모텔비보다 기름을 낭비하는 게 싸게 먹혀, 맙소사. 게다가 모텔에서는 짐이 없으면 싫어하지 않아?"

"상관하지 않아. 게다가 혹시 몰라서 옷가방을 뒤에 실은 것 같은데."

고개를 돌려보니 과연 거기에 옷가방이 있다. 싸구려 낡은 갈색 옷가방에는 그들이 해안에 갔을 때 붙였던 와일드우드 캐빈스 호텔의 라벨이 여전히 붙어 있다. 재니스는 스태브로스와 살려고 달아날 때도 그 옷가방에 짐을 쌌을 것이다. "이야," 그가 말한다. "이제 섹시한 꾀가 가득한 사람이 됐군, 안 그래?"

"됐어, 해리. 집에 데려다줘. 잠시 당신이 어떤 사람인지 깜빡했어."

"모텔을 운영하는 사람들 말이야. 이 사람들은 저녁 전에 들어오면 수상쩍다고 생각하지 않아? 몇시야 지금? 두시 반."

"수상쩍어? 수상쩍은 게 뭐야, 해리? 맙소사, 얌전빼는 것 좀 봐. 사람들이 붙어먹는다는 건 모두가 다 아는 사실이야. 그래서 다들 여기에 오는 거라고. 언제나 철이 들래, 응, 조금이라도?"

"그래도, 해가 환하게 빛나고 있는데 곧바로 들어간다는 건—"

"주인한테 내가 당신 마누라라고 말해. 우리가 피곤하다고 말하라고. 사실, 그게 틀린 말은 아니잖아. 난 어젯밤에 두 시간도 못 잤어."

"우리 부모 집으로 가지 않을래? 넬슨이 한 시간 뒤면 집에 올 텐데."

"바로 그거야. 당신은 누가 더 중요해? 나야 넬슨이야?"

"넬슨이지."

"넬슨이야 당신 어머니야?"

"우리 어머니지."

"당신은 병든 인간이야."

"저기 하나 있네. 마음에 들어?"

간판에는 세이프 헤이븐* 모텔이라고 적혀 있고, 그 밑에 줄줄이 매달린 좁은 널이 외치고 있다.

퀸 사이즈 침대

컬러 TV 완비

샤워와 욕조

---

* '안전한 피난처'라는 뜻.

전화
"마법의 손가락"

빈방 있음이라는 네온사인이 칙칙한 붉은색으로 붕붕거린다. 사무실은 벽돌로 지은 작은 통행료 징수소 같다. 물이 빠진 수영장에는 녹색 방수천이 덮여 있다. 문들이 황량하게 박혀 있는, 벽돌로 쌓은 긴 앞면에는 이미 차가 몇 대 주차해 있다. 마치 구유에서 먹이를 먹는 금속 소떼 같다. 재니스가 말한다. "싸구려 같은데."

"그래서 마음에 들어." 래빗이 말한다. "어쩌면 우리를 받아줄지도 몰라."

그러나 그는 그 말을 하면서도 그곳을 지나 차를 몰고 있다. 재니스가 묻는다. "진담으로 묻는 건데, 전에 이런 거 해본 적 없어?"

그가 그녀에게 말한다. "나는 일종의 보호받는 삶을 살아온 것 같아."

"뭐, 어차피 지나갔네." 그녀가 말한다. 모텔 이야기다.

"차를 돌릴 수도 있어."

"그럼 도로 반대편이 되겠지."

"무서워?"

"뭐가?"

"내가." 래빗은 팔팔하게 정원용품점의 주차장에서 자갈을 튀기며 차를 돌리다 브레이크를 밟아 다가오는 차량과 충돌하는 것을 간신히 피하고 두 줄짜리 중앙선을 가로질러 왔던 길로 돌아간다. 재니스가 말한다. "자살하고 싶으면 맘대로 해. 하지만 나는 죽이지 말아줘. 이제 막 사는 게 좋아지기 시작했단 말이야."

"너무 늦었어." 그가 말한다. "이제 이삼 년만 있으면 할머니가 될 거야."

"당신이 운전대를 잡으면 그마저도 안 되겠지."

하지만 그들은 두 줄짜리 중앙선을 다시 가로질러 무사히 모텔로 간다. **빈방 있음** 네온사인은 여전히 붕붕거리고 있다. 시동을 끈다. 기어를 P에 놓는다. 정지한 아스팔트에 해가 가물거린다. 작은 통행료 징수소에 남자가 한 명 있다. 초코바 기계와 검은 꼬리표가 붙은 열쇠들이 걸린 걸이도 있다. 물을 묻혀 빗어넘긴 은발에 말발굽 걸쇠로 끈 타이를 고정한 남자는 감기에 걸렸다. 그는 등록 카드를 해리 앞에 놓고 파란 큰 손수건으로 헌 콧구멍을 두드린다. "이름하고 주소하고 자동차 번호." 그가 말한다. 서부의 콧소리가 섞여 있다.

"집사람하고 내가 정말 피곤해서요." 래빗이 묻지도 않는 말을 한다. 귀가 뜨겁게 타오른다. 홍조가 아래로 번지면서 속옷이 축축해지고 심장은 글을 쓰려는 손을 흔들어댄다. 해럴드 앵스트롬 부부. 주소? 물론 거짓말을 해야 한다. 그는 비뚤비뚤하게 쓴다. 펜실베이니아주, 펜빌라스, 비스타 크레센트 26번지. 요즘 그 주소로 오는 광고 우편과 청구서는 우체국에서 그에게 전달해준다. 놀라운 서비스야, 우편 서비스는. 우편물 상자에 자기 몸을 집어넣으면, 이 자루에서 저 자루로 옮겨지다 마침내 수백만 개 가운데 맞는 우편함으로 퐁 하고 들어간다. 그렇게 된다는 것이 기적이다. 젊은 애송이 혁명가들은 우편물부터 제대로 전달되도록 해야 한다. 비가 오나 진눈깨비가 오나 어두운 밤이거나. 끈 타이를 맨 남자는 래빗의 생각이 달음질을 치고 손이 떨리는 동안 참을성 있게 포마이카 책상에 몸을 기울이고 있다. "자동차 번호, 그게 중요한 거요." 그가 질질 끄는 발음으로 평온하게 말한다. "옷가방을 보여주거나, 아니면 선불이오."

"정말입니다. 이 사람은 내 아내예요."

"고 오등학교에서 바로 신혼여행을 오셨나보군."

"아, 이거요." 래빗은 자신의 페퍼민트와 크림색이 섞인 마운트저지 체육복 재킷을 내려다보고 슬금슬금 돌아오는 홍조와 싸운다. "도대체 이걸 얼마나 오래 안 입었는지 모르겠습니다."

"거의 맞는 것 같은데." 남자는 말하더니 번호판의 빈칸을 두드린다. "그쪽에서 서둘 생각이 없다면 나도 바쁠 것 없소." 그가 말한다.

해리는 작은 사무소의 쇼윈도로 가서 번호판을 살피고 재니스에게 옷가방을 보여달라고 신호를 한다. 그는 상상의 옷가방의 손잡이를 잡고 들어올렸다 내리지만 그녀는 이해하지 못한다. 그들의 펠컨에 앉아 있는 재니스는 유리창의 반사 때문에 침침하고 얼룩덜룩해 보인다. 그는 짐을 푸는 시늉을 한다. 허공에 사각형을 그린다. 그가 소리친다. "맙소사, 정말 멍청해!" 그 순간 그녀가 뒤늦게 알아듣고 손을 뒤로 뻗어 그들 사이의 여러 겹의 유리를 통해 가방을 들어 보인다. 남자는 고개를 끄덕인다. 해리는 자동차 번호(U20-692)를 카드에 적고 번호(17)가 달린 열쇠를 받는다. "뒤쪽이오." 남자가 말한다. "길에서 떨어져서 조용한 편이오."

"조용하든 말든 상관없습니다. 우린 그냥 잘 거니까요." 래빗이 말한다. 열쇠를 손에 쥐자 갑자기 다정해진다. "어디 출신인가요? 텍사스죠? 나도 전에 군에 있을 때 거기 주둔한 적이 있습니다. 포트 라슨에요, 러복 근처죠."

남자는 카드를 걸이에 집어넣고 이중 초점 렌즈의 아래쪽으로 바라보며 혀를 찬다. "샌타페이 근처에 가본 적 있소?"

"아뇨. 한 번도요. 못 가봐서 미안합니다."

"내가 생각하는 좋은 데란 그런 데요." 남자가 그에게 말한다.

"언제 한번 가보고 싶군요. 정말로요. 하지만 아마 평생 못 가보겠죠."

"그렇게 말하지 마시오. 댁 같은 팔팔한 젊은이가. 거기에 귀엽고 자그마한 숙녀까지 계신데."

"그렇게 젊지 않습니다."

"저젊지." 남자가 멍한 표정으로 고집을 부린다. 그 남자가 그러는 것과 열쇠를 건네준 것이 너무 좋다. 사람들이 일반적으로 너무 좋다. 해리가 차로 돌아갔을 때 재니스는 왜 그렇게 싱글거리느냐고 묻는다. "그리고 왜 이렇게 오래 걸렸어?"

"샌타페이 이야기를 좀 했어. 우리한테 한번 가보라고 하더라고."

17번 문을 열자 놀라울 정도로 긴, 좁지만 긴 방이 나타난다. 카펫은 자주색이고, 뒤에서 조명을 받는 판지 조각이 여기저기 붙어 있어 영화관 로비에 들어온 것처럼 실체감이 약해진다. 환상의 세계. 욕실은 반대편 끝에 있고, 벽은 장미를 그려놓은 시멘트블록이며, 바다를 그린 모조품 유화들이 그 벽을 장식하려 애쓰고 있고, 퀸 사이즈 침대 두 개가 좁은 방 맞은편 텔레비전을 바라보고 있다. 래빗은 신발을 벗고 텔레비전을 켠 뒤 침대로 올라간다. 빛의 띠가 나타나 확장되더니, 사선의 꿈틀거리는 줄무늬들이 갑자기 방향을 틀면서 〈데이팅 게임〉으로 바뀐다. 필리 출신의 유색인 젊은 여자가 세 남자 가운데 데이트를 할 남자를 결정하려 하고 있다. 한 남자는 흑인, 또 한 남자는 백인, 세번째 남자는 황인이다. 색깔이 이상하게 나와 중국 남자는 주황색으로, 유색인 여자는 푸르스름한 색으로 보인다. 고스트 현상이 생겨 그녀가 웃을 때 치아가 많이, 아주 많이 나타난다. 재니스가 텔레비전을 끈다. 그처럼 그녀도 신발을 벗고 있다. 빈집털이들이다. 그가 항의한다. "이봐. 재미있었단 말이야. 그 여자는 그 스크린 뒤의 남자들을 보지 못하니까 목소리만 듣고 그 남자들이 무슨 색인지 알아내야 해. 그 여자가 관심이 있다면 말이지만."

"당신한테는 지금 데이트 상대가 있잖아." 재니스가 말한다.

"우리도 컬러텔레비전을 들여야겠어. 프로 풋볼 보는 맛이 달라져."

"그 우리란 게 누구야?"

"아ㅡ나하고 아빠하고 넬슨하고 엄마. 그리고 밈."

"침대 저쪽으로 좀 가지 그래."

"당신도 당신 침대가 있잖아. 저쪽에."

그녀는 벽에서 벽까지 뻗은 카펫 위에 양말을 벗고 단단히 발을 딛고 서 있다. 멋진 발목이다. 칙칙한 양모 스커트는 딱 무릎을 보여줄 길이만큼만 내려온다. 가장자리가 상자 형태다. 멋지다. 그녀가 묻는다. "이게 뭐야, 면박이야?"

"내가 뭔데 당신을 면박해? 아이젠하워 애비뉴에서 가장 첨단을 걷는 년을."

"내가 당신을 아직도 좋아하는 건지 잘 모르겠어."

"나한테 그렇게 잃을 게 많은 줄은 몰랐는데."

"어서. 저리 움직여."

그녀는 낡은 낙타색 로덴 외투를 모텔 규정과 소화 시설 검사 인증서 밑의 플라스틱 의자에 집어던진다. 이어 스웨터를 벗고, 스커트를 벗으려고 몸을 구부리자 마치 쌓아놓은 동전들이 쏟아지듯이 어깨뼈가 물결치며 길고 빠르게 반짝거린다. 그녀는 슬립에서 머뭇거린다. "이불 밑으로 들어갈 거야?"

"그럴 수도 있지." 래빗은 말하지만, 그의 몸은 열이 내리고, 신경들이 모래로 흡수되는 수맥처럼 내려앉을 때와 비슷하다. 그는 생각했던 것과는 달리 에너지의 전이를 이루는 단계로 나아갈 수가 없다. 옷을 벗고 욕실까지 먼 길을 걸어갈 수가 없는 것이다. 혹시 그녀가 아래를 해줄지 모르니 몸을 씻어야 할 것이다. 그러다 너무 빨리 올라가 다시 예전에 늘 그랬던 상태로 돌아간다면 어쩔 것인가. 그냥 여기 누워 슬립 차림의 모습을 즐기는 게 훨씬 안전하다. 몸집이 작은 여자를 고른건 잘한 거야. 몸집이 큰 여자들보다 몸매를 잘 유지하니까. 재니스는 스무 살 때는 스무 살보다 나이가 들어 보였지만, 지금은 그때보다 별로 나이가 들어 보이지 않는다. 어쨌든 이렇게 화가 나 있으니 눈의 검은색이 살아난다. "침대에 들어올 수는 있지만 아무것도 기대하지 마, 나는 아직도 완전히 엉망이니까." 최근 그는 자위를 할 능력을 잃어버렸다. 어떤 것으로도 서지 않았다. 젖꼭지가 장부촉 끄트머리 같고 머리 대신 핼러윈 호박이 달린 니그로 여자의 이미지도 소용없었다.

재니스가 말한다. "나도 나한테서 어떤 것도 기대하지 말라고 말하겠어. 그냥 다른 침대에 따로 떨어져 소리를 지르고 싶지 않을 뿐이야."

래빗은 영웅적인 노력을 기울여 몸을 일으키고 긴 바닥깔개를 따라 욕실로 간다. 이윽고 옷으로 앞을 가린 채 벌거벗고 쫓겨서 굴로 들어가듯이 머리부터 침대로 들어간다. 어떤 입자들이 그를 폭격하는 것이 느껴진다. 재니스는 여위고, 낯설고, 뱀처럼 서늘한 느낌이다. 즉시 그에게 꼭 달라붙어 몸을 떨고 있다. 피부에 닿는 충격 때문에 재채기를 하고 싶어진다. 그녀가 사과한다. "이런 곳은 난방을 별로 안 해."

"곧 11월이 될 텐데."

"온도 조절 장치 없어?"

"있어. 보여. 저쪽 구석에. 원하면 가서 올려도 돼."

"고마워. 하지만 그런 건 남자들이 해야지."

둘 다 움직이지 않는다. 해리가 말한다. "야. 이걸 보니 린다 해머처의 침대 기억나지 않아?" 린다는 그들 모두가 크롤스에서 일할 때 브루어의 자기 아파트를 해리와 재니스가 쓰게 해주었던 여자다.

"별로. 거긴 전망이 있었지."

그들은 이야기를 나누려 하지만, 졸리고 낯설어서 가끔씩 분출하는 듯 띄엄띄엄 말이 이어진다. "그래." 재니스가 아무 일도 벌어지지 않은 정적 뒤에 묻는다. "당신은 당신이 뭐라고 생각해?"

"아무도 아니지." 그가 대답한다. 그는 그녀의 젖가슴에 입을 맞추려는 것처럼 아래로 다가들지만 입을 맞추지는 않는다. 입 가까이에 두 젖가슴이 있다는 것이 메스껍다. 온갖 종류의 날개 달린 존재들이 그들 이불 위 허공에서 용쓰고 있다.

정적이 이어지고 길어진다. 그의 눈꺼풀 밑에 붉은 옷을 입은 발레리나가 있다. 그가 느닷없이 목청을 높인다. "아이가 이제는 정말 나를 싫어해."

재니스가 말한다. "아니 그렇지 않아." 그러더니 바로 모순되는 말을 덧붙인다. "극복할 거야." 여성적인 논리다. 없어지기를 바란다고 해서 없어지지 않는 것은 덮어버리고 그것보다 더 오래 버티려고 한다. 어쩌면 그것이 유일한 길일지도 모른다. 그는 그녀의 아래쪽을 만진다. 이끼가 있다. 흥분은 되지 않지만, 그 작은 풀밭 같은 곳이 있다는 것, 숨을 곳이 있다는 것이 안심은 된다.

그녀의 몸이 성마르게 움직인다. 그가 그녀의 젖가슴에 입을 맞추지도 않고 아무 일도 하지 않자 그녀는 자신의 차가운 발바닥을 그의 발등에 얹는다. 그가 재채기를 한다. 침대가 들썩인다. 그녀가 웃음을 터뜨린다. 그녀를 응징하려고 그가 천진하게 묻는다. "스태브로스하고 할 때는 늘 뻑갔어?"

"늘 그러지는 않았어."

"지금 스태브로스가 그리워?"

"아니."

"왜 아냐?"

"당신이 여기 있으니까."

"하지만 나는 슬퍼 보이지 않아, 좀?"

"당신은 내가 대가를 치르게 하고 있어, 조금. 그건 괜찮아."

그가 이의를 제기한다. "나는 엉망이야." 그가 진지하다는 뜻이다. 그렇지만 이것으로는 그녀가 한 말이 의미 있게 조정된 것 같지는 않다. 그는 그들이 여전히 허공에서 서로 조정중이라고, 어떤 찬란한 잉크 속에서 천천히 회전하고 있다고 느낀다. 그 잉크가 그의 눈꺼풀을 통해 걸러져 붉은색으로 나타나고 있다. 얼마나 큰지 잴 수 없는 침묵의 공간에서 그는 그들이 옆으로 떠내려가며 점점 결혼한 상태 속으로 깊이 빠져들고 있다는 느낌을 받는다. 너무 깊이 빠져드는 바람에 그가 느닷없이 말한다. "언제 폐기하고 올리를 초대해야겠어."

"초대는 얼어죽을." 그녀가 말하는 바람에 그는 놀란다. 하지만 부드러운 목소리다. 허공 속의 예기치 않은 흔들림이다. "당신은 이제 그 애한테 가까이 가지 말아야 돼. 이미 시도해봤잖아."

잠시 후 그가 그녀에게 묻는다. 그녀가 모든 것을 알고 있다는 사실을 깨달았기 때문이다. "베트남이 언젠가는 끝날 것 같아?"

"찰리는 그럴 거라고 생각해. 산업계 거물들이 거기에서 이윤이 안 나온다는 것을 아는 순간."

"맙소사, 외국인들은 멍청하군." 래빗이 중얼거린다.

"찰리 얘기야?"

"너희 모두." 그는 찔러보듯 말하면서도 설명을 덧붙여야 한다고 느낀다. "스키터는 베트남이 완전한 혼란으로 들어가는 입구라고 했어. 완전한 혼란이라는 끔찍한 시기가 올 거래. 그런 다음에는 완벽한 고요라는 멋진 기간이 이어질 거래. 스키터가, 아니면 스키터와 똑같은 누군가가 통치하는 시기."

"그 말을 믿었어?"

"믿고 싶었지만, 나는 너무 이성적이야. 혼란이란 전체적으로 잘 풀려나가는 일을 어느 한 구역에서만 본 것일 뿐이야. 말이 돼?"

"잘 모르겠는데." 재니스가 말한다.

"엄마한테 애인이 있었을 것 같아?"

"직접 물어봐."

"용기가 안 나."

다시 시간이 조금 흐른 뒤 재니스가 말한다. "당신이 사랑을 나눌 생각이 없다면, 나는 등을 돌리고 잠을 좀 자는 게 낫겠어. 이—재결합 걱정을 하느라 밤새 거의 잠을 못 잤거든."

"이게 어떻게 될 것 같아?"

"잘."

그녀가 몸을 돌리자 미끄러지는 시트는 은빛 음악이 된다. 창백한 소리를 내는 시트가 허공의 저항을 받지 않고 밖으로 펼쳐진다. 그가 그녀의 몸을 잡던 방식이 있다. 오른손으로는 머리카락 속으로 두개골을 감싸쥐고, 왼손으로는 두 젖가슴을 한데 모아 쥔다. 그렇게 하면 두 젖꼭지는 이삼 센티미터밖에 안 떨어져 있게 된다. 지금도 그렇게 잡을 수 있다. 그녀의 엉덩이와 다리가 둥둥 떠서 멀어진다. "여기서 어떻게 나갈까?"

"옷을 입고 문밖으로 걸어나가지. 하지만 먼저 낮잠 좀 자자. 당신 벌써 헛소리하고 있어."

"정말 창피할 거야. 책상에 앉아 있던 사람은 우리가 못된 짓을 했다고 생각할 거야."

"그 사람은 관심 없어."

"관심 있어, 정말로 관심 있다고. 우린 저 사람 비위를 맞추기 위해 밤새 여기 있을 수도 있어. 하지만 그렇게 하면 밖에서는 누구도 우리가 어디 있는지 모르겠지. 걱정할 거야."

"그만해, 해리. 우린 한 시간 뒤에 나갈 거야. 입 좀 다물어."

"죄책감이 너무 커."

"뭐에?"

"모든 것에."

"마음놔. 모든 게 당신 잘못은 아니야."

"그걸 받아들일 수가 없어."

그는 그녀의 젖가슴을 놓아, 둥둥 떠내려가게 놔둔다. 광채가 나는 파편. 그들이 들어와 있는 공간, 굴처럼 길고 은밀한 모텔방이 완전한 내부의 공간이 된다. 그가 서늘한 시트 위에서 아래로 조금 더 미끄러지자 그의 소우주 같은 자아가 늘어진 채로 그에게 바쳐지기 위해 꽃가루를 바르고 자리를 잡은 그녀의 공 같은 엉덩이 사이의, 곡선을 그리며 갈라진 틈으로 들어간다. 그는 아마도 딱딱해질 것이다. 그러나 그녀의 젖가슴을 놓은 손이 그녀의 허리의 익숙한 곳, 우묵한 곳, 갈빗대가 골반뼈에 이르는 곳에 이른다. 아무런 뼈도 없고, 날아가는 것처럼 부드러운 곳. 축 늘어진 지방의 안으로 둥글게 파인 곡선. 그녀의 배에서 나온 그의 아기들. 그는 이 안으로 둥글게 파인 곡선을 발견하고 그것을 따라 미끄러진다, 잠이 든다. 그가. 그녀가. 잔다. 됐지?

래빗의 눈으로 본 세상의 동요와 불안

존 업다이크는 20세기 미국문학을 대표하는 소설가를 이야기할 때, 몇 명을 꼽더라도 빠지지 않는 작가다. 공황기인 1932년에 태어난 업다이크는 1954년 하버드를 졸업하던 해에 『뉴요커』에 첫 단편을 발표한 이후 2009년 일흔여섯 살로 사망할 때까지 거의 매년 책을 냈으며 그 분야도 장편, 단편집, 평론집, 시집을 망라한다. 그가 평생 낸 책은 장편만 따져도 스무 권이 넘고 단편집은 열 권이 넘는다. 이것은 서른 살이 되기 전에 전업작가 생활을 시작하여 이 무렵부터 일주일에 6일, 아침에 몇 시간씩 글을 쓰는 습관을 평생 유지한 결과다. 이렇게 업다이크는 다작으로 유명하기도 하지만, 그가 다작의 능력으로 20세기 미국 대표소설가 반열에 오른 것은 물론 아니다.

그는 1959년 첫 장편 『구빈원 축제』로 미국예술원 로젠탈상을 받았고, 20대 말인 1960년에『달려라, 토끼』를 출간하여 동시대 대표작가의 자리에 올라섰다. 그리고 30대 초반인 1963년에는『켄타우로스』로 전미도서상을 받고, 1964년에는 최연소 미국예술원 회원으로 선출되었다. 이렇게 업다이크는 화려하게 조명을 받으며 작가 생활을 시작했다. 그렇다고 업다이크가 젊은 시절에 반짝 빛을 발하고, 그 빛을 평생 우려먹는 작가였다는 뜻은 아니다(업다이크 자신은 「불가리아 여성 시인」에서 '베크'의 입을 빌려 그런 자화상을 슬쩍 그려내기도 하지만). 상이 작가의 모든 것을 말해준다고 할 수는 없지만 50대에 들어선 1981년에는『토끼는 부자다』로 퓰리처상, 60대에 들어선 1991년에는『토끼 잠들다』로 다시 퓰리처상을 받았다. 미국에서 소설 부문에서 퓰리처상을 두 번 이상 수상한 작가는 업다이크를 포함하여 네 명뿐이다.『토끼는 부자다』를 발표한 직후인 1982년에『타임』지는 업다이크를 두번째로 커버스토리로 다루었는데, 이때 표제가 '50세에 위대해지다'였다.

그가 받은 이런저런 상은 헤아릴 수 없을 정도로 많지만, 그 가운데 특이하게 눈에 띄는 것은 1997년에 예수회 잡지『아메리카』에서 '탁월한 기독교도 문인'에게 수여하는 캠피언상을 받은 사실이다. 업다이크와 종교를 연결시키는 것이 많은 사람에게 쉬운 일이 아닐지 모르지만 실제로 그는 평생 교회에 다녔고, 기독교 신학을 연구했다. 할아버지는 장로교 목사였고, 첫 부인의 아버지도 목사였다. 젊은 시절에 신앙의 위기를 겪으면서 키르케고르나 카를 바르트를 열심히 읽기도 했으며, 이 점은 그의 작품세계에 깊은 영향을 주었다.

업다이크는 상복도 많았지만 상업적인 면에서도 꽤 성공을 거두었다. 1968년에 발표한 『커플스』는 센세이션을 일으키면서 1년 동안 베스트셀러 자리에 올랐다. 또 젊은 시절 잠깐 시민권 운동 시위에 참여하기는 했지만, 국가기구와 대체로 사이가 나쁘지 않아 젊은 시절에는 국무부에서 파견한 미소 문화교류 문화사절로 동구를 순회하기도 했고, 말년에는 부시 대통령 부자에게 각각 훈장을 받았다. 이렇듯 업다이크는 작가로서 순조롭게 출발하여 큰 위기 없이 꾸준한 작품활동으로 많은 것을 누렸다. 그를 사랑하는 독자들에게는 노벨문학상을 받지 못했다는 것 정도가 혹시 아쉬움으로 남을지 모르겠다.

작가의 이런 삶은 그의 작품들과도 관련이 있어, 업다이크의 작품이 사회 전체와 대결하는 상황을 그렸다는 평은 들어보기 힘들다. 실제로 그는 어디까지나 미국 사회의 주류라고 할 수 있는 사람들이 그 내부에서 느끼는 문제를 다루었지 외부와의 관계를 진지하게 묻지는 않았다. 여기에서 그의 주제의 한계나 깊이의 문제를 이야기할 수도 있지만, 뒤집어 생각하면 바로 이 점이 업다이크가 젊은 시절부터 말년에 이르기까지 '미국인'들로부터 폭이나 깊이에서 어떤 작가에게도 뒤지지 않는 사랑을 받은 이유다. 무엇보다도 그의 작품들은 철저하게 주류를 자처하는 미국인의 삶에 밀착해 있다. 업다이크는 스스로 자신의 주제가 '미국의 소도시, 신교도 중간계급'이라고 말한 적이 있다. 실제로 그의 작품에는 그런 소도시에 사는 중간계급 출신의 평범한 주인공이 겪는, 누구나 공감할 만한 사건과 고민들이 담겨 있다. 그의 대표작인 '토끼 4부작'은 바로 그런 주인공의 20대부터 죽음에 이르는 과정을 그려내고 있으며, 이것은 작가 자신이 나이를 먹어가는 과정과 대

체로 일치한다. 자신이 가장 잘 아는 공간, 자신이 가장 잘 아는 종교
와 계급을 체현한 인물을 통해 자신이 살고 있는 미국의 축도를 그려
낸 셈이며 이것이 독서 대중과 평단으로부터 강렬한 공감을 끌어낼 수
있었던 이유라고 할 수 있다.

이렇게 미국 중간계급의 삶에 밀착한 업다이크의 소설은 그 줄거리
나 사건만 본다면 어떤 면에서는 지극히 통속적이라고 말할 수도 있다
(물론 후기로 가면 다양한 방식의 실험을 전개하기는 하지만). 게다가
그의 소설이 성적 묘사에 거리낌이 없다는 것도 널리 알려진 사실이
다. 실제로 업다이크는 인간 경험 가운데 섹스, 예술, 종교가 '위대한
세 가지 비밀'이라고 말한 적이 있고, 이것이 곧 그가 평생 파고든 세
가지 주제이기도 했다. 이 가운데서도 섹스는 가장 눈에 띄는 특징이
될 수밖에 없다. 초기 소설들이 성공을 거둔 뒤 업다이크는 교외에 사
는 미국인들의 불륜 등 결혼생활의 불안정성을 다루는 작가로 유명해
졌으며, 사회적 관습의 붕괴에 내재한 혼란과 자유의 묘사는 많은 논
란을 불러일으켰다. 『커플스』 같은 작품이 센세이션을 일으키고 오랫
동안 베스트셀러 자리에 오른 데는 이런 요인이 중요한 역할을 했음을
부인할 수 없을 것이다.

그러나 지극히 통속적인 줄거리가 아름다운 음악과 노래에 실리면
빛나는 오페라가 되듯이 평범한 사람들의 속된 삶이 업다이크의 시 같
은 산문에 실리는 순간 그의 소설은 시로 쓴 통속극으로 바뀐다. 독자
들은 자신의 무미건조하고 때로는 지긋지긋한 삶에서 어떤 아름다움
을 발견할 뿐 아니라, 통속과 등을 맞대고 있는 어떤 거룩한 세계로 진
입하는 문이 잠깐 열린 듯한 느낌 또는 환각에 사로잡히게 된다. 업다

이크 자신도 얄밉도록 정확하게, 자신의 문체가 '속된 것에 그것이 마땅히 누려야 할 아름다움을 부여하는 것'이라고 말한 적이 있다. 이 아름다운 '예술'을 통해 '섹스' 같은 가장 속된 것이 가장 넓은 의미에서 '종교'적인 저변과 이어지는 길이 열리고, 그 결과 서로 전혀 어울릴 것 같지 않은 통속성과 거룩한 느낌이 한 작품 안에 공존하는 느낌을 받게 되는 것이다. 이것이 독자들이 업다이크의 시적 통속극에서 매력과 깊이를 느끼는 이유인지도 모른다. 결국 업다이크에게 속된 세계란 그 자체로 완결된 것이 아니라, 종교적 믿음이 떠난 자리, 뭔가 중요하고 핵심적인 것이 부재하는 자리인 것이며, 그 핵심적인 것은 예술을 통해 언뜻언뜻 드러날 뿐이다. 이렇게 보면 업다이크의 통속극은 동시에 종교극이 될 수도 있다.

업다이크의 문학적 역량은 장편소설에만 한정된 것이 아니다. 그는 평생 꾸준히 시와 단편을 썼고, 비평가이자 에세이스트로서도 최고 수준에 이르렀다. 토니 모리슨과 더불어 생전에 가장 많은 평론이 나온 작가인 업다이크의 문학적 영향력은 20세기 미국의 대표작가를 거론할 때 늘 그와 함께 등장하는 필립 로스의 다음과 같은 찬사로 가늠해 볼 수 있을 듯하다.

"존 업다이크는 우리 시대의 가장 위대한 문인이며 소설가이자 단편작가일 뿐 아니라 뛰어난 문학비평가이자 수필가다. 그는 19세기에 그와 비슷한 역할을 했던 너새니얼 호손에 비겨도 손색이 없는 미국의 국보이며, 앞으로도 영원히 그러할 것이다."

2002년 『북』이 선정한 1900년 이후 최고의 소설 속 인물 100명 가운데 5위권 안에 들어갔을 뿐 아니라, 업다이크 자신이 "나의 형제이자 나의 친한 친구"라고 부른 '래빗(토끼)'은 업다이크와 평생을 함께 하는 중요한 인물—래빗 외에 또 한 명의 페르소나, 사실은 업다이크와 반대되는 면이 더 많은 페르소나는 소설가 '베크'—이다. 업다이크는 '토끼 4부작'을 대략 10년 간격을 두고 발표했다. 1960년에는 래빗의 청년기를 다룬 『달려라, 토끼』, 1971년에는 업다이크가 1960년대를 바라보는 시선을 드러내는 『돌아온 토끼』, 1981년에는 도요타 자동차 대리점 사장이 된 뚱뚱한 래빗을 그린 『토끼는 부자다』, 1990년에는 래빗이 작품 속에서 죽는 『토끼 잠들다』가 나온 것이다. 이 연작의 마지막은 단편집 『사랑의 수고』에 실린 중편 「기억 속의 토끼Rabbit Remembered」다. 1995년에는 『래빗 앵스트롬』이라는 제목으로 장편 네 편을 묶어냈는데, 여기에 붙인 머리말에서 업다이크는 "래빗의 눈으로 본 것이 내 눈으로 본 것보다 이야기할 가치가 더 크지만, 사실 둘 사이의 차이는 미미하다"고 말했다.

그러나 이런 대단한 인물을 마주할 기대감에 책을 펼친 독자는 이 래빗이라는 별명을 가진 해리 앵스트롬의 행적에, 또 독자에 따라서는 도무지 호감을 느끼기 힘든 면모에 당혹감을 느낄지도 모르겠다. 실제로 일반 독자만이 아니라 평론가들 사이에서도 래빗이라는 인물과 그의 행동을 어떻게 보느냐 하는 것이 업다이크에 대한 평가의 갈림길이 되기도 한다. 예를 들어 페미니즘 쪽에서는 이 소설에 드러나는 여성이나 성관계에 대한 묘사를 근거로 업다이크를 여성혐오자로 비난하기도 하며, 그의 아름다운 문장에 찬사를 보내는 비평가들조차도 래빗의 얄팍한 모험에는 그런 문장이 과분하다는 혹평을 서슴지 않는다.

반대로 래빗을 빼어난 인물로 인정하는 사람들은 그가 전후 미국의 불안이나 좌절이나 번영을 대표한다고 보기도 하고, 종교적 믿음이 빠져버린 세상의 동요와 불안—앵스트롬이라는 이름 자체에 불안을 뜻하는 세계어가 된 독일어 '앙스트angst'가 고스란히 들어 있다—을 체현한다고 보기도 한다.

그러나 아무래도 래빗은 그가 계속 달아나려는 현실과 함께 보아야만 래빗의 전모, 나아가서 작품의 전모가 어느 정도 드러날 듯하다. 하지만 전모가 드러난다는 말일 뿐이지, 전모가 한눈에 파악된다는 말은 아니다. 그만큼 래빗도, 래빗이 속한 세계도, 작품 자체도 간단히 정리가 되지 않을 만큼 넓고 복잡하고 정교하게 엮여 있기 때문이다. 그런 면에서 작가 존 치버가 한 이야기가 상당히 그럴듯하게 느껴진다.

"내가 이 책(『토끼는 부자다』)을 읽은 느낌은 다양하고 복잡하다…… 존 업다이크는 아마도 내가 아는 현대 작가 가운데 지금 우리가 살아가는 삶의 환경이, 우리 눈에는 잘 보이지 않지만, 사실은 웅장하고 숭고하다는 사실을 느끼게 해주는 유일한 사람일 것이다. 래빗은 사라진 낙원, 어쩌면 에로틱한 사랑……을 통해서만 스치듯 알게 되는 낙원에 깊이 빠져 있다…… 나는 바로 업다이크의 그 방대한 세계를 묘사하고 싶었다."

'토끼 4부작'은 앞서 말한 업다이크의 작품세계의 모든 면을 긴 세월에 걸쳐 집대성하고 개화시킨 연작이다. 그렇기 때문에 이 작품이 업다이크의 대표작이 될 수 있는 것이다. 또 단지 대표작만이 아니라 고전이 될 가능성도 높다고 보는데, 지금 읽어보아도 전혀 낡은 느낌

이 들지 않기 때문이다. 그것은 우선 래빗의 독특한 모험이 오늘날에
도 여전히 유효하고, 나아가 업다이크의 문장이 말 그대로 썩지 않는
생명력을 갖고 있기에 가능한 것이다.

앞서 말했듯이 1995년에 업다이크는 '토끼 4부작'을 한데 묶어 『래
빗 앵스트롬』을 냈는데 이때 텍스트를 꽤 수정한 것으로 알려져 있다.
이 한국어 번역판은 밸런타인 북스의 판본(현재 시중에서 가장 쉽게
구할 수 있다)을 번역한 것이다.

정영목

1932년	3월 18일 미국 펜실베이니아주 레딩에서 태어남.
1950년	하버드대학 입학. 영문학 전공. 1학년 때부터 『하버드 램푼』에 시, 산문, 그림, 만화를 기고.
1953년	『하버드 램푼』의 편집인이 됨. 메리 페닝턴과 결혼.
1954년	하버드대학을 수석으로 졸업. 『뉴요커』에 첫 단편 「필라델피아 친구들 Friends from Philadelphia」 게재.
1954~ 1955년	영국 옥스퍼드대학의 러스킨 미술학교에서 수학. 이때만 해도 화가를 꿈꾸고 있었음. 귀국 후 맨해튼에 정착하여 『뉴요커』의 전속작가로 일함.
1957년	매사추세츠주로 이주하여 평생 거주. 전업작가 생활 시작.
1958년	첫 시집 『손으로 만든 암탉과 다른 가축들 The Carpentered Hen and Other Tame Creatures』 출간.
1959년	첫 장편 『구빈원 축제 The Poorhouse Fair』(미국예술원 로젠탈상 수상), 첫 단편집 『같은 문 The Same Door』 출간.
1960년	『달려라, 토끼 Rabbit, Run』 출간으로 그의 세대의 대표작가 지위 확립.
1963년	펜실베이니아에서 보낸 어린 시절에서 영감을 받아 쓴 『켄타우로스 The Centaur』로 전미도서상을 받음. 시민권 운동 시위에 참가.
1964년	시집 『전봇대와 기타 시편 Telephone Poles and Other Poems』 출간. 최연소 미국예술원 회원으로 선출. 미국과 소련의 문화교류 프로그램의 일환으로 동유럽 방문.

1965년	『농장에 관하여Of the Farm』 출간.
1966년	단편집 『음악학교The Music School』 출간. 이 단편집 가운데 「불가리아 여성 시인The Bulgarian Poetess」이 오헨리상을 수상.
1967년	소련 작가들에게 소련 정부의 공격을 받는 유대인 문화 제도를 방어할 것을 촉구하는 서신에 서명.
1968년	젊은 부부들의 복잡한 관계를 그린 『커플스Couples』로 센세이션을 일으킴. 『타임』이 업다이크를 커버스토리로 다룸.
1969년	시집 『중간점과 기타 시편Midpoint and Other Poems』 출간.
1970년	『베크: 한 권의 책Bech: A Book』 출간. 서울 펜 대회 참석.
1971년	『달려라, 토끼』의 주인공 래빗 앵스트롬이 다시 등장하는 『돌아온 토끼Rabbit Redux』 출간.
1972년	시집 『70편의 시Seventy Poems』, 단편집 『박물관과 여자Museums and Women and Other Stories』 출간.
1974년	희곡 『죽어가는 뷰캐넌Buchanan Dying』 출간. 소련을 방문하여 솔제니친 박해를 중단할 것을 촉구.
1975년	『한 달간의 일요일A Month of Sundays』 출간.
1976년	『결혼해줘요: 한 편의 로맨스Marry Me: A Romance』 출간. 이혼.
1977년	시집 『전전반측Toss and Turn』 출간. 마사 러글스 번하드와 재혼.
1978년	『일격The Coup』 출간.
1979년	단편집 『문제들The Problems and Other Stories』 『너무 멀어 갈 수 없는: 메이플스 이야기들Too far to go: Maples Stories』 출간.
1981년	『토끼는 부자다Rabbit is Rich』를 출간하여 전미도서비평가협회상, 퓰리처상, 전미도서상을 받음.

1982년	『베크 돌아오다*Bech is Back*』출간. 『타임』이 커버스토리로 다룸.
1983년	산문집『해안을 따라*Hugging the Shore*』를 출간하고 전미 도서비평가협회 평론상 수상.
1984년	『이스트윅의 마녀들*The Witches of Eastwick*』출간.
1985년	시집『자연을 마주하고*Facing Nature*』출간.
1986년	『로저의 판본*Roger's Version*』출간.
1987년	단편집『나를 믿어요*Trust Me*』출간.
1988년	『S.』출간. 앞서 나온『한 달간의 일요일』『로저의 판본』과 더불어『주홍글씨』의 내용을 다른 시점에서 바라본 3부작을 완성함.
1989년	회고록『자의식*Self-Consciousness*』출간. 조지 H. W. 부시 대통령으로부터 미국예술훈장을 받음.
1990년	『토끼 잠들다*Rabbit at Rest*』를 출간하고 다시 퓰리처상과 전미도서비평가협회상 수상.
1993년	『시 전집, 1953~1993 *Collected Poems, 1953~1993*』출간.
1994년	『브라질*Brazil*』과 단편집『내세*The Afterlife and Other Stories*』출간.
1996년	『백합의 아름다움 속에서*In the Beauty of Lilies*』출간.
1997년	『시간의 끝 무렵*Toward the End of Time*』출간. 예수회 잡지『아메리카』가 '탁월한 기독교도 문인'에게 수여하는 캠피 언상 수상.
1998년	『곤경에 처한 베크*Bech at Bay*』출간.
2000년	『햄릿』의 앞 이야기인『거트루드와 클로디어스*Gertrude and Claudius*』와 단편집『사랑의 수고*Licks of Love*』출간.
2001년	시집『아메리카나*Americana*』출간.
2002년	『내 얼굴을 찾아라*Seek My Face*』출간.

2003년	조지 W. 부시 대통령으로부터 미국인문훈장을 받음.
2004년	『마을들 *Villages*』 출간.
2006년	『테러리스트 *Terrorist*』 출간.
2008년	『이스트윅의 마녀들』의 속편인 『이스트윅의 과부들 *The Widows of Eastwick*』 출간.
2009년	단편집 『아버지의 눈물 *Father's Tears*』과 시집 『끝점 *Endpoint*』 출간. 1월 27일 폐암으로 사망.

세계문학은 국민문학 혹은 지역문학을 떠나 존재하는 문학이 아니지만 그것들의 총합도 아니다. 세계문학이라는 용어에는 그 나름의 언어와 전통을 갖고 있는 국민문학이나 지역문학의 존재를 인정하면서 그것을 넘어서는 문학의 보편적 질서에 대한 관념이 새겨져 있다. 그 용어를 처음 고안한 19세기 유럽인들은 유럽문학을 중심으로 그 질서를 구축했지만 풍부한 국민문학의 전통을 가지고 있는 현대의 문학 강국들은 나름의 방식으로 세계문학을 이해하면서 정전(正典)의 목록을 작성하고 또 수정한다.

한국에서도 세계문학 관념은 우리 사회와 문화의 변화 속에서 거듭 수정돼왔다. 어느 시기에는 제국 일본의 교양주의를 반영한 세계문학 관념이, 어느 시기에는 제3세계 민족주의에 동조한 세계문학 관념이 출현했고, 그러한 관념을 실천한 전집물이 출판됐다. 21세기 한국에 새로운 세계문학전집이 필요하다는 것은 명백하다. 우리의 지성과 감성의 기준에 부합하는 세계문학을 다시 구상할 때가 되었다.

문학동네 세계문학전집은 범세계적으로 통용되는 고전에 대한 상식을 존중하면서도 지난 반세기 동안 해외 주요 언어권에서 창작과 연구의 진전에 따라 일어난 정전의 변동을 고려하여 편성되었다. 그래서 불멸의 명작은 물론 동시대 세계의 중요한 정치·문화적 실천에 영감을 준 새로운 작품들을 두루 포함시켰다.

창립 이후 지금까지 한국문학 및 번역문학 출판에서 가장 전문적이고 생산적인 그룹을 대표해온 문학동네가 그간 축적한 문학 출판 경험을 바탕으로 새로운 세계문학전집을 펴낸다. 인류가 무지와 몽매의 어둠 속을 방황하면서도 끝내 길을 잃지 않은 것은 세계문학사의 하늘에 떠 있는 빛나는 별들이 길잡이가 되어주었기 때문이다. 우리가 자부심과 사명감 속에서 그리게 될 이 새로운 별자리가 독자들의 관심과 애정에 힘입어 우리 모두의 뿌듯한 자산이 되기를 소망한다.

세계문학전집 265
돌아온 토끼

초판 인쇄 2025년 7월 16일
초판 발행 2025년 7월 23일

지은이 존 업다이크 | 옮긴이 정영목

책임편집 손예린 | 편집 박민주 오동규
디자인 김유진 이원경 | 저작권 박지영 형소진 오서영 조경은
마케팅 정민호 서지화 한민아 이민경 왕지경 정유진 정경주 김수인 김혜원 김하연 김예진
　　　　나현후 이서진
브랜딩 함유지 박민재 이송이 박다솔 조다현 김하연 이준희
제작 강신은 김동욱 이순호 | 제작처 영신사

펴낸곳 (주)문학동네 | 펴낸이 김소영
출판등록 1993년 10월 22일 제2003-000045호
주소 10881 경기도 파주시 회동길 210
전자우편 editor@munhak.com | 대표전화 031) 955-8888 | 팩스 031) 955-8855
문학동네카페 http://cafe.naver.com/mhdn
인스타그램 @munhakdongne | 트위터 @munhakdongne
북클럽문학동네 http://bookclubmunhak.com

ISBN 979-11-416-1087-6 04840
　　　 978-89-546-0901-2 (세트)

www.munhak.com

1, 2, 3 안나 카레니나 레프 톨스토이 | 박형규 옮김

4 판탈레온과 특별봉사대 마리오 바르가스 요사 | 송병선 옮김

5 황금 물고기 J. M. G. 르 클레지오 | 최수철 옮김

6 템페스트 윌리엄 셰익스피어 | 이경식 옮김

7 위대한 개츠비 F. 스콧 피츠제럴드 | 김영하 옮김

8 아름다운 애너벨 리 싸늘하게 죽다 오에 겐자부로 | 박유하 옮김

9, 10 파우스트 요한 볼프강 폰 괴테 | 이인웅 옮김

11 가면의 고백 미시마 유키오 | 양윤옥 옮김

12 킴 러디어드 키플링 | 하창수 옮김

13 나귀 가죽 오노레 드 발자크 | 이철의 옮김

14 피아노 치는 여자 엘프리데 옐리네크 | 이병애 옮김

15 1984 조지 오웰 | 김기혁 옮김

16 벤야멘타 하인학교─야콥 폰 군텐 이야기 로베르트 발저 | 홍길표 옮김

17, 18 적과 흑 스탕달 | 이규식 옮김

19, 20 휴먼 스테인 필립 로스 | 박범수 옮김

21 체스 이야기·낯선 여인의 편지 슈테판 츠바이크 | 김연수 옮김

22 왼손잡이 니콜라이 레스코프 | 이상훈 옮김

23 소송 프란츠 카프카 | 권혁준 옮김

24 마크롤 가비에로의 모험 알바로 무티스 | 송병선 옮김

25 파계 시마자키 도손 | 노영희 옮김

26 내 생명 앗아가주오 앙헬레스 마스트레타 | 강성식 옮김

27 여명 시도니가브리엘 콜레트 | 송기정 옮김

28 한때 흑인이었던 남자의 자서전 제임스 웰든 존슨 | 천승걸 옮김

29 슬픈 짐승 모니카 마론 | 김미선 옮김

30 피로 물든 방 앤절라 카터 | 이귀우 옮김

31 숨그네 헤르타 뮐러 | 박경희 옮김

32 우리 시대의 영웅 미하일 레르몬토프 | 김연경 옮김

33, 34 실낙원 존 밀턴 | 조신권 옮김

35 복낙원 존 밀턴 | 조신권 옮김

36 포로기 오오카 쇼헤이 | 허호 옮김

37 동물농장·파리와 런던의 따라지 인생 조지 오웰 | 김기혁 옮김

38 루이 랑베르 오노레 드 발자크 | 송기정 옮김

39 코틀로반 안드레이 플라토노프 | 김철균 옮김

40 어두운 상점들의 거리 파트릭 모디아노 | 김화영 옮김

41 순교자 김은국 | 도정일 옮김

42 젊은 베르테르의 슬픔 요한 볼프강 폰 괴테 | 안장혁 옮김

43 더블린 사람들 제임스 조이스 | 진선주 옮김

44 설득 제인 오스틴 | 원영선, 전신화 옮김

45 인공호흡 리카르도 피글리아 | 엄지영 옮김

46 정글북 러디어드 키플링 | 손향숙 옮김

47 외로운 남자 외젠 이오네스코 | 이재룡 옮김

48 에피 브리스트 테오도어 폰타네 | 한미희 옮김

49 둔황 이노우에 야스시 | 임용택 옮김

50 미크로메가스·캉디드 혹은 낙관주의 볼테르 | 이병애 옮김

51, 52 염소의 축제 마리오 바르가스 요사 | 송병선 옮김

53 고야산 스님·초롱불 노래 이즈미 교카 | 임태균 옮김

54 다니엘서 E. L. 닥터로 | 정상준 옮김

55 이날을 위한 우산 빌헬름 게나치노 | 박교진 옮김

56 톰 소여의 모험 마크 트웨인 | 강미경 옮김

57 카사노바의 귀향·꿈의 노벨레 아르투어 슈니츨러 | 모명숙 옮김

58 바보들을 위한 학교 사샤 소콜로프 | 권정임 옮김

59 어느 어릿광대의 견해 하인리히 뵐 | 신동도 옮김

60 웃는 늑대 쓰시마 유코 | 김훈아 옮김

61 팔코너 존 치버 | 박영원 옮김

62 한눈팔기 나쓰메 소세키 | 조영석 옮김

63, 64 톰 아저씨의 오두막 해리엇 비처 스토 | 이종인 옮김

65 아버지와 아들 이반 투르게네프 | 이항재 옮김

66 베니스의 상인 윌리엄 셰익스피어 | 이경식 옮김

67 해부학자 페데리코 안다아시 | 조구호 옮김

68 긴 이별을 위한 짧은 편지 페터 한트케 | 안장혁 옮김

69 호텔 뒤락 애니타 브루크너 | 김정 옮김

70 잔해 쥘리앵 그린 | 김종우 옮김

71 절망 블라디미르 나보코프 | 최종술 옮김

72 더버빌가의 테스 토머스 하디 | 유명숙 옮김

73 감상소설 미하일 조센코 | 백용식 옮김

74 빙하와 어둠의 공포 크리스토프 란스마이어 | 진일상 옮김

75 쓰가루·석별·옛날이야기 다자이 오사무 | 서재곤 옮김

76 이인 알베르 카뮈 | 이기언 옮김

77 달려라, 토끼 존 업다이크 | 정영목 옮김

78 몰락하는 자 토마스 베른하르트 | 박인원 옮김

79, 80 한밤의 아이들 살만 루슈디 | 김진준 옮김

81 죽은 군대의 장군 이스마일 카다레 | 이창실 옮김

82 페레이라가 주장하다 안토니오 타부키 | 이승수 옮김

83, 84 목로주점 에밀 졸라 | 박명숙 옮김

85 아베 일족 모리 오가이 | 권태민 옮김

86 폭풍의 언덕 에밀리 브론테 | 김정아 옮김

87, 88 늦여름 아달베르트 슈티프터 | 박종대 옮김

89 클레브 공작부인 라파예트 부인 | 류재화 옮김

90 P세대 빅토르 펠레빈 | 박혜경 옮김

91 노인과 바다 어니스트 헤밍웨이 | 이인규 옮김

92 물방울 메도루마 슌 | 유은경 옮김

93 도깨비불 피에르 드리외라로셀 | 이재룡 옮김

94 프랑켄슈타인 메리 셸리 | 김선형 옮김

95 래그타임 E. L. 닥터로 | 최용준 옮김

96 캔터빌의 유령 오스카 와일드 | 김미나 옮김

97 만(卍)·시게모토 소장의 어머니 다니자키 준이치로 | 김춘미, 이호철 옮김

98 맨해튼 트랜스퍼 존 더스패서스 | 박경희 옮김

99 단순한 열정 아니 에르노 | 최정수 옮김

100 열세 걸음 모옌 | 임홍빈 옮김

101 데미안 헤르만 헤세 | 안인희 옮김

102 수레바퀴 아래서 헤르만 헤세 | 한미희 옮김

103 소리와 분노 윌리엄 포크너 | 공진호 옮김

104 곰 윌리엄 포크너 | 민은영 옮김

105 롤리타 블라디미르 나보코프 | 김진준 옮김

106, 107 부활 레프 톨스토이 | 박형규 옮김

108, 109 모래그릇 마쓰모토 세이초 | 이병진 옮김

110 은둔자 막심 고리키 | 이강은 옮김

111 불타버린 지도 아베 고보 | 이영미 옮김

112 말라볼리아가의 사람들 조반니 베르가 | 김운찬 옮김

113 디어 라이프 앨리스 먼로 | 정연희 옮김

114 돈 카를로스 프리드리히 실러 | 안인희 옮김

115 인간 짐승 에밀 졸라 | 이철의 옮김

116 빌러비드 토니 모리슨 | 최인자 옮김

117, 118 미국의 목가 필립 로스 | 정영목 옮김

119 대성당 레이먼드 카버 | 김연수 옮김

120 나나 에밀 졸라 | 김치수 옮김

121, 122 제르미날 에밀 졸라 | 박명숙 옮김

123 현기증. 감정들 W. G. 제발트 | 배수아 옮김

124 강 동쪽의 기담 나가이 가후 | 정병호 옮김

125 붉은 밤의 도시들 윌리엄 버로스 | 박인찬 옮김

126 수고양이 무어의 인생관 E. T. A. 호프만 | 박은경 옮김

127 맘브루 R. H. 모레노 두란 | 송병선 옮김

128 익사 오에 겐자부로 | 박유하 옮김

129 땅의 혜택 크누트 함순 | 안미란 옮김

130 불안의 책 페르난두 페소아 | 오진영 옮김

131, 132 사랑과 어둠의 이야기 아모스 오즈 | 최창모 옮김

133 페스트 알베르 카뮈 | 유호식 옮김

134 다마세누 몬테이루의 잃어버린 머리 안토니오 타부키 | 이현경 옮김

135 작은 것들의 신 아룬다티 로이 | 박찬원 옮김

136 시스터 캐리 시어도어 드라이저 | 송은주 옮김

137 고독한 산책자의 몽상 장자크 루소 | 문경자 옮김

138 용의자의 야간열차 다와다 요코 | 이영미 옮김

139 세기아의 고백 알프레드 드 뮈세 | 김미성 옮김

140 햄릿 윌리엄 셰익스피어 | 이경식 옮김

141 카산드라 크리스타 볼프 | 한미희 옮김

142 이 글을 읽는 사람에게 영원한 저주를 마누엘 푸익 | 송병선 옮김

143 마음 나쓰메 소세키 | 유은경 옮김

144 바다 존 밴빌 | 정영목 옮김

145, 146, 147, 148 전쟁과 평화 레프 톨스토이 | 박형규 옮김

149 세 가지 이야기 귀스타브 플로베르 | 고봉만 옮김

150 제5도살장 커트 보니것 | 정영목 옮김

151 알렉시·은총의 일격 마르그리트 유르스나르 | 윤진 옮김

152 말라 온다 알베르토 푸켓 | 엄지영 옮김

153 아르세니예프의 인생 이반 부닌 | 이항재 옮김

154 오만과 편견 제인 오스틴 | 류경희 옮김

155 돈 에밀 졸라 | 유기환 옮김

156 젊은 예술가의 초상 제임스 조이스 | 진선주 옮김

157, 158, 159 카라마조프가의 형제들 표도르 도스토옙스키 | 김희숙 옮김

160 진 브로디 선생의 전성기 뮤리얼 스파크 | 서정은 옮김

161 13인당 이야기 오노레 드 발자크 | 송기정 옮김

162 하지 무라트 레프 톨스토이 | 박형규 옮김

163 희망 앙드레 말로 | 김웅권 옮김

164 임멘 호수·백마의 기사·프시케 테오도어 슈토름 | 배정회 옮김

165 밤은 부드러워라 F. 스콧 피츠제럴드 | 정영목 옮김

166 야간비행 앙투안 드 생텍쥐페리 | 용경식 옮김

167 나이트우드 주나 반스 | 이예원 옮김

168 소년들 앙리 드 몽테를랑 | 유정애 옮김

169, 170 독립기념일 리처드 포드 | 박영원 옮김

171, 172 닥터 지바고 보리스 파스테르나크 | 박형규 옮김

173 싯다르타 헤르만 헤세 | 권혁준 옮김

174 야만인을 기다리며 J. M. 쿳시 | 왕은철 옮김

175 철학편지 볼테르 | 이봉지 옮김

176 거지 소녀 앨리스 먼로 | 민은영 옮김

177 창백한 불꽃 블라디미르 나보코프 | 김윤아 옮김

178 슈틸러 막스 프리슈 | 김인순 옮김

179 시핑 뉴스 애니 프루 | 민승남 옮김

180 이 세상의 왕국 알레호 카르펜티에르 | 조구호 옮김

181 철의 시대 J. M. 쿳시 | 왕은철 옮김

182 카시지 조이스 캐럴 오츠 | 공경희 옮김

183, 184 모비 딕 허먼 멜빌 | 황유원 옮김

185 솔로몬의 노래 토니 모리슨 | 김선형 옮김

186 무기여 잘 있거라 어니스트 헤밍웨이 | 권진아 옮김

187 컬러 퍼플 앨리스 워커 | 고정아 옮김

188, 189 죄와 벌 표도르 도스토옙스키 | 이문영 옮김

190 사랑 광기 그리고 죽음의 이야기 오라시오 키로가 | 엄지영 옮김

191 빅 슬립 레이먼드 챈들러 | 김진준 옮김

192 시간은 밤 류드밀라 페트루솁스카야 | 김혜란 옮김

193 타타르인의 사막 디노 부차티 | 한리나 옮김

194 고양이와 쥐 귄터 그라스 | 박경희 옮김
195 펠리시아의 여정 윌리엄 트레버 | 박찬원 옮김
196 마이클 K의 삶과 시대 J. M. 쿳시 | 왕은철 옮김
197, 198 오스카와 루신다 피터 케리 | 김시현 옮김
199 패싱 넬라 라슨 | 박경희 옮김
200 마담 보바리 귀스타브 플로베르 | 김남주 옮김
201 패주 에밀 졸라 | 유기환 옮김
202 도시와 개들 마리오 바르가스 요사 | 송병선 옮김
203 루시 저메이카 킨케이드 | 정소영 옮김
204 대지 에밀 졸라 | 조성애 옮김
205, 206 백치 표도르 도스토옙스키 | 김희숙 옮김
207 백야 표도르 도스토옙스키 | 박은정 옮김
208 순수의 시대 이디스 워턴 | 손영미 옮김
209 단순한 이야기 엘리자베스 인치볼드 | 이혜수 옮김
210 바닷가에서 압둘라자크 구르나 | 황유원 옮김
211 낙원 압둘라자크 구르나 | 왕은철 옮김
212 피라미드 이스마일 카다레 | 이창실 옮김
213 애니 존 저메이카 킨케이드 | 정소영 옮김
214 지고 말 것을 가와바타 야스나리 | 박혜성 옮김
215 부서진 사월 이스마일 카다레 | 유정희 옮김
216 사람은 무엇으로 사는가 레프 톨스토이 | 이항재 옮김
217, 218 악마의 시 살만 루슈디 | 김진준 옮김
219 오늘을 잡아라 솔 벨로 | 김진준 옮김
220 배반 압둘라자크 구르나 | 황가한 옮김
221 어두운 밤 나는 적막한 집을 나섰다 페터 한트케 | 윤시향 옮김
222 무어의 마지막 한숨 살만 루슈디 | 김진준 옮김
223 속죄 이언 매큐언 | 한정아 옮김
224 암스테르담 이언 매큐언 | 박경희 옮김
225, 226, 227 특성 없는 남자 로베르트 무질 | 박종대 옮김
228 앨프리드와 에밀리 도리스 레싱 | 민은영 옮김
229 북과 남 엘리자베스 개스켈 | 민승남 옮김
230 마지막 이야기들 윌리엄 트레버 | 민승남 옮김
231 벤저민 프랭클린 자서전 벤저민 프랭클린 | 이종인 옮김
232 만년양식집 오에 겐자부로 | 박유하 옮김
233 이상한 나라의 앨리스 루이스 캐럴 | 존 테니얼 그림 | 김희진 옮김
234 소네치카·스페이드의 여왕 류드밀라 울리츠카야 | 박종소 옮김
235 메데야와 그녀의 아이들 류드밀라 울리츠카야 | 최종술 옮김
236 실종자 프란츠 카프카 | 이재황 옮김
237 진 알랭 로브그리예 | 성귀수 옮김
238 말테의 수기 라이너 마리아 릴케 | 홍사현 옮김
239, 240 율리시스 제임스 조이스 | 이종일 옮김
241 지도와 영토 미셸 우엘벡 | 장소미 옮김

242 사막 J. M. G. 르 클레지오 | 홍상희 옮김

243 사냥꾼의 수기 이반 투르게네프 | 이종현 옮김

244 험볼트의 선물 솔 벨로 | 전수용 옮김

245 바베트의 만찬 이자크 디네센 | 추미옥 옮김

246 나르치스와 골드문트 헤르만 헤세 | 안인희 옮김

247 변신·단식 광대 프란츠 카프카 | 이재황 옮김

248 상자 속의 사나이 안톤 체호프 | 박현섭 옮김

249 가장 파란 눈 토니 모리슨 | 정소영 옮김

250 꽃피는 노트르담 장 주네 | 성귀수 옮김

251, 252 울프홀 힐러리 맨틀 | 강아름 옮김

253 시체들을 끌어내라 힐러리 맨틀 | 김선형 옮김

254 샌프란시스코에서 온 신사 이반 부닌 | 최진희 옮김

255 포화 앙리 바르뷔스 | 김웅권 옮김

256 추락 J. M. 쿳시 | 왕은철 옮김

257 킬리만자로의 눈 어니스트 헤밍웨이 | 정영목 옮김

258 오래된 빛 존 밴빌 | 정영목 옮김

259 고리오 영감 오노레 드 발자크 | 이철의 옮김

260 동네 공원 마르그리트 뒤라스 | 김정아 옮김

261 앨리스 B. 토클러스의 자서전 거트루드 스타인 | 윤회기 옮김

262 댈러웨이 부인 버지니아 울프 | 민은영 옮김

263 인간 실격 다자이 오사무 | 홍은주 옮김

264 감정의 혼란 슈테판 츠바이크 | 황종민 옮김

265 돌아온 토끼 존 업다이크 | 정영목 옮김

266 토끼는 부자다 존 업다이크 | 김승욱 옮김

267 토끼 잠들다 존 업다이크 | 김승욱 옮김

● 문학동네 세계문학전집은 계속 출간됩니다